Der Fluch der

Die Autorin

Laura Walden, Jahrgang 1964, studierte Jura und verbrachte als Referendarin viele Monate in Neuseeland. Das Land fesselt sie so sehr, dass sie nach ihrer Rückkehr darüber Reportagen schrieb und den Wunsch verspürte, es zum Schauplatz eines Romans zu machen. In der Folge gab sie ihren Berufswunsch Rechtsanwältin auf und wurde Autorin. Wenn sie nicht zu Recherchen in Neuseeland weilt, lebt Laura Walden mit ihrer Familie in Hamburg.

Laura Walden

Der Fluch der Maorifrau

Roman

Weltbild

Besuchen Sie uns im Internet:
www.weltbild.de

Genehmigte Lizenzausgabe für Weltbild GmbH & Co. KG,
Werner-von-Siemens-Straße 1, 86159 Augsburg

Umschlaggestaltung: www.buerosued.de
Umschlagmotiv: www.buerosued.de
Satz: Uhl + Massopust, Aalen
Druck und Bindung: GGP Media GmbH, Pößneck
Printed in the EU
ISBN 978-3-96377-018-0

2022 2021 2020 2019
Die letzte Jahreszahl gibt die aktuelle Lizenzausgabe an.

1. TEIL

Anna

He aha te me nui?
he tangata, he tangata, he tangata.

Was ist das Wichtigste?
Die Menschen, die Menschen, die Menschen!

WEISHEIT DER MAORI

Heiligabend 2007
Über den Wolken

Das Personal von Thai Airways war auf dem Flug von Frankfurt nach Auckland nach Kräften bemüht, den wenigen europäischen Passagieren den Aufenthalt an Bord so weihnachtlich wie möglich zu gestalten. Im Bordkino lief an diesem Abend Irving Berlins *White Christmas* mit Bing Crosby, und als erstes warmes Essen sollte Ente mit Rotkohl auf deutsche Art serviert werden.

Sophie de Jong schüttelte sich schon beim Lesen der Menükarte. Sie waren jetzt anderthalb Stunden unterwegs und befanden sich laut Ansage des Copiloten gerade über Wien. Sie konnte die Lichter der Stadt dort unten ganz deutlich funkeln sehen. Beim Anblick des Lichtermeers stiegen ihr sofort Tränen in die Augen, aber sie wischte sie mit dem Ärmel ihrer Jacke hastig fort.

»Darf es noch etwas zu trinken sein?«, fragte die Stewardess freundlich.

Sophie nickte. »Ja, danke. Ich nehme noch einen Beaujolais.«

Sie konnte sich sogar zu einem krampfhaften Lächeln durchringen, als die Stewardess ihr ein Glas Rotwein reichte. Das Lächeln erstarb jedoch, kaum dass sich die junge Thailänderin umgedreht hatte. Der Gedanke, dass sie diesen Abend mit ihrer Mutter in Hamburg gefeiert hätte, wenn nicht das Unfassbare geschehen wäre, versetzte Sophie einen Stich ins Herz. Nun konnte sie die Tränen nicht länger unterdrücken. Sie liefen ihr plötzlich die Wangen hinunter. Warum nur?, fragte sich Sophie verzweifelt. Wie konnte das passieren? Emma war doch immer so eine vorsichtige Frau. Diese Fragen quälten sie seit gestern, als sie die Nachricht vom Tod ihrer Mutter erhalten hatte. Sie holte ein Taschentuch hervor und vergrub ihr Gesicht darin. Auf keinen Fall wollte sie von diesen fremden Menschen, die wie sie den Heiligen Abend über den Wolken verbrachten, auf ihren Schmerz angesprochen werden.

Ihr Verlobter Jan hatte sie dazu überreden wollen, erst nach Weihnachten zu fliegen, aber das war Sophie ganz unmöglich erschienen. Sie musste erfahren, was am anderen Ende der Welt wirklich geschehen war.

Immer wieder ertappte sie sich bei der vagen Hoffnung, dass es sich doch nur um eine Verwechslung handelte, die sich bald aufklären würde.

»Ihre Mutter Emma de Jong ist heute auf dem Weg von Dunedin nach Ocean Grove tödlich verunglückt«, hatte der neuseeländische Anwalt, der sich mit John Franklin gemeldet hatte, in deutscher Sprache mit englischem Akzent am Telefon gesagt. »Falsch verbunden«, hatte Sophie schlaftrunken in den Hörer gemurmelt und eilig aufgelegt. Es war kurz vor Mitternacht gewesen. Doch der Mann hatte gleich darauf noch einmal angerufen. »Entschuldigen Sie bitte, ich hätte es Ihnen schonender beibringen müssen, aber es ist am Telefon so schwer. Es tut mir unendlich leid, aber können Sie herkommen? Ich habe ihr Testament.«

Testament? Das grausame Wort brannte immer noch in Sophies Ohren. Bei dem zweiten Anruf erst hatte sie jäh begriffen, was er gesagt hatte, aber ihre Gefühle weigerten sich hartnäckig, den Tod ihrer Mutter zu akzeptieren. Davon, dass Emma nicht mehr lebte, musste sie sich mit eigenen Augen überzeugen. Mit aller Kraft wollte sie daran glauben, dass alles nur ein fataler Irrtum war. Emma war auf einer Urlaubsreise gewesen. Wenn ihr etwas zugestoßen wäre, hätte sich doch wohl eher die Polizei gemeldet und kein Anwalt. Und wieso sollte Emma de Jong überhaupt einen Rechtsanwalt in Dunedin kennen? Einen, der ihr Testament besaß?

»Woher kennen Sie meine Mutter?«, hatte Sophie den Fremden noch gefragt, aber der hatte geantwortet, dass er es ihr vor Ort erklären wolle, weil es zu kompliziert sei, um es ihr am Telefon auseinanderzusetzen. Er hatte immer wieder versichert, wie leid es ihm tue, doch sie hatte nicht einmal geweint. Die ganze Zeit nicht. Bis jetzt.

Sophie schluchzte laut. In diesem Augenblick fragte sie sich zum ersten Mal, was wohl wäre, wenn es sich nicht um einen Irrtum handelte. Bei der Vorstellung, was sie in jenem Land am anderen Ende der Welt vielleicht erwartete, beschleunigte sich ihr Herzschlag merklich und ihr Magen klumpte sich zusammen. Eine diffuse Angst ergriff plötzlich Besitz von ihr, eine Angst, die sich in Panik auszuweiten drohte.

»Kann ich Ihnen helfen?« Die fürsorgliche Stimme der Stewardess ließ Sophie zusammenschrecken.

»Nein, nein, alles in Ordnung. Ich habe ein wenig Schnupfen.« Sie konnte nicht mehr verhindern, dass die Flugbegleiterin ihr das Essentablett reichte, und sofort löste der Geruch der gebratenen Entenkeule Übelkeit in Sophie aus. Obwohl sie seit dem Vortag keinen Bissen angerührt hatte, hob sie gar nicht erst den Aludeckel über dem Teller an, sondern schob das Tablett möglichst weit von sich fort. Ihr Nachbar, ein älterer Herr, dem Äußeren nach zu urteilen ein Thailänder, sagte besorgt: »Solly, Sie müssen essen.«

»Nein!«, erwiderte Sophie knapp und bot ihm ihre Portion an. »Ich habe sie nicht angerührt«, fügte sie hinzu und nahm einen kräftigen Schluck von dem Rotwein.

Da sie in der vergangenen Nacht kein Auge zugetan hatte, sehnte sie sich danach, endlich ein wenig zu schlafen. In der Hoffnung, der schwere Rote würde ihr die Angst nehmen und sie schläfrig machen, trank sie das Glas hastig leer und schenkte sich gleich ein zweites ein. Der Schlaf des Vergessens! Das war es, wonach sie sich sehnte. Zur Sicherheit schluckte Sophie zusätzlich ein leichtes Beruhigungsmittel. Das hatte sie in der Handtasche, seit sie mit ihrer Klasse einen Kunstwettbewerb gewonnen und im Rathaus eine Rede vor den Honoratioren hatte halten müssen. Sie seufzte bei der Erinnerung an diesen unvergesslichen Abend. Ihre Mutter hatte in der ersten Reihe gesessen und wäre vor lauter Stolz auf ihre Tochter beinahe geplatzt.

»Solly, blauchen Sie Hilfe?«, hörte sie nun ihren Nachbarn fragen, aber sie schüttelte nur abwehrend den Kopf und schloss die Augen, bemüht, zur Ruhe zu kommen. Aber die Gedanken tobten wie ein Wirbelsturm durch ihr Hirn. Kein Gedanke ließ sich fassen. Und über allem hing diese lähmende Furcht.

Ich bin jetzt ganz allein, dachte Sophie, mit vierunddreißig Jahren Vollwaise. Diese Gewissheit schnürte ihr die Kehle zu. Sie spürte eine schmerzhafte Sehnsucht nach ihrem Vater und Trauer darüber, dass er ihr nicht beistehen konnte. Sie sah ihn wieder vor sich in seinem Krankenbett, an dem sie bis zu seinem letzten Atemzug gewacht hatte, bis der Krebs ihn endgültig besiegte. Lag das wirklich schon zwei Jahre zurück? Seitdem war kein Tag vergangen, an dem sie ihn nicht vermisst hatte.

Emma hatte sich nach dem Tod ihres Mannes völlig verändert. Sie lebte fortan in einer düsteren Gedankenwelt, zu der sie niemandem Zutritt gewährte – nicht einmal ihrer Tochter. Von einem Tag auf den anderen hatte sie ihre Stelle als Journalistin aufgegeben und nie wieder eine Reisereportage geschrieben. Alle hatten sich Sorgen um sie gemacht, aber keiner war mehr zu ihr durchgedrungen. »Depressionen«, hatte der Arzt diagnostiziert, eine Erklärung, die Sophie nie einleuchten wollte. Emma hatte die Medikamente, die er ihr verschrieben hatte, niemals angerührt. Sophie hatte Emma schließlich vorgeschlagen, zu ihr zu ziehen, doch auch der Wohnungswechsel hatte den seelischen Zustand ihrer Mutter nicht verbessert.

Erst seit Emma eine seltsame Frau konsultierte – eine Heilerin, wie Emma ehrfurchtsvoll behauptet hatte –, lebte sie schlagartig wieder auf. Einmal wöchentlich hatte sie diese Frau schließlich aufgesucht. Sophie hatte ihrer Mutter mehrfach angeboten, sie zu begleiten, weil ihr das nicht ganz geheuer war. Emma hatte das allerdings stets vehement abgelehnt. Auf der regenbogenfarbenen Visitenkarte der Dame hatte nichts von einer Ausbildung gestanden. Als »Lebensberaterin« präsentierte sie sich dort, und das war Sophie entschieden zu schwammig, aber Emma hatte auf ihre Heilerin nichts kommen lassen.

Dann plötzlich hatte ihre Mutter alle mit der Nachricht überrascht, dass sie für drei Monate nach Neuseeland reisen werde. Sie war wie in Trance gewesen, als sie ihrer Tochter davon erzählt hatte. Sophie hatte das Ganze für eine verrückte Idee gehalten.

»Hat deine Lebensberaterin dir diese Reise verordnet?«, hörte sie sich noch ironisch fragen. Und sie erinnerte sich noch genau an das entrückte, geheimnisvolle Lächeln ihrer Mutter, als wäre es gestern gewesen.

Sophie hatte Emma immer wieder mit der Frage bedrängt, warum sie ausgerechnet nach Neuseeland reisen wolle. Doch Emma hatte stets nur geantwortet: »Es muss sein. Du wirst es eines Tages verstehen.« Sophie hatte schließlich aufgehört, Fragen zu stellen. Es zählte doch schließlich nur, dass es ihrer Mutter endlich wieder besser ging. Und danach hatte es in der Tat ausgesehen. »Weihnachten bin ich zurück«, hatte Emma ihrer Tochter noch versprochen. »Dann bereiten wir deine Hochzeit vor.«

Die Hochzeit! Die war plötzlich unendlich weit weg – genau wie Jan. Mit jeder Meile, die Sophie sich von ihrem Zuhause entfernte, entschwand er zunehmend aus ihren Gedanken. Sophie musste sich regelrecht dazu zwingen, sich sein Gesicht in Erinnerung zu rufen. Dabei meldete sich sofort ihr schlechtes Gewissen, hatte er doch wirklich alles getan, was ein Mann nur tun konnte, wenn seine zukünftige Frau vom Tod der geliebten Mutter erfuhr. Oder etwa nicht? Plötzlich überfiel Sophie der Gedanke, dass Jan sie eigentlich hätte begleiten sollen. Schließlich war seine Kanzlei zwischen Weihnachten und Neujahr geschlossen. Andererseits … War er nicht gewöhnt, dass sie alles allein regelte? Und schließlich brauchte auch er dringend Erholung von seinem anstrengenden Job. Aber trotzdem … Sophie starrte nachdenklich aus dem Fenster und zwang sich, tiefer zu atmen.

Und es wirkte, allmählich entspannte sie sich. Statt wie ein Sturm durch ihr Inneres zu fegen, flossen die Gedanken nun wie ein ruhiger Fluss dahin. Sie fühlte sich ein wenig schläfrig, und statt der eisigen Kälte in ihrem Körper breitete sich eine wohlige Wärme in ihr aus.

Bilder ihrer Kindheit zogen an ihr vorüber wie ein Film: Das Haus in Hamburg mit dem großen Garten, in dem sie ihre frühste Kindheit verbracht hatte, der Umzug der Familie nach London, das Internat in Oxford, die vielen Länder, in denen die Eltern gelebt hatten. Sophie seufzte. Wenn sie damals geahnt hätte, wie wenig Zeit ihr noch mit ihren Eltern bleiben sollte, wäre sie vielleicht doch mit nach Afrika und nach Paris gegangen, wie es der diplomatische Dienst von ihrem Vater, Klaas de Jong, verlangt hatte. Sie aber hatte es vorgezogen, im englischen Internat zu bleiben und nicht erneut den Wohnsitz zu wechseln, um nicht den Freundeskreis zu verlieren.

Ihr Vater! Sie sah ihn vor sich: lachend, scherzend, immer gut gelaunt. Sophie war ein ausgesprochenes Vaterkind gewesen. Sie hatte besonders seinen Witz geliebt. Allein mit seinem Akzent, mit dem er als gebürtiger Holländer deutsch gesprochen hatte, hatte er sie immer wieder zum Lachen gebracht. Natürlich hatte Sophie auch an ihrer Mutter gehangen, aber Emma hatte sich stets wie eine Glucke um sie gesorgt, sie oft wie ein Kleinkind behandelt, ja, sie hätte ihre Tochter am liebsten in Watte gepackt. Das war Sophie manchmal zu viel geworden. Ihr Vater war im Vergleich herrlich unbekümmert gewesen.

Merkwürdig, dachte Sophie, von der Art her schlage ich eher nach ihr. Diese Unruhe, diese Rastlosigkeit – genau wie bei Emma. Schon als Kind hatte Sophie diese Unruhe in sich gespürt. In den Ferien hatte sie stets ihre Eltern besucht. Sie war jedes Mal unglaublich aufgeregt gewesen bei dem Gedanken, in ein fernes Land zu reisen, aber es war jedes Mal wieder eine herbe Enttäuschung geworden. Nirgendwo auf der Welt hatte sie das Gefühl gehabt, zu Hause zu sein. Weder im Internat noch in Hamburg, weder in Kapstadt noch in Paris. Und dieses Gefühl verfolgte sie bis heute. Selbst der Gedanke, den Rest ihres Lebens mit Jan von Innering zu verbringen, vermittelte ihr nicht die Geborgenheit, die sie sich von der Entscheidung, den erfolgreichen Anwalt zu heiraten, erhofft hatte.

Erneut wurde Sophie schmerzhaft bewusst, dass sie jetzt völlig allein auf dieser Welt war. Sie besaß keine nahen oder engen Verwandten mehr. Emma und Klaas hatten ihre Eltern früh verloren. Emma hatte immer erzählt, ihr Vater sei im Krieg in Frankreich gefallen und ihre Mutter kurz darauf an gebrochenem Herzen gestorben. Sophie merkte, wie die Müdigkeit Besitz von ihr ergriff. Sie wollte unbedingt mit der Erinnerung an den Mann einschlafen, den sie heiraten würde, aber Jans Gesicht blieb schemenhaft.

Dunedin, Neuseeland
26. Dezember 2007

Nach einem anstrengenden achtstündigen Zwischenstopp in Bangkok, den Sophie völlig erschöpft, aber hellwach, auf den harten Bänken im Abflugterminal verbracht hatte, war sie pünktlich um zehn Uhr fünfzig Ortszeit auf dem International Airport in Auckland gelandet, wo sie problemlos die Anschlussmaschine erreicht hatte, die sie von der Westküste der Nordinsel zur Ostküste der Südinsel Neuseelands bringen sollte.

Sophie starrte den ganzen Flug über aus dem Fenster, um sich von dem Gedanken abzulenken, dass ihre Mutter sie nie wieder vom Flughafen abholen würde wie so oft in ihrer Jugend. Die übermächtige Angst vor dem, was sie erwartete, war zurückgekehrt und mit ihr der Vorsatz, das hier schnellstens hinter sich zu bringen und rasch nach Hamburg zurückzukehren. Dabei musste sie immer wieder an den Traum denken, der sie auf dem Langstreckenflug schweißgebadet hatte aufwachen lassen: Sie stand auf einer schwingenden Hängebrücke, bekam Panik und drehte sich um. Doch es gab kein Zurück, denn hinter ihr lag alles im Nebel.

Sophie schob die Erinnerung an den Traum beiseite, krampfhaft bemüht, sich auf die Realität dort draußen zu konzentrieren. Die Natur, die sie bei klarer Sicht erkennen konnte, war atemberaubend schön. Der Himmel schien von einem intensiven Blau, das sie nur von Hochsommertagen an der Nordsee kannte. Sie sah Flüsse, Berge, viel sattes Grün und unzählige Schafe. Von oben erinnerte vieles an Europa, nur lagen hier die verschiedenen Landschaften weitaus näher zusammen. Tauchte ein Strand auf, erkannte sie gleich darauf riesige Gletscher mit schneebedeckten Kuppen, wie man sie in den Alpen fand.

»Die Natur Neuseelands ist überwältigend schön. Und stell dir vor, es gibt in diesem Land, das von der Fläche her kleiner als Deutschland ist, zugleich alpines und subtropisches Klima«, hatte Emma ihrer Tochter mit einem Leuchten in den Augen vorgeschwärmt.

Das Flugzeug setzte zum Landeanflug an. Das Grün dort unten wurde satter, die Schafe standen dichter, aber wo war die Stadt? Das Flughafengebäude von Dunedin wirkte von oben wie eine ländliche Lagerhalle. Das scheint das Ende der Welt zu sein, dachte Sophie. Was Emma wohl dazu getrieben hat, ausgerechnet hierher zu reisen?

Als die Maschine sicher gelandet war, klopfte Sophies Herz bis zum Hals. Was würde sie in diesem Land erwarten? Was?

»Weißt du, wie die Maori ihr Land nennen?«, hatte Emma sie einmal gefragt und gleich selbst geantwortet: *»Aotearoa,* Land der langen weißen Wolke.« Kam es ihr nur im Nachhinein so vor, oder hatten Emmas Augen fiebrig geglänzt, sobald sie von diesem fernen Stück Erde im Pazifik gesprochen hatte?

Als Sophie mit ihrem kleinen Koffer in die Ankunftshalle trat, spürte sie, wie ihre Knie weich wurden. Es standen so viele Menschen dort draußen, dass Sophie nicht wusste, wie sie den Anwalt erkennen sollte.

»Sie müssen mich doch nicht abholen«, hatte sie ihm gesagt. »Es ist schließlich Weihnachten.«

Er hatte sich allerdings nicht davon abbringen lassen.

Obwohl es Sophie eigentlich klar war, dass hier am anderen Ende der Welt Hochsommer herrschte, hatte sie das bei ihrer überstürzten Abreise aus dem nasskalten Hamburg nicht bedacht. Erst bei dem Anblick der sommerlich gekleideten Wartenden fiel ihr ein, dass sie keine passenden Anziehsachen eingepackt hatte.

In diesem Moment trat ein großer dunkelhaariger Mann in heller, sommerlicher Freizeitkleidung auf sie zu.

»Sorry, sind Sie Sophie de Jong?« Die Stimme war unverkennbar. Es war der Mann, der ihr die Nachricht überbracht hatte. Nur sprach er jetzt Englisch.

»Ja. Und Sie sind sicherlich John Franklin«, gab Sophie in perfektem Englisch zurück.

Er nickte freundlich und nahm ihr den Koffer aus der Hand. »Wie war Ihr Flug?«, erkundigte er sich höflich und eilte voran.

»Okay. Danke, dass Sie mich abgeholt haben.«

Als sie das Flughafengebäude verließen, musste Sophie die Augen fest zusammenkneifen. Die gleißende Sonne stach unbarmherzig vom Himmel. An eine Sonnenbrille hatte sie auch nicht gedacht. Obwohl ein leichter Wind wehte, der entfernt nach Meer roch, klebte ihr das dunkelblaue Kostüm bereits am Körper. Ein schwarzes, dem Anlass angemessenes Teil hatte sie nicht im Schrank gehabt. John Franklin steuerte zielstrebig auf einen schwarzen Jeep zu und hielt ihr die Beifahrertür auf.

»Soll ich Sie erst in Ihr Hotel fahren, damit Sie sich umziehen können?«, fragte er, während er den Wagen startete.

»Nicht nötig. Ich hoffe, Sie haben eine Klimaanlage«, seufzte Sophie und registrierte, dass der Anwalt sie musterte.

»Wollen Sie sich nicht doch schnell noch etwas Leichtes anziehen, bevor wir in mein Büro fahren?«

»Ich würde lieber gleich …« Sie stockte und seufzte tief, bevor sie fortfuhr: »Meine Mutter sehen, ich würde gern meine Mutter sehen.«

Der junge Anwalt räusperte sich verlegen.

»Frau de Jong, man hat mich gebeten, Ihnen zu sagen …« Er holte tief Luft. »Ihr Wagen ist von der Straße abgekommen und hat Feuer gefangen …« Weiter kam er nicht, denn Sophie stieß ein verzweifeltes »Nein!« hervor, während ihr Tränen in die Augen schossen.

John Franklin legte die Hand auf ihren Arm. »Es tut mir unendlich leid.«

Sophie spürte in jeder Faser ihres Körpers, wie gut ihr diese Berührung tat. Ihr Schmerz, der sie zu zerreißen drohte, verebbte.

»Es ist natürlich Ihre Entscheidung«, sagte er leise, während er ihr ein Taschentuch reichte.

Sie nahm es, wischte sich die Tränen ab und starrte regungslos aus dem Fenster, während der Wagen sich in Bewegung setzte. Doch dann durchfuhr sie eine verzweifelte Hoffnung, und sie flüsterte: »Aber, wenn es gar nicht meine Mutter war, die da im Wagen gesessen hat? Wenn alles verbrannt ist, haben wir doch gar keine Gewissheit. Dann könnte das doch irgendwer gewesen sein. Vielleicht klärt sich ja noch alles auf, und sie lebt!«

Sie hörte den jungen Anwalt schwer atmen, bevor er einwandte: »Es gab einen Zeugen, der den Unfall beobachtet hat und beschwört, dass die Fahrerin Ihre Mutter war.«

»Aber, wer, wer ist das? Und woher will er das so genau wissen?« Vor lauter Aufregung überschlug sich ihre Stimme.

»Frau de Jong, wir fahren nachher zur Polizei. Dort wird man Ihnen sicher Einzelheiten über den Unfall mitteilen. Außerdem befinden sich dort die Sachen, die nicht verbrannt …« Der Anwalt stockte und fuhr dann hastig fort: »Oder wollen Sie erst zur Polizei, bevor ich Ihnen in meinem Büro das Testament verlese?«

Sophie war bei seinen Worten auf ihrem Sitz in sich zusammengesunken. Sie weinte stumm in sich hinein. »Nein, nein, wir fahren erst in Ihr Büro. Aber arbeiten Sie denn heute überhaupt? Am zweiten Weihnachtstag?«, fragte sie ungläubig.

»Eigentlich nicht. Wir feiern Weihnachten im Grunde genommen sehr britisch. Nur dass wir uns bei der Hitze lieber unter Palmen setzen als unter einen Tannenbaum. Eigentlich beginnen jetzt unsere Sommerferien. Da haben die meisten Kanzleien ohnehin geschlossen, aber wir Singles halten die Stellung, während die Kollegen mit Kindern Urlaub machen. Wir sind also für Sie da, meine Partnerin und ich. Auch heute. Also sollten wir jetzt erst einmal in Ruhe im Hotel vorbeifahren, damit Sie Ihre Sommersachen anziehen können.«

»Ich habe in dem Stress vergessen, welche einzupacken«, erklärte Sophie kläglich und putzte sich die Nase.

»Das kann ich gut verstehen«, bemerkte John Franklin, warf ihr einen prüfenden Seitenblick zu und fragte: »Sagen Sie, welche Schuhgröße haben Sie?«

»Vierzig!« Was für eine merkwürdige Frage!

Statt eine Erklärung abzugeben, wählte der Anwalt über seine Freisprechanlage eine Nummer. »Judith, bist du noch zu Hause? Sehr gut. Bring doch ein leichtes Sommerkleid mit ins Büro! Eines, auf das du bis morgen verzichten kannst. Und Sandalen in Größe vierzig. Danke!«

Sophie war es sichtlich peinlich, wie sehr sich der junge Anwalt um ihr Wohl sorgte. Sie kannten einander doch gar nicht. Sophie hatte Probleme damit, wenn jemand ihr zu viel Aufmerksamkeit entgegenbrachte. Sie war es gewohnt, ihre Angelegenheiten ohne fremde Hilfe zu regeln. »Ich werde versuchen, Ihre Zeit nicht zu sehr in Anspruch zu nehmen«, brachte sie förmlich heraus und fügte hastig hinzu: »Ich habe nicht die Absicht, länger als unbedingt nötig zu bleiben. Wenn ich die Formalitäten erledigt habe, überführe ich meine Mutter nach Deutschland, damit sie dort beerdigt werden kann.« Sie sah den Anwalt an. Täuschte sie sich, oder runzelte er die Stirn? »Gibt es ein Problem?«, fragte sie.

»Nein, nein. Kommen Sie erst mal an!«

Sophie spürte an seinem Ton ganz deutlich, dass etwas nicht stimmte, beschloss jedoch, nicht nachzufragen. Sie lehnte sich stattdessen seufzend zurück und warf wieder einen Blick aus dem Fenster. Berge, Wiesen und Schafe rauschten vorbei.

»Ich bedaure das alles unendlich«, sagte John Franklin plötzlich und fuhr zögernd fort: »Halten Sie mich bitte nicht für neugierig, aber wieso sprechen Sie so gut Englisch?«

»Ich war auf einem englischen Internat«, gab Sophie zurück. »Aber jetzt habe ich eine Frage: Wie haben *Sie* vom Tod meiner Mutter erfahren?«

»Sie hatte ein Papier in ihrer Handtasche, in dem ausdrücklich stand, dass man sich im Falle ihres Todes unbedingt zuerst an mich wenden solle.«

»Merkwürdig«, entgegnete Sophie. »Warum sollte man sich nicht zuerst an mich wenden? An ihre Tochter? Und überhaupt, woher kannte meine Mutter in Neuseeland einen Anwalt, wo sie doch nie zuvor hier gewesen ist?«

John Franklin fuhr zusammen und sah überrascht aus. »Oh Gott, wenn ich gewusst hätte, dass Sie völlig ahnungslos sind!«

»Wie meinen Sie das?«

John Franklin stieß einen Seufzer aus. Er schien sich sichtlich unwohl in seiner Haut zu fühlen. »Ich glaube, ich muss Ihnen einiges erklären. Ihre Mutter hat mich aufgesucht, um ein Testament zu ändern, das sie vor mehr als vierzig Jahren bei meinem Vater aufgesetzt hatte. Sie ist also quasi schon lange eine Mandantin unserer Kanzlei.«

»Schon lange eine Mandantin Ihrer Kanzlei? Das kann ich kaum glauben! Meine Mutter hat noch nie zuvor einen Fuß in Ihr Land gesetzt!«, widersprach Sophie heftig.

»Ihre Mutter besaß die neuseeländische Staatsangehörigkeit«, erklärte er fest, sichtlich geschockt ob ihrer Ahnungslosigkeit.

»Wie bitte?«

»Emma de Jong hatte einen neuseeländischen Pass.«

»Wie bitte? Wieso? Das kann doch nicht sein! Ich verstehe das nicht.« Ihre Stimme klang verzweifelt.

»Bitte gedulden Sie sich ein wenig! Die Unterlagen, die Ihre Mutter mir für Sie gegeben hat, werden Licht in das Dunkel bringen und das Geheimnis lüften.« Sophie spürte erneut seine Hand auf ihrem Arm. »Es wird für alles eine Erklärung geben, Sophie. Ich darf Sie doch Sophie nennen?«

Sophie nickte nur. Ihr Herz klopfte wie wild. Ein Geheimnis? Ihre Befürchtungen schienen sich zu bestätigen. Das alles war ein einziger, nicht enden wollender Albtraum. Die Reise ihrer Mutter war viel mehr gewesen als nur ein harmloser Urlaub – aber was? Was hatte sie ihr bloß verschwiegen? Sophie glaubte plötzlich zu ersticken. Rasch öffnete sie das Fenster und sog die frische Meeresluft tief in die Lungen ein. Es roch noch würziger als am Flugplatz, sie schien näher am Wasser zu sein. Große Möwen segelten kreischend durch die Lüfte. Dort draußen zog plötzlich eine ganz andere Welt vorbei als das satte Grün voller Schafherden. Sie fuhren jetzt durch eine Straße, die zu beiden Seiten von Reihenhäusern gesäumt war. Häuser, deren Stil Sophie auf diesem Flecken Erde überraschte.

»Es sieht hier ja aus wie in Schottland!«, rief sie erstaunt.

»Gut beobachtet. Dunedin ist die schottischste Stadt der Welt – außer Edinburgh. Der Name leitet sich sogar davon ab. Edinburgh heißt auf Gälisch *Dùn Eideann.* Als sich Mitte des neunzehnten Jahrhunderts die Schotten hier ansiedelten, nannten sie die Stadt New Edinburgh. 1867 war Dunedin die größte Stadt Neuseelands.« Dem jungen Anwalt war die Erleichterung über den Themenwechsel anzuhören.

Sophie jedoch hatte dem gleichmäßigen Klang seiner tiefen Stimme gelauscht, ohne wirklich aufzunehmen, was er da redete. Seine Stimme wirkte beruhigend auf sie.

Mittlerweile fuhren sie über eine steil ansteigende Straße auf eine Art Stadtzentrum mit hohen Geschäftshäusern zu. Am höchsten Punkt ging es genauso steil wieder hinunter. Der Ort wirkte wie ausgestorben. Natürlich, es ist Weihnachten, dachte Sophie.

Vor einem der Bürohäuser hielt John Franklin an. »Da wären wir bei Franklin, Palmer & Partner. Heute können wir hier parken. Die Leute sind alle draußen am Meer.«

»Gibt es hier schöne Strände?«, fragte Sophie zögernd.

»Ja, die Strände an der Ostküste sind wunderschön, nur dass das Wasser zu kalt ist. Ich gehe da nicht gern schwimmen. Es fehlt der Golfstrom, der das Baden bei Ihnen so angenehm macht«, beeilte sich John Franklin zu sagen, um das Gespräch in Gang zu halten. »Jeder Neuseeländer, der etwas auf sich hält, fliegt nach Europa, so oft er es sich leisten kann. Wir haben doch alle unsere Wurzeln dort. Meine Familie zum Beispiel kommt zu einem Teil aus Schottland, und ich habe als Student einen großen Europa-Trip gemacht. Mit Rucksack.«

Mit diesen Worten sprang er aus dem Wagen und lief zur Beifahrerseite, um ihr höflich die Tür aufzuhalten.

»Am besten lassen wir Ihren Koffer im Wagen. Ich fahre Sie danach in Ihr Hotel. Ich habe mir erlaubt, ein Zimmer im *Kingsgate* für Sie zu reservieren. Ich hoffe, es ist Ihnen recht.«

Sophie nickte. Ihr war es völlig gleichgültig, wo sie heute Nacht schlief. Hauptsache, sie hatte ein weiches Bett, in dem sie sich ausstrecken konnte, ohne die ganze Nacht das Brummen von Flugzeugdüsen zu hören.

Während sie die Straße überquerten, sickerte in ihr Bewusstsein, was der Anwalt ihr eben mitgeteilt hatte: Emma hatte bereits vor über vierzig Jahren ein Testament in Neuseeland gemacht! Als junge Frau also, aber das bedeutete doch, dass sie …

»Wir sind da!« Damit unterbrach John Franklin ihre Überlegungen.

Die Kanzlei lag im ersten Stock und war modern eingerichtet. Einige alte, wertvolle Möbelstücke verliehen dem Ganzen jedoch eine äußerst stilvolle Note.

Es zeugt von Geschmack, wie er sich eingerichtet hat, schoss es Sophie durch den Kopf.

Der Anwalt führte sie von einem Raum zum anderen. Sie hatte den Eindruck, dass er Zeit gewinnen wollte. Ihm schien das, was er nun zu erledigen hatte, nicht unbedingt leichtzufallen. Diese Kanzleibesichtigung diente eindeutig der Ablenkung. Das spürte Sophie genau, aber sie ging widerspruchslos darauf ein, wenngleich ihre Anspannung beinahe unerträglich geworden war.

»Sie haben ja viele Bücher!«, staunte sie, als sie die Bibliothek betraten. Ihr lag bereits auf der Zunge, dass ihr Verlobter auch Anwalt sei, aber nicht ein Bruchteil von diesen Mengen an Büchern besitze, aber da kam John ihr zuvor.

»Sehen Sie, wir haben ein anderes Rechtssystem als Sie. Bei uns herrscht das Fallrecht. Das heißt, in jedem dieser Bücher finden Sie Fälle, die einmal entschieden wurden. An diesen Präzedensfällen orientieren wir uns. Deshalb diese Berge von Büchern.«

Er lächelte sie an. Sophie bemühte sich ebenfalls um ein Lächeln, aber es wollte ihr nicht gelingen. Sie spürte, wie sie vor innerer Unruhe zitterte. Lange würde sie bei diesem Ablenkungsmanöver nicht mehr mitmachen.

»Könnten wir vielleicht anfangen?«, bat sie leise.

Franklin blieb ihr eine Antwort schuldig, denn nun erklang hinter ihnen eine weibliche Stimme.

»Guten Tag, Frau de Jong!«

Sophie drehte sich um. Eine dunkelhaarige, fremdartig aussehende Frau mit einem dunklen Teint – etwa in ihrem Alter – trat auf sie zu und reichte ihr die Hand. Was für eine aparte Schönheit!, dachte Sophie.

»Das ist meine Partnerin, Judith Palmer«, sagte John Franklin.

Die beiden sind bestimmt ein Paar, schoss es Sophie durch den Kopf.

Judith erklärte nun mitfühlend: »Es tut mir so leid für Sie. Schade, dass dieser traurige Anlass Sie in unser Land führt.« Dabei holte sie hastig ein Paar Sandalen und ein Kleid aus einer Tüte hervor und drückte sie Sophie in die Hand. »Ich hoffe, das Kleid gefällt Ihnen. Es steht Ihnen bestimmt besser als mir. Ist mehr etwas für Blonde.«

Sophie betrachtete das hellblaue Sommerkleid unschlüssig, aber als Judith ihr den Weg zur Toilette wies, folgte sie ihr widerspruchslos. Sobald sie allein war, schälte sie sich ungeduldig aus dem Winterkostüm. Es war angenehm, in das leichte Sommerkleid zu schlüpfen. Sophie wusch sich das verquollene Gesicht mit kaltem Wasser, zog die Strümpfe aus und schlüpfte in die Sandalen, die ihr gut passten. Sie fühlte sich fast wie neugeboren, als sie zu den anderen zurückkehrte.

»Ich hatte leider nichts Schwarzes«, erklärte Judith entschuldigend.

»Macht nichts. Das brauche ich erst zur Beerdigung. Und das wird ja noch ein wenig dauern, bis ich mit ihr zurück in Deutschland bin«, erklärte Sophie mit fester Stimme.

Täuschte sie sich, oder warfen sich Judith und Frank skeptische Blicke zu? Sophie begann unwillkürlich zu zittern. Es lag Spannung in der Luft.

Als Sophie dem Anwalt und seiner Partnerin wenig später bei einem Glas Wasser im Konferenzraum der Kanzlei gegenübersaß, hatte sie sich wieder gefangen. Sie hoffte inständig, dass das Rätselraten bald ein Ende haben würde.

Der Anwalt war nun sichtlich nervös. Er räusperte sich mehrmals, bevor er zu reden begann. »Sie wissen ja bereits, dass Ihre Mutter mich aufgesucht hat, um ihr Testament zu ändern, und mir für den Fall ihres Ablebens Unterlagen für Sie ausgehändigt hat. Das war erst letzte Woche. Da erzählte sie mir, dass sie nach Deutschland zurückkehren wolle. Sie ließ mich wissen, dass ich als Erster von ihrem Tod erfahren solle, was auch immer geschehen würde, und dass mir die Aufgabe obliege, Ihnen die traurige Nachricht zu überbringen und Sie zu bitten, nach Dunedin zu reisen.« Ihm war anzusehen, wie wenig ihm die Rolle behagte.

»Ich verstehe das nicht. Auch wenn sie in Deutschland gestorben wäre? Was hätte ich denn dann hier gesollt? Was hat sie sich bloß dabei gedacht?« Sophies Stimme klang trotzig.

»Auch dann wäre ich der Testamentsvollstrecker gewesen, wobei Ihre Mutter, als sie unsere Kanzlei aufsuchte, natürlich hoffte, dass mein Vater Derek noch lebt. Er war damals mit dem Fall betraut und hat auch all die Jahre ihr Erbe verwaltet. Sie war untröstlich, als ich ihr mitteilen musste, dass mein Vater vor drei Jahren gestorben ist.«

»Fall? Erbe? Verzeihen Sie, aber ich kann Ihnen nicht ganz folgen«, erklärte Sophie.

»Das glaube ich Ihnen sofort. Mir ist auch nicht wohl in meiner Haut. Ich dachte natürlich, Sie wüssten über alles Bescheid.«

John Franklin sah Sophie direkt in die Augen. So konnte er offensichtlich am besten abschätzen, wie viel mehr Wahrheit die junge Frau noch verkraften würde. Auch Judith ließ den Blick nicht von ihr. Sophie wirkte völlig verstört.

»Darf ich jetzt vielleicht den Brief Ihrer Mutter verlesen?«, fragte John hastig.

Sophie nickte.

»Mein über alles geliebtes Kind …«, begann Franklin, und Sophie sah ihn erstaunt an, als er sich plötzlich fehlerfrei ihrer Sprache bediente. Dann fiel ihr das Telefonat wieder ein. Da hatte er ja auch Deutsch geredet.

Er machte eine Pause, weil er ihren verwirrten Blick bemerkte.

»Ich war auf meinem Europa-Trip auch länger bei einer Tante in Köln. Und ich hatte Deutsch in der Schule. Die Wurzeln meiner mütterlichen Familie liegen in Deutschland«, kam er Sophies Frage zuvor. Dann fuhr er vorsichtig fort:

»Sei nicht traurig! Bitte. In der Nacht, in der Papa starb, hatte ich einen Traum. Er rief mich und sagte mir, dass ich bald bei ihm sein würde. Da habe ich geahnt, dass ich sterben muss. Und zum ersten Mal in meinem Leben habe ich an den Fluch geglaubt und gewusst, dass ich vor der Vergangenheit nicht länger davonlaufen kann – nicht einmal an das andere Ende der Welt. Und vor allem wurde mir klar, dass du ein Recht hast zu erfahren, wo deine Wurzeln liegen. Ich habe oft versucht, es dir zu sagen. Erinnerst du dich, wie wir manchmal bei einem Glas Wein zusammensaßen und über Papa geredet haben?«

John Franklin wurde von Sophies lautem Schluchzen unterbrochen. Judith reichte ihr ein Taschentuch. Die beiden Anwälte schwiegen rücksichtsvoll, bis Sophie mit tränenerstickter Stimme raunte: »Bitte weiter!«

John Franklin räusperte sich.

»So manches Mal war ich kurz davor, dir alles zu erzählen, aber ich brachte es nicht über die Lippen. Ich musste hierher zurück, um es für dich aufzuschreiben, und ich bitte dich von Herzen: Versuche nicht, ungeduldig hinter mein Geheimnis zu kom-

men, sondern lass dir Zeit für die Geschichte deiner Familie! Du wirst alles erfahren. Dann erst kannst du dir selbst ein Urteil bilden. Über mich und über den Fluch.«

Mit diesen Worten deutete der Anwalt auf eine Holzkiste, die mitten auf dem Konferenztisch stand.

Das ist also übrig geblieben von dir, Emma, dachte Sophie bitter, und es trieb ihr erneut Tränen in die Augen.

John Franklin aber las weiter:

»Ich hatte solche Angst damals. Verzeih mir! Ich wollte mit Papa und dir ein neues Leben anfangen, vor dem Fluch davonlaufen, euch schützen, aber nun hat er mich eingeholt. Er hat mir meinen über alles geliebten Mann genommen. Ich habe in den letzten Wochen nun meine und damit auch deine Geschichte niedergeschrieben und möchte, dass du sie liest. Hier, in der Heimat deiner Mutter. Ich bete, dass du mich noch lieben wirst, nachdem du alles erfahren hast. Und bitte: Pass gut auf dich auf!«

»Oh, Mama!«, schluchzte Sophie verzweifelt. Tränen rannen ihr über die Wangen, aber sie machte keine Anstalten, sie abzuwischen.

John Franklin holte tief Luft. Er schien zu wissen, was jetzt kam.

»Ich würde so gern bei dir sein, wenn du heiratest, aber ich werde das Gefühl nicht los, dass ich in diesem Land sterben werde. Wenn es so sein soll, dann möchte ich in dieser Erde, der Erde meiner Heimat, begraben werden.«

Sophie hörte abrupt mit dem Schluchzen auf und wurde kalkweiß.

Judith sprang auf, holte ein neues Glas Wasser aus der Küche und reichte es der jungen Frau.

»Sie hat es geahnt!«, stöhnte Sophie in einem fort. »Sie hat es geahnt.«

»Sophie!«, unterbrach John Franklin sie mit sanfter Stimme,

»Wenn es Ihnen hilft, werde ich alles vorbereiten, damit Ihre Mutter hier beerdigt werden kann.«

Sophie antwortete nicht. Ihre Gedanken fuhren Achterbahn. Es konnte doch nicht sein, dass ihr Leben binnen weniger Tage so aus dem Ruder gelaufen war. Was hatte sie in diesem fremden Land zu suchen? *Heimat?* Was meinte Emma mit *Heimat?* Sophie wollte nach Hause, nichts wissen von dem, was ihre Mutter für sie niedergeschrieben hatte, einfach davonlaufen.

»Mister Franklin, ich werde die sterblichen Überreste meiner Mutter mit nach Deutschland nehmen, und das, was sie aufgeschrieben hat, das werde ich ungelesen hierlassen«, sagte sie nach einer Weile des Schweigens in die Stille hinein.

»Daran kann ich Sie nicht hindern«, entgegnete der Anwalt ganz ruhig und fügte hinzu: »Trotzdem würde ich jetzt gern das gesamte Testament verlesen.«

Sophie nickte und fauchte: »Wenn es unbedingt sein muss!« Sofort bedauerte sie, dass sie sich im Ton vergriffen hatte. Was konnte der Anwalt dafür, dass Emma sie ein Leben lang belogen hatte? Er tut doch auch nur seine Pflicht, dachte Sophie und wollte sich gerade entschuldigen, als er fortfuhr.

»Mein Vermögen in Höhe von schätzungsweise zwei Millionen Neuseeland-Dollar erben zu gleichen Teilen meine Tochter Sophie de Jong und Thomas Holden. Letzterer soll frühestens acht Wochen nach meinem Tod in Kenntnis gesetzt werden, damit meine Tochter die Gelegenheit hat, vorher alles zu lesen.«

»Vermögen?«, stammelte Sophie.

»Dieses Vermögen der Familie McLean hat mein Vater mehr als vierzig Jahre lang verwaltet. Es entspricht ungefähr eins Komma drei Millionen Euro«, erläuterte ihr der Anwalt ruhig.

Sophie war fassungslos. »Und wer ist dieser Thomas Holden?«

Der Anwalt zuckte mit den Achseln. »Das habe ich Ihre

Mutter auch gefragt, aber sie sagte mir, es wäre besser, wenn ich es nicht wisse. Sie würden mich sicherlich danach fragen, hat sie gemeint, und da wäre es sicherer, ich käme nicht in Versuchung, es Ihnen mitzuteilen. Sie werden es erfahren, wenn Sie diese Aufzeichnungen lesen. Aber wenn Sie sie nicht lesen wollen, werden wir nach acht Wochen den zweiten Erben ausfindig machen und ihm das Testament eröffnen. Vielleicht kann er sich dann ja bei Ihnen melden.«

Sophie hatte gar nicht richtig zugehört. Was hat sich Emma nur dabei gedacht?, fragte sie sich. Wie sie ihre Mutter kannte, war dies der Versuch, ihre Tochter über den Tod hinaus zu beschützen, aber wovor? Was musste das für eine schreckliche Wahrheit sein, die sie ihr so schonend beizubringen versuchte? Sophie zitterte.

Nach einer halben Ewigkeit warf sie einen flüchtigen Blick auf die Kiste und spürte intuitiv, dass sich ihr Leben grundlegend ändern würde, wenn sie dieses Vermächtnis annahm. In ihrem Inneren tobten schwere Kämpfe um die richtige Entscheidung. Eine Stimme riet ihr zur Flucht, eine andere forderte sie auf, ihrer Mutter zu gehorchen und zuzugreifen, eine dritte wollte ihr einreden, dass diese Kiste vielleicht ein wertvolles Wissen beinhalte, das ihr helfen werde, über den Verlust ihrer Mutter hinwegzukommen.

Seufzend beugte sich Sophie vor, berührte die Kiste mit den Eisenbeschlägen, strich zaghaft über das alte Holz, zog sie vorsichtig zu sich heran und öffnete sie. Judith und John hielten den Atem an.

Sophie zögerte. Ein muffiger Geruch schlug ihr entgegen. Sie nahm einen vergilbten Briefumschlag heraus, der in der Mitte durchgerissen war. Sie konnte erkennen, dass auf dem Absender ANZAC stand und darunter *Australian and New Zealand Army Corps*, aber sie legte ihn hastig zur Seite, ohne auch nur einen einzigen Blick hineinzuwerfen, als fürchte sie, sich daran die Finger zu verbrennen. Darunter befand sich eine Daguerreotypie. Behutsam nahm sie das vorsintflutliche Foto zur Hand. Wer waren diese Menschen aus einem längst vergangenen Jahrhundert, die steif und lustlos in die Kamera blickten? Diese bis obenhin zugeknöpfte junge Frau? Sie schaute entsetzlich ernst aus, doch beim näheren Hinsehen musste Sophie feststellen, dass sie Emmas Mund besaß – und ihre Augen. Hastig legte Sophie das Bild in die Kiste zurück. Sie schob es unter ein Buch aus schwarzem Leder, das schon ganz brüchig war. Dann klappte sie die Kiste entschlossen zu. Ihr Blick blieb an dem Stapel Papier hängen, der neben der Kiste lag – die Aufzeichnungen ihrer Mutter, fein säuberlich auf dem Computer geschrieben. Ganz vorsichtig, als wäre es zerbrechlich, nahm Sophie das Skript zur Hand. Es waren bestimmt weit über vierhundert Seiten, und Sophie spürte augenblicklich einen unwiderstehlichen Sog, in diese Welt einzutauchen, die ihre Mutter für sie niedergeschrieben hatte und die zum Greifen nah schien, selbst auf die Gefahr hin, dass sie darin ertrinken würde. Sie spürte es mit jeder Faser. Sie hatte keine Wahl. Keine ruhige Minute würde sie mehr haben, wenn sie sich dieser Welt verschloss.

Sophie atmete ein paar mal tief durch, bis sie kaum hörbar raunte: »Entschuldigen Sie, Mister Franklin, ich habe Ihnen vorhin kaum zugehört, aber sagten Sie nicht, dass Sie sich um die Beerdigung hier kümmern würden?«

Der Anwalt nickte und erwiderte hastig: »Es freut mich, dass Sie den Wunsch Ihrer Mutter respektieren, aber da wäre noch etwas.«

Sophie hatte das Gefühl, ihr Herzschlag würde für den Bruchteil einer Sekunde aussetzen. Noch mehr konnte sie nicht verkraften. Was gab es denn nun noch? Sie sah den Anwalt ängstlich an.

John hielt ihrem Blick stand, griff erneut nach dem Testament und las mit seiner ruhigen Stimme aus dem Letzten Willen seiner Mandantin vor. »Pakeha, *mein Anwesen bei Tomahawk (Ocean Grove), erbt allein meine Tochter Sophie.*«

Er legte eine Pause ein, bevor er erklärte: »Das Testament ist unterschrieben von Emma de Jong, geborene McLean.«

»Das glaube ich jetzt nicht!«, brachte Sophie tonlos heraus.

»Was? Dass Ihre Mutter ein Haus besitzt?«

»Das nicht und dass sie eine geborene McLean ist, schon gar nicht. Meine Mutter hat immer behauptet, sie heißt Wortemann und dass wir aus einer Nebenlinie dieser Hamburger Reederfamilie stammen. Sie hat mich stets in dem Glauben gelassen, dass ihre Eltern Deutsche waren, aber McLean, das klingt, das klingt –«

»– schottisch«, ergänzte John.

»Schauen Sie mal ins Telefonbuch! Das ist kein seltener Name hier in Dunedin. Ich kenne allein drei davon«, pflichtete Judith ihm bei.

»Ja, toll. Was ein Trost! Wissen Sie, was das heißt? Sie hat mich belogen und betrogen! Ein Leben lang. Mir wichtige Dinge verheimlicht und mich an der Nase herumgeführt. Und wozu?« Sophie war laut geworden.

»Ich kann mir vorstellen, wie Ihnen zumute ist, aber ich hatte keine andere Wahl, als Ihnen die Wahrheit zu überbringen«, erklärte John beinahe bedauernd und legte einen Schlüssel vor Sophie auf den Tisch.

»Das ist für Ihr Haus. Wenn Sie es jetzt besichtigen wollen, fahre ich Sie hin.«

»Danke bestens, aber Sie werden verstehen, dass ich es vorziehe, im Hotel zu übernachten. Es ist alles schon fremd genug, und nun auch noch ein wildfremdes Haus. Nein, auf keinen Fall. Aber wenn Sie mich jetzt bitte ins *Kingsgate* bringen würden, wäre ich Ihnen sehr dankbar. Ich kann nicht mehr. Und wenn ich es jetzt an Ihnen beiden ausgelassen habe, dass ich nicht mehr weiß, wer ich bin, dann bitte ich um Entschuldigung.«

»Schon gut«, meinte John besänftigend und warf Judith einen aufmunternden Blick zu.

»Sie können aber mit zu mir nach Hause kommen. Ich würde etwas kochen für uns drei«, schlug Judith nun vor.

Die beiden sind also wirklich ein Paar, schoss es Sophie durch den Kopf, ein schönes Paar! Es war rührend zu sehen, wie sie versuchten, ihr zu helfen, aber Sophie wollte jetzt nur noch allein sein. Sie hatte das Gefühl, dass das Gerüst ihres Lebens zusammenkrachte und sie unter den Trümmern begrub.

»Ich habe so viel für Weihnachten eingekauft, und nun ist mein Freund einfach zum Mount Cook abgehauen, und ich sitzen auf all dem schönen Essen.«

Ihr Freund? Also gehören der Anwalt und seine Partnerin doch nicht zusammen, fuhr es Sophie durch den Kopf. Egal, was geht mich das an!

»Das ist sehr nett von Ihnen, aber ich kann nicht. Nach allem, was passiert ist. Ich weiß ja nicht mal mehr, wie ich heiße. Ich bin vollkommen durcheinander. Ich glaube, ich muss das alles erst in Ruhe begreifen. Wenn es mir morgen besser geht, dann würde ich gern auf Ihr Angebot zurückkommen.«

»Prima!«, antworteten Judith und John wie aus einem Mund.

Sophie nahm die hölzerne Kiste vom Tisch, steckte den Schlüssel ein und folgte dem Anwalt, der sofort aufgesprungen war, zur Tür. Dort drehte sie sich noch einmal um. »Danke, für das Kleid, Misses Palmer, und überhaupt für alles«, erklärte sie an Judith gewandt.

»Nicht der Rede wert!« Die junge Frau lächelte verständnisvoll.

Wortlos fuhren sie durch Dunedin. Stumm starrte Sophie auf die Kiste auf ihrem Schoß, die wie eine zentnerschwere Last auf ihr lag, obwohl sie in Wirklichkeit gar nicht so schwer war. Dann hielt der Wagen.

John Franklin nahm ihr Gepäck aus dem Kofferraum und begleitete Sophie bis zu ihrer Zimmertür. Dort verabschiedete er sich mit den Worten: »Sie können sich jederzeit bei mir melden, wenn Sie mich brauchen. Und das sage ich nicht nur so daher. Sie brauchen jetzt ganz viel Ruhe! Schlafen Sie sich erst einmal richtig aus. Und wenn ich nichts Gegenteiliges höre, hole ich sie morgen um achtzehn Uhr zum Dinner ab.«

»Danke. Auf Wiedersehen, Mister Franklin!«, hauchte Sophie, sichtlich erschöpft.

John Franklin zögerte noch, sich umzudrehen und zu gehen. Er räusperte sich verlegen. »Wir haben ganz vergessen, bei der Polizei vorbeizufahren. Schaffen Sie das noch, oder warten wir lieber bis morgen?«, fragte er beinahe entschuldigend.

»Das machen wir morgen!«, entgegnete Sophie schwach. Sie hatte inzwischen nicht mehr den geringsten Zweifel daran, dass Emma tot war. Plötzlich war es ihr gleichgültig, wer dieser Zeuge war. Das würde sie noch früh genug erfahren.

»Dann hole ich Sie morgen gegen siebzehn Uhr ab. Bevor wir Judith einen Besuch abstatten, fahren wir bei der zuständigen Polizeistation vorbei. Die befindet sich nämlich in St Kilda.«

»Dort, wo das Haus ist?«, fragte Sophie tonlos.

»In der Nähe.«

»Dann bis morgen!« Sophie lächelte tapfer zum Abschied, zog die Tür hinter sich zu, setzte sich in einen Sessel und blieb dort eine Weile regungslos sitzen. Bei dem Gedanken an all das, was sie in den letzten Stunden bei Franklin, Palmer & Partner hatte erfahren müssen, wurde ihr abwechselnd heiß und kalt. Schließlich stand sie auf, holte ihren Morgenmantel aus dem Koffer, zog das fremde Kleid aus und warf ihren seidenen Kimono über. Dann nahm sie das Manuskript aus der Kiste und ließ sich aufs Bett fallen.

Statt zu lesen, blätterte sie das Skript jedoch nur von hinten nach vorn durch auf der verzweifelten Suche nach dem Namen Thomas Holden, aber der war auf die Schnelle nicht zu entdecken. Sophie kämpfte gegen ihre inneren Dämonen an. Sollte sie nicht einfach hinten anfangen, um das Geheimnis schnellstens zu lüften? Oder sollte sie ihrer Mutter eine letzte Ehre erweisen, indem sie ihr den Wunsch erfüllte, es chronologisch zu lesen?

Seufzend beschloss sie zu tun, was ihre Mutter verlangte, auch wenn es ihr schwerfiel. In ihre Trauer mischte sich Wut. Was mutete Emma ihr da eigentlich zu? Ein Leben lang hatte sie versucht, alles Unabwägbare von ihr fernzuhalten, und nun musste sie so viel Unbegreifliches auf einmal verkraften.

Das ist nicht fair, Emma!, dachte Sophie, bevor sie zögernd die erste Seite zur Hand nahm. Als sie die Widmung las, erstarrte sie: *Für Sophie und Thomas.* Mit klopfendem Herzen vertiefte sie sich in die Aufzeichnungen ihrer Mutter.

Dunedin/Otago
Januar 1863

Anna Peters weinte stumm in sich hinein. Ihr Ehemann Christian, der neben ihr im Bett laut schnarchte, durfte es auf keinen Fall mitbekommen. Wenn er aufwachte, würde er sie bestimmt für ein undankbares, dummes Ding halten und sie dafür mit groben Worten bestrafen.

Anna empfand es ja selbst so, dass sie eigentlich keinen Grund zum Klagen hatte. Sie wusste durchaus zu schätzen, was er auf sich genommen hatte, aber sie fühlte sich so entsetzlich einsam an diesem Ort am Ende der Welt, der ihr im Gegensatz zu Hamburg wie die Wildnis vorkam. Für Christian jedoch bedeutete er die Chance, es zu Ansehen und Reichtum zu bringen. Er war nun der Chef der neuen Handelsniederlassung Wortemann in Otago.

Annas Tränen waren versiegt, aber die Traurigkeit blieb. Für sie war das hier nur der Beginn eines weiteren Lebensabschnitts, den andere für sie vorgesehen hatten. Seit ihrer frühen Kindheit hatten ihr Onkel Rasmus Wortemann und seine Frau Margarete über sie, das arme Waisenkind, bestimmt. Sie hatten ihr das kleinste Zimmer in der Sommervilla der Familie an der Elbe zugewiesen, nachdem sie sie bei sich aufgenommen hatten. Sie hatten auch entschieden, wie das Erbe ihrer Eltern angelegt werden solle – mit dem Ergebnis, dass angeblich nichts mehr davon übrig geblieben war. Und sie hatten beschlossen, dass ihre Ziehtochter, kaum achtzehnjährig, dem zehn Jahre älteren Christian Peters, der rechten Hand ihres Onkels in der Handelsgesellschaft Wortemann, zur Frau gegeben wurde.

Anna atmete schwer bei dem Gedanken. Sie wusste, dass ihr Unrecht widerfahren war, nachdem ihre Eltern kurz nacheinander den Pocken zum Opfer gefallen waren, an denen sich ihr Vater auf einem Wortmann'schen Schiff nach Übersee angesteckt hatte. Andererseits hatten Onkel und Tante ihr ein neues Zuhause gegeben. Man hatte sie niemals schlecht behandelt. In einem Waisenhaus wäre es mir bestimmt schlimmer ergangen, tröstete Anna sich einmal mehr und merkte, wie weit weg Europa war. Wieder spürte sie, wie ihre Augen feucht wurden bei dem Gedanken an das ferne Hamburg.

Es sind die Strapazen der Überfahrt, redete sich die junge

Frau ein. Aber das würde Christian niemals als Entschuldigung gelten lassen. Sie war schließlich auf der *Margarete* gereist, einem Handelsschiff der Familie Wortemann. Der reine Luxus, wie Christian behauptet hatte, zumal er Monate zuvor auf einem einfachen Auswandererschiff nach Neuseeland gekommen war. Vier Monate hatte seine Überfahrt gedauert. Das sind kaum vorstellbare Strapazen gewesen, würde er ihr vorhalten, während sie wie eine Prinzessin gereist sei. Es würde wenig nützen, ihm zu erklären, dass es auch für sie eine einzige Qual gewesen war, hatte sie doch volle drei Monate unter Seekrankheit gelitten. Er würde ihr entgegenhalten, er habe die Menschen wie Vieh unter Deck sterben sehen und sei einer um sich greifenden Seuche nur knapp entronnen. Vor allem würde er ihr in Erinnerung rufen, dass er Tag und Nacht geschuftet hatte, um diese Handelsvertretung im vom Goldrausch profitierenden Otago aufzubauen, damit er ihr, dem verwöhnten Hamburger Mädchen, ein gutes Leben bereiten könne. Nein, es war besser, ihm nicht zu zeigen, wie elend ihr zumute war.

Er durfte vor allem niemals erfahren, dass es einen viel tieferen Grund für ihre Tränen gab. Sie war keine gute Ehefrau, und sie würde es niemals werden, denn sie hasste das, was er ihr soeben hatte antun wollen. Wie ein Tier hatte er sich auf sie gewälzt, sie mit seinem Gewicht fast zerquetscht, und sie hatte ihn schließlich angefleht, sie heute noch nicht anzurühren. Sie hatte seit ihrer Ankunft vor zwei Tagen nur blass und erschöpft im Bett gelegen. In der vergangenen Nacht hatte er sie in Ruhe gelassen, aber nun hatte er versucht, ihre ehelichen Pflichten einzufordern, und sie dabei mit seinem ekelhaft stinkenden Atem angehaucht. Er hat Schnaps getrunken, vermutete Anna. Sie spürte immer noch die groben Hände auf ihren Schenkeln, die ihr Nachthemd immer höher schoben. »Bitte, nicht!«, hatte sie gefleht. »Mir ist nicht gut!« Und das war die reine Wahrheit gewesen, war ihr doch beim Geruch seines widerlichen Atems speiübel geworden.

Mit einem brummigen »Morgen ist die Schonfrist vorüber!« hatte er die Pranken von ihren Schenkeln genommen, sein Schlafhemd mit einem Ruck hinuntergezogen und sich wütend auf die andere Seite gerollt. Bald danach hatte er laut zu schnarchen angefangen.

In diesem Augenblick hörte Anna ein pfeifendes Geräusch, erst leise, dann immer lauter. Sie vermutete, dass es ein einheimisches Tier war, eines von diesen vielen unbekannten Wesen dort draußen, die ihr Angst einjagten.

Das Pfeifen wurde immer lauter und ging in ein Zischen über. In diesem Augenblick schreckte ihr Mann hoch. Anna schloss die Augen und wagte kaum zu atmen, damit er nicht merkte, dass sie noch wach lag. Der Mond beleuchtete das Zimmer so hell, dass man alles deutlich erkennen konnte. Das schlichte Eisenbett, die Kommode, den Schrank, die Nachttische und zwei Stühle für ihre Kleidung. Dazwischen ihre riesigen Überseekoffer.

Anna hielt die Augen fest zusammengekniffen, als das Geräusch noch einmal ertönte. Täuschte sie sich, oder ging das Zischen in einen menschlichen Ruf über? Annas Herz klopfte bis zum Hals. Sie hoffte, er würde es nicht hören und damit erraten, dass sie noch nicht schlief. Zu groß war ihre Angst, dass er seinen massigen Körper noch einmal auf sie wälzen würde. Sie konnte nicht garantieren, dass sie bei dem nächsten Versuch nicht vor Ekel würgen würde. Es war ja nicht nur der Schnaps, es war ja auch der Geruch nach erkaltetem Schweiß, der in seinem Nachthemd saß und den er bei jeder Bewegung ausdünstete.

Hat er eigentlich immer schon solche übel riechenden Schwaden ausgestoßen?, fragte sich Anna und versuchte sich zu erinnern. Sie hatte ihn ja schließlich schon über ein Jahr nicht mehr gesehen.

Doch statt sich an seinen Geruch zu erinnern, fiel ihr plötzlich die erste Begegnung mit ihrem Mann ein. Auf dem Sofa des Onkels in der Sommervilla an der Elbe.

»Das ist Christian. Er hat um deine Hand angehalten.« Mit diesen Worten hatte der Onkel ihr den linkisch wirkenden Mann vorgestellt.

Sie war zu Tode erschrocken, als Christian ihr eine Hand entgegenstreckte, die sie an die Pranke des Braunbären erinnerte, den sie einmal in einem Wanderzirkus bewundert hatte. Dieser Mann war das Gegenteil von Frederik Goldhammer, ihrem schöngeistigen Klavierlehrer, den sie lange heimlich verehrt hatte. Bis zu dem Tag, an dem er beim vierhändigen Spiel ihre Hände berührt hatte. Bei dem Gedanken, was dann geschehen war, konnte Anna ein Zittern nicht unterdrücken. Sie hatten sich angesehen, bis ihre Münder einander gefunden hatten.

»Ich halte gleich morgen um deine Hand an, Liebste«, hatte Frederik ihr nach diesem Kuss hoch und heilig versprochen. Und sie hatte ihn nie wiedergesehen! Sie wusste nur, dass er dem Onkel tatsächlich seine Aufwartung gemacht und dieser ihn hochkantig hinausgeworfen hatte.

»Wir haben andere Pläne mit dir«, hatten Onkel Rasmus und seine Frau Margarete ihr wenig später ungerührt mitgeteilt. »Es kommt gar nicht infrage, dass du so einen brotlosen Künstler nimmst!«

Und dann saß plötzlich dieser grobschlächtige Kerl auf dem Sofa und blickte sie hoffnungsvoll an. Anna war wie erstarrt gewesen. Diese erste Begegnung mit Christian Peters lag inzwischen mehr als drei Jahre zurück. Nachdem Anna dem Heiratskandidaten die Hand gereicht hatte, war sie damals einfach aus dem Zimmer gerannt, aber die Tante hatte sie zurückgeholt und ihr befohlen, seinen Antrag anzunehmen. »Sonst geben wir dich in das Damenstift.«

Das war eine schlimme Drohung, denn Anna kannte zwei alte Tanten, die dort lebten, und etwas Verknöcherteres als diese beiden schwarz gekleideten, frömmelnden Krähen war ihr nie zuvor begegnet. Anna hatte sich in ihrer Verzweiflung Bedenkzeit ausgebeten in der stillen Hoffnung, dass Frederik sie retten würde. Wochenlang hatte sie Abend für Abend in die Kissen geweint und gebetet, dass Frederik sie entführen möge. Ja, sie hatte sogar ein Köfferchen gepackt für den Fall, dass er sie eines Nachts abholen würde, aber der Klavierlehrer war niemals gekommen. Ja, sie wäre sogar zu ihm gegangen, doch sie kannte ja nicht einmal seine Adresse.

Und nach einem Monat hatte der grobe Geselle wieder auf dem Sofa ihres Onkels gesessen. Anna sah alles vor ihrem inneren Auge ablaufen, als wäre es erst gestern gewesen: wie sie sich brav neben den Gehilfen ihres Onkels gesetzt und mit den Tränen gekämpft hatte. Sie fand ihn schrecklich. Seine ungelenken Bewegungen, sein verlegenes Lächeln, das gelbliche Zähne preisgab, seine ungeschickt formulierten Sätze. All das hatte sie abgestoßen.

Ein erneutes Pfeifen riss Anna aus ihren Erinnerungen.

Christian schien sich jetzt leise, ganz leise zu erheben: das Rascheln seiner Bettdecke, tapsende Schritte auf den Holzdielen. Eins, zwei, drei, bis zum Schemel. Aber was war das? Warum zog er seine Hosen an, wenn er doch nur seine Notdurft verrichten wollte? Und die Stiefel. Wieder Schritte; die Tür klappte. Die schweren Schritte seiner Stiefel auf der Stiege. Dann war alles ruhig.

Vorsichtig öffnete Anna die Augen und setzte sich im Bett auf. Sie seufzte. Überall im Zimmer standen noch die Koffer, die sie mitgebracht hatte. Zum Auspacken war sie viel zu erschöpft gewesen. Und dann all das Neue, das sie hier erwartete! Am meisten schockierte sie, dass sie vorerst in einem Holzhaus leben sollte. Gut, man hatte sie in Hamburg mit dem kleinsten Zimmer der Villa abgespeist, aber gegen diese Hütte war es der reinste Palast gewesen. Und überall zwischen den eilig hochgezogenen Holzbehausungen führten sandige Wege hindurch, die der Regen in Schlamm verwandelt hatte. Die Kutsche war mehrmals stecken geblieben. Dazu der plötzliche Sommer. Als sie in Hamburg an Bord gegangen war, hatte Schnee gelegen.

Erschrocken merkte Anna, wie ihr allein bei dem Gedanken an ihre Ankunft im Hafen von Otago wieder eine Träne über das Gesicht rollte. Hastig wischte sie die Spur ihres Kummers fort.

»Hör auf zu heulen!«, hatte Christian gebrüllt, als sie beim Anblick der kargen Behausung in Tränen ausgebrochen war. »Stell dich nicht so an! Du hast keinen Grund dazu! Wir werden bald das prachtvollste Haus vor Ort haben. Ich habe schon mit dem Baumeister gesprochen.«

Alles war so fremd. Nicht nur das Land, sondern auch ihr Mann. Er hatte sie noch nie zuvor angebrüllt. Bis auf die Tatsache, dass er ihr einmal wöchentlich große Schmerzen bereitete, hatte sie sich in den ersten beiden Ehejahren fast ein wenig an ihn gewöhnt. Wenn er auch grob wirkte, war er in seinem Wesen ihr gegenüber stets sanftmütig gewesen. Nur manchmal, da hatte er sie merkwürdig angesehen und lauernd gefragt: »Und, bist du endlich in anderen Umständen?« Nein, sie war in den beiden ersten Ehejahren zu ihrem eigenen Kummer nicht schwanger geworden. Ein Kind, ja, das war ihre große Sehnsucht. Obwohl er jedes Mal enttäuscht gewesen war, weil sie es verneinen musste, war er nie wirklich böse geworden. Im Gegenteil, er hatte sie sogar getröstet und ihr Mut gemacht.

»Warte nur ab, eines Tages haben wir einen ganzen Stall voller Kinder!« Christian hatte nie einen Hehl daraus gemacht, dass er sich mindestens sechs Nachkommen wünschte. Er war immer freundlich zu ihr gewesen, ja, mehr noch, er hatte ihr eigentlich jeden Wunsch von den Augen abgelesen. Was hatte ihre beste Freundin Gertrud ihr noch bei der Hochzeit zugeflüstert? »Er ist ein stattlicher Mann, und er liebt dich!« Daran, dass er sie auf seine Weise liebte, hatte es nie einen Zweifel gegeben. Jedenfalls nicht bis vor einem Jahr, als sie ihn das letzte Mal gesehen hatte. Bevor er zu diesem Ort an der neuseeländischen Ostküste aufgebrochen war, der über Nacht zum Ziel vieler Glückssucher geworden war.

Hier in der Fremde schien Christian ein völlig anderer Mensch geworden zu sein. Ein Tyrann, der sich nicht wirklich über ihre Ankunft zu freuen schien. Gut, er hatte sie vom Schiff abgeholt, aber zwischen ihnen herrschte Fremdheit. Sie hatten bislang nur wenige Worte gewechselt, und das nur, weil Anna ihren Mann mit Fragen überhäuft hatte. Sie hatte das Gefühl, als betrachte er sie nicht mehr mit den Augen der Liebe, sondern beinahe wie einen Eindringling. Anna hatte sich natürlich vorgestellt, den Mann vorzufinden, von dem sie sich vor einem Jahr getrennt hatte. Die Aussicht, von diesem Mann auf Händen getragen zu werden, das war ihr einziger Trost gewesen, als sie Hamburg verlassen hatte. Jetzt benimmt er sich genauso grob, wie er aussieht, dachte sie seufzend. Ob er sich zu sehr an ein Junggesellendasein gewöhnt hat?

Mit einem Ruck erhob sich Anna und zog verschämt das Nachthemd herunter. Auf Zehenspitzen schlich sie zum Fenster. Christian konnte jeden Moment zurück in das Zimmer treten und sie wach sehen, dennoch konnte Anna dem Wunsch nicht widerstehen, das Fenster zu öffnen und die frische Nachtluft in die stickige Kammer zu lassen. Sie atmete einmal tief durch und wandte den Blick zum Himmel. Sie liebte die Gestirne. Frederik hatte ihr an einem klaren Winterabend, als er mit ihr nach dem Unterricht einen Spaziergang in den Wortemann'schen Garten gemacht hatte, einmal die Sterne am Firmament gezeigt und viele Sternbilder erklärt. Anna seufzte bei der süßen Erinnerung.

Sie beugte sich aus dem Fenster und suchte den Großen Wagen. Zunächst erkannte sie ihn nicht, aber dann fiel es ihr wie Schuppen von den Augen. Er stand verkehrt herum. Am Himmel der Südhalbkugel war einfach alles genau andersherum. Während sie sich das klarzumachen versuchte, schweifte ihr Blick hinunter auf die Straße.

Es gab in dieser Siedlung aus Holzhäusern in Hafennähe noch keine Gaslaternen wie in Hamburg, aber der Mond schien so hell, dass sie erkennen konnte, was sich dort unten bewegte. Komisch, das war doch Christian, der da auf ein Haus auf der anderen Straßenseite zuschlich! Anna konnte gerade noch rechtzeitig in das Dunkel des Zimmers zurückspringen, bevor er sie womöglich entdeckte. Ihr Herz klopfte wie verrückt. Das Fenster, dachte sie, er wird das offene Fenster sehen. Ich sollte jetzt schnell zurück ins Bett schlüpfen, ermahnte sie sich, aber ihre Neugier siegte.

Ganz leise trat sie erneut zum Fenster, um noch einen Blick auf ihren Mann zu erhaschen. Christian lehnte an einem Verandapfeiler des gegenüberliegenden Hauses, aber er war nicht allein. Neben ihm tauchte eine kleinere Gestalt auf. Ihr schwarzes Haar leuchtete im Silbermond wie das Gefieder eines Raben. Anna erschrak. Das war ja Hine, Christians fremdartig aussehende Bedienstete! Bei Annas Ankunft hatte die sie nur aus dunklen Augen finster angestarrt. Anna hatte Christian gleich auf den unheimlichen Blick des jungen Mädchens angesprochen und ihn gefragt, was es hier im Haus zu schaffen habe. Er hatte ihr unwirsch geantwortet, dass Hine seine Hausangestellte sei und die Maori allen Weißen gegenüber Vorsicht walten ließen. Zu viele ihrer Eltern und Geschwister seien getötet worden. »Vor allem von den Briten auf der Nordinsel«, hatte Christian hinzugefügt.

Nun stand Hine neben ihm. Ganz nahe. Kerzengerade. Ja, sie kam sogar noch näher, und Anna musste mit ansehen, wie Christian die schmalen Hüften der jungen Frau umfasste. Anna schluckte trocken. Dann zog Christian Hine einfach mit sich fort.

Anna zögerte nicht eine einzige Sekunde. Sie eilte zu ihrem Schemel, schlüpfte in ihr Reisekleid, schnürte ihre Stiefeletten und verließ das Haus. Plötzlich hatte sie keine Angst mehr vor der Fremde. Zu groß war ihre Neugier, herauszufinden, ob Hine der Grund dafür war, dass ihr Mann sich ihr gegenüber plötzlich so schroff verhielt. »Was bedeutet Hine?«, hatte Anna ihn gefragt.

»Was weiß ich?«, hatte er geantwortet. »Ich glaube, es kommt von *Hinepukohurangi*. Das heißt so viel wie Nebelfee.«

Anna hatte ihn bewundernd angesehen. »Sprichst du ihre Sprache?«

»Nein«, hatte er unfreundlich geknurrt, »nur ein paar Worte.«

Nun war er Arm in Arm mit Hine in der Dunkelheit verschwunden.

Als Anna in die warme Nacht hinaustrat, wusste sie nicht, in welche Richtung sie gehen sollte, aber dann kitzelte ein vertrauter Duft ihre Nase. Der Duft nach Meer. In einem Gefühl von Glückseligkeit breitete Anna die Arme aus und sog die Seeluft tief in ihre Lungen ein. Intuitiv folgte sie dem salzigen Geruch zum Hafen von Otago, wo sie vor zwei Tagen von Bord gegangen war.

Bald schon hatte sie die Siedlung verlassen, in der man fieberhaft Haus an Haus gebaut hatte, seit man unweit von hier, im Landesinneren, auf Gold gestoßen war. Ein schwacher Wind wehte ihr entgegen, doch das gefiel ihr, denn er erinnerte sie an zu Hause. Die Elbe roch zwar anders, aber an windigen Tagen war dieser erfrischende Hauch von Seeluft auch in Hamburg von der Nordsee herübergeweht.

Nach einer halben Ewigkeit, nachdem sie einen steinigen Weg verlassen hatte, sah sie das Meer im Mondlicht schimmern. Suchend blickte sie um sich, aber sie konnte ihren Mann nicht entdecken. Außer dem Meeresrauschen war auch nichts zu hören. Wenn sie sich recht orientierte, musste irgendwo das Schiff der Handelsgesellschaft Wortemann liegen, das darauf wartete, mit Gold und Wolle beladen zu werden, um nach Deutschland zurückzukehren. Bei dem Gedanken schluckte Anna trocken. Was würde sie darum geben, auf der *Margarete* zurück nach Hamburg zu reisen!

Anna entschloss sich, zur anderen Seite zu gehen. Dort erstreckte sich nur ein karger Strand, auf dem verstreut einige Fischerboote lagen. Sie hielt inne, zog die Reisestiefel aus, nahm sie in die Hand und setzte vorsichtig Fuß vor Fuß. Plötzlich erblickte sie ein paar Meter voraus zwei Menschen, die im Sand miteinander zu ringen schienen. Da es weit und breit nichts gab, wo Anna sich hätte verstecken können, ließ sie sich der Länge nach in den weichen Sand fallen. Vorsichtig robbte sie zu einem der Boote zurück, hinter dem sie sich zitternd verkroch.

Aus der Deckung heraus konnte sie die beiden Gestalten sehen und hören. Sie ahnte sofort, wem diese verknäulten Leiber gehörten, die sich hemmungslos auf dem Boden wälzten. Christians tierisches Stöhnen würde sie aus Hunderten von Geräuschen heraushören. Sie hätte sich am liebsten die Ohren zugehalten, aber sie wollte es wissen. Alles, was hier zwischen ihrem Mann und der jungen Frau geschah. Hine richtete sich gerade auf, schüttelte ihr langes schwarzes Haar und lief ein Stück den Strand entlang. Christian erhob sich schnaufend, holte sie ein, brachte sie zu Fall und begrub das zarte Geschöpf unter seinem schweren Körper, aber Hine schien es zu gefallen. Sie stöhnte laut auf, aber sie stöhnte nicht vor Schmerz. Das konnte Anna sehr wohl unterscheiden. Als Christian einen letzten langen Schrei ausstieß, hielt Anna sich die Ohren zu. So hatte sie ihn noch nie zuvor seine Leidenschaft herausbrüllen hören – wie ein wildes Tier. Dann war alles still.

Annas Herz klopfte immer noch bis zum Hals. Fieberhaft überlegte sie, ob sie nicht lieber heimkehren sollte, bevor sie womöglich entdeckt wurde, aber sie konnte sich nicht von dem Anblick des ungleichen Liebespaares lösen. Die beiden hatten sich inzwischen erhoben. Hine, deren nackter schlanker Körper im Mondlicht leuchtete, hielt Christian, dem sie knapp bis zur Brust reichte und der bis auf die Hose, die ihm um die Fußgelenke schlackerte, angezogen war, von hinten umfasst. Anna musste den Kopf abwenden. Nicht, weil sie diese zärtliche Geste der Maorifrau unangenehm berührte, sondern weil es sie anwiderte, dass sein Geschlechtsteil noch immer halb aufgerichtet war.

Nun vernahm Anna den leisen Singsang einer Stimme. Hines Worte klangen zärtlich und werbend, aber Anna konnte sein Gesicht sehen, das plötzlich versteinerte. Christian hatte die Zähne fest zusammengebissen. Anna glaubte, das Knirschen seiner Zähne bis zu ihrem Versteck zu hören. Plötzlich drehte er sich zu der jungen Frau um und stieß sie ohne Vorwarnung mit voller Wucht von sich weg. Es war ein solch gewaltiger Stoß, dass die Maori rückwärts in den Sand fiel. Sie schrie etwas in einer Sprache, die Anna nicht verstand, aber immerhin begriff sie, dass es nicht mehr Teil des Liebesspieles sein konnte, denn Hines Worte klangen wütend und anklagend. Christian antwortete mit groben Worten, deren Heftigkeit Anna erschreckten: »Geh weg! Lass mich in Ruhe! Jetzt ist meine Frau da. Weg! Du sollst weggehen, hab ich dir doch gesagt!«

Dabei machte Christian ein eindeutiges Zeichen. Weg! Geh weg! Und er schien die Worte nun in ihrer Sprache zu wiederholen. Die Maori rappelte sich langsam auf, zeigte auf ihren Bauch und umfasste ihn zärtlich. Jetzt erst bemerkte Anna, dass er leicht gewölbt war. Die junge Maori erwartete ein Kind. Sein Kind?

Anna wurde schwindlig, und sie krallte ihre Finger in den kalten Sand.

Dunedin
Weihnachten 2007

Fassungslos legte Sophie die Aufzeichnungen ihrer Mutter aus der Hand. Was mutest du mir da nur zu, Emma?, dachte sie verzweifelt. Warum zwingst du mich, am anderen Ende der Welt so etwas zu lesen? Wie hast du dir das vorgestellt? Dass ich in meiner Trauer um dich auch noch in der Lage bin, eine Geschichte aus längst vergangenen Zeiten zu verarbeiten? Warum sagst du mir nicht einfach, wer dieser Holden ist?

Ihre Augen brannten. Sie hatte zu viele Tränen geweint und war erschöpft vom Lesen.

Ein Blick auf die Uhr zeigte Sophie, dass es bereits früher Abend war. Sie versuchte sich auszurechnen, wie lange sie nicht mehr in einem weichen Bett gelegen und wirklich geschlafen hatte. Sie war am Heiligabend gegen Mittag in Hamburg abgeflogen, und wenn sie die zwölf Stunden abzog, die man hier der Hamburger Zeit voraus war, war sie ungefähr seit zweiundvierzig Stunden auf den Beinen.

Das vertraute Klingeln ihres Handys riss Sophie aus den Gedanken. Es war Jan, der ihr mit unverhohlenem Vorwurf in der Stimme mitteilte, dass er sich Sorgen gemacht habe. »Warum hast du mich denn nicht gleich nach der Ankunft in Auckland angerufen?«, wollte er wissen.

Sophie atmete tief durch. Sie mochte Jan jetzt nicht berichten, was sie alles erlebt hatte, seit sie ihren Fuß auf neuseeländischen Boden gesetzt hatte. Das würde den Rahmen eines Handygesprächs an das andere Ende der Welt sprengen. Außerdem verspürte sie keinerlei Bedürfnis, Jan in diese Reise in die Vergangenheit einzuweihen. Er war kein Mensch, der sich groß für das Gestern interessierte. Er lebte im Heute und plante das Morgen.

»Wann kommst du wieder?«, fragte er nun ungeduldig.

»Ich fürchte, ich muss noch ein paar Tage bleiben. Emma möchte in Neuseeland beigesetzt werden.«

»Wie bitte? Was hatte sie sich denn dabei gedacht?«

»Emma hat in ihrem Testament den Wunsch geäußert –«

»Aber das geht doch nicht!«, unterbrach er sie und fuhr entrüstet fort: »Du musst so schnell wie möglich zurückkommen. Wir haben doch noch so viel für die Hochzeit zu erledigen. Das schaffe ich nicht allein. Die Ringe, das Menü …«

Sophie hörte ihm gar nicht mehr zu. Ringe? Menü? Konnte er sich denn kein bisschen in sie hineinfühlen?

Sie versuchte ihren Ärger herunterzuschlucken und erwiderte stattdessen beinahe entschuldigend: »Jan, bitte! Ich kann jetzt wirklich nicht an unsere Hochzeit denken. Und ich kann dir wirklich nicht sagen, wie lange ich noch bleiben muss. Das hängt ganz davon ab, wann ich einen Termin für die Beerdigung bekomme. Hier sind gerade Sommerferien.«

»Wie, du kannst nicht?« Sein Ton war eine einzige Anklage.

Sophie stieß einen tiefen Seufzer aus. »Ich kann mir im Moment beim besten Willen nicht vorstellen, in ein Brautkleid zu steigen, lustig zu feiern und zu wissen, dass Emma am anderen Ende der Welt in einem kühlen Grab liegt …« Bei diesen Worten begann sie zu schluchzen.

»Ist ja gut, Sophie. Ich verstehe das ja. Sei mir nicht böse! Ich bin nur so wahnsinnig enttäuscht. Und auch wenn du mir jetzt den Hals umdrehst, es ist so typisch für sie, dass alle nach ihrer Pfeife tanzen müssen. Was für eine Schnapsidee, sich im Kiwi-Land beerdigen zu lassen!« Versöhnlich setzte er hinzu: »Brauchst du mich? Soll ich in den nächsten Flieger steigen und kommen?«

»Nein, das wäre zu viel verlangt«, entgegnete sie und meinte eigentlich: Nein, ich muss jetzt allein sein! Vor allem ohne dich!

Es erschreckte Sophie, dass sie sich in dieser verzweifelten Lage nicht im Geringsten nach seiner Gegenwart sehnte. Im Gegenteil, die Vorstellung, er wäre bei ihr, bereitete ihr ein durch und durch unbehagliches Gefühl.

»Gut, dann sprechen wir uns morgen wieder!«, sagte er und fügte wie mechanisch hinzu: »Ich liebe dich!«

»Ich dich auch.« Damit beendete Sophie das Gespräch. Sie lehnte sich im Bett zurück. Liebte sie ihn wirklich? Diese Frage hatte sie sich lange nicht mehr gestellt. Und sie konnte sie jetzt nicht beantworten. In ihrem Kopf war nur noch Platz für Emma und das Rätsel um diesen Holden.

Sophies Blick fiel auf die Aufzeichnungen, die auf der anderen Bettseite lagen. Wie magisch angezogen, griff sie danach. Obwohl sie sich mit aller Macht dagegen sträubte, gab es noch etwas, das sie brennend interessierte: Wie es Anna wohl in jener Nacht weiter ergangen war?

Dunedin/Otago
Januar bis Februar 1863

Anna atmete tief durch und zwang sich zu beobachten, was zwischen Christian und der Maorifrau vorging.

Hine deutete nun wieder auf ihren Bauch, streichelte ihn und umfasste ihn mit beiden Händen. Dabei sprach sie in einem fremden Singsang auf ihren Geliebten ein und trat einen Schritt auf ihn zu. Er jedoch machte abwehrende Gesten. Hine reckte die Hände und rief in seiner und Annas Sprache: »Vater! Mutter! Kind!« Er aber schubste sie noch einmal von sich. Wieder landete Hine der Länge nach im Sand. Statt ihr aufzuhelfen, näherte er sich ihr bedrohlich und rammte ihr ohne Vorwarnung einen Stiefel in den Bauch. Anna konnte gerade noch rechtzeitig die Hand auf den Mund pressen, um nicht laut zu schreien, denn was sie da mit ansehen musste, war mehr, als sie ertragen konnte. Christian stand nun breitbeinig über der sich im Sand krümmenden Frau und versetzte ihr noch einen brutalen Tritt in den Bauch. Hine wimmerte vor Schmerzen wie ein verletztes Tier.

Anna wurde übel vor Abscheu und Angst, aber sie schaffte es, den Würgereiz zu unterdrücken.

Sie wandte den Blick ab und kroch rückwärts, bis sie außer Sichtweite der beiden war. Dort erhob sie sich und rannte um ihr Leben, bis sie endlich den Weg erreicht hatte, der zurück in die Siedlung führte. Tränen liefen ihr über das Gesicht. Mit den Stiefeletten in der Hand lief sie, bis sie die ersten Häuser erreichte. Spitze Steine schnitten Wunden in ihre Füße, aber Anna war nur von dem einen Wunsch getrieben: vor ihm im Haus anzukommen.

Einen Moment lang befürchtete sie, in die falsche Richtung gerannt zu sein, doch dann erkannte sie ihre Hütte. Mit letzter Kraft schaffte sie es die schmale Stiege in den Schlafraum hinauf. Dort riss sie sich keuchend das Kleid vom Leib und ließ die Stiefel unter den Schemel fallen. Erst als sie sich die Decke bis zur Nasenspitze gezogen hatte, holten sie die Bilder dessen, was sie eben erlebt hatte, mit Macht ein. Ihr wurde eiskalt, und sie begann zu zittern. Ihre Zähne klapperten aufeinander. Was hat das alles zu bedeuten, fragte sie sich, was? Doch je mehr sie darüber nachdachte, desto deutlicher drängte sich ihr die Antwort auf: Christian hatte hier im Haus mit Hine wie Mann und Frau gelebt, aber jetzt, wo seine Ehefrau eingetroffen war, da hatte er keine Verwendung mehr für die Maori. Und schon gar nicht für ihr Kind. Er wollte sie loswerden. Sie und das Ungeborene! Wenn es sein musste, mit roher Gewalt.

Anna empfand grenzenlose Enttäuschung und Verachtung für diesen Mann. Der Gedanke, das Bett mit ihm teilen zu müssen, wurde ihr noch unerträglicher. Kalte Schauer durchfuhren ihren Körper. Niemals mehr würde sie zulassen, dass er sich auf sie wälzte! Es bereitete ihr ohnehin nichts als Qual, aber nun würde noch dazu für immer dieses Bild zwischen ihnen stehen: ein wehrloses Mädchen, das sich am Boden unter seinen Stiefeltritten krümmte. Nein, niemals mehr würde sie sich ihm hingeben.

Da hörte sie seine schweren Schritte auf der Stiege. Rasch drehte sie sich zur Seite und schloss die Augen. Sie nahm wahr, wie er sich ächzend entkleidete und ins Bett kroch. Wenn er bloß mein Herz nicht klopfen hört!, dachte Anna. Sie wagte erst wieder tiefer zu atmen, als sie sein Schnarchen vernahm, und rückte so weit wie möglich von ihm ab. Allein sein Geruch erregte erneut Übelkeit in ihr. In diesem Augenblick spürte sie plötzlich unter sich den Sand, den sie vom Strand mit in das Bett getragen hatte. Sie lauschte. Er schlief offenbar tief und fest.

Vorsichtig stand sie auf und säuberte ihre Betthälfte von den verräterischen Sandkörnern. Er durfte niemals erfahren, dass sie ihn dort draußen beobachtet hatte. Ihre Füße schmerzten. Meine Fußsohlen interessieren ihn sowieso nicht, beruhigte Anna sich. Dabei wusste sie nicht, wovor sie sich mehr fürchten sollte: vor seiner Strafe, sollte er es jemals herausbekommen, was sie mit angesehen hatte, oder vor dem Leben mit diesem grausamen Mann.

Als sie wieder im Bett lag, überlegte sie, wie sie ihm aus dem Weg gehen könnte. Die Erkenntnis, dass sie keine andere Wahl hatte, als bis an das Ende ihrer Tage mit ihm unter einem Dach zu leben, war niederschmetternd. Es sei denn, sie brachte ihn um oder setzte ihrem Leben ein Ende, aber das verbot ihr die christliche Gesinnung. Sie spielte auch flüchtig mit dem Gedanken, sich heimlich an Bord der *Margarete* zu schleichen und nach Hamburg zurückzukehren, aber auch das war wohl keine gute Idee. Ihr Onkel Rasmus würde ihr keine Bleibe geben. Eine Frau, die ihrem Mann davongelaufen war, besaß keine Rechte. In Hamburg würde sie unweigerlich im Damenstift enden und ein Dasein als gefallenes Mädchen im Dienste des Herrn fristen. Nein, dazu war ihre Lebensfreude zu groß. Sie war nicht der Mensch, der sich hinter dicken Mauern verkroch und vor den Herausforderungen des Alltags flüchtete.

Nach stundenlangem Grübeln beschloss Anna, dass sie sich diesem Leben stellen musste, das das Schicksal nun einmal für sie vorgesehen hatte. Und sie nahm Abschied von der tiefen

Sehnsucht, noch einmal einen Mann so zu lieben wie Frederik. Trotz der Schicksalsgemeinschaft mit Christian, den sie zutiefst verabscheute, würde sie versuchen, ein kleines bisschen Glück zu finden. Dieses Glück würde ihr jedoch niemals in dieser Ehe zuteil werden.

Anna spürte, wie ihr nun heiße Tränen über das Gesicht liefen. Sie weinte nicht, weil ihr Mann sich bei einer anderen Frau das geholt hatte, was sie ihm niemals würde geben können. Nein, sie weinte um diese junge Frau, die wahrscheinlich ein Kind von ihm erwartete, ein Kind, das sie, Anna, ihm vielleicht niemals würde schenken können. Und die er einfach verstoßen hatte, nur, weil er nun wieder das Bett mit seiner Ehefrau teilte. Mit einer Frau, die ihn nicht liebte. Und sie weinte um sich und um ihre verlorene Hoffnung.

Doch plötzlich war die Angst vor ihrem Mann verschwunden. Anna tauchte unter der Bettdecke hervor, unter der sie sich vergraben hatte, damit er sie ja nicht weinen hörte, und setzte sich trotzig auf. Wenn Christian jetzt aufwachte und ihr Schluchzen hörte, würde sie nicht mehr zusammenzucken, denn sie hatte keine Achtung mehr vor ihm. Sie würde sich ihre Empfindungen nicht mehr vorschreiben lassen. Ihr Innerstes gehörte von diesem Tag an ihr allein, und das würde sie wie einen Schatz hüten. Und wenn er sie dafür rügte, würde sie kämpfen. Es würde in dieser Welt auch einen Platz für sie geben. Sie musste ihn nur finden. Mit diesem Gedanken schlief Anna Peters in jener Januarnacht des Jahres 1863 schließlich erschöpft ein.

Drei Wochen waren nun seit jener schicksalhaften Nacht vergangen. Hine war seitdem spurlos verschwunden. Anna hütete sich, nach ihr zu fragen. Christian war wie verwandelt. Er behandelte seine Frau freundlich und zuvorkommend. Voller Stolz hatte er ihr sogar den Platz gezeigt, an dem ihr neues Haus entstehen sollte. Ein wunderbarer Ort mit Blick über die Bucht von Otago. Die ersten beiden Wochen nach jener Nacht hatte er sie nicht angerührt, doch seit ein paar Tagen zeigte er Verlangen. Anna hatte sich ihn unter dem Vorwand des monatlichen Frauenleidens vom Leib gehalten, aber sie fürchtete den Moment, an dem er sich nicht mehr abweisen ließe.

Davon abgesehen fühlte Anna sich inzwischen besser. Von Tag zu Tag fand sie mehr Gefallen an diesem Flecken Erde. Vor allem gab es viel zu tun. Sie war von morgens bis abends beschäftigt, sodass sie stets früh ins Bett fiel und sofort einschlief. Sie war redlich bemüht, ihre vorübergehende Bleibe wohnlich herzurichten. Sie ließ Christian Möbel herbeischaffen, packte die eigenen Sachen aus und bekochte ihn.

Eines Abends aßen sie im Schein einer Kerze einen Fisch, den Christian mitgebracht und Anna schmackhaft zubereitet hatte. Zwischen ihnen herrschte eine beinahe friedliche Stimmung. Sogar eine Flasche Wein hatte Christian geöffnet, und sie zögerte nicht, auch etwas davon zu nehmen. Sie lächelte bei dem Gedanken, dass sie überhaupt erst einmal in ihrem Leben Alkohol getrunken hatte. Anna erinnerte sich ganz genau an die Wirkung, den der schwere Wein bei ihr gehabt hatte. Das war bei ihrer Hochzeit gewesen, und sie hatte sich mit jedem Glas beschwingter gefühlt. Dass sie soeben die Ehefrau eines Mannes geworden war, der ihr nicht gefiel, war von einem Glas zum nächsten immer weiter fortgeschwemmt worden, und sie hatte getanzt und gelacht, bis Christian sie in das Brautgemach geführt hatte.

Anna brauchte noch einen kräftigen Schluck bei der Erinnerung daran, wie er ohne Vorwarnung über sie hergefallen war. Kaum war die Tür hinter ihnen zugefallen, hatte er die Röcke ihres Hochzeitskleides nach oben geschoben, sodass sie beinahe an der Seide erstickt wäre, und hatte ihr unendlich wehgetan. Das war es also, wovon die Frauen manchmal errötend hinter vorgehaltener Hand sprachen, war Anna damals durch den Kopf gefahren: die eheliche Pflicht! Sie war heilfroh gewesen, dass es nur Minuten gedauert hatte, aber danach hatte sie sich wund und bis in ihr Innerstes verletzt gefühlt. Daran hatte auch nichts geändert, dass Christian sie plötzlich mit Kosenamen belegt und gestöhnt hatte: »Mein Schatz! Mein Schatz!«

»Anna. Träumst du?«

»Nein, ich dachte nur gerade an unser neues Haus«, sagte sie, bemüht, sich auf das Essen zu konzentrieren.

»Möchtest du zur Feier unseres Wiedersehens noch ein Glas Wein?«, fragte er freundlich.

Anna nickte. Ja, sie wollte noch einmal die Empfindung zurückholen, wenn sich der Kummer allmählich in Wohlgefallen auflöste. Christian goss den Wein in einen Zinkbecher. Geschliffene Kristallgläser wie in Hamburg besaßen sie nicht. Noch nicht.

»Du musst doch keine Gläser mitnehmen!«, hatte ihre Tante vorwurfsvoll gesagt. »Du fährst doch nicht in die Wildnis. Da drüben wird es wohl Gläser geben.« Mit diesen Worten hatte Tante Margarete die schönsten geschliffenen Weinkelche, die einst Annas Mutter gehört hatten, zurück in ihren Schrank gestellt.

Empört nahm Anna einen weiteren kräftigen Schluck und dann noch einen und noch einen, aber die Leichtigkeit wollte sich partout nicht einstellen. Im Gegenteil, vor ihrem inneren Auge tauchte ganz plötzlich Hines gewölbter Bauch im Mondschein auf und der glänzende Stiefel, der darauf herumtrampelte. Groß und übermächtig. Bedrohlich und brutal.

»Wo ist eigentlich Hine geblieben?«, fragte sie gegen ihren

Willen. Sie ahnte, dass es fürchterlich enden würde, aber nun stand die Frage wie eine Drohung im Raum.

»Sie ist weg!«, antwortete Christian, und seine Miene verfinsterte sich.

»Aber wohin?«, hakte Anna nach, wohl wissend, dass sie ihren Mann aufbrachte.

»Was geht dich diese Eingeborene an?« Seine Augen waren zu Schlitzen verengt. Verächtlich fügte er hinzu: »Sie ist eine Maori, sie ist unzuverlässig und zu ihren Leuten zurückgegangen, weil sie bei mir genug verdient hat. Und jetzt möchte ich nichts mehr davon hören, verstanden?«

Anna klappte den Mund wieder zu und unterdrückte die gefährliche Frage, die ihr auf der Zunge lag: Und was ist mit deinem Kind? Etwas in seinem Blick warnte sie jedoch. Anna fragte sich, ob das Ungeborene die Tritte womöglich nicht überlebt hatte. Mit einem Mal bekam sie keinen Bissen mehr herunter.

Stumm saßen sie am Tisch. Die friedliche Stimmung hatte sich in lautlose Feindseligkeit verwandelt. Das einzige Geräusch war sein entsetzliches Schmatzen. Kaum hatte er zu Ende gegessen, sprang Anna auf, räumte den Tisch ab, spülte Teller, Becher und Pfannen und schützte Müdigkeit vor. Es schien ihr in diesem Moment unerträglich, länger mit diesem Mann in einem Raum zu sein. Er hatte dieses Mädchen wie ein Sklaventreiber einfach benutzt und weggeworfen. Er hatte Hine misshandelt, ja, vielleicht sogar ihr Kind getötet. Diese mörderischen Stiefeltritte würden für immer zwischen ihnen stehen.

Eilig lief Anna nach oben, entkleidete sich, zog ihr Nachthemd an, öffnete das Fenster und ließ die frische Luft hinein. Es war wieder ein sternenklarer Himmel, und sie suchte nach dem Großen Wagen. Sie bemühte sich, bei seinem Anblick nicht an Frederik zu denken. Dennoch sah sie ihn in einer

Deutlichkeit vor sich, dass es beinahe schmerzte. Seine feinen Hände, sein kantiges, schmales Gesicht, seine schlanke Statur. Wie gern hätte sie mit ihm ihr Leben geteilt!

Seufzend schloss Anna das Fenster und schlüpfte ins Bett. Es war noch sehr früh am Abend. Zu früh, als dass er mir folgen wird, dachte sie noch, aber da hörte sie seine Schritte schon auf der Stiege.

Sie schrak zusammen bei dem lauten Knallen der Stiefelabsätze auf dem Holz, weil sie genau wusste, dass er ihre Ausrede heute nicht hinnehmen würde. Also hoffte sie, dass er müde war und sie zu nichts zwingen würde.

»Anna, schläfst du schon?«

»Noch nicht, aber ich bin furchtbar erschöpft«, entgegnete sie und unterstrich ihre Worte mit einem anhaltenden Gähnen.

»Anna, was hältst du von einem Fest? Dir zu Ehren?«

Das kam so überraschend, dass Anna sich senkrecht im Bett aufsetzte.

»Du meinst, wir geben einen Ball?«, fragte sie erstaunt und dachte an die rauschenden Feste im Hause Wortemann. Onkel Rasmus hatte nur Söhne, und bei Festen hatte er Anna stets so aufmerksam behandelt wie sonst nie. Die jungen Männer hatten sich darum gerissen, mit ihr zu tanzen. »Meine bezaubernde Nichte«, hatte ihr Onkel sie bei diesen Anlässen stets voller Stolz genannt. Ja, Feste im Hause Wortemann, das waren wirklich die schönsten Erinnerungen an ihre Jugend. In der Villa, in der sonst selten gelacht wurde, herrschte dann in allen Räumen überschäumende Fröhlichkeit.

»Ja, ich dachte, ich gebe in der Niederlassung von Wortemann & Peters ein Fest für dich. Ich hätte längst schon mal die wichtigen Herren und ihre Gattinnen einladen müssen. Aber so ganz ohne Frau an meiner Seite hätte es mir keine Freude gemacht.«

Anna schluckte herunter, was ihr auf der Zunge lag, bemüht, jetzt nur an das Fest zu denken – nicht an Hine.

»Aber ich habe doch gar kein Kleid.«

»Ach, liebste Anna, es mag dir hier vorkommen wie eine Wildnis, in der es nur rohe Burschen und ungehobelte Goldsucher gibt, aber Dunedin hat auch ein anderes Gesicht. Du hast deine Nase bislang nur noch nicht zur Tür hinausgestreckt. Es gibt vornehme Häuser, die denen von Hamburg in nichts nachstehen. Es gibt beste Geschäfte und auch einen erstklassigen Schneider.«

»Du meinst, ich kann mir ein neues Kleid machen lassen?«

»Gleich morgen werde ich dich zu ihm bringen lassen!«

»Das ist ja wunderbar!«, seufzte Anna und ließ sich verzückt in die Kissen fallen. Es war ja nicht nur die Aussicht auf ein schönes Kleid und ein Tanzvergnügen, das sie glücklich stimmte, sondern auch die Möglichkeit, andere Frauen kennenzulernen und vielleicht eine Freundin zu finden. Dass sie ihre liebsten Freundinnen in Hamburg zurücklassen musste in der Gewissheit, sie niemals wiederzusehen, das war beim Abschied das Schlimmste gewesen.

Ihr Herz tat einen Sprung bei dem Gedanken, endlich Gleichgesinnte zu finden, denn eines hatten sie alle hier mit Sicherheit gemeinsam: Sie waren aus aller Herren Länder herbeigeströmt, um ihr Glück zu machen, und hatten dafür ihre Heimat aufgegeben.

»Gibt es denn auch Deutsche?«, fragte sie nun aufgeregt.

»Einige schon, aber die meisten sind aus England und Schottland. Ich glaube, wir kommen nicht umhin, ihre Sprache zu lernen.«

»Eine fremde Sprache lernen? Das ist ja aufregend!«, freute sich Anna, die sich von Kindheit an durch Wissensdurst ausgezeichnet hatte.

»Ich habe schon angefangen, diese Sprache zu erlernen, und wenn du magst, schicke ich Mary einmal die Woche zu dir.«

»Mary?«

»Ja, Mary McDowell, die Frau unseres Anwalts, die mich erfolgreich unterrichtet hat.«

»Das würdest du tun?«

Anna konnte ihr Glück gar nicht fassen. Ein Fest, neue Freunde und eine fremde Sprache! Im Überschwang der Gefühle fiel sie ihrem verdutzten Mann um den Hals, doch schon, als sie ihn hastig wieder losließ, wusste sie, dass sie einen schweren Fehler begangen hatte. Christians Augen bekamen sofort dieses gewisse Flackern, und er streckte gierig die Hand nach ihr aus. Bevor Anna sich überhaupt zur Wehr setzen konnte, hatte er sie bereits auf den Rücken gezwungen und unter ihr Nachthemd gegriffen. Eine aussichtslose Lage, in der jeder Widerstand zwecklos war. Nur eines nahm sie sich vor: nicht vor Schmerz zu schreien. Er würde es vielleicht missverstehen. Mit zusammengebissenen Lippen ließ Anna seine Zudringlichkeiten über sich ergehen. Und sie dachte nur an das eine: Bitte, lieber Gott, schenke mir ein Kind, ein einziges nur, damit ich das hier nie wieder ertragen muss! Angewidert vernahm sie sein Grunzen und dann einen gedämpften Schrei. Was hätte sie darum gegeben, wenn sie sich hätte die Ohren zuhalten können! Christian war so erregt, dass es eine Sache von Sekunden gewesen war. Als er sich danach zur Seite rollte, tröstete Anna sich mit einem Gedanken, der ihr Herz ein wenig erwärmte: Ich werde ein Kind bekommen.

In jener Nacht erwachte Anna später von einem bekannten Pfeifen draußen auf der Straße. Ihr Herz klopfte sofort bis zum Halse. Hine! Das Zischen wurde lauter. Endlich schreckte Christian neben ihr hoch. Sie hielt die Augen fest geschlossen.

In dem Glauben, dass seine Frau fest schlief, schlich Christian zu seinem Schemel, zog sich leise an und verließ das Haus. Anna aber kämpfte mit sich. Sollte sie Zeugin dessen werden, was nun geschah, oder sich dem süßen Gedanken an ein Kind hingeben und sich die Bettdecke über den Kopf ziehen? Sie hatte ein ungutes Gefühl. Dass das Mädchen ihn rief, um sich mit ihm im Sand zu vereinen, schien Anna nach allem, was sie mit angesehen hatte, ziemlich unwahrscheinlich.

Anna warf die Bettdecke mit einem Schwung zur Seite. Ihre Neugier war übermächtig. Sie musste wissen, was da vorging. Schon stand sie im Nachthemd und auf bloßen Füßen auf der Straße. Vorsichtig blickte sie sich zu beiden Seiten um. Ganz hinten, wo die Häuser aufhörten, sah sie die beiden eilig in der Dunkelheit verschwinden. Anna seufzte. Sie wusste, wohin sie gehen würden. Noch konnte sie umkehren, aber ihre Füße setzten sich wie von selbst in Bewegung. Dieses Mal hatte sie keine Angst, sich in der Nacht zu verirren. Sie kannte den Platz, an dem die beiden sich trafen, und würde ihn blind wiederfinden.

In einigem Abstand folgte sie Christian und Hine, bis vor ihr das Meer im Mondschein glitzerte. Jetzt muss ich vorsichtiger sein, dachte Anna, wenn ich nicht entdeckt werden will. Sie duckte sich und überlegte, wie sie ungesehen zu den Booten kommen sollte.

Anna robbte schließlich dorthin. Sie hatte recht gehabt. Hine zog Christian genau zu jenem Ort, an dem die beiden sich vor ungefähr drei Wochen geliebt hatten, bevor er ihr den Stiefel … Anna wollte den Gedanken nicht zu Ende denken. Von ihrem Versteck aus konnte sie alles ganz genau beobachten.

Ihr stockte der Atem. Hine baute sich vor Christian auf und ließ langsam ihr Kleid fallen. Völlig nackt bot sie sich im Licht des Vollmondes dar. Anna erkannte sofort, was geschehen war:

Hines Bauch hatte die Wölbung verloren, und auch ihre Brüste waren knabenhafter als beim letzten Mal. Anna begann zu frösteln. Das Kind! Hine hatte das Kind verloren, und Anna wusste nur zu genau, warum.

Christian hingegen wirkte verwirrt. Er starrte Hine eine Weile an. Dann trat er auf sie zu, um ihre Hüften zu umfassen, aber sie duckte sich geschickt unter seinen Armen weg. Was hatte sie vor? Da ertönte ein Zischen und Pfeifen, das lauter war als das von Hine, und wie von Geisterhand tauchten plötzlich von allen Seiten halbnackte Gestalten auf, die mit Speeren bewaffnet waren. Anna gefror das Blut in den Adern. Sie wagte kaum zu atmen.

Die furchterregenden Gestalten bildeten einen Halbkreis um Christian und Hine. Er versuchte wegzulaufen, aber einer der Männer hielt ihn fest, bis die anderen ihn umzingelt hatten. Dann ertönte ein schauerlicher Sprechgesang, der immer lauter und eindringlicher wurde. Jetzt konnte Anna erkennen, dass die dunkelhäutigen Männer über und über tätowiert waren. Sie begannen wild zu tanzen, zu zucken und zu springen. Dabei näherten sie sich Christian, entfernten sich wieder und streckten ihm die Zungen heraus, die bis fast zum Kinn reichten. Und sie verzerrten die Gesichter zu solchen Fratzen, dass ihnen beinahe die Augen aus den Höhlen traten. Das machte die Szene noch bedrohlicher. Anna verstand den Sprechgesang nicht, der sich zu einem unheimlichen Brüllen steigerte. Nur zwei Wörter glaubte sie herauszuhören: »*Ka mate, Ka mate.*«

Hine, die ebenfalls im Gesicht über und über mit schwarzen Zeichen bemalt war, stand anfangs stumm und mit finsterem Gesicht da, doch dann fiel sie ein in den Chor der Männer. »*Ka mate, Ka mate.*« Der verängstigte Christian taumelte im Kreis wie betäubt hin und her. Schließlich erhob Hine die Hand, und alle verstummten. Hine trat in das Rund. Christian wich vor ihr zurück.

Anna fragte sich, was sie tun würde, sollten die Männer Christian vor ihren Augen töten. Ob sie ihm zu Hilfe eilen würde? Nein, das würde sie nicht tun. Wenn diese Männer zu Hines Familie oder ihrem Stamm gehörten, dann konnte sie sogar verstehen, dass sie ihn strafen wollten, weil er Hines Kind umgebracht hatte. Im gleichen Moment schämte Anna sich jedoch für diese klare Antwort ihres Herzens.

Nachdem die Krieger verstummt waren und regungslos verharrten, ergriff Hine das Wort. Beschwörend redete sie auf Christian ein. Anna verstand nichts von dem, was sie murmelte, aber Hines Gesten jagten ihr Schauer über den Rücken. Hine zeigte erst auf ihren Bauch, dann auf Christian; sie formte mit den Händen Rundungen in der Luft, eine Frau, ja das sollte wohl eine Frau darstellen. *Pakeha!*, rief sie, *Pakeha!* Dann tat sie so, als wiege sie ein Kind in den Armen, bevor sie sich in den Sand fallen ließ. Dort blieb sie wie leblos liegen. »*Ka mate. Ka mate*«, raunte der Chor der Tätowierten.

Anna konnte sich zunächst keinen Reim auf diese Bilder machen. Während die Maori auf der Erde lag, sprach sie in einer Art Singsang Worte, die wie Beschwörungen klangen. Schließlich sprang Hine vom Boden auf und wiederholte ihr Spiel wie ein Ritual. Anna erschauderte. Allmählich dämmerte ihr, was vor ihren Augen geschah, aber sie wollte es nicht an sich heranlassen. Hine, die Nebelfee, verfluchte Christian und seine Kinder, also auch jenes Kind, ihr Kind, das vielleicht in ihr, Anna, heranwuchs. Der Fluch galt nicht nur Christian, sondern seinen Nachkommen. Das war zu viel für Anna.

Sie wandte den Blick von diesem grausamen Schauspiel ab und robbte auf allen vieren zum Weg zurück. Dieses Mal war es ihr völlig gleichgültig, ob Christian sie sehen würde oder nicht. Und die Krieger würden ihr gewiss nichts anhaben. Anna hatte nur noch einen Gedanken: Wenn ich wirklich ein Kind bekomme, werde ich alles daransetzen, es vor diesen Mächten zu beschützen. Sie würde sich dem Fluch mit aller Macht entgegenstellen. Sie würde kämpfen. Nicht mit Speeren und Gesängen, aber mit der gleichen Kraft, die ein wildes Tier aufbrachte, um sein Junges gegen Feinde zu verteidigen. Als sie außer Sichtweite war, rappelte sie sich auf und rannte davon.

Mein Leben wird Hine jedenfalls nicht zerstören und auch nicht das meiner Kinder und Kindeskinder!, schwor sich Anna Peters. Und mehr noch: Sie beschloss, nie mehr an diesen verdammten Fluch zu denken.

»Du kannst meiner Familie und mir nicht gefährlich werden. Du nicht!«, schrie sie in die Nacht hinaus, und der Sternenhimmel war ihr Zeuge.

Dunedin
27. Dezember 2007

Es war bereits weit nach Mitternacht, als Sophie die Aufzeichnungen ihrer Mutter aus der Hand legte. Sie war immer noch hellwach und musste sich zwingen, mit dem Lesen aufzuhören. Die Geschichte von Anna und dem Fluch hatte sie vollends in ihren Bann gezogen. Noch sträubte sich etwas in ihr zu akzeptieren, dass es sich nicht um eine fiktive Geschichte handelte, die ihre Mutter so romanhaft zu Papier gebracht hatte, sondern um die ihrer eigenen Familie.

Sophie war so gefesselt von dem Schicksal der jungen Auswanderin, dass sie nicht mehr den geringsten Wunsch verspürte, schnell weiterzublättern, um nach Thomas Holden zu suchen, nein, sie brannte förmlich darauf, zu erfahren, wie es mit Anna weiterging. Nur nicht mehr in dieser Nacht.

Sie legte die Aufzeichnungen sorgfältig auf dem Nachttisch ab. Durch den Schlafmangel, gepaart mit dem Eindruck der Lektüre, hatte sie das Gefühl, dass die Realität ihr immer mehr entglitt. Ob es diesen Fluch wirklich gegeben hat?, fragte sie sich und verwarf den Gedanken sofort. Nein, niemals! Sie glaubte nicht an solchen Quatsch!

Außerdem sollte ich endlich schlafen, ermahnte sie sich. Sie löschte das Licht, doch es half nichts. Ihre Gedanken fuhren Karussell. Mit einem Mal erinnerte sie sich an David, den Musiker aus London. Es war eine aufregende Zeit gewesen damals, doch Sophie hätte sich niemals auf sein wildes Leben einlassen können. Dabei hatte sie ihn wirklich geliebt. Welche Ironie des Schicksals!, dachte sie. Anna durfte ihre große Liebe, den Musiker, nicht heiraten, und sie, Sophie, hatte ihre große Liebe einfach ziehen lassen.

Wie viele Jahre hatte sie nicht mehr an David gedacht? Fünf oder zehn? Jetzt erinnerte sie sich mit einer Heftigkeit an ihn, als hätten sie sich niemals getrennt. Seine langen schwarzen Locken, seine verschmitzten braunen Augen, seinen melancholischen Zug um den Mund, all das sah sie mit geschlossenen Augen in einer Deutlichkeit vor sich, als sei es erst gestern gewesen. Dazwischen blitzten Bilder von Anna auf, aber sie wirkte nicht mehr so streng wie auf der Daguerrotypie. Nein, sie lächelte ihr zu, aber Annas Augen strahlten immer noch eine tiefe Traurigkeit aus. Mit dem Gedanken an Anna schlief Sophie ein.

Ein Telefonklingeln schreckte Sophie auf. Sie wusste im ersten Augenblick nicht, wo sie war. Dann sah sie ihr Handy auf dem Nachttisch leuchten. Sie fühlte sie sich wie gerädert. Alles tat ihr weh. Ein Blick auf den Wecker zeigte ihr, dass es sechs Uhr morgens war. Wieder klingelte ihr Handy. Sie griff danach.

»Hallo«, meldete sie sich mit verschlafener Stimme.

»Oh, Schatz, entschuldige, habe ich dich geweckt? Ich habe gar nicht an die Zeitverschiebung gedacht. Ich war bei meinen Eltern, und die lassen fragen, ob du zum Neujahrsbrunch zurück sein kannst.«

Sophie schluckte trocken. Neujahrsbrunch? Jans Eltern? Ein Anruf mitten in der Nacht?

»Jan, wie ich dir bereits gesagt habe: Ich muss erst mal die Beerdigung abwarten. Der Anwalt wird sicher nichts unversucht lassen, damit sie noch im alten Jahr stattfindet«, erwiderte sie ausweichend.

»Super, dann könntest du ja am ersten Januar nach unserer Zeit wieder zu Hause sein«, freute sich Jan.

»Mal sehen!« Sophie war nicht in der Stimmung, ihm zu offenbaren, dass sie am ersten Januar bestimmt noch nicht zurück sein würde, weil sie den Jahreswechsel mit Judith und John verbringen wollte.

»Heißt das, ich soll Neujahr auch allein zum Abendessen bei meinem Chef gehen? Die werden doch alle nach dir fragen.«

Jan wurde langsam ungeduldig. Das konnte Sophie unschwer an seinem Ton erkennen. Ihr wurde eiskalt. Denkt er eigentlich immer nur daran, was die anderen Leute sagen?

»Ich glaube, deine Partner werden das verstehen, wenn du ihnen erklärst, dass die Mutter deiner Verlobten in Neuseeland tödlich verunglückt ist!«, gab sie scharf zurück.

»Du hast ja recht.« Jan klang plötzlich kleinlaut. Leise fügte er hinzu: »Aber ich habe manchmal Angst, du könntest nie mehr zurückkehren. Du bist so unendlich weit weg.«

Sophie seufzte. Ich bin noch viel weiter weg, als du glaubst, ging ihr durch den Kopf, als sie das Gespräch beendet hatten.

Dunedin
im April 1863

Es war keine Nacht vergangen, in der Anna nicht an das unheimliche Spektakel der Maori am Strand denken musste. Und jedes Mal wurde ihr übel dabei, aber sie konnte den Gedanken dennoch nicht verdrängen. Christian war äußerlich unbeschadet von seinem Abenteuer zurückgekehrt.

Dass er Todesängste ausgestanden hatte, begriff Anna, als sie seine Hosen waschen wollte, die er an jenem Abend getragen hatte. Dabei schlug ihr ein so übler Gestank nach Exkrementen entgegen, dass sie diese für immer verschwinden ließ. Die Tatsache, dass er in seiner Panik unter sich gelassen hatte, verstärkte ihren Ekel vor ihm nur noch.

Christian hatte nach jener Nacht sein Verhalten ihr gegenüber noch einmal grundlegend verändert. Er benahm sich wie ein echter Gentleman. Er war zuvorkommend, behandelte Anna wie ein rohes Ei, ja, er trug sie auf Händen, las ihr jeden Wunsch von den Augen ab und hatte nicht mehr ein einziges Mal gewagt, sie anzurühren, nachdem sie bei seinem ersten Versuch »Nein!« gezischelt hatte. Was hat den rücksichtslosen Kerl nur in ein Lamm verwandelt?, fragte Anna sich. Ob er bemerkt hat, dass mir seit Wochen morgens übel ist?

Christian hoffte, dass sie ein Kind unter dem Herzen trug. Sie sah es an seinem Blick.

Anna war sich inzwischen sicher, dass sie ein Baby erwartete. Aber noch wollte sie die Freude nicht mit ihm teilen.

Auf dem Fest, das Christian vor nunmehr acht Wochen endlich für sie gegeben hatte, hatte er ihr die lebenslustige Schottin Mary vorgestellt, die sie seither in Englisch unterrichtete und inzwischen eine gute Freundin geworden war. Als Anna ihr von der morgendlichen Übelkeit erzählte, hatte sie Anna verschwörerisch zugeraunt: »Ein einschlägiges Symptom. Außerdem keine Blutungen mehr, in den Brüsten ein merkwürdiges Ziehen und die Morgenübelkeit so regelmäßig, wie die Kirchturmuhr zwölf Uhr schlägt. Du erwartest ein Kind, Anna!«

Die junge Mary McDowell. Was für eine Bereicherung für mein Leben!, dachte Anna, während sie an diesem Tag beim Schneider ihre neuen Kleider anprobierte. Nicht nur, dass sie beinahe täglich mit ihr Englisch paukte, nein, sie war ihr auch eine echte Freundin geworden und hatte sie zu diesem Schneider geschleppt.

»Er ist wunderbar«, hatte Mary geschwärmt, »schon allein, weil er die steife Krinoline unter den Röcken nicht mehr zeitgemäß findet und allen Kundinnen zur Tornüre rät.«

Anna war schließlich mitgegangen, ganz gespannt auf die Schneiderkunst des sagenhaften Mister Hoang. Sie hatte noch nie zuvor mit einem Chinesen zu tun gehabt und wusste nicht so recht, wie sie ihm begegnen sollte. Der quirlige Mister Hoang aber nahm ihr schon bei der Begrüßung die Unsicherheit. Sein Englisch war perfekt, und er machte ihr sogleich Komplimente ob ihrer wunderbaren Figur.

Alter Schmeichler!, dachte Anna, während sie sich ihrer Freundin nun in einem für ihre Begriffe wegen des Ausschnitts eher gewagten Kleid zeigte. Ein Blick in den Spiegel zeigte ihr, dass es tatsächlich wie für sie gemacht war. Ihre aufgesteckten blonden Locken kamen voll zur Geltung, und ihre Haut schimmerte verführerisch.

Mary war ganz außer sich vor Begeisterung. Sie überschüttete die Freundin mit Lob und kommentierte begeistert jede Spitze und jede Rüsche. Anna selbst gefiel dieses elegante hellblaue Kleid auch, aber sie spürte an diesem Tag mehr als deutlich, dass es bald zu eng sein würde.

»Das steht Ihnen so wundelbal, das ist wie fül Sie geschneidelt!«, rief Mister Hoang und klatschte vor Begeisterung in die Hände.

»Warten Sie!«, bat sie den Schneider und beugte sich verschwörerisch zu Mary hinunter. »Ich glaube, ich bin wirklich schwanger. Soll ich es trotzdem nehmen?«

Marys Antwort war eine heftige Umarmung. Dann erteilte sie Mister Hoang ein paar Anweisungen, die Anna nicht verstand. Sie hatte zwar fleißig Englisch gelernt, aber nach zwei Monaten Unterricht beherrschte niemand diese Sprache perfekt. Außerdem sprach Mary, wenn sie Anna nicht gerade unterrichtete, mit einem schottischen Einschlag, der schwer zu verstehen war. Und so redete sie jetzt auf Hoang ein, kicherte zwischendurch und warf Anna einen wissenden Blick zu.

Mary bezeichnete sich stets scherzhaft als Eingeborene, war aber eine Schottin durch und durch. Mary McDowells Familie war bereits 1848 mit den ersten Siedlern nach Otago gekommen. Mary war hier geboren und betrachtete sich deshalb als Einheimische. Als Anna ihr widersprochen und sie auf die Maoris verwiesen hatte, hatte Mary nur laut gelacht. »Ich meine doch richtige Menschen«, hatte sie glucksend erwidert. Diese herabsetzende Bemerkung über die Ureinwohner der Insel hatte Anna missfallen. Dabei war ihre Freundin eigentlich eine überaus freundliche Person und mit ihren sechsundzwanzig Jahren bereits eine erfahrene Frau, die schon einen zweijährigen Sohn hatte. Timothy war ihr ganzer Stolz, ein hübscher, blond gelockter Sonnenschein, der von allen heiß geliebt wurde.

»Was hast du zu ihm gesagt?«, fragte Anna neugierig.

»Dass er alles so ändern soll, dass du es auch tragen kannst, wenn du in anderen Umständen bist!« Mary kicherte und umarmte Anna gleich noch einmal.

Anna liebte jeden Tag, den sie mit Mary verbringen durfte, und das waren viele, denn Christian befürwortete diesen Kontakt zu der jungen Neuseeländerin ausdrücklich. Anna ahnte, dass der Grund weniger in Marys herzerfrischender Art lag als vielmehr in der gesellschaftlichen Stellung ihres Ehemanns John. Der Anwalt war ein wichtiger Geschäftspartner für Wortemann & Peters, da er sämtliche Verträge der Handelsniederlassung aufsetzte.

So hatten die beiden Frauen den Segen ihrer Männer und unternahmen neben dem Englischunterricht häufig gemeinsame Ausfahrten. Auf diese Weise lernte Anna ihre neue Heimat besser kennen. Inzwischen hatte sie sogar die Angst vor fremden Tieren verloren, denn Mary behauptete stets, dass in Neuseeland gar keine wilden Tiere existierten, was Anna außerordentlich beruhigend fand. Von der exotischen Vogelwelt der Insel konnte Anna nicht genug bekommen. Am Strand hatte Mary ihr Möwen mit mächtigen Schwingen gezeigt und seltsam aussehende Vögel, die nicht flogen, sondern am Wasser entlangwatschelten. »Das sind Pinguine«, hatte Mary ihrer Freundin erklärt.

»Zieh dich an, wir trinken noch einen Tee bei mir!«, schlug Mary nun vor und lehnte sich im Sessel zurück.

Anna konnte sich nicht helfen. In Gegenwart dieser weltgewandten Person fühlte sie sich manchmal furchtbar unerfahren und linkisch. Dabei stammte sie selbst und nicht etwa Mary aus einer Weltstadt.

»Ich glaube, ich muss nach Hause. Es ist schon so spät!« Anna trat in ihrer Straßenkleidung hinter dem prächtigen Paravent des Schneiderateliers hervor.

»Wozu hast du Paula?«, entgegnete Mary und hakte die Freundin unter. Arm in Arm traten sie auf die Straße. »Komm doch noch auf einen Sprung mit zu Mildred!«, schlug Mary übermütig vor und zog Anna in den Laden der geschäftstüchtigen Hutmacherin Mildred Evans.

Beide Frauen hatten eine neue Kreation auf dem Kopf, als sie den Laden verließen.

»Guck mal, wie sie hinter uns herschauen!«, sagte Mary kichernd, als sie an einem der vielen Saloons vorbeigingen, vor dem einige Männer standen, denen unschwer anzusehen war, dass sie Farmer aus den Bergen waren.

Anna waren die Blicke der Männer eher unangenehm.

»Und nun gehen wir noch zu mir!«, befahl Mary.

»In Ordnung!«

Es war schwer, Mary einen Wunsch abzuschlagen. Sie hatte ein gewinnendes Wesen, und man konnte ihr schlecht widersprechen. Ihren eisernen Willen versteckte sie hinter ihrem Charme.

Mary war es auch gewesen, die Anna ein schottisches Hausmädchen besorgt hatte, das sie ihr mit den Worten »Wie gut, dass diese dunkle Frau aus eurem Haus fort ist!« angedient hatte. In Momenten wie diesen wurde Anna wieder schmerzhaft an Hine erinnert. Sie hatte sich selbst untersagt, an die Maorifrau zu denken. Denn sie hatte erkannt: Solange Hine ihr Denken beherrschte, würde sie, Anna, niemals ein eigenes Leben in Dunedin beginnen können. Wenn jemand über Hine sprach, merkte Anna allerdings, wie dünn die Decke des Vergessens war. Zum Glück geschah das selten.

Mary bestellte eine Kutsche, die sie zu ihrem bezaubernden Heim brachte, das Anna stets vor Neid erblassen ließ. Das Haus schien Anna von außen wie eine kleine Burg, aber Mary pflegte Annas ehrliche Bewunderung stets mit einem schlichten »Es ist einfach schottisch!« zu dämpfen. Auch innen war alles prächtig gestaltet. Kronleuchter, üppige Möbel, edles Mahagoni, wohin das Auge blickte.

Anna fand nicht nur das Haus, sondern auch ihre Freundin außergewöhnlich hübsch. So hübsch, dass sie sich selbst eher unscheinbar vorkam. Und das, obwohl ihr die Kavaliere in Hamburg oft zu verstehen gegeben hatten, dass sie schön sei. Besonders für ihre dunkelblonden Naturlocken hatte sie viele Komplimente geerntet. Aber Tante Margarete hatte stets betont, sie sei viel zu dürr, um als hübsch zu gelten. Mary hingegen war eine üppige rothaarige Schönheit mit einem ebenmäßigen blassen Teint mit einer auffälligen Wirkung auf Männer, worüber sich die lebensfrohe Schottin offensichtlich nur amüsierte, denn sie hatte allein Augen für ihren John.

Das konnte Anna nur zu gut verstehen. Sie wurde jedes Mal ein wenig verlegen, wenn sie Marys gut aussehendem Mann begegnete.

John McDowell war hochgewachsen, hatte schwarzes Haar, eine gerade Nase, wache Augen, ein kantiges Gesicht und sprühte nur so vor Charme. Dabei blieb er im Gespräch nicht an der Oberfläche, sondern sagte zu allem und jedem wirklich kluge Dinge. Obwohl er ein erfolgreicher Anwalt mit der nötigen Härte war, besaß er eine ungewöhnlich warmherzige Ausstrahlung.

Mary ist zu beneiden!, dachte Anna seufzend. Vor allem, weil sie einen Mann geheiratet hat, den sie wirklich liebt. Wahrscheinlich heißt sie ihn sogar auf ihrer Bettseite willkommen. Manchmal war Anna versucht, Mary ihr Leid zu klagen, aber eine innere Stimme warnte sie davor, ihrer Freundin anzuvertrauen, wie sehr sie Christians körperliche Annäherungen verabscheute. Einmal abgesehen davon, dass es unschicklich war, über solche Angelegenheiten zu sprechen.

»Hast du etwas auf dem Herzen? Du schaust so grüblerisch. Dann sag es nur!«, forderte Mary Anna jetzt auf, als sie im Salon ihres Hauses den Tee tranken.

Anna schüttelte den Kopf. »Es ist nichts weiter. Ich dachte nur daran, wie Christian es aufnehmen wird, wenn ich ihm sage, dass ich in anderen Umständen bin.«

»Er wird trunken sein vor Glück«, versicherte Mary ihr und bat sie, noch ein wenig zu bleiben.

Anna gab vor, es nicht erwarten zu können, Christian endlich von ihrer Schwangerschaft zu berichten. Dabei wollte sie nur allein sein. Das geballte Glück ihrer Freundin war ihr in diesem Augenblick einfach zu viel. Anna fragte sich tief in ihrem Herzen, ob sie das Bild einer heilen Familie nach außen wohl würde aufrechterhalten können, wenn das Kind erst geboren war. Sie liebte dieses Wesen, das in ihr heranwuchs, schon jetzt mit einer Heftigkeit, die wehtat.

Als sie in der Kutsche saß, hing Anna immer noch ihren düsteren Gedanken nach. Sie mochte Mary sehr, aber es wäre keine gute Idee, ihr den Kummer ob ihrer unglücklichen Ehe oder gar das Geheimnis der Nebelfee anzuvertrauen. Mit Erstaunen hatte Anna inzwischen festgestellt, dass die Leute Christian mochten und für einen integren und überaus zuverlässigen Menschen hielten. »Dein Mann hat etwas von einem Wikinger. Er wirkt so stark und männlich!«, hatte Mary Anna neulich bewundernd zugeraunt. Wenn sie bloß wüsste!, dachte Anna niedergeschlagen. Je mehr sie sich der Siedlung mit den Holzhäusern näherten, desto schwerer wurde ihr ums Herz. Sie fürchtete sich davor, in ihr karges Heim und zu ihrem ungeliebten Mann zurückzukehren.

Anna erzählte Christian an diesem Abend nicht von dem Kind. Wie so oft saßen sie sich am Tisch stumm gegenüber. Paula konnte kochen, was sie wollte, Freude wollte bei den Mahlzeiten niemals wirklich aufkommen. Sosehr Christian sich auch seit jener entsetzlichen Nacht bemühte, ein guter Ehemann zu sein, es entwickelte sich trotzdem keine Nähe zwischen ihnen. Außerdem war Christian kein Mann der großen Worte. Wenn er von sich aus redete, dann am liebsten über seine Geschäfte, ein Thema, das Anna nicht sonderlich interessierte. Christian wirkte an diesem Abend allerdings noch abwesender als sonst. Er würde mit Sicherheit kein Ohr für den Zustand seiner Frau haben. Das jedenfalls redete sich Anna ein, denn sie wollte das Kind noch ein wenig für sich allein haben. Auch wenn sie wusste, dass Christian der Vater war, so hatte sie doch das Gefühl, es würde nur ihr gehören und nicht diesem wortkargen Hünen, der ihr schmatzend gegenübersaß.

Am nächsten Tag, an einem wunderschönen Herbstnachmittag, saßen die beiden Freundinnen unter einem Sonnenschirm auf Marys Veranda. In Hamburg fängt jetzt bald der Frühling an, dachte Anna, während sie den immer noch üppig blühenden Garten betrachtete. Ihr Blick blieb an fremdartigen grünen Bäumen hängen, die rund um den künstlich angelegten Teich wuchsen.

Mary war eine aufmerksame Gastgeberin und folgte dem Blick der Freundin.

»Du solltest die mal im Dezember sehen. An Weihnachten blühen die Rata, die Eisenbäume, in einem Rot, dass es eine wahre Freude ist.« Dann beugte sich die Freundin zu Anna herüber und raunte verschwörerisch: »Und, was hat er gesagt?«

»Ich habe ihn gestern gar nicht gesehen!«, antwortete sie ausweichend und setzte schnell hinzu: »Es ist so schön hier!«

»Dann wirst du erst über unser neues Haus staunen«, erklärte Mary übermütig und schilderte der Freundin nun ohne Pause, wie atemberaubend schön es werden würde. Dabei schwärmte sie in den höchsten Tönen von den Entwürfen des Architekten Robert Arthur Lawson, dessen Entwurf für die presbyterianische Kirche kurz zuvor die Ausschreibung für das Gotteshaus gewonnen habe. Dabei aßen sie köstliche Plätzchen, die Mary selbst gebacken hatte, und tranken Tee.

Anna hörte nur mit halbem Ohr zu. Aus den Augenwinkeln beobachtete sie Marys Sohn Timothy, der wild durch den Garten tobte. Er rannte auf stämmigen Beinchen von Blume zu Blume, um Schmetterlinge zu jagen. Anna konnte den Blick gar nicht von diesem süßen Geschöpf wenden und hoffte insgeheim, dass sie auch so einem properen blonden Lockenkopf das Leben schenken würde.

Nun hielt Mary in ihrer Schwärmerei inne, legte die Hand zärtlich auf den Bauch und flüsterte: »Ich werde dir ein Geheimnis verraten. Ich glaube, Timothy bekommt ein Geschwisterchen!«

Schon fielen sich die Freundinnen in die Arme und stellten sich nun in allen Einzelheiten vor, wie ihre beiden Kinder später einmal zusammen spielen würden. In dem Park hinter Marys neuem Haus oder aber in dem Garten, der oben auf dem Berg einen Blick über die Bucht bot und einmal zu Annas Anwesen gehören würde. Die Aussicht, dass die Freundin auch ein Baby erwartete, ließ Anna ihren Kummer eine Weile vergessen.

»Deine Wangen sind ganz rosig geworden«, rief Mary begeistert aus. »Das steht dir gut!«

Anna lächelte über das ganze Gesicht. Vielleicht wird doch noch alles gut, wenn wir erst zu dritt und umgezogen sind, dachte sie voller Zuversicht.

Als John heimkehrte und seiner Frau im Vorbeigehen zärtlich über die roten Locken strich, schwand Annas Hoffnung jedoch wieder. Ihr war plötzlich zum Weinen zumute. Ihr würde in diesem Leben niemand eine solch innige zärtliche Geste schenken. Kein Mann würde sie je so berühren. Nein, sie würde alle Zärtlichkeit, die sie in sich trug, allein ihrem geliebten Kind zuteil werden lassen. Sanft strich Anna über ihren Bauch. Heute würde sie es endlich Christian mitteilen, bevor er es von anderen erfuhr. Bald würden es die Spatzen von den Dächern pfeifen.

Dunedin
Oktober bis Dezember 1863

Anna stand kurz vor der Niederkunft und konnte sich nur noch schwerfällig bewegen. Wie ein gefüllter Sack, der nach Entladung drängte, fühlte sie sich mit ihrem geschwollenen Leib. Das Gute an ihrem Zustand war, dass ihr Mann sie kein einziges Mal mehr angerührt hatte. Der Austausch von Zärtlichkeiten jenseits des Ehebettes, wie Anna sie zwischen Mary und John beobachtet hatte, war ihm völlig fremd. Ihr war es nur recht. Sie verspürte nicht das geringste Bedürfnis, dass Christian ihr über Haar und Wangen strich oder gar den Arm um sie legte. Allerdings erkundigte er sich nun bei jeder Gelegenheit nach ihrem Wohlergehen und versuchte, ihr jeden Wunsch von den Augen abzulesen. Seit er von ihrem Zustand wusste, war er auch nicht mehr ganz so wortkarg. Dabei wirkte er fast rührend unbeholfen. Neulich war er noch einmal in die Stadt geritten, nur um ihr Lammfleisch zu besorgen, auf das sie einen unbändigen Appetit entwickelt hatte und das sie, kaum dass Paula es zubereitet hatte, nicht hatte anrühren können. Christian verlor kein böses Wort darüber, sondern ertrug ihre Launen mit Gleichmut.

Auch als sie sich bei ihm beklagte, dass ihr Kind in einer Hütte zur Welt kommen werde, hatte Christian sofort gehandelt. Noch im Juni, bevor der Winter einbrach, waren sie in eine wetterfeste Unterkunft gezogen. Ihr Anwesen oben am Berg war noch immer nicht fertig, und deshalb hatte ein Freund von John McDowell ihnen sein Haus zur Verfügung gestellt, da er wegen des Todes seines Bruders überstürzt nach Europa reisen musste. »Solange ich in Glasgow bin, könnt ihr hier wohnen!«, hatte er Anna und Christian angeboten. Anna war überglücklich gewesen. Das Haus war zwar nicht annähernd so prächtig wie das von Mary, aber es lag im Stadtzentrum, in der Princes Street. Es war im schottischen Stil aus Stein gebaut, hatte einen riesengroßen Salon, den man als Tanzsaal benutzen konnte, besaß mehrere Kamine und einen Garten.

Anna war einige Male mit Christian auf der Baustelle ihres Hauses gewesen, aber große Fortschritte hatte der Bau nicht gemacht. Christian hatte ihr jedoch hoch und heilig versichert, dass das Haus im nächsten Sommer fertig sein und den schönsten Ausblick der ganzen Stadt haben würde.

In der Princes Street wurde am 26. Oktober 1863 Annas Tochter Klara geboren. Mary McDowell hatte Anna eine zuverlässige Hebamme organisiert, der Mary an jenem Frühlingstag – selbst hochschwanger mit ihrem zweiten Kind – assistierte. Nach dem Einsetzen der Wehen ging alles ganz schnell. Das Baby folgte vier Stunden später ohne Komplikationen. Anna weinte vor Glück, als sie das kräftige Brüllen ihres Kindes hörte.

Christian saß währenddessen nervös vor einem Glas Portwein im Salon – bis Mary ihm die erlösende Nachricht brachte, dass Anna ihm eine gesunde Tochter geschenkt hatte. Sosehr er sich auch bemühte, Freude zu zeigen, konnte er die Enttäuschung, dass es kein Sohn geworden war, kaum verhehlen. Wie enttäuscht wird er erst sein, wenn er sieht, was für ein schwaches zartes Geschöpf seine Tochter ist!, dachte Mary. Sie hoffte inständig, dass er es wenigstens schaffte, seine Enttäuschung vor seiner geschwächten Frau zu verbergen.

Anna war viel zu erschöpft und glücklich, um zu bemerken, dass ihr Mann das Baby mit abschätzigen Blicken maß. Nein, sie schwebte geradezu im siebenten Himmel, seit Mary ihr das frisch gewaschene kleine Wesen mit den langen Wimpern und dem auffallend schwarzen Flaum auf dem Kopf in den Arm gelegt hatte. Sie wollte das kleine Mädchen gar nicht mehr loslassen.

»Willkommen auf der Erde, meine kleine Klara!«, raunte Anna dem Säugling zu, nachdem Christian das Zimmer wieder verlassen hatte, und drückte ihn zärtlich an sich. Dann fügte sie kaum hörbar hinzu: »Auf dass die Engel dich beschützen, was auch immer geschehen mag!« Das Kind begann in diesem Augenblick lauthals zu schreien. Die durchdringende Stimme wollte ganz und gar nicht zu diesem zarten Wesen passen.

»Du musst ihr was zu trinken geben«, sagte Mary zärtlich und half ihrer Freundin, das Baby an die Brust zu legen. Mit lautem Schmatzen sog es die Milch der Mutter ein.

Seit Anna wusste, dass sie schwanger war, hatte sie sich ein Mädchen erhofft. Sie verschwendete nicht den geringsten Gedanken daran, dass ihre Tochter sehr zerbrechlich wirkte, nein, sie liebte dieses Geschöpf vom ersten Moment an bedingungslos mit jeder Faser ihrer Seele. Und das, obwohl Klara das ganze Gegenteil von Marys vor Gesundheit nur so strotzendem Timothy war.

Allein für den Bruchteil von Sekunden war Anna beim Anblick des pechschwarzen Flaums auf dem Kopf ihres Töchterchens ein wenig zusammengezuckt, weil sowohl sie als auch Christian blondes Haar besaßen. Unwillkürlich dachte sie an Hine und den Fluch, aber dann fiel ihr das pechschwarze Haar von Onkel Rasmus ein. Er hatte einmal erzählt, dass auch ihr Vater, sein Bruder Klemens Wortemann, tiefschwarzes Haar besessen habe.

Mein hübsches Baby, dachte Anna, nachdem die Kleine satt war, während sie mit dem Finger zart über die Stirn ihrer Tochter fuhr. »Dir wird nichts geschehen!«, versprach sie der kleinen Klara und fügte kaum hörbar hinzu: »Ich werde dich immer beschützen. Dich und deine Kinder!«

Seit der Geburt ihrer Tochter war Anna wie ausgewechselt. Der traurige Blick, der sonst so oft über ihr Gesicht huschte, war verschwunden. Aus ihren Augen strahlte das pure Glück. Ihr war nichts zu mühsam, nicht das Stillen, nicht das Aufstehen mitten in der Nacht, im Gegenteil, sie war stets entzückt, wenn es um ihr Kind ging.

Christian schien das mit einer gewissen Skepsis zu betrachten. Das merkte Anna zwar, aber sie glaubte, er befürchtete, dass sie sich überfordern könnte. Er bot ihr mehrmals an, eine Kinderfrau einzustellen, aber Anna lehnte dieses Angebot rundweg ab. Sie wollte allein für Klara da sein.

Eines Abends, etwa zwei Wochen nach der Geburt ihrer Tochter, erkannte Anna, was ihren Ehemann veranlasste, ihr so vehement eine Hilfe bei der Betreuung des Säuglings anzutragen. Sie war früher ins Bett gegangen als sonst, da sie die vergangene Nacht fast zur Hälfte am Bett ihres schreienden Kindes verbracht hatte.

»Lass sie doch schreien! Das kräftigt die Lungen«, hatte Christian unwirsch gebrüllt, aber Anna war ins Kinderzimmer gehuscht, um die Kleine zu trösten. Dort war sie vor Erschöpfung auf dem Stuhl neben Klara eingeschlafen.

Kaum lag Anna im Bett, als sie die Schritte ihres Mannes hörte. Wortlos trat er in das Zimmer und zog sich aus.

»Vielleicht kümmerst du dich zur Abwechslung mal um mich«, knurrte Christan, während er unter die Decke schlüpfte.

Anna zitterte am ganzen Körper. Es gab keinen Zweifel. Er wollte sich auf sie wälzen. Ihr Mund war trocken. Trotzdem erklärte sie mit heiserer Stimme: »Es geht nicht. Ich bin noch zu wund von der Geburt.«

Christian musterte sie scharf. »Und warum lassen andere Frauen ihre Männer wieder zu sich, kaum dass sie ihr Kind geboren haben?«, fragte er bedrohlich.

»Bestimmt nicht, während sie es noch stillen. Das ist nicht gut«, widersprach Anna mit fester Stimme, bemüht, die Angst, er könne ihre Ausrede durchschauen, zu verbergen.

Er ließ sie jedoch in Frieden und brummelte nur unverständliche Dinge in seinen Bart, die alles andere als freundlich klangen.

Noch in dieser Nacht beschloss Anna, endgültig aus dem Schlafzimmer auszuziehen. Sie wusste nur noch nicht, wie sie das anstellen sollte.

Den Vorwand lieferte wenig später der Arzt, der Klara untersucht hatte, weil sie so viel schrie, und feststellte, dass sie unter schweren Bauchkrämpfen litt. Für Anna ein triftiger Grund, sich im Kinderzimmer eine eigene Schlafstätte einzurichten.

Christian missbilligte das ausdrücklich, doch Anna ließ sich nicht davon abbringen. Jetzt erst bemerkte die junge Mutter, dass er das kleine Wesen zunehmend mied und immer einsilbiger wurde. Er kehrte jeden Abend später von der Arbeit in der Handelsniederlassung zurück. Anna vermutete, dass er ein gewisses Etablissement besuchte, von dem Mary ihr einmal hinter vorgehaltener Hand erzählt hatte. Es lag unten am Hafen und beherbergte Frauenzimmer, die den unverheirateten Goldgräbern zu Diensten waren. Wie Mary zu berichten wusste, gingen auch immer mehr Männer dorthin, die zu

Hause nicht das bekamen, was sie brauchten. Anna roch es manchmal an Christians Kleidern. Darin hing bisweilen der Duft von schwerem Parfum, einem Parfum, das eine Lady niemals benutzen würde. Es war ihr aber gleichgültig, ja, sie war sogar erleichtert darüber, dass Christian sie nicht mehr belästigte. Sie hatte schließlich, was sie wollte: ein wunderschönes Kind. Mehr brauchte sie nicht zu ihrem Glück, und sie hatte sich geschworen, dass sie ihn eher erstechen würde, als seine Zudringlichkeiten noch einmal über sich ergehen zu lassen.

Nein, wo er sich verströmte, das war ihr völlig gleichgültig, aber etwas anderes bereitete ihr große Sorge. Sie war nun bereits ein paar Mal spät nachts aufgewacht, weil er die Treppe immer öfter hinauftorkelte und dabei laut vor sich hin grölte.

Auch sein Atem am Frühstückstisch erlaubte keinen Zweifel: Christian trank zu viel Alkohol. Anna nahm sich vor, ihn bald darauf anzusprechen. Nur nicht heute, denn Mary würde bestimmt niederkommen. Anna wartete stündlich darauf, dass man ihr endlich Bescheid gab. Sie war so nervös, dass sie das ernste Gespräch mit Christian vor sich herschob. Wenn Marys Kind da ist, sagte sie sich, dann rede ich ein ernstes Wort mit ihm.

Am achten Dezember war es bei Mary endlich so weit. Die Wehen setzten mit einer Woche Verspätung ein, für die junge Mutter kein Anlass zur Sorge. Sie war an diesem Tage fröhlich wie immer. Sie wirkte beinahe aufgekratzt und scherzte, wenn die Kontraktionen nachließen.

»Es wäre doch schön, wenn es ein Mädchen würde! Dann hätte Klara eine Spielkameradin, die beiden verlieben sich in zwei Brüder, und wir feiern später einmal Doppelhochzeit«, malte sie sich lachend aus, nachdem sie sich gerade noch vor Schmerz gewunden hatte.

Anna hielt ihre Hand. Für sie war es Ehrensache, dass sie der

Freundin in diesen Stunden beistand. Sie hätte Mary bei Klaras Geburt auch nicht missen wollen.

Ihre Tochter hatte Anna an diesem Tage zum ersten Mal in der Obhut von Paula gelassen, die Klara ebenfalls über alles liebte. Anna war der Abschied allerdings so schwergefallen, dass Paula sie schließlich mit den Worten »Sie reisen doch nicht nach Europa« aus der Haustür geschoben hatte.

Auch wenn Mary lachte und scherzte, etwas an der Freundin missfiel Anna. War es ihr blasses, durchscheinendes Gesicht oder die tiefen Schatten unter Marys Augen?

Mary schien von der düsteren Stimmung um sie herum nichts wahrzunehmen. Sie redete in einem fort und versuchte die anderen zum Lachen zu bringen. Das konnte Anna jedoch nicht darüber hinwegtäuschen, dass es nicht gut um die Freundin stand. Das ernste Gesicht der Hebamme, nachdem diese Mary noch einmal untersucht hatte, unterstrich die düstere Ahnung. Irgendetwas stimmte nicht.

Plötzlich schrie Mary gellend auf, dass einem das Blut in den Adern gefrieren konnte, und dann ging alles ganz schnell.

Elisabeth Ginsbury, die erfahrene Hebamme, raunte Anna zu: »Großer Gott! Es liegt verkehrt herum!«

Anna wusste, was das zu bedeuten hatte. Wenn die Hebamme es nicht schaffte, das Kind im Mutterleib so zu drehen, dass es mit dem Kopf nach unten zu liegen kam, bestand Lebensgefahr für Mutter und Kind. Sie war sich nicht sicher, ob Mary ahnte, in welcher Gefahr sie schwebte. Tapfer ertrug die Freundin die schlimmsten Schmerzen. Sie schrie nur, wenn es gar nicht mehr anders ging. Ansonsten biss sie die Zähne fest zusammen. Anna lächelte ihrer Freundin ermutigend zu, während die ihre Hand förmlich zu zerquetschen drohte. Der alten Hebamme lief indessen der Schweiß in Strömen herunter, während sie sich krampfhaft bemühte, das Kind zu drehen.

»Heißes Wasser! Tücher!«, forderte sie nun, und Anna sprang auf und rannte los. Ihr blieb nicht anderes übrig, als zu beten, während sie zwischen Küche und Schlafzimmer hin- und herrannte.

Anna wusste nicht, wie oft sie gelaufen war. Sie hörte nur die gellenden Schreie der Freundin, die sie nun nicht mehr unterdrücken konnte, und ihr eigenes Keuchen. Als sie gerade wieder mit einer vollen Waschschüssel in das Schlafzimmer trat, traf sich ihr Blick mit dem von Elisabeth Ginsbury. Die schüttelte unmerklich mit dem Kopf. Anna verstand. Sie stellte die Schüssel aus der Hand, ging zitternd zum Bett ihrer Freundin und streichelte ihr über das nasskalte Gesicht. Auch in Marys Augen war nun die schreckliche Wahrheit zu lesen. Sie schien zu wissen, dass es weder für das Kind noch für sie Hoffnung gab. Trotzdem lächelte sie so, als wolle sie ihrer Freundin auch jetzt noch Mut machen.

»Anna!«, hauchte sie mit letzter Kraft. »Liebste Anna, kannst du mir etwas versprechen?«

Anna nickte, bemüht, die Tränen zu unterdrücken.

»Mein Timothy, der braucht jemanden, und dich liebt er über alles. Sei ihm wie eine Mutter und auch John, der …« Damit stöhnte sie noch einmal laut auf, sah Anna aus weit aufgerissenen Augen an – und ihr Kopf sackte leblos zur Seite.

Anna wurde von Schluchzern geschüttelt. Mit zitternden Händen strich sie der leblosen Mary immer wieder über das verklebte Haar. Sie wollte es nicht glauben und stammelte nur: »Mary! Mary!«

Dunedin
27. Dezember 2007

Sophie legte das Manuskript vorsichtig auf der Bettdecke ab, denn sie konnte mit einem Mal nichts mehr sehen. Tränen rannen ihr über das Gesicht. Sie wischte sie energisch ab.

Ein Blick auf den Hotelwecker zeigte ihr, dass es bereits neun Uhr war. Frühstück gab es nur bis halb zehn. Hastig sprang sie unter die Dusche und schlüpfte in Judith' blaues Sommerkleid und ihre Sandalen.

Nach einem kargen Frühstück ließ sie sich auf dem Stadtplan zeigen, wo sie im Zentrum ein Geschäft finden würde, in dem sie sich dem Wetter entsprechend einkleiden konnte.

Draußen herrschten sommerliche Temperaturen, und in dem vollklimatisierten Kaufhaus spielten sie immer noch *Jingle Bells,* obwohl Weihnachten vorüber war. Inmitten des bunten weihnachtlichen Dekors und der Dauerbeschallung vergaß Sophie für einen Augenblick, wo sie war und was sie hergeführt hatte. Sie ließ sich durch die Damenabteilung treiben, probierte die unterschiedlichsten Sachen an und entschied sich schließlich für drei einfache Kleider mit Spaghettiträgern, einen Cardigan für kühlere Abende, zwei Jeans, diverse Sommertops und ein Paar Sandalen und Turnschuhe.

Mit den Tüten beladen, machte sie sich auf den Rückweg zum Hotel. In einem Straßencafe trank sie einen Cappuccino, was ihr das Gefühl gab, eine ganz normale Touristin zu sein. Menschen aus den unterschiedlichsten Nationen liefen vorbei, viele Weltenbummler mit Rucksäcken und auffallend schöne Menschen, die wie Judith sicher Maoriblut in sich hatten. Die Maori? Viel mehr, als dass es die Ureinwohner Neuseelands waren, wusste Sophie nicht über sie, aber sie nahm sich fest vor, Näheres über sie zu erfahren. Ob der Fluch der Nebelfee wohl wirklich Unglück über Annas Familie bringen wird?, fragte sie sich, um den Gedanken sofort wieder zu verwerfen. Ein Fluch? So ein Blödsinn!, sagte ihr Verstand.

Von einer Sekunde zur anderen kippte Sophies Stimmung, und sie spürte wieder Wut in sich aufsteigen. Eine Wut auf ihre Mutter, die sie ein Leben lang belogen hatte und ihr die Wahrheit nun wie ein Märchen servierte. Häppchenweise, damit ihre Tochter ja nicht überfordert wurde. Bei dem Gedanken ballte Sophie die Fäuste. Dass Emma ihr von Anna und dem Fluch nichts erzählt hatte, als sie noch ein Kind gewesen war, konnte sie ja verstehen. Aber sie wäre sicher nicht zusammengebrochen, wenn sie die Geschichte ihrer Familie als Erwachsene erfahren hätte.

Jetzt kann ich nicht einmal mehr mit ihr darüber sprechen, dachte Sophie enttäuscht. Ich werde ihre Unterlagen schleunigst auf den Namen Thomas Holden durchsuchen und dem dummen Ratespiel ein Ende machen.

Sophie zahlte und eilte zum Hotel zurück, um ihren Plan umgehend in die Tat umzusetzen. Dort griff sie sich das Manuskript und blätterte es nach dem Namen dieses Mannes durch, aber sie fand ihn nicht. Seufzend legte sie die Blätter aus der Hand. Es war wie verhext. Thomas Holden schien in dieser Geschichte nicht vorzukommen.

Sophie war zu aufgebracht, um an der Stelle weiterzulesen, an der sie am Morgen aufgehört hatte. Ja, sie war sich nicht einmal mehr sicher, ob sie überhaupt bleiben und es zu Ende lesen würde. Vielleicht sollte sie gleich nach der Beerdigung nach Hause fliegen, das Erbe ausschlagen, das Manuskript vernichten und ihre Mutter als die Frau in Erinnerung behalten, als die sie sich zeitlebens ausgegeben hatte: als die Hamburgerin Wortemann!

Dunedin
im Dezember 1863

Anna konnte sich nur schwer vom Anblick ihrer toten Freundin lösen. Wie betäubt stand sie langsam auf.

Die Hebamme, Elisabeth Ginsbury, war völlig erschöpft. Schluchzend bat sie Anna, den Ehemann zu holen. »Ich schaffe das nicht. John McDowell war das erste Baby, das ich je entbunden habe«, schluchzte sie.

Der arme John!, dachte Anna, während sie sich die Tränen aus dem Gesicht wischte. Ihre rot umränderten Augen sagten jedoch alles.

Im Wohnzimmer lief John McDowell rastlos auf und ab. Als Anna eintrat, erstarrte er. Grau im Gesicht und scheinbar um Jahre gealtert, fragte er gequält: »Sie ist tot, nicht wahr?«

Anna nickte stumm.

John McDowell brach in lautes Schluchzen aus und war bereits auf der Treppe nach oben, bevor Anna sich nur umdrehen konnte.

Mit letzter Kraft ließ sie sich auf einen Stuhl fallen. Sie konnte noch immer nicht fassen, was geschehen war. Da ging die Tür auf, und Mabel, das Kindermädchen, erschien im Salon, an der Hand den kleinen Timothy. Sie wusste noch nicht, was geschehen war, weil sie mit dem Kind außer Haus gewesen war. Anna wollte sie gerade bitten, mit dem Jungen noch einen Spaziergang zu machen, als sich Timothy von Mabels Hand losriss, auf Anna zulief und auf ihren Schoß krabbelte.

»Willst du mit zu Tante Anna?«, fragte Anna mit bebender Stimme.

»Oh ja!« Der rotblond gelockte Junge schmiegte sich zutraulich an sie.

»Packen Sie bitte ein paar Sachen für das Kind zusammen. Ich nehme es mit nach Hause. Und sagen Sie Mister McDowell bitte, dass ich mich um Timothy kümmern werde!«, befahl Anna dem Kindermädchen, das sie mit großen Augen ansah, bevor es wortlos verschwand.

Anna schaukelte Timothy auf den Knien hin und her.

»Mehr!«, kreischte er vergnügt. »Mehr! Mehr!«

Als Mabel mit hängenden Schultern zurückkehrte, suchten ihre verweinten Augen Annas Blick. Auch sie empfand schmerzhaft, was Anna dachte: Eben noch hat Mary mit ihrem hellen Lachen dieses Haus erfüllt, und nun ist sie für immer stumm. Anna spürte, dass sie schon wieder weinen musste, aber sie unterdrückte die Tränen. Was sollte der kleine Knirps von ihr denken?

»Mister McDowell lässt ausrichten, er ist Ihnen unendlich dankbar«, schluchzte das Kindermädchen und rannte hinaus.

»Mama!«, rief der kleine Kerl jetzt. »Mama auf Wiedersehen sagen!«

»Mama ist ausgegangen!«, versicherte Anna schnell und verließ mit Timothy an der Hand eilig das Haus.

Timothy blieb zwei Tage und zwei Nächte bei Anna. Sie wurde nicht müde, mit ihm zu spielen; und er liebte es, die kleine Klara im Stubenwagen umherzufahren. Manchmal wurde er dabei ein wenig zu ungestüm, aber es war deutlich zu spüren, dass der Junge sich hier sehr wohlfühlte. Auch Anna tat seine Anwesenheit gut. Mit den beiden Kindern hatte sie alle Hände voll zu tun, was sie davon abhielt, mit dem Schicksal zu hadern und sich ständig zu fragen: Warum Mary? Sogar Christian taute in der Gegenwart des kleinen Timothy merklich auf. Er trug ihn auf den Schultern durch das Haus und tollte wild mit ihm herum.

Er spielte Seefahrt mit ihm und schenkte ihm sogar eine hölzerne Eisenbahn.

Anna sah seine Begeisterung für den Jungen mit gemischten Gefühlen. Zwar berührte es sie zu sehen, wie Christian aufblühte, aber ihr wurde bewusst, dass er seine Tochter kaum eines Blickes würdigte. Wahrscheinlich hofft er darauf, dass es beim nächsten Mal ein Junge wird, vermutete Anna, aber sie hatte sich geschworen, ihm kein weiteres Kind zu gebären.

Christian war noch in der Handelsvertretung, als John McDowell, blass und vom Kummer gezeichnet, Anna aufsuchte, um Timothy wieder zu sich zu holen. Obwohl er die Contenance wahrte, tat es Anna in der Seele weh, wie dieser aufrechte Mann litt. Er erzählte Anna, dass Mabel ihn zu seinem großen Bedauern Hals über Kopf im Stich gelassen habe. Das Kindermädchen habe ihm erklärt, dass es sich nach Marys Tod nicht in der Lage sähe, weiter für ihn zu arbeiten.

Anna bot ihm sofort an, ihm Paula zu schicken, bis er einen Ersatz gefunden hatte, denn schließlich verdankte sie ihre wunderbare Haushaltshilfe allein Mary. John wollte das jedoch partout nicht annehmen.

»Dann erlaube uns wenigstens, Timothy tagsüber zu uns zu nehmen, wenn du zur Arbeit gehst, bis du jemanden gefunden hast«, schlug Anna schließlich vor.

Darauf ließ John sich dankbar ein. Von nun an brachte er zu Annas großer Freude seinen Sohn sechs Tage in der Woche jeden Morgen bei ihr vorbei. Diese neue Aufgabe beglückte sie, zumal sie ihrer Freundin damit einen letzten Dienst erweisen konnte. Manchmal, wenn sie mit den beiden Kindern draußen im Garten saß, blickte sie zum Himmel auf und fragte sich, ob Mary sie wohl sehen konnte.

Zum Dank, dass Anna so gut für Timothy sorgte, der immer noch glaubte, seine Mutter werde bald von einer langen Reise zurückkehren, gab John eines Abends kurz vor Weihnachten ein Essen für Anna und ihren Mann. Christian aber hatte an diesem Tag kurzfristig ein gravierendes Problem in der Niederlassung. Eine Gruppe Maori hatte die Besatzung eines Schiffs daran gehindert, es zu entladen. Die Ware drohte zu verderben, und Christian musste zurück in den Hafen, um mit ihnen zu verhandeln.

Anna wollte jedoch unter keinen Umständen allein zu John gehen. Sie fühlte sich zu sehr zu John hingezogen, auch wenn der noch immer untröstlich über Marys Tod war. Mary würde es sicherlich begrüßen, wenn er schnell eine neue Frau und Mutter für Timothy fände. Aber ich komme für diese Rolle ohnehin nicht infrage, sinnierte sie. Ich bin verheiratet, wenn auch unglücklich – aber wen kümmert das? Davon abgesehen schickte es sich nicht, ohne weitere Gesellschaft mit einem anderen Mann zu speisen. Deshalb schlug sie vor, die Einladung abzusagen.

Christian jedoch wollte von einer Absage nichts wissen. »John ist ein wichtiger Geschäftspartner, den dürfen wir nicht brüskieren!«, erklärte er aufbrausend.

Anna erschrak ob der Heftigkeit seines Ausbruchs und versprach ihm schließlich, doch zu Johns Essen zu gehen.

Schon beim Ankleiden fühlte sie eine gewisse Nervosität. Sie war nach der Geburt ihrer Tochter noch schmaler geworden. Das neue Kleid mit dem langen, weiten Rock aus dunkler Seide über der Tornüre, dessen eng geschnürte Korsage Annas Taille noch filigraner wirken ließ, saß wie angegossen. Dafür hatte sie ein wenig mehr Oberweite bekommen, die dem Dekolleté, das bei einer Abendgarderobe durchaus erlaubt war, einen besonderen Reiz verlieh. Man könnte meinen, ich treffe mich mit einem Galan statt mit dem trauernden Witwer meiner Freundin, schoss es Anna durch den Kopf, und sie betrachtete sich kritisch. Ihre Aufmachung war ganz und gar nicht angemessen.

Im Spiegel sah sie, dass sie bei diesem Gedanken rot angelaufen war vor Scham. Entschlossen zog sie das Kleid wieder aus und ersetzte es durch ein schlichtes, hochgeschlossenes Trauerkleid mit schwarzer Korsage. Die Anmutung war nun eine völlig andere, aber ihre Augen glänzten noch genauso wie zuvor. So hatte sie sich immer wahrgenommen, wenn sie Frederik zum Unterricht erwartete. Erschrocken über diese Erkenntnis, fuhr Anna zusammen. Dann stieß sie einen tiefen Seufzer aus. Sie konnte nicht zurück. Christian würde es ihr verübeln, wenn sie so kurzfristig absagte. Also verabschiedete Anna sich mit gemischten Gefühlen von Klara, die unter Paulas Aufsicht zurückblieb, und ließ sich mit der Kutsche zu John McDowell bringen.

John begrüßte Anna herzlich und dankte ihr überschwänglich, weil sie auch ohne Christian gekommen sei. Ehe sie es sich versah, waren alle ihre Bedenken verschwunden und zwischen ihnen herrschte die vertraute Offenheit, wie es zwischen guten Freunden üblich ist. Bei einem üppigen Mahl, das von der Hausangestellten Stella zubereitet worden war, offenbarte John Anna ohne Scheu, wie sehr er das fröhliche Lachen seiner Frau vermisse.

Anna legte mitfühlend die Hand auf seine und musste heftig schlucken, um die Tränen zu unterdrücken. Sie schilderte ihm, wie sehr auch ihr die patente Freundin fehle. Während sie redete, sah John sie unverwandt an und legte ganz plötzlich seine Hand auf ihre. Anna zitterte bei dieser Berührung, und ihr wurde plötzlich heiß. Überrascht von der Heftigkeit eines unbekannten Verlangens, schaute sie ihn an. Er hielt ihrem

Blick stand. Sie konnte so vieles in seinen Augen lesen: Traurigkeit, Entschlossenheit – und Begehren.

Anna wollte sich abwenden, aber es gelang ihr nicht. Das, was sie jetzt wahrnahm, war ihr fremd und vertraut zugleich. Noch kein Mann hatte sie jemals so zärtlich und begehrlich angesehen.

Ohne den Blick von ihr zu lassen, streichelte John nun ihre Hand. Annas Herz klopfte bis zum Hals. Sie schlug die Augen verlegen nieder. Da spürte sie seine Lippen auf ihrem Mund. Noch nie zuvor hatte ein Mann Anna mit solcher Inbrunst geküsst. Selbst Annas Erinnerung an ihre erste Liebe verblasste in diesem Moment. Heiße Wellen strömten durch ihren Körper, und sie wünschte sich, es möge niemals zu Ende gehen.

Als John schließlich zögernd seine Lippen von ihren gelöst hatte, schaute er an ihr vorbei ins Leere.

»Entschuldigung!«, raunte er heiser. »Kannst du mir verzeihen?«

»Natürlich, John«, flüsterte Anna.

Schritte ertönten im Flur, und Stella betrat das Esszimmer, um das Geschirr des Hauptgangs abzuräumen. John hatte noch rechtzeitig seine Hand wegziehen können. Wie in einem Schwebezustand erlebte Anna den Rest des Abends.

Sie erwähnten den Vorfall nicht und vermieden es fortan, sich direkt anzusehen. Stattdessen plauderten sie scheinbar unverfänglich über Mary und die Kinder. Auch zum Abschied reichten sie sich nur steif die Hand, doch allein das reichte aus, um Annas Körper erneut in Flammen zu versetzen.

Sie betete während der gesamten Rückfahrt, dass Christian noch nicht zu Hause sein möge, damit er nichts von dem bemerkte, was mit ihr geschehen war, doch vergebens.

Christian saß bereits im Wohnzimmer und erwartete sie, eine Zigarre rauchend. Er erzählte ihr voller Stolz, dass seine

Mission erfolgreich verlaufen sei. Ohne Blut zu vergießen, hatte er die Maoris dazu bewogen, die Blockade im Hafen aufzugeben. Er wirkte sehr aufgekratzt, hatte eine schwere Alkoholfahne und verlangte von Anna, dass sie sich zu ihm setzte, doch sie entzog sich ihm unter dem Vorwand, nach Klara sehen zu müssen.

»Ich habe gesagt, du sollst dich setzen!«, bellte er und sah Anna dabei mit zornig funkelnden Augen an, sodass sie sich nicht zu widersetzen wagte. Zögernd ließ sie sich in einen Sessel fallen, doch Christian befahl: »Hierher!«, und deutete auf den Platz neben sich. Wortlos gehorchte Anna. Seine Alkoholfahne war unerträglich.

»Wie war es bei John?«, fragte er.

Sie bemerkte, dass er ein wenig lallte. »Nett!« Sie vermied es, ihren Mann anzusehen.

»Du bist ja nicht besonders gesprächig!«, sagte er und legte besitzergreifend den Arm um sie. Eine Geste, die völlig untypisch für ihn war.

Anna zuckte unwillkürlich zusammen. Sie grübelte verzweifelt darüber nach, wie sie sich seinem widerlichen Annäherungsversuch würde entziehen können, als sie Klara brüllen hörte. Ohne zu überlegen, sprang sie wortlos auf und lief zum Kinderzimmer. Hinter sich hörte sie Christian derbe Flüche ausstoßen.

Als Anna oben im Kinderzimmer ankam, war alles in bester Ordnung. Die kleine Klara lag auf dem Rücken in ihrer Wiege. Sie hatte offensichtlich im Schlaf geschrien. »Danke, dass du mich vor ihm gerettet hast!«, hauchte Anna und betrachtete ihre geliebte Tochter voller Stolz. Über ihr Gesicht huschte ein Lächeln. Ihr Mündchen machte schmatzende Geräusche, als träume sie davon, von der köstlichen Muttermilch zu trinken. Anna blieb noch eine ganze Weile dort stehen und betrachtete das kleine Geschöpf. Dann zog sie sich aus und legte sich in das Bett, das sie sich im Kinderzimmer hergerichtet hatte.

Anna war gerade eingeschlafen, als ein Poltern an der Tür sie aufschrecken ließ. Sie setzte sich im Bett auf, als die Tür aufgerissen wurde und Licht in das Kinderzimmer drang. »Kommst du freiwillig, oder soll ich nachhelfen?«, lallte Christian. Er klammerte sich am Türpfosten fest.

Anna kroch noch tiefer unter die Decke. Wenn bloß Klara nicht aufwacht!, dachte sie, als er sie bereits an den Füßen aus dem Bett zog. Mit einem lauten Knall krachte sie zu Boden. Alles tat ihr weh, aber das war ihr völlig gleichgültig. Viel wichtiger war ihr, dass sie ihm rechtzeitig entkam. Sie rappelte sich langsam auf, während er sie grinsend beobachtete. Sie schlüpfte an ihm vorbei zur Tür hinaus.

Bloß weg von dem Kind!, dachte sie, aber wohin? Sollte sie in den Salon flüchten, zu Paula oder …?

Christian nahm ihr die Entscheidung ab. Entschlossen zog er die Kinderzimmertür hinter sich zu, packte Anna grob am Handgelenk und schleifte sie ins Schlafzimmer. Dort warf er sie auf das Bett und nestelte an seiner Hose herum. Dann griff er grob nach Annas Nachthemd, um es hochzuziehen. Anna aber wehrte sich aus Leibeskräften. Sie kratzte und biss, was ihren trunkenen Mann jedoch nur anzufeuern schien. Er keuchte und stöhnte vor Lust.

»Du kleine Kröte! So willst du es also. Kannst du haben.«

Mit einem Ritsch riss er ihr Nachthemd entzwei und knetete ihre Brüste wie Teig. Es schmerzte, aber sie gab keinen Mucks von sich. Sie wollte ihn nicht noch mehr erregen. Er ließ abrupt ihre Brüste los und fasste ihr ächzend zwischen die Schenkel. Anna überlegte fieberhaft. Sie wusste, dass er sie gleich überwältigen würde. Um ihn von seinem Vorhaben abzubringen, musste sie zu anderen Mitteln greifen.

Sie hatte den Gedanken noch gar nicht ganz zu Ende gedacht, als sie sich lauthals schreien hörte: »Fass mich nicht an, du Schwein! Ich habe dich gesehen in jener Nacht, als du Hine in den Bauch getreten hast. Geh mir aus den Augen, und wage es nie mehr, mich mit deinen dreckigen Fingern anzufassen!«

Erschrocken hielt sie inne. Das hatte sie nicht sagen wollen. Das nicht!

Wie vom Donner gerührt, ließ Christian von ihr ab, holte aus und schlug ihr mit voller Wucht mitten ins Gesicht.

Anna spürte den stechenden Schmerz, aber sie zuckte nicht einmal zusammen. Kämpferisch und ohne einen Laut von sich zu geben, funkelte sie ihn an. Es war ein ungleicher Kampf zwischen diesem Hünen und ihr, doch sie wollte ihn gewinnen. Plötzlich musste sie an die Maorikrieger denken und an die Entschlossenheit, die sie ausgestrahlt hatten.

Christian hob noch einmal die Hand, aber Anna zischte ungerührt: »Schlag mich ruhig! Die Wahrheit kannst du dadurch doch nicht aus der Welt schaffen.«

Da ließ er kraftlos den Arm sinken und wandte den Blick verlegen ab. Er schnaubte, als wolle er noch etwas sagen, erhob sich schwerfällig, griff nach seinen Sachen und verließ ächzend das Zimmer.

Anna atmete erleichtert auf, als sie die Haustür laut ins Schloss fallen hörte. Sie ahnte, was das zu bedeuten hatte. Christian ging wieder in das Etablissement am Hafen. Wie oft hatte sie mit Mary hinter vorgehaltener Hand über dieses Haus der Frauen gesprochen!

Ach, Mary!, dachte Anna wehmütig. Liebe, gute Mary, stell dir bloß vor, ich bereue es nicht einmal, dass ich mich von John habe küssen lassen!

Sieh dich vor!, meinte sie plötzlich die Warnung ihrer Freundin aus einer anderen Welt zu vernehmen. *Nimm dich bloß in Acht, dass kein Mensch jemals davon erfährt! Besonders Christian nicht.*

Ach, Mary, seufzte Anna, ich schwöre dir, dass es niemals wieder geschehen wird!

Mit diesem Vorsatz schleppte Anna sich, immer noch am ganzen Körper zitternd, in ihr Bett im Kinderzimmer und sehnte sich zum ersten Mal in ihrem Leben schmerzhaft danach, dass ein Mann zu ihr kommen würde. John!, dachte sie voller Sehnsucht und stellte sich vor, wie seine zärtlichen Hände behutsam ihre Schenkel hinaufglitten.

Dunedin
27. Dezember 2007

Sophie erschrak, als das Telefon klingelte. Es war die Rezeption. Ein Mister Franklin erwarte sie, teilte man ihr mit. John Franklin? Oh nein!

Sophie hatte diese Verabredung vollkommen vergessen. Als die Mitteilung kam, dass man sie unten in der Lobby erwarte, schlüpfte sie blitzschnell in eines ihrer neuen Kleider. Ihre langen blonden Haare band sie zu einem Pferdeschwanz zusammen, und sie zog hastig Sandalen an. Damit ihr blasses Gesicht ein wenig gesünder wirkte, benutzte sie Rouge und rundete das improvisierte Styling durch ein dezentes Lipgloss ab.

Sophie sah John Franklins hochgewachsene Gestalt schon von Weitem. Es war ihr noch nicht aufgefallen, wie attraktiv der junge Anwalt mit seinen dunklen Locken, dem sommerlich gebräunten Teint, dem markanten Kinn und dem schönen Mund war.

»Hallo, Sophie«, begrüßte er sie mit seiner tiefen, warmen Stimme.

»Tag, Mister Franklin«, gab sie betont förmlich zurück. Etwas in ihr sträubte sich, ihn einfach John zu nennen.

»Haben Sie den ersten Schock einigermaßen überwunden?«, wollte er wissen, als sie zu seinem Wagen gingen.

Sophie versuchte zu lächeln. »Ehrlich?«

John nickte.

»Nein, ich bin in einem Albtraum gefangen, der mich sogar davon abhält, um meine Mutter zu trauern. Durch das ganze Drumherum habe ich noch nicht richtig begriffen, dass sie wirklich tot ist.«

»Ich habe alles für die Beerdigung arrangiert und noch einen Termin vor dem Jahreswechsel bekommen. Sie kann ausnahmsweise an einem Samstag, am neunundzwanzigsten Dezember, stattfinden, wenn es Ihnen recht ist.«

»Gut! Danke, dass Sie das für mich getan haben«, raunte sie heiser.

Schweigend fuhren sie durch Dunedin, nur ab und an unterbrochen von Johns Erklärungen zu sehenswerten Gebäuden.

»Schauen Sie, dort zu rechten Seite, das ist die First Church, eine neugotische Kirche für unsere ersten Presbyterianer, die 1874 fertiggestellt wurde, und zwar von Robert Lawson, unserem bekanntesten Architekten.«

Robert Lawson? War das nicht der Architekt, der das Haus der McDowells entworfen hatte? Das Haus, das Mary nicht mehr beziehen konnte. Ob es wohl noch existierte?

Sie verließen nun die Innenstadt und bogen auf die Straße nach St Kilda ein. Sophie wollte wissen, ob dies die Straße sei, auf der ihre Mutter tödlich verunglückt war. John schüttelte mit dem Kopf. »Es ist auf dem letzten Stück geschehen. Der Tahuna Road. Da fahren wir heute nicht hin. Oder wollen Sie das Haus sehen?«

»Nein, auf keinen Fall!«

Sophie zitterte am ganzen Körper, als John vor der Polizeiwache hielt. Mit weichen Knien betrat sie das Gebäude.

Als der wachhabende Polizist hörte, wer sie war, stand ihm das Mitgefühl ins Gesicht geschrieben. Nicht ohne ihr sein Beileid auszusprechen, gab er ihr Emmas Handtasche, die merkwürdigerweise unversehrt geblieben war. Sie sah den Polizisten fragend an, woraufhin er ihr erklärte: »Sie ist bei dem Aufprall vermutlich aus dem offenen Fenster vom Beifahrersitz geschleudert worden.«

»Mister Franklin sagte mir, es gibt einen Zeugen, der den Unfall beobachtet hat!«

»Ja, ein Mister Wilson, der ihr in seinem Wagen in einem großen Abstand folgte. Er hat beobachtet, wie Ihre Mutter plötzlich bremste, offensichtlich für einen Hund, ins Schleudern geriet und von der Straße abkam. Er konnte glücklicherweise noch rechtzeitig bremsen.«

»Ein Hund?«, wiederholte Sophie tonlos. »Sie hat für einen Hund gebremst?«

Ihr Gegenüber nickte.

»Haben Sie die Adresse von diesem Mann?«, wollte Sophie wissen.

»Ja, stellen Sie sich vor. Er hat seine Karte dagelassen für den Fall, dass sich mögliche Angehörige mit ihm in Verbindung setzen wollen.« Er reichte ihr eine Visitenkarte. Sie warf einen flüchtigen Blick darauf.

»Er ist Privatdetektiv«, murmelte Sophie, während sie John die Visitenkarte aushändigte.

»Sieh mal einer an: Wilson, das alte Schlitzohr! Dem sollten Sie unbedingt einen Besuch abstatten!«, riet der Anwalt ihr.

»Worauf Sie sich verlassen können! Gleich morgen werde ich in die Princes Street gehen!« Noch während sie das aussprach, schoss ihr ein Gedanke durch den Kopf.

Princes Street? War da nicht Klara zur Welt gekommen?

Hastig verabschiedete Sophie sich und eilte nach draußen. Ihr war übel. Sie fühlte sich wie ausgesetzt in einem großen Labyrinth, dessen Wege alle in die Irre führten. Während der Fahrt zurück nach Dunedin hielt sie Emmas Handtasche, die sie erst vor ein paar Wochen gemeinsam gekauft hatten, so fest umklammert, als wäre sie das Einzige, was ihr von ihrer Mutter geblieben war. Eine knallrote Ledertasche von Mandarina Duck.

Dunedin
19. Juli 1867

Anna kuschelte sich noch tiefer in den Wollmantel, den sie über ihrem Ballkleid trug. Dieser kalte, stürmische und regnerische Wintertag lud nicht gerade zum Ausgehen ein. Sie stand vor der Tür ihres Hauses an der Princes Street und wartete bereits eine ganze Weile auf die bestellte Kutsche. Sie überlegte, ob sie noch einmal ins Kinderzimmer gehen sollte, um Klara und Timothy einen Abschiedskuss zu geben, doch das würde Paula bestimmt nicht gern sehen.

»Sie sind doch nur auf ein Fest eingeladen und machen keine wochenlange Schiffsreise!«, hatte sie ihr deutlich zu verstehen gegeben, nachdem Anna die Kinder immer wieder geherzt und geküsst hatte. Paula hatte die Hände über dem Kopf zusammengeschlagen, weil die beiden Anna stürmisch umarmt und dabei ihr Ballkleid hätten beschmutzen können.

Sie seufzte. Nein, sie würde geduldig auf die Kutsche warten und sich auf John McDowells Abschiedsfest freuen, obwohl es gemischte Gefühle in ihr auslöste. Man hatte John kürzlich in das neue Parlament von Wellington gewählt, und er würde die Stadt nun in wenigen Tagen verlassen. Bei dem Gedanken, dass er fortging, wurde Anna sehr traurig zumute. Der einzige Trost war, dass er Timothy in ihrer Obhut lassen und jede freie Minute nach Dunedin reisen würde, um seinen Jungen zu besuchen. Mühsam hatte Anna ihn davon überzeugt, dass es seinem Sohn wesentlich besser in ihrem Haus ergehen würde als in der Fremde, wo er seinen Vater doch kaum zu Gesicht bekäme. Außerdem waren Klara und Timothy unzertrennlich, seit sie wie Geschwister aufwuchsen, denn die Tage verbrachte der kleine Blondschopf seit Marys Tod ohnehin bei Anna. Timothy war ihr längst wie ein eigenes Kind ans Herz gewachsen.

Auch Christian liebte den Jungen über alles und verwöhnte ihn über die Maßen. Das hätte Anna sicher einen Stich gegeben, wenn ihr Mann Klara immer noch nicht wahrnehmen würde, aber sein Verhältnis zu seiner Tochter hatte sich grundlegend geändert. Er las ihr jeden Wunsch von den Augen ab. Wenn er mit ihr zusammen war, wurden seine Züge weich und aus dem groben Klotz wurde ein großes tapsiges Kind, das auf dem Fußboden herumrobbte, auf dem Rücken die Tochter, die ihn mit Befehlen wie »Hüh, Pferdchen, hüh!« antrieb. Zu solcher Hingabe war Christian fähig, wenn er nüchtern war, was allerdings immer seltener vorkam.

Wenn er abends überhaupt nach Hause zurückkehrte, dann meist volltrunken. Oft hörte sie ihn nachts vor der Tür ihres

Schlafzimmers torkeln, das sie sich eingerichtet hatte, und stets fest verschlossen hielt vor Angst, er könne versuchen, zu ihr einzudringen.

Seit Christian Anna das erste Mal geschlagen hatte, lebten sie nicht mehr wie Mann und Frau zusammen, sondern gleichgültig nebeneinander her. Christian sorgte dafür, dass sie ein Dach über dem Kopf und genug zu essen hatten, sie kümmerte sich um den Haushalt und vor allem um die beiden Kinder – ihre ganze Freude. Außerdem begleitete sie ihn zu allen gesellschaftlichen Ereignissen und gab die schöne Frau an seiner Seite. Auf dem gesellschaftlichen Parkett der Stadt eine gute Figur zu machen war Christian immer sehr wichtig gewesen – bis heute. Ungepflegt war er erst gegen Mittag nach Hause getorkelt, hatte sich auf sein Bett geworfen und war durch nichts zu wecken gewesen.

Geduldig hatte sich Anna zu ihm gesetzt und mit Engelszungen auf ihn eingeredet, dass er sich für Johns Fest fertig machen müsse. Christian aber hatte nur unkontrolliert um sich geschlagen und gelallt: »Lass mich in Ruhe!«

Da hatte Anna beschlossen, der Gesellschaft auch fernzubleiben, aber schließlich war Christian doch noch aufgewacht und hatte sie deshalb wüst beschimpft. In einem Tobsuchtsanfall befahl er Anna, allein zu John zu fahren. Unter Tränen hatte sie schließlich das Ballkleid angezogen, das sie bei Mister Hoang eigens für dieses Fest bestellt hatte.

»Sie sehen entzückend darin aus!«, hatte Paula ausgerufen und zugleich einen besorgten Blick auf ihre verweinten Augen geworfen.

Als die Kutsche vorfuhr, sah Anna sich noch einmal um in der Hoffnung, Christian würde doch noch in seinem feinen Zwirn aus der Haustür treten, doch vergeblich. Sie ahnte, dass sein

Fernbleiben jede Menge Klatsch auslösen würde. Aber weit schlimmer war die Tatsache, dass Christians Geschäfte mittlerweile unter seinem ausschweifenden Lebenswandel litten. Anna bangte insgeheim um ihre und Klaras Existenz. Wenn da nicht das Geld wäre, das John ihr Monat für Monat für die Betreuung Timothys zusteckte… Hin und wieder spielte sie mit dem Gedanken, mit ihrer Tochter nach Hamburg zurückzugehen, denn mit einem Kind konnten die Wortemanns sie schlecht abweisen. Doch dieser Flecken Erde war vor allem für Klara so etwas wie eine Heimat geworden, und sie wollte ihrer Tochter den Vater nicht nehmen.

Die kleine Burg, wie John McDowells Anwesen in Dunedin genannt wurde, war hell erleuchtet. Kutschen stauten sich vor dem Eingang. Die ganze Stadt schien auf den Beinen. Anna war unwohl. Sollte sie sich wirklich allein in das Getümmel stürzen? Ihr Herz klopfte voller Vorfreude auf einen Tanz mit John, aber sie hasste die neugierigen Blicke der Klatschweiber, die mit Sicherheit jeden ihrer Schritte mit Adleraugen beobachten würden. Zögernd betrat sie den Salon.

Emily Brown, die Frau des Richters Sam, begrüßte Anna überschwänglich mit den Worten: »Da hat Mister Hoang sich aber selbst übertroffen!« Etwas Lauerndes lag in ihrem Blick, der suchend umherschweifte. »Wo ist denn Ihr Gatte?« Das Lächeln war verschwunden.

»Der konnte mich leider nicht begleiten. Er ist auf einer Geschäftsreise«, log Anna, ohne rot zu werden.

Emily Brown legte sofort besitzergreifend die Hand auf den Arm ihres Sam. »Na, dann werden sich die Herren aber freuen«, erwiderte sie, was ihr einen strafenden Blick des Richters einbrachte, den die übergewichtige Emily übersah. »Böse Zungen munkeln, Ihr Mann habe sich ein Haus unten in

Hafennähe neben der Handelsniederlassung zugelegt. Wollen Sie etwa umziehen?«

Anna trieb es die Schamesröte ins Gesicht. Auch Sam Brown schien das Verhalten seiner Frau nicht zu billigen. »Dummes Geschwätz!«, murmelte er. »Geben Sie nichts darauf.«

Emily hakte sich daraufhin bei ihrem Gatten unter, als wolle Anna ihn ihr wegnehmen. Dabei war der Richter ein untersetzter ältlicher Herr, der nicht gerade anziehend auf die Damen wirkte. Doch selbst wenn er ein schöner, stattlicher Kerl gewesen wäre, Annas Herz schlug nur für den einen. Und der näherte sich gerade schnellen Schrittes, als müsse er Anna aus Emilys Fängen retten.

»Darf ich bitten?«, fragte John strahlend und reichte Anna den Arm.

»Was hat die alte Hexe dir an den Kopf geworfen? Du sahst aus, als hättest du einen Geist gesehen«, raunte John ihr zu, während er sie zur Tanzfläche führte.

»Ach, nichts!«

Anna war nicht gewillt, sich den Abend verderben zu lassen. Dennoch verweilten ihre Gedanken bei Emilys Worten. Dass Christian sich mit anderen Frauen vergnügte, war eine Sache, aber dass er sich mit einer von ihnen offensichtlich ein eigenes Heim schuf und seine Ehefrau zum Gespött der Leute machte, erregte ihren Zorn. Wenn Emiliy Brown davon wusste, dann wusste es zweifellos bereits die ganze Stadt!

Erst als John sie auf die Tanzfläche zog und den Arm um ihre Taille legte, vergaß sie Christian. Leicht wie eine Feder fühlte sie sich, als John sie herumwirbelte. Wie sie es genoss, mit diesem attraktiven Mann zu tanzen! Die Hitze seines Körpers, sein angenehm männlicher Duft, seine zupackenden Hände, seine gütigen Augen! Sie hatte schon oft mit ihm getanzt, und doch war es heute anders. Christian stand nicht am Rande der

Tanzfläche und beobachtete jede ihrer Bewegungen. Sie waren allein. Nur John und sie. Anna versuchte alle Sorgen zu vergessen und sich ihren prickelnden Empfindungen hinzugeben.

Es war wie ein Rausch, der ein jähes Ende fand, als Albert McDowell auf sie zutrat, eine Verbeugung andeutete und höflich fragte: »Darf ich mit deiner schönen Partnerin auch mal ein Tänzchen wagen?« Sein Blick war grimmig.

John blieb freundlich und erwiderte seinem Bruder scherzend: »Aber nur das eine, wenn ich bitten darf!«

Anna lächelte ebenfalls krampfhaft, als sie sich nun von Albert führen ließ. »Glauben Sie ja nicht, dass Sie ihn bekommen! Sie können Mary nicht das Wasser reichen«, zischelte er ihr plötzlich ins Ohr.

Anna zuckte zusammen. Warum verabscheute Albert sie so? Wahrscheinlich stimmen die Gerüchte, wonach er einst unglücklich in Mary verliebt gewesen ist und sie an seinen charmanten Bruder verloren hat, dachte sie. Sie antwortete nicht, sondern ließ sich von ihm herumwirbeln, ohne die Miene zu verziehen. Gleichgültig blickte sie zum Rand der Tanzfläche, wo Emily Brown mit ihrer Schwester Portia Evans tuschelte. Der Witwe wurde nachgesagt, dass sie alles tun würde, um das Herz von John McDowell zu erobern.

»Er kann Sie niemals heiraten, denn Sie sind bereits verheiratet!«, fuhr Albert genüsslich fort und hielt Anna so fest im Arm, dass es schmerzte.

Das reichte! Anna hielt inne, befreite sich aus seinem Griff und bedankte sich förmlich für den Tanz. Sie konnte die Tränen nur mühsam unterdrücken. Albert hatte ja recht. Was würde sie darum geben, wenn sie sich in Johns Arme flüchten und ihn mit den Kindern nach Wellington begleiten könnte!

Hocherhobenen Hauptes stolzierte sie an Emily und ihrer Schwester vorbei, als Portia für alle hörbar verlauten ließ:

»John hat mir den nächsten Tanz versprochen.« Es folgte ein Kichern in Annas Rücken.

Anna verließ eilig den Salon. Sie wusste nicht, wohin sie entkommen sollte, denn durch den Garten pfiff ein eisiger Wind. Sie überlegte noch, ob sie nicht eine Übelkeit vorschützen und sich verabschieden sollte, als sie Johns warme Stimme hörte.

»Gib nichts auf das Gerede der Leute! Du bist den Damen, die ihre ledigen Schwestern, Töchter oder Cousinen unter die Haube bringen wollen, ein Dorn im Auge. Vielleicht ahnen sie, warum keine von ihnen je eine Chance bei mir hätte.«

Ungläubig drehte sich Anna um. Ihr Herz klopfte bis zum Halse. Wenn sie nur frei wäre, dann dürfte sie ihm ihre Gefühle ohne Scheu offenbaren! Aber so?

Als könne John Gedanken lesen, fragte er nun: »Was ist mit Christian? Warum ist er nicht hier? Emily Brown sprach von einer Geschäftsreise, und das in einem merkwürdigen Unterton.«

Anna wand sich. Sie mochte John nicht in ihr Elend einweihen, aber er ließ sich nicht so leicht abwimmeln.

»Wenn ich dir helfen kann, bitte sprich mit mir! Ich sehe doch, dass dich etwas bedrückt, mein Herz!«

Mein Herz? Hatte er wirklich *mein Herz* gesagt? Die Freude überflutete sie in heißen Schauern. Wenn sie diesen Augenblick doch nur festhalten könnte! Aber da war er auch schon vorüber.

»Anna, es ist doch etwas!« John blickte sie prüfend an.

Anna schluckte trocken, bevor sie seufzend ausstieß: »John, ich weiß mir keinen Rat mehr. Christian spricht dem Teufel Alkohol in einem Maß zu, dass es ihn eines Tages ruinieren könnte. Ich habe gebetet, gebettelt, ich habe ihn angefleht, aber er hört nicht auf mich.« Anna stockte. Sie konnte die Tränen nicht länger zurückhalten.

John zog ein Schnupftuch hervor und reichte es ihr. »Soll ich mit ihm reden?« Anna sah ihn erstaunt an. »Das würdest du tun? Auf dich würde er vielleicht hören. Aber sag ihm bitte nicht, dass ich mit dir gesprochen habe. Sonst …«

»Was ist sonst?«

Anna wich seinem fragenden Blick aus. »Es ist besser, wenn du es nicht erwähnst.«

John nickte bedächtig. »Man spricht in der Stadt davon, dass er Schwierigkeiten in der Firma hat, weil er so oft unpässlich ist. Ich werde ihm meine freundschaftliche Hilfe anbieten und ihm bei der Gelegenheit ins Gewissen reden.« Mit diesen Worten griff John in seine Hosentasche und holte einen gut gefüllten Geldbeutel hervor. »Der ist für dich«, sagte er und drückte ihn Anna in die Hand.

»Aber, aber …«, stammelte Anna.

»Es ist das Geld, das du brauchst, um zwei Monate lang für Timothy zu sorgen, denn vorher kann ich nicht zurück nach Dunedin reisen. Bei dir ist das Geld besser aufgehoben als bei Christian. Und lass dich nicht von meinem Bruder verunsichern! Er ist empört, dass ich seinen Neffen ganz in deine Obhut gebe. Was er auch immer behauptet, es ist mein Wille, dass der Junge bei dir bleibt. Und glaube mir, Marys Wille wäre es auch.« Er trat einen Schritt auf sie zu, umfasste ihre Schultern, sah ihr in die Augen und raunte heiser: »Ich liebe dich! Sag nur ein Wort, und ich werde dich heiraten!«

Anna blickte ihn entgeistert an, drehte sich abrupt auf dem Absatz um und flüchtete zur Garderobe. Sie hörte noch, wie er ihr erschüttert hinterherrief: »Anna, ich habe dich nicht kompromittieren wollen. Verzeih mir!« Sie aber konnte sich nicht umdrehen. Blind vor Tränen, stolperte sie davon. Wenn er nur wüsste, dass eine Ehe mit ihm das ist, was ich mir auf Erden am meisten wünsche!, dachte sie unglücklich.

Wenig später verließ sie eilig das Fest, ohne sich von John zu verabschieden. Sie würde ihm jetzt nicht in die Augen sehen können, ohne dass er erkannte, wie sehr sie ihn liebte!

Dunedin
27. Dezember 2007

»Wir sind da!«, hörte Sophie John Franklin wie aus einer fernen Welt sagen. Erschrocken fuhr sie hoch.

»Entschuldigen Sie, ich wollte Sie nicht unterbrechen, aber ich dachte, es würde sie vielleicht freuen, wenn Sie eine kleine Pause einlegen können. So tief, wie Sie geseufzt haben.« Er lächelte.

Sophie erwiderte sein Lächeln, während sie die Aufzeichnungen rasch in ihrer Tasche verschwinden ließ. »Sie haben recht. Und wie ich eine Pause vertragen kann!«

John deutete auf ein einladendes Holzhaus. »Das ist es! Von vorn sieht es relativ bescheiden aus, aber Sie werden es gleich sehen. Es hat die schönste Terrasse, die ich kenne. Ich meine, bis auf meine eigene.« Er lachte.

Sein Lachen gefällt mir, dachte Sophie, als Judith ihnen die Tür öffnete und sie gleich auf die Terrasse schickte. Dort hatte sie bereits den Tisch gedeckt. Sie schmunzelte, als Sophie ihr die Tüte mit den geliehenen Sachen in die Hand drückte und sich vielmals bedankte.

»Gefällt Ihnen das Kleid?«, fragte die Gastgeberin immer noch freundlich.

»Tja, schon«, antwortete Sophie verunsichert.

»Ich schenke Ihnen die Sachen. Ich wollte so gern mal Hellblau tragen, aber es steht mir nicht. Wie ein Knallbonbon komme ich mir darin vor. Bitte, tun Sie mir den Gefallen und behalten Sie es! Sie sehen einfach umwerfend darin aus.« Damit entschwand Judith in Richtung Küche, während Sophie an das Holzgeländer trat und den Blick über die Bucht von Otago schweifen ließ.

Was für eine traumhafte Landschaft!, schoss es ihr durch den Kopf. Ob das Haus, das Christian für Anna bauen lassen wollte, auch so weit oben lag?

Sie spürte, dass sich John neben sie stellte, obwohl er keinen Ton sagte, sondern versonnen in Richtung Pazifik schaute.

»John, machst du den Grillmaster?«, rief Judith nun in die Stille hinein.

»Die Pflicht ruft!«, witzelte John in deutscher Sprache und steuerte auf den Grill zu.

Sophie löste sich ebenfalls von dem Panoramablick und ging in das Haus, um Judith beim Zubereiten der Salate zu helfen. Während Sophie in Judith' Küche Karotten raspelte, erfasste sie erneut so etwas wie ein Urlaubsgefühl. Darf ich eigentlich an einer fröhlichen Grillparty teilnehmen, während die arme Emma noch auf ihre Beerdigung wartet?, durchzuckte es Sophie, und ihr wurde auf einmal ganz kalt. Sie kreuzte die Arme vor der Brust, um sich zu wärmen.

»Wenn Sie eine Jacke brauchen, in meinem Zimmer liegt eine auf dem Stuhl«, hörte sie nun ihre Gastgeberin sagen. Judith war ein aufmerksamer Mensch, dem rein gar nichts entging. Das war Sophie bereits in der Kanzlei aufgefallen.

»Nein, danke, Missis Palmer«, erwiderte sie und fügte wahrheitsgemäß hinzu: »Ich musste plötzlich daran denken, warum ich hier in diesem schönen Land bin und dass ich kein Recht habe, den Aufenthalt zu genießen, während meine Mutter irgendwo dort unten in einem Kühlfach liegt.«

»Judith, ich heiße Judith«, antwortete die Anwältin und fuhr fort: »Wer sagt denn, dass nur der trauert, der sich in Tränen aufgelöst von der Welt abkapselt?«

»Aber, ich trauere ja nicht wirklich. Das ist doch das Schlimme. Da tut sich gar nichts. Dabei habe ich Emma über alles geliebt.«

»Sophie, ich darf doch Sophie sagen, oder?«

»Natürlich!«

»Es ist völlig normal, dass Sie nicht so trauern, als hätten Sie Ihre Mutter soeben tot in ihrem Bett vorgefunden. Überlegen Sie doch nur: Sie haben gestern erst erfahren, dass Ihre Mutter ein Geheimnis mit ins Grab genommen hat, etwas, was mit diesem Land zu tun hat.«

»Ja, ich habe schon ein wenig in ihren Aufzeichnungen gelesen. Anscheinend hatte sie, also hatten wir Vorfahren, die hierher ausgewandert sind. Ich schätze mal, es handelt sich um meine Ururgroßmutter –«

»Na, Mädels, störe ich?«, mischte sich nun John ein, der den Grill offenbar zum Glühen gebracht hatte. Sophie verschluckte das, was sie gerade hatte sagen wollen. In der Gegenwart des Anwalts fühlte sich nicht so unbefangen wie mit Judith allein.

»Männer stören immer, wenn zwei Frauen sich unterhalten«, scherzte Judith, versetzte ihrem Partner einen freundschaftlichen Stoß in die Rippen und drückte ihm die volle Salatschüssel in die Hand. Die Frauen folgten ihm auf die Terrasse. John band sich eine Schürze um und stellte sich, mit einer Grillzange bewaffnet, an den einfachen Holzkohlegrill. Sophie beobachtete das interessiert. Die Male, die sie in ihrem Leben zum Grillen eingeladen worden war, konnte sie an einer Hand abzählen. In ihrem Elternhaus hatte es so etwas nie gegeben, und später, während des Studiums in London, war sie vielleicht zwei- oder dreimal bei einem Barbecue gewesen.

John Franklin entpuppte sich als wahrer Könner im Grillen.

Das Lamm, das er auf den Teller brachte, war zart gebräunt und innen rosa. Selten hatte Sophie so gutes Fleisch gegessen. Plötzlich spürte sie, was für einen riesigen Hunger sie hatte. Ohne falsche Zurückhaltung ließ sie es sich schmecken. Dazu servierte Judith einen eiskalten Crémant. Diesen edlen Tropfen hatte Sophie hier am Ende der Welt nicht erwartet. Sie entspannte sich mit jedem Schluck ihres alkoholischen Lieblingsgetränks mehr, während das angeregte Fachsimpeln der Anwälte an ihr vorüberrauschte.

»Heute hat dieser Miller, dieser hinterwäldlerische Farmer aus Invercagill, dem die Frau abgehauen ist, mir mitten im Scheidungsprozess zugeraunt, dass durch meine Familie ja wohl auch mal ein Maori gehüpft sein müsse, und hat Rache geschworen«, hörte Sophie die junge Anwältin jetzt sagen.

»Ich würde es als Kompliment begreifen«, entgegnete John.

»Na klar, tue ich auch, eine meiner Ahninnen soll schließlich eine dieser weisen Frauen gewesen sein. Vom Iwi, also vom Stamm der Waitaha. Diese Urururürgroßmutter soll sogar ihre eigene Tochter aus dem Stamm ausgestoßen haben, nur weil sie einen weißen Farmer geheiratet hatte. Das arme Mädchen ist dann wohl später ins Wasser gegangen, weil es nicht mehr wusste, wo es hingehörte. Und das, obwohl es selber ein Kind hatte, allerdings nur eines, was ihr der Mann ein Leben lang vorgeworfen hat, ein kränkliches Mädchen. Bei der Geburt wäre sie beinahe gestorben. Meine Großmutter hat uns diese Geschichte immer wieder neu erzählt und ausgeschmückt. Ich habe leider vergessen, wie die Arme hieß. Sie hatte so einen langen Maorinamen. Den werde ich mir niemals merken können.«

»Judith, dann wissen Sie vielleicht auch, was *Ka mate* heißt?«, mischte sich Sophie nun ein und spürte, wie sich ihr Herzschlag merklich beschleunigte.

»Natürlich, ich habe ich mich seit jeher für die Sprache und die Kultur der Maori interessiert. Kein Wunder, bei mir sind ihre Gene wohl voll durchgekommen, wie man unschwer erkennen kann. *Ka mate* heißt übersetzt: *Ich sterbe*, aber es kann auch *Der Tod* bedeuten.«

»Und was bedeutet es, wenn bewaffnete Maori *Ka mate* in einem Singsang wiederholen und dabei die Zungen herausstrecken?«

»Das Herausstrecken der Zunge soll die bösen Geister vertreiben, oft im Zusammenhang mit einem *Haka*.«

»Und was ist ein *Haka*?«, wollte Sophie wissen.

»Eine Art Kriegstanz. Ein furchterregendes Schauspiel, mit dem man dem Gegner die Überlegenheit demonstrieren und Angst einjagen will. Maori sind hervorragende Krieger, müssen Sie wissen!«

»Hat das etwas mit Ihrer eigenen Geschichte zu tun?«, erkundigte sich John Franklin interessiert.

»Nein, nein!«, wiegelte Sophie rasch ab. »Ich habe einmal die Geschichte über einen weißen Siedler in der Mitte des neunzehnten Jahrhunderts gelesen, der einer jungen Maori etwas Böses angetan hat und den ihre Stammesbrüder dann mit einem *Haka* in Angst und Schrecken versetzt haben.«

»Na, da kann der nur von Glück sagen, dass sie ihn überhaupt am Leben gelassen haben. Da muss der Mann aber einen starken Fürsprecher im Stamm gehabt haben«, erklärte Judith vollkommen ungerührt.

»Ich glaube, die Maori hat ihn und seine Nachkommen stattdessen mit einem Fluch belegt. Da weiß ich jetzt auch nicht, was besser gewesen wäre.«

»Das kann ich verstehen. Die *Makutu*, die Flüche der Maori, sind sehr gefürchtet.«

Sophie zuckte unmerklich zusammen. »Und was heißt *Pakeha*?«, fragte sie nun.

»Das bedeutet Europäer oder weißer Mann, weiße Frau«, entgegnete Judith und sah Sophie forschend an. »Interessieren Sie sich für die Maori? Oder wollen Sie nur wissen, warum Ihr Strandhaus diesen Namen trägt«, fragte sie vorsichtig.

»Ja, das Strandhaus!«, wiederholte Sophie hastig und bedankte sich für die Auskunft. Ihr war ganz und gar nicht danach zumute, die beiden in ihre Geschichte einzuweihen. Womöglich glaubten sie an die Wirkung von Maoriflüchen. Also brachte sie die Unterhaltung auf den neuseeländischen Tourismus, der Zuwachs bekommen hatte, seit die Verfilmung von *Herr der Ringe* das Land als Kulisse weltweit bekannt gemacht hatte.

»Verzeihen Sie, aber ich bin todmüde«, erklärte Sophie nach dem schmackhaften Dessert.

John Franklin sprang sofort auf und bestand darauf, sie zurück zum Hotel zu bringen.

Zum Abschied umarmte Judith Sophie herzlich. »Kommen Sie doch zu Johns und meiner Silvesterparty am Strand. Bitte, Sie müssen kommen, jetzt, wo Tom mich so schändlich im Stich gelassen hat«, sagte sie noch. John Franklin schloss sich dieser Einladung ausdrücklich an.

Auf der Rückfahrt erkundigte Sophie sich vorsichtig nach Judith' Mann.

»Sie ist nicht verheiratet. Tom ist eheresistent. Aber sie ist seine große Liebe«, erklärte John nachdenklich. »Das hält Tom aber nicht davon ab, die Flucht zu ergreifen, wenn es ihm zu eng wird. *In freier Natur durchatmen*, wie er sich ausdrückt. Judith hat sogar Verständnis dafür. Tom ist in verschiedenen Pflegefamilien aufgewachsen und hat eine gewisse Skepsis, was das Modell der intakten Familie angeht. Trotzdem leidet Judith sehr unter seinen Fluchten. Und deshalb müssen wir meine arme Kollegin an Silvester trösten.«

Sophie spürte, wie ihr Herz einen Sprung machte. Er sprach mit einer Selbstverständlichkeit von »wir«, wogegen sie eigentlich hätte protestieren müssen, weil sie noch erhebliche Zweifel an der gemeinsamen Party hegte, aber es klang so gut. So angenehm vertraut.

»Wenn ich dann noch hier bin!«, gab Sophie mit belegter Stimme zu bedenken.

Als John vor dem Hotel hielt, konnte sich Sophie nicht so recht entschließen, aus dem Jeep zu steigen. »Auf Wiedersehen. Und danke für das Bringen«, sagte sie steif.

»Bis Samstag! Die Trauerfeier findet um zwölf Uhr in der Kapelle auf dem Green-Park-Friedhof statt. Einen presbyterianischen Geistlichen habe ich auch schon besorgt. Ich hole Sie gegen elf Uhr hier ab.«

Sophie starrte den Anwalt verwirrt an.

»Wen haben Sie besorgt?«

»Einen Geistlichen.«

»Ja, das habe ich verstanden, aber einen Presbyterianer?«

John Franklin seufzte. Er wollte etwas sagen, aber Sophie kam ihm zuvor.

»Warum sollte meine Mutter auch keine Presbyterianerin gewesen sein? Schließlich hat sie auch die neuseeländische Staatsbürgerschaft. Himmel, können Sie sich vorstellen, wie verwirrend das alles für mich ist? Stellen Sie sich mal vor, Sie finden nach dem Tod ihrer Mutter heraus, dass sie eine völlig andere gewesen ist, als Sie dachten! Dass Ihre Familie aus Timbuktu stammt oder so was. Das ist das Letzte, wirklich das Allerletzte …« Sophie merkte gar nicht, dass sie laut geworden war.

»Ich verstehe Sie ja, Sophie, wirklich«, sprach John beruhigend auf sie ein. Er nahm sie sanft in den Arm und hielt sie fest, während sie in ein herzzerreißendes Schluchzen ausbrach.

Nach einer halben Ewigkeit löste Sophie sich aus dieser Umarmung, blickte John Franklin aus rot geweinten Augen an und schluchzte: »Danke. Judith und Sie, Sie sind so nett zu mir.«

»Soll ich noch mit raufkommen?«, fragte er zögernd.

Sophie musste sofort an Anna denken, die in einer schwierigen Verfassung Johns Kuss erwidert hatte. Sophie spürte es genau, dass sie sich selbst in diesem Moment nicht trauen konnte. Sie war verstört, traurig, allein. Sie durfte den einfühlsamen Anwalt jetzt nicht mit aufs Zimmer nehmen … Nein! Sophie zwang sich, an Jan zu denken, der am anderen Ende der Welt auf sie wartete. »Nein, danke, das schaffe ich schon allein«, entgegnete sie hastig, drehte sich auf dem Absatz um und verschwand im Hotel. John, dachte sie, merkwürdig, dass Annas große Liebe ausgerechnet auch John hieß.

Dunedin
26. Oktober 1869

An einem warmen Frühlingstag saß Anna in einem Korbsessel in ihrem Garten und beobachtete die spielenden Kinder. Klara hatte zu ihrem sechsten Geburtstag sechs Kinder eingeladen. »Im nächsten Jahr lade ich sieben ein und im übernächsten acht«, hatte sie ihrer Mutter in dem für sie typischen bestimmten Ton erklärt.

Die Kinder spielten Verstecken und stoben in alle Richtungen davon.

Anna nippte an ihrem Tee und legte die Stirn in Falten. Die

Sorgen um die Zukunft ihrer kleinen Familie waren übermächtig geworden. Ohne etwas Genaueres über die Geschäfte ihres Mannes zu wissen, ahnte sie, dass er nicht so erfolgreich war, wie er sich vorgenommen hatte. Ihr entging keineswegs, dass Onkel Rasmus des Öfteren mahnende Briefe schrieb, die Christian jedes Mal mit einem verächtlichen »Was weiß der schon!« vom Tisch fegte. John hatte sein Versprechen gehalten und Christian vor seiner Abreise ins Gewissen geredet, aber nur mit kurzfristigem Erfolg. Zwei Wochen hatten Christians gute Vorsätze gehalten. Dann war alles noch schlimmer geworden; immer häufiger übernachtete er in seinem Haus am Hafen. Doch das war nicht das Schlimmste. Viel schlimmer waren die Nächte, in denen sie sich vor Klaras Zimmertür begegneten, wenn sie ihn daran hindern wollte, das Kind in seinem Zustand zu wecken und zu herzen. Er ließ zwar stets von seinem Vorhaben ab, aber häufig fing sich Anna dabei eine Ohrfeige ein. Und sie wohnten immer noch in der Princes Street, die inzwischen zu einer belebten Straße geworden war. Dunedin hatte sich zur größten Stadt Neuseelands entwickelt und besaß seit Kurzem sogar eine eigene Universität, die Universität von Otago. Obwohl die Wirtschaft boomte, waren die Bauarbeiten am Anwesen oben auf dem Berg jedoch eingestellt worden. Christian hatte ihr mit keinem Wort erklärt, wieso, doch Anna ahnte den Grund.

Manchmal wünschte sie sich jemanden zu haben, dem sie anvertrauen konnte, wie öde das Leben an der Seite eines untreuen Trunkenboldes war, doch die Damen der Gesellschaft beäugten sie stets mit äußerster Skepsis, statt ihr die Freundschaft anzutragen.

Anna hatte sich nie als hübsch empfunden, doch die neidgespickten Komplimente der Damen ließen keinen Zweifel daran, dass man sie als verführerische Schönheit betrachtete, die den Männern gefährlich werden könnte. Seit Klaras Geburt hatte sie stets rote Wangen, und sie kämmte ihr dickes Haar nicht mehr so streng zurück wie in Hamburg. John sah sie bei jedem seiner Besuche zärtlich an, aber sie gab stets vor, es nicht zu bemerken. Seit seinem Geständnis beim Abschiedsball waren sie einander niemals mehr nähergekommen.

Das alles ging Anna durch den Kopf, während sie die tobenden Kinder beaufsichtigte.

Ach, John! Ich freue mich so sehr, dich heute zu sehen!, dachte sie, während sie beobachtete, wie ihre Tochter den Freunden Kommandos erteilte. Obwohl Klara so zierlich war, tanzten alle nach ihrer Pfeife, wenn sie ihre Stimme ertönen ließ, die so gar nicht zu ihrer zarten Statur passen wollte. Mit diesem spröden Charme hatte Klara das Herz ihres Vaters erobert. Und das beruhte ganz auf Gegenseitigkeit. Sie hing ebenfalls abgöttisch an ihm. Wenn er an freien Sonntagen mit ihr zusammen war, trank er keinen Tropfen. Diese innige Verbundenheit zwischen Vater und Tochter war nicht zu übersehen und löste in Anna gemischte Gefühle aus. Einerseits war sie heilfroh darüber, dass ihre Tochter mit der Liebe ihres Vaters nahezu überhäuft wurde, andererseits wurde ihr dadurch stets bewusst, dass sie selber diesen Mann niemals geliebt hatte und niemals würde lieben können.

»Mama, ich verstecke mich unter deinem Stuhl.« Damit riss Klara ihre Mutter aus den Gedanken.

Das Kind sprach perfekt Englisch, eine Sprache, die auch Anna inzwischen sicher beherrschte. Sie strich ihrer Tochter über die dunklen Locken und ließ sie unter ihren Sessel kriechen. Wenn Anna es nicht genau wüsste, dass Klara Christians und ihr Kind war, sie würde es selbst nicht glauben. Klara hatte dichtes, lockiges dunkles Haar und eine helle, beinahe durchscheinende Haut. »Ein hübsches Kind«, hörte Anna oft. Ein fremdes Kind, dachte Anna häufig. Sie liebte die Kleine zwar abgöttisch, aber Klara besaß so gar keine Eigenschaft, von der sie hätte sagen können: Sie schlägt nach mir. Nun kam auch Timothy angerannt.

»Tante Anna, wo ist Klara?«, fragte er atemlos.

»Bist du mit Suchen dran? Dann sage ich es dir nämlich nicht!«, gab sie lachend zurück.

»Nein, ich will mich mit Klara zusammen verstecken.«

Anna deutete stumm unter sich.

Ein breites Lächeln huschte über das Gesicht des kräftigen, stets fröhlichen Jungen, bevor er unter ihren Stuhl krabbelte. Die beiden Kinder waren unzertrennlich. Seit Klara laufen und sprechen konnte, war sie diejenige, die den kleinen Sonnenschein dominierte. Und er tat alles, was die quirlige Prinzessin von ihm verlangte.

»Darf ich mich bei dir verstecken?«, fragte Timothy Klara nun scheu.

»Mal sehen!«, antwortete ihre Tochter hoheitsvoll, bevor sie hinzusetzte: »Na gut, das geht, aber nur, wenn du ganz nah an mich ranrutschst.«

Dann schwiegen die Kinder, bis Anna Timothy raunen hörte: »Klara, wenn ich groß bin, möchte ich dich heiraten!«

Anna war gerührt. Wie oft hatte sie selber schon gedacht, dass diese beiden sich wohl niemals wieder trennen würden. Dann würde auch sie auf immer und ewig mit John McDowell verbunden bleiben.

Bevor Klara antworten konnte, entdeckte die Meute das Versteck der beiden. Beinahe schubsten die Kinder Anna aus dem Sessel, während sie riefen: »Klara und Timothy, wir haben euch!« Die beiden Kleinen krochen nun unter dem Stuhl hervor, Klara wie eine kleine Rachegöttin voran, Timothy wie ein geprügelter Hund hinterher.

»Ihr habt uns ja nur gefunden, weil Timothy geredet hat. Das gilt nicht«, erklärte Klara mit einem unüberhörbaren Vorwurf in der Stimme. Annas Herz verkrampfte sich beim Anblick des kleinen Jungen, der bei der Schelte seiner Freundin rot angelaufen war. Anna seufzte. Wie gern würde sie ein nettes Wort sprechen, den Jungen beschützen, aber sie konnte sich gerade noch zurückhalten! Es wäre nicht gut, wenn sie sich einmischte.

»Wir spielen jetzt fangen!« Damit scheuchte Klara die Kinder an das andere Ende des Gartens. Sie folgten ihr johlend.

Wieder einmal wunderte sich Anna darüber, wie wenig mädchenhaft sich ihre Tochter manchmal aufführte. Und sie musste sich eingestehen, dass Klara auch Wesenszüge von Christian besaß.

In diesem Augenblick hörte Anna hinter sich energische Schritte. Ohne sich umzublicken, wusste sie, wem sie gehörten.

»Guten Tag, Anna!« Seine warme unverkennbare Stimme.

Sie sprang auf und drehte sich um, damit er sie umarmen konnte. Niemals würde Anna auf die Begrüßung mit ihm verzichten. Sie dauerte stets länger, als es üblich war, aber immerhin kurz genug, um keinerlei Spekulationen aufkommen zu lassen.

»Paula«, rief Anna ihrem Dienstmädchen zu, »bringen Sie Herrn McDowell bitte einen Tee!«

Seufzend ließ sich John in einem der Korbstühle dicht neben Anna nieder.

Er sieht einfach blendend aus, schoss es Anna durch den Kopf. Das schwarze lockige Haar, der gepflegte Bart. Dazu der Anzug aus feinem englischen Tuch. Eine elegante Erscheinung im Gegensatz zu Christian, der immer weniger auf sein Äußeres achtet, dachte sie wehmütig.

»Wie geht es dir, Anna?«

»Ich will nicht klagen. Die Kinder machen mir mit jedem Tag mehr Freude.«

»Du hast es verdient. Und ich weiß, mein Timothy könnte nirgendwo besser aufgehoben sein als bei dir«, erklärte John, während er die tobende Kinderschar beobachtete. Er senkte den Blick und seufzte schwer.

Ob er Mary immer noch so sehr vermisst, fragte Anna sich, der plötzlich unbehaglich zumute wurde. »Und wie ergeht es dir in Wellington?«, fragte sie.

»Ach, Anna, es ist ein mühsames Geschäft. Einige unserer Parlamentarier lehnen immer noch jeden Vorschlag ab, den die Maoris einbringen. Das ist doch dumm.«

»Natürlich ist das nicht klug, aber bedenke, für die Älteren unter ihnen sind diese vier Abgeordneten im Parlament immer noch die Wilden.«

»Ja, ja, aber wenn wir ihnen keine Zugeständnisse machen, werden sie nicht aufhören, unsere Siedler anzugreifen«, gab er zu bedenken und fügte hinzu: »Das heißt, wenn die Seuchen die Maori nicht vorher dahinraffen.«

»Überleg mal, John, vor sechs Jahren hätte kein Mensch gedacht, dass die Maori jemals das Wahlrecht bekommen würden!«

»Ja. Und Mary hätte dem wahrscheinlich selbst heute nicht zugestimmt. Ihr Vater hatte ihr eingeimpft, die Maori seien nicht zivilisiert genug. Dabei war sie eine Seele von Mensch, aber auf dem Ohr war sie taub.«

»Ach, Mary!«, seufzte Anna und betrachtete John verstohlen von der Seite. Sie hatte das Gefühl, dass er etwas auf dem Herzen hatte, aber sie wollte ihn nicht mit neugierigen Fragen behelligen. »Tja, die Maori dürfen endlich wählen, nur wir Frauen nicht!«, bemerkte sie schließlich in das Schweigen hinein.

»Aber Anna!«, entfuhr es John McDowell entgeistert. »Das darfst du aber nicht vergleichen. Es ist doch nicht die Aufgabe von euch Frauen, die Geschicke der Politik zu bestimmen. Natürlich gibt es vereinzelt Frauen wie dich, denen ich ein ordentliches Maß an politischem Verstand durchaus nicht absprechen möchte, aber der Großteil der Frauen? Nein, liebe Anna, das Wahlrecht für Frauen ist eine Utopie, die sich hoffentlich niemals erfüllen wird!«

Anna lag eine Widerrede auf der Zunge, aber sie schluckte die Worte herunter. Es wäre doch zwecklos. John war ein engagierter Vorkämpfer für das Wahlrecht der Maori gewesen, aber für das Frauenwahlrecht einzutreten käme ihm nie in den Sinn.

»Anna!«, raunte John jetzt heiser, und der Klang seiner Stimme alarmierte all ihre Sinne. »Anna, ich werde Timothy dieses Mal endgültig mit nach Wellington nehmen.«

Anna wurde heiß und kalt. »Aber, aber … Du kannst ihn dort doch gar nicht versorgen. Er ist bei uns bestens aufgehoben, und du kommst bestimmt bald nach Dunedin zurück.«

»Nein!«, entgegnete John McDowell entschieden. »Ich werde meinen Wohnsitz endgültig nach Wellington verlegen. Albert übernimmt meine Kanzlei.«

Anna zuckte zusammen. Das war kein gutes Zeichen, dass er seine Kanzlei freiwillig seinem Bruder übergab. Sie wusste doch, wie sehr er ihm misstraute. In ihrem Magen breitete sich ein Unwohlsein aus. Was konnte nur Schlimmes geschehen sein, dass er seinem ungeliebten Bruder alles überließ, der Stadt den Rücken kehrte und ihr Timothy nahm?

»Aber wer soll denn den Jungen dort betreuen?«, fragte sie verzweifelt. Der Gedanke, Timothy hergeben zu müssen, der ihr lieb und teuer war wie ein eigenes Kind, trieb ihr die Tränen in die Augen.

»Lucille McMyer!« John senkte den Blick.

Das versetzte Anna in höchste Alarmbereitschaft. »Lucille? Wer zum Teufel ist Lucille McMyer?«

»Meine zukünftige Frau!« Immer noch vermied John es krampfhaft, Anna anzusehen.

Kreidebleich starrte sie ihn an. »Deine Frau?«, wiederholte sie nach einer Weile mit erstickter Stimme. Sie umklammerte die Lehnen des Korbstuhles, damit er nicht sah, dass ihre Hände zitterten. Gegen die Tränen jedoch war sie machtlos; sie strömten ihr einfach über die Wangen.

»Aber Anna!«, entfuhr es John erschrocken, als er erkannte, wie sehr diese Nachricht sie berührte. Dabei griff er nach ihrer Hand, doch sie klammerte sich noch immer an den Lehnen fest.

Sie hasste ihn in diesem Augenblick, auch wenn ihr Verstand etwas anderes sagte. In ihrem Herzen tobte ein Sturm, der alle anderen Empfindungen hinwegfegte bis auf die Wut und die quälende Frage, wie er ihr so etwas antun könne.

John war ganz blass geworden. »Anna, wenn ich gewusst hätte, dass es dir so nahegeht …« Er stockte.

»Es ist nur … Es ist nur wegen Timothy. Ich … Ich habe mich doch so an ihn gewöhnt!«, schluchzte sie, aber John sah sie durchdringend an.

»Du hast mir niemals das Gefühl gegeben, dass du meine Liebe für dich erwiderst«, flüsterte er nun.

»Was hätte das geändert?«, fragte sie, bemüht, ihn dabei nicht anzusehen. Mit dem Ärmel ihres Kleides wischte sie sich entschieden die Tränen aus dem Gesicht.

»Nichts. Gar nichts!«, gab er schließlich zerknirscht zu und fügte nachdenklich hinzu: »Du bist eine verheiratete Frau!«

»Und du bald ein verheirateter Mann!«, erwiderte Anna tonlos.

»Du wirst sie mögen«, sagte John in versöhnlichem Ton.

»Ich will sie gar nicht kennenlernen. Ich kannte Mary, und das war wunderschön, aber ihre Nachfolgerin muss ich nicht kennen«, entgegnete Anna trotzig.

»Anna, so versteh mich doch«, stöhnte er flehend. »Ich habe außer Mary nur eine Frau geliebt, und du weißt, wen, aber du hast eine Familie.«

»Ich weiß, aber es tut trotzdem so unendlich weh, und ich möchte einmal im Leben nicht tapfer sein. Bitte, einen winzigen Augenblick lang möchte ich dir zeigen, was ich wirklich fühle. Keine Sorge, es ist gleich wieder vorbei.«

Wieder wollte John ihre Hand nehmen, aber Anna ließ es nicht zu. Sie wusste, dass es ungerecht war, ihm diese versöhnliche Geste zu verweigern, aber sie konnte nicht anders. Johns Besuche waren in all den Jahren die kostbaren Augenblicke gewesen, auf die sie förmlich hingelebt hatte –mit klopfendem Herzen und weichen Knien. Was blieb ihr denn noch, wenn John aus ihrem Leben verschwand?

»Sie wird eine gute Mutter für Timothy sein«, erklärte John nun hilflos.

Anna schwieg. Sie gönnte ihm ein neues Glück, doch, ja, schließlich liebte sie ihn so sehr, aber es zerstörte alle ihre heimlichen Träume.

»Lucy ist eine sehr mütterliche und warmherzige Frau. Sie tut mir gut. Ich empfinde nicht das innere Beben, wie es mich immer wieder erschüttert, wenn ich dich wiedersehe, Anna. Aber sie kann mir die Geborgenheit, die Ruhe geben, nach der ich mich sehne. Ich bin mir in letzter Zeit wie ein hungriger Hund vorgekommen, der nur darauf wartet, ein kleines Stück vom Knochen zu bekommen. Ein Lächeln von dir, ein liebes Wort… Dabei tat es mir jedes Mal unendlich weh, dass ich nicht mehr von dir haben konnte. Anna, ich bin doch auch nur ein Mann, und ich kann so nicht weiterleben.«

Jetzt sah Anna John fest in die Augen: »Ich glaube, wenn du mich darum gebeten hättest, dir alles zu geben, ich hätte es getan. Ich hätte meinen Mann betrogen, nur um einmal in deinen Armen zu liegen.«

»Anna, sag so etwas nicht! Niemals hätte ich dich in dieser Weise entehrt!« John nahm ihr Gesicht in beide Hände und wollte es küssen, aber sie war schlagartig wieder auf dem Boden der Tatsachen angekommen, als sie Christian am Gartentor sah.

»Ich wünsche dir alles Gute, John!«, raunte sie, während sie vor seiner Berührung zurückwich. Beim Anblick seines völlig verwirrten Blickes fügte sie leise hinzu: »Ich meine es ernst. Wir beide, das ist ein unerfüllbarer Traum. Klara braucht ihren Vater.« Mit diesen Worten stand sie auf und ging ihrem Mann entgegen. Sie hakte ihn unter, was er sich widerspruchslos gefallen ließ, und führte ihn zu einem der Korbsessel.

Ächzend ließ er sich fallen, bevor er John mit den Worten »Na, alter Knabe, was macht die Politik?« jovial begrüßte.

Anna atmete auf. Sein Gang hatte bereits geschwankt wie der eines Seebären, aber zu ihrer großen Erleichterung sprach er noch klar und deutlich. »Stell dir vor, unser Freund zieht ganz nach Wellington und wird heiraten!«, sagte sie schnell.

»Wer ist denn die Glückliche?«, fragte er sichtlich neugierig. John räusperte sich: »Sie heißt Lucille, ist die Tochter schottischer Einwanderer und die Schwester eines Mitabgeordneten.«

»Ist sie hübsch?«

Anna stockte der Atem. Spätestens nach dieser indiskreten Frage würde John ahnen, wie betrunken ihr Mann bereits war, aber er ließ sich nichts anmerken.

»Sie ähnelt vom Typ her Mary ein bisschen«, erwiderte John

ausweichend, nach Kräften bemüht, dass sich sein Blick nicht mit dem von Anna kreuzte.

»Dann nimmst du uns wohl den Jungen?« In Christians Stimme lag Bedauern.

»Ich kann euch nicht länger zumuten, mein Kind aufzuziehen«, erklärte John.

»Das haben wir sehr gern getan«, widersprach Anna ihm, und Christian nickte zustimmend. »Hast du es ihm schon gesagt?«, fügte sie hinzu.

»Nein, ich wollte es erst euch beiden mitteilen.«

In diesem Augenblick kamen die beiden Kinder angerannt. Timothy wie immer ein paar Meter hinter seiner Freundin, die mit einem Satz ihrem Vater auf den Schoß gesprungen war und ihn nun kräftig umarmte. Timothy hingegen stand etwas verlegen da.

»Mein Junge!«, rief John beglückt aus.

»Guten Tag, Papa!«, antwortete Timothy artig und schmiegte sich dabei an Anna.

Jetzt erst traute sie sich, John wieder anzusehen, und der Schmerz in seinem Gesicht traf sie wie ein Messerstich. Es fällt ihm auch nicht leicht, Timothy hier herauszureißen, dachte sie ein wenig versöhnlicher. Es ist doch ein Segen, dass dieser Junge wieder eine Mutter bekommt, und für ihn ein Geschenk, eine Frau zu lieben, versuchte der Verstand ihr einzureden. »Bleibst du zum Abendessen?«, fragte sie freundlich.

John lehnte die Einladung zunächst ab, doch Timothy bettelte so lange, bis John klein beigab. Der Junge rang seinem Vater schließlich sogar die Erlaubnis ab, in der Princes Street bei Klara zu übernachten.

Während die Männer miteinander plauderten und Paula das Essen zubereitete, brachte Anna die Kinder ins Bett. Die beiden waren so erschöpft, dass sie bereits bei den ersten Zeilen einschliefen, die Anna ihnen vorlas. Wehmütig betrachtete sie die Pausbäckchen des friedlich schlafenden Timothys. Es wird sicher nicht ganz einfach für ihn werden, in einer anderen Welt zu leben. Besonders ohne Klara!, dachte sie und wischte sich eine Träne aus dem Augenwinkel.

Anna zog sich zum Abendessen noch einmal um. Sie durchschaute sich selbst und wusste genau, warum sie das tat, auch wenn ihr das eigene Motiv ganz und gar nicht gefiel. Zum Abschied wollte sie John McDowell ein Bild von sich mit auf den Weg geben, das er niemals vergessen sollte. Sie war alles andere als kokett, aber wenn er sich nun schon in die Arme dieser fremden Frau warf, sollte er sie wenigstens in bester Erinnerung behalten.

Der lange Rock raschelte bei jedem Schritt, als sie schließlich in den Salon trat. Beide Männer erhoben sich und rückten ihr den Stuhl zurecht, als sie an den Tisch kam. Nicht nur John stand die Bewunderung ins Gesicht geschrieben, nein, auch Christian starrte sie begehrlich an. Wie Anna unschwer erkennen konnte, hatte er in der Zwischenzeit reichlich getrunken.

Seine Stimme klang verwaschen, als er nun sagte: »Sie hat sich für deinen Abschied wirklich hübsch gemacht. Für mich zieht sie ja so was nicht an! Aber das ist kein Zufall. Guck doch nur, wie sie dich anhimmelt! Was würde sie darum geben, mit deiner Zukünftigen zu tauschen! Ich glaube, sie würde zu gern zu dir ins Bett kriechen.« Mit diesen Worten kniff er Anna ohne Vorwarnung in die Wange, griff sich die Karaffe mit dem Rotwein, trank sein Glas fast in einem Zuge leer und schenkte sich sofort noch einmal nach.

Anna lief rot an. Was erlaubte er sich! Wie konnte er sie so kompromittieren! Auch wenn er instinktiv gefühlt hatte, was in ihr vorging, so besaß er doch nicht das Recht, sie dermaßen bloßzustellen. Sie ballte die Fäuste und warf ihm einen vernichtenden Blick zu. Mit hocherhobenem Kopf setzte sie sich an die Stirnseite des Tisches, auf den Platz, den Christian sonst einzunehmen pflegte. Er ließ es widerspruchslos geschehen und senkte den Blick.

Während die beiden Männer sich rechts und links von ihr niederließen, überlegte sie fieberhaft, was sie tun sollte. Wenn Christian so ungehemmt weitertrinkt, wird noch ein Unglück geschehen, dachte sie nervös. Soll ich ihn ermahnen, das Trinken zu lassen? Aber sie wusste, dass das alles noch schlimmer machen würde. Ob er wirklich spürt, wie sehr ich John liebe?, fragte sie sich gerade, als Christian sich vertraulich zu John herüberbeugte.

»Nun sag schon, wann ist die Hochzeit? Kannst du es überhaupt noch erwarten, mein Freund? Immer nur diese gewissen Damen, das ist ja auf Dauer auch nicht das Wahre, mal abgesehen von den Krankheiten, die man sich dort holen kann. Da hat man doch gern was Gesundes in den eigenen Laken, das nach Bedarf die Beine breit macht! Nicht wahr, alter Junge?« Zur Bekräftigung klopfte er John auf die Schulter, der bei diesen Worten ebenso rot angelaufen war wie Anna.

»Ich würde gern noch mal mit dir über das Frauenwahlrecht sprechen«, sagte Anna nun laut zu John.

Der sah sie verwirrt hat. Er war vor Verlegenheit noch ganz starr. Schließlich räusperte er sich. »Hast du etwa dieses Pamphlet gelesen?«, fragte er nun unwirsch.

»Welches Pamphlet?« Anna war erleichtert, weil der Themenwechsel zu gelingen schien.

»Es heißt *Femina* und ist ein Appell an uns Männer, euch das Wahlrecht zu geben und –«

Weiter kam er nicht, weil Christian ihn unterbrach, der keinen geraden Satz mehr herausbringen konnte. Er lallte etwas von Frauen, die an den Herd und in das Ehebett gehörten, um den Männern zu Willen zu sein. Dabei fuchtelte er so ungeschickt mit den Armen herum, dass er die Karaffe mit dem Wein auf die Erde fegte. Statt sich zu entschuldigen, rief er: »Paula, der Wein ist alle. Oder bring mir doch besser gleich meinen Whiskey.«

Anna schaute John flehentlich an.

»Christian, es ist besser, wenn du jetzt ein wenig schläfst. Ich glaube, du bist müde«, sagte der schließlich mit sanfter Stimme:

Die Antwort war nur ein entstelltes »Blödsinn!«.

Paula, die herbeigeeilt war, um den Wein vom Boden aufzuwischen, fragte Anna leise: »Was soll ich tun?«

»Auf keinen Fall Alkohol bringen«, raunte Anna so leise wie möglich, aber Christian hatte offenbar jedes Wort verstanden. Seine Augen verengten sich zu Schlitzen, bevor er lospolterte: »Du hast mir gar nichts zu sagen. *Du* nicht!« Dann lehnte er sich wieder vertraulich über den Tisch zu John hinüber. Dabei geriet der Ärmel seines Anzugs in die Schüssel mit der Soße, was er nicht einmal bemerkte. »Ich weiß gar nicht, was die da vom Frauenwahlrecht faselt. Anna sieht zwar so aus wie eine Frau, aber das täuscht. Sie ist nämlich keine wirkliche Frau. Sie ist eine alte Jungfer. Vergiss, was ich eben gesagt habe! Dass sie in dein Bett will. Das war ein Witz. Diese Frau ist so abweisend, verstehst du, die setzt schon Moos an. Da unten! Und weißt du, was das Schlimmste ist? Sie verweigert mir die ehelichen Pflichten, und ich muss die hämischen Blicke aushalten, weil ich es nur zu einem Kind gebracht habe. Und ich verdammter Trottel, ich nehme mir mein Recht nicht einmal. Verstehst du, ich bin ein weibischer Feigling! Und weißt du, warum? Ich habe Angst, dass sie mir mein Kind wegnimmt!«

Damit verfiel der riesige Kerl ins Schluchzen. Anna erschrak zu Tode. Noch niemals hatte sie ihren Mann weinen sehen. Sie hätte gern Mitleid empfunden, aber sein Verhalten löste nur noch mehr Ekel in ihr aus. Bis zur Übelkeit, die jetzt in ihr aufstieg.

John war aufgestanden und zu Christian hinübergegangen. Ganz ruhig hörte sie ihn auf ihren Mann einreden. »Komm, ich helfe dir. Gib mir deine Hand! Dir ist heute nicht gut. Du musst schlafen.« Mit diesen Worten zog er Christian hoch, der es sich seltsamerweise gefallen ließ.

John war nicht gerade schmächtig, aber als Anna sah, wie sich ihr Hüne von Mann mit seinem ganzen Gewicht auf ihn stützte, hatte sie Sorge, die beiden könnten umkippen und Christian könnte seinen Helfer unter sich begraben, aber John war kräftiger, als sie vermutet hatte.

Anna sprang auf und öffnete dem ungleichen Paar die Tür. Dann zeigte sie John, wo Christians Schlafzimmer lag. Sie hatte es lange nicht mehr betreten und bemerkte mit Entsetzen am Boden verstreute Whiskeyflaschen. Die Luft war so unerträglich, dass Anna zum Fenster rannte und es aufriss. Eine frische Brise wehte hinein.

Kaum dass er sich auf das Bett hatte fallen lassen, begann Christian entsetzlich zu schnarchen. Anna rannte fluchtartig aus dem Zimmer. John folgte ihr auf dem Fuß. Wortlos gingen sie zurück zum Salon, aber Anna war immer noch übel.

»Begleitest du mich ein wenig an die Luft?«, fragte sie John hastig, der sofort nickte.

Ohne darüber zu sprechen, was soeben geschehen war, gingen sie in Richtung von Johns Haus.

Endlich brach John das Schweigen. »Ich habe doch nicht geahnt, wie schlimm es um ihn steht.«

Anna stöhnte. »Der Alkohol ruiniert ihn.«

John legte den Arm um ihre Schulter und zog sie zu sich heran. »Es wird dich nicht trösten, aber ich befürchte, dass die

Alkoholsucht sich zu einem riesigen Problem in unserem Land ausweiten wird. Viele der erfolglosen Goldsucher greifen zur Flasche.«

Anna nickte stumm. Nein, das war in der Tat kein Trost. Ein Trost warst immer nur du, dachte sie, und diesen Trost werde ich bald verlieren. Ihre Schläfen pochten.

Als hätte er geahnt, was in ihr vorging, blieb John abrupt stehen und blickte sie zärtlich an. In seinen Augen lag plötzlich ein Glanz, der alles überstrahlte.

»Anna!«, sagte er sanft. »Nach dem, was ich gerade erlebt habe, sehe ich alles in einem anderen Licht. Es gibt eine Möglichkeit für uns beide.« Sie sah ihn fragend an, während er aufgeregt fortfuhr: »Du lässt dich sofort scheiden, weil nicht mehr viel fehlt, bis er dein Leben und das deiner Tochter zerstört. Keiner kann von dir verlangen, dass du mit einem derart kranken Mann zusammenlebst. Wir heiraten und ziehen gemeinsam nach Wellington. Sollen sich die Leute hier ruhig das Maul über uns zerreißen. Wir sind dann weit weg. Stell dir doch nur einmal vor: wir vier, eine kleine Familie ...« Er hob beschwörend die Hände.

In Annas Kopf wirbelten die Gedanken wild durcheinander. Sie konnte ihr Glück kaum fassen. Überall würde sie mit ihm hingehen! Ein Leben an seiner Seite, das wäre das Paradies. John und sie unter einem Dach. Mit Timothy und Klara. Klara. Aber darf ich ihr den Vater nehmen? Wird sie ihn nicht vermissen? In ihrer Gegenwart reißt er sich immer zusammen. Und wird John es mir je verzeihen, wenn er meinetwegen seinen guten Ruf verliert? Er wird seine Glaubwürdigkeit einbüßen, die er als Abgeordneter dringend braucht. »Und Lucille?«, gab Anna mit belegter Stimme zu bedenken.

»Sie wird mich verstehen, wenn ich ihr gestehe, dass du die Frau bist, die ich wirklich liebe.«

Anna stieß einen tiefen Seufzer aus. Sie fragte sich auch, was aus Christian werden würde, wenn sie ihm seine Klara nahm, das einzige Wesen, das er abgöttisch liebte. Das würde ihn umbringen! Und zwar sofort! Sicher, der Alkohol würde ihm auch früher oder später den Rest geben, aber das hätte er selber zu verantworten. Wenn sie ihm Klara nahm, machte sie sich schuldig. »John, mein Herz wird immer dir gehören, aber ich kann diesen Mann nicht töten. Hörst du? Und das würde ich tun, wenn ich ihm Klara wegnehmen würde. Kannst du das verstehen?« Anna war ganz ruhig, als sie in Johns Augen blickte.

Er war den Tränen nahe.

Sie schlang die Arme um seinen Hals und flüsterte: »Rette dich! Ich war so egoistisch, dass ich dich ganz für mich allein haben und dir deine Chance nicht von Herzen gönnen wollte. Ich darf ihn nicht umbringen. Und ich darf auch Klara den Vater nicht nehmen. Und du, du hast Lucille dein Wort gegeben und darfst deine Glaubwürdigkeit nicht aufs Spiel setzen. Das würde immer zwischen uns stehen. Wir hätten unser Glück auf dem Unglück von anderen aufgebaut.«

»Du lebst also lieber mit einem widerlichen Trunkenbold, der dich beleidigt, unter einem Dach, weil du ihm sein Kind und Klara den Vater nicht nehmen willst?«, fragte er fassungslos.

Anna nickte. Er hatte sie jetzt noch dichter an sich herangezogen. Seine Hand streichelte sanft ihren Nacken. Wohlige Schauer durchrieselten sie von Kopf bis Fuß. Plötzlich wusste sie, was sie tun wollte, um mit dieser traurigen Entscheidung leben zu können. »John, ich habe nur einen Wunsch, bevor wir uns trennen.« Ihre Stimme zitterte.

»Alles, was du willst, mein Liebling!«, versprach er ihr leise.

»Ich möchte dir ein einziges Mal im Leben ganz gehören.

Ich möchte dich mitnehmen in meine Träume für alle Ewigkeit, denn danach wird mich nie wieder ein Mann berühren«, raunte sie.

Johns Stimme wurde heiser, als er stammelte: »Mein Liebling? Das ist ja ... Du bist ... Ich wäre der glücklichste Mann auf Erden. Bist du dir ganz sicher?«

Anna presste die Lippen auf seinen Mund. Er erwiderte ihren Kuss, und je mehr sich ihre Körper danach sehnten, eins zu werden, desto leichter wurde Anna ums Herz. Sie würde dem Mann gehören, den sie liebte.

»Gehen wir hinein?«, schlug er mit heiserer Stimme vor und zog sie zum Eingang seines Anwesens. Seine Augen glänzten fiebrig.

»Nein!«, entgegnete sie entschieden. Sie wollte es auf keinen Fall in Marys Haus tun. »Lass uns hinaus nach St Clair fahren!«, flüsterte sie und lächelte ihn an.

Er war sichtlich verwirrt.

»Bitte!«

»Alles, was du willst!« Trotzdem zog er sie fort, bis sie vor seinem Haus standen. »Bin gleich wieder da. Ich hole uns nur Anna!«

»Anna?«

»Sie wird dir gefallen.« Mit diesen Worten verschwand er und kehrte flugs mit einer braunen Stute zurück, auf die er sie behutsam hob, bevor er selbst galant hinter ihr aufsaß.

Anna warf lachend den Kopf in den Nacken, doch dann blieb ihr das Lachen im Halse stecken. Albert McDowell trat aus dem Haus und sah sie feindselig an, doch da gab John dem Pferd schon die Sporen. Anna schüttelte das Haar im Wind und nahm sich vor, keinen Gedanken an diesen vernichtenden Blick zu verschwenden.

John hört bestimmt mein Herz klopfen, dachte sie, während sie durch die Nacht galoppierten. John hielt sie mit einem Arm von hinten umfasst, während er mit der anderen die Zügel hielt. Als das Meer vor ihnen auftauchte, wünschte sich Anna, dass dieser Augenblick niemals vorübergehen möge. Leise Schauder durchrieselten sie bei der Vorfreude auf das, was in dieser milden Frühlingsnacht noch passieren würde.

Nachdem John das Pferd an einen Pfahl gebunden hatte, nahm sie ihn bei der Hand und führte ihn bis zum Strand. Sie ließen sich Zeit dabei, einen geeigneten Platz zu finden. Dort breitete John seinen Mantel auf dem weißen Sand aus und küsste sie sanft. Als sie sich aus ihrer leidenschaftlichen Umarmung gelöst hatten, zog sie das Kleid aus und bat ihn mit bebender Stimme, die Schnüre ihres Korsetts zu lösen. Seine zittrigen Finger auf ihrer Haut versetzten sie in eine Ekstase, die ihr beinahe Angst machte. Nun spürte sie seine feuchten Lippen auf ihrem Rücken. Er streifte ihr Korsett ab, und sie drehte sich zu ihm um.

»Du bist so schön, Anna! So unendlich schön! Wie oft habe ich mir in schlaflosen Nächten vorgestellt, wie es sein würde, dich so zu sehen, deine Haut zu spüren, deinen Duft einzuatmen. Es ist noch viel schöner!« Dabei strich er ganz behutsam über ihre Brüste.

Wogen der Wonne erfassten ihren Körper. Alles in ihr funkelte, als er in sie eindrang.

Dunedin
28. Dezember 2007

Es wurde draußen schon wieder hell, als Sophie die Aufzeichnungen aus der Hand legte, aber an Schlaf war nicht zu denken. Ihre Gedanken wirbelten wild durcheinander, bis sich alles auf eine Frage konzentrierte: Wann hatte sie selbst jemals eine solche Liebesnacht erlebt?

Mit Jan war es von Anfang an nie so stürmisch und leidenschaftlich gewesen wie zwischen Anna und John oder zwischen ihr, Sophie, und David. Es ist nicht wichtig, hatte sie sich all die Jahre einzureden versucht. Jan und sie schliefen nur ganz selten miteinander. Ständig gab es irgendwelche Termine, die sie davon abhielten, sich einen romantischen Abend zu machen. Das werden wir ändern, wenn ich wieder zu Hause bin, nahm Sophie sich in diesem Augenblick fest vor. Wir werden unsere Liebe feiern, wir werden … Die Erkenntnis traf Sophie wie ein Blitz aus heiterem Himmel: Sie begehrte Jan eigentlich seit den Anfangstagen ihrer Beziehung nicht mehr, obwohl er ein attraktiver Mann war.

Und sie erinnerte sich plötzlich auch genau daran, wann die Leidenschaft verloschen war. Sie war nach einem leidenschaftlichen Kuss mit zu ihm gegangen, er hatte sie ausgezogen, dann sich selbst und hatte sie einfach stehen lassen, um sein Hemd, sein Jackett und seine Hose fein säuberlich über einen Stuhl zu hängen. In diesem Moment hatte sie an David denken müssen. Fortan war David ihr stiller Begleiter gewesen, wenn sie mit Jan geschlafen hatte. Sophie wurde übel. Wie hatte sie das nur all die Jahre so verdrängen können? Musste sie da erst mit der Nase auf das Schicksal einer Ahnin gestoßen werden, um zu begreifen, dass sie im Begriff stand, einen Mann zu heiraten, den sie nicht begehrte? Wie lange hatte sie das schon verdrängt? Dabei hätte sie Jan beinahe schon einmal betrogen…

Ihre Gedanken wanderten zurück zu einer Klassenreise nach Florenz. Um ein Haar hätte sie damals eine Affäre mit dem feingeistigen Kunstkollegen begonnen. Zärtliche geflüsterte Worte, der betörende Duft der Zypressen, eine innige Umarmung, ein Kuss… Doch trotz des Zuviel an toskanischem Wein, der aufgeheizten Stimmung und der Verführungskünste ihres Kollegen war sie schließlich nicht mit ihm aufs Zimmer gegangen. Ein letzter Kuss, mehr war nicht passiert, aber sie hatte die ganze Nacht von ihm geträumt.

Sophie wurde heiß und kalt. Sie hätte es tun können. Kein Mensch hätte je davon erfahren, doch sie hatte das verführerische Angebot abgelehnt, obwohl ihr Körper in jener Nacht nach seinem verlangt hatte.

Ob Jan auch schon einmal in Verführung geraten war, sie zu betrügen?

Siedendheiß fiel ihr etwas ein: Hatte sie sich nicht gerade neulich erst gewundert, dass Jans Kleidung nach Maiglöckchen roch? Wo sie doch auf diesen Duft allergisch reagierte und grüne Düfte bevorzugte?

Alles hatte danach gerochen, als hätte er in Maiglöckchenparfüm gebadet. Selbst, als er nackt zu ihr ins Bett gekrochen war, hatte er nach Maiglöckchen gestunken. Jede normale Frau hätte das zumindest gewundert, dachte Sophie nun, als sie sich daran erinnerte, mit welchem Gleichmut sie das hingenommen hatte. Sie war sich seiner so sicher gewesen, dass sie nicht einmal einen Gedanken daran verschwendet hatte, ob Jan nicht vielleicht längst mit anderen Frauen schlief.

Erst in diesem Augenblick setzte es sich alles wie ein Puzzle zusammen. Die Tagung im Wirtschaftsrecht, auf die ihn die langbeinige Referendarin begleitet hatte, die nächtlichen Anrufe danach, bei denen er stets behauptet hatte: Falsch verbunden!, sein lustloses Verhalten beim Wiedersehen. Sie hatten zwar miteinander schlafen wollen, aber er hatte nicht gekonnt. Dann seine nächtelangen Termine und dieser penetrante Geruch nach Maiglöckchen. Sophie wusste sogar, wie sie hieß: Sandra! Sandra Berg!

Das Schlimmste daran war, dass sie nicht einen Hauch von Eifersucht verspürte. Es war ihr vollkommen gleichgültig, ob er mit seiner Referendarin oder gar seiner attraktiven Kollegin schlief.

Es gibt einen entscheidenden Unterschied zwischen meiner Ahnin und mir, redete sie sich energisch zu. Ich liebe und respektiere Jan! Das ist die Basis für eine gute Ehe! Die Leidenschaft ist nur eine flüchtige Laune der Natur, dachte sie und zweifelte doch im selben Augenblick daran, ob das wirklich ihrem Gefühl entsprach.

Dunedin
im Januar 1870

Nun war John fort und mit ihm Timothy. Es war für Anna kaum zu ertragen, wenn sie die Klatschbasen Dunedins die Köpfe zusammenstecken sah, weil es im Moment nur ein einziges Thema gab: die bevorstehende Hochzeit von John McDowell mit dieser »Wellingtoner Dame«, wie Emily Brown Lucille McMyer nannte.

»Wissen Sie, wie die Wellingtoner Dame aussieht?« Mit dieser indiskreten Frage hatte sie Anna neulich erst im Kolonialwarenladen überfallen. »Er ist doch sozusagen ein Freund

Ihrer Familie.« Der anzügliche Unterton war unüberhörbar gewesen.

»Sie ist bildhübsch, habe ich mir sagen lassen. Sagenhaft schön sogar!«, hatte Anna geantwortet und sich an Emily Browns verblüfftem Gesicht geweidet.

Die aber hatte ihre Neugier nicht mehr zügeln können. »Und, reisen Sie zur Hochzeit im Februar?«, wollte sie wissen.

»Sicher, denn es soll schließlich ein rauschendes Fest werden, das man in Wellington noch nicht gesehen hat«, hatte Anna übertrieben schwärmerisch erwidert und war geschäftig davongerauscht.

An das Gespräch musste Anna an diesem Januartag denken, während sie nur mühsam den Würgereiz unterdrücken konnte. Was Emily Brown wohl erst sagen würde, wenn sie wüsste, dass ich ein Kind von John McDowell erwarte!, überlegte Anna. Zunächst hatte sie ihre Übelkeit auf ein Stück Lammbraten geschoben, das wohl nicht mehr ganz frisch gewesen war. Das Ziehen in ihrer Brust und das Ausbleiben der Regel hatte sie allerdings nicht mehr damit erklären können. Inzwischen sah sie der Wahrheit schonungslos ins Auge, und sie kam aus dem Grübeln gar nicht mehr heraus. Unter dem Vorwand eines magenbedingten Unwohlseins hatte sie sich in ihr Zimmer zurückgezogen. Sie war froh, dass Klara nicht im Haus war, sondern in Wellington bei John und Timothy, wo sie bis zur Hochzeit bleiben würde. Ihre Tochter war eine so gute Schülerin, dass man ihr den Aufenthalt problemlos über die Ferien hinaus gestattet hatte.

In der Hand hielt Anna einen Brief ihrer Tochter, und immer wieder las sie verzweifelt den Passus: *Lucille ist ein Schatz. Sie hat sich immer eine Tochter gewünscht und kümmert sich ganz lieb um mich!*

Annas Übelkeit verschlimmerte sich nur noch, als sie erkannte, dass sie dieser Lucille ein unglaubliches Leid zufügen würde, denn sie sah keinen anderen Ausweg, als John von diesem Kind zu erzählen. Sie musste sich scheiden lassen und den Antrag, den er ihr im letzten Jahr gemacht hatte, annehmen. Dieses kleine Wesen, das da in ihr heranwuchs, duldete keine andere Lösung. Sie würde es nicht übers Herz bringen, in Christians Bett zurückzukehren, um ihn glauben zu machen, das Kind wäre von ihm. Wahrscheinlich wäre er vor Freude außer Rand und Band und würde nicht nachrechnen.

Allein bei dem Gedanken schüttelte es Anna. Sie konnte ja nicht einmal mehr mit ihm bei Tisch sitzen, so sehr widerte sie es an, wenn er getrunken hatte und immer hemmungsloser obszönes Zeug daherredete. Nur in Klaras Gegenwart riss er sich zusammen. Dann war er der beste Vater, den ein Kind sich vorstellen konnte.

Anna wusste auch schon, wie sie es John mitteilen würde. Einen Brief hatte sie bereits angefangen, aber es fehlten ihr noch die rechten Worte. Immer wieder verwarf sie das, was sie niedergeschrieben hatte. Vielleicht sollte sie gar nicht durch die Blume sprechen, sondern offen schreiben, was geschehen war. Seufzend griff sie zu einem leeren Blatt und begann noch einmal.

»Lieber John,
unsere Nacht in St Clair ist nicht folgenlos geblieben. Ich trage unser Kind unter dem Herzen. Ich würde mir nichts sehnlicher wünschen, als dass ich deinen Antrag nun immer noch annehmen dürfte. Wenn du aber Lucille heiraten willst, dann werde ich dir keine Probleme machen. Christian werde ich in jedem Fall verlassen …«

Stöhnend legte Anna den Brief aus der Hand. Sollte sie das Thema Lucille überhaupt ansprechen? Tief in ihrem Herzen wusste sie doch, dass er nicht eine Sekunde zögern würde, sich zu ihr und dem Kind zu bekennen. Plötzlich war sie so entsetzlich müde. Morgen muss ich den Brief endlich abschicken, dachte sie, damit er noch rechtzeitig vor der Hochzeit eintrifft.

Als sich erneut Mitgefühl mir jener Lucille, die sie bislang nur aus Erzählungen kannte, einstellen wollte, legte sie sich sanft die Hand auf ihren Bauch und versuchte an etwas Schönes zu denken. Das fiel ihr nicht besonders schwer. Schon sah sie Klara und Timothy mit dem Kleinen, einem blonden Wildfang wie Timothy damals, im Garten umhertollen, während John von der Arbeit heimkam – ein Bild, das ihr Herz erwärmte: Liebevoll streichelt er ihr über das Haar und flüstert: »Ob es dieses Mal ein Mädchen wird?« Sie würde noch ein weiteres Kind mit John bekommen. Dann hätte sie endlich eine große Familie, wie sie es sich immer gewünscht hatte. Mit diesem Gedanken schlief Anna glücklich ein.

Sie erwachte von lautem Gepolter und unflätigem Geschrei. »Ich bin ein Mann. Ein ganzer Mann!«, lallte Christians Stimme vor ihrer verriegelten Tür. Sie spürte ihr Herz schneller schlagen, rührte sich jedoch nicht.

»Ich werde mir mein Recht jetzt nehmen. Hast du verstanden, du kaltes Stück Fleisch, du!« Mit diesen Worten ließ er sich mit seinem ganzen Gewicht gegen die Tür fallen. Es krachte gefährlich.

Anna kroch ein Stück tiefer unter die Bettdecke.

»Kommst du freiwillig in mein Bett, oder muss ich dich aus deinem Zimmer prügeln?«

Anna wurde eiskalt. Das war mehr als eine leere Drohung, und sie betete, der Spuk möge schnell vorübergehen.

Wieder krachte es laut, und er drohte: »Du Miststück, ich werde dich lehren, was es heißt, dem Manne untertan zu sein.«

Anna setzte sich im Bett auf. Holz splitterte. Schon wankte

seine massige Gestalt ins Zimmer. Ehe sie sich versah, stand er neben ihrem Bett. Im Mondlicht wirkte er gespenstisch bleich.

»Ich frage dich ein letztes Mal: Lässt du mich freiwillig rein, oder soll ich dich windelweich prügeln?«, lallte er und beugte sich zu ihr hinunter. Eine Fahne billigen Fusels wehte ihr entgegen.

»Bitte, Christian! Nein!«, flehte sie. »Lass uns morgen darüber sprechen, wenn du wieder nüchtern bist.«

Das brachte ihn nur noch mehr in Rage. »Sag mir nicht, dass ich zu viel getrunken habe. Ich werde dir schon beweisen, dass ich meine Pflicht erfüllen kann.« Mit diesen Worten griff er nach ihrer Hand und presste sie an seinen Schritt.

Sie würgte gegen ihren Brechreiz an, als sie sein hartes Geschlechtsteil spürte. »Bitte. Nicht heute!«, bettelte sie, aber er schien sich durch nichts davon abbringen zu lassen.

Mit geringschätziger Miene musterte er den Brief auf dem Nachttisch und zischelte: »Ich brauche keine Frau, die schreiben kann, ich will eine, die mir zu Willen ist.«

Anna schnürte es vor Schreck die Kehle. Der Brief! Was würde geschehen, wenn er ihn las? »Gut, ich komme mit dir!«, versprach sie mit bebender Stimme und erhob sich. Ihre Knie zitterten. Niemals würde sie mit ihm gehen! Aber sie musste erst den Brief in Sicherheit bringen, bevor sie fortlief. Mit klopfendem Herzen griff sie zielgerichtet danach und ließ ihn geschickt unter ihrem Kopfkissen verschwinden, während sie seine Aufmerksamkeit mit ihren Worten zu fesseln versuchte: »Mach mit mir, was du willst. Du bist mein Mann!«

Schon wähnte sie den Brief in Sicherheit, als sie ein teuflisches Grinsen in seinem Gesicht wahrnahm. Unsanft schubste er sie zur Seite und holte triumphierend das Schreiben unter dem Kopfkissen hervor. Mit kaum verständlicher Stimme las er ihre Worte an John immer und immer wieder laut vor, als begriffe er nicht, was das zu bedeuten hatte. Dann ließ er das Schreiben jäh fallen, packte sie, warf sie auf das Bett, riss das Nachthemd nach oben, drückte ihre Beine grob auseinander und schimpfte lauthals: »Du Hure, du elende Hure!« Dabei machte er Anstalten, in sie einzudringen, doch er trug noch seine Hose. Er ließ von ihr ab, um sich auszuziehen. Fieberhaft nestelte er an sich herum.

Anna überlegte fieberhaft. Was konnte sie nur tun, um seiner Rache zu entkommen? Erleichtert bemerkte sie, dass er körperlich nicht in der Lage sein würde, in sie einzudringen. Anna wollte bereits aufatmen, doch da riss er sie am Haar hoch und lallte: »Du hast mich entmannt. Du hast mich betrogen. Ruf nur nach deinem John, aber er wird dich nur noch einmal sehen. Auf deiner Beerdigung!«

Unter groben Flüchen packte er sie unter den Achseln und schleppte sie zur Treppe. Anna hatte immer noch Hoffnung, dass er von ihr ablassen würde, bis sie einen Tritt im Kreuz spürte. Im Fallen dachte sie nur, wie gut es doch sei, dass Klara nicht im Haus war. Kurz vor dem Aufprall murmelte sie: »Mein Kind!«

Dunedin
28. Dezember 2007

Das Büro des Detektivs befand sich in der Malvern Street. Sophie spürte ihre Müdigkeit, als sie den Klingelknopf drückte. Sie hatte in der vergangenen Nacht kein Auge zugetan und würde wohl immer noch lesen, wenn sie den Besuch bei Wilson nicht noch im alten Jahr hätte erledigen wollen.

Ein untersetzter Mann mit Glatze und einem beachtlichen

Bauch, den er durch ein viel zu buntes Hawaii-Hemd zu kaschieren suchte, empfing sie.

»Mein Name ist Sophie de Jong. Ich muss einfach erfahren, was meiner Mutter passiert ist, bevor ich zurück nach Deutschland fliege.«

»Eine schreckliche Geschichte, dieser Unfall! Mein herzliches Beileid«, murmelte er, während er sie eindringlich musterte. »Wie schön, dass Sie mich aufsuchen. Ihre Mutter hat nämlich … Nun, Ihre Mutter hat meine Rechnung nicht mehr begleichen können.«

Soll ich das Büro dieses unverschämten Kerls gleich wieder verlassen oder seine Pietätlosigkeit einfach ignorieren?, fragte sich Sophie, doch ihre Neugierde siegte. »Wären Sie vielleicht so freundlich, mir zu schildern, woher Sie meine Mutter kennen und was Sie gesehen haben?«, fragte sie betont höflich.

»Gern!« Wilson lehnte sich in seinem Schreibtischsessel bequem zurück und ließ Sophie nicht aus den Augen. »Sie war an dem Tag, an dem sie verunglückte, bei mir und bat mich, einen Mann ausfindig zu machen.«

Sophie spürte, dass ihr Herz schneller klopfte. »Hieß der Mann vielleicht Thomas Holden?«

Wilson kramte in seinen Zetteln herum, von denen der Schreibtisch nahezu vollständig übersät war. »Das haben wir gleich«, murmelte er und wühlte weiter, bis er einen davon triumphierend hervorzog und wie eine Trophäe hochhielt.

»Genau. Thomas Holden!«

»Und haben Sie ihn gefunden?«, fragte Sophie ungeduldig.

»Gefunden? Wie denn? Ihre Mutter hat mir doch nur diesen Namen genannt, und als ich genauere Hinweise wollte, hat sie mich gebeten, sie in ihr Strandhaus nach Tomahawk zu begleiten. Ich habe erst gar nicht gewusst, von welchem Ort sie spricht, bis mir einfiel, dass Ocean Grove mal so geheißen hat.

Dort habe sie alle Unterlagen, die mir bei der Suche nach diesem Mann Anhaltspunkte liefern würden.«

»Aber warum hatte sie die nicht dabei?«, fragte Sophie aufgeregt. Sie fühlte sich ihrer Mutter so nahe.

»Das habe ich sie auch gefragt, aber sie hat mir erzählt, dass sie es zunächst allein versucht habe, diesen Herrn ausfindig zu machen. Vergeblich! Und nun sei sie zufällig hier vorbeigekommen und habe mein Schild gesehen.«

»Und was für einen Eindruck machte sie?«

»Sie wirkte sehr nervös. Als sei jemand hinter ihr her. Sie hat schnell und hastig gesprochen und gemutmaßt, dass der Mann inzwischen einen anderen Namen angenommen hat. Und dann hat sie mich gebeten, sofort mit ihr zu diesem Strandhaus zu fahren. Dort, so erklärte sie mir, seien alle Unterlagen, die ich eventuell benötigen würde. Sie hat mich mehrmals gedrängt, ich solle mich beeilen, weil sie nicht mehr viel Zeit habe.«

»Das hat sie wirklich gesagt?« Sophie war tief erschrocken.

»Ja, wortwörtlich. Ich habe erst gezögert, den Fall überhaupt anzunehmen, weil mir die Sache irgendwie merkwürdig vorkam, aber dann hat sie mich doch überzeugt. Sie hat mir fünfhundert Dollar geboten. Davon wollte sie mir im Strandhaus eine Anzahlung geben, aber da sind wir ja nie angekommen, und ich hatte schließlich die Fahrtkosten dorthin ...«

»Und dann?«, fragte Sophie atemlos.

»Dann sind wir runter zum Parkplatz, und sie hat mich gebeten, ihr zu folgen. Das habe ich auch getan bis ...« Er seufzte tief, bevor er zögernd fortfuhr: »Bis zur Tahuna Road, kurz vor dem Ort. Ich bin in einigem Abstand hinter ihr hergefahren. Die Straße war ziemlich leer. Ich wollte nicht an ihrer Stoßstange kleben, weil sie so komisch gefahren ist. Ja, und dann hat sie plötzlich gebremst, der Wagen ist ins Schleudern geraten und von der Straße abgekommen. Er ist auf einer Wiese gegen einen Zaunpfahl geprallt und gleich in Flammen aufgegangen. Ich habe als Erstes die Polizei angerufen. Es war sofort klar, dass da nichts zu machen war. Die Kiste brannte lichterloh. Vermutlich ist der Benzintank beim Aufprall aufgerissen.«

»Nach Aussage der Polizei hat sie für einen Hund gebremst. Haben Sie den gesehen?«

Der Detektiv schüttelte mit dem Kopf. »Keine Ahnung, warum sie gebremst hat. Das mit dem Hund hat man aus der Tatsache geschlossen, dass an der Unfallstelle ein totgefahrener Huntaway lag.«

»Was ist ein Huntaway?«

»Das ist ein Hütehund, der das Vieh auf den Koppeln zusammentreibt. Keine edle Rasse, sondern ein Arbeitstier, wie Sie es auf jeder Schafsfarm finden. Ähnelt bis auf die Schlappohren einem Schäferhund. Kein Viech, für das ich bremsen würde.«

Warum hatte ihre Mutter für so ein Tier ihr Leben riskiert? Sophie unterdrückte krampfhaft die Tränen. Sie wollte nicht im Büro dieses unsympathischen Kerls ihre Gefühle ausbreiten. Sie wollte Gewissheit. Deshalb holte sie das Foto ihrer Mutter hervor, das sie stets in der Brieftasche trug, und reichte es ihm.

Er betrachtete es schweigend und runzelte die Stirn.

Sophies Herz klopfte zum Zerbersten. »Ist sie das?«, fragte sie mit bebender Stimme.

Der Mann schwieg und stierte auf das Bild.

Wenn er meine Frage verneint, ist der Albtraum zu Ende, durchfuhr es Sophie. Was würde ich darum geben, wenn ich Emma fragen könnte: Was hast du dir bloß dabei gedacht? Sophie ließ den Detektiv nicht aus den Augen. Sie hoffte darauf, dass gleich die erlösenden Worte fallen würden: Sie ist es nicht! Das ist nicht Ihre Mutter. Ich kenne die Frau nicht!

»Was für eine aparte Frau sie doch gewesen ist!«

Das ernüchterte Sophie auf der Stelle. »Ist das die Frau, die bei Ihnen gewesen ist und der sie nach Ocean Grove gefolgt sind?«

»Ich glaube schon«, erwiderte er zögernd.

»Was heißt, Sie *glauben*?«

Der Mann räusperte sich verlegen. »Sehen Sie, diese Frau auf dem Foto ist überdurchschnittlich attraktiv, gepflegt und elegant, wenn Sie verstehen, was ich meine. Eine echte Lady eben!«

Sophie nickte ungeduldig. Natürlich. Emma war immer eine auffällig damenhafte Erscheinung gewesen.

»Tja, und die Frau, die mich aufgesucht hat, war ein völlig anderer Typ. Sie hatte lange graue Haare und trug ein Holzfällerhemd und Jeans; sie war eher so ein altersloses Naturmädchen.«

»Ein *Naturmädchen*?«, wiederholte Sophie ungläubig.

»Aber, wenn man davon mal absieht, ist sie es. Die Augen, der Mund.«

»Hat Sie Ihnen ihren Namen genannt?«

»Ja, sie hat sich als Emma McLean vorgestellt.«

»Emma McLean?« Sophie stand der Schock ins Gesicht geschrieben. »Das ist doch verrückt!«, widersprach sie energisch.

»Das habe ich auch gedacht, als ich mir dann ihren Pass angesehen habe«, bestätigte der Detektiv nun eifrig.

»Ihren Pass?«

Er stöhnte auf. »Die Lady bat, sich mal die Hände waschen zu dürfen, aber sie hat ihre Handtasche auf dem Stuhl stehen lassen. Und da sie mir in ihrem ganzen Auftreten etwas verdächtig vorkam und ich nicht ausschließen konnte, dass sie zu den geistig Verwirrten gehört, die unsereinen nicht selten mit irren Geschichten in Trapp halten und keinen Cent auf der Naht haben, ja, da habe ich vorsichtshalber in ihrer Brieftasche nachgesehen. Ich war doppelt überrascht. Sie hatte einen deutschen Pass bei sich, demzufolge sie Emma de Jong hieß. Darüber hinaus habe ich einen Presseausweis gefunden, der auf den Namen Emma Wortemann ausgestellt war. Eine Spionin?, habe ich mich gefragt. Egal, Hauptsache keine durchgeknallte Spinnerin! Sie hat mein Schnüffeln nicht bemerkt, denn ich hatte alles wieder in ihrer Handtasche verschwinden lassen, bevor sie zurückkehrte. Bin schließlich Profi!«

Sophie war bei seinen Worten in sich zusammengesunken. Keine Frage. Es war Emma gewesen! Sie sollte es endlich einsehen. »Und warum haben Sie meine Mutter für eine Spinnerin gehalten? Sie hat Ihnen doch gar nicht viel erzählt, sondern wollte Sie doch erst in Ocean Grove in alles einweihen, oder?«

»Weil sie wortwörtlich zu mir sagte: ›Sie müssen sich beeilen, den Mann zu suchen. Ich habe nicht mehr viel Zeit. Sie sollen es wissen. Alle beide. Damit der Fluch, der mir meinen Mann genommen hat, nicht auch noch mein Kind nimmt.«

In diesem Augenblick war es wieder da. Jenes unbestimmte Angstgefühl, das sie schon auf dem Hinflug beschlichen hatte. Der Fluch und dieser Thomas Holden. Es musste einen Zusammenhang zwischen ihnen geben.

»Finden Sie diesen Mann. Bitte!«, flehte Sophie den Detektiv an und versprach: »Sobald ich mehr Informationen habe, gebe ich ihnen mehr, aber fangen Sie schon einmal an. Selbst, wenn er seinen Namen geändert hat, er müsste doch zu finden sein, oder?« Mit diesen Worten reichte sie Wilson zweihundert Neuseelanddollar und raunte: »Ist nur der Vorschuss! Bei Erfolg verdreifache ich den Preis, aber Sie müssen sich beeilen!« Mit weichen Knien verließ sie das Büro des Detektivs.

In einem Park suchte Sophie sich eine Bank im Schatten. Sie fühlte sich fast wie an einem Hochsommertag im Hamburger Stadtpark, nur die Palmen, die gab es dort nicht.

Ungeduldig holte sie Emmas Aufzeichnungen hervor und überflog sie fieberhaft nach dem Namen Holden. Keiner konnte von ihr verlangen, dass sie noch länger wartete. Doch so sehr sie auch danach suchte, er tauchte nirgendwo auf

Dabei bemühte sich Sophie, nicht gegen den Willen ihrer Mutter zu handeln und etwas von ihrem Manuskript wirklich zu lesen. Das gelang ihr bis auf die allerletzte Seite. Dahinter waren merkwürdigerweise nur noch leere Blätter. An die hundert, schätzte Sophie. Die letzte beschriebene Seite war zu ihrer großen Verwunderung zu mehr als einem Drittel abgerissen. Ihr Blick blieb an dem übrig gebliebenen oberen Fetzen Papier hängen. Gebannt las sie: Es war reiner Zufall, dass Emma das Dokument fand. Sie hatte in Kates Schreibtisch nach einer Briefmarke gesucht. Und nun stand es dort schwarz auf weiß: Ihre Mutter war gar nicht im Jahr nach ihrer Geburt gestorben, sondern erst fünf Jahre später.

Sophie las den Satz wieder und wieder. Langsam dämmerte es ihr, warum sie den Namen Holden nicht finden konnte. Er gehörte zu Emmas Geschichte, und die gab es nicht. Jedenfalls nicht in diesen Aufzeichnungen. Aber warum hatte Emma dieses Manuskript ohne ihre eigene Geschichte in der Kanzlei abgegeben? Warum die leeren Seiten? Damit fehlte doch für sie, Emmas Tochter, das Wesentliche. Das erschien Sophie mehr als unwahrscheinlich! Ihr wurde eiskalt bei dem Gedanken, dass es diese Blätter bestimmt irgendwo gab, aber wo? Vielleicht hatte Emma geahnt, dass sie ungestüm vorpreschen würde auf der Suche nach dem Namen Holden und hatte sie davor schützen wollen, dabei die Geschichte ihrer Ahnen zu übergehen? Ob ich die Antwort in Pakeha finde?, fragte sich Sophie. Sie spürte, wie ihre innere Kälte sich in eine flammende Hitze verwandelte, als würde sie schon der Gedanke daran verbrennen.

Mit einem Mal wurde Sophie bewusst, was sie in derartige Aufregung versetzte: Sie war nicht nur auf der Suche nach Emmas Vergangenheit, sondern auch nach einem Teil von sich selbst. Natürlich konnte sie jetzt alles daransetzen, möglichst schnell den unbekannten Erben zu finden. Sie konnte sich aber auch die Zeit nehmen, die sie brauchte, um ihre eigenen Wurzeln auszugraben. Und die führten sie unweigerlich zu jenem Haus. Emma hat sich ganz sicher etwas dabei gedacht, mich dorthin zu locken!, dachte Sophie. Sie beschloss, gleich nach der Beerdigung in das Haus ihrer Mutter nach Ocean Grove zu fahren. Wenn ich Pakeha gesehen habe, kann ich bestimmt endlich nach Deutschland zurückkehren, sagte ihr der Verstand, während eine innere Stimme daran zweifelte.

Dunedin
im Januar 1870

Beim Aufwachen sah Anna als Erstes den besorgten Blick von Doktor Warren. Ihr Hausarzt war ein gutmütiger Mann in den besten Jahren, in dessen Augen Mitgefühl stand.

»Das Kind? Was ist mit dem Kind?«, wollte sie fragen, aber ihre Lippen formten diese Sätze nur lautlos, denn ihr Mund war so trocken, dass sie nicht sprechen konnte.

Tröstend strich Warren ihr über die Wange. »Sie dürfen sich nicht aufregen«, raunte er besorgt. »Sie haben viel Blut verloren!«

»Ich habe es verloren, nicht wahr?«, hauchte Anna jetzt.

Doktor Warren nickte.

»Was ist geschehen?«, fragte Anna, denn sosehr sie sich auch bemühte, ihre Erinnerung reichte nur bis zu dem Augenblick, als Christian sie als Hure beschimpft hatte.

»Sie sind die Treppe hinuntergestürzt, und Paula, die treue Seele, hat sie dort gefunden. Sonst wären Sie wohl verblutet. Offensichtlich hat Ihr Mann tief und fest geschlafen.«

Sofort stand alles wieder vor ihrem inneren Auge. Anna lag die Wahrheit auf der Zunge, doch sie schluckte die Worte hinunter. Was hatte sie davon, wenn alle Welt wusste, dass ihr eigener Mann sie hatte umbringen wollen? Vielleicht wäre es besser gewesen, wenn er Erfolg gehabt hätte, dachte sie verzweifelt. Aber dann verscheuchte sie ihre Todessehnsucht hastig. Klara brauchte sie doch!

»Ich sehe morgen wieder nach Ihnen. Paula kümmert sich um Sie. Wir haben versucht, Ihren Mann zu wecken, aber er ist nicht zum Aufstehen zu bewegen. Es ist heute nicht der Tag, darüber zu sprechen, aber wenn er so weitermacht, richtet er sich zu Grunde und wird nicht mehr lange leben«, mahnte der Arzt.

Wenn Doktor Warren wüsste, dass ich mir nichts sehnlicher wünsche!, durchfuhr es Anna, aber sie nickte nur.

»Er hat auch noch gar nicht begriffen, dass Sie sein Kind verloren haben«, bemerkte der Arzt und fügte mitfühlend hinzu: »Vielleicht bringen Sie es ihm schonend bei, wenn er wieder ansprechbar ist.«

Ich werde nie mehr mit ihm sprechen, schwor Anna sich und wandte sich zur Wand. Endlich kamen die erlösenden Tränen. Leise verabschiedete sich der Arzt und ging auf Zehenspitzen aus dem Zimmer.

»Hier ist ein heißer Tee für Sie!«

Anna drehte sich um und sah ihre Haushaltshilfe dankbar an.

»Ich weiß nicht, wie ich Ihnen danken soll, dass Sie den Arzt geholt haben, nachdem ich die Treppe hinuntergefallen bin«, sagte sie.

Paula kniff die Lippen fest zusammen und ballte die Fäuste.

»Ich werde mich erkenntlich zeigen!«, fügte Anna hastig hinzu. Paulas Miene erhellte sich kein bisschen bei der Aussicht auf eine Belohnung. Anna fragte sich besorgt, was wohl in Paula gefahren sein mochte, die nun mit finsterer Miene auf dem Stuhl neben Annas Bett Platz genommen hatte.

»Sie sind nicht gefallen. Sie sind gestoßen worden! Und versuchen Sie nicht wieder, mir Schweigegeld anzubieten«, presste Paula nach einer halben Ewigkeit wütend hervor.

»Schweigegeld? Wie kommen Sie denn darauf?«

Paulas Miene verfinsterte sich noch mehr. »Ich habe es beobachtet. Ich habe Ihre Schreie gehört, wollte Ihnen helfen, aber da fielen Sie mir schon vor die Füße, während Ihr Mann oben stand und hämisch lachte. Ich glaube, er hat mich nicht einmal gesehen. Er rief noch nach unten: So enden Ehebrecherinnen! Und dann hat er wieder so schrecklich gelacht und ist einfach davongewankt. Und sie lagen dort unten. Alles war voller Blut. Ich hatte solches Glück, dass der Doktor gerade nebenan war. Sonst hätte er Sie niemals retten können.«

Anna griff nach Paulas Hand und drückte sie. »Sie haben recht. Es hat keinen Zweck zu lügen, aber Sie müssen mir eines versprechen. Behalten Sie das für sich, Klara zuliebe.«

Paula nickte stumm, doch dann sah Anna ihr an, dass sie noch etwas auf dem Herzen hatte. »Paula, Sie können mir alles sagen. Wirklich!«, ermutigte sie ihre Lebensretterin.

»Ich … Ich habe den Brief gelesen. Er lag auf dem Boden neben Ihrem Bett. Ich weiß, es stand mir nicht zu, aber ich hatte solche Angst um Sie …« Paula senkte beschämt den Kopf.

»Schon gut, Paula! Nun wissen Sie, worum ich trauere.«

Paula holte noch einmal tief Luft, bevor sie stammelte: »Ich habe den Brief für Sie versteckt.«

»Danke.« Anna war froh, dass sie wenigstens einen Menschen hatte, der zu ihr stand und der wusste, was für Qualen sie litt. Paulas Augen füllten sich mit Tränen.

Doktor Warren hatte Anna strengste Bettruhe verordnet, obwohl sie sich nach zwei Tagen schon wieder vollkommen gesund fühlte. So gesund, dass sie eine wichtige Entscheidung getroffen hatte. Sie gehörte auch ohne dieses Kind zu John. Sie würde ihn schnellstens über die Vorfälle unterrichten müssen. Christian hatte sich noch nicht an ihrem Krankenbett gezeigt, und darüber war Anna sehr froh.

Als Paula mit einem Brief aus Wellington in der Hand ins Zimmer trat, riss sie ihn ihr förmlich aus der Hand. Er war von Klara, und Anna lächelte, während sie ihn öffnete. Diese steile, akkurate Schrift. Woher ihr Kind das nur hatte? Und grenzte es nicht an ein Wunder, dass das Mädchen mit seinen sieben Jahren schon solche Briefe schrieb?

Liebste Mama,

stell dir vor: Heute darf ich mit Lucille mitgehen, wenn sie das Hochzeitskleid anprobiert. Und bei der Hochzeit …

Weiter kam Anna nicht. Blind vor Tränen, legte sie den Bogen zur Seite. Mit einem Mal wurde ihr bewusst, dass sie es nicht übers Herz bringen würde, das Glück dieser Frau zu zerstören.

Anna hatte gerade den Entschluss gefasst, Christian dennoch zu verlassen und nach Deutschland zurückzukehren, als es an der Tür klopfte. Sie hörte bereits an der Art des Klopfens, wer es war.

»Herein!«, rief sie heiser.

An Christians Auftreten erinnerte nichts mehr daran, dass

er sie noch zwei Nächte zuvor wie ein wildes Tier überwältigt hatte. Er wirkte gepflegt und war offensichtlich nüchtern.

»Ich komme, um mich zu entschuldigen«, sagte er kleinlaut.

Anna schwieg eisern.

»Ja, also dafür, dass, ich … ich habe dich doch versehentlich die Treppe hintergeschubst«, stammelte er verlegen.

Sie sah ihn durchdringend an. »Was weißt du noch von der Nacht?«

»Ich kann mich erinnern, dass ich in dein Zimmer eingedrungen bin, weil, na ja, du weißt schon, ich wollte, dass du … Na ja, es tut mir leid, und dann bist du weggelaufen, und an der Treppe ist es dann passiert!«

Anna stutzte. So hilflos, wie er in diesem Augenblick wirkte, schien er zu glauben, was er da sagte, und sich weder an den Brief zu erinnern noch daran, dass er versucht hatte, sie umzubringen.

»Das ist alles?«, fragte sie tonlos.

»Tut mir so leid, aber mehr weiß ich nicht. Ich erinnere mich dunkel, dass ich die Tür eingetreten habe und dann mit dir, na, du weißt schon, aber das ging nicht. Mit viel Alkohol geht es nicht mehr, musst du wissen.«

Anna blickte ihn überrascht an. Das war das erste Mal, dass er von sich aus über seinen Alkoholkonsum redete. »Und du kannst dich sonst an nichts mehr erinnern?«, hakte sie ungläubig nach.

»Nein. Da ist nur ein schwarzes Loch in meinem Kopf«, entgegnete er gequält.

»Ich werde mit Klara nach Deutschland zurückkehren«, sagte Anna nun mit fester Stimme.

Christian fuhr zusammen. »Du kannst mir doch mein Kind nicht nehmen!«, widersprach er heftig.

»Ich werde mit einem der nächsten Schiffe reisen«, erklärte sie ungerührt.

Christian ließ sich auf den Stuhl neben ihrem Bett fallen und schlug die Hände vors Gesicht. Nach einer halben Ewigkeit ließ er sie sinken, und wo eben noch die Scham über sein Verhalten zu lesen war, flackerte nichts mehr als kämpferische Entschlossenheit. »Ich kann dich nicht aufhalten, Anna, aber Klara bleibt hier! Es ist deine Entscheidung! Wenn du auf dein Kind verzichten willst, soll es mir recht sein. Ich werde um meine Tochter kämpfen. Und stell es dir nicht so leicht vor, gegen mich zu gewinnen. Ich werde alle Register ziehen! Und selbst, wenn du aus dem Kampf als Siegerin hervorgehen solltest, für Klara wird es die Hölle. Glaube mir!« Mit diesen drohenden Worten wollte Christian Annas Zimmer verlassen.

»Warte! Unter gewissen Bedingungen würde ich bleiben!«, rief sie ihm verzweifelt hinterher.

Er drehte sich langsam um.

Anna setzte sich im Bett auf. »Ab jetzt trinkst du keinen Tropfen Alkohol mehr! Du wagst es nie wieder, mein Zimmer zu betreten! Und du schlägst mich nicht. Hörst du? Nur ein einziges Mal, dann verschwinde ich bei Nacht und Nebel. Und zwar mit Klara! Ich schwöre dir, ich tu's!«

»Versprochen!«, murmelte Christian.

Dunedin
28. Dezember 2007

Als Sophie von den Aufzeichnungen aufblickte, herrschte reges Treiben im Park. Auf dem Rasen vor ihr spielten ein paar Maorikinder mit einem Ball, und eine Gruppe chinesischer Studenten hatte sich zu einem Picknick niedergelassen.

Sophie überlegte, was sie mit dem angebrochenen Tag anfangen sollte. Sie musste sich regelrecht zwingen, auf das Weiterlesen zu verzichten, doch wäre es nicht sinnvoller, sich endlich ein Bild von dieser Stadt zu machen, in der ihre Ahnen gelebt hatten? Rasch verstaute Sophie das Manuskript in ihrer Tasche und stand auf. Ein vornehm gekleideter älterer Herr steuerte auf die Bank zu. Er trug ein Jackett mit Krawatte und eine Aktentasche unter dem Arm. Dann ging Sophies Blick tiefer, und sie stutzte. Er trug zu dieser Aufmachung kurze Hosen. Sophie musste lächeln. Der Fremde lächelte zurück. Ganz schön locker, die Menschen hier, dachte sie und sog tief den Duft ein, den die vielen fremdartigen Pflanzen verströmten, bevor sie auf die Straße trat.

Anna hatte in der Princes Street gewohnt, wenn sie sich recht erinnerte. Sophie holte ihren Stadtplan hervor und sah sich an, wie sie dorthin gelangen würde. Sie musste sich links halten, bis zum Octagon gehen und dann immer weiter geradeaus. Das war ein ganz schönes Stück zu Fuß, aber das machte ihr gar nichts aus. Sie hatte sich in den letzten Tagen kaum bewegt, was für sie, die ansonsten täglich joggte, ganz und gar ungewöhnlich war. Auf der George Street überlegte sie, ob sie in einem der Cafés eine Pause einlegen sollte. Gerade eben war sie an einem besonders einladenden vorbeigeschlendert. Ja, das gönne ich mir, beschloss sie und drehte um. Da bemerkte sie einen hochgewachsenen Mann, der blitzschnell in einem Hauseingang verschwand. Sofort klopfte ihr Herz bis zum Halse. Das ist nur ein Zufall, der meint nicht mich, beruhigte Sophie sich, aber trotzdem schickte sie einen prüfenden Blick in den Hauseingang. Dort war niemand zu sehen. Nicht, dass ich noch an Verfolgungswahn leide, ermahnte sie sich. Dennoch pochte ihr Herz immer noch, und sie entschied sich, ihren Weg eilig fortzusetzen.

Wie getrieben hetzte sie nun die Straße entlang. Nur flüchtig aus den Augenwinkeln nahm sie die vielen kleinen Geschäfte wahr, in denen sie unter anderen Umständen liebend gern gestöbert hätte. Sie konnte sich nicht helfen, sie fühlte sich verfolgt. Abrupt blieb sie stehen und drehte sich um, aber weit und breit gab es niemanden, der in Hauseingänge flüchtete. Im Gegenteil, die Passanten zeigten eine Entspanntheit, die Sophie auf dem Hamburger Jungfernstieg selten erlebte. Es fehlte die Hektik.

Auch Sophie verlangsamte nun den Schritt und atmete tief durch. Es sind nur deine Nerven, sagte sie sich. Und doch, sie konnte nicht wie eine normale Touristin genießen, was diese Stadt alles zu bieten hatte. Dabei hätte sie von dem einen oder anderen alten Gebäude gern gewusst, ob es bereits im Jahre 1863 hier gestanden hatte. Nun aber wandelte sich das Straßenbild. Bürohäuser und Shoppingcenter, so weit das Auge reichte.

Plötzlich erkannte sie die Gegend wieder. Hier war Johns Büro. Als sie an dem Gebäudekomplex vorbeikam, in dem Franklin, Palmer & Partner ihren Sitz hatten, ging sie unwillkürlich schneller. Sie wollte John nicht zufällig in die Arme laufen, weil sie befürchtete, dass es sie verlegen machen würde.

Nachdem sie den großen Platz, den Octagon, überquert hatte, begann die Princes Street. Viele alte Gebäude säumten die Straße, aber es waren vorwiegend Kontorhäuser. Erschöpft blieb sie vor einem davon stehen. Was hatte sie sich erhofft? Dass irgendwo dazwischen das Haus ihrer Ahnin Anna stand und auf sie wartete?

Sophie nahm sich ein Taxi und beschloss, sich wieder im Hotelzimmer einzuigeln. Hier draußen fühlte sie sich seltsam unsicher. Dabei gab es weit und breit nichts, was ihr unangenehm war. Im Gegenteil, von der Atmosphäre her war es eine Stadt, in die Sophie sich sofort hätte verlieben können, wenn da nicht die Angst wäre, von dieser fremden Welt verschlungen zu werden.

Als Sophie zurück im Hotel war, fiel ihr erster Blick auf Emmas Handtasche. Sie öffnete sie und musste unwillkürlich lächeln. Ein einziges Chaos. Typisch Emma! Sophie kramte die Brieftasche hervor. Sie war leer bis auf ein paar Quittungen, Scheckkarten und zwei Fotos. Eines von ihrem Vater und eines von ihr.

Sie betrachtete das Bild ihres Vaters genauer. Es war ein Foto, das sie gar nicht kannte und das sie mit Wehmut erfüllte. Aber was war das? Sie stutzte. Hinter dem Foto war eine regenbogenfarbene Visitenkarte versteckt. Die Karte der sogenannten Lebensberaterin, der Emma diese Reise in den Tod zu verdanken hat, dachte Sophie wütend und schleuderte sie zu Boden.

Dann erst kam ihr der Gedanke, dass diese Frau Emmas Geheimnis womöglich kannte und Licht in das Dunkel bringen konnte. Ob ich sie einfach anrufen sollte, um dem Spuk ein Ende zu bereiten?, fragte sich Sophie. Nein, das würde ihr Problem nicht lösen. Entschlossen hob sie die Karte wieder auf, stopfte sie in die Brieftasche zurück und ließ alles wieder in die Tasche gleiten. Für heute hatte sie genug gesehen. Sie fühlte sich nicht mehr in der Lage, in den Sachen ihrer Mutter zu wühlen, und legte die Handtasche ganz hinten in den Schrank.

Dunedin
im Januar 1875

Anna kehrte an diesem Neujahrstag nachdenklich nach Hause zurück. Ihr war heiß, denn die Sonne brannte unbarmherzig vom Himmel, und es wehte kein Lüftchen. Sie hätte mit der Kutsche fahren können, doch sie hatte es vorgezogen, sich zu bewegen.

Das Ehepaar McDowell verbrachte die Weihnachtstage stets in Dunedin, und Anna hatte ihnen einen Besuch abgestattet. Klara war dort geblieben, denn obwohl sie Timothy höchstens zweimal im Jahr sah, war er ihr bester Freund geblieben. Er war ein fröhlicher Junge, der stets zu Späßen aufgelegt war. Es rührte Anna, mit welcher Hingabe der Dreizehnjährige mit einem Mädchen spielte, auch wenn eines nicht zu übersehen war: Noch immer bestimmte Klara, wo es langging.

John hatte wie immer blendend ausgesehen – und glücklich! Lucille tut ihm gut. Keine Frage, dachte Anna. Und ich kann es sogar verstehen.

Obwohl sie John immer noch liebte und begehrte, hatte sie seine unkomplizierte, stets fröhliche Frau inzwischen ins Herz geschlossen. Rein äußerlich war Lucille McMyer weit davon entfernt, eine zweite Mary zu sein. Sie hatte ein zu spitzes Näschen und dünnes dunkelblondes Haar. Außerdem war sie klein und gedrungen, aber sie sprühte in ihrer warmherzigen Art nur so vor Charme. Alle Herzen flogen ihr zu. Selbst Christian wurde ganz weich in ihrer Gegenwart. Man musste sie einfach mögen.

Anna verlangsamte den Schritt. Ihr war unwohl. Schweiß lief ihr den Nacken hinunter bis in den Kragen. Der Fußmarsch war keine gute Idee gewesen. Ihre Gedanken kreisten wie so oft um die Frage, wie ihr Leben wohl aussähe, wenn sie die Frau an Johns Seite wäre. Oder war es eher Christians hektischer Aufbruch in die Niederlassung gewesen, die sie ins Schwitzen brachte? Es war Neujahr. Da gab es in der Niederlassung eigentlich nichts zu tun. Deshalb hatte Christian sie eigentlich zu den McDowells begleiten wollen. Aber dann war ein Mitarbeiter der Firma aufgetaucht und hatte ihn dringend zu sprechen gewünscht. Christian hatte sofort das Haus verlassen mit den Worten: »Warte nicht auf mich. Geh allein. Ich weiß nicht, wann ich zurückkomme.« Das war heute Morgen gewesen, und nun war es fast Abend.

Als Anna sich dem Haus näherte, hielt ein Pferdewagen. Auf dem Kutschbock saß eine schlanke Frau, ein wenig älter als sie selber, daneben eine füllige, zusammengesunkene Gestalt. Anna wurde schreckensbleich. Was hatte das zu bedeuten? Die Frau stieg ab und half Christian aus dem Wagen.

»Anna, ich schwöre dir, ich habe keinen Tropfen getrunken!«, lallte er. Seine Whiskeyfahne strafte ihn Lügen.

Die fremde Frau erklärte entschuldigend: »Ich war gerade auf dem Weg zur Kirche. Da ist mir Ihr Mann beinahe vor den Wagen gelaufen.« Mit diesen Worten streckte sie Anna eine Hand entgegen. »Mein Name ist Melanie McLean.«

Zögernd nahm Anna sie entgegen. »Anna Peters!«, sagte sie steif und betrachtete die Frau. Sie hatte ein schmales, offenes Gesicht und auffallend helles Haar.

Christian torkelte nun grußlos an ihr vorüber ins Haus. Anna wollte ihm folgen, doch die Fremde hielt sie mit einer sanften Geste zurück. »Ich möchte mich nicht aufdrängen, aber, wenn Sie Hilfe brauchen …«

»Ich brauche keine Hilfe!«, entfuhr es Anna schroff. »Mein Mann hat seit vier Jahren keinen Tropfen angerührt!«

»Ich möchte Ihnen auch nicht zu nahe treten«, erklärte Melanie McLean mitfühlend. Dann ging sie zum Flüsterton über. »Nur wenn Sie das Gespräch unter Gleichgesinnten doch einmal benötigen sollten, dann schließen sie sich uns an. Wir treffen uns einmal im Monat, beten zu Gott, dass der Teufel Alkohol unsere Männer nicht zerstören möge, oder beten um die Seelen derer, die er sich bereits geholt hat. Darf ich Ihnen eine Nachricht zukommen lassen, wann wir uns das nächste Mal treffen?«

Anna schaute Melanie verblüfft an. Ich habe kein Interesse, mich mit den Frauen anderer Säufer auszutauschen, dachte sie grimmig.

»Kommst du endlich? Ich muss mit dir reden! Deine saubere Familie – alles Verbrecher, aber das werden sie mir büßen«, lallte Christian nun weinerlich.

»Gut! Und vielen Dank für Ihre Hilfe«, sagte Anna hastig und verabschiedete sich knapp von Melanie McLean, um ihren Mann zu stützen, der gefährlich schwankte.

Christian war außer sich. Er redete in unzusammenhängenden Sätzen, und es dauerte eine Weile, bis Anna begriff, was er mitteilen wollte.

Onkel Rasmus hatte die Niederlassung geschlossen. Ohne Vorwarnung. Christan hatte am Morgen vor verschlossenen Türen gestanden; die Firmenschilder waren entfernt worden, und ein Vertreter der Firma Wortemann hatte ihm nur noch erlaubt, seine persönlichen Sachen aus dem Kontor zu holen. Angeblich hatte die Niederlassung keinen Gewinn mehr abgeworfen.

»Verbrecher! Alle Verbrecher! Undankbares Lumpenpack!«

Anna sah ein, dass ein vernünftiges Gespräch unmöglich war. Ihr blieb nur noch eines: ihren Mann ins Bett zu bringen.

Während sie ihn die Treppen nach oben bugsierte, roch sie es. Außer einer Fahne nach Fusel klebte ein schwerer Rosenduft an ihm. Wie gut, dass er wenigstens nicht um sich schlägt!, dachte Anna, während sie ihn zudeckte.

Christian schloss die Augen, aber dann schoss er noch einmal hoch. »Dieses Weib, dieses elende Weib! Was ich alles für sie getan habe! Und dann verlässt sie mich, nur weil ich kein Geschäft mehr habe. Undankbares Miststück!«

Er ist in seiner Not zu seiner Geliebten gerannt, aber die hat ihn nicht mehr gewollt! Die Erkenntnis schmerzte Anna. Dennoch hoffte sie, dass dieses Besäufnis nur ein Ausrutscher war und es ihm morgen wieder besser gehen würde. Nur gut, dass Klara bei den McDowells übernachtete.

Annas Hoffnung erfüllte sich nicht. Christian verbrachte die folgenden Tage im Bett. Er jammerte, stieß wüste Flüche aus und trank offensichtlich weiter. Es war ihr ein Rätsel, wie Christian an Alkohol kam.

Am dritten Tag fasste sie sich ein Herz. Sie suchte John auf und bat ihn händeringend, etwas für Christian zu tun. Bei diesem Gespräch erkannte sie den Schmerz unter seiner fröhlichen Fassade. Es war offensichtlich, dass es ihn quälte, sie an der Seite dieses Mannes zu wissen.

John versprach, Christian eine Stellung bei einer schottischen Handelsniederlassung zu verschaffen. Dort würde er zwar weniger Geld verdienen als bisher, dafür aber nicht die Verantwortung für das Unternehmen tragen.

Und man würde beide Augen zudrücken, sollte der neue Mitarbeiter hin und wieder an Unpässlichkeit leiden. In Dunedin wussten die Herren der Handelsniederlassung, was das zu bedeuten hatte. Um dem von ihnen hoch geschätzten Abgeordneten eine Gefälligkeit zu erweisen, würden sie das aber in Kauf nehmen. Das jedenfalls versicherte John Anna, bevor er besorgt hinzusetzte: »Wenn es gar nicht mehr geht, dann kommst du zu uns nach Wellington. Versprichst du mir das?«

Anna blieb ihm eine Antwort schuldig. Klara erzählte sie, dass der Vater an einem Fieber leide und es besser sei, wenn sie noch ein paar Tage in der *kleinen Burg* bliebe.

Es waren harte Tage für Anna. Sie suchte täglich alle Verstecke ab, in denen er möglicherweise seinen Whiskey gelagert haben konnte. Und immer wieder fand sie eine angebrochene Flasche. Sie ekelte sich zutiefst vor dem ungepflegten Säufer, der in seinem Bett dahinvegetierte. Und doch kämpfte sie unermüdlich weiter. Irgendwann muss ihm der Vorrat doch ausgehen, hoffte sie, doch langsam waren ihre Kräfte erschöpft. Sie hatte soeben eine halbleere Flasche in seinem Stiefel gefunden.

»Sie müssen sich hinlegen«, mahnte Paula, als Anna mit schwarzen Rändern unter den Augen in die Küche trat.

»Ich habe schon wieder eine Flasche gefunden«, stöhnte Anna. Sie ließ sich auf einen Stuhl fallen. Auf dem Tisch lag ein Brief.

»Der wurde schon vorgestern für Sie abgegeben, aber ich habe nicht mehr daran gedacht bei allem, was hier vor sich geht«, bemerkte Paula entschuldigend.

Anna nickte und öffnete zögernd den Brief. Melanie McLean teilte ihr mit, dass sie sich am heutigen Nachmittag bei Mauren Clark treffen würden. Anna stieß einen tiefen Seufzer aus. Wenn sie ehrlich war, wusste sie nicht weiter, doch allein die Vorstellung, öffentlich zuzugeben, dass ihr Mann ein Säufer war. Unvorstellbar! Sie nahm den Brief an sich in der festen Absicht, ihn zu vernichten. Dann sah sie noch einmal nach Christian. Wie ein sabberndes Kleinkind mit dem Gesicht eines uralten Mannes lag er da und schnarchte. Anna fühlte den Brief in ihrer Hand und wusste nun, dass sie es wenigstens versuchen musste.

Das Gebäude in der Lawson Street war das prächtigste weit und breit. Eine Hausangestellte öffnete Anna, die schon befürchtete, sich in der Tür geirrt zu haben. So vornehm war das alles.

Doch da trat ihr schon mit ausgebreiteten Armen Melanie McLean entgegen. »Wie schön, dass Sie gekommen sind! Ich habe das so gehofft.«

Anna ließ sich unterhaken und zu dem Salon führen, in dem bereits einige Damen um einen Esstisch versammelt waren, Tee tranken und plauderten.

»Das ist Anna Peters, von der ich euch bereits erzählt habe.« Anna errötete.

»Setzen Sie sich zu uns!«, ermunterte eine ältere Dame in einem strengen schwarzen Kleid den neuen Gast. »Ich bin Mauren Clark. Herzlich willkommen in meinem Hause! Mein Mann – Gott habe ihn selig – hat es als Goldgräber oben in den Bergen zu einigem Reichtum gebracht, doch als er mich aus England holte, da war er schon ein Wrack. Ein Jahr hat er noch gelebt, und ich bin hiergeblieben. Ich hätte den Lieben daheim natürlich weismachen können, das Fieber hätte ihn dahingerafft, aber ich wollte in seiner Nähe bleiben. Und dann lernte ich eines Tages Gwen kennen, die ein ähnliches Schicksal ereilt hatte. Die wiederum war eine Freundin von Christine.« Mauren deutete auf eine hagere, hochgewachsene Frau, die Anna ermutigend zulächelte. »Und so begannen wir, uns regelmäßig zu treffen und zu beten.«

»Keine Angst, liebe Anna, bei uns spricht jede ganz frei heraus über das Laster der Männer«, mischte sich nun Melanie ein. »Aber wir beten nicht nur. Nein, wir helfen auch den tapferen Frauen der Armen mit Essen und Kleidung.«

»Und wir setzen uns für das Wahlrecht der Frauen ein«, ergänzte eine rundliche Matrone mit einem gütigen Gesicht. »Ich bin Gwen. Mein Mann weilt noch unter den Lebenden, aber was soll ich Ihnen sagen? Ein gar armseliges Leben.«

»Nun überfallt die arme Anna doch nicht gleich! Vielleicht hält sie ja gar nichts vom Frauenwahlrecht«, bemerkte Melanie.

»Oh, doch!«, entgegnete Anna rasch. Ich habe nur lange Zeit keinen Gedanken mehr darauf verschwendet, dachte sie. Wie ungewöhnlich diese Runde auch war, Anna fühlte sich bald seltsam geborgen. Sie nahm sich reichlich von dem Tee und den Plätzchen.

»Ich habe euch beim letzten Mal versprochen, meine Geschichte zu erzählen«, sagte Melanie nun. »Wollt ihr sie hören?« Alle nickten.

»Gut!« Sie räusperte sich. »Ich bin mit meinen Eltern 1863 von England auf einem Schiff namens *Pride of Yarra* nach Neuseeland gekommen. Mein Vater sollte Lehrer auf dem neu gegründeten Jungengymnasium werden. Die Familie meines Vaters hatte es durch das Gold bereits zu einigem Wohlstand in Otago gebracht. Wir waren alle furchtbar aufgeregt, standen an der Reling und konnten bereits Land sehen, als ein Raddampfer auf uns zuhielt. Es gab einen ohrenbetäubenden Lärm, und alles fiel durcheinander. Menschen und Tiere. Es war ein Geschrei und Gestöhne. Ich verlor meine Eltern und meine Geschwister. In Todesangst klammerte ich mich an einem Holzstück fest. Auch noch, als ich bereits im Wasser schwamm. Die *Pride of Yarra* ist im Hafen von Otago untergegangen. Meine Eltern und meine Geschwister sind ertrunken, und ich war plötzlich die einzig Überlebende meiner kleinen Familie. Mein Onkel hat mich bei sich aufgenommen, doch kaum war ich achtzehn, da gab er mich dem reichen Schafzüchter Philipp McLean zur Frau. Schon in der Hochzeitsnacht hat er sich wie ein betrunkenes Tier über mich hergemacht, aber ich will nicht klagen. Er hat mir wunderbare Kinder geschenkt.«

Alle schwiegen. Anna senkte betreten den Kopf, aber dann trat sie zu Melanie und umarmte sie stumm. Und in diesem Augenblick wusste sie, dass sie endlich wieder eine Freundin gefunden hatte.

Als Anna schließlich nachdenklich nach Hause zurückkehrte, streckte ihr Paula triumphierend vier volle Whiskeyflaschen entgegen. »Es war sein ehemaliger Laufbursche. Ich habe mich schon gewundert, warum er ihn besucht hat. Als er vorhin vor der Tür stand, war es mir sonnenklar. Er hat es zugegeben und das Teufelszeug freiwillig herausgerückt.«

Mit sichtlichem Vergnügen leerten die beiden Frauen wenig später die braune Flüssigkeit im Garten unter dem Rata aus, der gerade in seinem schönsten Rot erstrahlte. »Hoffentlich blüht er nächstes Jahr nicht in brauner Farbe«, kicherte Paula.

»Oder er wankt wie ein alter Säufer«, ergänzte Anna.

Es dauerte noch sieben lange Tage, bis Christian wieder einen klaren Kopf besaß. Dann stand er auf, als wäre nichts geschehen, und trat noch am selben Tag den Posten bei der Schottischen Handelsniederlassung an.

Die folgenden Wochen verliefen friedlich, ohne dass es zu einem Rückfall kam. Nur eines hatte sich geändert: Wenn Christian nach Hause zurückkehrte, roch er nicht mehr nach Rose, sondern nach Jasmin. Jedenfalls wehte dieser Duft über den ganzen Flur. Anna störte das nicht. Im Gegenteil, sie war erleichtert darüber, dass er eine neue Geliebte hatte, die offensichtlich einen guten Einfluss auf ihn besaß. Manchmal wünschte sie sich sogar, dass er auch über Nacht bei dieser Frau bleiben würde, denn sie fühlte sich wohler, wenn sie ihn nicht im Hause wusste. Christian jedoch wollte auf keinen Fall, dass Klara etwas davon erfuhr. Jeden Morgen stand er mit seiner Tochter auf und verabschiedete sich freundlich von ihr.

Obwohl ihr Mann dem Alkohol entsagte, versäumte Anna fortan nicht ein einziges Treffen im Salon von Mauren Clark. Und beim letzten Mal hatte sie sich sogar getraut, über ihr eigenes Schicksal zu sprechen, aber nur, soweit es Christians Sauferei betraf. Dass sie einen anderen liebte, dessen Kind sie auf so auf brutale Weise verloren hatte, bewahrte sie tief in ihrem Herzen.

Dunedin
29. Dezember 2007

Jetzt hat Emma ihren Willen und liegt in ihrer geliebten neuseeländischen Erde, dachte Sophie traurig und betrachtete John Franklin aus den Augenwinkeln. Sie standen bereits eine Weile vor ihrer Hotelzimmertür. Er hatte sie dorthin begleitet und konnte sich offensichtlich nicht dazu durchringen, sie allein zu lassen. Sophie war todmüde. Sie fühlte sich leer und ausgebrannt.

Judith' Versuche, sie nach der Beerdigung einzuladen, damit Sophie noch ein wenig auf andere Gedanken kam, hatte sie rigoros abgelehnt. Es war verrückt, aber sie wollte nur eines: Emmas Geschichte weiterlesen!

Die Beerdigung war wie ein schlechter Traum an ihr vorübergerauscht. Die Worte des Geistlichen waren nicht zu ihr durchgedrungen. Sie hatte wie versteinert auf den blumengeschmückten Sarg gestiert. Der Kopf sagte ihr, dass ihre Mutter Emma de Jong darin lag, aber ihr Herz weigerte sich noch immer, es zu glauben. Sophie hatte nicht eine Träne vergossen.

Das Einzige, was sie überhaupt gespürt hatte, war die Wärme

und Zuwendung, die ihr die beiden Anwälte entgegenbrachten, die in der kalten Kapelle rechts und links von ihr Platz genommen hatten.

»Sie können mich jederzeit anrufen, wenn Sie es sich doch noch anders überlegen sollten«, bot John ihr nun an, und es war ihm anzusehen, dass er sich vollkommen hilflos fühlte.

»Vielen Dank!«, erwiderte Sophie mechanisch.

John trat verlegen von einem Bein auf das andere. »Sophie!«, brachte er schließlich hervor, »Mein Bruder ist Arzt, und vielleicht wäre es vernünftig, wenn er Ihnen ein leichtes Beruhigungsmittel geben würde.«

»Ich bin doch ganz ruhig!«, erwiderte sie tonlos.

John seufzte.

»Möchten Sie reinkommen? Ist es das, was Sie wollen?«, fragte Sophie.

»Nein. Ich weiß, dass ich diese Frage zu einem anderen Zeitpunkt bejaht hätte, aber jetzt stehe ich hier nur aus einem einzigen Grund: Ich habe Angst um Sie! Sehen Sie, als mein Vater gestorben war, da reagierte meine Mutter, die sonst überaus gefühlvoll ist, ähnlich verstört wie Sie. Beinahe hätte ich sie in ihrem Haus allein gelassen, weil ich vermutete, sie trage das alles mit Fassung, doch dann brach sie zusammen. Mein Bruder meinte, es war eine Art Schock, der sich mit Verspätung entladen hat. Zum Glück war ich noch bei ihr. Und ich möchte nicht, dass es bei Ihnen ähnlich verläuft und Sie niemanden haben, der Ihnen beistehen kann.« Mit diesen Worten streichelte er ihr zärtlich über die blassen Wangen.

Es waren nicht seine Worte, die ihren inneren Eispanzer zum Schmelzen brachten, sondern diese zarte, unschuldige Berührung. Tränen schossen Sophie aus den Augen. Sie schaffte es gerade noch, die Zimmertür aufzuschließen und John hereinzubitten, als sie in lautes Schluchzen ausbrach. John nahm sie sanft in den Arm und wiegte sie wie ein Kind tröstend hin und her.

Sophie erinnerte sich nicht, jemals im Leben so herzzerreißend geschluchzt zu haben. Nicht einmal bei der Beerdigung ihres Vaters. Ein Weinkrampf löste den nächsten ab. Dabei wirbelte in ihrem Kopf alles wild durcheinander. Sie weinte um Emma und um ihren Vater Klaas. Dabei empfand sie in Johns Arm eine Geborgenheit, die sie noch niemals zuvor empfunden hatte. Sie hatte keinerlei Scheu, in seiner Gegenwart dem Schmerz nachzugeben und sich den Kummer von der Seele zu weinen.

Tränenüberströmt löste sie sich nach einer halben Ewigkeit aus seiner Umarmung und wandte ihm das Gesicht zu.

Ich möchte mich heute Nacht in seine Arme kuscheln, dachte Sophie, als es an der Tür klopfte.

Verwirrt öffnete sie. »Du?«, entfuhr es ihr.

»Na, das ist ja eine nette Begrüßung für einen armen Mann, der für seine zukünftige Frau um die halbe Welt geflogen ist, um mit ihr ins neue Jahr zu feiern!«, erklärte Jan lachend und trat ein. Da erblickte er den fremden Mann, der auf der Kante des Hotelbettes hockte, und er warf ihm einen betont feindseligen Blick zu.

John erhob sich hastig, reichte der überrumpelten Sophie die Hand und raunte: »Vielleicht rufen Sie noch mal kurz in der Kanzlei an, bevor Sie nach Deutschland zurückfliegen. Ich brauche noch ein paar Anweisungen. Zum Beispiel, wohin Ihr Erbanteil gehen soll. Auf Wiedersehen, Sophie!« Dabei scheute er sich nicht, ihr tief in die Augen zu sehen.

Sie verspürte den Impuls, John aufzuhalten, aber er machte einen zum Gehen entschlossenen Eindruck.

Obwohl Jan ihn mit äußerster Skepsis beäugte, vergaß John seine gute Erziehung nicht und grüßte auch den Deutschen zum Abschied, wenn auch nur sehr knapp.

Jan dagegen blieb stumm und stierte hinter John her, bevor er sich umdrehte und in strengem Ton fragte: »Was war denn das?«

»Mein neuseeländischer Anwalt, der die Beerdigung meiner Mutter nicht nur organisiert, sondern mich zusammen mit seiner Kollegin auch dorthin begleitet und mich gerade getröstet hat, weil ich von Heulkrämpfen geschüttelt wurde«, erwiderte Sophie in scharfem Ton und überlegte noch, ob sie John folgen und sich zumindest bei ihm bedanken sollte.

Doch da forderte Jan bereits vorwurfsvoll: »Ein bisschen mehr Freude über die gelungene Überraschung könntest du ruhig zeigen!« Mit diesen Worten ließ er sich bäuchlings auf ihr Bett fallen und stöhnte: »Das war vielleicht ein langer Flug. Meine Güte! Wie gut, dass wir jetzt noch vier Tage Zeit haben, bis unser Rückflug geht.«

»Was soll das heißen?«, fragte Sophie, obwohl sie bereits ahnte, was Jan ihr damit sagen wollte.

Statt ihr eine Antwort zu geben, griff Jan in die Tasche seines perfekt sitzenden Jacketts und holte zwei Tickets hervor. Mit den Worten »Mein Weihnachtsgeschenk!« überreichte er Sophie ein Rückflugticket erster Klasse nach Deutschland für den zweiten Januar. »Freust du dich?«

Sophie fehlten die Worte. Was als nette Geste ihres Verlobten gedacht war, erschreckte sie bis ins Mark. Sie hatte die Frage, wann sie den Heimweg antreten würde, völlig verdrängt. Ja, sie war nicht einmal stutzig geworden, dass Jan sich seit ihrem letzten Gespräch nicht wieder bei ihr gemeldet hatte.

»Hat es dir die Sprache verschlagen?« Jan betrachtete sie durchdringend.

»Ich, ja, ich weiß gar nicht, ob ich schon nach Hause fliegen möchte …«

»Sophie, jetzt reiß dich aber zusammen! Ich verstehe ja, dass du durcheinander bist wegen des plötzlichen Tods deiner Mutter, aber nun liegt sie friedlich unter der Erde, genau, wie sie es sich gewünscht hat, und da wird es allerhöchste Zeit, dass du wieder nach Hause kommst.«

Sophie wollte etwas entgegnen, biss sich jedoch auf die Lippen. Es war kein günstiger Moment, ihm anzuvertrauen, dass sie inzwischen selber nicht mehr so ganz genau wusste, wo ihr Zuhause war.

In diesem Augenblick bemerkte sie, dass er die Aufzeichnungen ihrer Mutter vom Nachttisch aufgenommen hatte.

»Bitte nicht!«, flehte sie, trat auf ihn zu und streckte fordernd die Hand danach aus.

»Hast du etwa Geheimnisse vor mir?«, fragte er neckisch und zögerte, ihr den Packen Papiere zu geben.

»Jan, bitte!«, wiederholte sie, aber er lachte nur dröhnend.

»Komm her, hole es dir!«

Sophie nahm ihn beim Wort; sie riss ihm das Manuskript mit einem einzigen Ruck aus der Hand und drückte es fest an die Brust.

»Was ist denn das Geheimnisvolles?«, wollte Jan nun wissen. Er lachte nicht mehr.

»Das sind Aufzeichnungen meiner Mutter über meine Familie.«

»Ach so!«, erwiderte er und grinste wieder. »Und was gibt es für finstere Geheimnisse, die du deinem Mann vorenthalten willst?«

Statt ihm seine Frage zu beantworten, entgegnete Sophie nun, ohne zu zögern. »Ich kann erst zurückfliegen, wenn ich in *Pakeha* gewesen bin.«

»*Pake* was?«

»Es ist ein Strandhaus in Ocean Grove, das ich von meiner Mutter geerbt habe.«

»Ein Strandhaus in Neuseeland? Eins in Timmendorf wäre mir lieber«, sagte er scherzhaft.

»Ich muss dort gewesen sein, bevor ich nach Hause fliege«, erwiderte Sophie ernst.

»Wo ist das Problem?«, fragte Jan und fügte entschlossen hinzu: »Wir werden morgen hinfahren, es uns ansehen und den Mindestpreis festsetzen, damit dieser Anwalt es meistbietend verkaufen kann.«

Der Gedanke, mit Jan nach *Pakeha* zu fahren, behagte Sophie ganz und gar nicht. Aber vielleicht ist es sogar ganz heilsam, redete sie sich schließlich ein. Wenn ich mit ihm hinfahre, entfaltet das Ganze bestimmt keinerlei Zauber und ich kann mich endlich von diesem Land lösen, das mich magisch anzieht und nicht mehr loslassen will.

»In Ordnung!«, erklärte Sophie schließlich und schlug ihm vor, essen zu gehen und sich für morgen einen Wagen zu mieten.

»Unser Rover steht bereits vor der Tür. Ich bin doch vom Flughafen nicht mit dem Bus hergefahren«, bemerkte er nicht ohne Stolz, und sie verspürte sofort ein gewisses Unbehagen bei seinen Worten. Alles, was er sagte, klang so aufgesetzt und diente offensichtlich nur dem einem Ziel: dass sie merkte, was für ein toller Kerl er war, und ihn bewunderte.

Sophie erschrak. Sie hatte Jan tatsächlich einmal dafür bewundert, dass er alles im Griff hatte, sich stets nur mit dem Besten zufriedengab, pragmatisch und berechenbar war. Wo aber ist sein Charme, seine Magie?, fragte sie sich nun. Ich muss mich nur wieder an ihn gewöhnen!, redete sie sich zu, dann wird bestimmt bald alles wieder gut.

An diesem Abend wollte die Vertrautheit sich jedoch nicht einstellen, obwohl sie eines der schönsten Restaurants Dunedins besuchten. Sie aßen köstlich zubereiteten Fisch, plauderten über ihre bevorstehende Hochzeit. Jan raunte ihr über den Tisch hinweg zu, dass sie bezaubernd aussähe, was er ansonsten eher selten tat. Doch Sophie konnte sich nicht freuen. Ihr Unbehagen wuchs, weil Jan sich nicht ein einziges Mal nach ihrer Mutter erkundigte. Hatte er nicht schon immer behauptet, dass Emma eine anstrengende Person sei, die er nur bei bester Laune ertragen könne? Wenn Sophie es sich recht überlegte, hatte er ihre Mutter nie gemocht. Emma war ja auch manchmal anstrengend, dachte Sophie nun, und trotzdem traten ihr die Tränen in die Augen bei dem Gedanken, dass ihre Mutter sie nie wieder mit ihren Launen auf Trab halten würde.

Sie spürte nur allzu genau, dass seine Worte sie ganz und gar nicht berührten. Plötzlich musste sie an John denken. Sie glaubte beinahe, seine tröstende Hand auf ihrer Wange zu spüren.

Sei vernünftig, Sophie!, ermahnte sie sich. Spätestens in vier Tagen trittst du den Heimflug an. Und wenn du dich erst wieder eingewöhnt hast, wird dir Dunedin und mit ihm John Franklin nur noch wie ein Spuk vorkommen. Vielleicht sollte ich das Manuskript einfach in *Pakeha* lassen. Wenn ich nicht aufpasse, hält mich dieser Unsinn von dem längst vergangenen Fluch noch davon ab, mein Glück zu finden, und das heißt nun mal Jan!, sinnierte sie. Hastig drängte sie zum Aufbruch.

Sophie reichte ihrem Verlobten die Hand mit dem festen Vorsatz, dort anzuknüpfen, wo sie gestanden hatten, als sie in die Ferne gefahren war. Ist das wirklich erst eine Woche her?, fragte sie sich erstaunt.

Als Jan sein Portemonnaie hervorzog, lächelnd das hervorragende Menü lobte und der Kellnerin ein großzügiges Trinkgeld gab, wurde ihr doch ein wenig warm ums Herz. Das hatte sie doch immer so an ihm geliebt – das Weltmännische. Er wusste sich überall zu benehmen und machte stets eine gute Figur.

Erst jetzt nahm Sophie bewusst seinen beigefarbenen Sommeranzug, sein adrettes Hemd und die passende Krawatte wahr. Jan würde sich immer vorher erkundigen, was man in dem Land trug, in das man reiste. Er würde niemals vergessen, Sommerkleidung einzupacken, wenn er an das andere Ende der Welt flog. Und er würde im Leben keine rot-schwarz karierten Holzfällerhemden tragen. Nicht einmal zum Grillen …

Arm in Arm machten sie sich auf den Rückweg. Ich kann doch ganz zufrieden sein, dachte Sophie seufzend, als sie das Hotelzimmer aufschloss. Er ist ein wunderbarer Mann!

Als Jan sich auszog und seinen wohlgeformten Oberkörper entblößte, ergriff die Lust von Sophie Besitz. Sie wollte ihn berühren, ihn riechen, schmecken, spüren. Als er allerdings seinen Anzug sorgfältig über den Stuhl legte, wandte Sophie sich enttäuscht ab. Sie träumte von ungezügelter Leidenschaft, nicht von ordentlich drapierter Kleidung.

Sophie schälte sich aus ihrem Sommerkleid und legte sich in Dessous verführerisch auf das Bett. Dass Jan jetzt einen Sommerschlafanzug anzog, missfiel ihr. Erst macht er sich bettfertig, und wenn die Leidenschaft ruft, zieht er sich eben wieder aus. Das macht er doch immer so, fiel ihr ein. Warum störte sie das heute? Sie schloss hastig die Augen. Wenn sie ehrlich war, hatte sie das schon immer genervt, aber sie hatte sich stets gesagt: Er hat so viele gute Eigenschaften, da sollte ich großzügig über so etwas hinwegsehen!

Nun stand Jan vor dem Bett und schaute sie an. In seinen Augen lag Begierde. Das versöhnte Sophie, und sie verlangte mit heiserer Stimme: »Komm!«

Jan zögerte nicht, sondern legte sich zu ihr, so dicht, wie er nur konnte. In höchster Erregung, wie Sophie sofort spürte. Wenn sie nicht aufpasste, würde alles ganz schnell gehen. Das passierte in letzter Zeit oft, wenn sie denn überhaupt einmal miteinander schliefen, und das wollte sie unbedingt verhindern.

»Wir haben alle Zeit dieser Welt!«, flüsterte sie.

Im selben Moment stieg Sophie ein fremder Geruch in die Nase, und ihre eigene Lust war so plötzlich verschwunden, wie sie gekommen war. Maiglöckchen! Schon musste sie niesen. Einmal, zweimal, dreimal.

Jan rückte ein Stück von ihr ab. »Bist du erkältet?«, fragte er besorgt.

Sie antwortete nicht, sondern setzte sich abrupt auf. »Wann hast du den Schlafanzug das letzte Mal getragen?«

Sophie erschrak über ihre eigene Stimme. Sie wollte nicht die eifersüchtige Frau sein, die ihren Mann ausfragte und triumphierend der Untreue überführte.

»Was soll das denn werden?« Er klang empört. »Ein Verhör?«

»Nein, nur eine schlichte Frage, auf die ich eine schlichte Antwort erwarte. Wann und wo hast du das Teil zum letzten Mal getragen?«

»Blöde Frage! In Frankfurt. Ich hatte vor dem Abflug noch ein paar Stunden Zeit und habe dort im Hotel noch ein wenig geschlafen«, erwiderte er unwirsch, ohne das geringste Anzeichen von Unrechtsbewusstsein.

»Und was hat deine Referendarin dazu gesagt, dass du sie nach der Nacht allein gelassen hast, um zu deiner Zukünftigen zu fliegen?« Sophie war jetzt ganz ruhig.

»Welche Referendarin?« Jan hatte hektische Flecken im Gesicht.

»Sandra Berg. So heißt sie doch, oder nicht? Die junge Frau, die dich nach Frankfurt begleitet hat, um mit dir im Hotel noch eine Nummer zu schieben, und die dann deinem Flugzeug nach Neuseeland nachwinken durfte. Die Frau, die jetzt in ihre Kissen weint, aber Nacht für Nacht hofft, dass du dich doch noch für sie entscheidest und nicht diese andere heiraten wirst!«, entgegnete Sophie ungerührt.

Wie von der Tarantel gestochen, sprang Jan auf. Er lief ins Bad, brüllte: »So einen Unsinn muss ich mir nicht länger anhören!«, und knallte die Tür hinter sich zu.

Sophie rührte sich nicht. Sie hatte ins Schwarze getroffen. Seine Reaktion war gar nicht anders zu deuten. Eigentlich müsste ich am Boden zerstört oder zumindest wütend sein, dachte sie, aber ihr Herz blieb seltsam kalt. Im Gegenteil, sie war erleichtert, dass sie durch ihre klaren Worte endlich etwas bewegt hatte und die Fassade zu bröckeln begann.

Dennoch war sie fest entschlossen, mit ihm nach Deutschland zurückzukehren. Aber wenn er sie heiraten wollte, musste er sein Verhältnis zu Sandra beenden. Genau das würde sie morgen früh von ihm verlangen. Was hatte Emma immer gesagt? Die Liebe verzeiht beinahe alles! Und Emma hatte Klaas über alles geliebt. Das jedenfalls hatte Sophie ihr Leben lang angenommen. Ob es wirklich so war, werde ich vielleicht niemals erfahren bei der Geheimniskrämerei, die meine Mutter veranstaltet, dachte Sophie missmutig.

So lag Sophie an diesem Abend im dunklen Hotelzimmer wach und hing ihren Gedanken nach. Der Mann, der inzwischen wieder neben ihr lag und in einen tiefen Schlummer gefallen war, schien ihr unendlich fern. Und mit jedem Gedanken an all die Geheimnisse ihrer Familie entfernte sie sich nur noch mehr von ihm, ohne dass sie etwas dagegen tun konnte. Anna, die dramatische Fehlgeburt, Emmas Erbe, alles war ihr näher als der Mann, den sie zu heiraten gedachte. Ganz flüchtig fiel ihr John ein. Keine Frage, sie hätte sich ihren leidenschaftlichen Gefühlen hemmungslos hingegeben, wäre Jan nicht gekommen.

Sophie war viel zu aufgewühlt, um zu schlafen. Deshalb knipste sie das Licht wieder an, und sie griff nach dem Manuskript auf ihrem Nachttisch.

Wirklich nur noch ein paar Seiten, redete sich Sophie gut zu. Ein Blick auf ihren Wecker zeigte ihr, dass es drei Uhr morgens war. Sie lauschte. Außer Jans Schnarchen war es gespenstisch still.

Wenn ich die Gewissheit habe, dass es Anna gut geht, dann höre ich auf und rühre das Ding nie mehr an, beschloss Sophie.

Dunedin
im Oktober 1880

Anna saß im Modesalon der Schneiderin Charlott Campbell und wartete darauf, dass sich Klara in einem Kleid zeigte, das die Schneiderin ihrer Tochter empfohlen hatte.

Mister Hoang war nach China zurückgekehrt, was Anna sehr bedauerte. Charlott Campbell konnte zwar nähen, aber sie hatte sich als allergrößte Klatschtante Dunedins entpuppt. Im Vergleich zu ihr waren selbst Emily Brown und ihre immer noch nicht wieder verheiratete Schwester diskrete Personen.

»Kommt John McDowell auch zum Geburtstag Ihrer Tochter?«, fragte die Campbell nun lauernd. »Man munkelt ja, seine Frau sei gar nicht so hübsch und könne seiner verstorbenen Frau Mary, die ich ja nun leider nicht mehr kennengelernt habe, nicht das Wasser reichen.«

»Sie ist bildhübsch!«, entgegnete Anna scharf und signalisierte damit, dass dieses Gespräch für sie beendet war.

»Das habe ich mir ja nicht ausgedacht. Das sind Missis Browns Worte«, ergänzte die Schneiderin nun schnippisch und fügte neugierig hinzu: »Dieses Jahr wird bei Ihnen ja wohl ganz groß gefeiert.«

»Dem Anlass entsprechend«, erwiderte Anna knapp und blickte stur in Richtung Garderobe. Wie lange brauchte Klara denn noch?

Klaras siebzehnter Geburtstag sollte in der Tat mit einem rauschenden Fest begangen werden. Anna und Paula hatten mit den Vorbereitungen seit Wochen alle Hände voll zu tun.

Und zu diesem Anlass sollten unbedingt neue Kleider angeschafft werden. Eines für Anna, eines für Klara. Das hatte Christian ausdrücklich angeordnet. Er verdiente mit seiner Arbeit nicht gerade schlecht, aber doch ungleich weniger als in den ersten Jahren bei Wortemann. Es genügte für einen gehobenen Lebensstandard, der wiederum ausreichte, um in der feineren Gesellschaft von Dunedin mitzuhalten. Zum Glück hatte er das Haus in der Princes Street noch zu besseren Zeiten gekauft, sodass Anna wenigstens sicher war, immer ein Dach über dem Kopf zu haben.

Gelangweilt sah Anna sich im Salon um. Ihr Blick blieb bei den Ballkleidern hängen. Eines davon könnte durchaus etwas für mich sein, dachte sie, fast ein wenig aufgeregt bei dem Gedanken, dass auch sie sich eine neue Abendrobe gönnen würde. In der Regel verzichtete sie auf persönlichen Luxus, damit Klara sich in der Sicherheit wiegen durfte, alles zu bekommen, was ihr Herz begehrte. Ihre Tochter war zu einer wahren Schönheit herangereift, aber keiner der Burschen von der Jungenschule, die ihr reihenweise den Hof machten, konnte bei ihr auch nur das Geringste ausrichten. Sie schien nur Augen für den einen zu haben: für Timothy, ihren Freund aus Kindertagen, der mit seinem Vater und dessen Frau Lucille auch zu dem Fest erwartet wurde.

Klara trat jetzt in einem Kleid hervor, das Anna ganz und gar nicht gefiel. Die Korsage reichte weit über die Hüfte, sodass der Bauch weggedrückt und das Hinterteil so betont wurde, dass es wie ausgestopft wirkte. Es machte in Annas Augen eine lächerliche Silhouette.

»Ist das andere nicht viel schöner?«, fragte Anna vorsichtig, aber ihre Tochter stand wie ein kleines Mädchen da, klatschte in die Hände und bettelte: »Bitte, bitte! Ich möchte beide!«

Anna seufzte. Ihre Tochter hatte sich bereits für ein Kleid entschieden, in dem sie wie eine Prinzessin aussah, doch nun hatte sie auf Anraten dieser geschwätzigen Schneiderin noch dieses scheußliche Ding anprobiert, das einen Entensteiß machte.

»Bitte!« Klara strahlte sie an.

Anna konnte ihr keinen Wunsch abschlagen. Dann würde sie selbst lieber verzichten.

»Gut, wir nehmen beide Kleider!«, murmelte Anna, woraufhin Klara sich zu ihr hinunterbeugte, sie überschwänglich drückte und ihr einen Kuss auf die Wange gab. Dann verschwand sie mit hochroten Wangen in der Garderobe.

»Dann zeige ich Ihnen jetzt die Modelle, die ich mir bei Ihnen vorstellen könnte«, erklärte die Schneiderin eilfertig.

»Wir nehmen nur die beiden für meine Tochter. Mir ist eingefallen, dass ich noch eines im Schrank habe, das ich unbedingt noch einmal tragen möchte«, raunte Anna, damit Klara, die bereits wieder hinter einem Wandschirm verschwunden war, es nicht hörte.

Soll Charlott Campbell es doch in der ganzen Stadt herumposaunen, dass ich zum Fest meiner Tochter ein uraltes Kleid anziehe, entschied Anna trotzig.

Den Lohn für ihren selbstlosen Verzicht erhielt sie, als sie Arm in Arm mit ihrer Tochter das Geschäft verließ. Klara strahlte über beide Wangen und jubelte fröhlich: »Danke Mama, du bist die Beste!« Dann wurde sie wieder ernst und sah Anna zweifelnd an. »Meinst du, es wird Timothy gefallen?«

Anna lächelte. Der Junge hing noch genauso an Klara wie eh und je. Das würde sich vermutlich niemals ändern.

Und sie, Anna, würde John wiedersehen. Wie immer, wenn sie an ihn dachte, wurde sie ganz melancholisch. Und mit einem Mal stand ihr überraschenderweise jene Nacht vor elf Jahren vor Augen. Sie konnte das Meer riechen, seine Haut spüren, seine Stimme stöhnen und zärtlich flüstern hören. Ihr wurde ganz heiß.

»Mama?« Das war die energische Stimme ihrer Tochter. »Sag schon: Meinst du, es gefällt ihm?«

»Natürlich wird es ihm gefallen!«, erklärte Anna – und erstarrte. Auf ihrer Straßenseite näherte sich ein ungleiches Paar. Obwohl die Frau wie eine Europäerin gekleidet und um Jahre gealtert war, erkannte Anna sie sofort.

Ein Gesicht, das sie nie vergessen würde!

Anna bemerkte, dass auch andere Passanten die Maorifrau anstarrten, die am Arm eines korpulenten Weißen ging, der britisch aussah. Er hat Ähnlichkeit mit Christian, durchfuhr es Anna. Er ist genauso grobschlächtig und ungelenk.

Hine blickte stur geradeaus und schien sich nichts daraus zu machen, dass sie von allen Passanten abfällig angestarrt wurde.

Intuitiv legte Anna schützend den Arm um ihre Tochter. Hine und ihr weißer Begleiter würden gleich jeden Moment vorübergehen, aber Anna betete, dass sich ihre Blicke nicht treffen würden.

Auch Klara war mit einem Mal ganz still geworden. Sie schien zu spüren, dass ihre Mutter angespannt war.

Als Anna gerade aufatmen wollte, drehte Hine sich noch einmal um, blickte förmlich durch Anna hindurch und fixierte stattdessen Klara durchdringend. Das Gesicht der Maori verzerrte sich binnen Sekunden zu einer Fratze und war plötzlich so entstellt, dass ihre Augen aus den Höhlen zu treten schienen.

Anna zitterte. Eine klirrende Kälte breitete sich in ihrem Inneren aus. Täuschte sie sich, oder zischelte Hine ihrer Tochter etwas wie *Ka mate, Kotiro!* zu? Es ging alles wahnsinnig schnell.

Klara fragte ängstlich: »Mama, was hat die unheimliche Frau gesagt?«

»Ich habe nichts gehört. Die hat nicht mit dir gesprochen«, log Anna und spürte, wie ihre Knie weich wurden.

»Und wie die mich angestarrt hat. Gruselig!« Klara schüttelte sich.

Anna atmete tief durch. Die Angst war ihr in alle Glieder gefahren. Wie lange hatte sie nicht mehr an die Maorifrau gedacht? Und jetzt empfand sie die gleiche Panik wie damals, als sie Zeugin des Fluches geworden war. Sie wusste nicht genau, was Hine gesagt hatte, aber sie hatte die Botschaft dennoch verstanden.

Anna zitterte noch immer, als sie die Princes Street erreichten, doch sie ließ sich nichts anmerken.

Sie hatten das Haus kaum betreten, als Christian ihnen entgegentrat. »Hast du ein schönes Kleid bekommen, meine kleine Fee?«, fragte er seine Tochter, die in seinen Armen wie ein Kind wirkte. Sie war in den Jahren zwar gewachsen, aber immer noch recht klein und zart. »Meine kleine Fee« nannte Christian sie oft zärtlich. Anna hatte sich in all den Jahren niemals daran gestört, aber diesmal wurde ihr übel. Sie konnte gar nicht anders, als an die Nebelfee zu denken, die ihre Tochter soeben erneut verflucht hatte.

Klara schmiegte sich vertraut an Christians Brust, während sie ihm von den neuen Einkäufen vorschwärmte.

Der Anblick versetzte Anna einen Stich. Wenn Klara wüsste, was ihr Vater dieser Maorifrau angetan hat, ob sie ihn dann auch so lieben würde?, schoss es ihr durch den Kopf

Sie eilte in ihr Zimmer und warf die Tür hinter sich zu. Tränen, die sie seit Jahren nicht mehr geweint hatte, bahnten sich ihren Weg. Mit aller Macht ergriff die Angst vor dem Fluch von ihr Besitz. Nicht um Christian, nicht um sich selbst, nein, allein um ihre Tochter ängstigte sie sich.

An ihrem Geburtstag hatte Klara sich zu Annas Freude in letzter Minute doch noch für das blaue Ballkleid entschieden, in dem sie wie eine Prinzessin aussah. Das weit schwingende Kleid passte perfekt zu ihrem schwarzen Haar, das sie in Locken nach hinten gesteckt hatte.

Als Paula schließlich am Nachmittag die Familie McDowell meldete, beobachtete Anna, wie ihre Tochter zart errötete, und sie hoffte inständig, dass sich in ihrem eigenen Gesicht nicht ähnlich verräterische Spuren zeigten.

Ihr Herz tat einen Sprung, als John sie zur Begrüßung herzlich umarmte. Das waren die kleinen Momente der Nähe, auf die Anna nun bald ein ganzes Jahr lang gewartet hatte. Aber auch Lucille umarmte sie voller Freude, während Timothy, der im letzten Jahr zu einem richtigen jungen Mann herangewachsen war, sich schüchtern im Hintergrund hielt.

Timothy war seinem Vater inzwischen wie aus dem Gesicht geschnitten, hatte jedoch Marys helles Haar geerbt. Er besaß ein zurückhaltenderes Wesen als John. So fröhlich er auch als Kind gewesen war, so ernst war er heute als Neunzehnjähriger.

Timothy suchte Klaras Blick, und als er ihn gefunden hatte, strahlte er vor Glück. Anna sah schnell weg. Sie fühlte sich wie eine heimliche Zuschauerin, für die dieser Beweis der Zuneigung nicht gedacht war. Die Liebe zu Klara war in Timothys Gesicht zu lesen wie in einem offenen Buch. Sosehr Anna auch hoffte, dass die beiden einmal ein Paar würden, sosehr wünschte sie sich, es möge noch eine Zeit dauern. Schließlich ging Klara noch auf die Highschool für Mädchen und würde erst einmal ihren Abschluss machen müssen. Außerdem sollte Timothy erst auf eigenen Füßen stehen. Und es gab noch einen Grund, den Anna sich nur ungern eingestand: Sie konnte sich ein Leben ohne ihre Tochter nicht vorstellen. Wenn sie allein daran dachte, dass Klara mit Timothy womöglich nach Wellington ziehen würde, krampfte sich ihr Herz vor Schmerz zusammen.

Nach dem gelungenen Essen, bei dem alle angeregt miteinander plauderten und auch Anna ihre schweren Gedanken vergaß, trat John zu Anna und nahm ihren Arm.

»Wollen wir etwas frische Luft schnappen?«, fragte er und zog sie hinaus auf die Terrasse, ohne die Antwort abzuwarten. Es war noch hell, die Vögel zwitscherten, und ein betörender Duft von Frühlingsblumen schlug ihnen entgegen. »Wie ist es dir ergangen?«, fragte er scheinbar harmlos.

»Es ist alles in Ordnung. Christian hat wieder eine Geliebte, und ich glaube, sie tut ihm gut. Ich hoffe, dass es eine Lösung geben wird, wenn Klara einmal aus dem Haus ist. Vielleicht kann ich später bei ihr und ihrem Mann wohnen. Das bringt auch Vorteile, wenn die Großmutter im Hause lebt.«

»Großmutter?« Er lachte trocken auf. »Du hast nichts von einer Großmutter! Du bist schöner denn je! Mein Gott, Anna, du bist wunderschön!«

Anna befürchtete, dass sie rot geworden war. »Schmeichler. Lass das nicht Lucille hören!«, flüsterte sie liebevoll. Besorgt bemerkte sie, dass sich seine Gesichtszüge verfinsterten. Sie konnte schwer einschätzen, welches Gefühl ihn gerade übermannte, aber irgendetwas lag ihm auf der Seele. Täuschte sie sich, oder wurden seine Augen feucht? »John, was ist los?«, fragte sie erschrocken.

Verstohlen wischte er sich mit dem Ärmel über das Gesicht. Er weinte wirklich. Wenn sie allein gewesen wären, hätte sie ihn umarmt, aber so? Jeden Augenblick konnten andere Gäste kommen und die Lage missverstehen.

»Sie hat, wenn wir Glück haben, nur noch ein Jahr!«, presste er mit bebender Stimme hervor.

Anna wurde eiskalt. »Sprichst du von Lucille? Was heißt, sie hat nur noch ein Jahr?« Ihre Stimme hatte sich überschlagen.

»Der Arzt sagt, länger als ein Jahr wird sie es nicht überleben«, erwiderte er tonlos.

Anna starrte ihn fassungslos an. »Was überleben?«, stammelte sie.

»Sie leidet unter einer seltenen Krankheit, an der auch schon ihre Mutter gestorben ist. Der Arzt hat keine Hoffnung mehr.«

»Arme Lucille! Oh, mein Gott, John, das tut mir so leid! Weiß sie es?«, fragte Anna, die aschfahl im Gesicht geworden war.

»Ja. Sie hat mich gebeten, es dir zu sagen …«, erwiderte er stockend, als ihn eine fröhlich klingende Stimme mit den Worten »Was ist das denn für eine Trauergemeinde?« unterbrach.

Anna fuhr herum.

Es war Lucille. Sie nahm von jedem der beiden eine Hand und drückte sie tröstend. »Seid bitte nicht traurig!«, bat sie.

Das genügte, um Annas Dämme brechen zu lassen. Im Nu war ihr Gesicht nass vor Tränen, obwohl sie sich dafür schämte vor dieser tapferen Frau.

»Anna, ich weiß, wie dir zumute ist, aber du sollst wissen, dass ich als glücklicher Mensch die Erde verlasse. Ich habe so wunderschöne Jahre an Johns Seite erleben dürfen, und ich habe eigentlich nur noch einen einzigen Wunsch. Dann kann ich in Frieden sterben.«

Sie war ganz ruhig, während Anna von Weinkrämpfen geschüttelt wurde.

Ungerührt fuhr Lucille fort: »Ich wünsche mir von Herzen, liebe Anna, dass du John eines Tages doch noch glücklich machen wirst!«

»Aber, aber ich bin verheiratet!«, schniefte Anna und wusste im selben Augenblick, wie dumm das klang. Natürlich war sie verheiratet, und Lucille hatte das bestimmt nicht vergessen.

»Ich glaube, du kannst dich guten Gewissens von Christian trennen, wenn Klara und Timothy geheiratet haben. Ich denke, John braucht dich mehr als er und …« Lucille machte eine Pause und stöhnte: »… und du John!« Mit Nachdruck fügte sie hinzu: »Du hast ein Recht auf dein eigenes Leben und ein bisschen Glück. Und ein Recht auf Liebe!«

John blickte seine Frau fassungslos an. Mühsam sein Schluchzen unterdrückend, stammelte er: »Hör dir das an! So ist meine Frau. Selbstlos spricht sie vom Glück der anderen, obwohl sie weiß, dass sie unheilbar krank ist.«

»Ach, John, jetzt lass gut sein! Trocknet eure Tränen, ihr beiden! Wir müssen feiern. Glaubt ihr, ich möchte das bisschen Zeit, das mir noch bleibt, wie ein Trauerkloß verbringen? John, ich erwarte dich zum Tanz.« Mit diesen Worten schwebte Lucille lächelnd von dannen.

»Sie ist wunderbar!«, murmelte Anna.

John nickte stumm.

Das Tanzen war in vollem Gange, als Anna von ihrem Ausflug auf die Terrasse zurückkehrte, aber nichts war mehr wie vorher. Sie sah sich in ihrem eigenen Haus um, und alles, was sie erblickte, war ihr auf einmal entsetzlich fremd. Warum waren ihre Gäste so ausgelassen? Und dann die fröhliche Musik. Sollte sie rufen: Aufhören? Die Kapelle spielte gerade einen Walzer, zu dem sich die Paare schwungvoll wiegten, mittendrin Christian und Lucille. Lucille lachte, und ihre weißen Zähne blitzten. Sie versprühte Energie und beste Laune und schien vor Gesundheit nur so zu strotzen. Was war das für eine heimtückische Krankheit, die das drohende Unheil so gut verbarg?

Wie gelähmt stand Anna am Rand und beobachtete das Treiben auf der Tanzfläche. Auch Klara und Timothy wiegten sich einträchtig im Dreivierteltakt. Sie sahen einander verliebt an. Durften sie alle glücklich sein, während der Tod in ihrer Mitte tanzte und ihnen eine lange Nase machte? Anna seufzte.

»Wollen wir tanzen?«, forderte John Anna nun auf, aber die schüttelte nur schwach den Kopf, bevor sie raunte: »Mir ist elend zumute. Ich glaube, ich muss mich ein Weilchen ausruhen.«

Mit diesen Worten steuerte sie auf ein Sofa zu, auf dem ihre Freundin Melanie McLean ganz allein saß. In Annas Kopf ging es wild durcheinander. Tod, Krankheit, Scheidung, Glück... das war zu viel auf einmal. Und dann dieser verrückte letzte Wille. Sie konnte heute keine Entscheidung über ihre Zukunft treffen. Noch lebte Lucille, und Anna wünschte Johns Frau noch viele glückliche Jahre an seiner Seite.

Melanie sah ihre Freundin fragend an. »Ist etwas passiert?«, raunte sie, aberAnna wollte hier nicht darüber sprechen. Die Freundin verstand sie auch ohne Worte und nahm stumm ihre Hand.

»Die gehören eingesperrt, die Politiker, die mit dem Gedanken spielen, dass die Weiber wählen dürfen. Das ist doch Schwachsinn. Die sollen die Kinder kriegen und die Hütte sauber halten!«, dröhnte es nun laut von der Kaminecke herüber. Anna brauchte gar nicht hinzusehen. Sie wusste, wem die Stimme gehörte. Philipp McLean, Melanies Ehemann. Mit einem Seitenblick bemerkte Anna den angewiderten Blick ihrer Freundin. Und einen bläulichen Schimmer über deren Auge.

»Melanie, hat er dich geschlagen?«, fragte Anna erschrocken, aber die Freundin legte nur den Finger auf den Mund. In ihren Augen jedoch las Anna die Antwort: Frag mich bitte nicht in seiner Gegenwart!

Laut schallten die Worte des Schafzüchters durch den Raum. »Und dann das mit den Maori? Wählen dürfen die. Das sind doch Wilde. Nicht weit von uns entfernt, da wohnt so ein armes Schwein von Farmer; hat keine Neuseeländerin abgekriegt, nur so eine Wilde, und was hat der davon? Keine richtigen Kinder kann die ihm gebären. Nur so ein verkrüppeltes Mädchen!«

»Wenn die Kinder nicht wären, ich würde ihn zum Teufel schicken!«, zischte Melanie nun.

John, auf den der Farmer einredete, schickte flehende Blicke zu dem Sofa herüber, die um Erlösung zu bitten schienen. Anna signalisierte ihm, dass er zu ihnen hinüberkommen sollte, aber kaum hatte John sich einen Schritt entfernt, als der bullige Farmer grölte: »Halt, hiergeblieben! Wenn ich schon mal die Gelegenheit habe, mit einem Politiker zu sprechen …« Nun trat Christian hinzu und legte dem Farmer beschwichtigend die Hand auf die Schulter. Sofort wurde der Mann ruhiger.

Merkwürdig, dachte Anna, dass Melanies Mann ausgerechnet Christians bester Freund geworden ist.

Nun nahm Timothy schüchtern neben ihr Platz. »Tante Anna?«, fragte er mit ernster Stimme. »Darf ich dich was fragen?«

»Sicher!«

»Sie ist meine Freundin!«, erklärte Anna lächelnd, deutete auf Melanie und ermunterte ihn, sich trotzdem von der Seele zu reden, was ihn bedrückte.

»Mich bedrückt nichts. Ich möchte nur wissen, was du sagen würdest, wenn ich um Klaras Hand anhalten würde?«

»Was sollte ich dazu sagen?«, gab Anna zurück. »Ich habe schon gehofft, dass du mein Schwiegersohn wirst, da konntest du noch nicht einmal sprechen.«

»Da bin ich aber froh«, erklärte er sichtlich erleichtert und fügte verschwörerisch hinzu: »Wen soll ich zuerst fragen: Klara oder Onkel Christian?«

Anna musste sich das Lachen verbeißen.

»Ich würde sagen, erst fragst du mal meine Tochter und dann Onkel Christian. Meinen Segen hast du. Allerdings unter einer Bedingung: Ihr müsst noch warten, bis du auf eigenen Füßen stehst und eine Familie ernähren kannst!«

»Aber das versteht sich doch von selbst!«, erwiderte der junge Mann im Brustton der Überzeugung. »Das ist schon alles mit Vater abgesprochen. Ich werde Jura in Dunedin studieren und danach gemeinsam mit Vater Onkel Albert hier vor Ort in der Kanzlei unterstützen. Onkel Albert schafft es nicht mehr allein.«

»Dein Vater kommt zurück nach Dunedin?«, fragte Anna, bemüht, ihre innere Erregung zu verbergen.

»Nicht sofort, aber etwa in einem Jahr will er die Politik an den Nagel hängen und umziehen.«

»Schau, da hinten ist Klara! Vielleicht entführst du sie mal auf die Veranda«, riet Anna ihm, damit er nicht merkte, wie aufgewühlt sie war.

Kaum war Timothy fort, hörte Anna Melanie raunen: »Ob das so eine gute Idee von John ist?«

Anna räusperte sich, bevor sie raunte: »Lucille ist unheilbar krank und hat nur einen letzten Wunsch: dass ich mich um John kümmere, wenn sie tot und Klara aus dem Haus ist.«

»Oh!«, entfuhr es der Freundin.

»Du entschuldigst mich?« Anna sprang auf. Sie wollte als gute Gastgeberin mit allen Gästen ein wenig plaudern. Eine Ablenkung, die sie nun dringend brauchte.

Gänzlich unerwartet forderte Christian sie zum Tanzen auf. Das hatte er in all den Jahren nicht mehr gewagt.

Anna wollte ihm schon einen Korb geben, aber er raunte fast flehentlich: »Bitte! Dieses eine Mal!«

Widerwillig folgte Anna ihm auf die Tanzfläche. Sie war überrascht. Er tanzte nicht schlecht. Viel besser als früher. Das wird der gute Einfluss seiner Geliebten sein, dachte sie anerkennend und ließ sich von Christian führen. Diese Frau hat anscheinend einen halbwegs kultivierten Kerl aus ihm gemacht. Als sie an Klara und Timothy vorbeitanzten, traf sich ihr Blick mit dem ihrer Tochter. Klara strahlte, und Anna ahnte, dass es zwei Gründe dafür gab: ihre Liebe zu Timothy und die Tatsache, dass Klara ihre Eltern noch nie zuvor miteinander hatte tanzen sehen …

»Anna?«, flüsterte Christian ganz nah an ihrem Ohr. »Timothy hat gerade bei mir um die Hand unserer Tochter angehalten!«

»Und, was hast du gesagt?«

»Dass er meinen Segen hat, wenn er auf eigenen Füßen steht!« Anna lachte. »Dasselbe habe ich ihm auch gesagt!«

»Ich muss mit dir reden!«, bat er.

»Gleich?«

»Am liebsten ja!«

Anna war gespannt. »Dann lass uns nach draußen gehen«, schlug sie vor.

Arm in Arm verließen sie die Tanzfläche in Richtung Garten. Dort sah Anna Christian fragend an. Schweißperlen rannen ihm über das Gesicht.

»Anna!«, hub er gewichtig an, aber dann schwieg er. Es war unschwer zu erkennen, dass ihm das, was er zu sagen hatte, nicht leichtfiel.

»Anna!«, stöhnte er noch einmal. »Anna, was würdest du sagen, wenn ich aus Dunedin fortzöge? In die deutsche Ansiedlung Sarau bei Nelson?«

Sie war verwirrt. »Aber ich möchte nicht in eine deutsche Ansiedlung. Ich fühle mich wohl zwischen den Schotten und Engländern. Und vor allem in der Stadt. Und du hast deine Arbeit doch hier. Wie stellst du dir das vor?«

»Ich werde dort Arbeit kriegen. Man hat mir angeboten, eine Farm zu übernehmen, und ich ...« Er stockte und schien sichtlich verlegen. »Ich würde auch nicht allein dorthin gehen.«

»Farm? Aber du bist doch kein Farmer! Und was heißt, nicht allein?«

Christian stöhnte auf. »Mach es mir doch nicht so schwer! Ich würde mit Marianne gehen. Sie kommt daher und hat nie wirklich Englisch gelernt. Sie ist vor Jahren in die Stadt geflüchtet und hier auf die schiefe Bahn geraten. Jetzt ist ihr Vater gestorben, und es gibt keine Geschwister. Sie hat eine kleine Farm geerbt. Sie möchte zurück, und ich würde es wagen. Da kennt mich doch keiner, und wir könnten wie Mann und Frau zusammen leben.«

»Und wie sollen wir das Klara erklären?«, fragte Anna zögernd.

»Ich werde sagen, ich habe dort einen guten Posten angenommen. Und wenn unser Kind erst verheiratet ist, werde ich schuldig geschieden, weil ich eine Geliebte in Nelson habe. Und du könntest bei den Kindern leben.«

Habe ich nicht vor wenigen Stunden genau dasselbe zu John

gesagt?, durchfuhr es Anna. Sie war völlig aufgewühlt. Wenn sie Christians Plänen zustimmte, dann wäre sie bald frei und könnte John heiraten. Welch glückliche Fügung! Das war zu schön, um wahr zu sein!

»Ich bin einverstanden!«, erklärte Anna hastig und sah Christian prüfend an. Er wirkte alles andere als glücklich. Im Gegenteil, er schien beinahe enttäuscht darüber, dass sie ihm den Freibrief erteilte, mit seiner Geliebten fortzugehen.

»Bist du dir wirklich sicher?«, hakte er nach.

»Ganz sicher!«, erwiderte sie, fest entschlossen, diese Gelegenheit beim Schopf zu packen. Anna wusste, dass Christian ihr seinen Fortgang nur anbot, weil er unwissend war. Er hatte tatsächlich vergessen, was er in der tragischen Nacht erfahren hatte. Jetzt oder nie!, dachte Anna aufgeregt. »Falls du die Hoffnung hegst, dass ich doch noch wie deine Frau mit dir lebe, werde ich dir die Wahrheit sagen, auch wenn es wehtut: Das wird niemals geschehen. Und deshalb ist es ein guter Plan.«

»Du hast recht!«, stöhnte er zu ihrer großen Erleichterung. »Ich brauche eine Frau an meiner Seite, die mich so nimmt, wie ich bin. Und nicht eine, die mir das Gefühl gibt, dass ich sie anwidere.« Das Selbstmitleid in seiner Stimme war schwerlich zu überhören.

»Christian, vergiss nicht, dass ich gesehen habe, was du Hine angetan hast!«, entgegnete Anna kämpferisch.

»Du hast es doch nur als Vorwand genommen, um dich mir zu entziehen. Ich war dir von Anfang an nicht gut genug«, knurrte Christian.

»Ich glaube, wir sollten die Vergangenheit ruhen lassen und an die Zukunft denken«, schlug Anna nachdrücklich vor. Insgeheim gestand sie sich ein, dass es stimmte. Sie hatte ihn niemals geliebt. Nicht einen einzigen Tag lang. Schon vor der Sache mit Hine!

Dunedin
im Oktober 1881

Für Anna war der Kreis um Mauren Clark zunehmend wichtiger geworden, obwohl Christian kurz nach dem Fest ausgezogen war und sie nun nicht mehr mit einem Säufer unter einem Dach leben musste. Inzwischen wusste sie auch, was Melanies blaues Auge zu bedeuten hatte und dass Philipp immer brutaler auf seine Frau eindrosch. Doch was sollten sie tun?

»Wenn ihr ihn zur Rede stellt, bin ich tot«, warnte Melanie stets, wenn sie wieder mit verfärbtem Gesicht zu einem Treffen erschien.

So wie an diesem Tag. Sogar die Haut über dem Auge war geplatzt, aber sie traute sich nicht, einen Arzt aufzusuchen. Stockend schilderte sie, was ihr widerfahren war: »Er weiß, dass es euch gibt, und er hat mir verboten, mich jemals wieder mit euch zu treffen. Das war nur ein Vorgeschmack.« Dabei deutete sie auf die offene Wunde über ihrem Auge. »Ich werde mich wohl fügen müssen.«

»Aber das kannst du doch nicht machen!«, entfuhr es Gwen.

»Soll sie sich lieber zu Tode prügeln lassen? Sie hat vier Kinder«, widersprach Christina.

»Lasst uns vernünftig überlegen, was wir tun können!«, schlug Mauren vor.

»Du kannst mit den Kindern bei mir wohnen«, bot Anna der Freundin an.

Mitten in die hitzige Diskussion hinein meldete das Dienstmädchen einen Besucher, der sich auf dem Flur laut pöbelnd ankündigte.

»Ich werde ihr zeigen, wer der Herr im Hause ist«, brüllte Philipp McLean, bevor er in den Salon stolperte. Seine Augen waren rot unterlaufen, sein Gesicht aufgedunsen. Er schien puren Whiskey auszuatmen. Wie ein Irrer stürzte er sich auf seine Frau und riss sie am Arm mit sich. Mauren, die sich ihm in den Weg stellen wollte, schubste er grob beiseite.

Seine Frau fest im Würgegriff, musterte er sie feindselig. »Ihr habt ihr das letzte Mal Flausen in den Kopf gesetzt.« Sein Blick blieb an Anna hängen. »Das hätte ich mir doch denken können, dass sie dabei ist. Wisst ihr eigentlich, was sie getan hat. Nein? Sie hat ihren Mann in die Arme einer Hure und aus der Stadt getrieben. Meinen einzigen Freund. Versteht ihr, ihr dummen Weibsbilder? Sie ist der Teufel im Weibergewand.« Mit diesen laut gebrüllten Worten stieß er Melanie vor sich her. »Du wirst dir noch wünschen, dass du mir gehorcht hättest!«

Anna hielt nichts auf ihrem Stuhl. Sie wollte Melanie zu Hilfe eilen, doch deren flehender Blick sagte: Bitte nicht!

Hilflos musste Anna mit ansehen, wie ihre Freundin aus dem Haus in der Lawson Street getrieben wurde.

»Wir müssen etwas unternehmen«, erklärte Mauren Clark entschieden.

»Aber was?«, fragte Anna hilflos.

Am übernächsten Tag stach Anna beim Frühstück eine Schlagzeile der *Otago Daily Times* ins Auge: *Farmersfrau erschlagen!*

Anna wurde übel; ihr Herz raste, und eine innere Kälte breitete sich von Kopf bis Fuß in ihr aus und ließ sie erzittern. Noch hoffte sie, dass es nicht ihre Freundin war, über die da berichtet wurde, aber das Foto von Philipp McLean, das den Bericht bebilderte, ließ keinen Zweifel daran. Anna spürte, wie ihr beim Lesen immer schummriger wurde. Als sie vom Tisch aufstehen wollte, sackten ihr die Beine weg.

Als sie aufwachte, lag sie am Boden und Klara flehte ängstlich: »Mama, bitte, wach auf Bitte!«

Anna schlug die Augen auf und blickte in das aschfahle Gesicht ihrer Tochter.

Als sie wenig später am Tisch vor einem heißen Tee saßen und Klara den Grund für den Zusammenbruch ihrer Mutter erfuhr, rief sie voller Zorn aus: »Es ist nicht richtig, dass wir Mädchen auf diese Schule gehen, nur um den gebildeten Männern bessere Frauen zu sein. Ich würde gern Jura studieren, damit es einmal gerechter zugeht in dieser Welt. Melanies Mann wird nämlich niemals seine gerechte Strafe kriegen, weil wir Frauen in dieser Gesellschaft einfach nicht so viel wert sind wie die Männer.«

»Ich bin sicher, eines Tages werdet ihr Mädchen auch Jura studieren können«, seufzte Anna. Ihr machte im Moment allerdings weniger die gerechte Bestrafung des Mörders Kopfzerbrechen als vielmehr die Tatsache, dass es dort draußen auf der Farm drei mutterlose Jugendliche und einen jungen Mann gab, um die sich womöglich niemand kümmerte.

»Ich fahre zur Farm hinaus. Vielleicht kann ich wenigstens etwas für Melanies Kinder tun«, beschloss Anna. Klara begleitete sie.

Es war eine beschwerliche Fahrt über holprige Wege, bis die Kutsche bei Opoho oben auf einem Hügel mit herrlicher Aussicht über Wiesen und Felder eintraf. Anna bat den Kutscher zu warten und stapfte über einen vom Regen aufgeweichten Pfad zum Farmhaus der McLeans hinüber. Sie klopfte mehrmals, bis die Tür aufgerissen wurde und eine alte, grimmig dreinblickende Frau herausschaute.

»Was wollen Sie?«, schnauzte sie Anna an. »Sind Sie von der Zeitung?« Sie funkelte Anna aus kleinen Augen prüfend an. »Ich kann Ihnen gern die Wahrheit sagen. Mein Philipp ist ein guter Junge, aber dieses Weib hat ihn betrogen. Mit dem Lehrer der Kinder. Ja, so war es, aber er sitzt jetzt im Gefängnis. Das ist doch ein Skandal!«

»Entschuldigen Sie bitte«, unterbrach Anna den gehässigen Wortschwall der Alten und fügte mit fester Stimme hinzu: »Ich bin hier, um McLeans Kinder mit in mein Haus zu nehmen.«

»Mitnehmen? Was fällt Ihnen ein?«

Anna atmete einmal tief durch, bevor sie erklärte: »Ich war Melanies beste Freundin. Und ich habe ihr versprochen, dass ich mich um ihre Kinder kümmere, wenn sie jemals krank werden sollte …« Anna stockte, weil sie einen dicken Kloß im Hals spürte.

Die Alte stierte Anna wutentbrannt an. »Sie sind das also?«, spuckte sie förmlich aus und trat bedrohlich einen Schritt auf Anna zu. »Sie haben Sie also mit diesem Unsinn gefüttert. Dass Frauen wählen sollen und so. Und Ihr eigener Mann ist deshalb weggelaufen, nicht wahr? Aber mein Sohn ist nicht so ein Feigling, dass er sich vor den Weibern fürchtet.«

In diesem Augenblick tauchten hinter ihr die drei Jugendlichen auf. Sie wirkten völlig verstört. Anna lächelte ihnen zu.

»Tante Anna, ich will zu meiner Mutter!«, schluchzte plötzlich die Jüngste und flüchtete sich in Annas Arm. Sie strich dem Mädchen über das Haar, doch schon riss die Alte ihr das Kind weg und murmelte: »Diese Frau werdet ihr nie wiedersehen. Sie ist an allem schuld.« Mit diesen Worten knallte die alte McLean Anna die Tür vor der Nase zu.

Ratlos drehte Anna sich um, und sie entdeckte Paul, Melanies ältesten Sohn, der vor der Scheune stand und offenbar alles genau beobachtet hatte. Anna fasste sich ein Herz. »Hallo, Paul!«, rief sie in seine Richtung.

Der junge Mann mit dem pechschwarzen Haar antwortete nicht, sondern starrte Anna nur finster an. Er mochte um die zwanzig sein, war hochgewachsen und breitschultrig und hatte Melanies schöne Gesichtszüge, nur dass sie bei ihm markant männlich ausgeprägt waren.

»Paul, es tut mir sehr leid!«, sagte Anna sanft, während sie einen Schritt auf ihn zumachte. Er aber hörte nicht auf, sie zu fixieren. Sie erschrak. In seinen Augen war nichts als Eiseskälte und Hass zu lesen. Anna seufzte bei dem Gedanken, wie schwer es wohl für einen jungen Erwachsenen sein musste, zu erfahren, dass der eigene Vater die Mutter erschlagen hat. Er braucht auch einen neuen Halt, dachte sie gerade, als sie etwas Feuchtes im Gesicht spürte. Noch wollte sie nicht glauben, was geschehen war, aber das hämische Grinsen des Jungen verriet ihr, dass sie sich nicht getäuscht hatte: Paul McLean hatte sie angespuckt.

Mit ihrem Handschuh wischte sie sich das Gesicht ab und fragte tonlos: »Warum?«

Paul musterte sie herablassend. »Weil ihr Weiber schuld seid«, spie er förmlich aus. »Ihr Weiber habt meine Mutter verdorben. Und Sie sind nie eine Freundin gewesen, sondern eine Verführerin. Ich weiß, was Sie mit Mutter gemacht haben. Vater hat es mir erzählt. Zu Ihrer Hure haben Sie sie gemacht! Und wenn Sie nicht sofort verschwinden, schlage ich Ihnen den Schädel ein.« Zur Bekräftigung seiner Worte griff er nach einem Spaten, der am Scheunentor lehnte.

Erst, als er damit gefährlich vor ihrem Gesicht herumfuchtelte, drehte sich Anna wortlos um und lief, blind vor Tränen, zurück zur Kutsche.

»Mama, was ist geschehen?«, rief Klara besorgt.

»Nichts, mein Engel«, antwortete sie tonlos.

Anna und die anderen Frauen ließen es sich nicht nehmen, geschlossen zu Melanies Beerdigung zu erscheinen. Philipp saß versteinert zwischen zwei Polizisten direkt vor dem Sarg. Auch seine Mutter vergoss keine Träne. Die Kinder hatte man gar nicht erst mitgebracht. Nur Paul hockte zusammengesunken in der ersten Reihe.

Der Chor begann zu singen. Anna und ihre Freundinnen hielten einander an den Händen und schluchzten hemmungslos vor sich hin. Der Geistliche bemühte sich nach Kräften, das Wort »Mord« zu umschiffen; in blumigen Worten sprach er davon, dass eine »gute Ehefrau und Mutter in eine andere Welt Eingang gefunden« habe.

»Sie ist vom eigenen Ehemann brutal dahingemeuchelt worden. Warum sagt er es nicht?«, zischelte Gwen.

Beim Verlassen der Kirche erblickte Anna Jo O'Donell, den melancholischen irischen Lehrer, der Melanies älteste Tochter gegen den erbitterten Widerstand ihres Mannes unterrichtet hatte. Er sah aus wie der Tod. Anna trat auf ihn zu und raunte: »Lassen Sie uns Melanie im Herzen behalten, damit sie dort weiterleben kann.«

Dem Lehrer standen Tränen in den Augen. »Es ist nicht wahr, was die Leute sagen. Es ist nichts Unschickliches geschehen. Ich habe ihre Hand zum Trost gehalten, als sie mir sagte, dass ihr Mann das begabte Mädchen von der Schule nehmen wolle. Das war alles! Trotzdem bin ich schuldig an ihrem Tod.«

»Unsinn!«, erwiderte Anna scharf. »Schuldig ist eine Gesellschaft, in der Frauen nur die eine Aufgabe haben: ihrem Manne zu gehorchen, gleichgültig, ob der sie wie ihr Eigentum behandelt und im Rausch zu Tode prügelt.«

Anna war selbst ein wenig erschrocken über ihre harten Worte, aber Jo O'Donell nickte nur schwach und stimmte ihr kaum hörbar zu: »Das muss sich ändern. Das ist unmenschlich.«

»Das wird sich ändern!«, erwiderte Anna kämpferisch. Sie beschloss, fortan mit den Damen ihres Kreises alles zu unternehmen, um dieses Unrecht abzuschaffen.

Als Anna noch an demselben Tag die Nachricht von Lucilles Tod erreichte, hatte sie keine Tränen mehr. John teilte ihr in einem Brief mit, dass seine Frau ohne Schmerzen friedlich in seinen Armen eingeschlafen sei. Er betonte, dass Klara ein großer Trost für ihn sei. Sie war gleich nach ihrem Schulabschluss zu ihrem Verlobten nach Wellington gefahren, um ihren achtzehnten Geburtstag mit ihm zu feiern. John kündigte ihre gemeinsame Rückkehr nach Dunedin für Ende November an.

Dunedin
im November 1881

Anna hielt einen Brief ihrer Tochter in der Hand und wusste nicht so recht, was sie davon halten sollte. Sie hatte für heute ihre Rückkehr erwartet und sich sehr darauf gefreut. Und nun diese Enttäuschung! Hatte John ihr deshalb vor ein paar Tagen geschrieben, er werde sie gleich nach seiner Ankunft in der Princes Street aufsuchen? Weil er wusste, dass sie beide allein sein würden? Ihr Herz klopfte bei dem Gedanken. Einerseits sehnte sie sich nach ihm. Andererseits empfand sie eine gewisse Scheu bei der Vorstellung, ihm nach so langer Zeit wieder unter vier Augen zu begegnen. Außerdem macht ihr Klaras Brief Sorgen. Sie hatte sich entschieden, ihrem Vater zusammen mit Timothy einen Überraschungsbesuch abzustatten. Ihrer Tochter war es nicht leichtgefallen, als ihr Vater beruflich nach Sarau hatte gehen müssen. Beruflich? Anna stöhnte auf. Nun würde sie ihren geliebten Vater mit einer anderen Frau in wilder Ehe vorfinden. Vielleicht ist es besser, wenn sie endlich die Wahrheit erfährt. Sie ist alt genug, versuchte sie sich zu trösten.

Hastig legte Anna den Brief beiseite und sah auf die Uhr,

wie schon so oft an diesem Tag. Es war noch lange nicht so weit. Vor acht konnte er nicht hier sein. Und jetzt war es fünf. Anna sah nervös an sich herunter. Was hatte sie da bloß für ein Trauergewand an? Ohne zu zögern, ging sie in ihr Ankleidezimmer und kleidete sich um. Ihre Wahl fiel auf ein offenherzigeres und helleres Kleid. Prüfend betrachtete sie sich in dem Traum aus taubenblauer Seide im Spiegel. Keine Frage. Es kleidete sie wesentlich besser. Frohen Mutes schwang sie die Röcke und suchte Paula in der Küche auf. Die war bereits mit den Vorbereitungen des Lammbratens beschäftigt.

»Sie sind ein Schatz«, entfuhr es Anna lachend.

Paula musterte sie von Kopf bis Fuß. »Und Sie sehen aus, als wollten Sie zu einem Ball.«

»Sie meinen, es ist nicht das Richtige für ein kleines Abendessen?«, fragte Anna erschrocken.

Paula lächelte. »Man könnte es zu einem Fest anziehen, aber auch zu einem Essen mit John McDowell. Sie sehen bezaubernd aus. Behalten Sie es an. Unbedingt!«

Anna strahlte Paula an. »Wissen Sie was? Schon seit dem Sturz damals, als Sie mir das Leben gerettet haben, wollte ich Ihnen sagen, dass ich froh bin, dass Sie, äh, dass du hier bist.«

»Und ich bin glücklich, für dich zu arbeiten.«

Ehe sie sich versahen, umarmten sie sich. Das war der Beginn ihrer lebenslangen Freundschaft.

Die Stunden vergingen zäh. Ab sieben Uhr abends konnte Anna nicht mehr stillsitzen.

Nervös rannte sie im Salon auf und ab. Bei dem Gedanken, John bald in die Arme zu schließen, wurde sie zunehmend aufgeregter. Kurz vor acht spürte sie deutlich, wie es in ihrem Magen kribbelte. Ihre Hände wurden feucht, und sie zwang sich, einen Augenblick lang still zu sitzen, um sich ein wenig zu beruhigen, jedoch vergeblich. Ihr Herz hämmerte wie verrückt. Warum stand er nicht endlich vor ihrer Tür? John pflegte sonst überpünktlich zu sein.

Als er um Viertel nach acht immer noch nicht eingetroffen war, schob Anna es auf eine Verspätung seiner Kutsche. Gegen neun Uhr fing sie an, sich ernsthaft Sorgen zu machen; ihre Unruhe wurde von einer unbestimmten Angst überschattet. Gegen zehn Uhr war sie vollkommen aufgelöst und hielt es nicht mehr aus.

Es war ein warmer Sommerabend, sodass sie nur im Kleid auf die Straße trat und sich zu seinem Haus aufmachte. Wie oft war sie diesen Weg schon zu Fuß gegangen! Auf ihr Klopfen hin öffnete eine junge Frau, die ihr erklärte, sie erwarte Mister McDowell auch schon seit Stunden. Sie sei die neue Haushaltshilfe. Anna bedankte sich für die Auskunft, als Albert McDowell, der immer noch zwei Zimmer in der oberen Etage bewohnte, erschien und das Mädchen in scharfem Ton in die Küche schickte.

Abschätzig musterte er Anna von oben bis unten, während er mit seiner nasalen Stimme zu sprechen begann. »Es ist eine Schande, wie Sie sich in Marys Haus eingeschlichen haben, um ihren Mann zu erobern. Sie sind geschickt, Madame, das muss ich Ihnen lassen. Haben ihn über seinen Sohn an sich gebunden! Und es hat sich doch gelohnt für Sie! Wie ich hörte, haben Sie Ihren Ehemann aus der Stadt gejagt, damit Sie freie Bahn haben. Soll ich Ihnen mal etwas verraten? Da war mir diese dümmliche Lucille noch tausendmal lieber als Sie! Aber gehen Sie nur. Er wird schon auf dem Wege zu Ihnen sein. Ich habe Mary damals gewarnt, als ich Sie das erste Mal in diesem Haus sah. Und wissen Sie, was sie damals sagte? *Anna ist meine Freundin.* Schöne Freundin!« Mit diesen Worten knallte er ihr die Tür vor der Nase zu.

Anna blieb wie betäubt stehen. Dann rannte sie los, denn wo in ihrem Herzen vor Stunden noch reine Freude gewohnt hatte, war nichts als Angst, tiefe, unergründliche Angst. Es ist etwas Schreckliches geschehen, hämmerte es in ihrem Kopf. Ein Unfall? Klopfenden Herzens lief sie durch die ganze Stadt bis zur Poststation. Ihr fiel ein Stein vom Herzen, als sie die Kutsche aus Christchurch unversehrt vor dem Gebäude stehen sah. Es gab bestimmt eine harmlose Erklärung: John hatte die Kutsche verpasst. Entschlossen schob Anna die Zweifel beiseite, die Stimme, die tief in ihr grausam flüsterte: ausgerechnet heute? Das passt doch gar nicht zu John!

Anna schluckte. Sie war den Tränen nahe. Aber was half es? Sie konnte nicht hier herumstehen und sich zum Gespött der Leute machen. Schon wollte sie sich zum Gehen wenden, als sie bemerkte, dass zwei Männer zum Wagen traten und vorsichtig eine Kiste daraus hervorzogen. Ein Sarg! Es war tatsächlich ein einfacher, grob gezimmerter Sarg!

Anna fasste sich an ihr Herz. Ihr Puls raste. Sie wollte nur noch fort. Mit bebender Stimme erkundigte sie sich nach der Ankunft der nächsten Kutsche aus Christchurch.

Die beiden Männer blickten einander fragend an. »Haben Sie einen Reisenden aus Wellington erwartet, der nicht gekommen ist?«, fragte der eine und musterte sie durchdringend.

Anna nickte.

»Warten Sie vielleicht auf einen Mister McDowell?«

Erneut nickte Anna. Sie spürte, wie ihre Knie weich wurden.

»Sind Sie seine Frau?«

»Eine gute Bekannte!« Anna hatte das Gefühl, dass ihre Stimme den Dienst versagt hatte. Böse Ahnungen bedrängten sie. Nein, sie war hysterisch. Das konnte, das durfte nicht sein. Bleib ruhig, Anna!, redete sie sich zu. Es wird alles gut.

»Kommen Sie bitte einen Moment ins Stationsgebäude. Wir

haben eine Nachricht für Sie!«, bat der eine, aber Anna rührte sich nicht. Wie versteinert starrte sie auf den Sarg.

»Wo ist Mister McDowell?«, schluchzte sie.

Die Antwort war ein verlegenes Schweigen, bis einer der Männer sich räusperte. »Man wollte ihn wecken, als die Kutsche angekommen war. Er sah aus, als ob er schliefe. Der Tod muss ihn im Schlaf überrascht haben, aber wenn es Sie tröstet, er hatte ein seliges Lächeln auf den Lippen!«

Die Räder der Kutsche waren das Letzte, was Anna sah, bevor Dunkelheit sie umfing.

Dunedin
30. Dezember 2007

Sophie wusste nicht, wie lange sie schon regungslos mit dem Manuskript auf ihrem Bauch dagelegen hatte, als sie Jan schlecht gelaunt »Morgen!« brummeln hörte.

Mechanisch erwiderte sie seine muffige Begrüßung, aber ihre Gedanken wanderten zu Anna und John. Ob sie seinen plötzlichen Tod je verwinden würde?

»Lass uns frühstücken.« Jan klang ungehalten.

Sophie zuckte unmerklich zusammen. Sie fühlte sich ertappt. Sie war in die Vergangenheit abgetaucht und hatte seine Gegenwart völlig vergessen. Das konnte Jan auf den Tod nicht leiden. Sie hatte Mühe, sich von dem Gestern loszureißen, aber mit einem eindringlichen Blick auf Jan kam sie mental wieder in diesem Hotelzimmer und an diesem Neujahrstag an.

Er passt so gar nicht hierher, dachte sie, als sie ihn auf der Bettkante sitzen sah, ungeduldig, geschäftig, schon am Morgen wie aus dem Ei gepellt. Die Erkenntnis traf sie wie ein Blitz. Sie hatte den Gedanken noch gar nicht zu Ende gedacht, als sie sich leise sagen hörte: »Jan. Ich komme nicht mit zurück. Ich bleibe hier!«

Er maß sie mit einem Blick, der ihr signalisierte, dass er sie für gestört hielt.

»Und das alles wegen einer unbedeutenden Affäre? Gut, ich verspreche dir, ich werfe die Kleine raus und werde sie niemals wiedersehen. Zufrieden?«

Sophie stöhnte. »Es ist nicht wegen Sandra Berg. Ich muss hierbleiben, bis ich das da ganz durchgelesen habe.« Damit zeigte sie auf das Manuskript.

»Ich verstehe das nicht. Was hat das Geschreibsel damit zu tun?«

»Es ist die Geschichte meiner Familie!« Sophie hoffte, Jan würde es nun gut sein lassen, aber da hatte sie sich getäuscht.

»Ja und? Wenn du die unbedingt lesen musst, dann nimm sie doch in Gottes Namen mit nach Hause.«

»Emmas Familie hat hier in dieser Stadt gelebt, in diesem Land, auf diesem Kontinent!«

»Moment mal, sagtest du nicht immer, sie stammt von dieser Hamburger Kaufmannsfamilie Wortemann ab?«

Sophie schluckte trocken. »Das stimmt, aber meine Ururgroßmutter, eine geborene Wortemann, und ihr Mann sind wohl nach Neuseeland ausgewandert.«

Jan stöhnte genervt auf. »Und wegen deiner Urur- oder Sonstwasgroßmutter meinst du, hier am Ende der Welt bleiben zu müssen, damit du das Kiwi-Land besser verstehst, oder was?«

»Nein!«, erwiderte Sophie mit klarer Stimme. »Mich. Damit ich mich besser verstehe und die Rastlosigkeit, die mich schon mein ganzes Leben lang umtreibt. Und die unbestimmte Angst, die tief in mir wohnt und die ich all die Jahre erfolgreich verdrängt habe.« Den letzten Satz hatte sie kaum hörbar geflüstert.

Jan hatte ihn dennoch verstanden. »Nun werde mal nicht albern!«, entgegnete er herablassend. »Du und Angst? Dass ich nicht lache! Du bist der vernünftigste Mensch, den ich kenne. Hör zu, der Tod deiner Mutter hat dich ein wenig aus der Bahn geworfen, und wenn du das für deine überreizten Nerven brauchst, gehst du eben ein paar Stunden zu meinem alten Freund Martin. Er ist ein hervorragender Therapeut und schuldet mir noch einen Gefallen.«

Sophie sah ihren Verlobten mit großen Augen an. »Ich bin nicht verrückt geworden, falls du das glaubst; ich spüre nur, dass ich unbedingt noch in diesem Land bleiben muss – bis sich alle Geheimnisse gelüftet haben.«

Jan zog sich nun energisch sein Jackett an. »Ich für meinen Teil frühstücke erst einmal, und du kannst inzwischen ja darüber nachdenken, was da in deinem Hirn so alles schiefläuft. Wenn du schon nicht meinetwegen zurückkommst, dann tue es wenigstens für deinen Job.«

Das traf Sophie eiskalt. Daran hatte sie noch gar nicht gedacht.

»Überleg es dir gut!«, drohte Jan und eilte aus dem Zimmer, nicht ohne die Tür hinter sich zuzuknallen.

Sophie blieb einfach liegen. Sie war mit einem Mal ganz ruhig, denn ihre Entscheidung war gefallen: Ich bleibe, bis ich weiß, dass ich wirklich gehen kann, dachte sie. Morgen werde ich den Direktor informieren, dass ich nach dem plötzlichen Tod meiner Mutter Sonderurlaub benötige.

Ohne zu duschen, zog Sophie sich an, bürstete flüchtig ihr Haar und folgte Jan in den Frühstücksraum. Er hatte eine *Otago Daily Times* vor der Nase und schien tief in die Lektüre versunken zu sein.

Ganz leise setzte sich Sophie ihm gegenüber hin und trank einen Kaffee. Erst nach einer Weile bemerkte er, dass sie am Tisch saß. Er ließ die Zeitung sinken und fragte fordernd: »Und? Wie hast du dich entschieden? Willst du wieder mein vernünftiges Mädchen sein? Und wie siehst du überhaupt aus? Dieses Kleid und die Haare ungekämmt?« Dabei kniff er die Augen zu schmalen Schlitzen zusammen.

»Ich bleibe!«

»Gut, dann habe ich hier nichts mehr zu suchen!«, zischte er wütend, sprang auf und ließ sie allein.

Als Sophie wenig später die Zimmertür öffnete, traute sie ihren Augen nicht. Jan saß im Sessel am Fenster und war in Emmas Aufzeichnungen vertieft. Mit einem Satz eilte sie zu ihm und riss sie ihm aus der Hand.

»Wer ist Thomas Holden?«, fragte er ohne Umschweife.

»Emmas zweiter Erbe ihrer zwei Millionen Dollar!«, sagte Sophie tonlos.

»Zwei Millionen Dollar?«

»Cirka eins Komma drei Millionen Euro«, erklärte Sophie, als sie seine großen Augen bemerkte.

»Und was kriegt dieser Holden davon?«

»Die Hälfte!«

»Mit welcher Berechtigung?«, fragte Jan, plötzlich ganz Anwalt.

»Keine Ahnung. Ich weiß weder, wer er ist noch, noch, wo er sich aufhält. Ich habe aber bereits einen Detektiv beauftragt.«

»Sehr gut, Kleines, wir brauchen nämlich eine ladungsfähige Adresse von diesem Kerl. Ich denke, ich sollte den Fall noch heute mit meinem neuseeländischen Kollegen besprechen, aber ich sehe da kein Problem. Die Chancen stehen gut.«

»Wovon sprichst du?«

»Du musst das Testament natürlich anfechten und auf das gesamte Erbe klagen«, sagte Jan in einem Ton, als wäre sie eine begriffsstutzige Mandantin.

»Aber ich will doch gar nicht klagen«, stammelte Sophie. »Ich glaube, dass er der Schlüssel zu Emmas Geheimnis ist.«

Jan lachte hämisch auf. »So kann man das auch sagen. Du willst doch nicht wie ein Opferlamm zusehen, wie Emmas Lover – denn was sonst sollte der Kerl schon sein? – die Hälfte deines Vermögens einstreicht? Woher hat sie überhaupt so viel Geld?«

Sophie wollte ihm zunächst widersprechen, aber sie sah ein, dass es keinen Zweck hatte. Jan würde niemals verstehen, worum es ihr ging. Dass es ihr völlig fern lag, diesen Thomas Holden – wer immer er sein mochte – als miesen Erbschleicher zu entlarven, sondern lediglich begreifen wollte, was ihre Mutter ihr mitzuteilen versuchte.

Jan schien nicht im Entferntesten zu bemerken, dass Sophie seine Gedanken nicht teilte. Im Gegenteil. Er steigerte sich geradezu in diese vermeintliche Erbschaftsstreitigkeit hinein, was in dem Satz gipfelte: »So, nun gib mir mal die Nummer des Kollegen. Ich hoffe, er arbeitet heute, damit wir das Ding ins Rollen bringen.« Mit diesen Worten zückte er einen Stift, um sich Johns Nummer zu notieren, aber Sophie sagte nur lakonisch: »Nein!«

»Was heißt hier nein?«, fragte er verblüfft.

»Es wird keine Erbschaftsstreitigkeit geben. Emma hat es so gewollt, und das respektiere ich! Ich will nur eines: herausfinden, was er mit meinem Leben zu tun hat!«

Jan stieß ein hässliches Lachen aus. »Mit deinem bestimmt nichts. Begreife doch endlich: Sie hat einen hergelaufenen Lover zum Erben gemacht! Das ist ein Skandal. Wo hast du bloß deinen so viel gerühmten scharfen Verstand gelassen? Ihre

Reise nach Neuseeland, diese Geheimniskrämerei, da steckt ein Kerl dahinter. Was denn sonst?«

»Ich weiß nicht, wer Thomas Holden ist, aber Emmas Lover ist er mit Sicherheit nicht«, erwiderte Sophie in scharfem Ton.

»Ach, mach doch, was du willst!«, schimpfte Jan.

In diesem Augenblick klingelte Sophies Handy. Ehe sie sich versah, hatte Jan es sich gegriffen, um den Anrufer zu identifizieren. Er pfiff durch die Zähne und rief mit ironischem Unterton aus: »Oho, beruflich. Der Herr Anwalt!« Dann veränderte sich sein Gesichtsausdruck blitzschnell, und wieder kniff er seine Augen zu Schlitzen zusammen.

»So ist das also. Du hast schon einen Anwalt!« Mit diesen Worten trat er bedrohlich auf sie zu. »Und, hast du bereits mit ihm gevögelt?«

Sophie erwiderte eiskalt: »Nein, noch nicht, aber ich hätte es vielleicht getan, wenn du nicht vor der Tür gestanden hättest.«

Wie zwei Kampfhunde standen sie sich nun gegenüber, bis Jan befahl: »Nun ist es aber genug. Pack deine Sachen! Wir fahren sofort zum Flugplatz und übernachten in Auckland. Ich will weg von hier!«

Sophie rührte sich jedoch nicht vom Fleck. Sie suchte seinen Blick und sagte fest: »Jan, ich bleibe hier, bis alles erledigt ist. Und nun geh endlich!«

Ehe sie sich versah, spürte sie einen brennenden Schmerz auf der Wange.

Unmittelbar darauf jammerte Jan: »Nein, tut mir leid, das habe ich nicht gewollt, aber ich kann doch nicht zulassen, dass du bei einem anderen bleibst.« Das Jammern ging in ein leises Schluchzen über. »Du musst mitkommen. Du musst! Sonst ist es aus und vorbei. Du hast die Wahl: Du kommst jetzt mit, oder die Hochzeit wird abgesagt! Komm mit, Sophie, bitte!«

Jan bedeckte ihr Gesicht über und über mit Küssen, aber sie

rührte sich nicht vom Fleck. Sie war wie gelähmt. Verzweifelt fragte sie sich, wann er wohl endlich die Tür hinter sich zumachen und sie allein lassen würde. Wie von Ferne hörte sie ihn flehen und drohen: »Überleg es dir gut! Wenn du jetzt nicht mitkommst, ist es für immer aus! Du wirst es noch bitter bereuen!«

Sophie aber sagte nur »Adieu!«, bevor sie wieder in einen Zustand völliger Entrücktheit verfiel.

Sie spürte, wie sie am ganzen Körper zu frieren begann, als ihr Handy erneut klingelte. Es war John, der wissen wollte, ob alles in Ordnung sei und sie nicht morgen zusammen mit ihrem Verlobten zu seiner Silvesterparty draußen am Strand kommen wolle. Sophie lehnte das höflich ab. Ihr war jetzt nicht nach Gesellschaft zumute. Kurz angebunden verabschiedete sie sich von ihm und wünschte ihm einen guten Rutsch ins neue Jahr.

Sophie verbrachte den halben Tag dösend im Zimmer. Mehrmals griff sie nach dem Manuskript, aber sie war nicht in der Stimmung, weiterzulesen. Sie musste erst einmal begreifen, dass ihre vormals sicher scheinende Zukunft nur noch ein Scherbenhaufen war. Jetzt war sie wirklich allein auf der Welt. Allein mit einer verfluchten Vergangenheit und einem Geheimnis, dem sie noch nicht einen Schritt näher gekommen war. Und das Allerschlimmste daran war, dass sie trotz ihrer Verzweiflung zugleich ein Gefühl der Erleichterung empfand. Sophie fragte sich, ob Emma wohl geahnt hatte, dass das Leben ihrer Tochter derart ins Wanken geraten würde. Vielleicht hat sie es sogar beabsichtigt, durchfuhr es sie eiskalt. Emma hat nie viel von Jan gehalten.

»Er ist ein fleißiger junger Mann«, hatte Emma einmal gesagt, »aber kannst du mit ihm fliegen?«

Sophie erinnerte sich noch genau, dass sie ihrer Mutter geantwortet hatte: »Ich suche keinen Mann zum Fliegen, sondern zum Leben!«

»Das eine sollte das andere niemals ausschließen, mein liebes Kind!«, hatte Emma erwidert.

Dunedin
im Februar 1889

Es gab keinen einzigen Tag, an dem Anna John nicht vermisste. Selbst in diesem Augenblick nicht, als sie an Klaras Bett saß und ihre friedlich schlafende Tochter betrachtete. Sanft strich Anna ihr über das blasse Gesicht. Seit Klara im dritten Monat ihrer Schwangerschaft Blutungen bekommen hatte, musste sie strenge Bettruhe einhalten, wenn sie ein gesundes Kind zur Welt bringen wollte. Ach, John, dachte Anna, es wäre unser gemeinsames Enkelkind!

Die Freude war groß gewesen, als sich endlich Nachwuchs angekündigt hatte. Fünf Jahre waren Timothy und Klara bereits verheiratet gewesen, und sie hatten den Wunsch auf ein Kind beinahe aufgegeben.

Anna hatte den Eindruck, als habe Timothy viel mehr unter der Kinderlosigkeit gelitten. Klara schien das weniger auszumachen. Sie ging voll darin auf, Timothy in der Kanzlei eine unverzichtbare Stütze zu sein. Sie hatte zwar selber nicht studieren dürfen, aber sie hatte sich aus eigener Energie so viel Fachwissen erarbeitet, dass sie Timothy eine gleichwertige Partnerin war. Timothys Onkel Albert hatte anfangs gegen »den Weiberrock in der Kanzlei« gewettert, aber Klara hatte sich durch den grimmigen alten Mann nicht von ihrem Plan abbringen lassen, es auch ohne Studium zu einer wahren Meisterin der Rechtswissenschaft zu bringen.

Seit sie tatenlos im Bett lag, wurde sie von Tag zu Tag unleidlicher. Deshalb war Anna froh, dass Klara im Schlaf ein wenig Ruhe fand, doch sie hatte sich zu früh gefreut. Ihre Tochter schlug die Augen auf und blickte sie unzufrieden an.

»Was kann ich für dich tun, mein Kind?«, fragte Anna.

»Warum hat er mir bloß keine Fälle aus der Kanzlei mitgebracht, wie ich es ihm aufgetragen hatte?«, beschwerte sie sich.

»Weil du dich schonen sollst«, entgegnete Anna streng.

Klara rollte mit den Augen. »Kannst du nicht wenigstens die Frauen einladen? Dann können wir an meinem Bett über die letzte Rede von Kate Sheppard sprechen.«

»Klara, sei vernünftig!«, erwiderte Anna sanft, obgleich sie insgeheim befürchtete, dass der Elan ihrer Tochter nicht so leicht zu bremsen war. Seit Anna und ihre Freundinnen sich der WCTU, der *Woman's Christian Temperance Union,* angeschlossen hatten, war auch Klara eine von ihnen geworden. Sie schwärmte geradezu von der Anführerin Kate Sheppard und war der Meinung, über das Frauenwahlrecht sei genug geredet worden. Nun müssten Taten folgen.

Trotzig schob Klara die Unterlippe vor. Anna überlegte. Da ihre Tochter nun ohnehin schon schlechte Laune hatte, sollte sie vielleicht endlich etwas ansprechen, was ihr auf dein Herzen lag, seit Klara schwanger war.

»Wollen wir nicht doch deinen Vater benachrichtigen?«, fragte sie zaghaft.

Klaras Augen verengten sich zu Schlitzen. »Ich habe keinen Vater mehr. Hast du das schon vergessen?«

So leicht wollte Anna jedoch nicht aufgeben. »Ich denke nur, er sollte vielleicht wissen, dass du ein Kind erwartest.«

»Fang nicht schon wieder damit an! Du hast uns damit schon vor der Hochzeit in den Ohren gelegen. Und ich sage: Nein! Und du weißt genau, warum. Was meinst du, wie ich mich damals gefühlt habe, als wir ihn in Sarau überrascht haben? Er mit einer fremden deutschen Frau unter einem Dach. Und getrunken hat er. Diese Frau herumgeschubst hat er. Du hast niemals darüber sprechen wollen, aber ich bin sicher, er hat dich auch geschlagen. Ich kämpfe doch nicht mit euch gegen die Gewalt der rohen, betrunkenen Kerle und heiße meinen Vater, den Säufer, willkommen. Mutter, gib es endlich zu: Er hat dich misshandelt, nicht?«

Anna atmete einmal tief durch. »Verzeih, dass ich es angesprochen habe. Ich akzeptiere deine Haltung.«

»Und hast du vergessen, dass er dir seit Jahren keinen Cent mehr zukommen lässt? Dass wir von Johns Erbe und Timothys Einkünften leben?«

Anna wandte den Blick ab. Der harte Zug um den Mund ihrer Tochter missfiel ihr. Dabei hatte sie ja recht. Wieder schweiften ihre Gedanken zu John ab. Wehmütig stellte sie sich vor, wie er ihr in dieser Situation beistehen würde. Wenn uns vergönnt gewesen wäre, zusammen alt zu werden, hätte ich auf einer Scheidung von Christian bestanden. Nun aber waren sie nach dem Gesetz immer noch ein Ehepaar.

Anna schreckte aus ihren Gedanken auf, als sie hinter sich leise Schritte vernahm. Es war Timothy, der aus der Kanzlei kam und als Erstes nach seiner Frau sah. Anna hatte stets das Gefühl, ihm mitten ins Herz zu blicken, wenn sie ihn dabei beobachtete, wie er Klara anschaute.

»Soll Paula dir etwas Warmes zu essen zubereiten?«, fragte Anna ihren Schwiegersohn mit der Fürsorge einer Mutter.

»Nein, danke, ich bleibe hier bei Klara. Vielleicht kannst du Paula bitten, uns eine Kleinigkeit zu bringen, die wir am Bett zu uns nehmen können?« Mit diesen Worten streckte er seine Hand nach seiner Frau aus und fuhr ihr sanft durch das verschwitzte Haar.

»Mein Herz!«, murmelte er. »Mein armes Herz.«

Anna erhob sich, um die beiden ein wenig allein zu lassen. Im Hinausgehen hörte sie Klara anklagend seufzen: »Du bist schon wieder viel zu früh zu Hause. Denk doch an die Menschen, die auf dich setzen! Die brauchen dich und keinen Anwalt, der sich ans Bett seiner Frau flüchtet.«

Anna drehte sich der Magen um, weil sie nun erleben musste, wie dieser gestandene, beruflich überaus erfolgreiche junge Mann Klara wie ein geprügelter Hund ansah. Mit gerunzelter Stirn verließ sie das Schlafzimmer. Manchmal konnte sie Klara nicht verstehen.

Was Anna jedoch mehr Sorge bereitete als Klaras ruppige Art, war ihre körperliche Konstitution. Sie war auch als Erwachsene noch sehr zart. Das Äußere täuscht, und außerdem dauert es bis zur Entbindung nicht mehr lange, redete Anna sich ein, um sich zu beruhigen. Der Arzt hatte errechnet, dass es in der nächsten Woche endlich losgehen würde. Ein Februarkind wie ich, dachte Anna. Es erfüllte sie mit Stolz. bald ein Enkelkind im Arm halten zu dürfen. Wie hatte Klara gesagt? Wenn es ein Junge wird, soll er John heißen. Nach Timothys Vater. Ein Mädchen sollte nach ihrem Idol Katherine Sheppard heißen. Kate!

Je näher der Entbindungstermin rückte, desto weniger traute sich Anna, das Haus zu verlassen. Doch nun wollte sie auf Klaras erklärten Wunsch frisches Obst besorgen. Es grenzte für Anna immer wieder an ein Wunder, was für köstliche und frische Früchte es an diesem Ende der Welt gab. Gar kein Vergleich zu denen, die man in Hamburg kannte.

Begierig atmete Anna die frische Brise ein, die an diesem sonnigen Sommertag vom Meer herüberwehte. Salzig und würzig. Balsam für ihre Lungen. Über ihr in der Luft kreisten riesige Möwen. In den Vorgärten der Häuser blühte es bunt und üppig.

Beschwingt schlug Anna den Weg zur George Street ein. Ihre Gedanken schweiften in die Zukunft. Sie stellte sich vor, wie sie in diesem Jahr endlich wieder Weihnachten feiern würden. So festlich, wie sie es früher stets getan hatten. Mit dem Kind würde es wieder echte Freude bereiten. Und dann Klaras sechsundzwanzigster Geburtstag. Auch den würden sie fröhlich begehen. Ein Kind, ja, dieses Kind würde alles wieder zum Leben erwecken. John würde es von ihnen erwarten, dass sie das Kind in Freude statt im Schatten des Todes aufwachsen ließen. Anna wischte sich verstohlen eine Träne aus dem Augenwinkel und überlegte, ob sie die Straßenbahn nehmen sollte, aber den Gedanken verwarf sie gleich wieder. Dieses Monstrum, das seit ein paar Jahren zischend durch die Straßen glitt, war ihr ganz und gar nicht geheuer.

Am Octagon legte sie eine kleine Pause ein und betrachtete gedankenverloren die Statue, die erst zwei Jahre zuvor mit großem Tamtam eingeweiht worden war. Sie war zu Ehren des Dichters Robert Burns dort aufgestellt worden, dessen Gedichte und Lieder Anna sehr liebte. Ihr fiel sofort *Auld lang syne* ein, das schottische Neujahrslied, bei dem man der Toten des vergangenen Jahres gedachte und das John jeden ersten Januar voller Inbrunst geschmettert hatte. Anna fing ganz leise zu singen an. »*Should auld acquaintance be forgot…*«

Sie stockte, als sie einen alten, zerlumpten Mann bemerkte, der am Fuß der Statue auf dem Boden kauerte. Mit leerem Blick starrte er ins Nichts. Nach einer Schrecksekunde wandte Anna sich hastig ab. Christian war kaum wiederzuerkennen.

Sein Gesicht war schwer vom Alkohol gezeichnet. Sie trat hastig einen Schritt zurück hinter die Statue. In ihr arbeitete es fieberhaft. Was sollte sie tun? Ihm ihre helfende Hand reichen und ihn mit nach Hause nehmen? Oder ihn seinem Elend überlassen? Sie schwankte, aber dann dachte sie an Klara und dass sie ihr das nicht zumuten dürfe. Wie hatte sie doch gesagt? Ich habe keinen Vater mehr! Annas Herz klopfte bis zum Halse. Aber was will ich?, fragte sie sich. Möchte ich mit ihm bis ans Ende meiner Tage unter einem Dach leben? Habe ich ihm wirklich alles verziehen? Vor ihrem inneren Auge sah sie nun in schnellem Wechsel seinen glänzenden Stiefel im Mondschein, Hines weißen Bauch, dann sich selber vor Angst schlotternd, die Treppe, die Tiefe, den Fall …

Ohne sich noch einmal umzudrehen, lief Anna nach Hause zurück. Sie bat Paula mit bebender Stimme, das Obst zu besorgen.

Die treue Haushälterin sah Anna prüfend an. »Was ist geschehen?«, fragte sie.

Anna holte tief Luft, bevor sie leise erwiderte. »Ich habe am Octagon meinen Mann gesehen. Wenn er es wirklich war, wird es nicht mehr lange dauern, bis der Alkohol ihn dahinrafft.«

»Wird er uns aufsuchen?«, fragte Paula zögernd.

»Ich hoffe nicht!« Anna schämte sich beinahe für ihre Herzlosigkeit.

In diesem Augenblick drang ein gellender Schrei aus dem Schlafzimmer. Anna hetzte die Treppen hinauf. Klara stand vor ihrem Bett und stierte entsetzt auf das Wasser, das in einem Schwall aus ihrem Körper floss.

»Es ist nicht schlimm!«, versuchte Anna ihre Tochter zu beruhigen, aber es nützte nichts.

Klara war völlig außer sich und schrie: »Was ist das? Was ist das?«

»Paula, hol die Hebamme. Es geht los!«, brüllte Anna nach unten und half ihrer Tochter, sich wieder hinzulegen. Klara wand sich vor Schmerz. Anna stand mit einem Mal das ganze Szenario von Marys Tod vor Augen. Ob dieses Kind auch verkehrt herum lag?, fragte sie sich voller Panik, während sie ihrer Tochter den Schweiß von der Stirn tupfte.

Endlich kam Agatha, die Tochter der alten Ginsbury, herbeigeeilt. An ihrem Blick, als sie Klara untersuchte, war unschwer zu erkennen, dass es Komplikationen gab.

»Liegt es verkehrt herum?«, raunte Anna ihr zu.

Die Hebamme nickte unmerklich, bevor sie fieberhaft versuchte, das Ungeborene im Mutterleib zu drehen.

Klara schrie vor Schmerz, setzte sich jedoch energisch auf und brüllte: »Retten Sie das Kind. Bitte!«

Agatha Ginsbury wurde bleich. Sie wusste, was Klara da von ihr verlangte. Einen Schnitt. Ein paarmal hatte sich die Hebamme bereits an dieser neuen Methode versucht mit dem Ergebnis, dass ihr dabei einige der jungen Frauen unter den Händen weggestorben waren.

»Tun Sie es!«, befahl Klara, bevor sie einen weiteren Schrei ausstieß, der Anna bis ins Mark erzittern ließ.

Anna wusste, was sie zu tun hatte. Heißes Wasser und Tücher bereithalten, Stirn abtupfen. Anna agierte wie in Trance. Doch die Hebamme schaute sie unentschlossen an.

»Tun Sie, was meine Tochter sagt!«, befahl sie ihr.

»Aber die Gefahr, dass sie stirbt, ist groß!«, flüsterte die Hebamme.

»Und wenn Sie es nicht tun?«

»Dann sterben beide!«

Anna wusste, dass sie gewonnen hatte. Die Hebamme atmete tief durch und machte ihr Werkzeug für einen Kaiserschnitt bereit.

In diesem Augenblick schrie Klara laut auf; ihr Kopf sackte leblos zur Seite.

Die Hebamme hielt inne, aber Anna flehte: »Machen Sie endlich, was meine Tochter verlangt!«

Klara lag mit weit aufgerissenen Augen leblos da. Anna erlaubte sich keine Regung. Weder den Schmerz noch die Verzweiflung, noch das Aufbegehren gegen den Tod, der längst zwischen ihnen weilte; sie hielt sich fest an Klaras eisernem Willen. Das Kind sollte leben!

Agatha machte einen sauberen Schnitt in Klaras Unterleib. Anna strich Klara derweilen über die Stirn. Der Schweiß war kalt. Ihre Tochter rührte sich nicht mehr. Anna suchte Klaras Puls. Vergeblich. Das Herz ihrer Tochter hatte aufgehört zu schlagen. Wenigstens wird sie nicht verbluten, schoss es Anna durch den Kopf, während sie die Zähne fest zusammenbiss, um nicht zu weinen.

»Ich schaffe es nicht. Verdammt. Ich schaffe es nicht!«, jammerte die Hebamme. Doch was war das?

Der durchdringende Schrei eines Neugeborenen!

Anna stand zögernd auf. Ihre Knie wackelten. Alles war voller Blut, doch das kleine Wesen lebte. Es schrie noch immer.

Anna war der Ohnmacht nahe, als die Hebamme ihr das kleine Wesen in den Arm drückte. Es ist so schwer, dachte sie, bestimmt ein Junge! Dann erkannte sie, dass es ein Mädchen war. Kate, die große, kräftige Kate! Tränen des Glücks und der Trauer rannen Anna über das Gesicht, als sie sich erschöpft auf die Bettkante fallen ließ. Meine geliebte Klara! Dich habe ich verloren, aber du hast mir eine Enkeltochter geschenkt! Und von diesem Moment an wusste Anna, dass sie dieses Kind immer lieben und wie ihren Augapfel hüten würde, obwohl ihre Tochter gestorben war, damit es leben durfte.

Behutsam stand Anna auf; sie musste Kate baden und in

warme Tücher wickeln. Da stürmte Timothy ins Zimmer. Fassungslos warf er sich über seine Frau. »Ich kann nicht ohne dich leben, Klara!«, schluchzte er erstickt. »Hörst du mich, mein Liebling! Du darfst mich nicht allein lassen!«

Anna entfernte sich still.

Erst Stunden später, als Kate endlich in Klaras alter Wiege schlief, kehrte Anna in das Schlafzimmer zurück. Klara lag immer noch da. Anna küsste sie wieder und wieder auf die Wangen. Tief in ihrem Herzen begriff sie noch nicht, dass ihre Tochter sie für immer verlassen hatte. Da hörte sie das Baby lauthals schreien. Sie eilte von Klaras Totenbett fort, um das Kind zu holen.

Mit dem Säugling im Arm betrachtete Anna die Tote. Sie fühlte sich wie in einem bösen Traum, den man nicht anhalten konnte, in dem man aber die winzige Hoffnung hegte, rechtzeitig aufzuwachen. Nachdem das Baby in ihrem Arm wieder eingeschlafen war, brachte Anna es zurück in Klaras Wiege. Dann ließ sie sich erschöpft auf ihr Bett fallen und döste ein.

Sie schreckte hoch, als Paulas markerschütternder Schrei durch das ganze Haus schallte. Dann stand Paula auch schon in Annas Tür – bleich wie eine Tote.

Wortlos nahm Paula Anna bei der Hand. Am ganzen Körper zitternd, führte sie Anna in den Salon.

Annas Bewusstsein weigerte sich, das grausame Bild, das sich ihnen dort bot, aufzunehmen. An einem Seil vom Kronleuchter baumelte Timothys lebloser Körper. Ein Fenster war geöffnet. Ein Windstoß fegte hinein, der mit dem Toten spielte. Timothy McDowell, Klaras treu ergebener Freund und Ehemann, den ich geliebt habe wie meinen Sohn, das waren die Gedanken, die Anna bei diesem gespenstischen Anblick durch den Kopf gingen. Warum hat der Leuchter nicht unter dem Gewicht des Jungen nachgegeben? Woher hatte er die Leiter? Wie soll ich das bloß Klara beibringen? Und, John, was wird John erst dazu sagen? Dann begann sich alles um sie herum zu drehen, Blitze leuchteten auf, und sie sank zu Boden.

Als Anna aufwachte, sah sie als Erstes das besorgte Gesicht von Doktor Warren. Was war geschehen? Sie erinnerte sich nur noch an Klara und ihre mörderischen Schreie.

Sie wollte sich aufsetzen, aber Paula hielt sie davon ab. Der Anblick ihrer von Tränen geröteten Augen weckte eine grauenvolle Erinnerung, die Anna schmerzte.

»Warum hat er das getan?«, murmelte sie. »Warum?«

Der Arzt reichte ihr wortlos einen Brief. Es waren nur wenige Zeilen, aber die las Anna immer und immer wieder, bis ihre Augen vor Tränen blind waren. Doch da hatte sich bereits jedes Wort in ihr Herz eingebrannt.

Tante Anna,
bitte verzeih mir, ich weiß, dass ich eine Sünde begehe, aber ich kann ohne Klara nicht leben. Sie war mein Leben. Bitte sorge für unser Kind! Du sollst mein ganzes Geld haben. Ich weiß nicht, ob es ein Junge oder ein Mädchen ist. Wenn ich es auch nur ein einziges Mal angesehen hätte, wäre ich unfähig gewesen, das zu tun.

Ich danke dir.
Timothy

»Wir werden sie gemeinsam begraben!«, sagte Anna tonlos und verfiel in ein langes Schweigen. In ihrem Inneren tobte ein Vulkan. Sie sah plötzlich alles vor sich, als wäre es gestern gewesen. Die martialisch wirkenden Männer mit ihren Tätowierungen, der Tritt des im Mondschein glänzenden Stiefels, die zeternde Hine. Der Fluch! Der verdammte Fluch, der mich meiner Kinder beraubt hat. Bei diesem Gedanken warf Anna die Arme in die Luft und schrie mit angstverzerrter Stimme: »Wo ist das Kind? Wo ist das Kind?«

Paula blickte sie erschrocken an und wollte ihr erklären, dass das Baby neben ihr in der Wiege schlafe, aber Anna hörte nicht auf zu schreien. »Kate wird sie nicht bekommen. Niemals!« Dabei funkelte sie Paula und den alten Arzt mit wirrem Blick an.

»Wer wird Kate nicht bekommen?«, fragte Paula ängstlich, aber da hatte Anna bereits die Hände zum Gebet gefaltet und den Blick zur Decke erhoben. »Wenn es dich da oben wirklich gibt, dann beschütze das Kind. Hörst du? Dann lasse es nicht zu, dass der Fluch mir auch dieses Wesen nimmt! Brich den Fluch der Maorifrau! Brich ihn!«

Der alte Doktor Warren und Paula sahen dem Ganzen fassungslos zu. Schließlich griff der Arzt in seine Tasche und holte eine Spritze hervor. Anna wiederholte ihr Gebet. Doktor Warren nahm vorsichtig ihren Arm. »Sie werden Kate nicht bekommen! Sie nicht!«, murmelte Anna.

Sie schien nicht einmal zu bemerken, dass der Doktor ihr eine Injektion gab. Die Augen immer noch starr zur Decke gerichtet, wiederholte sie in einem fort: »Ich bin schuld. Ich habe nicht an den Fluch geglaubt. Ich bin schuld! Die Maorifrau ist stärker als ich!«, bis ihre Stimme immer schwächer wurde. Endlich fielen ihr die Augen zu, und sie dämmerte hinüber in einen traumlosen Schlaf.

Paula wachte die ganze Nacht an ihrem Bett. Immer wieder fragte sie sich, was bloß in Anna gefahren war. Ein Fluch? Was für ein Fluch? Doch dann fiel ihr ein, was Klara ihr einst anvertraut hatte. Dass sie einer unheimlichen dunkelhäutigen Frau begegnet sei, die ihr komische Dinge zugeraunt hatte. Sie nahm sich vor, Anna danach zu fragen, sobald sie wieder bei Sinnen war.

Während Paula sich um die Lebenden kümmerte, sorgte sich der alte Doktor Warren um die Toten. Er veranlasste, dass man Särge für Klara und Timothy McDowell herbeischaffte, damit sie ihre letzte Ruhe fanden.

Als Anna am nächsten Morgen aufwachte und Paula mit dem Kind im Arm an ihrem Bett sitzen sah, erklärte sie mit fester Stimme: »Das werden wir schon schaffen mit der kleinen Kate, nicht?«

»Gibt es irgendetwas, was ich wissen sollte?«, fragte Paula vorsichtig.

Anna schüttelte entschieden den Kopf und streckte die Arme nach Kate aus. »Was hat das zu bedeuten mit dem Fluch?«, beharrte Paula.

»Was redest du da für einen Unsinn?«, fauchte Anna. In einem Ton, der keinen Widerspruch duldete, fuhr sie fort: »Fluch? Es gibt keinen Fluch!«

»Du hast ihn aber gestern selber erwähnt. Und Klara hat mir einmal von einer Frau erzählt, die ihr merkwürdige Dinge in einer fremden Sprache zugezischelt hat«, widersprach Paula.

»Ach, diese Geschichte! Das war eine Maorifrau, die offensichtlich den Verstand verloren hatte. Und nun verschon mich mit diesen dummen Sachen, die ich in meinem Schmerz dahergeredet haben soll, und bringe mir lieber mein schwarzes Kleid!«

Kaum dass Paula das Zimmer verlassen hatte, holte Anna klopfenden Herzens ein in schwarzes Leder eingebundenes Tagebuch aus der Lade ihres Nachtschrankes. Seit ihrer langen Überfahrt nach Neuseeland schrieb sie immer wieder hinein, was sie erlebte und was sie bewegte.

Mit zitternder Hand notierte sie:

Der Fluch hat uns besiegt. Unsere Familie wird aussterben, aber Kate, die Letzte der Unsrigen, wird ein langes, glückliches Leben haben. Dafür verbürge ich mich. Ich werde alles dafür tun, damit sie nicht so ein grausames Schicksal wie ich erleiden muss. Sie wird – dafür werde ich von nun an täglich beten – niemals heiraten. Ihr soll der Schmerz erspart bleiben, der einer Mutter das Herz bricht, wenn sie die eigenen Kinder überlebt.

Dunedin
31. Dezember 2007

Sophie wachte an diesem Morgen früh auf. Die Manuskriptseiten lagen neben ihr verstreut im Bett. Offenbar war sie irgendwann in der Nacht darüber eingeschlafen.

Zögernd stand sie auf und zog die dunklen Vorhänge, die nur wenig Licht hindurchließen, beiseite. Sie musste unwillkürlich blinzeln. Die Sonne, die in das Zimmer strahlte, war so hell und einladend, dass Sophie beschloss, den Rest des Tages draußen zu verbringen und sich von der Sonne wärmen zu lassen.

Sophie erkundigte sich an der Rezeption, wie sie am besten zum Strand gelangen konnte. Der freundliche Portier riet ihr zu einem Ausflug nach St Clair und gab ihr eine Karte. Sie fuhr mit dem Bus aus der Stadt hinaus und fand sich in einer Art Ferienort wieder, in dem ein reger Strandbetrieb herrschte. Sie musste unwillkürlich daran denken, dass Anna und John einst hier hinausgefahren waren, um sich am Pazifikstrand zu lieben. Nur das eine Mal!

Sie drehte sich um. Seit sie die Stadt verlassen hatte, hatte sie schon wieder dieses seltsame Gefühl – als werde sie verfolgt. Doch so oft sie sich auch umschaute, sie konnte niemanden hinter sich entdecken. Meine Nerven sind überreizt, redete sie sich zu.

Schließlich ließ sie sich ganz nah am Wasser im weißen Sand nieder und spannte den Schirm auf, den ihr der freundliche Portier gegen ihren erklärten Willen aufgedrängt hatte. »Vorsicht bei Ihrer hellen Haut!«, hatte er gemahnt. »Die Ozonschicht über uns ist löchrig wie ein Schweizer Käse, da kriegen Sie im Nu einen gefährlichen Sonnenbrand.« Jetzt war Sophie heilfroh über den Schutz, denn die Sonne brannte unbarmherzig vom Himmel, auch wenn die Hitze durch die Meeresbrise erträglich war.

Sophie zog sich bis auf den Badeanzug, den sie bereits unter dem Kleid trug, aus und stierte eine Weile auf das glitzernde Wasser. Der Wind wurde immer schwächer, und sie spürte, dass ihr der Schweiß in Bächen den Rücken hinunterrann. Und wieder war da dieses Gefühl, beobachtet zu werden. Wie der Blitz fuhr sie herum und blickte in das erschrockene Gesicht eines braungebrannten Surfers.

»Spionieren Sie mir nach?«, fuhr sie den Blondschopf an.

»Sorry, aber ich habe Sie verwechselt. Sie sehen von hinten aus wie meine Freundin«, entschuldigte der Mann sich verlegen, bevor er mit seinem Kite-Board unter dem Arm eilig ins Wasser hüpfte.

Ich glaube, ich sehe wirklich langsam Gespenster, dachte Sophie, bemüht, ihre angeschlagenen Nerven zu beruhigen.

Dunedin
im Februar 1901

Anna setzte sich ächzend in ihren alten Korbstuhl, der sich langsam aufzulösen begann. Ich brauche unbedingt einen neuen, dachte sie, aber wovon bezahlen? Sie strich ihr Kleid glatt. Sie hatte sich nach Klaras und Timothys Tod vier ähnlich schmucklose schwarze Kleider schneidern lassen, die sie stets im Wechsel trug. Farben verabscheute sie seitdem. Selbst die bunte Pracht im Garten beleidigte ihr Auge. Paula hatte sie für verrückt erklärt, als sie am Weihnachtsfest nach dem Tod der Kinder befohlen hatte, den prächtig blühenden Rata abzuholzen. Nun wuchsen dort immergrüne Büsche.

Kopfschüttelnd betrachtete Anna das Treiben im Garten. Eine Horde großer Mädchen, bekleidet mit Matrosenblusen und blauen Faltenröcken, tollte vor ihren Augen herum. Allen voran die blond gelockte, hochgewachsene Kate, die die Kommandos erteilte. Ihre Enkelin wurde an diesem Tag zwölf Jahre alt und hatte sie dazu überreden können, zwölf Freundinnen einzuladen. Sie hatte dem zugestimmt als Belohnung dafür, dass Kate die Beste in ihrer Highschool-Klasse war.

An Kate ist ein Junge verloren gegangen, obwohl sie wie ein Engel aussieht, dachte Anna mit einem Anflug von Zärtlichkeit. Jedes Mal, wenn sie dieses Menschenkind betrachtete, ging ihr das Herz auf, aber das wusste nur sie allein. Seit Klaras und Timothys Tod zeigte Anna ihre Gefühle nicht mehr. Das Aussehen ihrer Enkelin erfüllte sie auch mit Besorgnis. Sie würde einmal eine sehr schöne Frau werden. Für die Liebe geschaffen! Die Liebe? Anna schnaubte verächtlich. Seit zwölf Jahren hatte sie es sich versagt, an John zu denken. Immer, wenn sie der sehnsüchtige Gedanke an ihn überkam, zwang sie sich eisern, an etwas anderes zu denken. Oder sie eilte zur Kirche, um sich ihre Trauer und ihre Erinnerung an seine Zärtlichkeit auf den harten Kirchenbänken auszutreiben. Und Kate sollte gar nicht erst von dieser Versuchung kosten! Wenn sie groß ist, dürfen Frauen endlich studieren, sie wird eine der ersten Studentinnen sein und gar keine Zeit haben, an die Liebe zu denken. So sieht Kates Zukunft aus, redete sich Anna gut zu. Sie hatte keinen in ihre Pläne eingeweiht. Weder Paula noch ihre letzte überlebende Freundin, Gwen Medlicott. Ach, Christina und Mauren, die Guten!, ging es Anna durch den Kopf, wenigstens haben sie noch den Tag des Triumphes erleben dürfen, das Jahr 1893, als endlich das Wahlrecht für Frauen eingeführt wurde. Einen Tag, den Anna niemals vergessen würde. Wie schmerzlich hatte sie bei dem Freudenfest ihre Klara vermisst!

Hastig wischte sie sich eine Träne aus dem Augenwinkel. Kate hatte sie niemals weinen sehen, und das sollte auch so bleiben. Ihre Gedanken schweiften zu ihrem morgendlichen Kirchgang. Die inzwischen verhutzelte Emily Brown und ihre böse alte Schwester hatten unverschämt zu ihr hinübergestarrt und mit dem Finger auf sie gezeigt. Im Grunde genommen störte es sie nicht, aber sie wurde den Eindruck nicht los, dass die beiden etwas wussten, was sie betraf.

Eine furchtsam raunende Mädchenstimme riss Anna aus ihren Gedanken. »Sie sieht aus wie eine alte Krähe. Fürchtest du dich nicht vor ihr?«

Aus den Augenwinkeln beobachtete Anna, wie ihre Enkelin auf das Mädchen zuschoss. »Nein! Großmutter ist der liebste Mensch auf der ganzen Welt. Sie hat nur viel Pech im Leben gehabt. Großvater hat sie verlassen und dann der Unfall meiner Eltern … Wenn du das noch mal sagst, bist du nicht mehr meine Freundin!«

Anna lächelte still in sich hinein. Typisch Kate! Ihre Enkelin würde sich niemals ein Unrecht gefallen lassen, doch sofort wurde Anna wieder ernst. *Unfall?*, dachte sie verbittert, aber was hätte ich dem armen Kind denn sagen sollen? Deine Mutter ist gestorben, damit du leben kannst, und dein Vater hat sich aus Kummer über den Tod deiner Mutter aufgehängt, ohne dir einen einzigen Blick zu gönnen? Nein, das durfte Kate nie erfahren. Und auch von dem Fluch würde sie ihr niemals erzählen.

In diesem Augenblick kam Paula in Begleitung zweier fremder Herren herbeigeschlurft. »Sie ließen sich nicht abwimmeln!«, brummelte sie entschuldigend.

»Nehmen Sie Platz!« Anna deutete auf die beiden ebenso zerschlissene Sessel wie den ihren.

Paula zog sich wortlos zurück.

»Sie wünschen?«, fragte Anna in strengem Ton, während ihr Blick prüfend von einem zum anderen ging.

Der Jüngere war gut gekleidet und kam ihr seltsam bekannt vor. Er hatte schwarzes Haar, kantige Gesichtszüge und war schätzungsweise Mitte dreißig. Der alte Mann hingegen – sie schätzte ihn auf weit über siebzig – wirkte ungepflegt. Er war aufgeschwemmt und hatte ein auffallend rotes Gesicht. Vom Alkohol, schoss es Anna durch den Kopf.

In den Blicken der beiden Männer lag etwas Lauerndes. Etwas Hinterhältiges, das Anna zutiefst missfiel.

Schließlich ergriff der Jüngere das Wort. »Sie scheinen nicht zu wissen, mit wem Sie es zu tun haben. Dann werden wir Ihnen ein wenig auf die Sprünge helfen. Das ist mein Vater Philipp McLean. Mein Name ist …«

Er zögerte, aber Anna murmelte: »Paul, dann sind Sie Paul!«

Während sie das sagte, zitterte sie am ganzen Körper. Die Erinnerung an Melanies schrecklichen Tod fuhr ihr durch alle Glieder, und sie fragte sich, warum sich ihr Mörder erdreistete, sie aufzusuchen. Sie erinnerte sich an den Skandal und die öffentliche Empörung, als man ihn schon nach knapp zwei Jahren aus dem Gefängnis entließ.

»Was wollen Sie?«, fragte Anna in scharfem Ton.

»Noch genau die alte Suffragette wie damals!«, höhnte der Alte, und Anna wich zurück. Sein Atem war alkoholgeschwängert.

»Da können Sie mal sehen, was Ihr Einfluss auf meine Mutter damals alles angerichtet hat! Wegen Ihnen und diesen Weibern hat er mit dem Trinken angefangen«, knurrte Paul.

»Sie verwechseln da etwas, Paul!«, konterte Anna spitz. »Ihr Vater hat schon vorher getrunken und Ihre Mutter misshandelt, bevor er sie im Suff umgebracht hat. Und dass ich mich ihr unzüchtig genähert haben soll, ist eine widerliche infame Verleumdung, und das weiß Ihr Vater ganz genau! Und Sie wissen es auch! Es missfällt mir außerordentlich, dass er auf freiem Fuß ist! Ich hätte ihn gern ein Leben lang hinter Gitter gesehen. Aber, wie damals in der Zeitung zu lesen stand, hat Ihre Zeugenaussage, lieber Paul, ihm den Hals gerettet. Haben Sie es eigentlich wirklich mit angesehen? Ein Unglücksfall? Dass ich nicht lache! Dass Ihnen das Gericht dieses Märchen abgenommen hat, finde ich noch immer unfassbar. Niemand schlägt einer wehrlosen Frau versehentlich einen Lampenfuß über den Schädel!«

»Komm, wir gehen! Das habe ich nicht nötig, mich von diesem Weib beleidigen zu lassen«, lallte Philipp.

»Das halte ich auch für das Beste, dass Sie umgehend mein Haus verlassen!« Damit sprang Anna auf.

»Vater, bitte, lass mich das machen!« Paul legte besänftigend eine Hand auf den Arm des Alten. »Ihr Haus, genau darum geht es, oder besser gesagt um Ihren Mann. Er hat uns auf den Tag genau vor zwölf Jahren völlig mittellos aufgesucht.

Ich habe Vaters Farm übernommen, als man ihn eingesperrt hat. Meinem Vater habe ich damals eine kleine Farm bei Invercargill gekauft. Er wollte nicht in einer Großfamilie leben, sondern allein. Und den einzigen Menschen, den er um sich haben konnte, war Ihr Mann. Er hat ihn all die Jahre durchgefüttert, denn zu Ihnen wollte Christian auf keinen Fall zurück! Sie sollten nicht einmal erfahren, dass er ganz in Ihrer Nähe lebt. Da er kein Geld hatte, hat er uns dieses Haus überschrieben und uns gebeten, mit der Inbesitznahme zu warten, bis er verschieden ist. Und da er in der letzten Woche verstorben ist, kommen wir heute, um Sie zu bitten, unser Haus umgehend zu verlassen …«

»Seine letzten Worte waren: ›Oh mein Gott, warum hast du mir nicht mehr Stärke gegeben?‹«, erklärte Philipp McLean weinerlich.

»Vater, ich möchte das schnellstens hinter mich bringen. Wie ich Missis Peters einschätze, interessiert sie das kein bisschen.«

Mit diesen Worten zog Paul ein zerknittertes Schriftstück hervor und reichte es Anna mit einem triumphierenden Blick, doch sie würdigte es keines Blickes. Sie schaute die beiden Eindringlinge nur kalt an und fragte tonlos: »Woran ist er gestorben?«

»Na, woran wohl? Das können Sie sich doch denken! Er hat sich schließlich schon immer vom Whiskey ernährt«, erklärte Paul.

»Wie lange geben Sie mir, das Haus zu verlassen?« Anna hatte immer noch keinen Blick auf das Dokument geworfen.

Paul McLean war verblüfft. »Sie wollen also keinen Anwalt konsultieren?«, fragte er voller Skepsis.

»Wozu? Ich bin sicher, dass ich dieses Dokument anfechten könnte. Er hat es bestimmt nicht im Vollbesitz seiner geistigen Kräfte aufgesetzt!«, erwiderte Anna scharf. Ihre Stimme klang hart, und sie fügte kalt hinzu: »Aber Sie sollen das Haus bekommen! Aber erst, wenn ich etwas Neues gefunden habe. Auf die Straße setzen lasse ich mich nicht!«

»Doch, doch, Paul, sie soll das alles büßen. Wirf sie raus!«, hetzte der Alte.

Aber Paul zischte: »Halt den Mund!« Dann wandte er sich Anna zu: »Okay, wir sind keine Unmenschen! Wenn dem so ist, dann lassen wir Ihnen die Zeit, die Sie brauchen! Aber beeilen Sie sich!«

»Sehr freundlich von Ihnen! Ich gebe Ihnen dann Bescheid, wenn Ihr Haus leer steht«, erwiderte Anna nicht ohne Ironie, erhob sich rasch und signalisierte damit, dass das Gespräch beendet war.

Die beiden McLeans wirkten sichtlich verdutzt. Paul öffnete den Mund, als wolle er etwas sagen, aber Anna ging an ihm vorbei, als wäre er Luft.

»Wer waren die beiden Herren?«, fragte Paula schließlich, als der Geburtstag längst zu Ende, Kate im Bett und alles aufgeräumt war.

»Christian hat den McLeans das Haus überschrieben!«

»Was heißt das?«, fragte Paula ängstlich.

»Das bedeutet, dass Christian tot ist und wir uns eine neue Bleibe suchen müssen, weil das Haus nun Philipp und Paul McLean gehört«, erwiderte Anna ungerührt.

»Aber doch nicht dem Mörder!«, rief Paula entsetzt aus.

»Doch, genau dem!«

»Aber Anna, das kannst du dir nicht gefallen lassen. Das ist ja noch schlimmer als damals mit Johns Haus! Das ist doch Betrug!«

Anna seufzte tief. An die Geschichte mit Johns Haus hatte sie schon lange nicht mehr gedacht. Jetzt fiel ihr alles wieder ein: Es war kurz nach der Beerdigung der Kinder geschehen. Anna hatte damals mit dem Gedanken gespielt, Johns Haus zu verkaufen, um das Geld für Kates Zukunft anzulegen. Schweren Herzens hatte sie sich an Albert gewandt, um ihn zu fragen, ob er ausziehen oder ob er das Haus vielleicht selber kaufen wolle. Albert hatte sie grob an die Luft gesetzt und ihr kurz darauf ein anwaltliches Schreiben zugeschickt. Hart und unversöhnlich erklärte er darin, Timothy habe in seinem Abschiedsbrief nur verfügt, sie solle sein Geld erben, das Haus aber stehe ihm zu. Er, Albert, sei der rechtmäßige Erbe des Hauses, weil er der nächste Verwandte sei, nicht sie. Wäre ihre Tochter nach seinem Neffen gestorben, wäre es andersrum gewesen. Anna hatte das Schreiben damals lautlos zerrissen. Sie wollte den Tod ihrer Kinder nicht zu einem juristischen Streitpunkt werden lassen. Soll Albert mit dem Haus glücklich werden!, hatte sie damals gedacht. Und ganz ähnlich dachte sie auch heute. Sie wollte nichts mit den McLeans zu tun haben, nicht einmal einen Rechtsstreit gegen sie führen.

Anna hatte all die Jahre kräftig sparen müssen, aber da sie sich nichts gönnte, hatte sie es geschafft, Kate, Paula und sich auch ohne das Haus über die Runden zu bringen.

»Aber, wo sollen wir bloß hin? Ich denke, du hast gesagt, es ist nun kein Geld mehr übrig von Timothys Erbe«, lamentierte Paula.

»Mir wird schon etwas einfallen!«, versprach Anna der Freundin und zog sich an diesem Abend früh zum Nachdenken in ihr Zimmer zurück. Seit Kates Geburt hatte Anna stets ein wenig für ihre Ausbildung beiseitegelegt, aber das würde sie nicht anrühren. Nicht einmal jetzt, in der allergrößten Not!

Noch in derselben Nacht verfasste Anna einen Brief an Cousin Rasmus Wortemann, den Sohn ihres längst verstorbenen Onkels. Sie schilderte ihm, dass sie und ihre Enkelin völlig mittellos seien, und bat ihn, das Geld für drei Tickets nach Hamburg zu schicken. Natürlich würde sie Paula vorher fragen müssen, ob sie mit ihnen ins ferne Deutschland ziehen wolle, aber wo sollte sie sonst hin? Anna verkniff sich in diesem Schreiben zu erwähnen, dass sie inzwischen Witwe war. Was ging das ihren Neffen an?

Anna schrieb diesen Brief, ohne eine Träne zu vergießen. Die Hauptsache war doch, Kate würde eine Zukunft haben. Und so geistreich, wie dieses Kind war, sollte die wohl gesichert sein. Deutsch würde sie ihr schon beibringen. Wie sie neulich in der Zeitung gelesen hatte, gab es in Deutschland bereits eine Universität, die Frauen zum Studium zuließ. Ich werde noch einmal in meinem Leben die Elbe sehen, dachte Anna und schlief in dieser Nacht mit dem tröstenden Gedanken an Hamburg ein.

Nach dem Aufwachen suchte Anna einen Umschlag für das Schreiben und stieß dabei auf ihr altes Tagebuch, dem sie zuletzt an Klaras Todestag ihre Gedanken anvertraut hatte. Sie verspürte den starken Impuls, es zu vernichten, nun, da Christian tot war und es außer ihr keinen Menschen mehr gab, der von der Geschichte mit dem Fluch wusste. Sie nahm den Lederband vorsichtig zur Hand und schlug ihn auf, um ihn mit hochrotem Kopf sofort wieder zur Seite zu legen. Sie war ausgerechnet an die Stelle geraten, in der sie ausführlich schilderte, wie sie sich einst John hingegeben hatte! Rasch schlug sie die Seiten wieder zu und legte das Buch in eine Kiste mit Eisenbeschlägen – ein Nachbau einer barocken Truhe –, die Melanie ihr einst geschenkt hatte.

Ich bringe es nicht über das Herz, es wegzuwerfen, stellte Anna bedauernd fest. Aber noch vor meinem Tod muss es verschwinden, beschloss sie, damit die Nachwelt nicht erfährt, was für eine Schuld Christian auf sich geladen hat, für die ich büßen muss. Ich werde es vor meinem Tod in der Elbe versenken!

Die Antwort ihres Cousins ließ monatelang auf sich warten. Anna wurde zunehmend unruhig und befürchtete schon, dass sie nie wieder etwas von ihrer Verwandtschaft hören würde. Doch dann erreichte sie eines Tages ein dürres Schreiben, das sie trotz des Gleichmuts, den sie in den letzten Jahren entwickelt hatte, vollkommen aus der Fassung brachte. Ihr Vetter Rasmus schickte sie auf einen Weg, den sie niemals in Erwägung gezogen hätte und der sie aller Wurzeln berauben würde. Die Order lautete:

Liebe Kusine,
in Hamburg ist kein Platz für euch! Brauchen Christian dringend auf Samoa. Mein Bruder Hans ist tot. Wir wollen das dortige Handelshaus unbedingt erhalten, wo doch bald unsere vaterländische Fahne über Samoa wehen wird. Haben mit Kokosplantagen und mit Kakaoanbau angefangen, Christian soll Leitung übernehmen. Euer Schiff; die Manapouri, *fährt am 20. Februar von Auckland ab. Nicht verpassen, weil bis November keine Dampfschiffe dorthin unterwegs. In Apia holt euch Otto Brenner, ein treuer Mitarbeiter von Bruder Hans, ab, der deinem Mann hilfreich zur Seite stehen wird.*

Gute Reise!
Rasmus

Anna lag in der folgenden Nacht lange grübelnd wach. Erst im Morgengrauen beschloss sie, sich ihrem Schicksal zu ergeben.

2. TEIL

Kate

Je öfter du fragst, wie weit du zu gehen hast,
desto länger erscheint dir die Reise.

Weisheit der Maori

Apia, Samoa
im Februar 1905

Kurz nach ihrem sechzehnten Geburtstag nahm sich Kate McDowell fest vor, nach Neuseeland zurückzukehren, sobald sie alt genug dazu war. Auch wenn sie noch so oft den Satz hören musste: »Das ist hier das Paradies auf Erden!«, war ihr Samoa, wo es nur Sommer, aber keine Winter gab, fremd geblieben.

Außerdem hatte sie nur eine einzige Freundin auf der Insel, Sara, die Tochter einer Samoanerin und eines Briten. Da Sara die Mädchenschule von Papauta besuchte, bekam Kate sie nur selten zu Gesicht. Vor allem jedoch war dies ein Flecken Erde, in dem sie nicht länger Neuseeländerin sein durfte, sondern nun Deutsche sein musste, was Kate ganz und gar nicht behagte.

Doch was pflegte ihre Großmutter stets zu predigen, wenn Kate sich dagegen auflehnte? »Die deutsche Fahne weht über dieser Insel, und damit müssen wir uns wohl oder übel arrangieren. Außerdem liegen deine Wurzeln in Deutschland, mein Kind!«

Das zu akzeptieren fiel Kate äußerst schwer. Sie mochte die deutschen Siedler ebenso wenig wie deren Sprache, obwohl sie diese erstaunlich schnell gelernt hatte.

An jenem Januarabend vor drei Jahren, an dem Großmutter sie vor die vollendete Tatsache gestellt hatte, dass sie Neuseeland verlassen würden, hatte sie ihr ein dickes Buch zum Lernen geschenkt. Fortan hatte Anna jeden Tag diese Sprache mit ihr gepaukt, die in Kates Ohren hart und unnachgiebig klang. Manchmal fragte sie sich, ob Großmutter deshalb so streng geworden war, weil sie aus dem Land stammte, in dem Disziplin und Pünktlichkeit mehr galten als alles andere. Anfangs war sie erschrocken gewesen, wie zackig die Siedler sprachen, aber Großmutter hatte sie ausgelacht. Hier auf Samoa seien die Deutschen doch richtig locker und nicht annähernd so preußisch wie im Mutterland.

Während Kate über all das nachdachte, saß sie auf der Veranda von Grannys Haus in Sogi und ließ den Blick über den Hafen schweifen. Von der Veranda im Oberstock des einfachen Holzhauses hatten sie einen herrlichen Blick über die Reede von Apia. Vor ihr auf dem Tisch lag ein Malblock, in der Hand hielt sie einen Kohlestift. Mit der anderen wischte sie sich ständig den Schweiß von der Stirn, während sie laut ächzte. Sie konnte sich einfach nicht an das feuchtwarme Klima gewöhnen. Selbst jetzt, am Ende der Regenzeit, wurde es nie kälter als siebenundzwanzig Grad. Das einzig Gute war, dass die Regenschauer manchmal Böen mitbrachten, die kurzfristig Linderung versprachen. Dafür trieben sie das Wasser durch alle Ritzen ins Haus. Das Bettzeug und die Kleidung waren daher ständig klamm. Und wenn die Orkane über Apia brausten, konnte man danach erst einmal alles wieder aufräumen, weil der Wind nicht vor den dünnen Holzwänden der Häuser Halt machte. Der letzte Sturm hatte alle Möbel von der Veranda gefegt und den Wassertank auf dem Dach so zum Überlaufen gebracht, dass das Wasser in Sturzbächen ins Haus gelangt war. Es war nichts mehr trocken geblieben. Aber selbst beim schlimmsten Sturm wurde es nie richtig kühl. Und danach sehnte sich Kate mehr als nach allem anderen.

Gedankenverloren warf sie einen Blick auf ihre Zeichnung. Beinahe perfekt, wie sie die Stimmung des Hafens in der flirrenden Mittagshitze eingefangen hatte. Sie hatte vor etwa einem Jahr aus lauter Langeweile mit dem Malen begonnen, nachdem sie dieser öden deutschen Schule entkommen war. Kate musste unwillkürlich schmunzeln, als sie daran dachte, wie Großmutter ihr beigestanden hatte.

»Du gehst in die deutsche Schule!«, hatte Großmutter nach ihrer Ankunft in Apia zunächst bestimmt. Kate war folgsam gewesen, auch wenn sie den Lehrer Friedhelm Schomberger vom ersten Tag an gehasst hatte, eine Abneigung, die ganz auf Gegenseitigkeit beruhte. Sie fand ihn dumm und ungebildet, er sie vorlaut und widerborstig. Es kam, wie es kommen musste. Eigentlich wunderte Kate sich noch nachträglich, dass sie es zwei Jahre in der Schule ausgehalten hatte.

Kate ballte noch heute die Fäuste bei dem Gedanken an Schombergers hinterhältigen Gesichtsausdruck, als er eines Tages von dem hehren deutschen Wesen schwärmte und missbilligend zum Ausdruck brachte, dass die Neuseeländer keine Kultur hätten und nichts als simple Schafzüchter seien.

Kate sprang mit hochrotem Kopf auf, protestierte aufs Schärfste und hielt dem Lehrer vor, dass sie in Neuseeland tausendmal mehr Bildung erhalten habe als auf dieser Klippschule.

Schomberger musterte sie verächtlich und brüllte dann: »Du bist keine Deutsche. Du bist das Kind ungebildeter Schafzüchter!«

Worauf Kate trotzig erwiderte: »Ja, ich bin gern Neuseeländerin, und ich gehöre nicht hierher. Aber mein Vater war Anwalt, Sie Dummkopf, und Sie könnten ihm nicht das Wasser reichen!«

Mit diesen Worten hatte sie das Klassenzimmer verlassen wollen, aber er stellte sich ihr in den Weg und versetzte ihr eine schallende Ohrfeige. Kate hatte ihn daraufhin als »Barbaren« bezeichnet, war hocherhobenen Hauptes an ihm vorbeimarschiert und nach Hause gerannt.

Kate hatte befürchtet, ihre Großmutter würde ihr Vorwürfe machen und sie wieder zur Schule zurückschicken. Aber Granny hatte sich alles seelenruhig angehört und nur gesagt: »Ich werde Brenner bitten, dir die besten Bücher aus Deutschland zu besorgen. Und ich werde dir einen gebildeten Privatlehrer besorgen. Schließlich wirst du eines Tages studieren. Ich schwöre es dir. Du wirst eine deutsche Universität besuchen!«

Kate hatte dazu geschwiegen, weil sie ihre Großmutter nicht hatte verärgern wollen, die ihr gerade bedingungslos Unterstützung gewährt hatte. Sollte sie ihr in so einem Augenblick offenbaren, dass sie, wenn überhaupt, dann nur in Neuseeland studieren würde?

Die Heimat kann doch nur das Land sein, für das mein Herz schlägt, dachte Kate nun und sah verträumt über die Bucht. So, als könne sie da irgendwo in der Ferne die grünen Hügel der Südinsel Neuseelands entdecken. »Ich komme zurück«, wisperte sie. »Eines Tages komme ich zurück!«

Es war schön hier. Keine Frage, aber erst bei dem Gedanken, eines Tages nach Dunedin zurückzukehren, klopfte ihr Herz so heftig, dass sie nur noch mehr ins Schwitzen kam. In diesem Augenblick sah sie Otto Brenner, Grannys rechte Hand, keuchend die Treppen zur oberen Veranda emporsteigen, unter dem Arm ein Riesenpaket.

»Das Schiff ist da!«, schnaufte er und ließ das Paket auf den Boden gleiten und sich ächzend in einen der Korbstühle fallen. Dabei knackte das Geflecht bedenklich. Kate befürchtete schon, der Lieblingssessel ihrer Großmutter würde unter seinem Gewicht zusammenbrechen. Mit einem Brief fächelte er sich Luft zu. Der Schweiß rann dem übergewichtigen Mann in Strömen das Gesicht hinunter.

Kate erhob sich. »Ich hole Ihnen etwas zu trinken!«, rief sie.

Sie rannte zum Kochhaus hinten im Garten und kam mit einem Glas Orangensaft zurück, das Herr Brenner dankbar entgegennahm und in einem Zug hastig leerte.

»Eines Tages wird er mich in die Wüste jagen«, stöhnte er, während er auf den Absender des Briefes stierte.

Kate nahm ihm den Brief grinsend ab. »Lassen Sie mich raten. Der liebe Onkel Rasmus!« Mit diesen Worten sah sie auf den Adressaten des Briefes, Christian Peters, und kicherte. »Ist doch komisch, dass er immer noch denkt, mein Großvater schmeißt den Laden hier.«

»Ich kann gar nichts Komisches daran finden!«, erwiderte Otto Brenner streng. »Mir wird er sofort kündigen, wenn er erfährt, dass ich ihm unterschlagen habe mitzuteilen, dass hier nicht Ihr Großvater, sondern Ihre Großmutter regiert!«

Kate konnte sich das Lachen nicht verkneifen. Diesem kräftigen braungebrannten Mann, der wie ein mutiger Seemann aussah, den nichts auf der Welt umhauen konnte, stand die Angst vor dem fernen Onkel Rasmus förmlich ins Gesicht geschrieben.

»Wenn er Großmutter und Sie rausschmeißt, dann kann er sein gut gehendes Handelshaus auf Samoa gleich schließen«, erklärte Kate.

»Ja schon, aber es ist nur eine Frage der Zeit, bis es ihm zu Ohren kommen wird. Die Gattinnen der Handelsgesellschaftsherren haben nämlich nichts anderes zu tun, als den Klatsch und Tratsch der Kolonie nach Hause zu schreiben. Und Fräulein Kate, Sie wissen doch, wie skeptisch Ihre Großmutter hier beäugt wird. Dass der Chef Anna und nicht Christian heißt, ist rundum bekannt. Mich wundert, ehrlich gesagt, dass es in Hamburg noch nicht angekommen ist.«

»Aber es läuft doch hervorragend mit dem Kopra. Und das Geschäft mit dem Kakao lässt sich doch auch gut an!«

»Hm!«, brummelte Brenner und fixierte den Brief in ihrer Hand, doch da hatte Kate ihn bereits aufgerissen.

»Das können Sie doch nicht machen!«, protestierte Brenner halbherzig.

»Wieso nicht? Der Empfänger ist verstorben. Und Sie, Herr Brenner …« Kate stockte und grinste, bevor sie fortfuhr: »Sie brennen doch förmlich darauf, zu erfahren, was er schreibt, oder?«

Und schon las Kate dem Pflanzer den Brief vor. Er fuhr zusammen, als er begriff, dass er selbst Gegenstand des Schreibens war. Rasmus Wortemann hatte erfahren, dass Brenner in wilder Ehe mit einer Samoanerin auf der Plantage lebte, und er forderte Christian mit harschen Worten auf, das seinem Mitarbeiter umgehend zu untersagen. Er kündigte an, dass mit einem der nächsten Schiffe eine Ladung heiratswilliger Hamburger Fräulein einträfen. Da sei sicher auch für Brenner eines dabei.

»Aber was mache ich nur?«, stöhnte der Pflanzer, nachdem Kate ihm den Brief gleich zweimal vorgelesen und sich über Onkel Rasmus fürchterlich aufgeregt hatte.

»Gar nichts!«, erklärte Kate mit Nachdruck und zerriss den Brief, bis nur noch ein Haufen Schnipsel übrig blieb, was Brenner mit äußerster Missbilligung zur Kenntnis nahm.

»Wenn das man gut geht«, jammerte er mit seinem unverkennbaren Hamburger Zungenschlag.

»Ja, glauben Sie, er kommt hergefahren, um sich mit eigenen Augen davon zu überzeugen, mit wem Sie zusammenleben? Oder wollen Sie auf eines der Fräulein warten? Wenn nicht, dann sollten Sie Ihre Loana dringend heiraten. Ich bin nämlich fest davon überzeugt, dass die Deutschen bei ihrem Hang zu Gesetzen und Verordnungen solche Ehen eines Tages noch verbieten werden, damit ihr kostbares Blut bloß deutsch bleibt. Wenn Sie mich fragen: Ich finde, die übertreiben es maßlos. Als ob die was Besseres wären.«

»Ach, Fräulein Kate, Sie haben ja so recht. Ich frage mich manchmal, ob das immer schon so war. Ich bin einfach zu lange fort, um zu wissen, was die zu Hause umtreibt. Aber glauben Sie mir, auch die Engländer bilden sich mächtig was ein!«

Kate lachte: »Das behaupten Frau Schwarz und Frau Wohlrabe auch immer, wenn ich sie im Kolonialwarenladen treffe. Ihr Lieblingsthema sind die Engländer und ihr Größenwahn.«

»Na ja. Sehen sie sich deren Kolonialreich doch an. Da können wir wohl nicht mithalten«, pflichtete Brenner ihr bei, bevor er sich nachdenklich den Bart kratzte und zögernd fortfuhr: »An Heirat habe ich übrigens schon öfter gedacht, seit ich weiß, dass ich niemals zurückwill. Nee, mich muss man schon hier beerdigen! Und wenn ich eine heirate, dann nur meine Loana. Fräuleins habe ich genug gehabt, wenn Sie verstehen, was ich meine.«

Kate grinste. »Ich glaube schon! Aber habe ich Ihnen schon mal gesagt, dass Sie mein Lieblingsdeutscher sind?«

»Lassen Sie das bloß nicht die feinen Herren der Handelsgesellschaft hören, Fräulein Kate. In deren Augen bin ich nur ein ganz kleines Licht.«

»Aber Sie strahlen eben weiter als die Herren!«, scherzte Kate und boxte Brenner liebevoll in den dicken Bauch.

»Und Sie sind meine neuseeländische Lieblingsdeern, Fräulein Kate!« Der Pflanzer schmunzelte.

»Ach, Sie sind ein Schatz! Sie sind der Einzige, der mich

nicht zu einer deutschen Deern machen will.« Kate lachte ihn an.

Brenner wurde jedoch sofort wieder ernst. »Oje, oje, was, wenn Wortemann nun doch erfährt, dass wir in seiner Handelsvertretung eine Weiberwirtschaft haben?«

Kate stöhnte laut auf: »Aber das haben wir doch schon besprochen, Brennerlein. Dann behaupten Sie, dass Sie alles im Griff haben und Granny Ihnen den Haushalt führt. Außerdem kommt der auch nicht her, um nachzusehen, wer da bis nachts im Kontor arbeitet. Ich habe mir von einer der Handelsgattinnen sagen lassen, dass er viel zu fett und faul dazu ist. Für den zählt allein der Gewinn. Und den machen wir doch, oder?«

»Ja, das schon. Ihre Großmutter ist auch der beste Chef, den ich mir vorstellen kann, aber sie muss aufpassen. Wie gesagt, die deutschen Damen zerreißen sich mächtig das Maul über sie.«

Kate seufzte. »Bestimmt, weil sie keinen Mann hat. Und wohl auch deshalb, weil sie in jeder freie Minute in die Fremdkirche der London Mission rennt. Die meiden die deutschen Damen wie die Pest. Dabei ist der Pastor so ein netter Kerl – und noch dazu Deutscher. Trotzdem sind sie ständig am Lamentieren. ›Zu englisch! Viel zu englisch!‹« Kate imitierte bei ihren letzten Worten den Ton, in dem die deutschen Frauen des Ortes, allen voran Gertrude Wohlrabe, die Gattin des deutschen Arztes, über die Missionsgesellschaft zu sprechen pflegten.

Brenners Gesicht hellte sich merklich auf, und er brach in ein donnerndes Lachen aus.

»Ich muss wieder los!«, sagte er, nachdem er sich vor Lachen ausgeschüttet hatte. Er stand auf. »Wann kommen Sie mal wieder zur Plantage raus? Sie müssen unbedingt unsere Kakaopflanzen bewundern. Das sind wahre Prachtexemplare geworden. Und die alten Palmen erst. Stehen da wie eine Eins und tragen, als müssten sie alles geben.«

»In den nächsten Tagen«, versprach Kate und fügte hastig hinzu: »Wenn ich bei der Gelegenheit Ihrer Frau wieder Deutsch beibringen darf!«

»Gern! Sie hat dank Ihrer Hilfe schon erhebliche Fortschritte gemacht«, sagte Brenner bewundernd, während er keuchend die Stufen der Veranda hinunterstieg.

Kaum dass Brenner auf der Promenade in Richtung Stadt verschwunden war, wandte Kate sich wieder ihrer Zeichnung zu. Das Postschiff fehlt noch auf meinem Bild, dachte sie. Kate hatte schon so viele Zeichnungen vom Hafen gemacht, die nun als Wandschmuck überall an den Wänden des Hauses hingen, aber noch keine mit Postschiff. Neulich erst hatte Großmutter ein paar deutsche Damen zu sich eingeladen, um ein bisschen Gutwetter zu machen, und sie hatten doch tatsächlich reihenweise ihre Bilder kaufen wollen. Bei diesem Gedanken grinste Kate in sich hinein. Großmutter hatten ihnen nämlich erzählt, der junge deutsche Künstler sei leider bereits wieder abgereist.

Wenn die sittenstrenge Frau Wohlrabe wüsste, das die alle von mir sind! Der Gedanke erheiterte Kate.

Erst als die Zeichnung fertig war und es keinen Pinselstrich mehr zu tun gab, fiel Kates Blick auf das Paket. Ungeduldig riss sie es auf. Es war ebenfalls von ihrem Onkel Rasmus und wie alles an den Großvater gerichtet. Mit einem kleinen Brief versehen, in dem der Onkel mahnte, dem Kind das Köpfchen nicht mit so viel Wissen zu verstopfen. Sie sei doch ein Mädchen. Und ob es da schon jemanden gäbe?

Kate rollte genervt mit den Augen. Was für ein dummer Mensch!, dachte sie erbost. Erstens bin ich gerade erst sechzehn geworden, und zweitens möchte ich gar keinen Mann. Nein, sie würde niemals heiraten! Erst recht nicht, seit sie mit ansehen musste, was für einen Müßiggang die Ehefrauen hier den lieben langen Tag trieben. Nein, sie wollte einmal Anwalt werden wie ihr Vater. Und wenn sie das als Frau nicht durfte, dann eben eine Forscherin wie Madame Curie, über die sie neulich etwas in der Zeitung gelesen hatte. Die Zeitungen wurden ihnen per Schiff gebracht und waren stets uralt, aber Kate verschlang sie förmlich.

Sie legte den ärgerlichen Brief ihres Onkels beiseite und packte ihre Schätze aus: ein Buch mit griechischen Sagen, einen Weltatlas, einen Band mit Gedichten von Goethe, einen über englische Geschichte und ein Hauswirtschaftsbuch. Letzteres hatte sie sich allerdings nicht gewünscht. Und Großmutter sicherlich auch nicht. Das war wohl ein persönlicher Gruß des Hamburger Onkels. Und noch einen Wermutstropfen gab es. Kate hätte viel lieber englische Bücher gelesen, aber die würde ihr Onkel Rasmus mit Sicherheit nicht schicken. Seine Briefe waren gespickt mit Ausführungen über die Schandtaten der Engländer überall auf der Welt.

Kate hatte sich gerade in die Odysseussage vertieft, als sie Grannys energische Stimme von der Promenade her bis zur Veranda schallen hörte. Sie hatte Paula zum Einkaufen begleitet, da die Freundin das nicht mehr allein schaffte.

Ebenso außer Atem wie Brenner ließ die betagte Haushälterin sich nun in einen Sessel fallen. Bei Paula knackt das Geflecht gar nicht, sie ist so dünn und durchscheinend, ein echtes Fliegengewicht, schoss es Kate durch den Kopf.

Erst auf den zweiten Blick bemerkte Kate, dass die beiden Frauen noch jemanden mitgebracht hatten. Bevor sie fragen konnte, wer dieser hochgewachsene Samoaner mit den samtigen braunen Augen war, stellte Großmutter ihr den jungen Mann vor.

»Das ist Manono. Er wird Paula zur Hand gehen. Ihr beim

Kochen helfen, beim Einkaufen, den Garten besorgen. Das heißt nicht, dass du die Hände in den Schoß legen kannst. Dich brauche ich im Handelshaus. Und außerdem wirst du, liebe Kate, ihm Unterricht geben, denn …«

Begeistert fiel Kate ihr ins Wort. Sie erklärte, wie gern sie ihm Englisch beibringen würde.

»Nicht Englisch, Deutsch natürlich. Sein alter Plantagenbesitzer ist erst kürzlich gestorben. Bei ihm hat Manono bereits ein wenig Deutsch gelernt«, erklärte Granny streng.

Manono sah Kate aus samtbraunen Augen freundlich an und sagte in holprigem Deutsch: »Ich Manono, weil gefunden am Strand von Manono!«

»Er ist ein Findelkind. Er spricht bereits sehr gut Englisch, weil er in der Mission aufgewachsen ist. Manono wird in der Hütte neben dem Kochhaus wohnen. Ob du ihm alles zeigen könntest? Paula braucht eine kleine Pause.« Granny sprach nun wieder Englisch. Wenn sie unter sich waren, sprachen sie nur Englisch, denn Paula weigerte sich entschieden, das ungeliebte Deutsch zu lernen.

Kate bat Manono, ihr zu folgen. Sie zeigte ihm das Wohnzimmer im Untergeschoss des Haupthauses und die drei Schlafräume im Obergeschoss. Ihre Zimmertür zog sie allerdings schnell wieder zu. Es war ihr ein wenig peinlich, dass einige ihrer Kleidungsstücke auf dem Boden verstreut lagen.

Die eigentlichen Wohnräume bildeten mehr oder minder die zwei Veranden; eine bot die Aussicht auf den Hafen, während die andere einen Blick in den üppig blühenden Tropengarten gewährte, durch den Kate Manono nun stolz führte. Wo man hinsah, leuchtete es in allen nur denkbaren Farben. Selbst die Veranda war mit leuchtend rot blühenden Ranken nahezu überwuchert. Schließlich gelangten sie zu dem Kochhaus, das von Bäumen beschattet wurde.

Die Küche war üppig ausgestattet. Begeistert erklärte Manono: »Kochen meine Stärke!«

Sein Strahlen ging Kate durch und durch. Sie ließ den Blick verstohlen über seinen Körper gleiten. Manono war ein ganzes Stück größer als sie, und das wollte etwas heißen. Schon in ihrer Klasse in Dunedin war sie die Größte gewesen, und auch hier, an der deutschen Schule, hatte sie sogar die gleichaltrigen Jungen stets überragt. Manono trug einen Lava-Lava, den traditionellen Wickelrock der Samoaner, der bis zu den Knien reichte. Seine Beine und Arme waren muskulös. Kate bedauerte es, dass er ein Stück Stoff um den Oberkörper geschlungen hatte. Eigentlich bedeckten die Einheimischen ihre Oberkörper nicht. Bestimmt hat Granny ihm befohlen, sich vollständig anzukleiden, schoss es Kate durch den Kopf, sie ist entsetzlich prüde. Kate erinnerte sich noch genau daran, wie entsetzt ihre Großmutter am Anfang darüber gewesen war, dass die Einheimischen halb nackt und durch die Straßen liefen. Ob Granny wohl jemals einen nackten Mann gesehen hat?, fragte sich Kate nun und musste unwillkürlich grinsen. Nein, da wäre sie wahrscheinlich schreiend weggelaufen. Kate hielt ihre Großmutter für die Tugend in Person.

»Soll ich etwas kochen?«, fragte Manono jetzt.

Kate nickte. »Gute Idee, wir haben noch kein Mittag gegessen. Ich helfe dir.«

Manono aber erwiderte energisch: »Aber, ich der Diener.«

»Manono! Ich kann sowieso nicht kochen. Aber du sagst mir, was ich säubern und schneiden soll. Glaube mir, dann geht es schneller.«

Der Samoaner zuckte mit den Achseln und bedeutete ihr, eine Ananas zu zerteilen.

Kate griff zum Messer und sah aus dem Augenwinkel, dass Manonos Beine tätowiert waren. Ein Zeichen, dass er über sechzehn und schon ein Mann ist, geisterte es Kate durch den Kopf, und sie spürte, dass dieser Gedanke sie in inneren Aufruhr versetzte.

Als er sich umdrehte, um nach dem Kokosöl zu greifen, und dabei versehentlich ihren nackten Arm berührte, durchfuhr ein Blitz ihren Körper. Manono begann nun beim Kochen in einer fremden Sprache zu singen. Kate konnte sich kaum mehr auf das Zerschneiden von Ananas und Tomaten konzentrieren, weil der Klang seiner Stimme sie bis in das Innerste ihrer Seele berührte. Sie betete, dass er nur niemals erraten würde, wie seine Anwesenheit sie verunsicherte.

Kate hatte Glück. Er schien nichts von alledem wahrzunehmen. »Willst du Tisch decken? Ich bringe Speisen auf große Veranda«, bat er sie lächelnd.

Wie in Trance eilte Kate zum Haus hinüber, um das Geschirr aus den Schränken zu nehmen. Paula und Granny hatten es sich inzwischen auf den Korbliegen der schattigen Gartenveranda bequem gemacht. Fröhlich pfeifend deckte Kate den Tisch und rief die beiden zum Essen.

Granny warf einen prüfenden Blick auf die vier Teller und sah Kate durchdringend an. »Erwarten wir Besuch?«

Kate sah sie verdutzt an. »Manono muss doch auch etwas essen!«

Granny ignorierte es. Als der junge Mann die Schüsseln auftrug, sagte sie nur: »Danke! Du kannst dir jetzt auch etwas zum Essen machen.«

Manono deutete eine leichte Verbeugung an und verschwand im Garten.

»Warum isst er nicht mit uns?«

»Kate, Manono ist unser Angestellter. Vergiss das bitte nie! Ich halte nichts von zu großer Nähe zwischen Weißen und Eingeborenen.«

Das sagte Anna in einem Ton, der Kate das Blut in den Adern gefrieren ließ. Trotzdem rang Kate nach Widerworten. »Aber, aber du hast doch auch nichts dagegen, dass ich mit Sara befreundet bin. Ich meine, ihre Mutter ist auch Samoanerin.«

»Aber ihr Vater ist ein britischer Angestellter der Londoner Mission. Das ist etwas ganz anderes!«, erklärte Anna streng.

Kate schnappte nach Luft. Ich habe Granny bei all ihrer Härte immer für eine gerechte Frau gehalten, die in erster Linie die Menschen sieht und nicht deren Abstammung. Sie hat nichts gegen Samoaner. Wie freundlich sie stets zu Loana ist! Es muss etwas anders dahinterstecken, ging es Kate durch den Kopf.

»Darf ich denn noch mit ihm sprechen?«, fragte sie provozierend.

Paula warf Kate einen warnenden Blick zu. Spannung lag in der Luft.

»Du kannst nach ihm rufen, wenn du seine Dienste brauchst. Und du bist seine Lehrerin. Aber ich wünsche nicht, dass du privaten Umgang mit ihm pflegst. Wenn du dich diesen Anweisungen widersetzt, wird Manono uns gleich wieder verlassen. Hast du mich verstanden?«

Kate wurde leichenblass. Hatte Großmutter den siebenten Sinn? Ahnte sie, dass Manono Sehnsüchte in ihr auslöste, die sie noch nie zuvor empfunden hatte? Im Gegenteil, die Jungen in ihrem Alter waren alle noch Kinder, und die Männer, die sich manchmal auf der Straße den Hals nach ihr verrenkten, interessierten sie nicht.

Sie nahm sich vor, zu schweigen und Paula bei Gelegenheit auszufragen. Vielleicht ahnte die ja, was plötzlich in Granny gefahren war. Kein Mensch kannte ihre Großmutter so gut wie die alte Haushälterin.

Nach dem Essen, das schweigend verlief, nahm Großmutter

Kate mit ins Kontor. Ihr kam es so vor, als wollte sie ihre Enkelin um jeden Preis von dem jungen Samoaner fernhalten.

Die Gelegenheit, Paula auf den Zahn zu fühlen, bot sich Kate bereits am Abend, als Granny zum Kirchgang aufgebrochen war.

»Paula, du kennst Großmutter doch schon so lange. Wovor hat sie Angst?«, begann Kate das Gespräch.

Paula stieß einen tiefen Seufzer aus. »Das wüsste ich auch gern, aber ich vermute, sie fürchtet, dir könne etwas zustoßen, nachdem deine Mutter …« Erschrocken hielt Paula inne und hielt sich die Hand vor den Mund.

»Was war mit meiner Mutter?«

»Nun ja, sie ist verunglückt. Die Kutsche und … Sie war doch noch so jung«, stammelte Paula.

Kate ahnte, dass sie log.

»Was ist mit meiner Mutter geschehen, das ich nicht wissen soll?«

»Bitte, Kleines, bitte, frag deine Granny danach! Ich habe nichts gesagt! Hörst du? Gar nichts!«

»Paula, du zitterst ja. Warum sollte sie Angst um mich haben, wenn ich mich mit einem Samoaner unterhalte?«

»Ich glaube, sie hätte immer Angst, wenn sich dir ein Mann nähern würde«, erklärte Paula und drehte sich ängstlich um, als fürchte sie, belauscht zu werden.

»Aber, Paula, er hat sich mir nicht genähert. Es gibt keinen Grund zur Sorge. Ich will doch auf keinen Fall heiraten. Der Himmel bewahre mich davor, so eine arme, gelangweilte Ehefrau zu werden!«

Paula sah Kate aus großen Augen an. »Bist du dir sicher, dass das dein Entschluss ist und nicht nur der Wunsch deiner Großmutter?«

Kate zuckte zusammen. Konnte Paula Gedanken lesen? Genau dasselbe war ihr eben durch den Kopf gegangen. Sie wollte gerade etwas erwidern, als Paula sich mit den Worten »Ich bin müde« erhob und gebückt ins Haus ging.

Kate grübelte noch lange über Paulas Frage nach. War es wirklich ihr Wunsch, niemals zu heiraten, oder hatte Granny ihr das nur eingeredet? Nachdem sie eine ganze Weile in ihrem Stuhl gesessen hatte, trat Manono aus dem Dunkel des Gartens hervor.

»Ich bringen Saft«, schnurrte er mit seiner tiefen, wohlklingenden Stimme.

Während er das Glas auf den Tisch stellte, berührte er wie zufällig Kates nackten Arm. Hitze durchflutete ihren Körper.

»Die schönsten blauen Augen, die ich je gesehen«, flüsterte er plötzlich, während er sie aus seinen Samtaugen ansah.

Bevor Kate etwas erwidern konnte, war er lautlos im Garten verschwunden. Reglos blieb sie in ihrem Korbstuhl sitzen, denn die Antwort auf Paulas Frage stand plötzlich so klar vor ihr wie der Sternenhimmel über ihr. Bis heute hatte Kate Grannys Pläne für ihre Zukunft nie in Zweifel gezogen: Sie sollte ledig bleiben, studieren und Anwältin oder auch Ärztin werden!

Wenn dieses angenehme Prickeln in Manolos Gegenwart ein Vorgeschmack auf das war, was zwischen Mann und Frau geschehen konnte, dann musste sie diesen Plan noch einmal überdenken. Noch immer brannte die Stelle, an der sein Arm sie gestreift hatte.

Nach der Rückkehr aus der Kirche ließ Anna sich erschöpft in den Sessel neben Kate fallen.

»Was würdest du dazu sagen, wenn ich später doch mal heiraten möchte?«, platzte Kate heraus.

»Du weißt doch, dass du zu einem besseren Leben auserkoren bist«, fauchte Anna.

Kate sah ihre Großmutter kämpferisch an. »Nein, das weiß ich nicht. Du hast es mir eingeredet. Dann erklär es mir doch mal: Was ist denn so schrecklich an der Ehe?«

»Kind, ich werde dich in deinem Interesse mit Einzelheiten verschonen«, erwiderte Anna nun etwas versöhnlicher.

»Granny, bitte! Ich muss es wissen. Was ist so schlimm daran, wenn eine Frau heiratet? Hat es mit dem Tod meiner Mutter zu tun?«

Anna stieß einen tiefen Seufzer aus. »Einmal musst du es ja erfahren. Deine Mutter ist nicht verunglückt. Sie ist bei deiner Geburt gestorben, und ich habe seitdem nur einen Wunsch: dass du niemals in eine solche Lage gerätst. Dass du nicht sterben musst, damit dein Kind leben kann. Und ein Kind kannst du nur bekommen, wenn du mit einem Mann zusammen warst. Deshalb meide dieses Zusammensein wie die Pest!«

»Du hast Angst, dass ich sterbe, wenn ich ein Kind bekomme?«, fragte Kate tonlos.

»Wenn du so willst. Ja! Davor möchte ich dich beschützen.«

»Granny, aber so viele Frauen gebären Kinder. Denk doch nur an Frau Wohlrabe, die hat schon zwei!«

»Es ist so schmerzhaft, wenn dir deine Kinder genommen werden. Da ist es besser, nie welche zu haben. Glaube mir, mein Liebes!«

Täuschte Kate sich, oder klang die Stimme der Großmutter so belegt, als kämpfe sie gegen Tränen an? Granny und Tränen? Noch niemals zuvor hatte Kate ihre Großmutter auch nur eine einzige Träne vergießen sehen. Weder an dem Abend, als sie ihr mitgeteilt hatte, dass sie fortmüssten, weil der Großvater gestorben sei und das Haus verkauft habe, noch an jenem Tag, als sie sich mit Sack und Pack auf der *Manapouri* eingeschifft hatten und Neuseeland allmählich im Nebel verschwunden war. Keine Miene hatte Großmutter verzogen, obwohl sie, Kate, erbärmlich geweint hatte.

Sanft legte Kate den Arm um ihre Großmutter. »Ich bin doch noch so jung. Warum sollen wir uns schon heute das Herz beschweren? Glaube mir, wenn ich eine Familie bekomme, dann wird sie mir ganz bestimmt nicht wieder genommen. Warum sollte sie?«

Ihre Großmutter antwortete nicht. Sie befreite sich unwirsch aus der Umarmung ihrer Enkelin und starrte in die dunkle Nacht.

Nach einer Weile unheilvollen Schweigens hielt Kate es nicht mehr aus. Ich habe Granny alles zu verdanken. Ich darf sie nicht enttäuschen, durchfuhr es sie.

»Ich verspreche dir, dass ich niemals heirate und kinderlos bleibe«, seufzte sie.

»Du wirst es niemals bereuen. Es ist nur zu deinem Besten, mein liebes Kind.«

Dunedin
31. Dezember 2007

Sophie hatte beim Lesen Zeit und Raum vergessen. Langsam jedoch nahm sie wieder den Trubel des Strandlebens um sich herum wahr.

Sie legte das Manuskript aus der Hand, packte ihre Sachen zusammen und schlenderte in Richtung Bushaltestelle, aber nicht, ohne sich vorher ein Eis zu kaufen. Sie hatte seit dem Frühstück nichts mehr gegessen, und ein Blick auf ihre Uhr zeigte ihr, dass sie über drei Stunden am Strand verbracht hatte.

Als sie gerade bezahlen wollte, regte sich erneut das merkwürdige Gefühl, dass sie beobachtet wurde. Dieses Mal wollte sie sich aber nicht blamieren und wie eine Furie umdrehen. Da hörte sie bereits hinter sich eine Stimme erfreut sagen: »Sophie! Das ist ja schön, dass ich Sie hier treffe! Sie wandte sich um und sah in John Franklins braune Augen, die sie sichtlich überrascht musterten.

»Ich wollte nur ein bisschen Sonne tanken.« Sophie wusste nicht so recht, wie sie sich verhalten sollte. Wäre es besser, schnell zu gehen oder stehen zu bleiben, um ein bisschen mit ihm zu plaudern? John nahm ihr diese Entscheidung ab, indem er sie zwanglos unterhakte und zu einem Haus direkt am Strand führte.

»Ich hoffe, Sie haben sich vom vorgestrigen Tag ein wenig erholt«, bemerkte John, nachdem er ihr auf der Terrasse einen Stuhl angeboten hatte.

»Ja. Im Hotel hat man mir diesen Strand empfohlen«, erklärte sie hastig. Sie fühlte sich zunehmend unwohl, denn nun kam eine ganze Gruppe von fröhlichen jungen Menschen vom Baden zurück, die sie alle zwanglos begrüßten.

»Umso besser!«, meinte John lachend. »Zufälle gibt es nicht. Das war ein Zeichen. Sie müssen unbedingt zum Fest bleiben…« Er stockte und fragte zögernd: »Wo steckt denn Ihr Verlobter?«

»Jan ist nach Auckland zurückgeflogen und nimmt den nächsten Flieger zurück nach Deutschland.«

»Ach ja?« Das war das Einzige, was John Franklin hervorbrachte.

Ohne dass er weiter fragte, erklärte Sophie nachdrücklich: »Ich bleibe in Neuseeland, bis ich das Geheimnis meiner Mutter gelüftet habe. Jan hat mich vor die Alternative gestellt, mit ihm zu fliegen oder die Zukunft ohne ihn zu verbringen. Ich habe womöglich den größten Fehler meines Lebens begangen … Ich sollte jetzt wohl besser ins Hotel zurückkehren.« Mit diesen Worten sprang sie von ihrem Stuhl auf, aber John sah sie bittend an.

»Bitte, bleiben Sie!«

Seufzend ließ sich Sophie zurück auf den Stuhl fallen. »Aber ich kenne hier doch niemanden!«, protestierte sie schwach.

»Judith, Besuch!«, rief er nur grinsend.

Und plötzlich stand Judith Palmer vor Sophie. Atemberaubend sah die Anwältin aus in ihrem weißen Sommerkleid zu der braunen Haut. Sophie konnte den Blick gar nicht abwenden von ihrer exotischen Schönheit.

»Das freut mich, dass Sie doch noch gekommen sind«, rief sie erfreut aus, und John warf Sophie einen triumphierenden Blick zu, der so viel sagte wie: Sie wollen meine Kollegin doch nicht enttäuschen, oder?

Sophie gab ihren Widerstand schließlich auf und erwiderte: »Es ist bezaubernd hier!« Und das meinte sie genauso, wie sie es sagte. Der meterlange weiße Strand, das urgemütliche Holzhaus mit der breiten Veranda, die langsam untergehende Sonne. Urlaubsstimmung, dachte Sophie, fehlt nur noch der Drink. Und prompt erschien jemand mit einem Tablett und bot den Gästen Campari mit Orangensaft an.

Ganz zwanglos setzten sich einige Leute zu ihnen an den Tisch und fragten Sophie nahezu Löcher in den Bauch, als sie erfuhren, dass sie aus Hamburg kam. Wie unkompliziert die Menschen hier sind!, dachte Sophie. Sie entspannte sich sichtlich zwischen den jungen Anwälten und ihren Freunden.

Die Stunden vergingen wie im Flug. Irgendwann wurde auf der Veranda getanzt, und John forderte Sophie auf. Es waren dieselben Schmusesongs, die auch in Deutschland auf Festen gespielt wurden, wenn man es romantisch wollte. John tanzte hervorragend, er roch nach Sonne und Meer, und es war ein angenehmes Gefühl, seine Wärme zu spüren. Das alles bemerkte Sophie sehr wohl, aber sie versuchte, sich nicht davon einlullen zu lassen, ein schwieriges Unterfangen bei Kuschelrock unter südlichem Sternenhimmel in den Armen eines attraktiven Mannes. So schwierig, dass Sophie vorgab, zu müde zum Tanzen zu sein.

Kaum dass sie wieder auf ihren Plätzen saßen, wurde John von einer langbeinigen Blondine in kurzem Rock aufgefordert. Sie wirkten äußerst vertraut miteinander. John lächelte Sophie entschuldigend an und entschwand mit der Frau auf der Tanzfläche. Sophie sah ihnen neugierig hinterher. John machte keine Anstalten, eng zu tanzen, aber die Blonde umschlang seinen Hals und zog ihn zu sich heran. Sophie verspürte einen leisen Stich.

Es war bereits dunkel. Außer dem Mond beleuchteten nun bunte Lampions und Lichterketten die Veranda. Sophie saß immer noch auf demselben Platz und beobachtete die anderen. Sie war Dutzende Male zum Tanzen aufgefordert worden, doch sie hatte stets abgelehnt. Auch John hatte sich sichtlich um sie bemüht, aber nun war sie allein zurückgeblieben mit ihrem leeren Glas vor sich. Die anderen tummelten sich auf der Tanzfläche. Plötzlich überfiel Sophie die Trauer mit einer solchen Heftigkeit, dass sie gar nichts mehr dagegen tun konnte. Schon hatten sich ihre Augen mit Tränen gefüllt.

»Kommen Sie, wir gehen ein Stück ans Wasser!« Das war Judith' vertraute Stimme.

Sophie gefiel der Vorschlag, denn sie wollte nicht, dass John sie so sah.

Arm in Arm verschwanden die beiden Frauen in der Dunkelheit. Sie entfernten sich so weit, dass sie nur noch das Rauschen des Meeres vernahmen und das Mondlicht ihnen den Weg wies. Fernab vom Haus ließen sie sich in den weichen, immer noch warmen Sand fallen. Eine Weile blickten sie beide gedankenverloren auf das Meer hinaus.

Sophie hatte fast alles um sich herum vergessen. Ihre Gedanken weilten bei Anna. Ob sie Kate wirklich verbieten wollte, je zu heiraten?

Ein leises Schluchzen störte ihre Überlegungen. Zaghaft drehte Sophie sich zu Judith um, die sich hastig mit einem Taschentuch übers Gesicht fuhr.

»Ist es wegen Ihres Freundes?«, fragte Sophie zögernd.

Judith nickte. »Ich vermisse ihn so schrecklich. Und vor allem, ich verstehe nicht, was in ihn gefahren ist. Er war einfach weg!«

»John meinte, dass er immer wieder seinen Freiraum braucht«, sagte Sophie mitfühlend.

Judith seufzte. »Gut, ja, daran hatte ich mich auch schon gewöhnt, aber dieses Mal kam es so plötzlich. Aber ich will Sie nicht mit meinen Beziehungsgeschichten langweilen.«

Sophie lachte kurz auf: »Sie langweilen mich ganz und gar nicht. Und Sie sind gerade an der richtigen Adresse. Mein Verlobter, der überraschend in Dunedin aufgekreuzt ist, hat mir gedroht: Entweder fliege ich sofort mit ihm nach Hause, oder es ist Schluss. Und Sie sehen ja, wo ich hocke. Dabei wollten wir in sechs Wochen heiraten!«

»Okay, ich rede, aber nur, wenn Sie mir im Gegenzuge auch etwas von Ihrem Verlobten vorjammern.«

»Jetzt sind Sie erst mal dran. Mit ihrem …« Sophie stockte. Sie hatte seinen Namen vergessen.

»Tom. Ich weiß, dass er mich liebt. So etwas spürt man als Frau, aber beim Thema Familie kneift er. Er ist selber adoptiert worden und durch die Hölle einiger Pflegefamilien gegangen. Kein Wunder. Ich habe das immer akzeptiert, aber jetzt … Ich weiß seit gestern, dass ich ein Baby erwarte.«

Sophie traute sich nicht, sie zu dieser Nachricht zu beglückwünschen, denn die Tatsache, dass sie schwanger war, schien sie nicht besonders zu erfreuen.

»Ich wollte immer Kinder«, fuhr Judith traurig fort. »Ich hätte es normalerweise auch mit Toms Widerstand aufgenommen, aber er war so seltsam. Ich habe Angst!«

Bei diesen Worten schluchzte Judith wieder laut auf. Sophie rückte ein Stück näher an sie heran, nahm sie in den Arm und murmelte: »Wenn es Ihnen guttut, reden Sie darüber. Was macht Ihnen Angst?«

Ohne aufzusehen, stammelte die Anwältin voller Verzweiflung: »Wir wollten Weihnachten unbedingt zusammen feiern. Das war auch sein erklärter Wunsch. Wo wir doch eine Fernbeziehung führen. Er in Wellington, ich in Dunedin. Wir haben uns so auf die gemeinsamen Ferien gefreut. Es war ja auch alles in Ordnung. Bis zum vierundzwanzigsten Dezember. Da war er vormittags sogar noch in der Kanzlei; er hat mir geholfen, Akten zu bearbeiten. Er ist auch Anwalt, müssen Sie wissen. Und plötzlich, wie aus heiterem Himmel, steht er auf und stammelt, weiß wie eine Wand: ›Ich muss weg!‹ Ich war total geschockt. Damit war er schon zur Tür hinaus. Zu Hause ein Zettel: *Bin am Mount Cook*. Einer, der sich so verhält, kann doch kein Vater werden – oder?«

Sophie schluckte das klare Nein, das ihr auf der Zunge lag, herunter. Mitfühlend fragte sie: »Ist denn irgendetwas vorgefallen, das ihn aus dem Tritt gebracht haben könnte?«

»Nicht, dass ich wüsste. Er hatte in der Woche davor sogar einen großen Sorgerechtsfall gewonnen. Und weil er der Jugendbehörde damit einen Riesengefallen getan hat, hat die ihm im Gegenzug eine Kopie seiner Adoptionsakte geschickt. Die traf am Morgen in unserem Büro ein. Da war er noch ganz zufrieden, hat Scherze gemacht. Er habe schon immer geahnt, dass ihn etwas mit dem Lieblingshelden seiner Jugend verbinden würde. Ich habe nicht weiter nachgefragt, weil wir gerade die Nachricht erhalten hatten von dem Unfall …« Erschrocken unterbrach sich Judith Palmer.

»Sprechen Sie ruhig weiter! Sie müssen um die Zeit von Emmas Tod erfahren haben, denn kurz vor Mitternacht am dreiundzwanzigsten nach deutscher Zeit hat Ihr Kollege bei mir angerufen.«

»Genau. Also, mir ist das ziemlich an die Nieren gegangen, und deshalb habe ich Tom gebeten, die Akte Emma McLean für mich aus der Registratur zu holen.«

Sophie war bei diesen Worten kreidebleich geworden. Der Gedanke, der sich ihr mit aller Macht aufdrängte, ließ sie am ganzen Körper zittern.

»Wie heißt Ihr Freund denn eigentlich mit Nachnamen?« Das sollte möglichst beiläufig klingen.

Judith sah Sophie erstaunt an. »McLean!«

Sophie konnte ihr Zittern nun nicht mehr verbergen. McLean? Konnte das wirklich Zufall sein?

»Sie frieren ja!«, bemerkte Judith besorgt und legte Sophie ihre Strickjacke über die Schulter.

»Ist das der Name der Adoptivfamilie oder sein eigener?«

»Ich glaube, sein eigener. Er redet ja wenig über seine Kindheit, aber das habe ich immerhin herausgefunden. Da Tom die ersten Jahre seines Lebens wohl noch mit seinem Vater, einem Trinker, zusammengelebt hat, hat er trotz der Adoption seinen Namen behalten.«

Sophie merkte, wie ihr schwindlig wurde. McLean? Trinker? Hatte Tom etwas mit ihrer Familie zu tun? War er deshalb abgehauen? Und hatte er vielleicht Emmas Geschichte gestohlen? Es drehte sich alles in ihrem Kopf.

»Und was war mit seiner Mutter?«, fragte sie mit belegter Stimme.

»Die ist wohl gleich nach der Geburt mit einem anderen Kerl auf und davon. Er hat einiges hinter sich. Aber trotzdem: Er hat sich seit Weihnachten nicht mehr bei mir gemeldet. Das hat er noch nie gemacht. Wissen sie, was ich denke? Er hat geahnt, dass ich schwanger bin, und hat die Flucht ergriffen. Das ist meine größte Angst!«

»Das glaube ich nicht!«, erwiderte Sophie ganz mechanisch, während es in ihrem Kopf wild durcheinanderging. *Schauen Sie mal ins Telefonbuch. So viele McLeans,* hatte Judith gesagt. Sophie, du verrennst dich da in etwas, ermahnte sie sich selber. War sie tatsächlich so verrückt, wie Jan im Zorn behauptet hatte? Auf jeden Fall völlig besessen, dachte sie mit Schrecken, besessen von der Idee, Thomas Holden zu finden. So besessen, dass ich sogar in diesem beziehungsunfähigen Tom jenen Thomas Holden vermutete. Sie schüttelte sich. So weit ist es also schon mit mir gekommen! Ich muss aufpassen, sonst verliere ich wirklich den Verstand.

»Er hat nichts damit zu tun! Das wäre ein merkwürdiger Zufall«, murmelte sie in sich hinein.

»Sophie?«, hörte sie nun die Anwältin wie von Ferne fragen. »Haben Sie etwa gedacht, Tom wäre jener zweite Erbe, den ihre Mutter bedacht hat?«

Sophie nickte beschämt.

»Natürlich müssen Sie jeden Strohhalm ergreifen. Aber Tom? Nein, das ist absurd. Und wissen Sie auch, warum? Er bräuchte dringend Geld, um sich seinen Traum von einer eigenen Kanzlei zu erfüllen, und wenn er wüsste, dass er so viel geerbt hat, würde er doch nicht weglaufen, sondern sich uns sofort offenbaren. Und das Testament Ihrer Mutter befand sich nicht in einem Umschlag, sondern war in der Akte abgeheftet, in einer Klarsichthülle! Er hätte es auf einen Blick erkennen können.«

Sophie schluckte trocken. Es war ihr peinlich, dass sie überhaupt auf diesen dummen Einfall gekommen war. Aber trotzdem: Konnte es wirklich Zufall sein, dass er ausgerechnet McLean hieß? So wie ihre Mutter? *McLeans gibt es hier bestimmt wie Sand am Meer, Sophie,* sprach die innere Stimme erneut. Oh Gott, ich muss aufhören mit diesen dummen Spekulationen, ermahnte sich Sophie, sonst werde ich eines Tages wie eine Irre durch Dunedin rennen und jeden Passanten auf der George Street fragen, ob er nicht Thomas Holden ist.

»Störe ich? Ich habe euch schon überall gesucht«, unterbrach John Franklin ihr Grübeln.

»Nein, gar nicht. Ich wollte eh zurück«, erklärte Judith sofort, sprang auf und ließ die beiden allein.

»John? Emmas Testament. Sie sagten, sie hat ein neues aufgesetzt. Wo ist das erste geblieben, das meine Mutter bei Ihrem Vater aufgesetzt hat?«

Der Anwalt setzte sich dicht neben sie. So dicht, dass sich ihre Arme berührten.

»Ihre Mutter hat mich gebeten, ihr alle Aufzeichnungen und Unterlagen aus der Akte von damals zu überlassen. Auch das ungültige alte Testament. Ich fragte sie sogar noch nach dem Grund.«

»Und was hat sie geantwortet?«

»Sie hat wortwörtlich gesagt: Meine Tochter könnte sofort alles aus den Aufzeichnungen erfahren. Auch, wer Thomas Holden ist. Sie soll es aber nicht den schnöden Papieren entnehmen. Sie soll es nämlich nicht nur wissen, sondern fühlen. Es soll sie im Herzen erreichen! Und das, so sagte sie wörtlich, könne nur geschehen, wenn Sie ihre Geschichte in Ruhe lesen würden.«

»Typisch Emma! Das hat ihr bestimmt diese Lebensberaterin in Hamburg eingeredet. Wissen Sie eigentlich, dass in den Aufzeichnungen meiner Mutter der Teil fehlt, der ihre eigene Geschichte erzählt? Und der Name Holden nirgendwo auftaucht?«

»Nein. Wirklich? Ich habe Ihnen alles so übergeben, wie es mir Ihre Mutter überreicht hat.« John klang verunsichert.

»Mit fast hundert leeren Blättern?«

John zuckte mit den Achseln: »Ich habe nie einen Blick hineingeworfen. Vielleicht auch mit leeren Blättern!« Täuschte sie sich, oder klang seine Stimme unwirsch?

Sophie beschloss, die schöne Stimmung nicht zu verderben. Wortlos blickte sie auf das Meer, das jetzt leicht bewegt war. Wind war aufgekommen und spielte mit ihrem blonden Haar. Dank Judith' Strickjacke war ihr trotzdem noch warm. Ihre Gedanken schweiften in die Vergangenheit, und sie musste an diesen widerlichen Philipp McLean denken.

»John, Sie haben doch so viele aufgezeichnete Fälle in Ihrer Kanzlei. Sind die alle aktuell, oder reichen auch welche zurück bis ins neunzehnte Jahrhundert?«

Er lächelte: »Mit welchem Fall kann ich Ihnen denn dienen?«

Sophie fühlte sich ertappt. Sie hatte sich erst einmal vorsichtig vortasten wollen, aber nun sah es so aus, als bäte sie ihn schon wieder um Hilfe. Wie sollte sie ihm das jemals vergelten?

»Es geht um einen Mord. Im Jahre 1881 wurde die Farmersfrau Melanie McLean von ihrem Mann Philipp erschlagen. Ich hätte gern gewusst, warum der nur zwei Jahre bekommen hat.«

John betrachtete sie prüfend. »Ist der Mann ein Vorfahre von Ihnen?«

»Um Gottes willen, nein! Das ist ein Zufall, dass meine Mutter so hieß!«, erwiderte Sophie empört.

»Ich will mal sehen, was sich machen lässt«, versprach John, während er einen Blick auf seine Armbanduhr warf.

»Wollen wir wieder zu den anderen gehen? In drei Minuten ist Mitternacht.«

»Hier ist es doch viel schöner!« Sophie wandte sich ihm zu.

Auch in seinen dunklen Locken verfing sich jetzt der Wind. Er sah sie durchdringend an. Sophie konnte seinen Blick nicht deuten. Sie hätte zu gern gewusst, was er in diesem Moment dachte, aber da näherte sich sein Mund bereits dem ihren. Sie spürte seine kühlen Lippen, spürte Leidenschaft und Zurückhaltung zugleich. Sophie vergaß alle Bedenken und erwiderte seinen Kuss. Ihr Körper stand in Flammen. Als sie sich voneinander lösten, raunte er mit belegter Stimme: »Ich wünsche dir, dass alle deine Wünsche in diesem Jahr in Erfüllung gehen mögen!«

»Das wünsche ich dir auch!«, hauchte Sophie, ein wenig verlegen, weil ihr nichts Besseres eingefallen war.

»Hier bist du, ich suche dich schon überall!« Der Vorwurf war nicht zu überhören. Schon warf die Blondine, die John vorhin zum Tanzen aufgefordert hatte, sich neben ihn in den Sand und umarmte ihn herzlich.

»Das ist Lynn, und das ist Sophie, eine Mandantin von mir«, stellte John die beiden Frauen einander vor.

Es war Lynn deutlich anzumerken, dass sie kein Interesse daran hatte, Sophie näher kennenzulernen. Und auch Sophie fühlte sich sichtlich unwohl. *Eine Mandantin* war sie also in seinen Augen. Ob er alle seine Mandantinnen so inniglich küsste? Und warum hatte er ihr nicht gesagt, wer die Blonde war? Seine Friseuse, seine Therapeutin – oder etwa seine Freundin?

Sophie wandte den Blick von den beiden ab, denn Lynn hatte

ihren blonden Schopf nun zärtlich an seine Schulter gelegt. »Ich muss los!« Abrupt sprang Sophie auf. John stand ebenfalls auf. »Ich begleite dich!«

»Musst du wirklich schon gehen?«, quengelte Lynn.

»Ich bin gleich wieder da«, versprach John und fragte Sophie sachlich: »Willst du dich noch von Judith verabschieden?«

Sophie nickte.

Der Anwältin schien es schon wieder besser zu gehen, jedenfalls tat sie so, als Sophie und John auf die Veranda traten.

»Ich wünsche Ihnen, dass Ihr Freund ein wunderbarer Vater wird!«, raunte Sophie Judith beim Abschied zu, lächelte sie dankbar an und drückte ihre Hand.

»Und ich wünsche Ihnen, dass sich alles zu Ihrer Zufriedenheit aufklärt und Sie endlich um Ihre Mutter trauern können«, sagte Judith und überraschte Sophie mit einem Kuss auf die Wange.

Schweigend fuhren Sophie und John in die Stadt zurück. Er hatte einen neuseeländischen Radiosender angeschaltet. Ein Neujahrskonzert. Ausgerechnet das Opus zwanzig, die *Sonnenquartette,* durchfuhr es Sophie. Emma hat Haydn so geliebt!

Als sie die Innenstadt erreichten, waren die Straßen voller Menschen, aber Sophie hatte nur noch den einen Wunsch: allein zu sein!

Dieses Mal aber machte John nicht einmal Anstalten, sie bis vor die Zimmertür zu begleiten; er schien es eilig zu haben. Klar, er will zurück zur Party, dachte Sophie traurig. Die Langbeinige mit dem Minirock wartet.

Er sagte zum Abschied nur freundlich: »Ich hoffe, wir sehen uns bald wieder.« Er war zwar mit ausgestiegen, aber an einen Abschiedskuss war nicht zu denken, denn er wahrte einen gehörigen Abstand zu ihr.

»Würdest du mich morgen nach *Pakeha*, ich meine Ocean Grove, begleiten?«, hörte sich Sophie nun fragen und lief augenblicklich rot an. Das hatte sie doch gar nicht sagen wollen, denn sie wollte auf keinen Fall aufdringlich wirken, aber Johns Gesicht hellte sich merklich auf.

»Gern! Ich hole dich gegen Mittag ab! Und zerbrich dir nicht unnötig den Kopf über diesen Holden. Wie ich hörte, hast du ja schon einen Detektiv auf ihn angesetzt.«

»Woher weißt du das?«, entfuhr es Sophie erschrocken. Sie hatte es ihm jedenfalls nicht erzählt.

»Von Wilson!«, erwiderte er breit grinsend.

»Aber warum hast du mir denn nicht gesagt, dass du den kennst?«, fauchte Sophie empört.

»Was hätte ich denn sagen sollen? Wilson ist die schmierigste, geldgeilste Ratte von ganz Dunedin, aber wir arbeiten alle mit ihm?« John grinste immer noch.

Sophie aber wurde immer wütender. »Und wieso sagt er dir, dass ich einen Thomas Holden suche?«

»Schließlich muss ich auch in knapp acht Wochen wissen, wo der sich aufhält, um ihn von seinem Erbe zu unterrichten. Deshalb wollte ich Wilson einschalten. Und der sagte nur: ›John, das mache ich für einen alten Kumpel wie dich natürlich umsonst! Die deutsche Lady zahlt, und ich werde dich vom Stand der Dinge unterrichten.‹ Bis morgen, Sophie.«

Sophie war völlig verdutzt. Sie hätte gern noch Näheres über diesen seltsamen Deal auf ihre Kosten erfahren, aber da stieg John bereits wieder in seinen Jeep.

Nachdenklich betrat Sophie das Hotel. Bevor sie auf ihr Zimmer ging, schaltete sie den Hotelcomputer in der Lobby an und sah nach, wo Samoa lag. Genau dort, wo ich es vermutet habe, stellte sie befriedigt fest. Im südwestlichen Pazifik.

Sophie lag auf dem Bett und grübelte über die Ereignisse des Tages nach. In die beschämenden Gedanken an ihren absurden Verdacht bezüglich Tom schlich sich immer wieder der Kuss ein.

Schließlich sprang Sophie auf und griff sich das Manuskript. Sie hatte noch gar nicht angefangen zu lesen, als ihr das brüchige Büchlein aus Emmas Nachlass einfiel. Die Kiste hatte sie in die hinterletzte Ecke des Schrankes geschoben, noch hinter Emmas Handtasche. Nun zerrte sie sie aus dem Versteck, öffnete sie, nahm gezielt das schwarze Buch heraus und blätterte es auf. *Otago 1863*, das konnte sie gerade noch lesen. Alles andere war in einer Schrift geschrieben, die sie nicht entziffern konnte, aber es gab keinen Zweifel: Das hier war Annas Tagebuch, und Emma hatte es nicht nur gelesen, sondern sich auch die Mühe gemacht, ihr, Sophie, die wichtigsten Stationen im Leben ihrer Ahnin nahezubringen.

Nachdenklich legte Sophie den Band in die Kiste zurück, schloss den Deckel und ließ sie wieder im Schrank verschwinden, aber nicht, ohne vorher die Daguerrotypie noch einmal zu betrachten. Dieses Mal nahm sie Christian genauer unter die Lupe. Wenn sie ihn jetzt so mit Abstand betrachtete, konnte er einem eigentlich leidtun. Wie gehemmt er in die Kamera blickte! Kein schönes Leben, das er da gehabt hatte!

Apia
Januar bis März 1906

Kopfschüttelnd las Kate an diesem feuchtheißen Tag den Brief, den ihr Max Schomberger soeben zugesteckt hatte. Ausgerechnet der Sohn des ihr verhassten Dorfschullehrers, der erst kürzlich mit seiner Mutter aus Deutschland auf Samoa eingetroffen war, verehrte sie glühend.

Wenn das der Herr Papa lesen würde!, dachte Kate belustigt. Er wimmelt nur so von Fehlern. Sie runzelte die Stirn. Er hatte wieder ein Gedicht beigelegt! Der Junge nutzte jede Gelegenheit, um ihr nahe zu sein. Vorhin war ein Paket Bücher angekommen, und der behäbige Max hatte ihr angeboten, das schwere Paket für sie zu tragen. Sie hatte es ihm gestattet und dafür in Kauf genommen, dass er sie mit Hundeaugen anschwärmte. Vor ihrem Haus hatte er ihr dann diesen Brief in die Hand gedrückt und war fortgelaufen, bevor sie ihn lesen konnte. Kate seufzte. Der Junge war bestimmt nicht hässlich und auch von freundlicher Natur, im Gegensatz zu seinem bösartigen Vater, aber seine Zuneigung ließ Kate kalt. Wenn sie davon träumte, in Männerarmen zu liegen, gehörten die nur dem einen: Manono! Ihr Herz klopfte allein bei dem Gedanken an ihn. Sie versuchte jedoch, ihre Gefühle zu unterdrücken. Schließlich hatte sie Granny ein Versprechen gegeben, aber ihr Körper sprach eine andere Sprache. Jede noch so unschuldige und zufällige Berührung, wenn sie ihm Unterricht in deutscher Sprache erteilte, entfachte ein Feuer in ihr. Sie freute sich unbändig auf den Nachmittag. Gleich würde er sie in seiner Sprache unterrichten. Diese heimlichen Stunden waren die schönsten für Kate. Sie trafen sich für den Samoanisch-Unterricht nur dann, wenn Großmutter ganz bestimmt im Kontor war.

Gelangweilt faltete Kate nun den Zettel mit Max' literarischen Ergüssen auseinander. *Du trägst so rote Rosen, du schaust so freudenreich, du kannst so fröhlich kosen, was stehst du still und bleich,* musste sie da lesen, und sie fragte sich, für wie ungebildet er sie eigentlich hielt.

Das Gedicht war mit seinem Namen unterzeichnet, aber Kate wusste sofort, dass es aus Eichendorffs Feder stammte. Nicht umsonst hatte sie sich in den sechs Jahren, die sie inzwischen hier lebte, die Werke sämtlicher deutscher Dichter zu Gemüte geführt. Anfangs hatte sie geglaubt, darüber in Kontakt mit den Frauen der deutschen Kolonie zu kommen, aber vergeblich. Die meisten kannten ihre Dichter gar nicht oder nur flüchtig.

»Eichendorff?«, hatte Frau Wohlrabe neulich geziert gefragt und dann hinzugefügt: »Ach, Eichendorff. Natürlich!«

Kate hatte ihr an der Nasenspitze angesehen, dass sie ihn nicht kannte, sondern sich nur mittels eines Halbwissens aus der unangenehmen Lage zu manövrieren versucht hatte. Dass sich der arme Max nun mit fremden Federn zu schmücken versuchte, missfiel Kate außerordentlich. Und das als Sohn eines Lehrers!

Kate musste unwillkürlich lachen, denn erst neulich hatte sie Großmutter ein wenig foppen wollen und sie mit ernster Miene gefragt, ob sie wohl den Max Schomberger heiraten solle.

Granny hatte voller Entsetzen ausgerufen: »Das ist ein großer Klotz. Niemals!« Nein, der Mann, der Gnade vor Grannys Augen finden würde, musste noch geboren werden! Außerdem gab es schließlich das Versprechen, an das Kate sich trotz ihrer Sehnsüchte gebunden fühlte. Sie würde den süßen Versuchungen der Liebe entsagen, doch allein bei dem Gedanken, dass sie bald wieder dicht neben Manono am Tisch sitzen würde, wurde ihr ganz warm im Bauch. Kate versuchte krampfhaft an ihre Zukunft zu denken. Sie würde tun, was die Großmutter von ihr verlangte!

Dieser Vorsatz kam ins Wanken, als Manono jetzt auf sie zutrat und ein Schauer ihren ganzen Körper durchrieselte.

Er lächelte sie an und setzte sich zu ihr. Sie rückten so dicht zusammen, wie sie nur konnten. Das machten sie nun schon seit über einem Jahr. Erst zaghaft und dann immer näher und näher. Sie redeten nicht darüber, sondern ließen einfach ihre nackten Arme sprechen. Kate spürte ein wohliges Prickeln, als sie seinen muskulösen Arm zart berührte.

Sie bewunderte nicht nur seinen Körper, sondern auch seine rasche Auffassungsgabe und seine Qualität als Lehrer.

»*Oh faapefea mai oe?*«, fragte er in seinem fremden Singsang.

»Mir geht es gut«, erwiderte Kate und strahlte ihn an.

Nun fragte er sie einige Wörter ab, die er ihr beim letzten Mal beigebracht hatte. Kate wusste sie alle. Manono lobte sie. Ihre Blicke trafen sich, und Kate wusste plötzlich, dass er sich genauso nach ihr sehnte wie sie sich nach ihm. Wie von selbst fanden sich ihre Hände und verflochten sich unschuldig ineinander. Eine halbe Ewigkeit blickten sie sich an. Kate hatte das Gefühl, sie würde bis auf die Tiefe des Meeresgrundes blicken. Ein Zittern ließ ihren Körper erbeben.

»Auseinander!«, schrie nun eine Stimme, die sich vor Aufregung überschlug.

Wie ein Racheengel stand Granny vor ihnen. Mit verzerrtem Gesicht und hocherhobenen Armen.

»Ins Haus mit dir!«, befahl sie Kate barsch.

Kate zögerte, aber sie gehorchte schließlich. Da die Wände dünn waren, konnte sie jedes grobe Wort mit anhören, das Granny Manono an den Kopf warf.

»Du undankbarer Bastard, du! Ich warne dich. Wenn du es

auch nur noch einmal wagst, meine Enkelin anzufassen, dann schicke ich dich dahin, wo ich dich hergeholt habe. In die Mission!« Sogar ihr keuchender Atem war zu hören.

Dann vernahm Kate seine Stimme. Ruhig und eindringlich.

»Sie mögen stark sein, aber gegen die Liebe sind Sie nicht stark genug!«

Dieser Satz brannte sich in Kates Herz ein.

Draußen herrschte Schweigen, bis Granny aus Leibeskräften brüllte: »Was weißt du schon von der Liebe? Die Liebe ist vom Teufel. Und die Liebe zwischen einem Samoaner und einer weißen Frau, die gibt es nicht! Wage es ja nicht, auch nur noch ein Wort an meine Enkelin zu richten! Such dir schnellstens eine deinesgleichen zum Liebemachen!« Dann fügte sie versöhnlicher hinzu: »Manono, versteh mich bitte nicht falsch. Ich schätze dich. Du bist ein guter Mensch, und ich möchte dich als Mitarbeiter nicht verlieren. Aber hier hast du nichts mehr zu suchen. Mach dich sofort auf zur Plantage! Brenner kann dort oben jede Hilfe gebrauchen!«

»Darf ich mich noch von ihr verabschieden?«, fragte er mit fester Stimme.

»Sofort, habe ich gesagt. Ich werde heute noch veranlassen, dass dir deine Sachen gebracht werden, aber jetzt geh. Hau ab!«

Kate lauschte diesen Worten wie erstarrt. Sie überlegte, ob sie nach draußen rennen und sich von Manono verabschieden sollte, aber sie konnte nicht. Ihre Beine waren schwer und der Kopf völlig leer. Regungslos saß sie da, als Granny das Haus betrat.

»Du wirst kein Wort mehr an ihn richten, verstanden?«, herrschte sie Kate an.

Kate nickte schwach und fragte sich, ob sie das ihrer Großmutter wohl jemals würde verzeihen können.

Kate traf Manono seitdem allenfalls beim Einkaufen, doch Granny blieb stets in ihrer Nähe und verhinderte, dass sie einander Botschaften zukommen ließen. Ein höflicher Gruß von ferne. Mehr war nicht möglich.

Trübsinnig stierte Kate auf den Hafen. Sie malte nicht mehr, lernte nicht mehr und las nicht mehr. Granny war sichtlich bemüht, sie aufzuheitern. Vergeblich.

»Vergiss nicht, nachher zum Hafen hinunterzugehen. Denk daran, dass diese Maria ankommt. Ich habe keine Zeit, sie zu begrüßen, weil ich zur Plantage muss.«

Kate sah ihre Großmutter herausfordernd an. »Zur Plantage könnte ich doch fahren!«, schlug sie vor.

Anna seufzte. »Du weißt doch, dass es nicht geht!«

Kate biss die Zähne zusammen. Natürlich wusste sie, dass Großmutter es nicht erlauben würde. Seit Manono dort oben lebte, war es ihr – sehr zu Brenners Kummer – verboten, auf die Plantage zu fahren.

»Ich kann mich also darauf verlassen, dass du sie abholst, oder?«

»Ja!«, fauchte Kate unwirsch. Sie hatte nicht die geringste Lust, zum Hafen zu eilen, um eines der heiratswilligen deutschen Fräulein in Empfang zu nehmen. Onkel Rasmus hatte eine entfernte verarmte Verwandte aus Bayern für Brenner ausgewählt. Kate musste unwillkürlich grinsen. Zu spät, denn als er erfahren hatte, dass das Schiff mit den ledigen Damen unterwegs war, hatte er ganz schnell seine Loana geheiratet und geschwängert.

Lustlos machte sich Kate auf den Weg. Unten am Hafen standen bereits ein paar Herren in Sonntagsanzügen herum. Als das Schiff einlief, wurden sie zunehmend nervös. Kate beobachtete das mit sichtlichem Vergnügen.

Und dann kamen die heiratswilligen Damen, eine nach der

anderen, blass und erschöpft an Land geklettert. Zum Schluss eine üppige Brünette mit wachen Augen. Als »üppige Brünette« hatte Rasmus Maria angekündigt. Kate trat einen Schritt auf sie zu: »Sind Sie Maria? Hergeschickt von den Hamburger Wortemanns?«

Die junge Frau nickte und stellte sich in einer deutschen Mundart vor, die in Kates Ohren fremd klang. Dann unterbrach sie sich und lachte breit. »Mei, da schau her, du verstehst mi nit. Dann will ich mal versuchen, Hochdeutsch zu reden. Also, ich bin die Maria, eine von der armen Verwandtschaft, die, wo sie meinten, keinen Mann mehr abkriegen würde.« Sie lachte herzerfrischend.

Kate fiel in das Lachen ein. Das Eis war gebrochen.

Als Kate und Maria schließlich auf der Veranda saßen, wollte Maria wissen, ob ihr Zukünftiger sehr hässlich sei. Da fasste sich Kate ein Herz. Einmal musste es die angehende Braut schließlich erfahren, dass der Bräutigam nicht mehr zur Verfügung stand. »Ich muss dich enttäuschen. Er ist bereits verheiratet!«

Statt in Tränen auszubrechen, umarmte Maria Kate überschwänglich. »Der Herrgott hat meine Gebete erhört. Ich bin schon gern fort aus meinem Dorf, aber ich wollte eigentlich keinen Mann heiraten, den ich nicht kenne. Ich tät ihn mir lieber selber aussuchen!«

Kate grinste. »Dazu wirst du genügend Gelegenheit haben. Die Herren der Handelsgesellschaft und auch die meisten Pflanzer wandeln hier auf Freiersfüßen.«

Mit diesem Tag begann Kate wieder zu malen, zu lernen und zu lesen, denn sie hatte eine Freundin gefunden. Obwohl Maria das Gegenteil von ihr war, verstanden sie sich prächtig. Maria machte sich im Haus unentbehrlich und wurde ganz schnell

Paulas erklärter Liebling. Die abendlichen Gespräche und die gemeinsamen Strandspaziergänge mit ihr brachten ein wenig Abwechslung in Kates Leben und heiterten sie auf.

Nur eines vertraute Kate der neuen Freundin nicht an: dass sie sich jede Nacht vor dem Einschlafen vor Sehnsucht nach Manono verzehrte!

Apia
im September 1908

»Endlich!«, dachte Kate aufgeregt. Sie stieß einen tiefen Seufzer aus. Loana, die neben ihr am Tisch saß, weil sie einmal die Woche zum Unterricht kam, schlug die Hände vor dem Gesicht zusammen und jammerte: »Missy wirft mich raus. Und Otto wird sie auch entlassen, wenn sie das erfährt!«

»Das erfährt doch keiner. So ein kleines Briefchen!« Damit versuchte Kate, Loana zum Schweigen zu bringen. Mit diesen Worten tastete sie in den Ausschnitt ihres Kleides, um nachzusehen, ob der Schatz, den Loana ihr am Morgen von der Plantage mitgebracht hatte, auch wirklich noch da war.

»Wenn ich gewusst hätte, dass deine Augen leuchten wie die eines Flughundes in der Nacht, hätte ich dir den Brief nicht überbracht. Oh weh, oh weh!«

»Loana, was um Himmels willen soll denn schon geschehen?«, fragte Kate lachend. »Du bist ja schon genau so furchtsam wie Granny.«

»Nimm es nicht auf die leichte Schulter! Meine Ehe mit einem weißen Mann ist meinem Stamm ein Dorn im Auge; unsere Kinder werden als Mischlinge beschimpft. Aber dass einer unserer Männer sich eine weiße Frau nimmt, das ist unvorstellbar und bedeutet für alle nur Leid.«

»Aber es ist doch nur ein Brief!«, protestierte Kate schwach.

»Und du schwörst zu deinem Gott, dass du ihn nicht treffen wirst?« Loana blickte Kate aus ihren samtigen braunen Augen bittend an.

»Stimmt es eigentlich, dass sich dein Mann von deinen Leuten hat tätowieren lassen?«, versuchte Kate sie abzulenken, aber Loana durchschaute das Manöver. »Schwörst du?«

Kate rollte genervt mit den Augen. »Du bist ja noch schlimmer als Granny. Manono und ich wollen doch nur ein wenig miteinander reden. Sieh mal, ich habe eure Sprache schon fast wieder verlernt. Mehr als *O faapefea mai oe* will mir partout nicht einfallen.«

»Mehr als ›Wie geht's?‹ musst du auch gar nicht können!«, erwiderte Loana spitz.

Kate seufzte. Sie hatte sich von Loana ein wenig mehr Unterstützung erwartet. »Aber kein Wort zu Granny!«, schärfte sie ihr jetzt ein.

»Bin ich verrückt? Dann bin ich schuld und Missy bringt mich um!«

Kate war in Gedanken längst bei der Umsetzung ihres Plans. Würde sie es überhaupt schaffen, sich heute Abend ungesehen aus dem Haus zu schleichen? Er hatte sich mit ihr gar nicht weit von hier verabredet. Gleich hinter dem Haus, wo es zum Strand ging.

Die Stunden bis zum Abend vergingen für Kate so langsam wie Jahre. Paula legte sich gleich nach dem Essen wegen Unwohlseins ins Bett, und auch Großmutter schien ziemlich erschöpft zu sein. Sie hatte auf der Plantage den Zustand der Palmen und der Kakaopflanzen inspiziert.

»Bleib nicht mehr so lange auf!«, ermahnte sie ihre Enkelin, als sie im Haus verschwand.

Kate wartete noch eine Weile, bis alle Lichter erloschen waren. Dann verließ sie auf bloßen Füßen die Veranda, schlich hinten durch den Garten und stieg über die Hecke ins Freie. Auf der anderen Seite des Weges tauchte bereits eine gut gebaute Gestalt im Mondschein auf. Ehe Kate sich versah, fing ihr Herz zu pochen an. Mit jedem Schritt, den sie ihm entgegenlief, ein wenig mehr. Er trug nicht das gewohnte Tuch, sondern eine Hose wie die Weißen und ein Hemd, war jedoch barfuß.

Manono streckte ihr die Hände entgegen, die Kate vertrauensvoll ergriff. Sie spürte, dass heute etwas Besonderes mit ihnen geschehen würde, als sie einander anschauten, als seien sie sich noch nie zuvor begegnet. Kate konnte sich nicht losreißen von seinen samtigen braunen Augen. Sie sprachen kein Wort, bis Manono einen Schritt auf sie zumachte, sie umarmte und an sich drückte.

»Gehen wir zum Strand?«, hauchte er in ihr Ohr.

»Gern!«, erwiderte sie heiser.

Arm in Arm schlenderten sie über den feinen weißen Sand. Kleine Wellen brachen sich am Strand.

»O faapefea mai oe?«, fragte Kate.

»Jeder Tag ohne dich ist ein verlorener Tag«, erwiderte er, ohne zu zögern.

Beim Klang seiner tiefen Stimme begann Kate zu zittern.

Dann erzählte er von Brenner, den er tief in sein Herz geschlossen habe, und von der Arbeit mit den Pflanzen, die wuchsen und gediehen und Granny reiche Ernte bescherten.

Kate lächelte. Alle, die Großmutter nahestanden, nannten sie Granny.

»Ist sie gut zu dir gewesen?«, wollte Kate wissen.

»Sie ist wirklich eine gute Palagí, eine gute weiße Frau. Sie hat versprochen, dass ich auf der Plantage bleiben kann, solange ich lebe. Und sie hat mir gesagt, dass ich ein guter Pflanzer bin. Obwohl ich eigentlich nicht möchte, dass die Deutschen sich als Herren über uns aufspielen, aber Granny ist besser als die anderen.«

»Großmutter ist wunderbar. Nur unsere Liebe, die hasst sie, glaube ich«, presste Kate hervor.

In diesem Augenblick ließen sie sich in den Sand fallen. Kate versuchte, an gar nichts mehr zu denken außer an das Prickeln, das durch ihren Körper fuhr, weil er sie nun zärtlich berührte. Sie küssten sich und streichelten einander. Kate stöhnte laut auf. Danach hatte sie sich in vielen schlaflosen Nächten gesehnt! Jetzt, wo er sie berührte, war sie sicher, dass sie das die ganze Zeit über gewollt hatte. Seine Hände auf ihrem Körper, ein wenig unbeholfen und vor Erregung zitternd. Sie zitterten so, dass er es kaum schaffte, ihr Kleid zu öffnen. Als er es endlich geschafft hatte, sie zu entkleiden, betrachtete er sie andächtig, wie sie nackt vor ihm lag. Dann zog er seine Hose aus und entblößte seine muskulösen tätowierten Beine.

»Du bist so wunderschön! Du bist die erste Frau, die ich liebe!«, flüsterte er, während er ihre Brüste streichelte, über ihre Hüfte und dann zart über die Außenseite ihres Schenkels strich. Es rührte Kate, dass er auf sie gewartet hatte. Das Wissen, dass es auch für ihn das erste Mal war, machte sie forscher. Sie streichelte seine braune Haut und scheute sich nicht, seine pralle Männlichkeit zu bewundern. Sie schmiegte sich in seine Arme und konnte gar nicht genug davon bekommen, ihn zu spüren und seinen Duft zu atmen. Leidenschaftlich wälzten sie sich im Sand. Als Manono schließlich in sie eindrang, schrie Kate auf, aber nicht vor Schmerz, sondern vor Lust. Das pure Verlangen, der Wunsch, ganz und für immer ihm zu gehören, erfüllte sie und ließ sie alles ringsum vergessen.

Als Manono schließlich von ihr abließ, küsste er innig ihren Mund, bevor er ihr versicherte, dass er sie bis an das Ende seiner Tage lieben werde.

Kate weinte vor Glück. Das war schöner als alles, was sie zuvor in ihrem Leben empfunden hatte. Manono suchte ihren Blick, bevor er ihren Namen in die Nacht hinausflüsterte. Erschöpft lagen sie nebeneinander und blickten in das unendliche Sternenzelt.

»Ich möchte dich heiraten und so viele Kinder von dir bekommen, wie Sterne am Himmel sind«, raunte Manono heiser.

»Ja, ich möchte auch Babys mit samtigen Augen und deiner weichen braunen Haut. Lauter kleine Manonos!«, flüsterte Kate aufgewühlt. Sie wusste nur noch das eine: Manono war der Mann, den sie liebte, ganz gleich, was die anderen dachten, allen voran ihre Großmutter! Sie liebte ihn mit jeder Faser ihres Körpers. Warum sollte sie nicht mit ihm eine Familie gründen? Sie musste Granny sagen, dass ihr Versprechen hinfällig war …

Sie lagen eine Weile schweigend nebeneinander im Sand.

»Willst du meine Frau werden?«, fragte Manono in die Stille hinein.

»Ja!«, antwortete Kate, die immer noch nicht glauben konnte, was ihr Körper unter seinen Händen für Freude empfunden hatte. Noch einmal, dachte sie, es soll noch nicht vorbei sein. Zart und fordernd berührte sie ihn. Und wieder liebten sie sich. Noch leidenschaftlicher als beim ersten Mal.

»Du bist meine kleine *niu palgi*«, stöhnte Manono, als er Kate erschöpft in seinem Arm hielt.

Kate lachte: »Deine fremde Kokosnuss?«

»Ja, du bist meine *niu alofa*. Meine Kokosnuss der Liebe. *Ou te alofa ia te oe!*«

»Ich liebe dich auch!«, flüsterte sie leise und stellte sich vor, wie es wäre, wenn sie erst mit ihm zusammenlebte. Oben auf der Plantage. Sie würden ein wunderbares Leben haben. Mit einem Mal kam Samoa ihr vor wie das Paradies auf Erden.

»Trotzdem müssen wir vernünftig sein.« Manono riss Kate aus ihren schwärmerischen Gedanken. »Ich bringe dich nach Hause, bevor deine Granny womöglich aufwacht und bemerkt, dass du fort bist.«

»Und wie geht es weiter mit uns?«, fragte Kate, die sich gar nicht von ihm lösen konnte.

»Ich warte, bis Granny das nächste Mal zur Plantage kommt, und dann werde ich ihr sagen, dass du meine Frau wirst«, erklärte Manono entschlossen.

»Und wenn sie es uns verbietet und dich fortschickt?«

»Dann gehen wir zusammen hinüber nach Sawaii. Dort brauchen sie auch Pflanzer. Dort werden wir unsere eigene Plantage haben. Und irgendwann ist es ohnehin wieder unser Land, verstehst du? Samoa den Samoanern! Dann haben die Weißen uns nichts mehr zu befehlen, und du wirst eine von uns.«

»Alles, was du willst«, versprach Kate, als sie sich schließlich angezogen gegenüberstanden.

Dunedin/Ocean Grove
1. Januar 2008

Sophie war so tief in die Lektüre versunken gewesen, dass sie sogar vergessen hatte, zum Frühstück zu gehen. Nun zeigte ihr Wecker bereits zwölf.

Ob es auch ein Tagebuch von Kate gibt?, fragte sie sich und sprang mit einem Satz aus dem Bett. Doch so sehr sie auch in der Holzkiste herumwühlte, sie fand kein Tagebuch von Kate. Dafür fiel Sophie ein Foto in die Hände. Sie erschrak. Die Ähnlichkeit mit ihr war verblüffend. Dasselbe dicke blonde Haar, der Mund, die Augen. Vor Selbstbewusstsein nur so strotzend, lehnte Kate an dem Pfeiler der Veranda in Sogi. Das Bild stammte eindeutig aus Samoa. Mit zitternden Fingern legte Sophie es zurück und griff nach dem Brief des Australisch-Neuseeländischen Armeecorps ANZAC, den sie vor wenigen Tagen in der Kanzlei bereits einmal in den Händen gehalten hatte. Sie überlegte kurz, ob sie ihn lesen sollte, aber dann entschied sie sich, ihn für später aufzuheben, wenn sie wüsste, was er zu bedeuten hatte.

In diesem Augenblick klingelte Sophies Zimmertelefon. John erkundigte sich, wann er sie abholen solle.

»In einer Stunde?«, schlug sie vor und bat ihn kleinlaut, ein Stückchen Brot mitzubringen, weil sie das Frühstück verpasst habe.

Sophie duschte flüchtig, band ihr Haar zu einem praktischen Pferdeschwanz zusammen und entschied sich für ein schwarzweiß gepunktetes Sommerkleid mit einem schwingenden Rock und Flip Flops. In Hamburg hatte sie es stets unmöglich gefunden, wenn Frauen mit diesen Badelatschen herumliefen, aber hier erschienen sie ihr nicht unpassend zu sein. Alles roch nach Strand und Meer. Sie verzichtete darauf, sich zu schminken, denn trotz des Sonnenschirms hatte ihr Gesicht durch den Aufenthalt am Strand eine zarte Bräune angenommen.

Pünktlich um eins stand John in seinem schwarzen Jeep vor dem Hotel. Er trug eine beige Hose und ein weißes Hemd. Eigentlich sah er nicht so aus, als habe er die Nacht durchgefeiert. Im Gegenteil, er wirkte ausgeruht.

»Wie war es denn noch so auf der Party?«, fragte Sophie scheinbar unbeteiligt.

»Ich bin erst gegen fünf in der Früh zurückgefahren«, erwiderte John und grinste, als er ihren fragenden Blick sah.

»Es ist zwar mein Haus, aber ich glaube, mich hat keiner vermisst. Außerdem hat Judith da übernachtet und sich um die Gäste gekümmert.«

»Du bist nicht zu deiner eigenen Party zurückgefahren?«, fragte Sophie erstaunt.

»Nein, ich kam auf dem Rückweg am Büro vorbei und habe mich spontan entschieden, noch ein paar unerledigte Geschichten anzugehen. Man kann so schön ungestört arbeiten, wenn alle anderen beschäftigt sind. Und du? Hast du die ganze Nacht die Aufzeichnungen deiner Mutter gelesen?«, fragte er interessiert.

Sophie stutzte. Warum will er das wissen? Gehört er nicht auch zu denjenigen, die Zugang zu Emmas Unterlagen hatten? Oh Gott, nicht, dass ich ihn gleich frage, ob er eigentlich Thomas Holden heißt!, bremste Sophie sich. Du siehst überall Gespenster, Sophie!

Als sie durch Ocean Grove fuhren, wurde Sophie nervös. Sie kaute an ihren Fingernägeln. Aus den Augenwinkeln beobachtete sie John, der nicht einen einzigen Blick auf die Karte warf, sondern durch den Ort fuhr, als wisse er genau, wo das Haus lag. Genauso sicher verließ er die Siedlung wieder, um kurz hinter dem Ortsschild in einen Schotterweg einzubiegen; mit traumwandlerischer Sicherheit fuhr er bis zum Ende und hielt. Vor ihnen breitete sich das Meer aus.

Wieso findet er den Weg so einfach?, fragte sich Sophie skeptisch.

»Da ist es!« John deutete auf ein Holzhaus zu seiner Linken.

Sophie wusste vom ersten Augenblick, dass das Haus sie an etwas erinnerte, aber es fiel ihr nicht ein, woran.

Sie stieg aus und folgte John. Er steuerte direkt auf die Veranda zu, deren Geländer mit Hängepflanzen verziert war. Auf der Veranda, die um das Haus herumführte und zum Meer geöffnet war, standen Korbmöbel.

Da fiel Sophie ein, warum ihr alles so bekannt vorkam: Das Haus war ein Abbild von Annas Haus auf Samoa! Hinter dem Gebäude breitete sich vor ihren Augen ein üppiger Garten aus. Es duftete nach den unterschiedlichsten exotischen Pflanzen. Düfte, die Sophie sofort völlig gefangen nahmen.

Mit zitternden Fingern schloss sie die Haustür auf, über der ein verwittertes Schild prangte. *Haus der Pakeha.* Sie traten in eine geräumige Diele. Es roch nach Holz und ein wenig stickig, so als sei länger nicht gelüftet worden. Von der Diele ging ein großes Zimmer ab. Offensichtlich das Wohnzimmer, das zwei großzügige Fenster besaß, von denen eines einen Ausblick in den Garten, das andere aufs Meer gewährte. Die Küche war nur durch einen Tresen abgetrennt. Das ist sicherlich ein großer Unterschied zum Original, dachte Sophie, und auch, dass das Haus in der zweiten Etage keinen Balkon besaß. Dort oben befanden sich ein Bad und zwei Schlafzimmer, ein großes und ein kleines. Sophie zog die Tür zum großen hastig hinter sich zu, nachdem sie einen Blick in den Raum geworfen hatte. Das Bett war ungemacht, und auf dem Boden verstreut lagen Emmas Sachen.

Sophie fragte sich immer noch fieberhaft, wieso er den Weg hierher problemlos gefunden hatte, aber sie wollte ihn auf keinen Fall fragen. Das war lächerlich, doch da hörte sie sich bereits spitz bemerken: »Du scheinst dich hier ja blendend auszukennen!«

»Natürlich! Ich habe mir die Karte vorher genau angesehen«, erwiderte er arglos. Dann trafen sich ihre Blicke.

»Sophie? Was ist eigentlich in dich gefahren? Du gibst mir

glatt das Gefühl, dass ich etwas verbrochen habe. Habe ich etwas falsch gemacht? Was ist los?«

Sophie lief rot an. Sie spürte, wie ihr heiß wurde, aber sie vermied es, ihn anzusehen. »Ich mache mir eben so meine Gedanken. Versetz dich doch mal in meine Lage: Du erfährst plötzlich, dass es ein Familiengeheimnis gibt. Würdest du da nicht alles hinterfragen?«

»Sophie, ich verstehe dich doch«, sagte er und legte beruhigend die Hand auf ihren Arm, während er fortfuhr: »Ich habe erst nach einem Unfall meines älteren Bruders erfahren, dass meine Eltern gar nicht meine leiblichen Eltern sind. Er war auf einem Treck am Mount Cook. Man hätte ihn mit der richtigen Blutgruppe retten können. Ich dachte, als sein Bruder wäre ich der ideale Retter, aber ich hatte eine andere Blutgruppe. Leider. Und da erst haben sie es mir gesagt. Das ist der Horror eines jeden Heranwachsenden. Eines Tages von den Eltern zu hören, dass man nur adoptiert ist. Aber ich fühlte mich glücklicherweise von meinen Eltern, die immer meine Eltern bleiben werden, über alles geliebt. Und es stellte sich dann später heraus, dass wir wirklich verwandt sind. Deshalb war der Schock nur halb so groß!«

Sophie schluckte trocken. In ihrer Fantasie malte sie sich sofort die ungeheuerlichsten Dinge aus. Er war also ein Adoptivkind! Wenn ihn das nicht verdächtig machte. Trotzdem war es schade, dass er seine Hand nun von ihrem Arm zurückzog.

»Und wo sind deine richtigen Eltern?«, fragte sie scheinbar beiläufig.

»Tot!«, erwiderte John lakonisch.

Sophie atmete tief durch. Sollte sie es wagen, ihm trotzdem noch eine Frage zu stellen?

»Ich kenne das nur allzu gut. Das mit den Familiengeheimnissen«, seufzte er nun und ließ den Blick über das Meer schweifen. In seinen Augen lag plötzlich eine tiefe Sehnsucht. Sophie vergaß ihr Misstrauen für einen Moment und spürte, wie ein zärtliches Gefühl von ihr Besitz ergriff. Sanft legte sie ihre Hand auf seine und drückte sie. Er nahm daraufhin ihre Hand und hielt sie ganz fest. Sein Blick war immer noch starr auf das Meer gerichtet. »Wilson hat übrigens eine Liste sämtlicher verfügbarer Thomas Holden Neuseelands gemacht, aber es ist nicht der richtige dabei. Noch nicht!«, erklärte er nun sachlich.

Sophie zog abrupt ihre Hand weg. Die romantische Stimmung war verflogen. »Woher willst du das wissen?«

»Weil ich sie gestern Nacht mit der Liste verglichen habe, die deine Mutter mir überlassen hat. Die hatte sie während ihres Aufenthaltes selber durchtelefoniert, aber ohne Erfolg!«

»Verdammt, warum hast du mir nicht von der Liste erzählt?«, fauchte Sophie vorwurfsvoll.

»Weil ich dir das ersparen wollte. Es reicht doch, dass Wilson und ich fieberhaft nach dem Kerl suchen. Ich wollte dich nicht damit belasten. Deshalb habe ich die Liste nicht erwähnt und auch nicht, dass deine Mutter völlig verzweifelt war, weil sie noch nicht die geringste Spur von ihm hatte.«

»Aber es muss doch irgendwelche Hinweise geben. Der Mann muss doch irgendwo zu finden sein!« Sophie klang aufgebracht.

»Deine Mutter hat sich bedeckt gehalten, um mir keine Hinweise zu geben, wer dieser Mann sein könnte, damit ich es dir nicht verraten kann. Und ich gebe zu, das hat sie gut vorausgesehen. Wenn ich auch nur ahnen würde, wo und wer dieser Kerl ist, würde ich ihn dir auf dem Silbertablett servieren«, erklärte John mit Nachdruck.

»Ob er ein Liebhaber meiner Mutter gewesen sein könnte?«
John runzelte die Stirn. »Keine Ahnung!«

»Hast du denn schon alle Einwohnermeldeämter durchforstet?«

John lachte. »Sophie, die Meldepflicht gibt es noch nicht so lange, und außerdem hat mir deine Mutter noch einen Hinweis gegeben. Sie sagte wortwörtlich: ›Er ist in Dunedin geboren, aber seine Geburt wurde den Behörden nicht gemeldet. Da werden Sie also nicht fündig.‹ Mehr möchte ich dir aber nicht verraten.«

»Was hat sie sich nur dabei gedacht? Dass ich Spaß daran habe, ihre Vergangenheit wie ein Puzzle zusammenzusetzen?« Sophie spürte wieder diese Wut in sich aufsteigen. »Meine Mutter sagte doch, ich solle es nicht aus schnöden Papieren erfahren, wer dieser Mann ist, sondern es fühlen. Und das könne ich nur, wenn ich ihre Geschichte in Ruhe lesen würde. Oder?«

John nickte gedankenverloren. »So etwas in der Art hat sie gesagt. Ja, ich erinnere mich.«

Sophies Augen begannen aufgeregt zu funkeln. »Und weißt du, was das bedeutet?«

»Nein!« John schaute sie fragend an.

»Das heißt, dass Emma ihre Geschichte aufgeschrieben hatte, bevor sie dir die Aufzeichnungen gebracht hat! Und dass in eurer Kanzlei die beschriebenen Seiten gegen leere ausgetauscht wurden. Verstehst du?«

»Ich gebe dir in einem Punkt recht. Ich glaube auch, dass deine Mutter ihre eigene Lebensgeschichte niedergeschrieben hat, aber wäre es nicht möglich, dass sie die woanders hinterlegt hat? Weil sie wusste, dass du versucht sein würdest, das Pferd vom Schwanz aufzuzäumen?«

»Du meinst, sie hat gewusst, dass ich die ganze Zeit wie eine Irre nach diesem Holden fahnde?«

John lächelte: »Ja! Glaubst du, ich merke nicht, dass du sogar mich verdächtigst? Ich habe den Eindruck, deine Mutter hat dich über alles geliebt und wollte dir noch etwas mitgeben für deinen Lebensweg. Sei also nicht allzu hart in deinem Urteil. Ich vermute, sie wollte, dass du es zum rechten Zeitpunkt erfährst.«

»Und was rätst du mir?« Sophie war knallrot angelaufen.

»Ehrlich?«

»Ja, ehrlich.«

John zögerte, aber dann sagte er, während er sie mit ernstem Blick ansah: »Ich würde dir raten, die Anweisung deiner Mutter zu befolgen und alles geduldig zu lesen. Dann wird sich sicher auch das letzte Geheimnis lüften. Glaub mir!«

»Okay, morgen rufe ich meinen Vorgesetzten an und bitte um Sonderurlaub. Um meinen Lebensunterhalt muss ich mir ja keine Sorgen mehr machen.« Dann fragte sie John unvermittelt: »Hat man dir damals verraten, wer deine leiblichen Eltern sind?«

»Oh nein, sie haben mir weismachen wollen, sie wüssten es nicht. Man hätte mich als Baby angenommen. Und ich habe alles versucht, um es herauszufinden. Jeden habe ich verdächtigt, meine Mutter zu sein. Eine Zeit lang habe ich mir sogar eingebildet, dass eine durchgedrehte Mandantin meine Mutter sei. Es war furchtbar. Das bekam mein Vater mit, und er sagte eines Tages, kurz bevor er starb: ›Mach dich nicht verrückt, mein Junge. Du wirst es noch früh genug erfahren. Großes Ehrenwort! Die Lösung liegt näher, als du denkst.‹«

»Und? Hast du es erfahren?«

John holte tief Luft. »Ja, am Abend von Vaters Beerdigung. Da hat meine Mutter es mir gesagt. Er hätte es zu Lebzeiten nicht ertragen, dass ich es erfuhr. Dabei war es ganz einfach und erklärte meine große Verbundenheit mit meinen Eltern und die frappierende Ähnlichkeit zwischen meinem Vater und mir. Ich war der Sohn ihrer drogenabhängigen Tochter. Ich war also ihr Enkelkind, nicht ihr Sohn. Gehörte also irgendwie schon zur Familie.«

Mit diesen Worten sprang der Anwalt von seinem Korbsessel auf, zog auch Sophie von ihrem empor und sagte: »Und jetzt wollen wir mal schauen, was das Leben uns heute zu bieten hat! Die Vergangenheit ist nicht mehr zu ändern, aber dieser Tag ist noch jung.«

Sie wanderten erst am Meer, dann auf dem Klippenweg entlang, jeder in eigene Gedanken versunken, bis unter ihnen ein menschenleerer Strand auftauchte.

»Schau nur!«, rief Sophie entzückt aus, als sie dort eine Pinguinfamilie erblickte. Über einen Wanderweg gelangten sie hinunter ans Wasser, aber von den Pinguinen keine Spur.

»Wer als Erstes im Wasser ist!«, rief John übermütig, während er sich bereits das Hemd aufknöpfte.

»Das ist unfair!«, protestierte Sophie. Dennoch zog sie, ohne zu zögern, ihr dünnes Sommerkleid aus. Juchzend hüpfte sie in die leichten Wellen. Es war ein Schock. Das Meer war erbärmlich kalt, aber sie verzog keine Miene, sondern schwamm neben John her, als wäre sie in einen warmen Pool gesprungen. Zurück am Strand, legten sie sich nass und spärlich bekleidet, wie sie waren, nebeneinander in den Sand.

»Wir dürfen hier nicht verbrutzeln«, warnte John, als Sophie sich gerade wünschte, er würde sich über sie beugen und sie küssen. Er sprang auf und zog sich wieder an. Sophie ließ sich mehr Zeit, vor allem, weil sie in der Ferne eine Pinguinkolonie zu erkennen glaubte.

»Komm, wir gehen etwas essen!«, schlug John nun vor, und da erst spürte Sophie ihren leeren Magen.

Im Pub in St Kilda war der Teufel los. Sophie und John setzten sich nach draußen unter eine Markise. Die Besitzerin, eine grauhaarige alte Frau, die schon etwas gebückt ging, schlurfte missmutig an den Tisch, nahm mürrisch die Bestellung entgegen, aber dann blieb ihr Blick an Sophie hängen, und ihr Gesicht hellte sich auf.

Mit krächzender Stimme murmelte sie: »Entschuldigen Sie, dass ich Sie einfach anspreche, aber Sie sind Kate wie aus dem Gesicht geschnitten. Sie sind doch bestimmt eine McLean, nicht wahr?«

Sophie nickte schwach, und ehe sie sich versah, stammelte die alte Frau gerührt: »Wir haben ja alle von Emma gehört, und es tut uns so leid …«

»Haben Sie meine Mutter gekannt?«, fragte Sophie heiser.

Ein Leuchten huschte über das Gesicht der Alten. »Aber natürlich, seit sie ein kleines Mädchen war. Ich habe auf sie aufgepasst, wenn sie im Sommer hier war. Ich war so geschockt, als das Unfassbare geschah. Sie muss wirklich sehr krank gewesen sein, um so etwas zu tun … Ach, wir sprechen besser nicht davon! Lassen wir die Vergangenheit ruhen.«

Sophie wurde kreideweiß. Diese Frau wusste anscheinend etwas über Emma. Kannte sie gar ihr Geheimnis? Sie musste also nur fragen: Dann kennen Sie sicher auch Thomas Holden? Es lag ihr schon auf der Zunge, aber da traf sie ein warnender Blick von John, der ihr abzuraten schien. Sophie kämpfte mit sich. Es wäre so einfach, doch da zupfte John sie am Ärmel und raunte: »Ich habe doch keinen Appetit. Lass uns gehen!«

Hastig verabschiedeten sie sich von der alten Dame.

»Ich bin sehr stolz auf dich!«, bemerkte er und ergänzte: »Und ich glaube, deine Mutter wäre das auch.«

»John!«, bat sie nun, während sie zum Strandhaus zurückfuhren. »Ob du mir meine Sachen aus dem Hotel herbringen würdest? Ich habe das Gefühl, ich muss die Aufzeichnungen meiner Mutter in *Pakeha* zu Ende lesen.«

»Wird erledigt!«, erwiderte John prompt und hielt vor dem Haus an. Etwas in ihr hätte ihn gern mit ins Haus genommen, aber ein anderer Teil scheute sich vor Komplikationen. Für die Liebe war im Moment kein Platz in ihrem Leben.

John erlöste sie von weiteren Gewissensqualen. »Ich fahre dann mal. Morgen schaue ich mit deinen Sachen vorbei. Genügt das, oder soll ich lieber nachher noch einmal wiederkommen?«

Nachher!, verlangte ihr Körper, aber ihr Verstand wollte das Gegenteil.

»Nein, nein, das genügt. Bis morgen, John! Und danke fürs Bringen«, erwiderte sie schnell. Ihr Herz klopfte bis zum Halse, als sie ausstieg.

Sie wollte gerade die Beifahrertür hinter sich zuschlagen, als John rief: »Oh, bevor ich es vergesse. Ich habe gestern Nacht im Archiv gestöbert und den Fall Philipp McLean tatsächlich gefunden.«

Sophie ging zur Fahrertür hinüber. »Und, warum hat er so wenig bekommen?«

John runzelte die Stirn. »Ein fragwürdiges Urteil, in der Tat. Man hat dem Angeklagten Glauben geschenkt. Er hat behauptet, er habe den Lampenfuß in dem Augenblick zufällig in der Hand gehalten. Er habe niemals zuschlagen wollen, aber seine Frau habe ihn provoziert. Angeblich ist sie unflätig geworden, weil sie unter dem Einfluss eines obskuren Frauenkreises stand, der sie gegen ihren Mann aufgehetzt hat und in der widernatürliche Beziehungen gepflegt wurden …«

»Blödsinn!«, entfuhr es Sophie empört. »Anna und die anderen konnten doch nichts für Melanies Tod! Und sie hatten nichts miteinander. Das war Mord! Begangen von ihrem eigenen Mann!«

John sah sie erstaunt an. »Du scheinst den Fall ja bestens zu kennen.«

»Anna ist eine meiner Vorfahrinnen, und Melanie war ihre beste Freundin, die von ihrem Ehemann misshandelt worden war. Der muss einen Verbrecher zum Anwalt gehabt haben, der Mistkerl.«

John räusperte sich verlegen. »Ich muss zu meiner Schande gestehen, der Verbrecher war ein Cousin meines Ururgroßvaters mütterlicherseits. Soll ein übler Bursche gewesen sein, dieser Albert McDowell, erzählt man sich. Der hat ja sogar geschafft, dem Gericht weiszumachen, dass es quasi ein Unfall gewesen ist. Und er ihr den Schädel versehentlich mit dem Lampenfuß gespalten hat…« John unterbrach sich.

Sophie sah ihn an, als sähe sie Gespenster. »Sag das bitte noch mal! Albert McDowell?« Alles drehte sich vor ihren Augen.

»Sophie, was ist los?« John sprang aus dem Wagen und fing sie im letzten Augenblick auf. »Verdammt, du hast ja immer noch nichts gegessen!«

Mit diesen Worten angelte er mit der freien Hand aus dem Inneren des Wagens einen Kanten Weißbrot und forderte Sophie, die schon wieder auf ihren eigenen Beinen stehen konnte, streng auf hineinzubeißen.

Sophie tat, was er von ihr verlangte, und zermarterte sich das Hirn mit der Frage, ob sie ihm offenbaren sollte, warum ihr schwindlig geworden war. Albert McDowell, Johns verbitterter Bruder! Und wenn John Franklin mit Albert verwandt war, dann war er es ja auch mit Annas John!

»Sagt dir denn auch der Name John McDowell etwas?«, fragte sie vorsichtig.

John überlegte. »Da fragst du mich zu viel. Ich vergesse so etwas immer wieder. Ich weiß nur, dass die McDowells alle Anwälte waren. Zu meiner Schande muss ich gestehen, dass ich heute Morgen erst meine Mutter am Telefon fragen musste, ob dieser Albert wohl zu unserer Sippe gehörte. Ich kenne mich da gar nicht aus. Meine Ma – also ich nenne sie immer noch so – wusste sofort, wer er war. Sie konnte mir auch gleich sagen, dass er nicht zu den beliebteren McDowells gehörte. Im Gegenteil, er war wohl ein verschrobener Junggeselle. Sie hat zu Hause eine Ahnentafel und weiß zu jedem etwas zu sagen. Vielleicht hast du ja mal Lust, meine Ma kennenzulernen. Sie freut sich immer über Besuch, zumal ein Zweig ihrer väterlichen Linie deutschstämmig ist und sie sogar Deutsch spricht. Vielleicht fragst du meine Mutter nach meinem Namensvetter.«

Plötzlich war es Sophie zu viel. Der charmante Anwalt mitsamt seiner Verwandtschaftsverhältnisse und Fürsorge. »Ich werde darauf zurückkommen«, entgegnete sie förmlich. »Wir sehen uns morgen!« Mit diesen Worten reichte sie ihm ihre Hand, die er kräftig schüttelte.

»Ach, bevor ich es vergesse, mein windiger Vorfahre hatte allerdings auch leichtes Spiel, weil es einen Zeugen gab. Den zwanzigjährigen Sohn der Ermordeten. Paul McLean. Der hat die Tat angeblich beobachtet und behauptete, gesehen zu haben, wie sein Vater auf seine Mutter zugetreten sei, nachdem sie ihn angeblich schwer beleidigt hat. Sie soll ihn einen ›jämmerlichen Schlappschwanz‹ genannt haben. Und dann erst sei sein Vater auf sie zu und mit dem Lampenfuß in der Hand gestolpert. Unter uns, damit könnte ein Zeuge heute keinen Blumentopf mehr gewinnen. Das hat sogar der Richter damals im Urteil bemerkt. Die Aussagen des Sohnes seien zweifelhaft, aber das Gegenteil nicht zu beweisen. Wenn du mich fragst, hat der Vater ihn zu der Aussage gezwungen,«

»Davon bin ich überzeugt!«

»Ja, dann fahre ich mal!«, entgegnete John. Ihm war deutlich anzumerken, dass er viel lieber geblieben wäre.

»Auf Wiedersehen«, sagte Sophie knapp.

Sie sah den steinigen Weg entlang, nachdem sein Jeep schon lange verschwunden war, bevor sie gedankenverloren das Haus betrat. In der Diele blieb sie abrupt stehen. Eine Zeichnung fesselte ihre Aufmerksamkeit. Die Zeichnung eines hochgewachsenen Mannes mit krausem Haar, einer Nase, wie sie typisch für Polynesier war, und mit tätowierten Beinen, die unter einem Hüfttuch hervorlugten.

Manono!

Sophie verspürte beim Anblick des Bildes eine tiefe Sehnsucht danach, weiter zu lesen. Zunächst jedoch musste sie sich der Gegenwart stellen. Sie konnte unmöglich hier leben, umgeben von Emmas persönlichen Dingen, so als würde ihre Mutter jeden Augenblick zur Tür hereinkommen. Sophie begann im Bad. Sie sammelte das Duschgel, das Shampoo, benutzte Handtücher sowie den Kulturbeutel und die Zahnbürste ihrer Mutter zusammen und ließ alles in einer Plastiktüte verschwinden. Sie wollte sich in dem Zimmer einrichten, in dem Emma geschlafen hatte. Es war der schönere von beiden Schlafräumen. Es kostete sie sehr viel Überwindung, die am Boden liegende Kleidung, die Sachen aus dem Schrank und sogar das Foto auf dem Nachttisch, das sie, Sophie, mit achtzehn zeigte, zusammenzuraffen und alles nebenan im Kleiderschrank zu verstauen. Den Mut, alles wegzuwerfen oder nach Hinweisen zu durchsuchen, hatte Sophie nicht.

Schließlich riss sie das Fenster auf, ließ die frische Meeresluft hinein und putzte das Zimmer. Erst jetzt fiel Sophie auf, dass auch die Wände des Schlafzimmers mit gerahmten Zeichnungen geschmückt waren. Sophie hielt mit dem Saubermachen inne und betrachtete eine nach der anderen. Besonders eine Zeichnung, die offenbar Anna in einem Schaukelstuhl zeigte, faszinierte sie. Sie musste an den Spruch von Kates Freundin an deren zwölftem Geburtstag denken: »Sie sieht aus wie eine alte Krähe!« Da war etwas dran. Sie wirkte verhärmt und von Schicksalsschlägen gezeichnet.

Arme Anna!, dachte Sophie und konnte die Fortsetzung nicht mehr erwarten. Sie ließ den Besen einfach fallen und durchsuchte die Küchenschränke nach etwas Essbarem. Sie fand eine Tüte Chips. Mit ihrer Beute in der einen, dem Manuskript in der anderen Hand setzte sie sich auf die Veranda. Gierig riss sie die Tüte auf und griff hinein, bevor sie da weiterlas, wo sie am Morgen schweren Herzens aufgehört hatte.

Apia
Oktober 1908

Vier Wochen waren seit der heimlichen Liebesnacht vergangen, und Kate fühlte sich bestätigt. Die Welt drehte sich noch. Sie fühlte sich rundherum gesund und so lebenshungrig wie selten zuvor. Abgesehen davon, dass sie sich Tag und Nacht nach Manono sehnte und Maria sie ständig neckte, da sie ja wohl eine Träumerin geworden sei, ging es ihr wunderbar. Vor ihr auf dem Tisch lag ein Brief, den sie noch keines Blickes gewürdigt hatte.

»Ist es deswegen?«, fragte Maria neugierig und deutete auf den Umschlag.

Kate lachte laut auf. »Oh, nein, ganz bestimmt nicht.« Mit diesen Worten riss sie ihn auf und las: »Ich möchte dich heute Nachmittag am Hafen treffen …« Sie unterbrach sich kichernd und sagte: »In dem kleinen Satz zwei Fehler. Au weia! Aber schau, was der Max noch geschrieben hat!«

»Das will ich gar nicht wissen. Und ich finde es nicht gut, wie du dich über ihn lustig machst. Merkst du denn nicht, dass er dich heiraten will?«

Kate stutzte. Maria schaute verdrießlich drein.

»Kann es sein, dass du dich in ihn verliebt hast?«

»Und, wenn schon, er hat ja nur Augen für dich!«

Kate sah die Freundin nun ernst an. »Ich will ihn aber nicht! Auf keinen Fall, aber ich habe eine Idee. Vielleicht gehst du heute Nachmittag zum Hafen.«

»Aber er erwartet dich!«

»Sag ihm, dass ich krank bin, und vertraue ihm unter dem Siegel der Verschwiegenheit an, dass ich ihn unerträglich finde.«

»Aber ich würde dich doch niemals verraten!«

»Und wenn ich dich ausdrücklich darum bitte?«

»Das verstehe ich nicht!«

Kate stöhnte auf. Das war das Problem mit Maria. Sie brauchte manchmal etwas länger, um Zusammenhänge zu begreifen. »Das ist die Gelegenheit, ihn für dich zu gewinnen. Tröste ihn! Du wirst schon sehen. Den Antrag macht er dir!«

Maria lief rot an. »Du meinst, er würde mich fragen, ob …«

»Natürlich. Er ist gekränkt, weil ich ihn nicht mag, und du bist zur Stelle. Willst du ihn denn?«

»Ja, nichts lieber als das.«

Kate gab Maria einen ermunternden Stups. »Wenn dem so ist, worauf wartest du noch? Komm, wir suchen das passende Kleid aus.« Mit diesen Worten verschwanden sie kichernd im Haus.

Kaum hatte sich Maria aufgeregt zu dem Treffen mit Max Schomberger verabschiedet, als Granny sich die Treppen zur Veranda hinaufschleppte. Sie wirkte alt und gebrechlich, und in ihrem Gesicht stand nichts als Sorge geschrieben.

Kate erschrak. »Granny, was ist geschehen?«, fragte sie ängstlich.

Ihre Großmutter ließ sich ächzend auf einen Stuhl fallen. »Ach, Kind, der gesamte Kakao ist vom Kanker bedroht. Einige Rinden sind schon angefault. Vetter Hans hat nämlich nur die Sorte Criollo angebaut, die besonders anfällig ist. Nun werden Brenner und Manono versuchen, alle Stämme, die noch nicht befallen sind, mit Kalk zu bestreichen; und vor allem muss unbedingt Forastero gepflanzt werden. Den erwischt die Rindenfäule nicht.«

»Werden da nicht alle Hände gebraucht? Soll ich helfen?«, bot Kate nicht ohne Hintergedanken an.

»Das ist lieb, aber Manono hat einen Haufen Helfer zusammengetrommelt. Das wird die beiden ein wenig entlasten, denn der arme Junge arbeitet bis zum Umfallen.«

Kate hielt den Atem an. Sie wollte am liebsten sofort zu ihm.

»Und noch etwas: Maria wird auch oben gebraucht, bis wir den Kanker besiegt haben. Sie muss für die Helfer kochen. Das heißt, dass du hier unten den Haushalt machen wirst. Ich werde bestimmt ein paar Tage dort oben verbringen müssen. Es geht um unsere Existenz. Sieh zu, dass Paula gut versorgt wird! Ich werde gleich fahren. Sag mal, wo steckt Maria überhaupt?«

Kate zuckte zusammen. »Die ist noch einkaufen und kommt erst gegen Abend zurück. Soll ich dich begleiten?«, bot Kate ihrer Großmutter mit belegter Stimme an.

Granny schüttelte energisch mit dem Kopf. »Kate, Kind, ich sagte, sie soll die hungrigen Mäuler versorgen. Ich glaube kaum, dass sie das essen würden, was du zusammenrührst.«

Kate stöhnte laut auf. Großmutter hatte recht. Zum Kochen war sie in der Tat nicht die Richtige. »Aber ich könnte doch beim Pflanzen helfen!«

Granny aber war bereits von ihrem Stuhl aufgestanden und befahl streng: »Brenner wird Maria morgen in aller Frühe abholen. Das Kind kann ja nicht reiten. Bitte, richte ihr das aus! Ich muss los!«

Kate blieb unzufrieden zurück. Ob Manono in dieser Situation wirklich um meine Hand anhalten wird?, fragte sie sich. Sie bezweifelte es.

»Kind, du bist so blass!«, bemerkte Paula, als sie Kate an diesem Tag das Mittagessen servierte. »Geht es dir nicht gut? Wollen wir Doktor Wohlrabe holen?«

»Nein, wozu?«, erwiderte sie mit Nachdruck. »Ich habe gar keine Zeit, mich ins Bett zu legen. Ich muss die Korrespondenz erledigen und dem Onkel versichern, dass hier alles bestens läuft.«

»Ja, gut, tu das bloß!«, bekräftigte Paula. »Seit er weiß, dass Anna das Handelshaus führt, hat er ja ständig Sorge, dass es den Bach hinuntergeht.«

»Er ist eben ein Dummkopf!«, entgegnete Kate schroff.

»Kate, wo warst du eigentlich neulich Nacht?«, fragte Paula nach einer Weile des Schweigens plötzlich.

»Welche Nacht meinst du?« Kate bemühte sich, ganz ruhig zu klingen, aber das Zittern in ihrer Stimme war nicht zu überhören. »Ich meine, in jener Nacht vor ungefähr vier Wochen, als du fortgeschlichen und erst am frühen Morgen zurückgekehrt bist?«

»Du hast mich gehört?«

»Ja, und ich habe kein Auge zugetan, bis ich dich sicher in deinem Bett wusste. Ist es in jener Nacht geschehen?« Paula hatte aufgehört zu essen und musterte Kate durchdringend.

»Wovon redest du?« Kate ahnte bereits, dass Paula sich damit nicht würde abspeisen lassen.

»Ich rede davon, dass du mit einem Mann zusammen warst! Kate, mir kannst du nichts vormachen. Kann es sein, dass du ein Kind erwartest?«

»Nein, da kann ich dich beruhigen. Ich werde erst Kinder kriegen, wenn ich mit ihm verheiratet bin!«, erwiderte Kate forsch.

»Ich werde diesem Lehrerlümmel eigenhändig den Hosenboden versohlen. Was denkt der sich dabei, sich mit dir am Strand herumzutreiben und … Nicht auszudenken, aber ich werde dafür sorgen, dass Granny euch ihren Segen gibt, und zwar schnell! Bevor ganz Apia sehen kann, dass der dumme Kerl seine Hose nicht anbehalten kann.«

Kate blickte Paula entgeistert an. »Es ist nicht Max!«

»Wer dann? Sag mir sofort, wer es ist!« Die Stimme der alten Frau bebte vor Entrüstung.

»Manono!«, flüsterte Kate tonlos.

Paula wurde weiß wie eine Wand. »Nein, nein, sag, dass das nicht wahr ist!«, stammelte sie.

»Ich werde ihn heiraten!«

»Das wirst du nicht!«, widersprach Paula ihr heftig. »Kennst du auch nur eine weiße Frau, die einen Einheimischen geheiratet hat?«

»Das liegt an dem Überschuss der weißen Männer«, entgegnete Kate trotzig.

»Nein, mein Kind, das liegt daran, dass so eine Liebe nicht sein darf. Glaube mir, ich weiß, wovon ich spreche. Ich war noch jung. Da habe ich mich in einen Maori verliebt, aber meine Eltern kamen dahinter und bestimmten, dass wir uns niemals wiedersehen durften. Mich haben sie am nächsten Tag weit weg von zu Hause auf die Südinsel nach Dunedin geschickt. Zu den McDowells, also zu deinen Großeltern väterlicherseits. Ich habe ihn nie wiedergesehen.«

»Aber ich werde nicht zulassen, dass man uns trennt. Manono wird heute oder morgen bei Granny um meine Hand anhalten!«

»Mein Gott, Kind! Das darf er nicht! Das überlebt sie nicht. Das –«

Sie schwieg, weil Maria auf die Veranda trat. In ihren Augen funkelten Sternchen, und sie lächelte selig.

Kate wollte gerade aufspringen und sie umarmen, als sie Max bemerkte, der ihr zögernd folgte. Er blickte Kate finster an.

»Ach, Paula, Kate, ihr sollt die Ersten sein, die es erfahren. Max hat um meine Hand angehalten. Jetzt müssen wir nur noch Großmutter fragen«, offenbarte Maria strahlend, während ihr Verlobter betreten zu Boden sah.

»Das ist ja mal eine gute Nachricht«, bemerkte Paula mit einem strafenden Seitenblick auf Kate.

»Wo ist Granny denn? Wir waren schon im Kontor. Da war sie auch nicht«, erklärte Maria.

In Kates Kopf arbeitete es fieberhaft. Das war die Gelegenheit!

»Granny ist oben auf der Plantage. Sie hat mir aufgetragen, dir mitzuteilen, dass du unbedingt heute noch nachkommen sollst. Max, du hast doch eine Kutsche, nicht?«

Max Schomberger nickte schwach.

»Was haltet ihr davon, wenn wir alle zusammen hinfahren? Granny kann bestimmt eine erfreuliche Abwechslung gebrauchen.«

»Ein wunderbarer Vorschlag, Kate. Was meinst du, Max?«, fragte Maria. Sie sprühte nur so vor Glück. Ihr frisch gebackener Verlobter zögerte. »Ich weiß nicht, ob wir nicht warten sollten, bis sie wieder in Sogi ist.«

»Richtig, mein Junge. Du bringst Maria nur dorthin. Und Kate bleibt bei mir«, bemerkte Paula hastig.

»Wir fahren!«, entgegnete Kate scharf. »Komm, lass uns packen, Maria! Und du holst schon mal die Kutsche!«

Max schien der Befehlston gar nicht zu gefallen, doch er tat, was Kate von ihm verlangte. Auch Paulas böse Blicke konnten sie nicht von ihrem Vorhaben abbringen. Die Angelegenheit duldete keinen Aufschub mehr. Granny musste endlich ihre Zustimmung zu dieser Ehe geben. Kate konnte nicht länger warten. Alles in ihr drängte mit Macht zu ihm hin.

Ach, Manono, Liebster, ich vermisse dich!, dachte sie, als sich der zweirädrige Buggy in Bewegung setzte.

Die Plantage lag östlich von Apia, kurz vor der ältesten Pflanzung Vailele. Der Weg, der ungefähr anderthalb Stunden dauern würde, führte über Serpentinen durch eine liebliche Landschaft. Kate genoss den Ausblick auf die malerischen grünen Hügel, die sie stark an Neuseeland erinnerten.

Als sie an einem kleinen Wasserfall vorbeikamen, schallte lautes Juchzen hinüber zur Kutsche. Max rümpfte die Nase. »Sie planschen im Wasserfall wie die Kinder«, bemerkte er griesgrämig. Mit einem Seitenblick auf Maria stellte Kate fest, dass diese die schlechte Laune ihres Verlobten nicht im Geringsten störte. Sie strahlte immer noch. »Die schämen sich wohl gar nicht«, knurrte er nun und deutete auf einen jungen Samoaner, der, nur mit einem tropfnassen Lava-Lava bekleidet, aus dem Wasser stieg. »Und wie die aussehen! Die Nase wie zu Brei geschlagen und dann diese wulstigen Lippen. So eine Frau würde ich nicht mit spitzen Fingern anfassen.«

Kate lief vor Wut rot an. »Das musst du gerade sagen. Du trägst den Bauch ja jetzt schon vor dir her wie ein Alter!«, gab sie erbost zurück. Das brachte ihr einen strafenden Blick der Freundin ein.

In diesem Augenblick überkamen Kate die ersten Zweifel, ob es wirklich eine gute Idee gewesen war, Maria mit diesem Burschen zu verkuppeln. Sie wandte den Blick ab. Sie wollte die Gedanken lieber auf ihre eigene Zukunft lenken. Ob Manono ihren Kindern beibringen würde, wie man Wasserfälle hinunterrutschte?

Als sie wenig später durch ein Dorf fuhren, wurden sie Zeugen, wie eine berittene Truppe einheimischer Polizisten eine Hütte stürmte. Es folgten Schüsse aus dem Inneren.

»Wir müssen helfen. Lasst uns halten!«, befahl Kate, Max jedoch trieb das Pferd zur Eile an und sagte verächtlich: »Sie suchen Aufständische. Du willst doch nicht etwa einem Mau zu Hilfe eilen?«

Maria pflichtete ihm bei: »Die Aufständischen wollen uns aus dem Land treiben und töten! Da sollten wir uns auf keinen Fall einmischen, Kate.«

Kate schwieg nachdenklich. Sie hatte eine Freundin verloren. Wie soll ich je wieder offen mit Maria sprechen?, fragte sie sich. Bei ihr gilt doch nur noch das Wort ihres Verlobten, und der ist ein größerer Dummkopf, als ich vermutet habe.

Nun tauchte vor ihnen die Plantage auf. Wie sehr hatte sie sich doch danach gesehnt, sie endlich wiederzusehen! Die Palmen dominierten das Bild. Die Erhabenheit der unzähligen schlanken Stämme, deren Kronen sich in schwindelnder Höhe im Wind wiegten, raubte ihr beinahe den Atem.

Als sie das Verwalterhaus erreichten, sprang Kate behände von der Kutsche und ließ ihren Blick schweifen. Alles leuchtete in verschiedenen Schattierungen von Grün. Dazwischen grasten Dutzende von Rindern, die den Boden von Unkraut freihielten.

Die Kakaopflanzen am anderen Ende der Plantage sehen bestimmt höchst merkwürdig aus mit ihren weiß gekalkten Stämmen, dachte Kate. Am liebsten hätte sie sofort einen Rundgang unternommen, aber sie durfte ihr Ziel, das sie hergeführt hatte, nicht aus den Augen verlieren. In diesem Augenblick trat Granny auf die Veranda und blickte die drei Ankömmlinge erstaunt an. Nachdem sie Maria und Max höflich begrüßt und gebeten hatte, in das Haus zu kommen, trat sie auf Kate zu und zischelte: »Was willst du hier? Habe ich dir nicht ausdrücklich verboten herzukommen?«

»Granny, hör zu. Ich bin neunzehn und kein Kind mehr. Ich möchte zu meinem Verlobten.«

Anna schnappte nach Luft: »Von wem in Teufels Namen sprichst du?«

»Tu doch nicht so! Du weißt, dass ich Manono meine. Er wird um meine Hand anhalten, und ich möchte dabei sein! Wo ist er überhaupt?«

»Niemals!«, erwiderte Anna drohend. »Und du wirst umgehend mit diesem Burschen zurückfahren. Was will der überhaupt hier?«

»Er will Maria heiraten. Und jetzt sag mir, wo ich Manono finde.«

»Kate, ich sage es zum letzten Mal: Fahr sofort nach Sogi zurück! Manono ist in seiner Hütte. Er hat Tag und Nacht durchgearbeitet und braucht seinen Schlaf.«

»Über meinen Besuch wird er sich bestimmt freuen!«, erwiderte Kate trotzig und baute sich kämpferisch vor ihrer Großmutter auf.

Da ertönte lautes Pferdegetrappel. Einheimische Polizisten ritten in den Hof.

Kate erschrak. Es waren dieselben, die vorhin im Dorf die Hütte gestürmt hatten. In holprigem Deutsch erkundigte der Anführer sich nach den Unterkünften der Pflanzer.

»Wozu wollt ihr das wissen?«, fragte Granny.

»Wir suchen einen Mauführer. Im Dorf hat man uns gesagt, dass er hier zu finden ist. Also, wo sind sie?«

Granny zog es vor zu schweigen, aber da preschten die vier Reiter bereits über die Plantage davon.

Kate brauchte nur einen Wimpernschlag, um zu begreifen, wen sie suchten. »Wo ist er?«, schrie sie.

Granny zeigte auf eine Hütte, deren Palmendach hinter den mächtigen Stämmen hervorlugte, und Kate rannte los. »Kind, bleib hier! Du wirst ihn nicht heiraten. Niemals. Lass ihn in Ruhe!«, schrie sie.

Außer Atem erreichte Kate den Eingang der Hütte. »Es sind Polizisten auf der Plantage. Sie suchen einen Mau. Wenn du es bist, lauf!«, keuchte sie. Nun hatte auch Anna japsend die Hütte erreicht.

»Großmutter, sie suchen ihn. Er muss fort!«, schrie Kate.

Manono blieb ganz ruhig. Mit einem einzigen Griff nahm er ein blau-weißes Tuch von seinem Lager, als die Polizisten die Hütte erstürmten. Einer zielte mit einem Gewehr auf Manono und rief in seiner Heimatsprache: »Er ist es. Das Zeichen. Er hat ihre Fahne in der Hand!«

Kate verstand ihn und machte einen Satz auf Manono zu. Sie baute sich vor ihm auf und brüllte: »Wenn ihr ihn erschießen wollt, müsst ihr erst mich töten!«, doch da stürzte sich Anna mit ausgebreiteten Armen vor die beiden und stieß einen unmenschlichen Schrei aus. Ein Schuss fiel, und Kate spürte nur noch einen stechenden Schmerz am Arm.

Ocean Grove
2. Januar 2008

Sophie hatte in ihrer ersten Nacht in *Pakeha* unruhig geschlafen. Ein paarmal war sie schweißnass aus einem Traum aufgeschreckt, an den sie sich aber nicht mehr erinnerte. Die Angst um Kate saß ihr in allen Knochen.

Nach dem Aufwachen waren die nächtlichen Ängste jedoch wie weggeblasen. Kaum hatte sie die Augen geöffnet, wollte sie nach den Aufzeichnungen greifen. Doch eine innere Stimme riet ihr, sich Zeit zu lassen.

Als Erstes rief Sophie den Direktor ihrer Schule an. Er zeigte sich sehr verständnisvoll und versprach ihr, sich um eine Vertretung auf unbestimmte Zeit zu kümmern. Dann beschloss sie, sich mit frischen Lebensmitteln einzudecken. Sie hatte eine alte Regenjacke ihrer Mutter gefunden und wanderte, die Kapuze tief ins Gesicht gezogen, bis nach St Kilda. Dort mietete sie sich einen Wagen. Bei der Autovermietung ließ sie sich erklären, wo ein Lebensmittelgroßmarkt zu finden war.

Auf dem Weg dorthin konnte sie in letzter Sekunde den Zusammenstoß mit einem entgegenkommenden Fahrzeug gerade noch verhindern. Sophie war so tief in Gedanken versunken gewesen, dass sie die ersten Meter einfach vergessen hatte, links zu fahren. Nach dem Schrecken konzentrierte sie sich so sehr auf den Straßenverkehr, dass sie plötzlich einen schwarzen Range Rover in ihrem Rückspiegel bemerkte. Erst dachte sie, es sei John, weil er genauso einen Wagen fuhr. Doch John hätte sich längst zu erkennen gegeben. Der Mann trug eine Baseballkappe, die er tief ins Gesicht gezogen hatte, und eine Sonnenbrille.

Sophie verdrängte die aufkeimende Angst und beschleunigte. Im selben Moment erhöhte der Fahrer des Range Rover ebenfalls die Geschwindigkeit. Sophies Herz klopfte bis zum Hals, als sie das Tempo bewusst drosselte. Statt sie zu überholen, fiel der Rover hinter ihr zurück. Es gab keinen Zweifel: Der Fremde klebte förmlich an ihrer Stoßstange.

Schweißgebadet erreichte Sophie den Supermarkt, wo sie sich einen freien Parkplatz suchte. Der schwarze Wagen hielt nur wenige Meter hinter ihr. Mit wild klopfendem Herzen sprang Sophie aus dem Auto und rannte zu ihrem Verfolger hinüber, doch bevor sie auch nur einen Blick in den Rover werfen konnte, setzte der Mann am Steuer zurück und fuhr davon.

Sind meine Nerven überreizt, fragte sie sich, oder werde ich tatsächlich verfolgt? Energisch schob sie den Gedanken als Einbildung beiseite und betrat den Einkaufsmarkt. Alles Blödsinn!, beruhigte sie sich. Wer sollte mich schon verfolgen? Schließlich ließ sie sich von der bunten Warenwelt ablenken. Außerdem knurrte ihr Magen nun vernehmlich. Sie packte alles ein, worauf sie beim bloßen Betrachten Appetit bekam, und kehrte mit einem vollen Kofferraum nach *Pakeha* zurück.

Die Sonne hatte die Wolken inzwischen fast gänzlich vertrieben, als Sophie auf der Veranda ihr Frühstück einnahm. Immer wieder war sie versucht, sich das Manuskript zu greifen, aber es gab so vieles, das sie vor dem gierigen Weiterlesen noch verarbeiten musste. Hoffentlich hat Kate den Schuss unbeschadet überlebt, dachte sie, während sie das Frühstückstablett in die Küche trug. Im Vorbeigehen blieb ihr Blick an einer Zeichnung hängen. Eine alte, hagere Frau mit traurigem Gesichtsausdruck war darauf zu sehen. Paula, kam es Sophie in den Sinn, das ist bestimmt Paula! Daneben die Zeichnung eines Hundes. Er sah aus wie ein Schäferhund, doch die Ohren hingen schlapp herunter. Vielleicht ein Huntaway? Sophie warf einen Blick auf die gegenüberliegende Wand und stutzte.

Dort hingen völlig andere Bilder. Aquarelle in leuchtenden Farben. Neugierig trat Sophie näher heran. Da war ein Meister der Lasur am Werk, dachte sie, während sie Bild für Bild eingehend mit dem geschulten Auge einer Kunstlehrerin betrachtete. Jetzt erst erkannte Sophie die Signatur: Kate McDowell. Besonders ein Sonnenuntergang hatte es ihr angetan. Trotz der strahlenden roten Farbtöne in allen Schattierungen hatte er so gar nichts Kitschiges an sich, sondern war ein kleines Meisterwerk.

Kate war also Malerin gewesen. Das, was Sophie früher immer hatte werden wollen. Wie hatte Sophie ihre Mutter früher stets getröstet, wenn sie in Mathematik eine schlechte Note bekommen hatte? »Ist doch sowieso egal, ich werde später malen. Da brauche ich das Rechnen allenfalls, um die richtigen Preise zu kalkulieren.«

Bei der Erinnerung seufzte Sophie. Wann habe ich diesen Wunsch eigentlich aufgegeben? Noch während des Studiums hatte sie fest daran geglaubt, aber dann hatte sie ihre Zeichnungen fortgelegt und sich auf eine Stelle als Kunsterzieherin beworben. Mit einem Mal erinnerte sie sich, wann und warum sie Abschied von ihrem Traum genommen hatte. Es war der Tag gewesen, an dem sie Jan ihre Zeichnungen gezeigt hatte. Er hatte nur etwas von »brotloser Kunst« gemurmelt und ihr bald darauf die Stellenausschreibung mitgebracht.

Der Gedanke daran, dass sie ihr Talent einfach verraten hatte, schmerzte Sophie plötzlich. Je länger sie vor diesen Werken stand, desto mehr Erinnerungen kamen in ihr hoch. Emma hatte sich damals unglaublich über ihre Entscheidung, Lehrerin zu werden, aufgeregt. »Warum tust du das?«, hatte sie wissen wollen.

»Weil ich als Künstlerin nicht gut genug bin!«, war Sophies klare Antwort gewesen.

Weil ich nicht gut genug bin! Habe ich das wirklich behauptet?, fragte sie sich nun. Und warum hat man mir damals das Stipendium in der Villa Massimo angeboten, das ich nur deshalb nicht angetreten habe, weil Jan es für Zeitverschwendung hielt? Ich war offenbar gar nicht schlecht, sondern habe nur nicht an mich selbst geglaubt, dachte sie traurig.

Abrupt wandte Sophie den Blick von den Werken ab. Nachdenklich wanderte sie durch das Wohnzimmer, öffnete Schubladen und Schränke, in denen sie jede Menge kostbares altes Geschirr fand. Im letzten der Schränke fielen Sophie eine Staffelei sowie Pinsel und Farben von Winsor & Newton ins Auge. Von dieser traditionsreichen Firma stammte auch das Malwerkzeug, das Emma ihr einst geschenkt hatte. Nur waren diese Malkästen über fünfzig Jahre alt. Sophie spürte, wie sich ihr Pulsschlag beschleunigte. Alles nur ein Zufall, redete sie sich ein.

Apia
Oktober 1908

Als Kate erwachte, waren ihre Lider so schwer, dass sie die Augen nicht öffnen konnte. In ihrer Nähe sprachen zwei Stimmen aufgeregt miteinander: die von Paula und die von Johannes Wohlrabe.

»Ich mache mir weniger Sorge um die junge Frau«, raunte der deutsche Arzt in holprigem Englisch. »Das war nur ein Streifschuss, doch der Zustand von Frau Peters ist kritisch. Das muss eine schlimme Attacke gewesen sein.«

»Wird sie es überleben?«, fragte Paula ängstlich.

»Das kann ich nicht mit Gewissheit sagen. Morgen früh wissen wir mehr. Jetzt schläft sie, aber sie darf sich nicht aufregen. Der Transport hierher war anstrengend genug für ihren geschwächten Körper.«

Kate rührte sich nicht. Was war geschehen? Erst als der Arzt gegangen war und Paula ihr sanft die Wange streichelte, wagte sie es, die Augen zu öffnen.

»Mein Kind, mein Kind!«, schluchzte Paula.

»Was ist mit Manono?«, fragte Kate mit bebender Stimme.

»Sie haben ihn erschossen!«, flüsterte Paula.

Tränen schossen Kate in die Augen. »Und Granny, was ist mit Granny?«, schluchzte sie.

»Ihr Herz. Es war ihr Herz. Es war alles zu viel für sie. Die Angst um dich. Sie hat sich vor euch geworfen, um euer Leben zu retten, aber sie haben sie weggeschubst und dich am Arm erwischt!«

Kate sah Paula mit schreckgeweiteten Augen an. »Ich muss zu ihr!«, murmelte sie, bevor sie aus dem Bett sprang. Jetzt erst sah sie den weißen Verband um ihren Oberarm.

Granny schlief, als Kate auf Zehenspitzen in das Zimmer schlich. Wie durchscheinend lag sie da. Kate zog einen Stuhl neben das Bett, setzte sich und betrachtete ihre Großmutter. Wellen der Liebe durchfluteten sie. Dann fiel ihr Blick auf ein Foto. Klara, ihre Mutter! Ein Foto. Das war alles, was Kate mit ihr verband. Eine dunkelhaarige Schönheit mit ernstem Blick. Daneben ihr Vater, ein blonder stattlicher Mann. Ihre Eltern? Granny war doch stets Vater und Mutter für sie gewesen. Zum ersten Mal in ihrem Leben verstand Kate die Strenge und Unnachgiebigkeit ihrer Großmutter. Es war bestimmt die Sorge um sie und ihre Zukunft gewesen, die sie so hatte werden lassen.

»Ach, Granny«, stöhnte Kate leise. »Wenn ich das doch alles ungeschehen machen könnte!«

So saß sie eine halbe Ewigkeit da und hing ihren Gedanken nach. Auch an Manono dachte sie. Ich hätte mich niemals in deine Arme werfen und Großmutter solchen Kummer bereiten dürfen. Manono! Tränen flossen ihr in Sturzbächen über das Gesicht. Sie wischte sie nicht einmal fort.

»Meine Kate!«, wisperte Granny plötzlich und griff mit knochiger Hand nach der Hand ihrer Enkeltochter. Kate nahm sie und drückte sie vorsichtig.

»Verzeih mir!«, flüsterte Kate tränenblind. »Ich verspreche dir, ich werde niemals heiraten!«

»Ach, Kind, es war töricht von mir, das von dir zu verlangen«, sagte Granny angestrengt. »Ich habe gedacht, ich könnte dich auf die Weise vor dem Fluch beschützen, aber er lauert überall. Diesmal hat er sich eines Gewehrlaufs bedient …« Sie hustete.

Kate erschrak. Die Worte der Großmutter waren ihr unheimlich.

»Kind, du musst kämpfen. Du bist stark. Vielleicht kannst du unsere Familie retten. Heirate, bekomme Kinder. Vielleicht wird doch noch alles gut! Und wenn es sein soll, können wir ihm ohnehin nicht entgehen.«

Kate fuhr zusammen. Was redete Granny denn da? Ein Fluch? Was meinte sie? Sie würde nicht heiraten. Der Mann, dem ihr Herz gehörte, war tot. Sie würde nie wieder lieben.

Granny atmete schwer. »Du musst es mir versprechen, Kate. Lebe und kämpfe! Wir können nichts weiter tun«, wisperte sie.

»Ich verspreche es dir!«, brachte Kate heiser heraus. »Aber nun musst du erst einmal gesund werden.

Die alte Frau nickte und flüsterte kaum hörbar: »Ich liebe dich so unendlich, mein Kind!«

Mitten in der Nacht vernahm Kate ein Poltern. Sie schreckte im Bett hoch, doch dann war alles wieder still. Sie lauschte angestrengt, aber es war nichts mehr zu hören als das entfernte Rauschen des Meeres.

Kate war beinahe wieder eingeschlafen, als eine unbestimmte Ahnung sie befiel. Plötzlich war sie schweißgebadet. Mit einem Satz sprang sie auf und lief in das Zimmer ihrer Großmutter. Das Bett war leer. Vielleicht ist sie nur ins Badehaus gegangen, dachte Kate, bemüht, die aufgewühlten Nerven zu beruhigen. Leise, um Paula nicht zu wecken, schlich sie durch den Garten, um erst im Küchen-, dann im Badehaus nach Granny zu suchen. Ohne Erfolg. Panisch rannte sie zurück zum Haus und durchsuchte alle Zimmer. Paula wachte auf und murmelte verschlafen: »Was ist?«

»Alles in Ordnung. Schlaf weiter!«, rief Kate. Sie rannte noch einmal in den Garten hinaus und rief laut nach ihrer Großmutter. Keine Antwort. Sie lief vor das Haus auf die Promenade. Ihre Gedanken wirbelten wild durcheinander. Hatte sie sich an den Strand geschleppt? Todkrank und mitten in der Nacht?

Kate überquerte die Hecke, die das Haus zum Strand hin abgrenzt, und ließ ihren Blick schweifen. In der Ferne zeichnete sich etwas am Strand ab. Kate rannte, als müsse sie um ihr Leben laufen. »Granny!«, schrie sie, bis sie heiser war. »Granny!«

Bleich wie der Tod lag ihre Großmutter im Sand. Im Mondlicht schimmerte ihr fahles Gesicht. Kate hockte sich neben sie und nahm ihren Oberkörper in den Arm. Die Großmutter atmete noch. Schwach, sehr schwach.

»Granny!«, schluchzte Kate. »Granny!«, als sich die Lippen ihrer Großmutter zu einem Wort formten. »John«, stöhnte sie, »John!«, bevor ihre Stimme brach.

Laut schluchzend wiegte Kate den leblosen Körper wie ein Kind hin und her, bis Paula sich keuchend neben ihr in den

Sand fallen ließ und die Hände nach Anna ausstreckte. Behutsam ließ Kate ihre tote Großmutter in Paulas Arme gleiten. Sie selber setzte sich nahe an das Meer, sodass ihre nackten Füße von Wellen umspielt wurden. Sie ließ ihren Blick über die glitzernde Oberfläche schweifen. Er blieb an einer kleinen Kiste hängen, die auf dem Wasser tanzte. Ohne nachzudenken, watete sie ins Meer, bis sie zur Hüfte im angenehm warmen Wasser stand und nach der Kiste greifen konnte.

Es war eine schöne Kiste aus hellem Holz. Kate setzte sie in den Sand und öffnete sie. Darin lag ein Buch mit einem schwarzen Ledereinband.

Kate nahm es vorsichtig in die Hand. Ihr Blick fiel nun auf einige Bilder, die am Boden der Kiste lagen. Sie erstarrte. Sie hatte es geahnt. Die Kiste hatte ihrer Großmutter gehört, denn das Bild zeigte Anna mit einem grobschlächtigen Mann an ihrer Seite. Mein Großvater Christian, dachte Kate. Wie grimmig er ausschaut! Mit zitternden Fingern betrachtete sie nun das zweite Bild. Ein Mann mit einem freundlichen, offenen Blick. Er sah gut aus und hatte sogar ein leichtes Lächeln auf den Lippen. Es war John, ihr Großvater John! Und plötzlich wusste sie, nach wem Granny im Tode gerufen hatte.

»Kate, wir müssen sie nach Hause bringen«, jammerte Paula verzweifelt.

Kate legte hastig alles in die Kiste zurück, schloss den Deckel und trat mit ihrer Beute in der Hand auf Paula zu, die Anna in einem fort über die bleichen Wangen strich.

»Was hast du da?«, fragte Paula aufgeregt.

»Ihr Tagebuch und Fotos!«

»Oh Gott, sie hat es vernichten wollen. Wirf es ins Meer, so wie es ihr Wille gewesen wäre!«

»Nein, Paula, ich werde es behalten. Und eines Tages werde ich es lesen. Wenn ich stark genug dazu bin.«

Paula sah sie aus schreckensweiten Augen an. »Versprich mir eines! Lies es erst, wenn ich eines nicht allzu fernen Tages bei ihr sein werde. Wenn sie nicht mit dir darüber gesprochen hat, darf ich es erst recht nicht tun. Du würdest mich in Verlegenheit bringen mit deinen Fragen. Ich kenne dich doch, mein Kind!«

»Versprochen!«, Kate buddelte mit den bloßen Händen ein tiefes Loch in den Sand und ließ die Kiste darin verschwinden.

»Wie müssen Großmutter nach Hause bringen. Ich hole mir die Kiste später«, erklärte sie und bat Paula, Grannys Füße zu nehmen. Sie packte sie unter den Achseln. So trugen sie die Tote ins Haus zurück. Kates Arm schmerzte höllisch, aber sie ertrug es, ohne einen Laut von sich zu geben. Zu Hause legten sie Granny in ihr Bett. Sie sah so aus, als würde sie friedlich schlafen.

Kate und Paula wechselten sich an ihrem Bett die ganze Nacht über ab. Als Paula Totenwache hielt, lief Kate zum Strand zurück, holte sich die Kiste und ließ sie in ihrer Kommode verschwinden. Eines Tages würde sie den Mut haben, das Tagebuch zu lesen. Nur das Bild ihres Großvaters John nahm sie vorher aus der Kiste und betrachtete es eingehend. Es hatte etwas Tröstendes an sich. So, als würde er zu ihr sprechen.

Es war schon hell, als Kate vor lauter Erschöpfung auf der Veranda einschlief. Vor ihr auf dem Tisch lagen zwei Zeichnungen. Eine von Manono und eine von Granny, wie sie in diesem Sessel zu sitzen pflegte.

»Ich habe sie gut getroffen, oder?«, fragte Kate schläfrig, als Paula sie weckte. »Damit ich sie niemals vergesse. Komm, setz dich! Ich möchte auch eine Zeichnung von dir machen, aber nicht erst, wenn es zu spät ist.«

Die Trauerfeier für Anna Peters fand in der Fremdenkirche statt, und sogar die Herren der Plantagengesellschaft samt Gattinnen hatten den Weg trotz ihres Widerwillens gegen die London Mission nicht gescheut.

Kate saß zwischen Otto Brenner und Paula, die beide hemmungslos schluchzten. Für Kate gab es einen kleinen Trost, der sie davor rettete, nicht in Verzweiflung auszubrechen: Sie hatte Großmutter das Bild von Großvater John mit in den Sarg gelegt. Nun war er bei ihr bis in alle Ewigkeit. Ja, Kate klammerte sich nun geradezu an diesen Gedanken. Immer noch hatte sie keine Träne vergossen. Ihr Inneres war wie vereist. Sie wollte ja weinen, aber sie vermochte es nicht! Wie gern hätte sie sich an Marias Schulter geworfen, aber die war in Begleitung von Max gekommen und machte einen abweisenden Eindruck. Die Hochzeit der beiden sollte bereits in wenigen Tagen stattfinden, hatte man Kate zugetragen. Sie war nicht einmal eingeladen. Noch ein großer Fehler, den ich begangen habe, dachte Kate wehmütig. Maria wird an der Seite dieses Holzkopfes eingehen wie eine Pflanze, die kein Wasser bekommt.

Als die Trauergesellschaft wenig später in glühender Hitze den Friedhof verließ, nahm Kate Otto Brenner zur Seite. »Was ist mit Manono geschehen?«, fragte sie nachdrücklich. Brenner sah Kate wissend an.

»Loana hat es mit den Leuten ihres Dorfes so ausgehandelt, dass sie ihn nach ihren Ritualen beerdigt haben.«

»Und war er wirklich ein Mau?«

Otto Brenner zuckte mit den Achseln. »Wer weiß? Die Behörden behaupten es, doch es ist merkwürdig, dass er für Ihre Großmutter bis an den Rand der Erschöpfung gearbeitet hat, statt seine Helfer dazu zu bringen, die Ernte der Palagi verkommen zu lassen.«

»Ich könnte es sogar verstehen, wenn er ein Mau gewesen wäre, denn es ist ihr Land!«, erklärte Kate entschieden.

Otto Brenner kniff sorgenvoll die Augen zusammen. Ihm missfielen diese Worte offensichtlich.

»Sie wollen wissen, wie es mit der Plantage weitergeht, nicht wahr?«, fragte sie nun zögernd.

»Ja, Fräulein Kate, das liegt mir sehr auf der Seele. Sie werden sicherlich die Insel verlassen, aber was wird dann mit meiner Familie und mir?«

Kate schaute ihn verwundert an. Wie kam er bloß darauf, dass sie Samoa verlassen würde?

»Brennerchen, ich bleibe, und alles bleibt in unserer beider Hand. Schreiben Sie dem Hamburger, dass Sie hier alles im Griff haben und die Enkelin von Anna Peters Ihnen eine echte Hilfe ist!«

Er lächelte dankbar.

Sie erwiderte sein Lächeln. Es tat gut, ihn wieder lächeln zu sehen.

»Wir schaffen das schon!«, bekräftigte sie. »Hat das Kalken der Bäume denn eigentlich etwas gebracht?«

»Sie glauben es nicht, es hat den Rest der Pflanzen verschont.«

»Sehr gut. Brenner, können Sie mir nicht eine Hilfe schicken? Paula kann das nicht mehr, und Maria lebt seit dem schrecklichen Tag bei den Schombergers. Da ich den Laden jetzt allein schmeißen muss, brauche ich Unterstützung. Und Hand aufs Herz, Ihre Loana haben Sie doch sicher lieber bei sich dort oben?«

Brenner nickte mit Tränen in den Augen. »Sie sind richtig. Sie sind die Enkelin Ihrer Großmutter. Eine würdige Nachfolgerin. Packen wir es an!«

Nachdem sich Kate von ihm verabschiedet und ihn gebeten hatte, Paula nach Hause zu bringen, ging sie ganz allein zum Strand. Genau an die Stelle, wo Granny gestorben war. Sie starrte auf das Meer hinaus, bis ihre Tränen flossen. Endlich konnte sie trauern. Um Granny und um Manono und ihre zerstörten Träume. Aber auch, weil sie allein zurückgeblieben war. Sie hatte nur noch die gute alte Paula, von der sie schon vor Jahren geglaubt hatten, dass sie vor Granny das Zeitliche segnen würde.

Als Kate schließlich keine Tränen mehr hatte, suchte sie im Geiste die sanften sattgrünen Hügel der Südinsel Neuseelands und schwor sich, dass man auch sie, komme, was wolle, einst in ihrer kühlen grünen Erde begraben würde.

In diesem Augenblick ging ein heftiger Tropenregen nieder. Kate flüchtete jedoch nicht ins Trockene; sie breitete vielmehr die Arme aus und genoss die dicken, warmen Tropfen, die mit voller Kraft auf sie niederprasselten.

»Wir werden weiterleben!«, schrie sie gegen den Regen an. »Wir werden leben!«

Ocean Grove
2. Januar 2008

Von ferne hörte Sophie ein bekanntes Motorengeräusch. Ob das schon John war? Bei dem Gedanken schlug ihr Herz gleich doppelt so schnell, und sie ließ die Aufzeichnungen unter dem Korbstuhl verschwinden, obgleich es ihr gar nicht leichtfiel, sie an dieser Stelle aus der Hand zu legen. Da fuhr er schon den Sandweg entlang, hielt vor dem Haus und sprang strahlend aus dem Jeep, in der Hand ihren Koffer.

Warum finde ich ihn bloß bei jedem Wiedersehen noch attraktiver?, fragte sie sich irritiert, als er ihr zur Begrüßung einen Kuss auf die Wange gab. Er roch wirklich fantastisch.

»Hier sind deine Sachen!«, sagte er gutgelaunt, stellte den Koffer ab und ließ sich in einen Korbstuhl fallen. »Und was machen wir mit dem angebrochenen Tag?« Er grinste.

»Musst du gar nicht arbeiten?«, war ihre wenig charmante Antwort. Sie hätte sich auf die Zunge beißen mögen. Warum war ihr Mundwerk nur manchmal schneller, als ihr Verstand es erlaubte?

»Ich gebe zu, heute bin ich faul. Ich habe nur einen Mandanten auf der Liste gehabt, hier ganz in der Nähe. Natürlich hätte er mich auch in der Kanzlei aufgesucht, doch dann hätte ich ja keinen Vorwand gehabt, dich so früh zu überfallen. Zufrieden?« Er lachte.

»Vielleicht könnte ich dich ja bekochen! Als kleines Dankeschön für alles, was du bisher für mich getan hast«, sagte sie zögernd. »Ich habe Scampi, Spaghetti und einen guten Rotwein im Haus.«

»Oho, du fängst an, dich hier heimisch zu fühlen? Sehr gut. Ich habe einen Bärenhunger und wollte dich eigentlich zum Essen ausführen. Aber dein Vorschlag gefällt mir wesentlich besser. Hier muss man sich einfach wohlfühlen. Gib mir etwas zu tun. Ich würde mich gern nützlich machen.«

Sophie verdonnerte John jedoch dazu, ihr in der kleinen Küchenzeile nicht im Wege zu stehen, sondern ihr von einem der Barhocker aus bei einem Glas Wein zuzuschauen und sie zu unterhalten. Sie konnte nicht viele Gerichte kochen, aber Pasta mit Meeresfrüchten beherrschte sie nahezu perfekt. Während sie die Scampi in Olivenöl briet, plauderten sie miteinander über alles Mögliche, nur nichts Persönliches.

Sophie spürte deutlich, dass eine gewisse Spannung in der

Luft lag. Zum ersten Mal, seit sie ihn kannte, sah sie nicht den Anwalt, sondern nur den attraktiven Mann in ihm. Da war es wesentlich ungefährlicher, über die Weltwirtschaftslage zu reden als darüber, warum sie sich ganz ungezwungen wie ein Paar benahmen. Insgeheim wunderte sich Sophie, dass es so gemütlich mit ihm war. Gemütlich und beinahe vertraut.

Sophie hatte ihm gerade den Rücken zugedreht und wollte die Pasta in das kochende Wasser legen, als sie von zwei Händen zärtlich umfasst wurde. Ihr erster Impuls war es, diese Annäherung abzuwehren, ihr zweiter, sich langsam umzudrehen. Fast ein wenig schuldbewusst blickte er sie an.

»Ich weiß auch nicht, was in mich gefahren ist, aber ich muss dich einfach küssen«, seufzte er und zog sie sanft an sich. Der Kuss war inniger als der am Strand. Obwohl Sophies Verstand nach der Bremse rief, reagierte ihr Körper unvermittelt. Sie überließ sich ganz den wohligen Schauern, die sie durchrieselten. Seine Hände suchten die Knöpfe ihrer Bluse und öffneten sie geschickt, während sie sich weiter küssten. Sie spürte seine Hände auf ihrer Haut. Sie schafften es nicht einmal bis zum Sofa, sondern sie liebten sich dort, in der Küchenecke, als wäre es das Selbstverständlichste von der Welt. Keinerlei Fremdheit herrschte zwischen ihn. Als Sophie ihn berührte, war es ihr, als hätte sie das immer schon getan. Es war erregend, prickelnd und vertraut zugleich. Erst als sie heiser ihre Lust herausstöhnte und auf ihren Höhepunkt zusteuerte, drang er sanft in sie ein.

Als alles vorbei war, schauten sie einander verwundert an und fingen wie aus einer Kehle zu lachen an.

»Ich schwöre dir, ich hatte es nicht geplant«, entschuldigte er sich, scheinbar geknickt.

»Solltest du es etwa bereuen?«, fragte Sophie schelmisch und lachte befreit.

Wie lange ist das her, dass ich so fröhlich gelacht habe?, fragte sie sich und schubste ihn liebevoll zu dem großen, gemütlichen Sofa. Dort kuschelten sie sich nebeneinander und guckten sich tief in die Augen. Sie lachten nicht mehr. In ihren Augen glitzerte der Wunsch, es gleich noch einmal zu tun, aber sie ließen sich Zeit. Erst streichelten sie sich gegenseitig eine halbe Ewigkeit, bevor die Leidenschaft sie überwältigte.

Nachdem sie schon eine ganze Weile erschöpft, aber glücklich in seinen Armen gelegen hatte, seufzte Sophie: »Und wer macht jetzt die Pasta?«

»Na du!« Er grinste. »Du wolltest mich ja nicht in die Küche lassen!«

»Was du völlig ignoriert hast, du Verführer!«, gab sie lachend zurück.

Schließlich stand sie auf und ging nackt, wie sie war, in die Küche. Dort zog sie eine Schürze an und erneuerte das Nudelwasser, das inzwischen bis auf den letzten Tropfen verkocht war. John setzte sich zu ihr auf den Barhocker und nahm einen kräftigen Schluck von dem köstlichen Wein.

»Du kannst dich nützlich machen«, sagte sie schmunzelnd. »Die Herrschaften sollten zu Tisch etwas am Leibe tragen. Oben im großen Zimmer findest du auf dem Bett ein riesengroßes Shirt. Mein Nachthemd. Das würde ich dir leihen. Und mir bringe doch bitte den Morgenmantel aus dem Bad mit.«

»Wenn Madame es unbedingt wünschen, dass wir uns verhüllen, dann werde ich eilen.« Mit diesen Worten rutschte er vom Barhocker, trat einen Schritt auf sie zu und küsste sie zärtlich auf die Wange.

Sophie konnte sich kaum auf die Pastasoße konzentrieren. Noch nie zuvor hatte sie diese Leichtigkeit in Gesellschaft eines Mannes verspürt. Es war ihr, als hätte sie etwas gefunden, nach dem sie unbewusst ein Leben lang gesucht hatte. Hoffentlich zerplatzt der Traum nicht, durchfuhr es sie plötzlich. Da war er wieder, der düstere Schatten der Angst, die sie zeitlebens immer wieder beschlichen hatte. Und schon warnte ihr Kopf sie davor, das Herz nicht zu sehr an diesen Fremden zu hängen. Es würde etwas Unvorhergesehenes geschehen. Sie wusste es! Ihr Atem ging schneller. Aber sie versuchte, sich auf das Kochen zu konzentrieren und die negativen Gedanken wie lästige Fliegen zu verscheuchen.

Das gelang ihr erst, als sie John Franklin in ihrem rosafarbenen Schlafshirt mit dem Aufdruck »Anwalts Liebling« vor sich stehen sah. Sie brach in schallendes Gelächter aus und vergaß nach dem Bruchteil einer Sekunde sogar, dass das Hemd ein Geschenk von Jan war, das sie damals ziemlich dämlich gefunden hatte.

John war ein wunderbarer Gast, der ihr Essen in den höchsten Tönen lobte und mit einem neckischen Grinsen einen perfekten Nachtisch ankündigte. Sophie spürte, wie ihr allein bei seinen Worten heiß wurde, doch dann schien ihm etwas einzufallen. Sein Gesicht verdunkelte sich.

»Mist! Ich habe total vergessen, dass Lynn meine Schwiegereltern zu uns eingeladen hat«, stöhnte er.

Sophie glaubte im ersten Augenblick, sich verhört zu haben. »Schwiegereltern?«, wiederholte sie tonlos.

»Ja, du hast Lynn doch Silvester kennengelernt. Ich meine, ich habe euch doch einander vorgestellt, aber es ist nicht so, wie du denkst.«

Sophies Gedanken fuhren Achterbahn. Diese weißblonde Lynn war seine Ehefrau? Und er hatte das alles eben getan, obwohl er verheiratet war? Sie wollte nichts weiter hören.

Ihr wurde speiübel. Ohne zu überlegen, sprang sie auf und rannte ins Bad. Ein schrecklicher Schmerz wütete an ihren Schläfen. Sophie ließ sich auf die kalten Bodenfliesen sinken und versuchte, einen klaren Gedanken zu fassen. Ihre Erschütterung war so groß, dass sie nicht einmal heulen konnte.

Wenig später klopfte es an die Badezimmertür.

»Sophie, ist alles in Ordnung?«, fragte er besorgt.

»Abgesehen davon, dass es nicht meine Art ist, mit verheirateten Männern ins Bett zu steigen, geht es mir blendend«, fauchte sie zurück.

»Sophie, glaube mir, es ist nicht so, wie du denkst. Lynn hat mich vor einem Jahr verlassen, weil sie sich in einen anderen verliebt hatte, und kurz vor Weihnachten ist sie zu mir zurückgekommen; sie dachte, es könnte alles so wie früher sein. Glaube mir, ich habe wirklich unter der Trennung gelitten und hab zunächst geglaubt, es geht für mich ein Traum in Erfüllung, als sie plötzlich vor der Tür stand, aber dem ist nicht so. Seit einer Woche ist ohnehin alles anders, ich –«

Sophie hielt sich die Ohren zu. »Hau ab!«, schrie sie. »Geh!«

»Sophie, bitte lass uns reden!«

»Ich möchte, dass du gehst«, wiederholte Sophie tonlos. Sie glaubte ihm kein Wort mehr. Hüte dich vor verheirateten Männern!, hatte Emma sie immer gewarnt. Sie lügen das Blaue vom Himmel hinunter, um dich ins Bett zu kriegen. Und genau so empfand Sophie sein Gerede. Als Schmierentheater.

»Sophie, mach die Tür auf. Bitte! Es ist nicht wahr. Ich bin nicht –«

»Bitte geh!«, unterbrach sie ihn nachdrücklich.

Es dauerte lange, bevor sich seine Schritte entfernten. Dann war alles still. Nach einer Weile hörte sie die Haustür zuschlagen und kurz darauf den Wagen anspringen. Zitternd erhob sich Sophie von den kalten Steinen und wankte ins Wohnzimmer zurück. Auf dem Tresen lag ein Zettel. Zögernd nahm sie ihn zur Hand und las ihn laut:

»Liebe Sophie,
bitte verzeih mir. Ich war im Überschwang der Gefühle gedankenlos. Es ist ganz anders, als du denkst. Glaube mir, seit einer Woche kenne ich mich selbst nicht wieder. Melde dich, wenn du mir verzeihen kannst!

Dein John.«

Kaum hatte sie ihn gelesen, da knüllte Sophie ihn zusammen und schleuderte ihn mit den Worten »Da kannst du lange warten!« in den Mülleimer.

Apia im August 1914

Die Gerüchteküche in Apia brodelte schon seit Wochen. Eine angespannte Stimmung lag über dem sonst so friedlichen Stückchen Erde. Überall standen aufgeregte Menschengruppen zusammen und sprachen mit Händen und Füßen über den Krieg.

So auch an diesem frühen Abend Ende August, als Kate McDowell aus dem Kontor kam und sich auf den Heimweg machte. Hocherhobenen Hauptes wollte sie sich an einer Gruppe Frauen vorbeidrücken, um deren Wortführerin Wohlrabe aus dem Weg zu gehen, jedoch vergeblich.

»Fräulein Kate, was sagen Sie dazu? Sind die Engländer schneller hier als unsere Marine?«, ertönte die schrille Stimme von Frau Wohlrabe, wobei diese das »Fräulein« lustvoll betont hatte.

Die Frau des Arztes hatte erst kürzlich das Gerücht in die Welt gesetzt, dass es nur einen einzigen Grund haben könne, wenn so eine ansehnliche Person wie Kate nicht verheiratet sei. Sie unterhalte mit Sicherheit ein Verhältnis zu einem der Herren von der Plantagengesellschaft. Seither kontrollierten einige Frauen ihre Ehemänner nur noch schärfer.

Dabei gab es für Kate McDowell nicht einen einzigen Mann auf dieser ganzen Insel, in dessen Arme sie sich gewünscht hätte. Kate hatte von dem Gerücht auch nur erfahren, weil Maria ihr hinter vorgehaltener Hand davon berichtet hatte.

Zögernd näherte sich Kate dem Kreis der schnatternden Deutschen. Alle nickten ihr kurz zu. Nur Maria, die seit ihrer Heirat mit Max dazugehörte, umarmte sie flüchtig. Schade, dass sie sich so anpasst, dachte Kate, während sie die Freundin unauffällig musterte. Diese steilen Stirnfalten waren neu. Und auch der blaue Fleck an ihrem Kinn.

»Was soll ich dazu sagen?«, wandte sich Kate nun an Frau Wohlrabe. »Wie Sie sich denken können, träume ich persönlich nicht davon, dass die deutsche Kriegsmarine endlich in Apia vor Anker geht, um uns vor den bösen Engländern zu retten!«

»Und das sagen Sie so offen?«, empörte sich Frau Wohlrabe, und die anderen Damen pflichteten ihr bei. Sie schwatzten plötzlich alle wild durcheinander, bis auf Maria, die bedrückt vor sich hin stierte.

Das Eheleben scheint ihr nicht besonders zu bekommen. Wo ist ihr sprühendes geistreiches Wesen geblieben?, dachte Kate wehmütig. Sie kannte keine Frau, die einst so witzig, unkompliziert und warmherzig gewesen war wie Maria. Und jetzt war sie ein Trauerkloß.

»Ich muss mich verabschieden. Mein Mann kommt gleich zum Essen«, sagte Maria nun gehetzt.

»Ich begleite dich ein Stück«, schlug Sophie der Freundin erleichtert vor und verabschiedete sich von den Damen mit einem fröhlichen »Sehen Sie nur, da kommt ein Schiff!«.

Alle drehten sich auf einmal um und sahen gebannt zum Hafen. Es war aber nur eine Fautasi, die in den Hafen ruderte. Kate konnte sich ein Grinsen nicht verkneifen.

»Sie würden doch jubeln, wenn die Neuseeländer kämen, Fräulein Kate, aber freuen Sie sich nicht zu früh. Unsere Marine ist schneller!«, rief Frau Wohlrabe verärgert hinter ihr her.

»Was machen die Geschäfte?«, fragte Maria nun förmlich, als sie ein Stück des Weges gegangen waren.

»Es könnte nicht besser sein. Der von meiner Großmutter gepflanzte Forastero-Kakao gedeiht prächtig. Und wie geht es dir? Ich habe dich lange nicht mehr gesehen.«

Maria seufzte. »Du weißt doch, was mein Schwiegervater sagt, wenn er uns beide zusammen sieht.«

»Manchmal glaube ich, ich habe den Fehler meines Lebens gemacht, als ich eure Ehe gestiftet habe«, stöhnte Kate, um sich gleich darauf für ihre Worte zu entschuldigen. »Ich meine das nicht so, aber ich mache mir eben Sorgen um dich.«

»Ich bin glücklich mit Max«, erklärte Maria entschieden, doch ihr Gesicht erstarrte zur undurchsichtigen Maske.

»Das will ich dir ja gern glauben«, meinte Kate versöhnlich.

»Es ist sein Jähzorn, der mich erschreckt«, gab Maria schließlich zögerlich zu.

»Er schlägt dich doch nicht, oder?«, fragte Kate und blieb stehen.

»Nein, das nicht, aber ich kann ihm gar nichts recht machen. Dann bekomme ich Schelte wegen eines Stück Fleisches, das ihm nicht roh genug ist. Ich glaube, er leidet darunter, dass ich ihm noch kein Kind geschenkt habe. Und sein Vater, der hat mich …« Sie stockte, bevor sie hastig fortfuhr: »… Also ich bin gestolpert und gegen den Küchenschrank gefallen …«

»Wie bitte? Hat er dir den blauen Fleck verpasst? Hat er dich etwa geschubst? Maria, das hast du nicht verdient!«, rief Kate voller Zorn, nahm ihre Freundin in den Arm und drückte sie an sich. Eine ganze Weile standen sie so da.

»Das ist ja widernatürlich«, ertönte plötzlich die knarzende Stimme des alten Schombergers. »Nimm sofort die Hände von meiner Schwiegertochter, Schafzüchterin!«

Weiter kam er nicht, weil sich Maria bereits mit hochrotem Kopf aus der Umarmung gelöst hatte.

»Ich muss gehen!«, stammelte sie und ließ Kate einfach stehen. Empört beobachtete Kate, wie der alte Schulmeister ihre Freundin grob am Arm packte.

»Wenn Sie sie noch einmal anrühren, dann können Sie was erleben!«, hörte sich Kate nun lauthals brüllen, was sie im selben Moment bedauerte. So würde sie Maria nicht helfen. Im Gegenteil, das würde den Alten nur noch mehr gegen sie aufbringen, und die Leidtragende war allein Maria.

Manchmal wünschte sich Kate von Herzen, dass sie ihr Temperament besser im Griff hätte. Das war ja nicht das erste Mal, dass sie durch eine vorschnelle Bemerkung Mitmenschen gegen sich aufbrachte. Missmutig ging sie nach Hause, um Paula von ihrer Begegnung mit Maria zu berichten. Vielleicht konnte die bei Gelegenheit ein ernstes Wort mit Max reden, hatte er doch vor der alten Dame großen Respekt.

Paula lag jedoch bereits im Bett, als Kate eintraf. Mit besorgter Miene kam ihr Alofa entgegen, die Nichte Loanas, die ihnen seit Marias Heirat den Haushalt führte.

»Sie nichts essen, sie nichts trinken, sie wollen nur ihre Ruhe. Nichts gut, Missy!«

Alofa hatte nicht übertrieben. Apathisch lag Paula da, aber als sie Kate sah, versuchte sie zu lächeln.

»Paula, was machst du für Sachen? Ich glaube, für die ewige Ruhe ist es noch zu früh. Ich habe Alofa nach Doktor Wohlrabe geschickt.«

»Blödsinn! Ich brauche keinen Arzt. Ich bin nicht krank. Lasst mich einfach in Frieden hier liegen.«

»Paula, ich brauche dich!«, erwiderte Kate verzweifelt. In ihren Augen schimmerte es verdächtig.

»Ich bin doch noch da. Nun setz dich! Wie war es heute?«

Zögernd erzählte Kate ihr von der Begegnung mit Maria und deren Schwiegervater.

Paula runzelte die Stirn. »Eigentlich ist er ein guter Junge. Das habe ich immer schon gesagt, aber ich glaube, er steht unter der Knute des Alten. Arme Maria!« Dann gähnte sie und schickte Kate aus dem Zimmer, weil sie unbedingt schlafen wollte. Doch da trat der Doktor ins Zimmer.

Statt ihn zu begrüßen, knurrte Paula nur: »Was wollen Sie von mir?«

Doktor Wohlrabe ließ sich jedoch nicht davon abhalten, die Patientin zu untersuchen, fand aber nichts Auffälliges.

Kate begleitete ihn noch zur Tür. »Warum bleibt sie denn im Bett?«, fragte sie besorgt.

»Ich glaube, sie ist insgesamt schwach; und sie will nicht mehr so recht.«

»Was soll das heißen?« Kate sah ihn ungläubig an.

»Sie hat keinen echten Lebenswillen mehr. Das Rheuma sitzt ihr in allen Gliedern. Jeder Schritt ist für sie eine Qual, die Knochen schmerzen, und ihre Hände sind steif und unbeweglich. Kümmern Sie sich um Sie! Mehr kann ich Ihnen auch nicht raten.« Mit diesen Worten verabschiedete er sich von Kate und ging eilig zu seinem Wagen. Er war einer der ganz wenigen, der bereits eines dieser neumodischen motorisierten Fahrzeuge besaß. Dort drehte er sich noch einmal um und winkte ihr kurz zu. Kate hatte das Gefühl, dass er sie mochte, obwohl seine Frau ihn sicherlich ständig mit dummen Gerüchten über Kates ausschweifenden Lebenswandel fütterte.

An diesem Abend saß Kate nachdenklich auf der oberen Veranda und fragte sich, wie es wohl weitergehen sollte. Was, wenn die Engländer und mit ihnen die Neuseeländer Samoa wirklich einnehmen würden? Sie fühlte sich immer noch wie eine von ihnen. Aber vielleicht würden die Neuseeländer sie trotzdem als Deutsche betrachten.

Die Zeitungsberichte über den Krieg, der in Europa herrschte, waren alles andere als beruhigend. Der Mord von Sarajewo war tagelang das vorherrschende Gesprächsthema gewesen. Natürlich erst lange nach dem Ereignis, denn die Zeitungen trafen Wochen oder gar Monate verspätet ein. Wochenlang hatten die Einwohner Apias nicht einmal gewusst, wer überhaupt Deutschlands Feind war. Russland? Selbst als sich alle Wehrpflichtigen zu melden hatten, allen voran Max Schomberger, wussten sie nicht, gegen wen sie überhaupt in den Krieg ziehen sollten. Dann endlich war es bis zu den Bewohnern von Apia durchgesickert. Russland, Frankreich und England hatten sich gegen Deutschland und Österreich verbündet. Aber was bedeutete dieser Krieg für die Kolonien? Kate war genau wie alle anderen auf bloße Spekulationen und die brodelnde Gerüchteküche angewiesen. Es wurden neuerdings zwar täglich Extrablätter verteilt, in denen die Deutschen jedoch weniger informiert als vielmehr gegen den Feind aufgehetzt wurden. Von einigen kriegsbegeisterten Deutschen ging zunehmend eine gewisse feindselige Stimmung gegen die unter ihnen lebenden Engländer aus.

Kate stand irgendwo dazwischen. Welche der beiden Kriegsparteien würde wohl als Erste mit einem Schiff in den Hafen von Apia einlaufen? Die kämpferische Stimmung wurde noch dadurch geschürt, dass einige der eifrigsten Männer nachts Patrouille gingen. Sie trugen alte Gewehre, und man munkelte, sie wären nur zur Hälfte gebrauchsfähig. Um die Insel wirklich gegen Feinde zu verteidigen, bedarf es ganz anderer Mittel, dachte Kate. Hoffentlich kehrt wieder Frieden ein, bevor der Krieg auf Samoa übergreift.

Am nächsten Morgen warf Kate von der Veranda einen Blick auf den Hafen, als sie etwas am Horizont zu erkennen glaubte. Und tatsächlich, im Osten hinter Matauto, wo die Flagge des amerikanischen Konsulats wehte, qualmte eine dicke Rauchwolke. Was im ersten Augenblick noch nicht als Dampfer zu erkennen war, entpuppte sich beim näheren Hinsehen schließlich als mächtiges Kriegsschiff, denn durch die Palmenwipfel noch halb verdeckt, hob sich langsam ein bedrohlicher Gefechtmast vom klaren Himmel ab. Kate glaubte, ihren Augen nicht zu trauen. Das Meer lag ruhig in der Morgensonne, doch dort hinten tauchten immer mehr Masten auf. Rauchwolken stiegen empor und verdunkelten den Himmel gen Osten. Kate begann zu zählen: Acht Schlachtschiffe liefen in den Hafen ein! Durch das Görzglas konnte sie nun sogar erkennen, welche Nationalitäten sie besaßen. Es waren fünf englische Kreuzer, zwei große Truppentransporter sowie ein französisches Schiff. Die Würfel sind gefallen, dachte Kate. Ihr Herz klopfte ängstlich, denn eines war klar: Das Paradies würde sich mit Sicherheit verändern!

Paula, der sie diese Neuigkeit umgehend überbrachte, klatschte vor Freude in die gekrümmten Hände. »Das wurde aber auch mal Zeit, dass die Engländer sich rühren!«, rief sie erfreut.

»Lass das bloß nicht die deutschen Damen hören!«, drohte Kate scherzhaft.

Paula aber bestand darauf, aufzustehen und sich anzuziehen für den Fall, dass neuseeländische Soldaten zu Besuch kämen.

Kate blieb zu Hause bei Paula, die sich tatsächlich aus dem Bett gequält hatte. Zur Feier des Tages, wie sie sagte. Abwechselnd beobachteten sie durch das Glas ein geschäftiges Treiben am Hafen. Kleine Boote fuhren geschäftig zwischen den Schlachtschiffen und dem Kai hin und her.

Wenige Stunden später marschierte ein Trupp Soldaten, alle in braunen Loden gekleidet und mit braunen Filzhüten auf dem Kopf, am Haus vorbei.

»Die müssen sich in der Hitze ja totschwitzen mit ihren Krawatten«, bemerkte Kate, als sie Paula bereits putzmunter rufen hörte: »Seid ihr Neuseeländer?«

Der Soldat, der die Truppe anführte, blieb stehen und antwortete. »Ja, ich bin aus Auckland.«

»Wir sind aus Dunedin«, rief Paula und winkte ihnen zu. Zehn Männer blickten verwundert zu den beiden Frauen empor.

»Wollt ihr was trinken?«, fragte Kate, und die Antwort war ein großes Gejohle. Schon stürmten die Soldaten die Treppe zur Veranda hinauf. Kate holte ihnen ein paar Karaffen voller Saft, auf die sich die Männer wie Verdurstende stürzten. Dann erzählten sie, dass sie die Aufgabe hätten, einen geeigneten Platz für ihr Zeltlager zu finden.

Kate verwies sie auf den Strand hinter dem Haus.

Schließlich wollte der Befehlshaber wissen, was denn zwei Landsleute wie sie hier in der Kolonie des Feindes zu suchen hätten.

Kate schilderte wahrheitsgemäß, wie es sich verhielt.

»Dann sind Sie ja eine Deutsche!«, bemerkte der Anführer, der sich ihnen als Sergeant Green vorgestellt hatte, und seine joviale Freundlichkeit war wie weggeblasen.

»Bin ich nicht!«, erwiderte Kate in spitzem Ton. »Ich bin in Dunedin geboren, meine Eltern auch, und meine Großmutter ist bereits als junge Frau nach Neuseeland ausgewandert.«

»Und warum hat das Handelshaus einen deutschen Namen?«, hakte der Sergeant nach.

»Weil es Großmutters Hamburger Neffen gehört, der jedoch noch nie auch nur einen Fuß auf die Insel gesetzt hat. Er scheffelt nur das Geld. Ich bin Neuseeländerin, verstanden? Und das bleibe ich auch, selbst, wenn Sie versuchen sollten, mir das auszureden.« Kate war aufgesprungen und hatte sich kämpferisch vor dem rundlichen Soldaten mit dem gutmütigen Gesicht aufgebaut. Der wich einen Schritt zurück. Der Schweiß rann in Strömen unter seinem Hut hervor.

»Ich wollte doch gar nicht bezweifeln, dass Sie eine von uns sind. Ich muss nur sichergehen, was hier gespielt wird. Sie könnten ja auch eine Spionin sein und uns in eine Falle locken«, erklärte er fast entschuldigend.

Kate lachte laut auf. »Was für eine Falle?«

»Man hat uns gesagt, es befinden sich Hunderte schwerbewaffneter Feinde in den Bergen.«

»Hier kann und will keiner etwas unternehmen gegen die Übermacht Ihrer Truppen. Das dürfen Sie mir glauben. Und deshalb erwarten wir auch von Ihnen, dass Sie sich friedlich verhalten.«

»Solange man uns keinen Grund gibt zu kämpfen. Aber wir werden die deutschen Männer trotzdem in Gefangenenlager auf den Fidschi-Inseln und nach Neuseeland bringen.«

Erschrocken fragte Kate: »Alle deutschen Männer?« Sie dachte an Otto Brenner. »Aber das können Sie doch nicht machen!«

Der Sergeant zuckte mit den Achseln und scheuchte nun seine Männer auf, die es sich auf der Veranda bequem gemacht und sich ihrer Hüte entledigt hatten.

»Wir müssen. Danke für die Erfrischung, Ladys. Und was den Befehl angeht, die deutschen Männer zu internieren, da sollten Sie sich vielleicht an die Kommandantur wenden. Colonel Logan.«

Kate winkte den Soldaten hinterher und murmelte: »Ich muss etwas für Brenner tun.«

Erst jetzt merkte sie, dass Paula inzwischen in ihrem Sessel eingeschlafen war. Nachdem sich Kate davon überzeugt hatte, dass die alte Dame ruhig und entspannt atmete, machte sie sich eilig auf den Weg.

Überall im Ort wimmelte es von neuseeländischen Freiwilligen, die in ihrer Lodenkluft ein merkwürdiges Bild abgaben. Kate erkundigte sich nach Colonel Logan und wurde zur deutschen Schule geschickt. Die Wachen vor dem Gebäude ließen sie passieren, als sie nach dem Befehlshaber fragte. Mutig klopfte sie an seine Tür.

Eine tiefe Stimme bat sie herein. »Sie wünschen?«, fragte der Soldat hinter dem Schreibtisch.

Kate stutzte. Sie hatte sich den Colonel älter und nicht so gut aussehend vorgestellt. Er hatte dunkle Locken, ein kantiges Gesicht und tiefbraune Augen, die sie fragend ansahen.

»Colonel Logan?«

Er lächelte. »Nein, ich bin Lieutenant Bill McLean, womit kann ich Ihnen dienen?«

Kate brachte erst kein Wort heraus. Sie schluckte trocken und stammelte: »Ich hörte von einem Ihrer Soldaten, dass Sie alle deutschen Männer in Gefangenenlager bringen wollen und da …«

Der Lieutenant lächelte immer noch. Er sprang auf und unterbrach sie. »Bitte, nehmen Sie doch erst einmal Platz.«

Täuschte sie sich, oder lag auch in seinem Blick eine gewisse Verunsicherung?

Kate setzte sich auf den Stuhl, den er ihr eifrig zurechtschob. Bill McLean war groß und schlank. Und was für schöne, kräftige Hände er hatte!

Eilig zog er sich wieder hinter den Schreibtisch zurück.

»Entschuldigen Sie, ich wollte sie nicht unterbrechen. Schildern Sie mir den Fall. Aber ich wüsste gern vorher eines: Sind Sie Deutsche?«

»Nein, ich bin Neuseeländerin.« Sie bemühte sich um ihr schönstes Lächeln.

»Das gibt's doch nicht! Das hätte ich hier ganz bestimmt nicht vermutet. Wo kommen Sie denn her?«

»Aus Dunedin.« Insgeheim fragte Kate sich, ob er wohl merkte, wie sehr er es ihr angetan hatte. Unauffällig ließ sie den Blick noch einmal zu seinen Händen schweifen. Er trug keinen Ehering.

»Das kann doch kein Zufall sein!«, rief er sichtlich erfreut aus. »Deshalb waren Sie mir von der ersten Sekunde an sympathisch. Ich komme auch aus Dunedin, also nicht aus der Stadt direkt, sondern von einer Farm hinter Opoho.«

Vor lauter Begeisterung sprang er erneut auf und streckte ihr die Hand entgegen. »Ich bin Bill und Sie?«

»Kate!«, brachte sie heiser heraus, und sie wünschte sich, er möge ihr seine Hand nicht gleich wieder entziehen. Sein Händedruck war mehr als angenehm.

Doch der Lieutenant hatte es gar nicht eilig. Ihre Blicke trafen sich, und in seinen Augen war deutlich zu lesen, dass ihm diese Begegnung gefiel.

»Ich bin auf die Otago Boys Highschool, die OB, gegangen – und Sie?«

»Auf die OG, bis ich dann mit dreizehn Jahren nach Samoa gekommen bin.«

»Wissen Sie, dass Sie traurig gucken, wenn Sie das sagen«, raunte Lieutenant McLean, während er sie eindringlich anschaute.

Unwillkürlich stiegen Kate Tränen in die Augen. Er hatte eine Sehnsucht in ihr geweckt, die sie lange verdrängt hatte.

»Ich habe in den letzten Jahren gedacht, das hier wäre meine Heimat, aber ich würde alles darum geben, noch einmal die satten Wiesen, die sanften Hügel, die Schafe, die Bucht von Otago zu sehen und in St Clair am Meer entlangzuwandern. Und einmal noch im Garten in der Princes Street zu sitzen.«

»Princes Street?«, wiederholte er ungläubig und fuhr gerührt fort: »Da besitzt mein Vater ein Haus. Da wohnt meine Schwester. Bitte, halten Sie mich nicht für spinnert, aber das kann doch kein Zufall sein. Schon als sie hereinkamen, hatte ich das Gefühl, als hätte Sie der Himmel gesandt. Kate, ich …« Er beugte sich zu ihr hinunter, um ihr offensichtlich die Hand zu küssen, aber in diesem Augenblick wurde die Tür aufgerissen und Bill McLean schreckte zurück.

»Ach, du bist es!«, sagte er sichtlich erleichtert. Der Soldat, der nun lässig auf den Schreibtisch zugetreten war, besaß eine entfernte Ähnlichkeit mit dem Lieutenant, auch wenn er blondes Haar und blaue Augen hatte. Er fixierte Kate mit spöttischem Blick.

»Das ist mein jüngerer Bruder Steven. Und das ist Kate. Du wirst es kaum glauben, aber sie kommt aus Dunedin.«

»So? Na, wie eine Samoanerin sieht sie ja auch nicht gerade aus.«

»Steven!«, ermahnte Bill ihn und wandte sich grinsend Kate zu.

»Er meint es nicht so. Sie müssen wissen, er leidet am Tropenkoller. Er verträgt die Hitze nicht und vergisst dann schon mal seine gute Erziehung.«

An Steven schien die Kritik des großen Bruders jedoch abzuprallen. Er musterte Kate prüfend von oben bis unten. »Ich hätte Sie glatt für eine Deutsche gehalten. Groß, blond und blauäugig. So stellen wir uns die Hunnen vor.«

»Steven, jetzt reicht es aber! Wir sollten uns lieber anhören, was Kate zu sagen hat.«

»Oh, *Kate,* wie vertraut das doch klingt! Aber machen Sie sich keine Hoffnungen, *Kate,* mein Bruder ist ein eingefleischter Junggeselle und schneller wieder fort, als Sie denken können. Also, schenken Sie ihm bloß nicht Ihr Herz!«

Sie war bei seinen Worten knallrot angelaufen, und auch Bill stand der Zorn ins Gesicht geschrieben. Er wollte gerade etwas sagen, da kam ihm Kate zuvor.

»Danke für die Belehrung. Sie rennen bei mir offene Türen ein. Wenn für mich etwas nicht infrage kommt, ist es eine Heirat.« Während sie das voller Trotz hervorpresste, klopfte ihr Herz bis zum Hals. Kate hoffte, dass er sie nicht durchschaute, denn sie hatte vor nicht einmal fünf Minuten das erste Mal seit damals wieder an die Ehe gedacht.

»Steven, ich würde vorschlagen, du entschuldigst dich bei Kate«, sagte Bill in strengem Ton.

»Sorry, Lady!«, murmelte Steven unwillig.

Bill forderte Kate nun freundlich auf, ihr Anliegen vorzubringen. Sie schilderte ohne Umschweife, dass sie auf keinen Fall auf ihren Pflanzer Otto Brenner verzichten könne und daher nicht wolle, dass man ihn in ein Gefangenenlager transportierte.

Steven hörte sich das Ganze unbeteiligt an, während Bill offensichtlich ganz Ohr war.

»Ich denke, wir können da etwas für Sie tun. Er ist ja schließlich kein Regierungsbeamter!«, versprach er ihr schließlich.

Kate stand auf, bedankte sich und wollte gehen, aber er reichte ihr die Hand und drückte ihre.

»Kate, ich schlage vor, ich suche Sie heute Abend auf, wenn ich mit Logan über Ihren Fall gesprochen habe. Dazu bräuchte ich Ihre Adresse.«

Kate nannte sie ihm, krampfhaft bemüht zu verbergen, dass ihr Herz bei der Aussicht, ihn so bald wiederzusehen, vor Freude einen Sprung machte.

»Wiedersehen, Kate!«, sagte Steven ironisch.

Kate missfiel sein Ton außerordentlich.

»Auf Wiedersehen, Steven!«, antwortete sie und imitierte dabei seinen ironischen Unterton. Bill konnte sich ein Grinsen nicht verkneifen.

Kaum hatte Kate die Tür hinter sich geschlossen, hörte sie ihn mit Nachdruck auf seinen Bruder einreden.

Was für ein Widerling, dieser Steven!, dachte Kate, doch schon waren ihre Gedanken wieder bei seinem netten Bruder und der Frage, was sie ihm zum Abendessen kredenzen sollte.

Im Kolonialwarenladen steckten ein paar Frauen ihre Köpfe zusammen und unterhielten sich aufgeregt. Als sie Kate erblickten, verstummten sie.

Warum gucken die mich so finster an?, fragte Kate sich gerade, als Frau Wohlrabe drohend auf sie zukam und lauernd fragte: »Was haben Sie bei den Neuseeländern gemacht?«

»Bei welchen Neuseeländern?«, gab Kate süffisant zurück.

»Man hat Sie in die Schule gehen sehen. Haben Sie sich dem Feind vielleicht angedient?«

»Was haben Sie nur für ein bitterböses Mundwerk!«, erwiderte Kate und ließ sie einfach stehen.

Sie hörte die Frau des Arztes in ihrem Rücken nach Luft schnappen und keifen: »Und so etwas wie die übernimmt jetzt unsere schöne Insel. Drunter und drüber wird es gehen. Man muss sich doch nur die Soldaten ansehen. Ein Haufen Wandervögel in lächerlichen Uniformen ist das. Mehr nicht. Die können ja nicht mal richtig marschieren.«

»Was ist denn mit dir geschehen?«, fragte Paula Kate, als diese ihr in einem neuen Kleid und gut frisiert das Abendessen ans Bett brachte.

»Ach, nichts, da kommt nur gleich dieser Lieutenant, der für Brenner ein gutes Wort einlegen wollte, um mir mitzuteilen, ob es geklappt hat.«

Paula fing übertrieben zu schnuppern an und sagte grinsend: »Du hast noch nie Parfum benutzt. Der Lieutenant muss sehr gut aussehen.«

»Blendend!«, rutschte es Kate verzückt heraus.

»Kind, du bist ja verliebt! Dann muss ich wohl mal aufstehen, um deinen Verehrer in Augenschein zu nehmen.«

»Nein, du bleibst schön im Bett. Ich brauch keine Anstandsdame; aus dem Alter bin ich raus.« Kate strahlte über das ganze Gesicht.

»Weißt du, dass du wunderschön aussiehst?«, seufzte Paula.

Kate gab ihr zum Dank einen Kuss auf die Wange und versprach, ihr später alles zu erzählen.

»Vor allem, ob er küssen kann!«, rief Kate übermütig, als sie das Zimmer verließ.

»Untersteh dich! Sonst komme ich zugucken.«

Kate schwebte förmlich auf die Veranda. Sie hatte alles festlich gedeckt für das Lamm, das sie ihm servieren würde. Vor lauter Aufregung trank sie sogar schon ein Glas Wein. Als sie ihn von Weitem kommen sah, klopfte ihr Herz wie verrückt. Es hat mich erwischt, dachte sie, es hat mich schwer erwischt!, und sie kicherte verschämt in sich hinein.

»Kommen Sie hierher auf die Veranda!«, rief sie ihm zu. Er staunte nicht schlecht, als er den gedeckten Tisch erblickte.

»Ich dachte, wir essen eine Kleinigkeit.«

»Wissen Sie, wie lange ich nicht mehr so gepflegt gespeist habe? Und ich dachte schon, Sie würden gar nicht mehr mit mir reden, nachdem mein Bruder sich von seiner schlechtesten Seite gezeigt hat.«

»Tja, Ihrem Bruder würde ich tatsächlich lieber aus dem Weg gehen, aber mir ist der feine Unterschied zwischen Ihnen beiden nicht entgangen«, konterte Kate und bat ihn, sich zu setzen.

»Sie sollten vielleicht wissen, dass er nicht immer so war. Er musste in letzter Zeit einige herbe Schicksalsschläge einstecken.«

Sie saßen sich nun gegenüber und in seinen Augen erkannte sie wieder diese Warmherzigkeit, die sie schon bei ihrer ersten Begegnung für ihn eingenommen hatte.

»Was ist ihm denn Schreckliches widerfahren, dass er die Menschen so hasst?«, fragte Kate.

»Nein, er hasst sie nicht. Er schützt sich davor, verletzt zu werden. Er hat eine ganz schwierige Beziehung zu unserem Vater. Der lehnt ihn einfach ab. Ich vermute, weil Steven unserer Großmutter wie aus dem Gesicht geschnitten ist. Und über die darf im Hause nicht gesprochen werden. Wie sie ausgesehen hat, das weiß ich nur, weil ich durch Zufall ein Bild von ihr gefunden habe, das man wohl zu vernichten vergessen hatte. Aber ich will Sie nicht langweilen mit meinen Geschichten. Sie wollen sicher wissen, was aus Ihrem Pflanzer wird.«

»Sicher, aber erst einmal hole ich das Essen aus dem Kochhaus, und Sie erzählen mir weiter von Ihrem Bruder, ja?«

Er nickte, und Kate sprang auf. Den ganzen Weg zum Kochhaus summte sie vor Glück vor sich hin. Was er für eine schöne Stimme hatte! Sie könnte ihm stundenlang zuhören.

Als sie ihm wenig später die Fleischplatte reichte, huschte ein breites Grinsen über sein Gesicht. »So was! Lamm!«

»Ich dachte, das hätten Sie vielleicht länger nicht bekommen.«

»Sagen wir mal so. Als Jugendlicher habe ich es zum letzten Mal gegessen. Dann habe ich gestreikt.«

»Oh, Sie mögen kein Lamm?« Kate konnte ihre Enttäuschung kaum verbergen.

Er lachte laut und herzlich. »Ich komme von einer Schafsfarm, und da war es mir eines Tages zu viel. Aber ich gebe dem Lamm noch eine Chance. Vor allem, wenn es so köstlich aussieht wie dieses.«

Nachdem er den ersten Bissen genossen hatte, blickte Kate ihn erwartungsvoll an.

»Hervorragend. Ich werde wieder Lamm essen, aber nur, wenn Sie es zubereiten«, erklärte er charmant.

Wenn er wüsste, dass es eines der wenigen Gerichte ist, die ich überhaupt zubereiten kann, dachte sie. »Erzählen Sie mir mehr von Ihrem Bruder!«, forderte sie ihn auf, um ihre Verlegenheit zu überspielen.

»Also, mein Vater kann ganz schön grausam sein. Er hat vor unserer Abreise nach Samoa ein Testament gemacht und Steven enterbt, obwohl er doch der Farmer unter uns ist. Darunter hat Steven sehr gelitten, vor allem nach dem Tod seiner Frau.«

»Er war verheiratet?«

»Ja, mit Nelly aus Invercargill. Ein nettes Mädchen, aber nun ist er mit dem Kind allein, und all das hat ihn noch verbitterter gemacht, aber jetzt …« Bill stockte und wirkte plötzlich sehr nervös. »… jetzt hat er eine Idee, wie ihm und Ihrem Herrn Brenner zugleich geholfen werden kann.«

»Das müssen Sie mir erklären.«

Er seufzte, bevor er sagte: »Er möchte Sie heiraten, seinen kleinen Sohn herholen und hierbleiben, sodass keiner ihm je verwehren würde, Ihren deutschen Pflanzer zu behalten.«

»Er will was?« Kate starrte Bill ungläubig an.

»Schauen Sie mich nicht so an. Ich bin nur der Überbringer dieser Botschaft.«

»Bill, was halten Sie von der Idee?«

»Ich weiß nicht, ich ...«, stammelte er.

»Bitte, Ihre Meinung ist mir wichtig.« Sie sah ihn flehend an.

Bill jedoch wich ihrem Blick aus, überlegte einen Augenblick und suchte den Augenkontakt schließlich bewusst, bevor er mit fester Stimme erklärte: »Ich habe eine andere Idee. Sie überlassen meinem Bruder die Plantage, er behält Ihren Herrn Brenner, und ich wandere mit Ihnen in St Clair am Meer entlang, gehe mit Ihnen über die satten grünen Wiesen und schlendere mit Ihnen durch die Princes Street.«

Als er Kates entgeistertes Gesicht sah, beeilte er sich hinzuzufügen: »Ich möchte Ihnen auf keinen Fall zu nahe treten. Und wenn Sie mir heute Morgen gesagt hätten, dass ich heute Abend einer Frau einen Heiratsantrag machen würde, dann hätte ich Sie für verrückt erklärt, aber ich wusste es schon, als Sie zur Tür hereinkamen, dass Sie etwas Besonderes sind.«

»Ja!«, hauchte Kate.

Bill sah sie fragend an: »Bedeutet das, Sie werden meine Frau?«

»Ja!«, rief sie nun laut aus. »Ja!«

Zugleich sprangen sie von ihren Sesseln auf und fielen sich in die Arme. Sie küssten sich. Wieder und immer wieder.

»Bill, wir sind verrückt«, juchzte Kate zwischen zwei Küssen.

»Endlich weiß ich, warum ich mit dem Heiraten stets gezögert habe. Weil ich auf dich gewartet habe. Ich wusste doch die ganze Zeit, dass meine zukünftige Frau irgendwo da draußen herumläuft und nur noch nicht den Weg zu mir gefunden hat.« Bill strahlte über das ganze Gesicht.

»Das müssen wir sofort Paula erzählen«, rief Kate voller Übermut und nahm ihn bei der Hand.

»Wer ist Paula?«, fragte Bill, aber da hatte sie ihn schon mit sich zu Paulas Zimmer gezogen. Ohne anzuklopfen, stürmten sie hinein.

Paula lag noch wach.

»Darf ich dir meinen zukünftigen Mann vorstellen: Bill!«, erklärte Kate lachend.

Bill streckte der verdutzten Paula die Hand entgegen und sagte: »Dann sollte ich wohl bei der Großmutter auch noch einmal um die Hand der Enkelin anhalten. Darf ich?«

Ein Lächeln huschte über Paulas Gesicht. Weder sie noch Kate korrigierten Bills Irrtum.

Prüfend musterte Paula den Fremden: »Auf den ersten Blick würde ich sagen: Es passt. Ein hübsches Paar. Ich finde es wunderbar. Und ganz unter uns, ihr seid ja beide nicht mehr in dem Alter, in dem ihr allzu lange warten solltet, wenn ihr noch eine Familie gründen wollt. Das Kind ist bereits fünfundzwanzig. Und Sie, Bill?«

»Paula, das fragt man doch nicht!«, ermahnte Kate sie lachend.

»Ich muss doch wissen, wie alt der Mann meiner Enkelin ist!«

»Natürlich sollen Sie das wissen. Neunundzwanzig«, erklärte Bill bereitwillig.

»Na, dann wird es ja höchste Zeit für die Ehe!«, sagte Paula sichtlich erfreut und streckte die spindeldürren Arme fordernd nach Bill aus. »Lass dich umarmen, mein Junge!«

Bill ließ sich von der alten Paula herzlich drücken.

Nachdem sie ihn wieder losgelassen hatte, fragte sie: »Hast du auch einen Nachnamen, Bill?«

»Selbstverständlich. Bill McLean aus Dunedin, beziehungsweise von einer Farm hinter Opoho.«

»McLean? Opoho?«

Täuschte sich Kate, oder huschte ein Schatten über das faltige Gesicht der alten Haushälterin?

»Und wie heißt ihr mit Nachnamen?«, fragte Bill, der nicht merkte, dass Spannung in der Luft lag, seit er seinen Namen genannt hatte. Kate nahm sich fest vor, Paula später danach zu fragen, wenn Bill gegangen war.

»McDowell, ich heiße Kate McDowell.«

Bill umarmte Kate stürmisch und rief aus: »Das ist ja wunderbar! Dann hast du auch schottische Ahnen. Mein Vater wird begeistert sein. Er drängt schon lange darauf, dass ich endlich heirate. Und er freut sich bestimmt darauf, deine Großmutter kennenzulernen.«

»Ich bin schottischer Herkunft, aber ich bin nicht Paulas Großmutter. Ich war die Haushälterin ihrer Großmutter Anna, und ich bezweifle, dass die Freude auf ihrer Seite gewesen wäre«, erklärte Paula plötzlich mit Grabesstimme und schickte das junge Paar mit den Worten »Ich möchte schlafen!« einfach aus dem Zimmer.

Nun schien auch Bill zu bemerken, dass etwas nicht stimmte. »Habe ich was falsch gemacht?«, fragte er, als sie wieder auf der Veranda saßen.

Kate versicherte ihm, dass er alles richtig gemacht habe, und bat ihn, noch ein wenig zu bleiben. Seine Antwort war ein leidenschaftlicher Kuss. Ihre Knie wurden so weich, dass sie sogar mit dem Gedanken spielte, Bill auf ihr Zimmer zu locken, aber da sagte er schmunzelnd: »Wenn du mich weiter so küsst, kann ich leider nicht bis zur Hochzeitsnacht warten. Dabei könnte ich mir das romantisch vorstellen. Wenn ich das ganze Fest über nur daran denke, wie ich dir das Hochzeitskleid ausziehen werde.«

Kate spürte, dass sie rot anlief. »Selbstverständlich warten wir bis zur Hochzeitsnacht! Aber es wird ein kurzes Fest, das kann ich dir versprechen«, hauchte sie und bot ihm den Mund zu einem weiteren Kuss an.

Zum Abschied musste er ihr versprechen, am nächsten Tag wiederzukommen.

»Darf ich meinem Bruder sagen, dass er die Plantage bekommt? Wir werden auch einen guten Preis zahlen, damit dein Onkel in Hamburg sich nicht betrogen fühlt.«

»Ich werde Onkel Rasmus gleich schreiben. Ich glaube, er ist froh, wenn er das Handelshaus los ist. Unter englischer Flagge würde er es ja ohnehin nicht betreiben können.«

Bill schaute ihr tief in die Augen. »Kate, ich wäre gestorben, wenn du meinen Bruder geheiratet hättest.«

»Und ich, wenn du diese Heirat zugelassen hättest!«

Sie winkte ihm noch lange nach, bevor sie in das Haus zurückging, um den Brief zu schreiben. Doch vorher wollte sie nach Paula sehen. Auf Zehenspitzen schlich sie in ihr Zimmer. Alles war still. Kate wollte gerade den Rückzug antreten, als sie stutzte. Es war zu still. Angst kroch in ihr hoch. Hastig zündete sie die Lampe an, und ihre Befürchtung bestätigte sich: Paula lag leblos da.

Wie betäubt sank Kate auf das Bett. Tränenüberströmt tastete sie nach Paulas verkrümmter Hand. Mit einem Mal erinnerte sie sich an so vieles, was sie mit Paula erlebt hatte. Vom heimlichen Naschen, kleinen Geheimnissen vor der Großmutter, vom Kuscheln auf ihrem Schoß bis hin zu gemeinsam vergossenen Tränen beim Abschied aus Neuseeland und dem geteilten Schmerz nach Annas Tod. Und Kate wurde bewusst, dass sie nun niemals erfahren würde, warum der Name McLean die gute Paula so erschreckt hatte. Dass der Name etwas in ihr ausgelöst hatte, war offensichtlich gewesen. Traurig strich Kate Paula über die eiskalten Wangen.

Ocean Grove
3. Januar 2008

Sophie hatte wieder schlecht geschlafen in der letzten Nacht. Paulas Tod und die Geschichte mit John beschäftigten sie noch immer. Ein grässlicher Traum spiegelte ihren Seelenzustand: Sie hatte John am Strand geliebt, aber dann war Anna aufgetaucht und hatte ihr Gewehr auf sie angelegt, doch bei näherem Hinsehen hatte Anna sich als Lynn entpuppt … Sophie zog sich die Decke über den Kopf und spielte mit dem Gedanken, den Tag im Bett zu verbringen – allerdings ohne die Aufzeichnungen! Doch der Hunger trieb sie in die Küche. Sie hatte gestern keinen Bissen herunterbekommen, dafür fast eine Dreiviertelliterflasche Wein geleert. Wie konnte ich nur so dumm sein, dem charmanten Anwalt über den Weg zu trauen?, fragte sie sich, während sie auf dem Weg nach unten im Bad haltmachte und sich erst einmal die Zähne putzte. Das verquollene Gesicht, das ihr im Spiegel entgegenblickte, hatte auch schon bessere Zeiten gesehen. Es ärgerte sie maßlos, dass sie sich seinetwegen in den Schlaf geheult hatte. Seinetwegen und weil die Liebe überhaupt so wehtun konnte.

Aber sie verbot sich das Selbstmitleid, denn sie musste plötzlich an Kates kämpferischen Geist denken. Was hatte Kate für Schicksalsschläge einstecken müssen! Der böse Fluch! Sophies Verstand wehrte sich immer noch dagegen, dass er wirklich solche Macht über ihre Familie besaß. Doch konnte es Zufall sein, dass Männer und Kinder starben? Ein ungeheuerlicher Gedanke durchzuckte sie. Ob ich dazu verdammt bin, die Letzte der Familie zu sein? Wie soll ich Kinder bekommen, wenn ich nicht einmal in der Lage bin, den richtigen Mann zu finden?

Sophie wandte sich hastig von ihrem Spiegelbild ab, das sie jetzt mit düsterer Miene anstarrte. Werde bloß nicht sonderbar!, redete sie sich ins Gewissen.

In der Küche schlang sie ein Brot mit Marmelade herunter und trank einen Kaffee. Es zog sie magisch zu den Aufzeichnungen, doch als sie bereits auf der Treppe nach oben war, kehrte sie um und ging zielstrebig auf den Schrank mit den teuren Farben zu. Ohne zu zögern, nahm sie alles, was sie zum Malen brauchte, mit auf die Terrasse. Planlos begann sie, mit den Formen und Farben zu experimentieren, bis sie selbst überrascht war, was sie dort auf das Papier gebracht hatte. Ein Aquarell, das in leuchtenden Farben *Pakeha* zeigte!

Plötzlich meinte sie, John kommen zu hören. Es war das unverkennbare Geräusch seines Range Rover. Und da sah sie ihn auch schon. Sie hatte Angst, ihr Herz würde aussetzen, aber dann bemerkte sie die Baseballkappe. Das war nicht John Franklin! Grenzenlose Angst überfiel Sophie. Das war derselbe Wagen, der sie gestern bis zum Supermarkt verfolgt hatte! Aber ehe sie sich von ihrem ersten Schrecken erholt hatte, wendete das Auto bereits und fuhr mit aufheulendem Motor in Richtung Ocean Grove davon.

Wie betäubt blieb Sophie in ihrem Korbsessel sitzen, bis das Klingeln des Handys sie aus den Gedanken riss. Ein Blick auf das Display zeigte ihr, dass es nicht John war, sondern Judith. Mit belegter Stimme meldete Sophie sich.

Sie erschrak, als Judith mit tränenerstickter Stimme fragte: »Können wir uns heute Abend sehen?«

»Kannst du zu mir nach Ocean Grove kommen? Ich bin in *Pakeha.*«

Schluchzend erklärte ihr Judith, sie komme überallhin, wenn sie nur nicht allein sein müsse, und fügte entschuldigend hinzu: »Ich möchte dich aber nicht schon wieder mit meinen

Privatangelegenheiten nerven. Nur dieses Mal, fürchte ich, könnte es dich sogar persönlich interessieren.«

»Du nervst nie, und du triffst genau den richtigen Zeitpunkt! Mir geht's auch nicht besonders.«

»Dein Verlobter?«

»Nein, dein Kollege!«

Judith sagte nur »Oh!« und versprach, gleich nach der Arbeit bei ihr zu sein.

Sophie merkte, dass ihre Hände zitterten. Sie musste sich ablenken, aber womit? Und was, wenn der unheimliche Kerl zurückkehrte, bevor Judith eingetroffen war? Sie atmete ein paarmal tief ein und aus, um sich zu beruhigen. Es half! Sophie wusste jetzt, womit sie sich ablenken würde. Eilig holte sie die Aufzeichnungen hervor und begann begierig weiterzulesen. Sofort vergaß sie alles ringsumher.

Apia
Oktober bis November 1914

Die Nachricht von Kate McDowells bevorstehender Hochzeit mit »dem Neuseeländer« hatte sich unter den deutschen Frauen wie ein Lauffeuer verbreitet. Selbst die Tatsache, dass einige deutsche Männer bereits in Gefangenenlagern auf die Fidschi-Inseln und nach Solmes Island in Neuseeland gebracht worden waren, war nicht mehr so interessant wie die Tatsache, dass Kate McDowell sich mit »dem Feind« verlobt hatte.

Kate konnte es kaum mehr erwarten. Sie studierte gerade den Menüplan für ihren großen Tag, als sie Maria auf das Haus zusteuern sah.

Sie will mir bestimmt endlich gratulieren, mutmaßte Kate erfreut, denn Maria hatte noch nichts von sich hören lassen, obwohl sie wie alle anderen eine Einladung zur Hochzeit erhalten hatte, die morgen stattfinden würde. Kate legte den Plan zur Seite und breitete ihre Arme weit aus, um ihre Freundin zu begrüßen, doch Maria ignorierte diese Geste und fragte vorwurfsvoll: »Wie kannst du so etwas bloß tun? Hast du denn gar keine Ehre im Leib?«

Kate sah sie entgeistert an. Wenn Gertrude Wohlrabe solche Worte im Mund führte, nun gut, das war sie gewohnt, aber Maria?

»Hat dir dein Schwiegervater ein Verslein mitgegeben, das du hier aufsagen sollst?«

»Nein, mein Schwiegervater ist bereits auf Solmes Island. Die deutschen Beamten werden alle interniert. Das solltest du doch wissen. Unterhältst du doch neuerdings familiäre Kontakte zum Feind!«

Kate schluckte. »Oh, ich wusste nicht, dass man ihn schon fortgebracht hat. Und was ist mit Max?«

»Das ist nur noch eine Frage der Zeit, wann die Zivilisten folgen!«

»Und was wirst du tun? Nach Deutschland zurückkehren?«

»Nein, ich werde mitgehen. Wie ein paar andere patriotisch gesonnene Frauen. Wir lassen unsere Männer nicht im Stich, die niemals wiederkommen werden.«

»Maria, du weißt, dass das nicht wahr ist. Wir haben Krieg, sie sind Gefangene, und sie werden danach wieder frei gelassen. Natürlich ist das nicht schön, aber du brauchst dir keine Sorgen zu machen. Und sei nicht dumm! Bleib hier oder versuche nach Deutschland zu reisen. Er wird sicher zurückkehren.«

Kate erschrak, als sich ihre Blicke trafen. Maria sah sie vernichtend an.

»Das kann auch nur eine wie du sagen, die sich mit dem Feind verbrüdert. Ja, schlimmer noch, die sich zu ihm ins Bett legt. Nichts als eine Hure bist du, sagt Max!«

»Na, der muss es ja wissen. Hat ja lange genug versucht, mir den Hof zu machen!«, rutschte es Kate heraus, was sie sogleich bereute, aber Maria schien die Spitze zu überhören.

»Lenk nicht ab! Du hast wohl keinerlei Skrupel, dass unsere Soldaten in Europa für unser Vaterland ihr Blut vergießen, während du dich mit dem Gegner einlässt, oder?«

Kate überlegte, ob sie Maria nicht besser zum Gehen auffordern sollte, als sie eine bläuliche Färbung am Auge der Freundin entdeckte.

»War er das?«, fragte sie und deutete auf das Veilchen.

»Lieber einen aufrichtigen Mann, der weiß, was Disziplin ist, als einen hinterwäldlerischen Schafzüchter, der keine Ehre im Leib hat.«

Kate wollte gerade etwas erwidern, als eine ihr vertraute und geliebte Stimme in gebrochenem Deutsch sagte: »Ich wünsche guten Tag.«

Maria schlug sich erschrocken die Hand vor den Mund, und Kate konnte sich ein Grinsen kaum verkneifen. Sie bat ihren Verlobten nun in englischer Sprache, dass er schon einmal ins Haus gehen solle, weil sie mit der Freundin noch etwas zu besprechen habe. Bill nickte und tat, was sie sagte, allerdings nicht, ohne ihr vorher einen sanften Kuss auf die Wange zu geben.

Maria schien diese Zurschaustellung der zärtlichen Verbundenheit unangenehm zu sein, denn sie blickte verlegen zur Seite. Kaum war Bill im Haus verschwunden, fauchte sie: »Wisst ihr, wie ihr euch aufführt? Küssen, wenn andere zugucken. Das ist ungehörig.«

Kate sah sie durchdringend an. »Maria, du tust mir leid. Und ich sage es dir nur einmal. Wenn du eines Tages aufwachst und feststellst, dass du nicht mehr an der Seite eines prügelnden Mannes leben kannst, ist bei uns immer ein Platz für dich.«

Marias Antwort war ein verächtliches Zischeln durch die Zähne. »Weshalb ich eigentlich hier bin. Wir empfinden es als Beleidigung, dass du uns überhaupt eingeladen hast«, sagte sie kalt, holte aus ihrem Korb einen Haufen Einladungen hervor, warf sie vor Kate auf den Tisch und verließ das Haus, ohne sich zu verabschieden.

Kate blieb wie betäubt stehen, doch dann wandte sie sich entschlossen ihrer Gästeliste zu und strich die Namen der deutschen Gäste entschieden aus – bis auf Brenner und seine Familie. Kate seufzte. Auch gut. Es war schwer, eine Freundin zu verlieren, aber was sollte sie dagegen unternehmen, dass sie sogar von Maria als Feindin betrachtet wurde? Sie war nun einmal Neuseeländerin im Herzen, und das wollte sie nicht länger verbergen. Ihre unbändige Freude darüber, dass sie in Bill einen Mann gefunden hatte, mit dem sie in ihrem geliebten Land würde leben dürfen, erwärmte ihre Seele und würde ihr bestimmt über den Verlust ihrer Freundin hinweghelfen.

Die Hochzeit im Garten ihres Hauses wurde zu einem rauschenden Fest. Besonders erfreut war Kate darüber, dass Johannes Wohlrabe gekommen war. Bis auf Otto Brenner waren nur wenige Deutsche der Einladung gefolgt. Deshalb begrüßte Kate den Arzt auch besonders herzlich. »Ich freue mich so, dass Sie trotz des Boykotts erschienen sind«, offenbarte sie ihm ohne Umschweife, während sie ihm einen samoanischen Drink anbot.

»Kate, wir wollen nicht um den heißen Brei herumreden. Die Anstifterin des Ganzen ist meine Frau. Exfrau, muss ich ja nun bald sagen.«

»Sie lassen sich scheiden?« Sie war ehrlich überrascht.

Johannes Wohlrabe seufzte tief. »Ich habe keine andere Wahl. Sie will so bald wie möglich nach Deutschland zurückkehren. Ich möchte in Apia bleiben, denn hier sind meine Patienten. Sie stellt mich vor die Alternative: mitkommen und für das Vaterland kämpfen oder als Drückeberger auf Samoa bleiben. Wenn ich bleibe, geht sie allein. Mit den Kindern. Ach, Fräulein Kate …« Er unterbrach sich und lächelte verlegen. »Oh, entschuldigen Sie bitte, das ist mir nur so herausgerutscht. Ich muss ja sagen: Missis McLean. Nicht alle Deutschen rasseln mit dem Säbel und rufen begeistert: ›Krieg!‹ Ich habe noch nie etwas davon gehalten. Meine Berufung ist es, das Leben der Menschen zu erhalten, nicht, es ihnen zu nehmen.«

Kate sah den jungen Doktor bewundernd an und pflichtete ihm eifrig bei. »Ich glaube auch, Sie dürfen Ihre Leute hier nicht im Stich lassen. Und ich bewundere Ihren Mut!«

»Das beruht ganz auf Gegenseitigkeit, Kate. Sie sind eine tapfere Frau! Aber lassen Sie sich einen Rat mit auf den Weg geben: Hass und Unversöhnlichkeit sind kein allein deutsches Gefühl. Erwarten Sie nicht, dass Sie in Neuseeland mit offenen Armen empfangen werden. Dort könnte man in Ihnen eine Deutsche sehen! Und die wünschen sich die Neuseeländer zurzeit nur an einen Ort: in das Gefängnis von Solmes Island!«

Kate lächelte den Arzt an. »Danke, dass Sie sich so um mich sorgen, aber ich glaube, keiner wird mich dort je als Feindin betrachten. Ich bin doch dort geboren.«

»Kate, Sie waren ein Kind, als Sie dieses Land verlassen haben, und damals befanden sich Deutschland und England nicht im Krieg«, warnte der Arzt, um dann hastig und bemüht optimistisch hinzuzufügen: »Na dann. Alles Gute!«

Da trat Loana hinzu und wandte sich besorgt an den Doktor.

Eines ihrer Kinder hatte Bauchschmerzen. Brenners Jüngste, die kleine Sina, ein bezauberndes Geschöpf mit dunkler Haut und großen braunen Augen und blondem Haar. »Sie hat sich an unreifem Obst übergessen und dann Wasser getrunken«, erzählte Loana stockend.

»Sie entschuldigen mich?«, fragte Wohlrabe höflich.

Kate nickte und lächelte Loana aufmunternd zu. Sie sah den beiden nach, als sie von einem zarten Kuss in den Nacken aus ihren Gedanken gerissen wurde. Bill umfasste sie von hinten und flüsterte ihr zärtlich ins Ohr: »Ich denke jede Sekunde daran, wie ich dir das wunderschöne weiße Hochzeitskleid ausziehen werde. Ich konnte mich schon in der Kirche kaum auf die Worte des Geistlichen konzentrieren. Und jetzt muss ich mich um meine Jungs kümmern. Die haben genug.«

Damit küsste er sie noch einmal zärtlich, bevor er energischen Schrittes auf eine Gruppe Soldaten zusteuerte, die bereits ordentlich dem Bier zugesprochen hatten.

»Was macht das denn für einen Eindruck?«, fragte er seine Leute streng. »Ihr lasst euch hier sinnlos volllaufen und grölt rum. Wollt ihr, dass es heißt, die Neuseeländer benehmen sich wie eine Horde ungebildeter Schafzüchter?«

Während er seine Soldaten ermahnte, suchte er Kates Blick und zwinkerte ihr verschwörerisch zu.

Kate wollte sich gerade unter die Gäste mischen, als Otto Brenner sie aufgeregt ansprach. »Haben Sie wohl eine Sekunde für mich?«

»Für Sie immer!«, entgegnete Kate und ließ sich von ihm in eine ruhige Ecke führen.

Der Pflanzer räusperte sich verlegen. »Ich will Sie an Ihrem großen Tag nicht mit meinen Problemen belasten, aber ich wollte es Ihnen wenigstens gesagt haben.«

»Brennerlein, nun spucken Sie es schon aus! Was bedrückt Sie?«

»Es ist der …« Suchend sah er sich um und senkte die Stimme. »… der neue Besitzer. Ich kann mir nicht helfen, ich traue ihm nicht.«

Kate lächelte krampfhaft: »Nun, er ist auf den ersten Blick kein Mensch, der die Herzen erwärmt, aber glauben Sie mir, er ist ein erfahrener Farmer und wird sich dank Ihrer Hilfe bald eingearbeitet haben.«

»Aber das ist es ja gar nicht. Ich traue ihm schon zu, dass er unsere Plantage, also ich meine, Ihre, nicht gleich in den Ruin treibt, aber es ist sein Auftreten. Er war gestern draußen auf der Plantage, und wie er da herumgestiefelt ist, grimmig, mit den Händen in den Hosentaschen, die Nase hoch, ist er mir wie ein übler Kolonialherr vorgekommen. So wie die Allerschlimmsten der deutschen Plantagengesellschaft. Wenn Sie verstehen, was ich meine.«

Kate versuchte Brenner nicht spüren zu lassen, dass sie insgeheim selbst bezweifelte, dass Steven wirklich geeignet war, seine Mitarbeiter für sich einzunehmen. Und ohne die Mitarbeiter lief auf der Plantage nun einmal gar nichts. Es war ihr nicht leichtgefallen, Annas Werk einfach im Stich zu lassen. Cousin Rasmus hatte sich nur allzu bereitwillig auf dieses Geschäft mit dem Feind eingelassen. Bill hatte ihm ein Angebot gemacht, das ihn überzeugt hatte. Und er war froh gewesen, dass man seinen Besitz nicht einfach als Kriegsbeute eingezogen hatte.

Manchmal fragte sich Kate, warum Bill das für seinen Bruder tat. Verdient hatte Steven es sicher nicht. Und von Dankbarkeit konnte keine Rede sein. Im Gegenteil, Steven war Bill gegenüber gleichbleibend zynisch. Gestern noch hatte sie Bill gefragt: »Warum tust du das?«

»Er ist sicher nicht so auf die Welt gekommen«, hatte Bill geantwortet. »Das ist sein Panzer gegen den unverhohlenen Hass meines Vaters. Ich habe im Grunde genommen ein schlechtes Gewissen, dass Vater mich nahezu vergöttert, nur weil ich anders aussehe als mein Bruder. Wie oft habe ich versucht, mit Vater zu reden, aber er blockt ab. Wenn ich Steven nichts Gutes tue, dann wird es kein anderer machen. Und das ertrage ich nicht. Deshalb helfe ich ihm, wann immer ich dazu in der Lage bin. Geld ist kein Problem. Mir lässt Vater freie Hand. Ihm gibt er keinen Cent.«

Aus dem Augenwinkel beobachtete Kate ihren Schwager, der an einem Verandapfeiler lehnte und ein Bier trank. Es war mit Sicherheit nicht das erste. Er hatte eine überhebliche, ja, geradezu provozierende Art und wirkte wenig liebenswert.

»Wenn es Klagen gibt, dann versuchen Sie, Bill und mich davon in Kenntnis zu setzen. Schließlich hat mein Mann ihm das gekauft und möchte auch, dass sich sein Bruder als würdiger Nachfolger unserer Familie erweist.«

»Gut, ich werde ihm eine Chance geben, aber da ist noch etwas. Wenn er das noch einmal macht, bekommt er es mit mir zu tun. Und zwar richtig! Mit der Faust! Verstehen Sie?«

Kate schüttelte den Kopf.

»Ich hätte es Ihnen gern erspart, aber wenn ein Unglück geschieht, soll keiner sagen können, ich hätte Sie nicht gewarnt. Ihr feiner Schwager hat der Nichte meiner Frau recht deutlich zu verstehen gegeben, dass ihm alles dort oben gehört. Auch die unverheirateten jungen Frauen. Alofa ist erst fünfzehn, wie Sie wissen!«

»Das geht natürlich nicht, mein lieber Brenner. Vielen Dank, dass Sie mir das anvertraut haben. Ich werde mit meinem Mann sprechen. Bevor wir abreisen, wird er ein ernstes Wort mit Steven reden. Und trösten Sie sich, Bill bleibt noch ein paar Wochen länger als ich, während sein Bruder auf unserem Schiff zurückfährt, um seinen kleinen Sohn herzuholen. Aber jetzt wollen wir feiern. Was halten Sie von einem Tänzchen?«

Brenner brummelte: »Gern! Sie spielen gerade einen Walzer. Das ist das Einzige, was ich kann!«, reichte ihr den Arm und führte sie auf die Tanzfläche.

Der behäbige Pflanzer versuchte zu führen, aber er trat Kate immerzu auf die Füße. Außerdem schwitzte er entsetzlich. Kate wollte ihn gerade von dieser Qual erlösen, als Steven hinzutrat und fragte: »Darf ich?«

Brenner schien einerseits erleichtert zu sein, dass er nicht länger den Tanzbären geben musste, aber es war ihm auch anzusehen, dass ihm das Benehmen seines neuen Vorgesetzten missfiel. Er bekam einen hochroten Kopf.

Auch Kate war nicht erpicht darauf, mit ihrem Schwager zu tanzen, doch der drängte den sprachlosen Brenner zur Seite und riss sie in seine Arme. Ärger über seine Unverfrorenheit stieg in Kate auf. Gleichzeitig wunderte sie sich darüber, wie gut Steven führte. Bill schien sehr zu begrüßen, dass sie ein Tänzchen mit seinem Bruder wagte. Er lächelte ihr vom Rand der Tanzfläche aufmunternd zu.

»Na, brauchst du die Zustimmung deines Gatten, liebe Schwägerin?«, raunte seine Stimme nun ganz nah an ihrem Ohr.

»Warum kannst du nicht einfach mal deinen bösen Mund halten?«, zischelte sie zurück.

»Weil ich eifersüchtig bin. Ich hätte dich vom Fleck weg geheiratet. Ich glaube, du bist unter deiner burschikosen Schale eine leidenschaftliche Frau. Und es gefällt mir nicht, dass du meinen Bruder vorgezogen hast. Ich hätte dich besser zu würdigen gewusst. Glaub mir, ich weiß, wie man Frauen zum Glühen bringt, aber er musste dich mir ja wegnehmen. Dabei ist mir das Gerücht zu Ohren gekommen, dass du lieber braunhäutigen Männern schöne Augen machst.«

Wären nicht Bills Blicke auf sie gerichtet gewesen, hätte sie diesem unverschämten Kerl eine Ohrfeige versetzt.

»Niemals hätte ich dich geheiratet. Weil du nämlich nur von einem Menschen überzeugt bist: von dir selbst. Und mag das auch nur dein Schutzschild sein, ich finde es abstoßend.«

Kate spürte plötzlich einen heftigen Schmerz. Steve presste ihre Finger wie in einem Schraubstock zusammen, doch sie verzog keine Miene. Den Triumph würde sie ihrem Schwager nicht gönnen. Schon gar nicht, solange Bill zusah. Er wirkt so erleichtert darüber, dass sein Bruder sich offensichtlich doch zu benehmen versteht, dachte sie grimmig.

»Was hat er dir über mich erzählt?«, fragte er nun drohend.

»Frag ihn selber!«, erwiderte Kate, während sie unauffällig versuchte, ihre Hand aus seiner zu befreien.

»Du bist sehr anziehend, wenn du wütend wirst. Ich glaube, ich könnte dir etwas von dem geben, was du bei den Schwarzen suchst«, raunte er nun.

»Wenn du mich nicht augenblicklich loslässt, werde ich laut schreien!«

»Oh ja, fein, ich möchte zu gern das dumme Gesicht meines Bruders sehen«, entgegnete er, aber da stand Bill bereits vor ihnen.

»Darf ich?«, fragte er.

Widerspruchslos ließ Steven Kate los, die sich erleichtert in Bills Arme warf.

»Ich hab's dir angesehen, Liebes. Er hat dich beleidigt, oder?«, fragte er leise, während sie sich zu den Walzerklängen drehten. Die Kapelle bestand aus Deutschen, die zeigen wollten, wessen Musik hier gefragt war. Die englischen und neuseeländischen Gäste nahmen das allerdings mit Begeisterung auf.

Um Kate und Bill herum wiegten sich alle sichtlich begeistert im Dreivierteltakt.

»Er hat mir zu verstehen gegeben, dass du mich ihm weggenommen hast und er der richtige Mann für mich wäre.«

Bill seufzte: »Ich werde ihm noch einmal ins Gewissen reden, bevor er fährt.«

Das musst du wohl, dachte Kate besorgt bei dem Gedanken an Brenners Worte, doch damit wollte sie diesen Abend nicht unnötig beschweren.

Stattdessen versuchte sie, sich auf die wohligen Schauer zu konzentrieren, die ihr Bills Nähe bereitete. Ihre Körper tanzten im Gleichklang, und je mehr sie an ihn dachte, desto größer wurde ihr Verlangen, ihm endlich ganz zu gehören. Auch Bill schien an nichts anderes mehr zu denken. »Ich würde jetzt gern mir dir allein sein!«, hauchte er ihr heiser ins Ohr.

»Hier entlang!«, flüsterte sie, und sie tanzten langsam in den dunklen Teil des Gartens hinein, der nicht von Fackeln beleuchtet war. Dort küssten sie sich leidenschaftlich. Als ihre Münder sich voneinander lösten, fragte Kate kichernd: »Und wie kommen wir jetzt ungesehen an den anderen vorbei?«

»Erst gehst du, dann ich. Sie sind bestimmt auch ohne uns vergnügt. Sie werden uns gar nicht vermissen. Außerdem habe ich Otto bereits gebeten, bis zuletzt zu bleiben und alle Lichter zu löschen, falls wir schon weg sein sollten.«

»Dann verschwinde ich mal!« Mit einem Kuss verabschiedete sich Kate, bevor sie ihr Brautkleid raffte und sich einen Weg durch die Gästeschar auf der Veranda bahnte.

Kates Herz klopfte bis zum Halse, als sie sich in ihrem dunklen Zimmer auf die Bettkante setzte. Sie hatte sich so sehr nach diesem Augenblick gesehnt. Ob Bill erwartet, dass ich noch Jungfrau bin? Während sie noch darüber nachgrübelte, war er schon in ihr Zimmer getreten und hatte die Tür leise hinter sich geschlossen. Das Mondlicht war gerade so hell, dass sie seine Umrisse erkennen konnte. Er trat langsam auf sie zu, setzte sich dicht neben sie und zog sie an sich.

»Bill, es gibt da etwas, was ich dir sagen muss.«

»Bitte, Liebling, dein Mann wird dir immer zuhören. Bis in alle Ewigkeit. Dazu habe ich mich verpflichtet«, sagte er scherzhaft, bevor er ihren Nacken mit zärtlichen Küssen bedeckte und an ihrem Ohr knabberte.

Obgleich es Kate durch und durch ging, zwang sie sich zu reden. »Bill, es gab schon einmal einen Mann in meinem Leben«, erklärte sie fast entschuldigend.

Er hob den Kopf und blickte sie an. »Aber Liebling, in meinem Leben gab es mehr als eine, aber das ist doch nicht mehr wichtig. Ab jetzt gibt es nur noch uns beide. Stell dir vor, was soeben eine der englischen Damen voller Entzücken zu mir sagte: ›Sie sind ein so schönes Paar!‹« Er strahlte sie an.

Kate hätte es am liebsten dabei belassen, aber zu groß war ihre Sorge, Steven könnte Bill eines Tages von den Gerüchten erzählen, um ihn zu verletzen. Ein solches Gerücht war wie ein Vulkan, der jederzeit ausbrechen konnte.

»Ich möchte es dir aber erzählen, bevor ich für immer dir gehöre. Bitte!«, sagte sie nachdrücklich.

»Verzeih mir, wenn ich gewusst hätte, dass es dir so auf der Seele brennt, hätte ich keine Scherze gemacht«, erwiderte er schuldbewusst, ergriff ihre Hand und streichelte sie zart.

»Ich war sechzehn, als Großmutter Manono, einen wunderschönen samoanischen Jungen, ins Haus brachte und ihn auf die Plantage schickte, als sie merkte, dass zwischen uns eine Anziehung bestand. Mit neunzehn haben wir uns geliebt und ich wollte ihn heiraten, doch er wurde getötet.«

Bill hörte ihr aufmerksam zu. »Mach dir keine Gedanken. Es

ist lieb, dass du es mir sagst, aber ich liebe dich deshalb nicht weniger«, seufzte er zärtlich und machte sich an ihrem Kleid zu schaffen.

Er hat Erfahrung. Das merkt man sofort, dachte Kate und gab sich seinen suchenden Händen hin. Für den Bruchteil einer Sekunde musste sie an die Nacht mit Manono am Strand denken, aber unter Bills Küssen, die ihren nun nackten Körper verwöhnten, löste sich die Vergangenheit ganz allmählich in einem wohligen Nebel des Vergessens auf. Es zählte nur noch dieser Augenblick, in dem sie vor Leidenschaft leise stöhnte. Sie wünschte sich plötzlich weit weg, an einen Ort, an dem sie allein wären, sodass sie ihre Lust nicht zügeln müsste. Erregt flüsterte sie immer wieder Bills Namen. Sie hatte nicht einmal gemerkt, dass er sich ausgezogen hatte, so verzaubert war sie von dem, was er mit ihr tat. Sie ließ es einfach geschehen, bis sie unter den Liebkosungen seiner Finger zwischen ihren Schenkeln zu explodieren glaubte. Um nicht laut aufzuschreien, biss sie sich auf die Hand und erstickte den Aufschrei im Keim. Als er endlich in sie eindrang, fanden sich im Mondlicht ihre Blicke. »Ich liebe dich!«, keuchte er, bevor er sich hemmungslos seiner Leidenschaft hingab. Danach raunten sie einander, Arm in Arm, eng umschlungen, Liebesworte und Treueschwüre zu, bis sie schließlich erschöpft einschliefen.

Die nächsten Wochen waren geprägt von Vorbereitungen für Kates Abreise aus dem Paradies. Beim Packen fiel Kate die Holzkiste, die sie am Tag von Annas Tod aus dem Meer gerettet hatte, in die Hände. Es blieb ihr allerdings keine Zeit, einen Blick hineinzuwerfen. Wenn ich in meinem neuen Leben Fuß gefasst habe, dann werde ich auch Annas Tagebuch lesen, nahm sie sich fest vor und verstaute die Holzkiste zwischen anderen Gegenständen, die ihr teuer waren. In ihre Vorfreude auf Neuseeland mischte sich zunehmend Trauer darüber, die schöne Insel verlassen zu müssen. Mit Bill würde sie bis in alle Ewigkeit auf diesem tropischen Flecken Erde leben können. Mit ihm war Neuseeland nach Samoa gekommen.

Die Vorstellung daran, ohne ihren Mann zu reisen, missfiel ihr ganz besonders deshalb, weil Steven sich mit ihr einschiffen würde.

Auch wenn Bill inzwischen ein ernstes Gespräch mit seinem Bruder geführt hatte, so traute Kate ihrem Schwager doch nicht über den Weg.

An einem der Abende kurz vor Kates Abreise druckste Bill plötzlich so lange herum, bis seine Frau ihn liebevoll aufforderte, doch bitte zu sagen, was ihm noch auf dem Herzen liege.

»Es ist wegen Vater«, brachte er schließlich zögernd heraus, um mit ernster Miene fortzufahren: »Du wirst einige seiner Ansichten ablehnen. Das tue ich auch, aber versuche bloß nicht, ihm zu widersprechen, bis ich wieder an deiner Seite stehe, um dich zu unterstützen. Sein Bild von Frauen ist ein althergebrachtes. Er sieht in ihnen eigentlich nur die Mütter der Söhne. Ich glaube, deshalb ist Mutter auch so früh gestorben. Aus Kummer, dass sie nicht geliebt wurde. Sie ist eingegangen wie eine Pflanze in der Wüste.«

»Deine Mutter ist tot? Du hast noch nie zuvor von ihr gesprochen. Was ist geschehen?«, fragte Kate erschrocken.

»Sie wurde einfach krank. Keiner wusste, was sie hatte. Ich war noch ein kleiner Junge, aber ich weiß sehr wohl, dass Vater sich nicht um sie gekümmert hat. Nicht einmal, als sie auf dem Sterbebett lag. Sie hat mich, ihren Ältesten, mehrmals gebeten, ihn zu holen, aber er hat sich verweigert. Meine Mutter war eine einfache Farmerstochter, die ihm eine gute Ehefrau sein wollte. Trotzdem ist er nicht ein einziges Mal an ihr Sterbebett geeilt.« Die Traurigkeit, mit der Bill darüber sprach, schmerzte Kate zutiefst. Schließlich gestand Bill ihr noch, dass sein Vater in den vergangenen Jahren vergeblich versucht habe, ihn mit sämtlichen heiratswilligen, anständigen Farmerstöchtern der Südinsel zu verkuppeln. Bill versicherte Kate in demselben Atemzug zärtlich, dass er aber immer schon auf der Suche nach einer besonderen Frau gewesen sei, die mehr im Kopf habe. Seit diesem Gespräch liebte Kate ihn nur noch mehr.

In der Nacht vor dem Abschied liebten sich die jungen Eheleute beinahe verzweifelt, und es flossen viele Tränen. Kate konnte sich schon gar nicht mehr vorstellen, ohne ihren Mann zu sein. Seine Ruhe und Gelassenheit sowie sein Humor machten jeden gemeinsamen Augenblick zu einem Glücksmoment. Kate hatte das Gefühl, dass sie durch seine Liebe zu einer strahlenden Frau erblüht war. Die bösen Blicke der deutschen Damen um Frau Wohlrabe konnten ihr nichts anhaben. Sie wünschte sich nichts sehnlicher, als mit Bill einen Haufen Kinder zu bekommen. Er wird bestimmt ein wunderbarer Vater sein, dachte sie jedes Mal, wenn er auf der Plantage mit Brenners Söhnen tobte und vor allem Ottos Töchtern keinen Wunsch abschlagen konnte.

Am Morgen der Abreise waren alle, Erwachsene und Kinder, zum Hafen gekommen. Keiner, der auf der Plantage für Kate gearbeitet hatte, ließ es sich nehmen, ihr zum Abschied zuzuwinken. Einem Abschied für immer, wie Kate glaubte. Auch die anderen auf dem Pier waren der festen Überzeugung, dass sie Kate niemals wiedersehen würden. Kate versuchte die Tränen zurückzuhalten, auch wenn das bei dem Anblick der traurigen Gesichter schwerfiel. Gerührt bemerkte sie, dass selbst ein kräftiges Mannsbild wie Otto Brenner sich nicht darum scherte, was die Leute dachten, sondern seinen Tränen freien Lauf ließ.

Auch in Bills Augen schimmerte es verdächtig, aber er versicherte ihr zum Abschied, dass ihr gemeinsames Leben jetzt erst anfange. Das war ein kleiner Trost, als sich ihre Hände schließlich voneinander lösen mussten.

Kate stellte sich an die Reling, schaute hinab auf all die lieb gewonnenen Menschen, die sie zurücklassen musste, und winkte tapfer. Erst als der Dampfer langsam auf die offene See hinaussteuerte, konnte sie sich nicht mehr beherrschen. Laut schluchzend warf sie einen letzten Blick zurück auf Apia, das immer kleiner wurde. Immerhin hatte sie zwölf Jahre hier gelebt. Fast genauso viele, wie sie zuvor in Neuseeland verbracht hatte. Nur mit dem Unterschied, dass ich auf Samoa erwachsen geworden bin, dachte sie wehmütig und wollte sich gerade umdrehen, um sich in ihrer Kabine zu verkriechen, als Steven sich provozierend neben sie stellte.

»Bereust du es schon?«, fragte er lauernd.

»Was sollte ich bereuen?«

Steven lachte böse. »Dass du meinen braven Bruder geheiratet hast und den braunhäutigen Naturburschen adieu sagen musst.«

Kate musterte ihn geringschätzig. »Du kannst mich mit deinen anzüglichen Bemerkungen nicht treffen. Versuch es gar nicht erst! Diese Menschen dort sind mir ans Herz gewachsen. Ich habe sie lieb gewonnen. Etwas, das du niemals erfahren wirst, weil du die Menschen verachtest.«

»Oho, meine Schwägerin die Menschenfreundin! Warum hast du meinen Antrag abgelehnt? Ich habe es ernst gemeint. Das war alles, was ich zu geben hatte. Dass du meine Frau und die Mutter meines Sohnes wirst. Ich wollte dir mein Vertrauen schenken. Dir allein! Hat er dich davon abgebracht? Hat er gesagt: Sieh dich vor! Nimm lieber mich!? Oder hat er es vielleicht so gemacht?«

Mit diesen Worten riss Steven Kate an sich und presste den Mund auf ihre Lippen. Schreien konnte sie nicht, doch sie versetzte ihm eine schallende Ohrfeige.

Grinsend rieb er sich die Wange: »Zu schade, wir hätten viel Spaß haben können, Wildkatze!« Dabei sah er sie herausfordernd an.

Doch Kate zischelte ihm drohend zu: »Wenn du es noch einmal wagst, mich anzufassen, dann bringe ich dich um. Hast du verstanden? Geh mir aus dem Weg! Ich will dich nie wiedersehen.«

»Aber meine Liebe, hast du vergessen, dass ich deine Begleitung bin? Dass ich dich nach Opoho bringen soll, damit du dein neues Zuhause kennenlernst und natürlich deinen Schwiegervater, den großen Paul McLean, der dich mit offenen Armen empfangen wird? Wo er doch schon befürchtet hat, dass sein herzallerliebster Bill keine mehr abkriegt. Ich sollte ihm von deiner Vorliebe für braunhäutige Kerle erzählen. Vielleicht gibt er dir einen von seinen Maorihelfern auf der Farm, damit du nicht aus der Übung kommst.« Er lachte hämisch und spuckte in hohem Bogen über die Reling aus.

Kate wandte sich empört ab. Sie glühte vor Wut, aber sie durfte sich nicht noch einmal zu Tätlichkeiten hinreißen lassen. Die schien dieser Widerling nur zu genießen. Wortlos ging sie in ihre Kabine zurück mit dem festen Vorsatz, die ganze Reise über einen Bogen um ihren Schwager zu machen.

Ocean Grove
3. Januar 2008

Sophie fuhr von den Aufzeichnungen ihrer Mutter hoch, als sie Judith' Schritte hörte. Hastig raffte sie die losen Blätter zusammen, ließ sie unter dem Korbstuhl verschwinden und begrüßte die junge Anwältin herzlich. Judith war blass um die Nase, aber sie schien sichtlich bemüht, nicht gleich mit der Tür ins Haus zu fallen. Sophie stand auf, nahm sie in den Arm und ermutigte sie dazu, ohne Umschweife zu erzählen, was geschehen war.

Judith ließ sich stöhnend in einen der Sessel fallen. »Tom hat mir das hier geschrieben!« Mit diesen Worten reichte sie Sophie einen Brief, den diese zögernd entgegennahm. Sophie kam sich ein wenig indiskret vor, aber Judith nickte ermutigend, und sie begann zu lesen:

»Liebes,
ich kann dir nur das eine verraten. Ich habe dein Vertrauen missbraucht. Das wirst du mir nie verzeihen können, kann ich es mir doch kaum selber nachsehen. Ich habe etwas genommen, was mir nicht gehört. Und nun muss ich eine Sache erledigen, die allein etwas mit meinem Leben zu tun hat, um mich von einem unbändigen Hass zu befreien, der zeitlebens in mir schlummerte. Ich habe dich nicht verdient. Versuche nicht herauszufinden, wo ich bin. Ich werde meinen Wohnsitz wechseln und aus deinem Leben verschwinden. Ich bin nicht der Mensch, für den du mich immer gehalten hast. Ich selber habe es auch erst an dem Tag erfahren, an dem ich fortgegangen bin. Verzeih mir bitte!

Dein Tom«

»Und du vermutest nun, dass er etwas mit dem Erbe zu tun hat?«

Statt ihr eine Antwort zu geben, holte Judith aus ihrer Manteltasche ein zerlesenes Taschenbuch hervor und reichte es Sophie wortlos.

Die betrachtete es fragend. » *The catcher in the rye.* Ja und?«, murmelte sie. Sie kannte den Roman. Sie hatte ihn in deutscher Übersetzung im Internat als Schullektüre durchgenommen.

»Ich verstehe nicht ganz. Was hat der Brief mit *Der Fänger im Roggen* zu tun?«

»Das Buch lag ebenfalls in dem Umschlag. Ich habe den Zusammenhang auch zunächst nicht kapiert, aber dann ist es mir wie Schuppen von den Augen gefallen. Der Held heißt Caulfield. Holden Caulfield.«

»Holden? Nein, das kann doch nicht sein!«, stammelte Sophie, doch Judith erwiderte schwach: »Ich befürchte, er könnte tatsächlich der Mann sein, den du suchst. Auch wenn sich alles in mir dagegen sträubt, aber ich musste es dir sagen.«

»Das ist doch absurd. Warum sollte er sich verstecken und abhauen, nur weil er erfahren hat, dass er eine Menge Geld geerbt hat?«

»Das ist es doch gerade, Sophie. Es wird immer verworrener. Er ist nicht abgehauen. Ich habe gestern seinen Wagen an mir vorbeifahren sehen. Jede Wette, er war es. Es ging so schnell. Ich habe nur den Wagen gesehen. Den würde ich unter Hunderten erkennen. Er hat ihn sich zusammen mit John gekauft. Einen schwarzen Jeep. Was soll das bloß? Mir ist das alles unheimlich!«

Sophie atmete tief durch, bevor sie leise zugab: »So ein Wagen hat mich mehrfach verfolgt.«

»Was hat das nur zu bedeuten?«, rief Judith aus. »Sophie, ich habe Angst.« Mit diesen Worten fasste sie sich an den Bauch.

Sophie erschrak. »Ist alles in Ordnung mit dem Baby?«

Judith nickte und raunte: »Ich habe in den letzten Wochen viel darüber nachgedacht, ob ich es überhaupt bekommen soll, aber ich werde demnächst sechsunddreißig und wünsche mir nichts sehnlicher als ein Kind. Ein Kind von Tom! Und auch John hat mir sehr dazu geraten. Er war wahnsinnig fürsorglich. Er würde mich in allem unterstützen, er ist wirklich ein wunder...«

Judith unterbrach sich hastig, als sie sah, wie Sophies Gesichtszüge bei ihren Worten zunehmend entgleisten.

»Entschuldige, ich habe nicht daran gedacht, dass du sauer auf ihn bist.«

»Sauer ist das falsche Wort. Ich würde sagen, ich bin fertig mit ihm. Oder wie würdest du das finden, wenn ein Mann, nachdem du leidenschaftliche Stunden mit ihm erlebt hast, plötzlich aufbricht, weil er Besuch von den Schwiegereltern bekommt? Und du nicht mal wusstest, dass er eine Frau hat?«

Mit einem Blick in Judith' sichtlich betroffenes Gesicht fügte Sophie eilig hinzu: »Aber, das ist gar nichts gegen das, was du durchmachen musst. Reden wir nicht mehr über John, okay?«

»Gut. Aber John ist ein ehrlicher Mensch. Er war doch selber völlig durch den Wind, als er feststellte, dass Lynns Rückkehr ihn nicht so glücklich macht, wie er gedacht hatte. Glaube mir ...«

Seufzend unterbrach Sophie die neue Freundin: »Bitte, ich möchte nichts mehr davon hören! Und es wäre mir sehr lieb, wenn du meinen Fall übernehmen könntest.«

Erst Judith' abweisendes Gesicht machte Sophie bewusst, was sie da gerade verlangt hatte.

»Tut mir leid. Natürlich kannst du unmöglich diesen Holden suchen, wenn es wirklich dein Tom ist. Warten wir es ab! Weißt du, was ich am liebsten machen würde?«

Judith zuckte mit den Achseln.

»Am liebsten würde ich morgen irgendwo in die Berge fahren und mir das Land ansehen. Ich brauche eine kleine Auszeit.«

Judith schwieg, aber in ihrem Kopf schien es fieberhaft zu arbeiten.

»Meine Großmutter macht gerade Urlaub in Queenstown. In einem Hotel direkt am Wakapitusee. Sie würde sich bestimmt über einen Besuch freuen. Was meinst du? Sollen wir sie überraschen?«

»Wenn sie das nicht nervt. Ich bin dabei!«

»Gut, dann rufe ich John an und sage ihm, dass ich morgen blaumache.«

»Sag mal, weiß John von Toms merkwürdigem Brief?«

»Nein, und mir geht es gerade genauso wie dir. Ich möchte einfach nur raus. Einmal durchatmen und dann mit klarem Kopf zurückkommen. Danach muss ich mit John darüber reden. Stell dir vor, er sucht den Erben wie ein Irrer, und ich ahne, wer er ist. Nein, so viel Vertrauen muss sein, aber erst einmal Erholung für das Baby. Wollen wir gleich morgen früh um sechs starten, damit wir etwas vom Tag haben? Ich hole meine Sachen und komme pünktlich zurück.«

»Judith, halte mich nicht für kindisch, aber der schwarze Jeep ist hier vorhin vor dem Haus aufgetaucht, hat gedreht und ist wieder weggebraust. Wenn ich ehrlich bin, habe ich Angst, hier allein zu übernachten.«

Judith sah Sophie durchdringend an. »Ich verstehe das doch. Aber wenn es wirklich Tom ist, dann brauchst du dich nicht zu fürchten. Er ist ein lieber Kerl in einer rauen Schale. Und ich bete, dass es für alles eine harmlose Erklärung gibt. Vielleicht hat er es für einen Mandanten auf sich genommen. Vielleicht ist dieser Holden sein Mandant, und er hat deine Unterlagen deshalb gestohlen. Für ihn. Und jetzt hat er Angst, dass ich ihm das nicht verzeihe …« Nachdenklich hielt Judith inne. »Obwohl ich mir das eigentlich nicht vorstellen kann.«

»Bis wir nicht wissen, ob er überhaupt etwas damit zu tun hat, mach dir bitte keine Sorgen!«, erwiderte Sophie.

»Du hast recht. Pass auf, du packst jetzt deine Sachen, schläfst bei mir, und dann fahren wir morgen früh von Dunedin aus los.«

Als Sophie und Judith den Abend bei einem Glas Wein und dem herrlichen Blick über die Bucht von Otago ausklingen ließen, fühlte sich Sophie plötzlich selten ruhig und im Einklang mit sich selbst. Während sie sich bei ihrem ersten Besuch vor knapp einer Woche noch wie eine entwurzelte Fremde vorgekommen war, empfand sie nun beinahe so etwas wie Vertrautheit.

In der Nacht, als sie schließlich in Judith' Gästebett lag, stellte sie sich vor, wie es wohl für Kate sein würde, wieder in ihre Heimat zurückzukehren. Opoho? Ob Bill McLean ein Nachkomme von Philipp, dem Ehemann und Mörder Melanie McLeans, ist?, fragte sie sich. Die Namensgleichheit kann doch kein Zufall sein. Es passte wie ein Puzzle zusammen. Steven, der ungeliebte Sohn! Wie hatte Bill gesagt? »Er sieht unserer Großmutter, über die aber nicht gesprochen werden darf, zum Verwechseln ähnlich. Deswegen lehnt ihn mein Vater ab.« Und dann Paulas Schreck, als Bill seinen Namen genannt hatte …

Mit diesem Gedanken schlief Sophie ein, aber mitten in der Nacht erwachte sie von ihrem eigenen Aufschrei. Ihr Herz pochte wie wild, und sie war vor Angst wie gelähmt. Sie wusste nicht, ob sie immer noch träumte. Es war ein entsetzlicher Traum. Ein alter Mann schubste eine junge Frau auf die Straße. Die Frau war sie. In dem Augenblick raste ein schwarzer Jeep auf sie zu …

Sophie war so aufgeregt, dass an Schlaf nicht mehr zu denken war.

Opoho
im November 1914

In Auckland verließ Kate das Schiff und bestieg ein kleineres Dampfschiff, das sie nach Dunedin bringen sollte. Steven hielt gebührenden Abstand zu ihr.

Strömender Regen empfing sie im Hafen von Otago. Die Kutsche, die sie nach Opoho bringen sollte, war noch nicht eingetroffen. Steven schlug vor, wenigstens so zu tun, als habe man die weite Reise einvernehmlich hinter sich gebracht.

Kate war dermaßen erschöpft, dass sie nur schwach nickte. Sie zurrte ihr Cape vor der Brust zusammen, denn es wehte ein eisiger Wind. Lange Jahre hatte sie sich nach einer echten Abkühlung gesehnt, doch nun fröstelte sie in ihrer weißen Bluse und ihrem bequemen Glockenrock aus dünnem Stoff, einer Kleidung, die in diesen Breiten offensichtlich nicht angemessen war.

Sie hatte auf Samoa in der Zeitung gelesen, dass die Damen hier sogar Jacketts trugen; das würde wohl eine ihrer ersten Anschaffungen werden.

Als die Kutsche endlich eintraf, sprang eine junge dunkelhaarige Frau stürmisch heraus und fiel Steven um den Hals. Kaum hatte sie ihn losgelassen, musterte sie Kate wissend. »Sie müssen Bills Frau sein!«, rief sie und umarmte auch Kate herzlich. Sie wirkte sehr aufgeregt. »Ach, der Kleine!«, sagte sie nun und rannte zur Kutsche zurück. Als sie wieder erschien, hatte sie ein mürrisch dreinblickendes, blond gelocktes Kleinkind auf dem Arm.

»Na warst du auch brav?«, fragte Steven den Kleinen, ohne ihn zu berühren.

Kate stockte der Atem. Wenn das sein Sohn war, wieso riss er ihn nicht an die Brust und herzte ihn?

Der kleine Junge, den Kate auf höchstens drei Jahre schätzte, gab keinen Laut von sich, sondern sah nur aufmerksam von seinem Vater zu Kate.

»Ach, verzeihen Sie, ich habe mich ja gar nicht vorgestellt. Ich bin Nora Varell, die kleine Schwester von Bill. Deine Schwägerin«, erklärte die junge Frau jetzt. »Aber nun kommt doch bitte, Vater kann es schon gar nicht mehr erwarten.«

»Wie rührend! Er sehnt sich sicher unendlich nach mir«, bemerkte Steven spitz, doch seine Schwester rief nur: »Ach, Steven!«

Mit dem Kind auf dem Arm stieg Nora zurück in die Kutsche. Als das Gepäck verstaut war und der Wagen sich in Bewegung setzte, sprudelten die Worte nur so aus Noras Mund. »Oh, du bist ja noch hübscher, als Bill es in seinem Brief geschildert hat. Wir waren so gespannt. Eine Schottin! Was meinst du, wie Vater sich gefreut hat. Wie war die Reise? Sag mal, stimmt es, dass auf Samoa die Menschen …« Sie hielt sich kichernd die Hand vor den Mund, bevor sie fortfuhr. »… Ich meine, dass sie nackt herumlaufen? Also, ich finde das alles wahnsinnig aufregend …«

»Nora! Halt doch einfach mal dein Plappermaul!«, unterbrach Steven seine Schwester herablassend.

Nora lief rot an und senkte den Kopf.

»Nein, sie sind nicht nackt«, erklärte Kate freundlich. »Sie tragen den Lava-Lava, einen Männerrock, und auch den Oberkörper bedecken sie zunehmend, seit sie Kolonialherren haben. Selbst die schönen, muskulösen braunhäutigen Männer.« Letzteres war an die Adresse ihres ungehobelten Schwagers gerichtet, aber Steven zog nur verächtlich eine Braue hoch.

»Ach, das ist alles furchtbar aufregend. Wie hast du meinen Bruder kennengelernt?‹ Steven wollte etwas sagen, aber Kate kam ihm zuvor. »Ich wollte den Colonel sprechen, doch stattdessen war dein Bruder dort, und da habe ich mich auf den ersten Blick in ihn verliebt.«

Nora verdrehte verzückt die Augen. »Wie romantisch!«, seufzte sie.

Aus den Augenwinkeln beobachtete Kate das kleine blonde Kind. Es saß ganz still auf dem Schoß seiner Tante. Ein merkwürdiger Junge, dachte Kate, und noch befremdlicher fand sie Stevens Verhalten, der seinen Sohn gar nicht beachtete. »Wie heißt du denn?«

Der Kleine musterte sie stumm aus zusammengekniffenen Augen.

»Er heißt Walter, aber er ist sehr schüchtern. Komm, gib der Tante mal die Hand!« Mit diesen Worten nahm Nora die Hand des Kindes und streckte sie Kate entgegen.

Kate nahm das Händchen und sagte freundlich: »Ich bin Tante Kate!«

Der Junge zog seine Hand jedoch blitzschnell zurück und wandte sich abrupt ab.

»Na, wenigstens lässt er sich nicht von der Tante betören!«, ließ Steven bissig verlauten.

Nora sah verwirrt von ihrem Bruder zu Kate.

Keiner sprach mehr ein Wort, bis der Wagen endlich hielt.

Als Kate ausstieg, hatte der Regen aufgehört. Sogar ein paar Sonnenstrahlen fanden ihren Weg durch die Wolken, und am Horizont erhob sich ein Regenbogen. Wenn das kein gutes Omen ist!, ging es ihr durch den Kopf. Vor ihr lag ein großes Farmhaus, das fast wie ein kleines Schloss gebaut war, eingebettet in sattgrüne Wiesen, soweit das Auge reichte. Überall weideten Schafe. Unweit vom Haus stand eine riesige Scheune. Kate sog die frische Luft tief in die Lungen ein. Sie war frisch wie ein Gebirgsbach. Unverbraucht und keine Spur schwül. Ja, das war die Luft, die sie manchmal auf Samoa vermisst hatte. Und dieses Grün tat ihren Augen wohl. Dazu der köstliche Duft von Gras und Heu.

»Darf ich?«, fragte Steven scheinbar höflich und griff nach einer schweren Tasche, die Kate eigenhändig aus der Kutsche hieven wollte. Sie ließ ihn gewähren. Nora war bereits mit dem Kind an der Hand vorgelaufen.

»Ist das wirklich dein Junge?« Kate konnte ihre Neugier nicht länger zügeln.

»Was dagegen?«, erwiderte er abweisend.

»Nein, es ist nur seltsam, dass du ihm so gar keine, verzeih mir, aber mir fällt nichts anderes ein, keine Liebe gibst. Sie zumindest nicht zeigst, denn lieben wirst du ihn ja.«

»Wie kommst du denn darauf, dass ich ihn liebe?« Stevens Ton klang provozierend.

»Weil jeder Vater seine Kinder liebt!«

»Dann bin ich wohl die Ausnahme!«, war die schroffe Antwort. Leiser fuhr er fort: »Ich habe seine Mutter nie geliebt und sie nur deshalb geheiratet, weil sie das Kind erwartete. Also, nenn mir einen einzigen Grund, warum ich diesen Bengel lieben sollte!«

Kate wusste nicht, ob er sie nur provozieren wollte oder diese grausamen Worte wirklich ernst meinte. Zuzutrauen wäre ihm beides, dachte sie.

»Und wenn es wirklich so wäre, warum willst du das Kind dann mit nach Samoa nehmen und nicht hier bei deiner Familie lassen, wo es Liebe erfährt?«

Steven lachte trocken. »Das würde ich liebend gern tun, aber mein Vater verlangt, dass ich mein Kind mitschleppe. Mein Bruder hat dir offenbar nicht alles erzählt. Vater will auch mein Kind nicht um sich haben. Er hätte mir Geld gegeben, damit ich in den Norden gehe, aber da kam ja der gute Bill auf die glorreiche Idee, aus mir einen Koprabauern und Kakaopflanzer zu machen. Er hat sogar etwas von seinem Vermögen beigesteuert, damit ich ja weit genug wegkomme von meiner Familie.«

»Das ist nicht wahr!«, widersprach Kate heftig. »Er will dir nur helfen. Das weißt du ganz genau! Hör endlich auf, dich selbst zu bemitleiden! Du verletzt in einem fort andere Menschen und wunderst dich darüber, dass sie dich nicht mögen.«

»Ach, was weißt du schon!«, schnaubte er verächtlich und zischelte: »Und jetzt kein Wort mehr darüber, wenn wir die ›heiligen Hallen‹ betreten.«

Die Haustür stand offen, und Steven bat sie schroff, ihr zu folgen. Beschämt betrachtete Kate ihre nagelneuen Knöpfstiefel, die sie sich eigens für die Reise gekauft hatte und die vollkommen verschmutzt waren, weil sie in eine Pfütze getreten war.

Der Eingangsbereich des Hauses wirkte düster und überladen. Vielleicht liegt es an den dunklen Holzvertäfelungen, überlegte Kate. Als sie hinter Steven die Treppe hinaufstieg, erhaschte sie einen Blick auf eine dunkle Anrichte im Flur, die voller Nippes stand. Nichts als Staubfänger, dachte Kate, denn auf Samoa war die Einrichtung zweckmäßig, aber niemals überladen gewesen. Im ersten Stock war es nicht viel besser, aber als sie um eine Ecke gingen, wurde es mit einem Mal lichter.

»Das ist Bills Reich!«, erklärte Steven und stellte ihre Tasche im Flur ab. »Diese Zimmer bewohnt er allein. Salon, Schlaf-,

Ess- und Kinderzimmer. Vater hat alles schon so einrichten lassen, dass mein lieber Bruder hier mit seiner Familie leben kann. In einer halben Stunde wird gegessen. In diesem Hause wird immer pünktlich gegessen. Vater wird dich im großen Esszimmer erwarten. Ich würde mich allerdings vorher umziehen. Er ist da sehr eigen.« Mit diesen Worten entfernte Steven sich eilig.

Kate wollte gerade die Tür zum ersten Zimmer öffnen, als sie hinter sich ein Hüsteln hörte. Erschrocken drehte sie sich um. Es war Nora, die sie aufgeregt fragte, ob sie ihr etwas helfen könne.

»Ja, du kannst mir sagen, ob es stimmt, dass wir gleich essen und dass ich mich dazu umziehen sollte.«

»Ich habe gehört, was er gesagt hat. Es stimmt, aber du solltest dich nicht über seinen Ton ärgern. Seit Nellys Tod ist es noch schlimmer geworden. Jeden fährt er an, jeden bis auf unseren Vater. Doch nun folge mir, ich zeige dir alles! Das hier ist euer Esszimmer!«

Nora öffnete eine Tür, und Kate hatte das Gefühl, in eine völlig andere Welt einzutauchen. Ein schlichter heller Esstisch mit geschmackvollen Stühlen, eine Anrichte voller Geschirr, auf der jedoch nichts Unnützes herumstand. Dieser Raum war erfreulich einfach und doch stilvoll eingerichtet, ganz nach Kates Geschmack. Außerdem besaß er ein großes Fenster, durch das man einen Blick auf die unendliche grüne Weite hatte.

Auch der Schlafraum und der Salon begeisterten Kate. Als sie die Kinderzimmertür öffnete, wich sie allerdings zurück. Es gab ein Kinderbettchen, ein Schaukelpferd und jede Menge Spielzeug. Das wirkte gespenstisch.

»Das sind die Sachen, mit denen Bill als Kind gespielt hat!«, erklärte Nora beinahe entschuldigend.

Kate war erleichtert. Das erklärte alles.

»Du solltest dich jetzt schnell umziehen. Vater wartet nicht gern. Er kann es kaum erwarten, dich kennenzulernen. Du musst wissen, Bill ist sein Liebling. Von den Jungs jedenfalls. Wir Mädchen zählen nicht. Wir haben es nie anders kennengelernt. Meine Schwester leidet schon ihr ganzes Leben lang darunter, obwohl sie längst verheiratet ist. Aber mir macht das nichts aus. Na ja, ich war auch immer die Kleine, und der alte Brummbär hat mich ihr vorgezogen. Ich bin gerade erst vor einem Jahr ausgezogen. Mein Mann konnte leider nicht zu deinem Empfang da sein, aber du wirst ihn kennenlernen, sobald du uns besuchst …«

Es klopfte. Ein dunkelhäutiger junger Mann trat ein und fragte, wo er ihren Kleiderkoffer abstellen solle.

»Vielen Dank! Bringen Sie ihn bitte ins Schlafzimmer!«, sagte sie freundlich. »Alles Weitere solltest du mir unbedingt später erzählen, Nora. Ich muss schauen, was ich auf die Schnelle zum Anziehen finde.«

Nora folgte ihr. Mit ihrer Hilfe wuchtete Kate den Koffer aufs Bett, um darin nach einem passenden Kleid zu suchen. Sie entschied sich für eine Seidenrobe in Rosa und fragte zur Sicherheit die Schwägerin, was sie davon hielt.

»Das ist wirklich wunderschön!«, rief Nora aus, raffte die Röcke ihres resedagrünen Kleides, mahnte noch einmal zur Eile und ging in den Salon.

Kate schälte sich hastig aus ihrer Reisekleidung und tauschte sie gegen das Seidenkleid aus. Schließlich fuhr sie sich noch einmal flüchtig mit der Hand durch das zerzauste Haar, denn Zeit für große Toilette blieb ihr nicht mehr. Sie folgte ihrer Schwägerin mit gemischten Gefühlen. Sobald sie Bills Reich verlassen hatten, beschlich sie der Eindruck, dass hier die Zeit stehen geblieben war. Auf den üppig verzierten dunklen Möbeln lastete eine Schwere, die ihr auf das Gemüt drückte.

»Wer hat das Haus eingerichtet?«, fragte Kate leise.

»In diesem Teil hat früher mein Großvater gelebt. Und der hat nach dem Tod seiner Frau all ihre Möbel hinausgeworfen und wahllos neue gekauft, aber er hatte nicht das Händchen, Häuser wohnlich zu gestalten wie unsere Großmutter.« Nora flüsterte, während sie die Treppe hinunterstiegen. Plötzlich fiel Kate ein, dass Bill einmal gesagt hatte: »Über die Großmutter darf in unserem Hause nicht gesprochen werden.«

»Sag mal, Nora, was hat deine Großmutter verbrochen, dass man sie nicht erwähnen darf?«, wollte Kate wissen.

»Die Frage wird in diesem Hause nicht geduldet!«, schnarrte eine tiefe Stimme hinter ihnen.

Erschrocken fuhr Kate herum. Sie sah in die vor Zorn funkelnden braunen Augen eines stattlichen Mannes mit weißem Haar.

Ohne ihr die Hand zu reichen oder sie anders zu begrüßen, zischelte er: »Hören Sie, Miss McDowell, über meine Mutter wird im Hause McLean nicht gesprochen. Haben Sie verstanden? Tun Sie das nie wieder! Hier gelten meine Gesetze. Und jetzt lassen Sie uns essen.«

Sie spürte, wie kalte Wut über sein Benehmen in ihr emporkroch. Obwohl ihr Bills mahnende Worte noch in den Ohren klangen, hörte sie sich spitz sagen: »Darf ich annehmen, dass Sie der Vater meines Mannes sind? Dann darf ich mich vielleicht vorstellen. Kate McLean, Ihre Schwiegertochter!« Damit streckte sie ihm die Hand entgegen, die er ignorierte. Im Gegenteil, er drückte sich an ihr vorbei und verschwand wortlos.

»Oje«, seufzte Nora. »Das war kein guter Einstand.«

»Das finde ich auch. Er hätte sich wirklich besser benehmen können«, erwiderte Kate, und es tat ihr kein bisschen leid, dass ihr Mundwerk ihren Gedanken wieder einmal vorausgeeilt war. Dieser Mann war äußerst unhöflich, und das würde sie nicht klaglos hinnehmen. Ach, Bill, wenn du bloß schon hier wärest!, dachte sie wehmütig.

Aber da flüsterte Nora ängstlich: »Du solltest dich bei ihm entschuldigen. Er kann Widerworte nicht leiden, schon gar nicht von Frauen!«

»Dann wird er es eben lernen müssen«, erwiderte Kate erbost. Bill hatte sie gewarnt, dass ihr Vater altmodische Ansichten vertrat. Gut, denen hätte sie auch nicht unbedingt widersprochen, aber dass er sie nicht einmal begrüßte und bei ihrem Mädchennamen nannte, obwohl er wusste, dass sie Bills Frau war, das durfte sie sich nicht gefallen lassen.

»Ich wollte es auch nur gesagt haben«, erklärte Nora kleinlaut und öffnete die Tür zum Speisezimmer.

»Hier ist Ihr Platz!«, knurrte der Alte, deutete auf den Stuhl neben sich und fügte mit erhobener Stimme hinzu: »Wir legen Wert auf Pünktlichkeit. Miss McDowell.«

Kate holte tief Luft. Sie wollte nicht antworten, aber die Worte standen bereits im Raum: »Mister McLean, ich sagte Ihnen bereits auf der Treppe, dass ich die Ehefrau Ihres Sohnes bin und schon seit über einem Monat den Namen McLean trage, auch wenn es Ihnen nicht passt.«

Damit setzte sie sich und ließ den Blick schweifen. Außer ihr und Bills Vater saßen vier Personen am Tisch, die sie allesamt mit offenem Mund anstarrten. Die Frau, die sie nun verbissen musterte, schien Bills andere Schwester zu sein, der wohlbeleibte Mann an ihrer Seite der Ehemann.

»Sie werden erst dann meine Schwiegertochter sein, wenn Sie in der Presbyterianischen Kirche getraut worden sind. Merken Sie sich das! Und jetzt lassen Sie uns beten.«

Kate spürte, wie ihre Wangen vor Zorn erröteten, doch sie zwang sich, den Mund zu halten, und faltete wie alle anderen am Tisch die Hände zum Gebet. Sie beschloss zu schweigen, solange sie keiner etwas fragte. Wahrscheinlich spricht ohnehin keiner, ohne dass der Alte seine Erlaubnis dazu erteilt, dachte Kate und konzentrierte sich auf das Essen.

Die Tafel war prächtig gedeckt, und es gab ein üppiges Mahl, das von zwei Hausmädchen stilgerecht serviert wurde. Geld scheint in dieser Familie nicht das Problem zu sein, mutmaßte Kate, als Bills Vater in schneidendem Ton fragte: »Und wann wirst du uns endgültig verlassen?« Das ging an Stevens Adresse.

Der wurde zu Kates Überraschung ganz blass. »Ich habe noch keine Passage gebucht, ich …«

»Dann wird es höchste Zeit, dass du dich darum kümmerst.« Der barsche Ton ließ Kate zusammenfahren. Er kanzelt ihn ab wie einen dummen Schuljungen, dachte sie ungläubig. Und Steven, der zynische, stets Überlegenheit mimende Steven, begehrt keineswegs dagegen auf, im Gegenteil, er hat den Kopf so demütig gesenkt, dass er fast in der Suppe landet! Kate konnte es kaum fassen.

»Ja, Vater, ich werde mich darum kümmern!«, sagte er unterwürfig.

Obwohl Kate kein Fünkchen Sympathie für ihren Schwager hegte, empfand sie plötzlich Mitleid mit ihm. Und sie fragte sich, woher Bill sein sonniges Gemüt haben mochte, obwohl er ebenfalls unter der Fuchtel dieses Mannes aufgewachsen war. Bill hatte ihr einmal auf der Veranda in Apia gesagt, sein Vater bevorzuge den falschen Sohn. Steven sehe zwar aus wie seine Großmutter, Bill aber komme im Wesen ganz nach ihr. Das jedenfalls habe ihm einst unter Tränen ein altes Kindermädchen gebeichtet, das Melanie noch gekannt hatte. An dem Tag hatte Bill auch zum ersten Mal den Namen seiner Großmutter gehört. Melanie! Kate wünschte sich in diesem Augenblick nichts sehnlicher, als bei Bill in Apia zu sein.

»Ihre Familie stammt also aus Schottland?«, fragte ihr Schwiegervater nun griesgrämig.

Kate nahm sich vor, freundlich zu antworten. Bill zuliebe wollte sie sich nicht gleich am ersten Abend sämtliche Sympathien seines Vaters verscherzen. »Die McDowells, der väterliche Teil meiner Familie, stammt ursprünglich aus Schottland. Sie haben sich mit den ersten Siedlern hier niedergelassen. Mein Großvater John war Anwalt und Politiker, mein Vater Anwalt. Er ist früh verstorben …«

»Ich sehe das zwar auch so, dass die väterliche Linie die entscheidende ist«, unterbrach er sie lauernd, »trotzdem wüsste ich gern: Woher stammt denn der andere Teil? Da Sie auf Samoa gelebt haben, könnte man auf den dummen Gedanken kommen, Sie hätten deutsche Wurzeln.«

»Hat Ihr Sohn Ihnen denn gar nichts erzählt?« Kate war sichtlich erstaunt.

»In meinem Haus stelle ich die Fragen. Also, sagen Sie nicht, dass Sie Deutsche sind.«

»Nein, ich bin Neuseeländerin, aber meine Großmutter stammt aus Deutschland«, erklärte sie mit fester Stimme. Plötzlich fielen ihr die mahnenden Worte von Doktor Wohlrabe ein. *In Neuseeland könnte man in Ihnen eine Deutsche sehen. Eine Feindin!*

»Ihre Großmutter interessiert mich nicht. Woher kam Ihr Großvater?«

Kate biss sich auf die Lippen. Wenn er nicht gleich damit aufhört, werde ich ihn einen »dummen Schafzüchter« nennen, aber sie atmete stattdessen tief durch und schluckte die Bemerkung herunter. »Mein Großvater kam auch aus Deutschland, aber den habe ich gar nicht kennengelernt, weil er meine Großmutter lange vor meiner Geburt verlassen hat. Reicht ihnen das?« Kate wusste genau, dass sie sich die letzte Bemerkung lieber hätte verkneifen sollen, aber die war ihr schneller herausgerutscht, als ihr Verstand denken konnte.

»Was hat Ihre Großmutter verbrochen, dass er weggegangen ist?«, fragte Bills Vater in inquisitorischem Ton.

»Gar nichts. Er hat sie einfach verlassen. Außerdem möchte ich nicht darüber reden. Sie wollen doch schließlich auch nicht, dass über Ihre Mutter gesprochen wird.«

Der alte Mann wurde leichenblass. Er schnappte nach Luft, bevor er brüllte: »Dies ist mein Haus, und ich kann Ihnen nur raten, Ihr ungewaschenes Mundwerk zu zügeln. Sie sind nicht nur viel zu alt für meinen Sohn, sondern auch viel zu frech. Sind Sie überhaupt noch in der Lage, Kinder zu gebären? In ihrem Alter sind andere schon Großmütter.« Letzteres spuckte er verächtlich aus.

Kate zog es vor zu schweigen. Es hatte keinen Zweck, sich mit diesem furchtbaren Menschen anzulegen. Aber eines war ihr sonnenklar: Niemals würde sie ihr Leben mit diesem Mann unter einem Dach verbringen. Nicht auszudenken, eines ihrer Kinder würde einmal Bills Großmutter Melanie ähneln. Nein, in dieser vor Hass vibrierenden Atmosphäre sollten sie nicht aufwachsen. Niemals würde sie an einem Ort bleiben, an dem sie sich schon jetzt wie lebendig begraben fühlte. Sie hob den Kopf und sah prüfend in die Runde. Alle blickten verlegen zur Seite. Bis auf Steven, dessen Gesicht zugleich Triumph und Bewunderung spiegelte.

»Ich brauche endlich einen Erben«, knurrte der alte McLean, bevor er Kate verächtlich musterte.

»Warum? Sie haben doch schon den kleinen Walter!«, entgegnete sie und erkannte an der wutverzerrten Miene ihres Schwiegervaters, dass sie noch einen unverzeihlichen Fehler begangen hatte.

Dieses Mal brüllte er nicht laut los, sondern zischelte für alle hörbar: »Bill hätte die anständigsten Mädchen haben können. Was ist nur in ihn gefahren?«

Kate warf Steven einen ermutigenden Blick zu, aber der hielt den Kopf wieder gesenkt. Warum begehrt er nicht auf, wenn sein Vater vor der ganzen Familie kundtut, dass sein Sohn Walter nicht zählt?, überlegte Kate. Ich muss unbedingt Bill danach fragen. Oh Bill! Wie ich dich vermisse!

»Kinder, nun lasst uns unsere Schwägerin doch erst einmal willkommen heißen!«, flötete Nora vom anderen Ende der Tafel. »Du bist also wirklich aus Dunedin? Was hältst du davon, wenn du mich morgen in der Princes Street besuchst?«

»Sehr gern!« Kate lächelte. »Ich bin nämlich in der Princes Street aufgewachsen, bei meiner Großmutter. Ihr Garten war wunderschön. Im hinteren Teil wuchsen immergrüne Büsche, und unsere gute Paula pflegte immer bedauernd zu sagen: ›Dort stand früher ein Eisenbaum, der seine roten Blüten stets zu Weihnachten trieb.‹«

Nora strahlte über das ganze Gesicht. »Oh, das wäre mein Traum. Ein Rata im Garten! Dann würde ich den ganzen Dezember über auf unseren Korbstühlen sitzen und ihn bewundern.«

»Korbstühle? Meine Großmutter ohne einen Korbsessel, das war gar nicht denkbar. Ich sehe sie noch im Garten sitzen und meine Freunde und mich ermahnen, nicht über die Stränge zu schlagen.« Kate vergaß vor Begeisterung, Vorsicht vor dem grimmigen alten Mann walten zu lassen, und erzählte nun strahlend: »An was ich mich noch erinnere, ist der große Salon. Darin hätte man tanzen können, aber bei meiner Großmutter gab es keine Tanzfeste. Nur an meinen Geburtstagen war immer Leben im Haus. Bis zu meinem zwölften Geburtstag. Da kamen diese Männer, die uns das Haus weggenommen haben, wie mir unsere treue Paula damals erzählte.«

»Das ist ja schrecklich, aber auf Samoa war es doch bestimmt auch –«, erwiderte Nora, aber ihr Vater unterbrach sie barsch.

»Schweigt! Alle beide!« Dann wandte er sich mit hasserfülltem Gesicht an Kate. »Ich möchte nur eines klarstellen: Bevor mein Sohn nicht hier ist und ich mit ihm unter vier Augen gesprochen habe, werde ich Sie, Miss McDowell, nicht als meine Schwiegertochter akzeptieren. Sie sind von der Verpflichtung des Familienessens entbunden. Ich wünsche Sie nicht mehr bei Tisch zu sehen, Sie bekommen das Essen oben serviert. Ich verabschiede mich für heute. Guten Appetit.«

Mit diesen Worten verließ er hocherhobenen Hauptes das Zimmer. Alle Augen waren auf Kate gerichtet.

»Du hast doch gehört, was mein Vater gesagt hat«, erklärte Steven mit eisiger Miene.

Sie war fassungslos. Wollte ihr Schwiegervater seinen Sohn davon überzeugen, sich von ihr scheiden zu lassen? Absurder Gedanke!, dachte sie, denn Bill würde sie niemals im Stich lassen. Ihre Liebe war größer als die Macht seines Vaters. Dafür würde sie ihre Hand ins Feuer legen. Vielleicht würde er Bill nun enterben und alles Steven vermachen. Kate lächelte in sich hinein. Dann gehe ich mit Bill eben nach Apia zurück, denn in diesem Augenblick sehnte sie sich mit jeder Faser ihrer Seele in das Paradies zurück.

»Kate, würdest du dich bitte in deine Räume begeben!«, bellte Steven.

»Du musst nicht Vaters Soldat spielen!«, mischte sich Nora ein. »Wenn sie geht, gehe ich mit nach oben und nehme meinen Kaffee dort ein!« Sie sprang auf, nahm Kates Hand und zog sie vom Stuhl. Bills andere Schwester, deren Namen Kate nicht einmal kannte, funkelte sie giftig an, und ihr beleibter Ehemann musterte sie herablassend. Sie gaben Kate die Gewissheit, dass ihre Anwesenheit bei Tisch nicht länger erwünscht war.

»Was hat sich Bill nur dabei gedacht? Eine Hunnin?«, hörte Kate eine bissige Frauenstimme hinter sich herkeifen, bevor sie das Zimmer verließen.

»Das war meine Schwester Jane, die seit ihrer Kindheit um Vaters Liebe buhlt. Sie begreift einfach nicht, dass Frauen für ihn nichts wert sind«, raunte Nora.

Im Esszimmer in der oberen Etage plauderte Kate noch eine Weile mit ihrer Schwägerin, doch dann machte sich eine bleierne Müdigkeit in ihren Gliedern bemerkbar.

»Ich habe keine Ahnung, was in ihn gefahren ist«, erklärte Nora zum Abschied entschuldigend. »Wo er sich doch so auf dich gefreut hat!«

Kate zuckte mit den Achseln und erwiderte leise: »Ich muss mich erst daran gewöhnen, dass hier im Hause ein Tyrann herrscht. Ich habe immer nur mit Frauen zusammengelebt und war nach Großmutters Tod meine eigene Herrin. Ich bin nicht geübt im Umgang mit Männern, die sich über Frauen erheben. Da prallen zwei Welten aufeinander.«

»Das glaube ich dir gern, aber ich befürchte, es steckt noch etwas anderes dahinter. Er war zwar bereits bei eurem Zusammenstoß auf der Treppe unausstehlich, aber erst als wir über das Haus in der Princes Street sprachen, sind ihm regelrecht die Nerven durchgegangen.«

»Ich weiß nicht!« Kate kämpfte tapfer dagegen an, dass ihr die Augen zufielen.

»Ich freue mich, dich morgen bei uns zu sehen«, sagte Nora und umarmte sie noch einmal herzlich.

Kates letzter Gedanke vor dem Einschlafen galt Bill und der erfreulichen Tatsache, dass wenigstens zwischen ihm und seiner Schwester Nora eine gewisse Ähnlichkeit im Wesen bestand. Über alles andere würde sie morgen nachdenken.

Nora hatte Kate am nächsten Morgen eine Kutsche geschickt, in die sie nun hastig einstieg. Wie gern hätte sie die Farm besichtigt, aber die Gefahr, ihrem Schwiegervater über den Weg zu laufen, war zu groß. Sie hatte keinen Bissen herunterbekommen, obwohl ein Mädchen ihr ein Frühstück gebracht hatte.

Als Kate aus dem Wagen sprang und das Haus in der Princes Street sah, stieg eine Ahnung in ihr auf. Ihr Herz klopfte bis zum Hals, als Nora sie in die Diele zog. Die Erinnerungen überkamen sie nun mit aller Macht. Hier hatte sie ihre Kindheit verbracht! »Aber das ist ja das Haus meiner Großmutter!«, brachte sie heiser hervor.

Ocean Grove
Queenstown, 4. Januar 2008

Es war ein strahlend schöner Tag, an dem sich Judith und Sophie in aller Frühe nach Oueenstown aufmachten.

»Wir werden an die vier Stunden brauchen«, sagte Judith.

Sie scheint auch nicht besonders gut geschlafen zu haben, stellte Sophie mit prüfendem Blick auf die Freundin fest. Judith hatte dunkle Ringe unter den rot geweinten Augen. Hoffentlich entpuppt sich das mit diesem Tom als Irrtum, dachte Sophie, aber im Grunde genommen glaubte sie nicht daran. Im Gegenteil, wenn er vielleicht auch nicht jener Holden ist, so ist er bestimmt der Kerl, der Emmas Lebensgeschichte gestohlen hat und der mich nun verfolgt, dachte sie.

Nach ein paar Meilen waren ihre finsteren Vermutungen jedoch wie weggeblasen. Der Anblick der sattgrünen Wiesen voller Schafe, der weiten Täler und Wälder ließ sie alles Schwere vergessen. Sophie hatte das Fenster leicht geöffnet und atmete die klare Luft ein, die hineinwehte. Pure Entspannung für ihre angeschlagenen Nerven!

Auch Judith schien dieser Ausflug gutzutun. Sie begann leise zu singen, in einer fremdartigen Sprache. Sophie horchte auf, als sie mehrmals »Hine« verstand. Judith sang mit solch glockenheller, reiner Stimme, dass Sophies Augen feucht wurden. Sie wagte kaum zu atmen, weil sie die Freundin nicht unterbrechen wollte, die alle Strophen mehrmals wiederholte. Dabei entwickelte die schlichte Melodie zunehmend einen größeren Zauber.

Erst als Judith verstummt und das letzte »Hine« verklungen war, fragte Sophie die junge Anwältin, was sie denn da gesungen habe.

»Das ist ein Kinderlied in Waiata-Maori. Meine Großmutter hat es immer für mich gesungen.«

»Und worum geht es darin?«, fragte Sophie sichtlich gerührt.

»Das kleine Mädchen soll ruhig schlafen und nicht traurig sein. Weil genug Liebe für es da ist im Herzen seines Vaters. Das Lied hat eine Sängerin komponiert, die sich *Princess Te Rangi Pai* nannte. Ihre Mutter war eine Maori, ihr Vater ein Weißer. Sie hatte große Erfolge in England und auch in Australien, aber dann wurde sie krank und kehrte nach Neuseeland zurück. Nach dem Tod ihrer Mutter und ihres Bruders gab sie ihr Abschlusskonzert in Neuseeland und sang dieses Lied zum ersten Mal. Das war 1907.«

Sophie wischte sich verstohlen eine Träne aus dem Gesicht. Nur nicht heulen!, redete sie sich gut zu. Wenn jemand bei dem Lied Grund zum Weinen hat, dann ist es Judith, die aber ganz gelöst dabei wirkte.

»Und ich meine, das Wort ›Hine‹ gehört zu haben. Was bedeutet das?«

»Das heißt Mädchen.«

»Judith, singst du es bitte noch mal? Es war so schön.«

Judith lächelte Sophie an und ermutigte sie, mitzumachen. »Es ist ganz einfach. *E tangi ana koe, Hine e Hine, E nge nge ana koe, Hine e Hine.* Komm mach mit! Los!«

Sophie fiel erst ganz zaghaft, dann voller Inbrunst ein, und schließlich sangen sie es gemeinsam.

Judith' Großmutter war außer sich vor Freude, ihre Enkelin zu sehen. Warmherzig versicherte sie Sophie, dass Judith' Freunde auch ihre eigenen seien. »Nennen Sie mich Liz!«, forderte sie Sophie auf. »Elizabeth ist zu lang. Und Grandma zu altmodisch. Das sagt nicht mal meine Kleine.« Dabei tätschelte sie Judith' Wange.

Sophie schätzte die alte Dame mit dem weißen Kraushaar und der gebräunten Haut auf weit über achtzig. Dennoch war sie eine überaus quirlige Person, die mit Händen und Füßen redete.

»Geht hinaus auf den Balkon, ich bestelle ein Essen für euch beim Zimmerservice. Ach, schön, dass ihr da seid! Setzt euch, setzt euch!« Damit schob die rundliche Liz ihre Besucherinnen nach draußen. Auf dem Balkon mit Blick auf den See stand eine Staffelei, davor ein Kasten mit Aquarellfarben.

Judith brach in schallendes Gelächter aus, als sie das Gekleckse auf dem Malblock näher betrachtete. »Du musst wissen, Großmutter versucht alles. Malen, töpfern, singen, sie besucht jede Menge Kurse. Großvater hat ihr genug Geld hinterlassen, und wenn sie es nicht spendet, bildet sie sich fort.«

»Was erzählst du da über deine Großmutter? Das ist doch ein wahres Kunstwerk. Finden Sie nicht?«, fragte Liz Sophie mit verschmitztem Gesichtsausdruck.

»Sag die Wahrheit! Liz durchschaut Schmeicheleien sowieso«, erklärte Judith lachend.

»Gut, Mädels, wenn ihr mein Aquarell nicht mögt, dann macht es besser.«

Mit diesen Worten drückte sie den beiden je ein Blatt von ihrem Zeichenblock in die Hand und forderte sie lachend auf, die malerische Aussicht über dem See einzufangen. Judith stöhnte genervt auf, aber Sophie legte das Blatt widerspruchslos vor sich auf einen Tisch und begann konzentriert zu malen. Sie war so in diese Tätigkeit versunken, dass sie nicht einmal merkte, dass der Zimmerservice das Essen brachte und Judith und ihre Großmutter sie beobachteten. Erst als ihre Szene fertig war, sah sie auf und blickte in verwunderte Gesichter.

»Du bist ja eine echte Künstlerin!«, rief Judith bewundernd aus.

»Nein, ich bin Kunstlehrerin«, wiegelte Sophie das Lob ab.

»Es ist ganz wunderbar! Viel besser als das, was hier manchmal den Touristen angedreht wird«, schwärmte Liz, woraufhin Sophie ihr das Aquarell sogleich schenkte.

»Kind, und womit kann ich mich erkenntlich zeigen?«

Sophie lächelte. »Es gibt vielleicht etwas, womit Sie mir eine Freude machen könnten.«

»Was immer Sie wollen!«, versprach Großmutter Liz und strahlte, während sie ihren Schatz vorsichtig nach drinnen trug.

»Liz? Ich interessiere mich für die Makutus, die Flüche der Maoris. Und mich interessiert Ihre Meinung zu einem Fall, der mich sehr bewegt.« Täuschte sich Sophie, oder blickte Judith' Großmutter sie nun forschend an?

»Wenn ich etwas dazu sagen kann, gern. Aber erst wollen wir mal essen.«

Mit diesen Worten bat sie die beiden jungen Frauen an den Esstisch. Es gab Lamm, und während Liz sich reichlich davon auf den Teller füllte, erklärte sie: »Ich bin wahrlich keine Expertin, aber ich versuche, Ihnen das weiterzugeben, was ich weiß. Also, schießen Sie los!«

Sophie überlegte kurz, ob sie vorgeben sollte, es handele sich um eine fremde Geschichte, doch sie entschloss sich, nicht um den heißen Brei herumzureden. Das fiel ihr nicht leicht. »Es ist die Geschichte einer meiner Ahninnen«, begann sie zögernd, »Judith, du weiß ja, die Aufzeichnungen meiner Mutter …«

Die Anwältin nickte mit wissendem Blick.

»Also, es war wahrscheinlich meine Ururgroßmutter, die einst ihrem Mahn aus Hamburg nach Neuseeland folgte. Sie wurde Augenzeugin, als ihr Mann einer jungen Maorifrau großes Leid zufügte. Ihren Namen habe ich vergessen, aber ich weiß, es war etwas mit ›Hine‹ und hieß übersetzt ›Nebelfee‹. Jedenfalls hat sie einen Fluch über die Familie meiner Ahnin und deren Nachkommen verhängt. Sie sollte ihre Kinder verlieren! Die Familie solle dem Untergang geweiht sein. Natürlich glaube ich nicht an so etwas, aber vielleicht wissen Sie, was die Maori über solche Flüche denken. Ich meine, wie gesagt, ich halte es für völlig abwegig. Ich bin ja sehr realistisch, aber …« Sophie holte Luft und fuhr gehetzt fort: »… in meiner Familie häuften sich danach die Schicksalsschläge. Meine Ahnin Anna hat nicht nur ihre Tochter und ihren Schwiegersohn, sondern auch ihr ungeborenes Kind verloren. Zum Glück hat ihre Enkeltochter überlebt. Sonst würde ich heute nicht hier sitzen.«

Judith schien Sophie gebannt zuzuhören, während sich das Gesicht ihrer Großmutter bei jedem Wort mehr verfinsterte.

»Und was hat Ihr Ahnherr der jungen Frau angetan?«, fragte Liz tonlos.

»Er hat ihr absichtlich in den Bauch getreten, sodass sie ihr ungeborenes Kind verloren hat.«

»Hm, dazu fällt mir leider gar nichts ein«, antwortete Liz hastig, stand abrupt auf und verließ das Zimmer.

»Habe ich etwas falsch gemacht?«, raunte Sophie ihrer Freundin zu.

»Nein, ich weiß auch nicht, warum sie plötzlich so merkwürdig ist, aber ich denke, es ist das Alter. Sie ist fast neunzig, musst du bedenken«, versuchte Judith das schroffe Verhalten ihrer Großmutter zu entschuldigen.

In diesem Moment erschien Liz wieder. Sie hielt das geschenkte Aquarell in der Hand und brachte leicht gepresst hervor: »Es passt leider nicht zu den Farben der Einrichtung«, und drückte es der verdutzten Sophie in die Hand.

»Aber Liz, das ist nur ein Hotelzimmer, aus dem du nach ein paar Wochen wieder ausziehst«, widersprach Judith energisch, aber die alte Dame maß ihre Enkelin mit einem Blick, der besagte, dass sie nicht darüber zu diskutieren wünsche. Dann schützte sie eine plötzliche Müdigkeit vor, die signalisierte, dass die Besuchszeit vorüber war.

Judith wirkte sichtlich verwirrt, als Liz Sophie zwar mit höflichem Handschlag verabschiedete, sie aber beinahe aus der Tür schob. Sie wollte schon mit der Freundin gehen, als die alte Dame befahl: »Kind, mit dir muss ich noch reden. Deine Freundin kann ja schon mal im Wagen warten. Es dauert auch nicht lange.«

Sichtlich verwirrt blieb Sophie im Flur stehen, aber die Stimme der Großmutter war so durchdringend, dass sie diese selbst bei angelehnter Tür noch laut und deutlich vernahm.

»Woher kennst du diese Frau?« Das klang vorwurfsvoll.

»Sie ist eine Mandantin. Ihre Mutter ist in der Nähe von Dunedin tödlich verunglückt; wir sind die Testamentsvollstrecker.«

»Aber sie ist doch gar nicht von hier, oder?« Der Ton war scharf.

Sophie überlegte, ob sie unten vor dem Hoteleingang auf die

Freundin warten solle, aber ihre Neugier siegte. Womit mochte sie nur den Zorn der alten Frau erregt haben?

»Sie ist aus Hamburg und kannte die neuseeländische Geschichte ihrer Familie bis vor Kurzem nicht einmal. Ihre Mutter hat ihr jedoch Aufzeichnungen hinterlassen, die ihr alles erklären.«

»So? Alles?«, fragte die Großmutter gedehnt und fügte zornig hinzu: »Auch, dass ihr Vorfahre eine deiner Ahninnen in den Tod getrieben hat?«

»Versteh ich nicht!«, entgegnete Judith, während Sophie auf ihrem Lauschposten langsam schwante, was geschehen war. »Oh nein!«, murmelte sie in sich hinein. »Bitte nur das nicht!«, doch da schmetterte Liz ihrer Enkelin bereits die ganze Wahrheit entgegen.

»Die junge Maorifrau, die die Familie deiner Freundin verflucht hat, ist keine andere als deine Vorfahrin Hinepokohurangi, die nur ein einziges schwächliches Mädchen bekommen konnte, weil dieser Mann sie misshandelt hat. Sie hat sich schließlich umgebracht. Aus Kummer!«

»Aber Großmutter, das ist doch kein Grund, die arme Sophie so abblitzen zu lassen. Dieser Vorfahr von Sophie hat sie doch gar nicht umgebracht. Wenn ich mich recht an die Geschichte erinnere, hat sie nachher einen weißen Farmer geheiratet, der sie ständig gedemütigt hat, weil sie nur einem Kind das Leben geschenkt hat. Und hast du mir nicht erzählt, ihre Mutter, eine weise Frau, habe sie verstoßen? Ich meine, das ist auch nicht die feine Art. Außerdem ist das Ganze an die hundertfünfzig Jahre her!«

»Oh, mein Kind, so einfach ist das nicht. Die Ahnen sind immer bei uns. Und deine Freundin trägt die Wurzeln derer in sich, die dieses Verbrechen an Hinepokohurangi begangen haben.«

»Großmutter! Bitte, nicht so laut! Ich werde Sophie diesen Blödsinn nämlich ersparen. Sie hat genug zu verkraften. Da braucht sie solchen Spuk bestimmt nicht. Sonst kriegt sie noch Angst, dass an dem blöden Fluch was dran ist.«

»Blöder Fluch? Das kann nur eine Pakeha sagen. Was weißt du von der Kraft eines Makutus? Er wird so lange gelten, bis er sich erfüllt hat und diese Familie keine Nachkommen mehr bekommt«, hörte Sophie die alte Großmutter verschwörerisch wispern, und Sophie wurde bei diesen Worten abwechselnd heiß und kalt.

»Liz, hör sofort auf damit! Das ist ja grässlich. Ich werde ihr sagen, dass du dich schlecht gefühlt hast. Mach es gut! Ich besuche dich, sobald du wieder in Dunedin bist. Okay?«

»Wenn du etwas für deine Freundin tun willst, dann schicke sie dahin zurück, wo sie hergekommen ist. Dort hat der Fluch weniger Kraft. Bis dahin behüte sie wohl, obwohl ich nicht weiß, ob du die Richtige dafür bist; immerhin wurde der Fluch von deinen Ahnen ausgesprochen. Halte dich lieber von ihr fern, sonst geschieht noch ein Unglück!«, warnte Liz.

Sophies Herz klopfte bis zum Halse, und sie rannte jetzt, so schnell sie nur konnte, ins Freie, damit Judith nicht gleich erriet, dass sie alles mitgehört hatte. Als die Anwältin ihr kurz darauf folgte, war sie sichtlich bemüht, sich nichts anmerken zu lassen.

»Komm, lass uns mit der Seilbahn nach oben fahren. Von dort hat man einen herrlichen Blick über Berge und Seen«, schlug Judith vor.

Auf dem Weg nach oben entschuldigte sich Judith für das Benehmen ihrer Großmutter und fragte schüchtern, ob sie das Aquarell wohl haben dürfe. Dann genossen sie den atemberaubenden Blick über den See, die Wälder und auf Queenstown.

»Hast du etwas dagegen, wenn ich ein, zwei Tage zu dir nach

Pakeha ziehe? So weit zum Büro ist es ja wirklich nicht. Ein paar Tage am Meer würden mir sicher guttun«, bemerkte Judith nun wie beiläufig in die Stille hinein.

»Und wie ich mich freuen würde! Aber nicht nur für einige Tage. Bitte!«, antwortete Sophie, sichtlich gerührt über die Freundin, die sich offensichtlich dazu entschlossen hatte, sie vor dem Fluch ihrer Ahnen zu beschützen.

Es war bereits dunkel, als sie in *Pakeha* eintrafen.

Als Erstes machte sich Sophie daran, Pasta zu kochen, weil sie seit dem Mittag bei Liz nichts mehr gegessen hatten. Judith saß am Tresen und schnitt Zwiebeln für die Soße. Dabei plauderten sie über dies und jenes, jedoch weder über das, was bei Liz vorgefallen war, noch über Tom. Und natürlich kein Wort über John, den Sophie mit aller Macht aus ihren Gedanken zu verdrängen versuchte.

Nach dem Essen bezog Sophie der Freundin das Bett im kleinen Schlafzimmer, bevor sie sich unter dem Vorwand, müde zu sein, zurückzog. Sie machte es sich im Bett mit einem Glas Wein gemütlich, als sie ein leises Schluchzen vernahm. Judith!

Sophie sprang sofort auf und lief hinunter auf die Veranda. Judith hatte die Hände vor das Gesicht geschlagen, offensichtlich bemüht, keinen Schluchzer nach oben dringen zu lassen.

»Es wird alles wieder gut. Mit dir und Tom. Es gibt sicher für alles eine Erklärung!«, versuchte sie die Freundin zu trösten.

Judith sah Sophie aus großen verheulten Augen traurig an. »Ja, das glaube ich auch!«, schluchzte sie und fügte fast entschuldigend hinzu: »Es ist nur alles ein bisschen viel im Moment.«

»Ich habe gehört, was deine Großmutter gesagt hat, aber wir wollen uns doch nicht von den Ahnen kirre machen lassen. Ich glaube nicht an den Fluch und auch nicht daran, dass die Gedanken der Ahnen in uns weiterleben«, gestand Sophie.

»Du hast es mit angehört?«, fragte Judith tonlos.

»Ja, aber schon wieder vergessen!«, spielte Sophie es herunter. Dann umarmten sie sich und versicherten einander die Freundschaft.

»Soll ich noch bei dir bleiben?«, erkundigte sich Sophie, auch wenn es ihr schwerfiel. Es zog sie magisch zurück zu Emmas Aufzeichnungen. Natürlich hingen ihr die drohenden Worte der alten Dame nach. Aber das würde sie der werdenden Mutter nicht verraten!

»Geh nur, ich werde mich auch gleich schlafen legen.«

Dunedin
November bis Dezember 1914

Nora war wie vom Donner gerührt. »Seit gestern frage ich mich ständig, was in den Alten gefahren ist. Komm, wir müssen es herausfinden!«

Mit diesen Worten zog Nora Kate am Ärmel ins Arbeitszimmer ihres Mannes. Mit einem einzigen Griff zog sie einen Haufen Papiere aus der oberen Schublade.

»Das sind die Unterlagen meines Großvaters. Er hat hier bis zu seinem Tod vor drei Jahren gewohnt, wobei gehaust eigentlich treffender wäre. Mein Großvater hat sich um das letzte bisschen Verstand gesoffen. Seine Farm in Invercagill hatte er in Whiskey umgesetzt. Jedenfalls hat Vater uns das Haus dann überlassen. War ein schönes Stück Arbeit, es wieder herzurichten«, erklärte Nora, während sie die Papiere durchforstete.

»Was haben wir denn da?«, fragte sie nun und deutete auf ein Dokument. »Das Haus hat ihm vor zwölf Jahren sein bester Freund, ein gewisser Christian Peters, vererbt. Hier steht es: *Mein Letzter Wille.* Weißt du, was das zu bedeuten hat?«

Kate war blass geworden. »Christian Peters war mein Großvater!«

»Und warum hat er ihm das Haus überlassen und nicht deiner Großmutter?«

»Keine Ahnung! Wenn da nichts steht ...«

»Was es auch immer zu bedeuten hat, ich halte es unter diesen Umständen für das Beste, dass du bis zu Bills Rückkehr bei uns lebst. Ich habe den Hass in Vaters Augen gesehen. Du darfst nicht allein auf Opoho bleiben!«

»Danke! Du bist wirklich lieb!« Kate atmete hörbar aus. »Wenn es euch wirklich nichts ausmacht, würde ich das Angebot nur zu gern annehmen.«

Nora führte sie in ein Zimmer im ersten Stock.

»Das war damals meins!«, raunte Kate gerührt.

In den folgenden Wochen war Nora nach Kräften bemüht, Kate den Aufenthalt in ihrer alten Heimat so angenehm wie möglich zu gestalten. Sie zeigte ihr die Stadt, in der sich vieles verändert hatte. Dunedin sei längst nicht mehr die größte Stadt Neuseelands, sondern werde durch Städte im Norden an Bedeutung, Größe und Einwohnerzahl übertroffen, erklärte Nora.

Allmählich regten sich bei Kate vertraute Gefühle, und ferne Erinnerungen wurden wieder wach. Es war Sommer. Alles blühte, und über der Stadt lag jene frische, klare Luft, nach der Kate sich so lange gesehnt hatte.

Die beiden Frauen machten auch lange Spaziergänge an einsamen Stränden und atmeten die salzige Luft ein. Kate staunte nicht schlecht, als sie ihren ersten Königalbatros über sich schweben sah. Ein majestätischer Vogel mit Riesenschwingen. Wie ein Fabelwesen kam er Kate vor. Ganz besonders lieb gewann sie jedoch die kleinen Pinguine, die aus dem Wasser watschelten, um ihre Brutstätten an Land zu erreichen. Auch das hatte sie schon als Kind fasziniert. Alles war neu und doch so vertraut. So paradiesisch es auf Samoa auch gewesen war, Kate liebte das Raue und Wilde.

Als Nora sie eines Tages zu einem Rata führte, der mitten in der Natur in voller Blüte stand, spürte Kate bis in die Tiefen ihrer Seele, dass sie wieder in der Heimat war. Fasziniert betrachtete sie den Baum mit den roten Blüten, der bis in den Himmel zu reichen schien. »Samoa ist wie eine betörend duftende Blume, doch dieses Land ist wie ein blühender Eisenbaum«, raunte sie andächtig.

Doch so schön die Entdeckungen mit Nora und Peter auch waren, Kate sehnte den Tag herbei, an dem sie ihren Bill endlich wieder in die Arme schließen konnte.

Auf der Veranda in der Princes Street malte Kate ihr erstes Aquarell. Nora war entzückt von den Bildern. Und so wurde das Malen Kates Zeitvertreib. Auch Peter, Noras Ehemann, der sie ebenso herzlich wie seine Frau aufgenommen hatte, war begeistert von ihren Werken. Er war so angetan, dass er eine gute Bekannte, die Kunsthändlerin Martha O'Brian, zum Essen einlud, um sie ihr zu zeigen. Kate fand das zunächst etwas übertrieben. Sie betrachtete die Kunst nur als Beschäftigung für Mußestunden, doch Martha bettelte so lange, bis Kate ihr drei der Bilder zum Verkauf überließ.

»Ich bin sicher, ich werde sie an den Mann bringen, denn Sie sind eine begabte Malerin. Wenn das klappt, sind Sie eine gemachte Frau«, versprach die Händlerin überschwänglich.

Opoho
im Dezember 1914

Kate war am Abend vor Bills sehnlich erwarteter Ankunft von Dunedin auf die Farm nach Opoho zurückgekehrt.

Nun stand sie am Fenster ihres Salons und blickte gebannt in die Ferne. Jede Minute musste die Kutsche um die Ecke biegen. Ihr Schwiegervater hatte ihr verboten, Bill vom Schiff abzuholen. Er wollte seinen Sohn allein begrüßen. Kate hatte nachgegeben, aber nur weil sie wusste, dass er sie in Zukunft nicht mehr so gemein behandeln konnte. Das würde Bill niemals dulden!

In diesem Augenblick stockte ihr der Atem. Die Kutsche! Langsam hielt sie auf das Haus zu, bevor sie auf dem Kiesweg zu stehen kam. Kate musste ihre gesamte Willenskraft aufbringen, um Bill nicht entgegenzulaufen. Zuerst stieg ihr Schwiegervater aus. Mit zornigem Blick und zusammengekniffenen Lippen. Braungebrannt und sichtlich bewegt folgte ihm Bill. Als wisse er, dass seine Frau dort oben stand, blickte er hinauf. Kate winkte ihm zu. Er winkte zurück, und ein Strahlen erhellte sein Gesicht. Kate ahnte, was geschehen war. Sein Vater hatte die Fahrt bestimmt dazu genutzt, um seinem Sohn ins Gewissen zu reden und ihn davon zu überzeugen, dass sie keine geeignete Ehefrau für ihn sei.

Bill warf ihr eine Kusshand zu. Erleichtert ließ Kate sich auf einen Stuhl fallen. Sie hatte es doch gewusst: Ihre Liebe war stärker als alle Macht des alten Tyrannen. Ihre Knie zitterten. Sie atmete ein paarmal tief durch, aber da nahten bereits Bills eilige Schritte. Als die Tür aufgerissen wurde, warf sie sich stürmisch in seine Arme.

Er bedeckte ihr Gesicht mit Küssen. »Ich habe mich so nach dir gesehnt«, flüsterte er ihr zärtlich ins Ohr.

»Und ich mich erst nach dir!« Freudentränen erstickten Kates Stimme.

Sie küssten sich leidenschaftlich. Als sich ihre Münder voneinander gelöst hatten, sagte er heiser »Lass dich anschauen!« und trat einen Schritt zurück. »Du bist noch schöner geworden. Die neuseeländische Luft tut dir gut«, bemerkte er zärtlich und fügte mit belegter Stimme hinzu: »Bevor ich mich an den gedeckten Tisch setze, müssen wir Wiedersehen feiern.« Mit diesen Worten nahm er sie bei der Hand und führte sie ins Schlafzimmer. Leise schloss er hinter ihnen die Tür ab.

Als sie sich liebten, durchströmte Kate eine Welle von Glückseligkeit. Wie sehr hatte sie sich nach seinen Händen, seinen Lippen und seinem kräftigen, muskulösen Körper gesehnt. Danach lag sie erschöpft in seinen Armen, bis er leise sagte: »Die Familie wartet auf uns!«

Erschrocken fuhr Kate hoch. »Ich komme nicht mit. Dein Vater wünscht meine Anwesenheit bei Tisch nicht.«

»Ach, was hast du bloß durchgemacht, Liebste! Ich hätte dich niemals allein in die Höhle des Löwen lassen dürfen«, stöhnte er und zog sie wieder an sich. »Ich habe auf der Fahrt hierher mit meinem Vater ein ernstes Wort geredet. Wenn er dich nicht als meine Frau akzeptiert, werde ich dieses Haus mit dir verlassen. Für immer!«

»Aber du hast doch alles so schön hergerichtet und …«

Bill verschloss ihr mit einem Kuss den Mund. »Mein Entschluss steht fest. Ich werde diese Farm nur übernehmen und hierbleiben, wenn er dich in den Schoß der Familie aufnimmt. Mach dir keine Sorgen! Wenn der verdammte Krieg erst vorüber ist, kann ich überall neu anfangen. Selbst wenn Vater mich enterbt, habe ich immer noch mein Fachwissen, Hände zum Anpacken, einen starken Willen – und dich!«

Bei seinen Worten traten ihr Tränen in die Augen. Es rührte

sie zutiefst, wie bedingungslos er zu ihr stand. Sie hatte keine Angst vor einem Neuanfang mit ihm. Sie vertraute auf seine Kraft, und sie wusste, dass sie gemeinsam jede Hürde meistern könnten.

»Ich liebe dich so sehr«, flüsterte sie weinend.

»Ich werde nicht zulassen, dass er dich schlecht behandelt.« Damit sprang er auf. »Trotzdem sollten wir jetzt gemeinsam zum Essen gehen. Ich tue es auch für Nora, die zur Feier des Tages ihren Besuch angekündigt hat. Vater ist ihr bitterböse, weil sie dich aufgenommen hat, aber ich liebe sie dafür!«

Widerspruchslos kleidete sich Kate an, während Bill sich einen Anzug aus dem Schrank nahm.

Arm in Arm betraten sie wenig später das Esszimmer. Die Familie saß bereits auf ihren Plätzen und blickte ihnen erwartungsvoll entgegen. Bills Vater sah grimmig drein, aber er enthielt sich einer Ermahnung über ihr verspätetes Erscheinen.

»Lasst uns beten!«, brummelte er, nachdem sich die beiden gesetzt hatten.

Kate spürte die verstohlenen Blicke der Familie förmlich auf ihrer Haut brennen, doch keiner sprach ein Wort, bis Bill aufstand und das Glas erhob.

»Ich möchte gern mit euch anstoßen. Besonders auf das Wohl meiner geliebten Frau Kate.«

Alle prosteten einander zu. Nora und Peter lächelten Kate aufmunternd an, während Jane und ihr Mann sie grimmig musterten und Steven den Blickkontakt sofort wieder vermied.

Kates Schwiegervater murmelte mürrisch: »Auf euer Wohl!«

Bill sprühte vor guter Laune. Er gab die neusten Geschichten aus Apia zum Besten und grüßte Kate von all ihren Lieben, die sie unendlich vermissten.

Nach dem Essen führte Bill Steven zu einem Gespräch unter vier Augen in den kleinen Salon. Er bat Kate, bei den anderen auf ihn zu warten. »Es gibt noch einiges zu klären!«, entschuldigte er sich.

Widerwillig folgte Steven seinem Bruder.

»Kommt uns nur recht bald besuchen!«, schlug Nora nun mit einem geheimnisvollen Unterton vor.

»Wir haben eine Überraschung für dich!«, fügte Peter verschwörerisch hinzu.

Kate ahnte, worum es ging. Es hatte bestimmt etwas mit ihren Bildern zu tun. Sie verstand allzu gut, dass Peter darüber nicht vor seinem Schwiegervater sprechen wollte, der finster mit einem Löffel in seiner Kaffeetasse herumrührte.

Zu Kates großer Erleichterung dauerte die Unterhaltung der Brüder nicht lange. Als Bill an den Tisch zurückkehrte, nahm er wie selbstverständlich ihre Hand und fragte so laut, dass es alle verstehen mussten: »Na, hast du mich vermisst?«

Kate schenkte ihm ein strahlendes Lächeln. Der bitterböse, tadelnde Blick ihres Schwiegervaters entging ihr nicht.

»Ich bin sehr müde. Ihr werdet verstehen, dass wir uns zurückziehen«, erklärte Bill und zog seine Frau sanft mit sich, ohne eine Antwort abzuwarten. Arm in Arm stiegen sie die Treppe hinauf, die in ihr Reich führte.

Als Bill die Schlafzimmertür hinter sich geschlossen hatte, atmete er erleichtert auf. »Sag mir, was du über meine Familie denkst!«, forderte er sie auf, während er ihren Nacken streichelte.

»Ehrlich?«

»Schonungslos!«

»Gut, fangen wir bei deinem Vater an. Der bebt vor Zorn, weil du dein Hunnenweib nicht verstößt; Jane ist eine verbitterte alte Frau, obwohl sie jünger ist als du; ihr Ehemann, dessen Namen ich immerzu vergesse, ein hoffnungsloser Langweiler, deine Schwester Nora ein süßes, warmherziges Geschöpf und Peter ein wunderbarer, humorvoller Ehemann.«

Bill lachte. »Treffender hätte ich es auch nicht sagen können. Peter ist darüber hinaus ein fähiger Architekt. Ach, ich habe nicht nur die schönste und begehrenswerteste, sondern auch die klügste und einfühlsamste Frau der Welt! Aber was ist mit Steven? Hat er sich gut benommen?«

»Willst du das wirklich wissen?«

»Nur keine falschen Rücksichten!«

»Ich bin heilfroh, dass er morgen abreist, und ich bete zu Gott, dass er weder Otto Brenner gegen sich aufbringt noch die Plantage zugrunde richtet. Außerdem tut mir sein Sohn leid. Ich selber habe zwar keine Eltern gehabt, aber Großmutter hat mich geliebt. Und Steven behandelt seinen Sohn genauso grausam, wie dein Vater ihn behandelt! Warum?«

»Wenn ich dich nicht schon so lieben würde, würde ich mich glatt noch einmal in dich verlieben.« Bill schob die Hände unter ihr Kleid.

Ihr wurde ganz heiß, aber eines brannte ihr noch auf der Zunge. »Bill, meinst du wirklich, wir können hier unter dem Dach deines Vaters so glücklich bleiben?«

»Darüber habe ich auch schon nachgedacht, und ich glaube, ich habe eine Lösung gefunden, mein Herz«, raunte er geheimnisvoll, während er ihr geschickt das Kleid auszog.

»Was denn?«, fragte sie neugierig.

»Lass dich überraschen!«, flüsterte er erregt, während er sie sanft auf das Bett zog.

Tomahawk/Opoho
Dezember 1914 bis März 1915

Kate wurde von einem Sonnenstrahl geweckt, der vorwitzig ihre Nase kitzelte. Sie ließ die Augen geschlossen, räkelte sich wohlig und tastete nach Bills Hand, bevor sie begriff, dass die andere Bettseite leer war. Sie fuhr hoch. Kein Bill! Doch bevor sie darüber nachdenken konnte, wo er stecken mochte, schwang die Tür auf und er kam mit einem Tablett herein.

»Guten Morgen, Liebste, hier ist dein Kaffee«, sagte er strahlend, stellte das Tablett auf dem Nachtschrank ab, setzte sich auf die Bettkante und gab seiner Frau einen zarten Kuss.

»Möchtest du die Überraschung heute, oder warten wir noch?«, fragte er.

»Sofort!« Sie platzte bereits vor Neugier.

»Dann solltest du dich schnell anziehen und eine Ausfahrt mit mir machen«, sagte er geheimnisvoll.

Hastig trank Kate ihren Kaffee und sprang aus dem Bett.

Es war ein herrlicher Sommertag. Eine erfrischende Brise wehte vom Meer herauf, und der Duft von frischem Gras war betörend.

»Wenn wir zurück sind, zeige ich dir unser Land und vor allem unsere Schafe, denn alles, was du um dich herum siehst, gehört zu unserer Farm«, erklärte Bill.

Kate drehte sich einmal um die eigene Achse. Mit einem bewundernden Blick über die sanften Hügel und Wiesen fragte sie beeindruckt: »Alles?«

»Alles!«

Dann führte er sie zu einem Nebengebäude des Hauses, in dem die Pferde untergebracht waren, und spannte eines vor einen kleinen Wagen.

»Ich spiele mit dem Gedanken, mir bald eines von diesen motorisierten Fahrzeugen zuzulegen«, sagte er, während er ihr einsteigen half.

»So eins, wie Wohlrabe hat?«, fragte sie aufgeregt.

»Ach, der gute Wohlrabe. Habe ich dich von ihm gegrüßt?«

Kate nickte. Sie fuhren zunächst durch die Stadt, dann folgten sie einem Weg, der sie recht nah am Wasser entlangführte. Die Sonne glitzerte auf den Wogen, und über ihnen erstrahlte ein kornblumenblauer Himmel ohne ein einziges Wölkchen.

»Wohin entführst du mich?«, fragte Kate neugierig.

»Ins Paradies!« Bedeutungsvoll zeigte er auf eine Tasche, die er mitführte. Als sie heimlich hineingreifen wollte, schlug er ihr zärtlich auf die Finger.

Vor ihnen erstreckte sich nun eine große Bucht mit Dünen und weißem Sand. Kate glaubte zunächst, sie seien in der Einsamkeit gelandet, aber dort unten tauchten vereinzelt Holzhäuser auf.

»Ist das unser Ziel?«

»Nicht so ungeduldig, Missis McLean! Das ist Tomahawk.«

»Tomahawk? Aber ist das nicht die Streitaxt der Indianer?«

»Das stimmt, nur heißt dieser Ort nicht nach dem Tomahawk, sondern nach *Tomo haka*. So haben die Maori den Ort genannt. Es bedeutet wohl so viel wie die ›Höhle der Kriegstänze‹. Man sagt, dass dieser Strand ein Platz gewesen ist, an dem die Ureinwohner ihre Hakas getanzt haben.«

Vorbei an den Häusern fuhren sie weiter Richtung Strand. Dahinter erstreckten sich Klippen, an denen sich hohe Wellen tosend brachen. Dann nahmen sie eine sandige Piste zum Wasser. In der Nähe des Strandes wurde ein Haus gebaut. Noch war nicht viel zu sehen, aber die Männer, die dort im Schweiße ihres Angesichts arbeiteten, riefen plötzlich fast im Chor: »Mister McLean!« Es klang wie eine erfreute Begrüßung. Wie auf Kommando ließen die Männer ihr Handwerkszeug fallen, um ihnen entgegenzulaufen. Es waren vorwiegend Maori. Kaum waren sie bei der Kutsche angekommen, redeten alle wild durcheinander.

Lachend stieg Bill aus und reichte Kate die Hand, um ihr beim Aussteigen zu helfen.

»Darf ich vorstellen: meine Frau Kate!«

Es ertönte ein vielstimmiges »Guten Tag, Missis McLean!«.

Nun griff Bill in die Tasche und zog eine Zeichnung hervor. »Alle mal herhören!«, rief er in die Runde. »Das Haus wird etwas anders aussehen als bisher geplant! Mein Schwager Peter Varell hat euch einen neuen Plan gemacht.«

Kate warf einen neugierigen Blick auf den Entwurf und konnte es kaum glauben. Das Gebäude darauf glich ihrem Haus auf Samoa wie ein Ei dem anderen!

Bill bat nun alle, sich um den Plan zu versammeln. »Seht her«, erklärte er, »so viel wird sich gar nicht ändern. Nur, dass wir die Veranda zum Meer erweitern und eine andere Zimmeraufteilung vornehmen. Und natürlich werden wir es nicht mehr *Klein Opoho* nennen.« Er lachte.

»Nein, es muss jetzt *Haus der Pakeha* heißen«, bemerkte der Älteste unter ihnen in feierlichem Ton.

»Was bedeutet das?«, flüsterte Kate Bill ins Ohr.

»›Haus der weißen Frau‹. Dein Haus!«

Das kam so überraschend, dass Kate sich nicht einmal mehr Gedanken machen konnte, ob Tränen vor diesen Fremden angemessen waren. Sie schluchzte vor Rührung und Freude, und die Männer schienen mit ihr zu fühlen.

»Und bitte, Männer, gebt alles! Wenn ich tatsächlich nach Europa muss, soll es schnell fertig sein!«

»Wie nach Europa?«, wiederholte Kate verstört.

Bill wand sich ein wenig, aber dann sagte er zögernd: »Wenn

meine Jungens nach Europa gehen, weil sie uns dort brauchen, mein Herz, dann gehe ich mit.«

Die Männer zollten ihm Beifall. »Ich gehe auch!«, rief einer der Männer. »Ich auch!«, ein anderer.

Kate schickte ein Stoßgebet zum Himmel. Sie flehte Gott an, den Krieg zu beenden, bevor man Bill und seine Männer nach Europa schicken konnte. Dann dankte sie den Arbeitern aus vollem Herzen. »Es ist ein wunderbares Geschenk!«, murmelte sie, woraufhin ihr Bill vor allen einen Kuss gab.

»Ich dachte, wir versuchen es erst einmal so: Wir bleiben in Opoho, aber immer, wenn es uns dort zu eng wird, flüchten wir hierher. Wenn du magst, können wir jedes Mal herkommen, wenn wir es auf der Farm nicht mehr aushalten«, raunte er ihr zu.

Kate wusste vor lauter Rührung nicht, was sie sagen wollte. Sie wusste nur eines: Sie hatte den besten Mann der Welt.

Von diesem Tag an fuhren sie in jeder freien Minute nach Tomahawk, um zu schauen, wie weit der Bau gediehen war. Stets stand ein bisschen mehr von ihrem Haus. Manchmal begleitete auch Peter sie.

Dank der Aussicht auf ein eigenes Zuhause ertrug Kate das schlechte Verhältnis zu ihrem Schwiegervater leichter. Er richtete zwar grundsätzlich nicht das Wort an sie, aber seine Blicke sagten alles. Um solche Situationen zu vermeiden, sorgte Bill dafür, dass sich ihr Leben vorwiegend in den eigenen Räumen abspielte. Nur sonntags war das Miteinander nicht zu vermeiden. Dann machte sich die ganze Familie zur presbyterianischen Kirche nach Dunedin auf, besuchte den Gottesdienst und aß anschließend auf der Farm zu Mittag. Das hatte Tradition. Bill wich bei diesen Anlässen nicht von Kates Seite.

Allerdings betrachtete die ganze Gemeinde Kate inzwischen

als Deutsche. Die feindseligen Blicke brachen Kate stets das Herz. Ob Bills Vater die Leute absichtlich gegen mich aufhetzt?, fragte sich Kate, doch sie behielt den bösen Verdacht für sich. Warum sollte sie Bill damit belasten?

Die Sonntagsessen verliefen meist schweigend. Kate machte das nichts aus, wenn sie nur Bill in ihrer Nähe wusste. Das Einzige, was ihr Kummer bereitete, war die Tatsache, dass sie immer noch nicht schwanger geworden war, obwohl fast jede Nacht zur rauschenden Liebesnacht wurde.

Die Tage, an denen Bill sich um die Verwaltung der Farm kümmerte, verbrachte Kate mit Malen. Martha O'Brian, der Kunsthändlerin, waren ihre Bilder förmlich aus den Händen gerissen worden, sodass sie in der Verpflichtung stand, Nachschub zu liefern.

Bill bewunderte seine Frau für ihr Talent und spornte sie oft scherzend an. »Wenn Vater mich doch noch davonjagen sollte, wissen wir wenigstens, wovon wir leben werden.« Er hatte sie gebeten, ihm einen Sonnenuntergang zu malen. Mit Feuereifer hatte Kate sich darangemacht und das fertige Aquarell auf der Rückseite mit einer Widmung versehen: *Meinem geliebten Mann Bill.* Sie nahm sich vor, es Bill zu überreichen, wenn das *Haus der Pakeha* fertig war. Sie freute sich, dass sie ihm auch etwas schenken konnte.

Außerdem machte sie von ihm eine Zeichnung, die ihn bei der Schafschur zeigte. Kate war aus dem Staunen nicht herausgekommen. Ein paar der blökenden Schafe hatten lange Schwänze, die über den Boden schleiften. »Ist das eine andere Sorte?«, hatte sie ihren Mann gefragt. Der hatte sich den Bauch vor lauter Lachen gehalten. »Nein, sie sehen alle so aus, bevor wir ihnen den Schwanz abbinden, um die Blutzufuhr zu stoppen. Dann fällt er nach einer Weile ab. Übrig bleibt nur der Stummelschwanz, an dem sich nicht so viel Dreck sammeln kann.« Damit hatte er sich ein Schaf gegriffen und ihm die dicke Wolle vom Körper geschoren. Diesen Moment hatte sie festgehalten. Das Bild hatte sie ihm jedoch noch nicht gezeigt. Sie hatte es ausschließlich für sich selber gemalt, um sich sein unvergleichbares Lächeln jederzeit anschauen zu können.

An einem heißen Februartag lud Bill Kate schon mittags ein, mit ihm nach Tomahawk zu fahren. Sie ahnte sofort, dass es endlich so weit war.

Als sie das Haus erreichten, stand es dort in seiner ganzen Pracht, und Kates Herz tat einen Riesensprung. Es war tatsächlich ein gelungenes Abbild ihres Heims in Apia. Vor lauter Begeisterung fiel sie ihrem Mann um den Hals, obwohl sie vermutete, dass sie gleich johlend von den Arbeitern begrüßt wurden. Dann erst merkte sie es. Alles war still! Nur das Rauschen der Wellen und das Kreischen der Möwen waren zu hören. Sie waren allein hier draußen.

Bill hob sie sanft vom Wagen und trug sie auf seinen Armen über die Schwelle. Es roch nach frischem Holz. Im Flur setzte er sie ab und raunte heiser: »Warte!« Kurz darauf kam er mit einem Korb zurück, aus dem er lauter Leckereien zauberte. Ein gebratenes Huhn, Brot, Trauben und eine Flasche Champagner. Sogar an Gläser, Geschirr und Besteck hatte er gedacht. Er zog sie an der Hand auf die Veranda, breitete ein weißes Leinentuch auf dem Boden aus und drapierte das Essen und die Flasche darauf.

»Darf ich zu Tisch bitten?«, fragte er mit einer übertriebenen Verbeugung, bevor er sich auf den Boden hockte. Kate tat es ihm gleich, und sie stießen auf das neue Haus an. Da Kate geahnt hatte, was er im Schilde führte, hatte sie vorsichtshalber das Aquarell mitgenommen. Als sie ihm den *Sonnenuntergang* überreichte, war er sichtlich gerührt. Nach dem Essen schlug er eine Hausbesichtigung vor.

»Das hier ist unser Schlafzimmer«, erklärte er grinsend, während er die Tür zu einem der oberen Zimmer öffnete. Kate traute ihren Augen nicht. Mitten im Raum stand ein frisch bezogenes Bett.

»Wir müssen doch Einstand feiern, und ich fand den Boden zu hart für uns. Wir sind ja nicht mehr die Jüngsten, wie Vater mir stets zu verstehen gibt.«

Womit er sagen will, dass ich immer noch nicht schwanger bin, dachte Kate traurig, aber sie vergaß die Sorgen und gab sich seinen zärtlichen Berührungen hin. Sie liebten sich im *Haus der Pakeha* so leidenschaftlich wie noch nie zuvor. Endlich konnten sie ihre Lust ungehemmt hinausschreien, weil sie hier draußen kein Mensch hören konnte.

»Ich glaube, wir sollten oft in diesem Haus sein«, seufzte Kate, als sie schließlich erschöpft und glücklich in seinen Armen lag.

»Wir werden jede freie Minute herfahren. Und wenn es uns auf der Farm zu ungemütlich wird, dann können wir ganz hier leben«, sagte Bill.

Als sie Stunden später, nachdem sie von der Veranda aus den echten Sonnenuntergang betrachtet hatten, zurückfuhren, war Kate beseelt von der Aussicht, jederzeit ihr eigenes Haus aufsuchen zu können.

Es war Liebe auf den ersten Blick!

Ihre Stimmung kippte in dem Augenblick, als sie die Haustür in Opoho öffneten. Dahinter stand mit finsterer Miene Paul McLean, in der Hand einen Brief, den er Bill mit hasserfülltem Blick auf Kate überreichte.

Bill wich die Farbe aus dem Gesicht. Er schien zu wissen, was ihn erwartete.

»Nun mach schon auf!«, drängte der Vater, als Bill mit dem Brief in der Hand nach oben verschwinden wollte. Widerwillig riss Bill den Umschlag vor den Augen seines Vaters auf. Seine Hände zitterten.

Er muss in den Krieg!, dachte Kate mit Schrecken, er wird mich verlassen!

»Die ANZAC, das Australisch-Neuseeländische Armeekorps, braucht Verstärkung im Kampf gegen die Türken. Ein Schiff bringt uns direkt zu den Dardanellen«, sagte Bill mit belegter Stimme.

Kate umklammerte das Geländer. Sie drängte die Tränen zurück. Niemals würde sie vor ihrem Schwiegervater Schwäche zeigen, auch wenn es sie ungeheure Anstrengung kostete.

Mit einem missbilligenden Blick auf seine Schwiegertochter zischte Paul McLean: »Gnade dir Gott, wenn meinem Sohn etwas zustößt, weil er gegen die Verbündeten der Hunnen kämpfen muss!«

»Vater, bitte!«, wies Bill ihn scharf zurecht. »Es ist verdammt noch mal nicht ihr Krieg. Sie gehört zu uns.«

»Nein, das gehört sie nicht! Unsere Vorfahren kommen aus Schottland, ihre aus Deutschland. Das ist ein Unterschied, mein Sohn. Frag dich doch mal, warum sie dir aus Apia gefolgt ist? Hast du schon mal daran gedacht, dass sie etwas ausspionieren soll?«

»Vater, es ist genug! Sie ist meine Frau geworden, weil wir uns lieben. Aber das kannst du nicht verstehen. Du hast ja nie jemanden geliebt in deinem Leben.«

»Doch, einen Menschen, meinen Sohn. Dich! Und ich kann nicht tatenlos zusehen, wie du in dein Unglück rennst. Sie ist unsere Feindin. Verstehst du das nicht?«

»Sie ist meine Frau. Und nun, Vater, lass uns bitte durch!« Mit diesen Worten nahm er Kate, die das Ganze starr vor Schreck mit angehört hatte, in den Arm und drückte sich an seinem Vater vorbei.

Sobald sie die Tür zu ihrer Wohnung hinter sich zugeschlagen hatten, warf Kate sich schluchzend an Bills Brust. Der Kummer drohte sie zu zerreißen. Wie sollte sie leben ohne ihn in diesem feindseligen Haus? Nein, sie würde sofort nach seiner Abreise ins *Haus der Pakeha* ziehen, anders würde sie die schlimme Zeit nicht überstehen. Der Gedanke tröstete Kate ein wenig. Sie spürte, dass auch Bill den Tränen nahe war, und nahm sich vor, ihm die letzten Tage so angenehm wie möglich zu machen. Sie durfte jetzt keine Schwäche zeigen. Es war für sie beide auch so schwer genug. Sie gab Bill frei und trocknete sich die Tränen. Sie würde ihm erst einmal einen Whiskey eingießen.

»Bill? War euer Vater schon immer so? Oder was hat ihn dazu gemacht?«, fragte sie vorsichtig.

Er ließ sich auf einen Stuhl fallen, umklammerte das Glas und seufzte. »Ich weiß es nicht. Als Kind habe ich es nicht gemerkt, weil ich der kleine Prinz war. Auch nach dem Tod unserer Mutter, an der ich sehr gehangen habe, war er zu mir stets freundlich. Nicht herzlich oder gar liebevoll, aber zugewandt. Später habe ich dann natürlich gemerkt, wie herablassend er meine Schwestern behandelt und mit welch unversöhnlichem Hass er Steven verfolgt. Vielleicht ist er durch die Geschichte mit seiner Mutter so geworden. Sie hat sich wohl umgebracht, als mein Vater zwanzig war. Und von da an musste er sich um alles kümmern, weil sein Vater dem Suff verfallen war. Angeblich, weil meine Großmutter das getan hat. Großvater konnte ich nicht leiden. Ich habe ihn nur so in Erinnerung!« Bill hauchte Kate an. »Er hatte ständig eine Whiskeyfahne. Ich habe mich immer versteckt, wenn er kam. Vor Jahren ist er in seinem Haus in der Princes Street betrunken die Treppe hinuntergestürzt. Dabei hat er sich das Genick gebrochen.«

»Sag mal, Liebling, weißt du eigentlich, warum er in meinem Elternhaus gewohnt hat?«

»Wie bitte? Soll das heißen, dass das Haus mal deiner Familie gehört hat?« Bill war sichtlich überrascht.

»Ja! Nora hat das Dokument gefunden, mit dem mein Großvater es deinem Großvater überschrieben hat. Und dein Großvater hat meine Großmutter später offensichtlich aus dem Haus geworfen. Ich würde gern erfahren, was dahintersteckt.«

»Das würde mich aber auch interessieren!«, murmelte Bill.

»Ich weiß nur noch, dass Paula, unsere Haushälterin, damals sagte, dass zwei böse Männer uns das Haus gestohlen hätten.«

»Ach, Kate! Ich habe weniger Angst vor dem Krieg als davor, dich hier allein mit ihm zurückzulassen. Vater ist so unversöhnlich, und ich werde den Verdacht nicht los, dass er auch in der Gemeinde gern zum Besten gibt, dass du Deutsche bist. Die Stimmung ist aufgeheizt. Das darf man nicht unterschätzen.«

»Bill, das vermute ich auch schon die ganze Zeit, aber ich wollte dich nicht damit belasten. Weißt du was? Ich werde im *Haus der Pakeha* wohnen, bis du wieder hier bist.«

»Du ganz allein dort draußen?«, fragte er besorgt.

Kate war auf ihn zugetreten und strich zärtlich über seine sorgenvoll zerfurchte Stirn. »Mach dir keine Sorgen um mich. Ich kann gut auf mich aufpassen. Oder siehst du mich so an …« Sie stockte und sah ihn ängstlich an. »… weil ich immer noch nicht schwanger geworden bin?«

»Kate, wie kannst du so etwas denken? Natürlich würde ich mich freuen über eine hübsche kleine Kate, aber da können wir nur hoffen. Ich glaube, dass wir alles getan haben, um unserem Wunsch nach einem Kind Ausdruck zu verleihen.«

»Vielleicht nicht genug!«, sagte Kate lockend und zog ihn lächelnd zum Bett.

Der Abschied nahte noch schneller als befürchtet. Kate versuchte, ihren Schmerz vor Bill zu verbergen. Er sollte mit dem

Gefühl in den Krieg ziehen, dass sie seine Abwesenheit tapfer ertragen würde. Und es gab einen kleinen Hoffnungsschimmer, den sie ihrem Mann mit auf den Weg geben konnte: Ihre monatlichen Blutungen waren endlich ausgeblieben! Das sollte ihm zum Abschied Trost schenken.

An Bills letztem Abend wurde in der Familienrunde gegessen, weil sich alle von ihm verabschieden wollten. Bis auf Steven, der inzwischen mit Walter nach Apia gereist war.

Der alte McLean machte bei Tisch keinen Hehl daraus, wen er für den gesamten Krieg verantwortlich machte. »Diese verdammten Deutschen!«, murmelte er mehrfach mit einem vernichtenden Blick auf seine Schwiegertochter.

Bill wollte etwas erwidern, aber Kate nahm seine Hand und signalisierte ihm, dass es keinen Zweck hatte.

Auch als Jane in spitzem Ton schilderte, dass man in Dunedin offensichtlich zweier deutscher Spione habhaft geworden sei und man vermute, dass es noch weitere davon im Land gäbe, umklammerte Kate unter dem Tisch ganz fest die Hand ihres Mannes.

Einen handfesten Streit an seinem letzten Abend würde sie kaum verkraften, doch sich weiter beleidigen zu lassen kam auch nicht infrage. Natürlich haben die Deutschen den Krieg angefangen, aber ich bin genauso wenig Deutsche wie die McLeans Schotten sind. Wir sind Neuseeländer! Allesamt!, dachte sie erbost.

»Entschuldigt, mir ist nicht gut. Ich möchte mich hinlegen«, erklärte sie mit fester Stimme.

»Andere Umstände werden es wohl kaum sein«, zischte Paul McLean.

»Vater, ich darf dich von Herzen bitten, lass meine Frau in Frieden. Du weißt, dass mich deine und Janes Boshaftigkeiten sehr befremden.«

»Kate kann jederzeit zu uns kommen«, schlug Nora vor. Peter nickte zustimmend.

»Danke, Nora! Und von euch anderen verlange ich, dass ihr sie in Ruhe lasst mit euren Gehässigkeiten. Verstanden? Ich möchte mich jetzt von euch verabschieden. Ich begleite Kate.«

Nora sprang auf und umarmte ihren Bruder schluchzend.

Selbst sein Vater erhob sich und klopfte ihm auf die Schulter. »Komm gesund zurück, mein Junge!«

Jane und ihr Mann sahen sich nun ebenfalls bemüßigt, aufzustehen und Bill auf Wiedersehen zu sagen. Sie taten es distanziert mit einem Handschlag.

Als Kate und Bill auf ihr Bett fielen, seufzte er erleichtert: »Das war eine gute Idee von dir, das Unwohlsein. Lange hätte ich es mit ihnen nicht mehr ausgehalten.«

»Das war gar nicht mal gelogen, denn ob du es glaubst oder nicht, ich warte schon über zwei Wochen auf meine Monatsbeschwerden. Es könnte also durchaus sein, dass …«

Bill ließ sie gar nicht erst ausreden, sondern sprang auf, riss Kate ungestüm vom Bett, hob sie empor und wirbelte sie herum.

»Bill, Erbarmen, mir wird schwindlig!«

»Ach, Kate, das ist das schönste Abschiedsgeschenk, das du mir machen konntest. Ich werde Vater! Ich kann es noch gar nicht fassen.«

»Lass mich runter!«, bettelte sie lachend.

Bill stellte sie wieder sanft auf die Füße und wurde plötzlich ganz ernst. »Ich muss noch einmal zu Vater hinunter. Es gibt etwas Dringendes zu klären!«, sagte er nachdenklich.

Kate schaute ihn fragend an.

Er runzelte die Stirn. »Es ist wegen des Geldes«, erklärte er zögernd. »Tatsächlich habe ich alle Freiheiten und kann über sein Vermögen verfügen, wie es mir beliebt, aber noch gehört es mir nicht. Verstehst du?«

Kate schwante, um was es ihm ging.

»Wenn mir jetzt etwas passieren würde, dann könntest du mit dem bisschen Geld, das mir allein gehört, höchstens ein Jahr überleben. Und ich habe nicht unbedingt das Vertrauen, dass er danach für euch sorgen würde. Ich werde ihn bitten, sich zu verpflichten, dir im Fall meines –«

Weiter kam er nicht, weil Kate ihm einen Finger auf den Mund legte. »Bill«, sagte sie sanft. »Ich bin abergläubisch. Wenn du jetzt zu ihm gehst und alles regelst, dann habe ich Angst, dass dir wirklich etwas geschieht. Aber ich möchte fest daran glauben, dass du gesund und munter aus der Türkei zurückkehrst. Leg bitte nicht schriftlich nieder, dass dir etwas passieren könnte! Es wird dir nichts geschehen.«

»Ich weiß nicht, ob ich das verantworten kann. Die Vorstellung, mein Kind und du, ihr müsstet in Armut leben, macht mich ganz krank.«

»Du kommst zu uns zurück. In mir wächst ein kleiner Bill heran, und der braucht dich doch. Aber wenn du etwas tun willst, dann kläre mit deinem Vater, dass er uns niemals *Pakeha* nehmen kann, komme, was wolle. Niemals!«

»Ich bin gleich wieder da, mein Herz. Ich lasse mir das Versprechen unterschreiben, damit ich in Ruhe fortgehen kann.«

Kate nickte schwach und machte sich grübelnd bettfertig. Hätte er bloß nicht davon angefangen!, ging es ihr unablässig durch den Kopf. Die Angst hatte sich in ihrer Seele festgekrallt wie ein Raubtier, das sich in sein Opfer verbissen hatte. Sie zitterte am ganzen Körper, als sie unter die Decke schlüpfte. Immer wenn sie die Augen schloss, stiegen Nebelwände voller Totenschädel vor ihrem inneren Auge auf. Es war so furchterregend, dass sie laut aufstöhnte.

»Oh Gott, was ist mit dir, Liebste?« Bill stand mit einem Schriftstück in der Hand neben dem Bett.

»Verlass mich nicht, Bill! Bitte verlass mich nicht!«, flehte sie schluchzend.

Ocean Grove
17. Januar 2008

Sophie und Judith verstanden sich wunderbar. Seit fast zwei Wochen lebten sie nun schon gemeinsam im *Haus der Pakeha*. Judith' Freund Tom war immer noch wie vom Erdboden verschwunden, und der schwarze Jeep hatte sich nie wieder vor dem Haus gezeigt. Trotzdem wurde Sophie das Gefühl nicht los, beobachtet zu werden. Deshalb traute sie sich nicht mehr, einsame Spaziergänge am Strand zu unternehmen. Damit wartete sie lieber, bis Judith aus der Kanzlei zurückkehrte.

Ein einziges Mal hatte die Freundin versucht, mit ihr über John zu sprechen. »Hör zu, es tut ihm unendlich leid. Er wollte dich nicht verletzen und würde es dir gern erklären.«

»Es gibt nichts zu erklären«, hatte Sophie knapp geantwortet. Dennoch konnte sie nicht verhindern, dass sich der junge Anwalt manchmal in ihre Gedanken schlich.

In den Aufzeichnungen ihrer Mutter hatte Sophie seit beinahe vierzehn Tagen nicht mehr gelesen. Sie fieberte zwar dem Augenblick entgegen, in dem Kate endlich das Tagebuch ihrer Großmutter zur Hand nahm und begriff, warum Paul McLean sie so abgrundtief hasste, doch jedes Mal, wenn Sophie weiterlesen wollte, spürte sie einen Klumpen im Magen. Was, wenn der Fluch über kurz oder lang auch Kates Glück zerstören würde? Statt zu lesen, hatte Sophie angefangen zu malen. Für ihr erstes Aquarell hatte sie einen schönen Platz im Wohnzimmer gefunden.

Sophie deckte an diesem sommerlichen Februartag gerade den Frühstückstisch auf der Veranda, als ihr Handy klingelte. Sie zuckte zusammen und wollte gleich wieder auflegen. Es war John Franklin.

»Was gibt es?«, fragte sie schroff.

Er seufzte. »Nichts Privates. Ich habe schon begriffen, dass du mir keine Chance gibst. Nicht einmal zur Erklärung. Es geht um Holden. Wilson hat mich gerade angerufen. Er ist einer Familie Holden auf der Spur. Auf einer Passagierliste hat er einen Harry Steven Holden entdeckt, der Ende des Jahres 1961 von London mit einem Schiff nach Auckland gereist ist. Wilson hat alle Passagierlisten für die Rückfahrt, die er bekommen konnte, ebenfalls durchforstet. Dieser Mann ist nie nach London zurückgereist. Jedenfalls konnte er seinen Namen nicht finden. Wilson hat über die Behörden in London herausgefunden, dass dieser Harry Holden das uneheliche Kind einer gewissen Stella Holden ist. Und jetzt pass gut auf! Der Vater des Kindes ist ein McLean. Ein Walter McLean!«

Walter McLean? Sophie schluckte trocken. Es gab keinen Zweifel. Wilson war auf der richtigen Spur. Dieser Walter ist mit Sicherheit das ungeliebte Kind von Steven.

»Sophie, bist du noch dran?«, fragte John besorgt.

»Ja, ja, und es ergibt alles einen Sinn. Dieser Walter war ein angeheirateter Neffe meiner Urgroßmutter.«

John räusperte sich: »Dann lassen wir Wilson doch ruhig weiterforschen. Fällt dir noch irgendetwas ein, das uns weiterhelfen könnte?«

Sie überlegte.

Da unterbrach John die Stille. »Sophie, auch bei uns gilt das

Recht auf Verteidigung. Der Angeklagte darf sprechen. Und ich denke, das Recht solltest du mir einräumen.«

Sie seufzte genervt: »Okay, ich höre!«

»Ich habe meine Frau sehr geliebt. Keine Frage, und als sie mich verlassen hat, war ich zu Tode betrübt. Ich habe mir so gewünscht, sie würde zurückkehren, aber als sie dann an Heiligabend mit Sack und Pack vor der Tür stand, war etwas in mir gestorben. Da gab es dich noch gar nicht in meinem Leben, aber ich wusste, ich kann nicht einfach weitermachen, als hätte es diese Trennung nie gegeben. Und dann habe ich mich gleich in dich verliebt. Ich war innerlich frei. Ich habe es Lynn inzwischen gesagt.«

»Dass du dich in mich verliebt hast?«, fragte Sophie erschrocken.

»Das auch, aber vor allem, dass ich sie nicht mehr liebe und dass wir eigentlich gar nicht zusammenpassen. Lynn ist ein lebenslustiges Partygirl. Bezaubernd, attraktiv, ein sportliches Surfermädchen, aber ich habe gemerkt, dass mir mit ihr etwas fehlt. Ich habe die Scheidung bereits eingereicht. Lynn ist zu ihren Eltern gezogen. So, das wollte ich dir sagen. Und dich fragen, ob wir uns nicht wiedersehen können.«

Ihr Herz wollte ihm glauben, wohingegen ihr Verstand heftig rebellierte.

»John, ich glaube, ich brauche noch Zeit. Es ist alles so verwirrend. Und ich will ehrlich zu dir sein. Ja, ich habe mich auch in dich verliebt, aber genau das macht mir Angst. Es ist anders, als es je bei Jan gewesen ist. Intensiver und gefährlicher. Ich will mich nicht schon wieder verlieren, bevor ich mich überhaupt gefunden habe.«

»Sophie, ich kann warten. Ich habe eine Engelsgeduld, wenn ich glaube, auf dem richtigen Weg zu sein.«

»Ich melde mich bei dir«, erklärte sie schnell.

»Ich warte auf dich!«, entgegnete er und fügte hinzu: »Aber wenn du bis dahin in Not gerätst oder einfach nur einen guten Freund brauchst, ich bin jederzeit für dich da. Du musst mich nicht gleich heiraten.«

»Danke!«, hauchte Sophie und legte auf. Ihr Herz raste, als sie das Gespräch überdachte. Sie hatten sich soeben ihre Liebe erklärt!

Tomahawk/Dunedin
Mai 1915

Für Kate war dieser ungemütliche Maitag trotz des stürmischen Wetters der mit Abstand schönste seit Bills Abreise. Glücklich hielt sie einen Brief von ihrem Mann in der Hand. Wohl ein Dutzend Mal hatte sie ihn schon gelesen. Nora hatte ihn ihr nach Tomahawk mitgebracht.

»Dann wollen wir mal. Die Pflicht ruft.« So holte ihre Schwägerin sie auf den Boden der Tatsachen zurück. Kate stöhnte. Es war Sonntag. Da gab es kein Entrinnen.

Kate hatte sowohl in der Kirche als auch beim sonntäglichen Familienessen anwesend zu sein. So wollte es die Tradition. Dabei war ihre Anwesenheit allen außer Nora und Peter nur lästig, aber was sollten die Leute denken, wenn die Familie nicht vollzählig zum Gottesdienst erschien?

Ihr Schwiegervater nutzte diese Pflichttermine, um sie andauernd zu kritisieren. Ob es ihre Kleidung war, ihr Hut, ihr Benehmen, stets hatte er etwas an ihr auszusetzen. Kate ließ seine Tiraden schweigend über sich ergehen. Sie tröstete sich mit dem Gedanken an Bill und ihr Kind. Inzwischen stand zweifelsfrei fest, dass sie schwanger war. Ihre Monatsbeschwerden waren endgültig ausgeblieben, ihre Brüste spannten, und jeden Morgen beim Aufstehen wurde ihr übel. Allerdings hatte sie es noch keinem Menschen erzählt. Selbst am letzten Sonntag, als ihr Schwiegervater auf der Kutschfahrt gezischelt hatte: »Wie kann man nur eine Frau heiraten, die zu alt ist, Kinder zu bekommen!«, hatte sie mit zusammengepressten Lippen geschwiegen. So sehr konnte er sie gar nicht provozieren, dass sie ihm ihr süßes Geheimnis verraten würde. Er würde es schon begreifen, wenn ihr Leib sich zunehmend rundete.

Noch einmal las sie Bills süße Worte: »Ich freue mich so auf unser Kind. Du machst mich zum glücklichsten Menschen auf Erden, Liebstes.« Er berichtete, dass der Angriffder *ANZAC*-Truppen bei Gallopoli am fünfundzwanzigsten April erfolgreich verlaufen sei. Optimistisch ließ Bill durchblicken, dass er bald mit seiner Rückkehr rechnete. »Ich glaube, ich habe einen Schutzengel. Ich muss nur an dich und unser Kind denken. Dann fühle ich mich unverwundbar.«

Kate seufzte und schickte ein Stoßgebet zum Himmel. Wenn Bill sich nur nicht täuschte! Nun wandte sie sich an Nora, die noch einmal zur Eile mahnte.

»Darf ich dir vorher ein Geheimnis anvertrauen?«

Ihre Schwägerin schmunzelte: »So selig, wie du lächelst, kann es nicht der Brief allein sein, sondern ein vielleicht eher süßes Geheimnis?«

Kate strahlte, und Nora drückte sie an sich.

»Aber nicht deinem Vater verraten!«

»Unter einer Bedingung!«

»Und die wäre?«

»Du ziehst zu uns, damit ich dich ordentlich verwöhnen kann.«

»Hört sich gut an.« Kate folgte Nora fröhlich summend zur

Kutsche. Den Brief hatte sie in ihre Manteltasche gesteckt. Durch Sturm, Regen und eisige Kälte machten sie sich auf den Weg zur First Church nach Dunedin.

Die Familie traf sich wie immer vor dem Gotteshaus. Plötzlich ging ein Raunen durch die Menge. Kate bemerkte es nur am Rande. Sie war viel zu sehr mit ihren Gedanken beschäftigt.

Als sie nach dem Gottesdienst die Kirche verließen, hörte Kate eine Stimme. »Mörder sind das, Mörder!« Das bezog sie nicht auf sich, aber der feste Druck, mit dem Nora plötzlich ihre Hand umschlossen hielt, signalisierte ihr Gefahr.

Erst, als eine alte Frau direkt vor Kates Füße spuckte, begriff Kate, dass der Aufruhr ihr galt. Was hatte das zu bedeuten? Ein Blick in das schadenfrohe Gesicht ihres Schwiegervaters zeigte ihr, dass er nicht unschuldig daran war.

»Geh zurück nach Deutschland!«, ertönte es gehässig.

Als wäre ein Damm gebrochen, schrien ihr die Leute nun von allen Seiten Verwünschungen zu.

»Wer weiß, ob sie nicht auch eine Spionin ist!«

»Die gehört nach Solmes Island!«

Einer brüllte sogar: »Für jeden Ertrunkenen einen toten Deutschen!«

Da dämmerte Kate, was den Hass dieser Menschen angestachelt haben könnte. Vor mehr als einer Woche hatte sie es zu ihrer Empörung in der *Otago Daily Times* gelesen: Deutsche U-Boote hatten vor der Küste Irlands den britischen Cunard Dampfer *Lusitania* torpediert. Rund eintausendzweihundert Menschen hatten dabei ihr Leben verloren.

Sie spürte, wie sie heftig am Arm gezogen wurde. Nora versuchte, sie aus der Menge zu führen, Peter jedoch baute sich vor den Menschen auf und sah vor Zorn funkelnd in die Runde.

»Viele von euch kenne ich von Kindheit an, aber dass ihr euren Hass an einer unschuldigen Frau entladet, ist unverzeihlich!«, brüllte er. Dann flüsterte er Kate zu: »Schnell, steig in die Kutsche!«

Aber sie dachte nicht daran. Seit jeher verabscheute Kate Ungerechtigkeit, und sie hatte den Damen in Apia stets die Stirn geboten. Obwohl ihr klar war, dass es sich nicht um ein paar harmlose Klatschweiber handelte, sondern um eine aufgehetzte Menge, wollte sie nicht feige flüchten. Im Gegenteil, sie drückte das Kreuz durch und schrie zornig: »Ich weiß nicht, wer euch gesagt hat, dass ich eine Deutsche bin. Ich habe zwar deutsche Wurzeln, aber neuseeländische Eltern. Ich bin hier geboren und aufgewachsen und verurteile die Torpedierung des Dampfers genauso wie ihr. Wie soll ich in ein Land zurückgehen, das ich in meinem Leben noch nicht gesehen habe? Ich bin eine von euch, ob es euch gefällt oder nicht. Wenn ihr einen Sündenbock braucht, seid ihr an die falsche Person geraten!«

Die Schreihälse verstummten. Einige von denen, die nicht laut mitgebrüllt hatten, pflichteten ihr bei. Kate wandte sich erhobenen Hauptes ab und kletterte in die Familienkutsche.

Ihr Schwiegervater saß bereits darin. Er schien beinahe vor Wut zu platzen. »Du hast es wohl nicht gelernt, deinen Mund zu halten, was?«

Kate wollte gerade etwas erwidern, als Nora dazwischenging. »Vater, es reicht! Mach mir doch nichts vor! Du bist schuld an diesem Vorfall.«

»Ich? Habe ich das Schiff versenkt?«, gab er spöttisch zurück.

»Nein, aber du lässt keine Gelegenheit aus, Kate zu quälen und zu demütigen. Du bist wahrscheinlich in der ganzen Stadt herumgerannt und hast jedem erzählt, dass du eine Deutsche durchfüttern musst. Deshalb wird Kate ab heute bei uns wohnen!«

»Ja, ich glaube, es ist besser für das Kind«, sagte Kate leise.

»Du bekommst ein Kind?«, fragte ihr Schwiegervater tonlos.

Kate nickte. Paul McLean wandte sich seiner Tochter zu. »Das ändert die Lage natürlich. Wenn sie ein Kind erwartet, wird sie bei mir bleiben. Das Kind ist mein Erbe. Es gehört in mein Haus.«

Kate schüttelte nur stumm den Kopf. Ihre Entscheidung war gefallen.

Dunedin
Juni 1915

In der Princes Street nahm Kate das Malen wieder auf. Kaum hatte sie ein Aquarell fertiggestellt, riss Martha O'Brian es ihr aus den Händen. Sie erzielte Preise für die Bilder, die Kate schwindlig machten. Auf diese Weise konnte sie ein wenig Geld zusammensparen.

Das Einzige außer Bills Abwesenheit, was ihren Aufenthalt in Dunedin überschattete, war die Tatsache, dass man Peter einen lukrativen Posten in Edinburgh angeboten hatte. Er war fest entschlossen, ihn anzunehmen. Sobald der Krieg zu Ende war, würde er mit seiner Familie nach Schottland übersiedeln.

Nora bot Kate an, nach ihrer Abreise und Bills Rückkehr in das Haus in der Princes Street zu ziehen. Es wäre ein Traum, wenn mein Kind dort aufwachsen könnte, wo ich selbst als Kind getobt habe, dachte Kate und schrieb die Neuigkeit sofort ihrem Bill. Obwohl sie keinen Brief mehr von ihm bekommen hatte, schickte sie ihm fast täglich eine Nachricht.

Im Juni fiel der erste Schnee des Jahres. Kate schaute aus ihrem Atelier hinaus in die tanzenden Flocken und freute sich auf die Schlittenfahrt, die am Nachmittag mit Nora geplant war. Ein herrlicher Wintertag!

Peter hatte Kate einen geräumigen Abstellraum freiräumen lassen, wo sie ungestört malen konnte. Sie war gerade mit einem Aquarell beschäftigt, das ein reicher Brauereibesitzer in Auftrag gegeben hatte, als es unten an der Tür klopfte. Sie nahm die mit Farben bekleckerte Malschürze ab und strich sich durch das zersauste Haar.

Als sie die Tür öffnete, erschrak sie. Mit leichenblassem Gesicht und wirrem Blick hielt ihr Schwiegervater ihr einen durchweichten Umschlag entgegen.

»Ein Brief für dich!«, krächzte er.

»Komm erst einmal ins Haus!«, bot sie ihm höflich an, während sie den Umschlag entgegennahm. Er folgte ihr in den Salon. Kate konnte sich kaum noch beherrschen. Am liebsten hätte sie den Brief ungestüm aufgerissen. *ANZAC Australian and New Zealand Army Corps* stand auf dem Absender, mehr nicht.

Ein offizielles Schreiben des Armeecorps!, durchfuhr es Kate eiskalt, und sie ließ sich auf einen Stuhl sinken. Tief im Inneren ahnte sie bereits, was das zu bedeuten hatte, aber sie wollte es nicht wahrhaben. Mit zitternden Fingern versuchte sie, den Brief zu öffnen, aber ihre Bewegungen waren so fahrig, dass es misslang. Hektisch riss sie den Umschlag samt Inhalt in der Mitte durch. Danach gelang es ihr, das Schreiben aus dem Umschlag zu schütteln. Sie fügte die Hälften zusammen und las die Worte laut vor:

»Liebe Missis McLean,
wir bedauern, Ihnen mitteilen zu müssen, dass Ihr Mann Bill McLean bei einem Überraschungsangriff der Türken

am 19. Mai schwer verwundet wurde und einen Tag darauf seinen schweren Verletzungen erlegen ist. Die Schwester, die bis zuletzt an seinem Bett saß, lässt Ihnen ausrichten, dass er bis zum Schluss bei klarem Verstand war und ihr von Ihnen und von dem Kind, das Sie erwarten, erzählt hat. Seine letzten Worte waren: Ich liebe euch! In der Hoffnung, dass es Sie tröstet. Seine persönlichen Dinge erhalten Sie mit getrennter Post. Er war ein wunderbarer Mensch.

Hochachtungsvoll,
Colonel Brad«

Erst als Kate das erstickte Schluchzen ihres Schwiegervaters hörte, erfasste sie die Nachricht. Ihr Herz schien auszusetzen. Ein eisiger Hauch lähmte Kate. Tot. Bill ist tot! Er wird unser Kind nie in seine Arme schließen, dachte sie und sprang auf, um Bills Vater im gemeinsamen Leid zu umarmen, doch der stieß sie mit voller Wucht von sich und schrie: »Wenn es ein Junge wird, werde ich ihn erziehen!«

Kate spürte nur noch, wie sie von der Wucht des Stoßes ins Straucheln geriet und nach hinten kippte. Das Letzte, was sie fühlte, war ein stechender Schmerz am Hinterkopf.

Ocean Grove
17. Januar 2008

Seufzend legte Sophie die Aufzeichnungen aus der Hand. Arme Kate! Jetzt hatte sie ihre große Liebe auf so tragische Weise verloren! Warum lagen die Liebe und der Schmerz nur so nahe beieinander? Vielleicht war es doch besser, einen Mann nicht aus tiefster Seele zu lieben. Wenn ich Jan geheiratet hätte, hätte ich vermutlich nie so schrecklich leiden müssen wie Anna oder Kate, dachte sie. Ihre Gedanken wanderten zu John. Zögerte sie deshalb, sich mit ihm zu treffen? Aus Angst vor dem Schmerz? Wie sollte sie ihr Verhalten sonst deuten? Da gab es einen Mann, den sie liebte und der sie liebte … Warum rief sie ihn nicht an und sagte: Komm! Steh mir bei! Halte mich! Die sonderbarsten Gedanken gingen ihr durch den Kopf. Konnte sie sich der Liebe erst in dem Augenblick ergeben, in dem das Geheimnis gelüftet war? Was, wenn der Fluch auch ihr Schicksal bestimmte? Wenn auch ihr alles genommen würde, wenn sie sich der Liebe hingab?

Entschlossen sprang Sophie auf. Ich muss mich bewegen!, ging es ihr durch den Kopf. Sie konnte nicht länger still sitzen. Sie war furchtbar aufgeregt. Sie zog sich Joggingsachen an und rannte, ohne zu überlegen, zum Strand hinunter, am Meer entlang und dann nach oben auf den Klippenpfad.

Sie blieb erst stehen, als sie partout nicht mehr konnte. Mit Schrecken stellte sie fest, dass sie sehr weit gelaufen sein musste. Sie bekam es mit der Angst und kehrte um. Auf dem Rückweg steigerte sie ihr Lauftempo. Völlig außer Atem erreichte sie schließlich das Haus, vor dem gerade ein schwarzer Jeep davonraste. Die Angst fuhr ihr in alle Glieder. Sie schwitzte, hatte Seitenstiche und konnte sich nur mühsam auf die Veranda schleppen.

Als sie einen kleinen Stapel Papier auf dem Tisch entdeckte, wurde ihr jedoch eiskalt. Die Blätter waren mit einem Gummiband zusammengehalten. Vorsichtig zog Sophie die erste Seite hervor, der im oberen Bereich ein Drittel fehlte. Sophie lief mit dem Bündel hinein, holte die Aufzeichnungen aus dem Schlafzimmer und hielt die beschädigte Seite an das zerrissene Blatt, das sie noch besaß. Die beiden Teile passten perfekt aneinander. Nun hielt sie die erste Seite von Emmas Geschichte komplett in den Händen! Mit einem flüchtigen Blick auf die folgenden Blätter stellte Sophie fest, dass diese dicht beschrieben waren. Kein Zweifel, sie hielt den Schlüssel zu Emmas Geheimnis in den Händen. Es kribbelte ihr in den Fingern, Seite um Seite umzublättern, um nach Thomas Holden zu suchen, doch sie konnte sich gerade noch beherrschen.

Sie würde es genau so machen, wie es sich ihre Mutter gewünscht hatte. Sie würde erst Kates Geschichte zu Ende lesen. Es fiel ihr wahnsinnig schwer, aber mit zittrigen Händen trug sie die Manuskriptseiten ihrer Mutter ins Schlafzimmer und schob sie unter das Bett. Dabei stieß sie auf einen Widerstand. Überrascht kniete Sophie nieder, um nachzusehen. Ein Kasten, der über und über eingestaubt war. Hier ist offenbar ewig nicht mehr geputzt worden, dachte Sophie.

Vorsichtig pustete Sophie den Staub von der schmucklosen Kiste, die eine Reklame für Pfeifentabak zierte, und öffnete sie. Gebannt blickte sie auf ein Foto, das auf einem Stapel vergilbter Briefe lag. Es zeigte einen gut aussehenden, blond gelockten Mann mit längerem Haar. Er trug ein Polohemd und eine helle Hose und lehnte lässig am Pfeiler einer Veranda, in der Hand eine Pfeife. In seinem Blick lag etwas Überhebliches.

Wer war dieser Kerl? Sollte sie die Briefe lesen, um das Rätsel zu lösen? Nein, sie hatte genug mit Emmas Aufzeichnungen zu tun.

Entschlossen legte Sophie das Foto zurück und klappte den Deckel wieder zu. Dann schob sie die Kiste zurück unters Bett.

Noch einmal juckte es sie in den Fingern, nach Emmas Geschichte zu greifen, damit das Rätselraten endlich aufhörte. Seufzend widerstand sie der Versuchung. Der Tag war noch jung. Bis Judith zurückkam, würde sie sich in Kates weiteres Schicksal vertiefen.

Bevor sie zu lesen begann, fragte sie sich: Wer mochte Emmas Geschichte gestohlen und nun zurückgebracht haben? Steckte wirklich dieser Tom dahinter? Sophie spielte einen Moment lang mit dem Gedanken, sich John anzuvertrauen. Die schwangere Judith durfte sie auf keinen Fall beunruhigen. Kein Wort zu ihr von dem mysteriösen Fund auf der Veranda!, schwor sie sich. Und vor allem musste sie ihrer Freundin verschweigen, dass sie wieder einen schwarzen Jeep hatte davonrasen sehen.

Dunedin
im Juni 1915

Als Kate zu sich kam, saß Nora an ihrem Bett. Sie schreckte hoch und fragte mit bebender Stimme: »Was ist mit dem Kind?«

»Dem Baby geht es gut«, schniefte sie.

Kate ließ sich erschöpft zurück in die Kissen fallen. Er wird weiterleben! Mein Bill wird in unserem Kind weiterleben, dachte sie.

Nora strich ihrer Schwägerin durch das Haar und murmelte: »Er hat niemanden so geliebt wie dich!«

»Ich weiß«, flüsterte Kate und nahm Noras Hand, bevor sie in lautes Schluchzen ausbrach. Nun weinten beide Frauen um Bill, den jede auf ihre Weise von Herzen geliebt hatte.

Ein Gepolter an der Tür störte ihre Trauer. Paul McLean torkelte ins Zimmer. Er schien schwer betrunken zu sein, denn er lallte: Du bist genauso eine Hexe wie die Alte. Du hast meinen Sohn auf dem Gewissen. Nur du allein. So wie deine Großmutter ihren Mann. Du hättest ihm niemals erlauben dürfen zu gehen.« Mit diesen Worten stürzte er sich auf Kate, aber Nora sprang auf und verhinderte im letzten Augenblick, dass er handgreiflich wurde. Sie warf sich gegen ihn und versuchte, ihn aus dem Zimmer zu drängen, doch er wehrte sich heftig.

In ihrer Not schrie Nora lauthals nach Peter. Er kam sofort herbeigeeilt und hielt seinen Schwiegervater unter lautem Fluchen fest. Gegen den kräftigen Peter hatte der alte Mann keine Chance, obwohl er um sich schlug und brüllte: »Du Mörderin! Elende Mörderin!«

Peter schleifte Paul schließlich aus der Tür, und Nora ließ sich erschöpft auf der Bettkante nieder.

»Er hat noch nie getrunken«, seufzte sie. »Vater war stets überzeugter Abstinenzler. Großvater war ein Trinker, und deshalb hat Vater den Alkohol gehasst. Bill war sein Ein und Alles! Sein Tod bricht ihm das Herz!«

»Ich weiß, dass Bill sein Ein und Alles war!«, erwiderte Kate schwach. Trotz aller Traurigkeit ging ihr einer seiner Sätze nicht aus dem Sinn. *Du bist genauso eine Hexe wie die Alte.* Was wusste er über Anna? Was für eine Verbindung, die über das Haus in der Princes Street hinausging, gab es bloß zwischen den beiden? Warum hasste er Granny so?

Als Nora das Zimmer verlassen hatte, verspürte Kate plötzlich den unwiderstehlichen Drang, das Tagebuch ihrer Großmutter zu lesen. Sie würde ohnehin nicht schlafen können. Mit zitternden Knien stand sie auf und holte aus ihrem Nachttisch das schwarz eingebundene Büchlein hervor. Jetzt wusste sie, warum sie es nicht in Opoho gelassen hatte.

Kate las die ganze Nacht hindurch, geschüttelt von Weinkrämpfen, wenn sie von Liebe und Tod lesen musste, die sie an ihren eigenen Verlust erinnerten. Der Schmerz, Bill für immer verloren zu haben, machte sie umso empfänglicher für das tragische Schicksal Annas. Je später es wurde und je tiefer sie in die Geschichte ihrer Großmutter vordrang, desto entrückter war Kate. Gegen Morgen fühlte sie sich leer und erschöpft; aber zugleich klammerte sie sich an den tröstlichen Gedanken, dass sie ihre Liebe hatte leben können, eine Liebe, die sie über Bills Tod hinaus stark machen und beschützen würde. Ja, es gab keinen Zweifel. Noch immer hörte sie Bills Lachen, seine beruhigende Stimme, sie spürte seine Fürsorge und seine Lebensfreude und wusste, dass er sie bis an ihr Lebensende begleiten würde.

Wie gern hätte sie all ihre Empfindungen mit ihm geteilt und ihm von alldem erzählt: von seiner wunderbaren Großmutter Melanie, seinem unglücklichen Vater Paul, der niemals lachte und ihre Granny einst angespuckt hatte – aber auch von dem grausamen Mord!

Kate ahnte nun, warum Paul McLean Frauen so abgrundtief verabscheute. Er glaubte wahrscheinlich wirklich, was ihm sein Vater Philipp über seine Mutter Melanie eingetrichtert hatte. Hatte er deshalb einen Meineid für seinen Vater geschworen?

Ich glaube nicht, dass Paul McLean Zeuge des Mordes gewesen ist. Wahrscheinlich hat er wegen dieser Lüge all die Jahre an seinem Hass auf seine Mutter als der Alleinschuldigen festhalten müssen. Und an dem Hass auf die Frau, die Melanie angeblich dazu gebracht hatte, sich ihrem Mann zu widersetzen, meine Granny, sinnierte Kate. Ihr war klar, dass Paul sie ablehnte, seit er wusste, wessen Enkelin sie war. Deshalb verfolgte er sie mit unerbittlichem Hass.

Wenn Bill nur wüsste, wie sich unsere Geschichten einst berührt haben!, ging es Kate durch den Kopf. Sie bedauerte zutiefst, dass er nie mehr erfahren durfte, was für eine wunderbare Frau seine Großmutter gewesen war. Unser Kind ist sowohl ein Nachkomme von Anna Peters als auch von Melanie McLean! Obwohl der Gedanke tröstlich war, durchrieselte es sie nun eiskalt. Da war dieser Fluch, der verdammte Maorifluch. Sie hatte diese Stellen in Annas Tagebuch alle nur ungeduldig überflogen. Als könne sie so das Verhängnis abwenden. Ihr Verstand weigerte sich, an diesen Unsinn zu glauben, doch nun klopfte ihr Herz zum Zerspringen. Sie würde ihr Kind verteidigen wie eine Löwin!

Als Kate nach dieser durchwachten Nacht am frühen Morgen ein Ziehen im Unterleib spürte, betete sie darum, ihr Baby behalten zu dürfen. Ihr war immer noch entsetzlich kalt. Sie bebte vor Schüttelfrost und wurde im selben Moment von Hitzeschüben überwältigt. Stechende Schmerzen in der Brust raubten ihr den Atem.

Immer wieder dachte sie an den Fluch. Als die Schmerzen unerträglich und die Kälte immer eisiger wurde, flüsterte sie die Worte, die Granny auf dem Sterbebett geraunt hatte: »Unsere Familie soll leben!«

Übelkeit stieg in Kate auf. Der Gedanke, dass es allein von ihr abhing, ob Christians Familie leben oder sterben würde, senkte sich wie eine schwere Last auf sie, die sie zu erdrücken drohte.

Du bist stark, hat Granny gesagt. Außerdem hab ich's ihr versprochen. Ich muss dieses Kind bekommen, redete sie sich gut zu, aber als die Schmerzen und die Kälte- und Hitzeschübe unerträglich wurden, gab Kate den Kampf auf. »Wenn es den Fluch gibt und er mir mein Kind nimmt, dann bin ich machtlos. Aber wenn das Kind leben darf, dann werde ich ihm eine gute Mutter sein, die nicht trübsinnig nach ihrem Mann weint, sondern ihm eine unbeschwerte Kindheit schenkt. Wenn dieses Kind überlebt, dann haben wir den Fluch für immer besiegt!«, stöhnte sie mit letzter Kraft.

Als Nora am Morgen ans Bett ihrer Schwägerin trat, war diese schweißgebadet und murmelte nur wirres Zeug. Nora rief sofort nach einem Arzt.

Fünf Tage und fünf Nächte wachte Nora am Bett ihrer Schwägerin, tupfte ihr den Schweiß von der Stirn, wusch sie und wickelte sie in feuchte, kühle Tücher, um das Fieber zu senken. Kate hatte eine Lungenentzündung und befand sich in einer Art Dämmerzustand.

Am sechsten Morgen schlug Kate die Augen auf und fragte sich, wo sie sich befand, als sie Nora entdeckte. Erschöpft war sie auf ihrem Stuhl eingeschlafen. Kate betrachtete ihre Schwägerin dankbar. Sie ahnte, was Bills Schwester für sie getan hatte. Dann strich sie sich sanft über den Bauch. Sie musste nicht fragen, was mit ihrem Kind war. Sie wusste, dass es überlebt hatte, denn der Spuk war vorüber. Ihr war, als hätte sie gegen Dämonen gekämpft und diese schließlich besiegt.

Dunedin im Dezember 1915

Als in der Princes Street Bill John McLean, ein kräftiger Junge mit einer lauten Stimme und einem dunklen Haarschopf, das Licht der Welt erblickte, war die Freude groß. Wenn Kate nicht längst entschieden hätte, ihren Sohn nach seinem Vater und dem Großvater mütterlicherseits zu nennen, sie hätte es spätestens jetzt getan. Der kleine Wurm ist seinem Vater wie aus dem Gesicht geschnitten, dachte Kate gerührt, als sie ihn zum ersten Mal im Arm hielt. Und ein bisschen von Großvater John hat er auch!

Auch Nora hatte sich sofort in den kleinen Kerl verliebt und verwöhnte Mutter und Kind wie eine Königin und ihren Prinzen. Dabei schwor sie ihrer Schwägerin, dass sie es ihr alsbald nachmachen würde. Sie wollte so gern ein eigenes Kind. Ein Wunsch, dessen Erfüllung ihr bislang versagt geblieben war.

Am dritten Tag nach Bill Johns Geburt drang eine laute Stimme in Kates Schlafzimmer.

»Sie muss ja auch nur so lange in Opoho leben, wie er ihre Betreuung braucht, und jetzt lass mich zu ihm!«, brüllte Paul McLean.

Kate warf einen prüfenden Blick auf die Wiege, die neben ihrem Bett stand. Bill John schlief süß und selig.

»Du wirst da nicht reingehen und sie mitnehmen. Nur über meine Leiche!«, schrie Nora.

Kate zog sich ihren Morgenmantel über, schlüpfte in ihre Hausschuhe und trat auf den Flur, wo sich Vater und Tochter unversöhnlich gegenüberstanden. »Kate, ich erledige das schon. Leg dich ruhig wieder hin!«, befahl Nora streng.

Aber Kate fragte ihren Schwiegervater mit ruhiger Stimme: »Was führt Sie her?«

Paul wirkte plötzlich verstört. »Was mich herführt? Ich möchte meinen Enkel sehen!«

»Bitte! Aber nur, wenn Sie ganz leise sind. Er schläft gerade«, antwortete Kate.

Nora schüttelte den Kopf. Es war offensichtlich, dass sie das niemals erlaubt hätte.

»Keine Angst, Nora. Ich denke, er wird sich wie ein anständiger Großvater verhalten.« Damit öffnete Kate leise die Tür und ließ ihn eintreten.

Auf Zehenspitzen ging Paul McLean auf die Wiege zu. Sein

hartes, unversöhnliches Gesicht bekam weiche Züge. »Bill!«, flüsterte er. »Mein kleiner Bill!«

Kate ließ ihn eine Weile gewähren, bevor sie ihn bat, ihr in den Salon zu folgen.

Nora hatte vor der Tür Wache gehalten. Sie schien dem Frieden nicht so recht zu trauen.

»Worüber habt ihr euch vor meiner Tür gestritten?«, fragte Kate nun.

Paul McLean schwieg.

»Er verlangt, dass du mit Bill zu ihm nach Opoho ziehst!« Noras Stimme zitterte vor Aufregung.

»Niemals!«, erklärte Kate entschieden.

»Das habe ich ihm auch gesagt, aber er will nicht hören!«

Paul McLean funkelte seine Tochter wütend an. »Es ist mein einziger Erbe, er gehört in mein Haus, unter meine Obhut.«

»Aber ich möchte nicht unter Ihrem Dach leben. Sie hassen mich. Und ich weiß inzwischen auch, warum!«, entgegnete Kate fest.

Paul und auch Nora sahen Kate fragend an. »Ich habe inzwischen erfahren, dass eure und meine Großmutter beste Freundinnen waren, Nora. Eure Großmutter hat sich nicht umgebracht. Das ist eine infame Lüge. Sie ist ermordet worden. Als Melanie gegen die ständigen Misshandlungen durch ihren Mann Philipp aufbegehrte, hat er sie einfach erschlagen. Er hat behauptet, es sei ein dummer Unfall gewesen, und gehässige Gerüchte über seine Frau verbreitet. Melanie hätte ihn betrogen, und das nicht nur mit einem irischen Lehrer, sondern sogar mit einer Frau, mit meiner Großmutter. Doch das waren nur schmutzige Lügen. Dein Großvater wurde verurteilt, aber nur zu zwei Jahren Gefängnis. Dein Vater hat nämlich behauptet, er sei Zeuge des Unfalls gewesen –«

Da fühlte Kate einen brennenden Schmerz auf der Wange.

Paul McLean hatte ihr mitten ins Gesicht geschlagen. Nora stand mit erhobenem Arm da, als drohten auch ihr Schläge.

»Ich habe nichts anderes von Ihnen erwartet!«, zischelte Kate ihrem Schwiegervater zu.

»Du überlässt mir das Kind, du freches Weibstück! Du kannst meinetwegen verrecken. Ich werde dich nicht unter meinem Dach dulden, aber der Junge, der Junge gehört mir!«, schrie er.

Mit diesen Worten trat er entschlossen auf das Schlafzimmer zu, aber Kate war schneller. Sie warf sich schützend vor die Tür und fauchte: »Wagen Sie es nicht, mein Kind anzurühren!«

»Vater, sei vernünftig! Erlaube Kate und Bill, in diesem Haus zu leben, wenn wir fortgezogen sind. Dann wirst du deinen Enkel sicher jederzeit besuchen dürfen. Nicht wahr, Kate?«, mischte sich Nora ein. Das klang ängstlich.

Ob auch er seine Kinder geschlagen hat? Dieser Gedanke durchfuhr Kate wie ein Blitz, und sie ballte die Fäuste. Ihr Kind würde er nicht zerstören. Seine brutalen Erziehungsmethoden hatten schon genug Schaden angerichtet.

»Kate, er darf Bill doch besuchen, oder?«

»Ja, das darf er!«, erwiderte Kate, während sie ihrem Schwiegervater kampfbereit gegenüberstand. Der zögerte, sie zur Seite zu schubsen.

»Aber Bill John ist und bleibt mein Kind. Und kein Gericht der Welt würde es Ihnen zusprechen.«

»Oho!«, höhnte er. »Da sei dir mal nicht so sicher! Eine deutsche Spionin hat im Moment schlechte Karten.«

»Vater, damit kommst du nicht durch!«, rief Nora verzweifelt. »Ich würde vor dem Richter beschwören, dass Kate nur eine neuseeländische Mutter ist, die ihr Kind nicht den Fängen eines prügelnden Großvaters überlassen will. Geh weg von der Tür, und sei vernünftig! Lass sie in Frieden in diesem Haus leben.«

»Das Haus bekommt Jane, und die da wird noch zu Kreuze kriechen. Worauf du dich verlassen kannst. Sie wird mir meinen Enkel freiwillig geben. Ich werde sie aushungern und aus dem Land jagen. Sie wird noch froh sein, dass das Kind bei mir ein Dach über dem Kopf hat.«

Mit diesen Worten polterte er fluchend davon.

Nora fiel Kate erleichtert um den Hals und schluchzte: »Komm mit uns nach Europa, Kate! Wir werden in Edinburgh ein großes Haus haben. Und auch die Schotten werden deine Bilder mögen.«

»Aber Nora, der Krieg ist noch nicht zu Ende. Und so, wie es aussieht, werdet ihr noch ein wenig bleiben.«

»Wir können nicht mehr warten. Wir fahren noch in diesem Monat. Ich wollte es dir die ganze Zeit sagen, aber ich habe es nicht über mich gebracht. Und deshalb beschwöre ich dich: Komm mit! Vater wird dir das Leben zur Hölle machen! Glaube es mir! Jetzt, wo er weiß, dass du sein Geheimnis kennst. Sag, woher weißt du das eigentlich?«

»Meine Großmutter hat Tagebuch geschrieben.«

»Das wird er dir nie verzeihen!«, murmelte Nora.

»Schon möglich!«, entgegnete Kate. »Aber ich möchte, dass Bill John in Neuseeland aufwächst. Und ich habe doch noch *Pakeha.*«

»Das wird er dir auch noch nehmen«, prophezeite Nora traurig.

»Nein, Bill hat sich vor seiner Abreise von ihm unterschreiben lassen, dass *Pakeha* mir gehört, wenn ihm etwas zustößt. Wenn ihr abreist, werde ich mit dem Kleinen dort einziehen und zusehen, dass ich mit meinen Bildern den Lebensunterhalt bestreiten kann. Keine Sorge, Nora, ich bin stark. Ich schaffe das schon!«

Die Zeit bis zu Noras Abreise verging wie im Flug. Noch vor Weihnachten fingen die Varells zu packen an.

Kate bat Nora, sie ein letztes Mal nach Opoho zu begleiten, denn sie wollte ihre Sachen endgültig abholen. Es kostete ihre Schwägerin viel Überredungskunst, dass man sie überhaupt ins Haus ließ. Kate mit dem kleinen Bill auf dem Arm musste vor der Tür warten. Dabei bemerkte sie, wie sie aus dem ersten Stock beobachtet wurde. Paul schien einen heimlichen Blick auf seinen Enkel erhaschen zu wollen, zeigte sich jedoch nicht.

Der Abschied von Nora und Peter war schmerzhaft für Kate. Trotzdem ließ sie es sich nicht nehmen, die beiden zum Hafen zu begleiten. Sie drückte ihren Sohn noch fester an die Brust, nachdem das Schiff außer Sichtweite war. Dann kehrte sie in die Princes Street zurück. Peter hatte ihr geraten, so lange im Haus zu bleiben, bis Jane dort einziehen würde.

Als sie vom Hafen in die Princes Street zurückkehrten, erblickte Kate als Erstes einen Wagen, der voller Möbel war. Sie stutzte, doch dann traf sie im Haus ihre überaus geschäftige Schwägerin.

»Was tun Sie noch hier?«, fragte Jane bissig.

»Ich wusste nicht, dass das Haus so schnell den Besitzer gewechselt hat«, erwiderte Kate kalt.

»Sie haben eine Stunde Zeit, um Ihre Sachen auszuräumen. Dann will ich Sie und Ihr Blag nicht mehr sehen, verstanden?«

Wie betäubt packte Kate ihr Hab und Gut zusammen, während Bill selig schlief.

Ohne sich noch einmal umzuschauen, fuhr sie wenig später mit ihrem Gespann hinaus nach *Pakeha*. Sie erinnerte sich an die erste Fahrt dorthin. Mit Bill … Kate spürte, dass ihre Wangen feucht wurden, doch sie trocknete die Tränen entschlossen mit dem Ärmel ihrer Bluse. Sie durfte nicht zurückschauen. Nur die Zukunft zählte!

Ocean Grove
20. Januar 2008

Sophie schlich um die Aufzeichnungen herum wie die Katze um den heißen Brei. Seit drei langen Tagen hatte sie das Skript nicht mehr angerührt, denn Kates Schicksal war ihr so nahegegangen, dass sie sogar versucht gewesen war, John anzurufen. Ob ich glücklicher bin, wenn ich erst weiß, wer der Kerl ist, mit dem ich das Erbe teile?, fragte Sophie sich nun. Vielleicht ist die Wahrheit ja schmerzhafter als alle Spekulation.

Judith verbrachte das Wochenende bei ihrer Großmutter. Sie hätte ihre Freundin gern mitgenommen, aber Sophie hatte nicht der Sinn nach einem Wiedersehen mit der alten Dame gestanden, die an die Macht des verdammten Fluches glaubte. Daher hatte sie beschlossen, die Gegend zu erkunden. Am Samstag hatte sie das Larnach Castle besichtigt und an einer Tour auf die Halbinsel von Otago, nach Tairora Head, teilgenommen. Weltenbummler aus aller Welt hatten eine fröhliche Stimmung verbreitet. Und dennoch, richtig aufgeheitert hatte Sophie der Ausflug nicht, obwohl sie alles gesehen hatte, was ihr Herz begehrte: Robben, Seelöwen, Gelbpinguine und selbst die riesigen Königalbatrosse.

Sie fühlte sich unter den Touristen nicht wie unter ihresgleichen. Die reisten aus purem Vergnügen, während sie, Sophie, wegen eines traurigen Ereignisses in diesem Land weilte. Dennoch hielt sich ihre Sehnsucht nach Hamburg in Grenzen. Sie hatte diese Stadt immer geliebt, aber tiefe heimatliche Gefühle hatte sie bislang nirgends auf der Welt entwickelt. Es gab auch keine Freunde, die sie vermisste. Sie war stets eine Einzelgängerin gewesen. Die beiden Menschen, nach denen sie sich in diesem Augenblick sehnte, waren nicht weit weg: Judith und John!

Ein paarmal noch wollte Sophie in ihrer Einsamkeit den Anwalt anrufen, aber sie zwang sich, es nicht zu tun. Sie hatte sich vorgenommen, ihn erst dann wiederzusehen, wenn ihr Familiengeheimnis nicht mehr wie eine dunkle Wolke über ihr schwebte.

Entschlossen nahm Sophie die Aufzeichnungen zur Hand. Als sie sich auf der Veranda darin vertiefen wollte, bemerkte sie, dass Judith' Wagen vor dem Haus hielt. Sie freute sich, die Freundin wiederzusehen, und stellte fest, dass es ihr nicht unlieb war, dass sie die Lektüre nun noch ein wenig aufschieben musste. Merkwürdig, wunderte sie sich, am Anfang konnte ich nicht schnell genug zu Emmas Geschichte vordringen, um diesen Holden zu finden, und jetzt wage ich mich nur zögernd daran.

Sophie sprang auf, lief Judith zur Begrüßung entgegen und erschrak. Die Freundin war totenbleich. Kaum war sie auf die Veranda getreten, ließ Judith' sich stöhnend in einen der Korbsessel fallen.

»Er hat mich verfolgt!«, stammelte sie.

»Wer?« Sophie ahnte bereits, um wen es sich handelte.

»Ich habe seinen Jeep im Rückspiegel gesehen. Er trug eine Sonnenbrille und eine Baseballmütze, aber ich würde ihn unter Tausenden erkennen. Da bin ich auf einen Parkplatz gefahren und hab auf ihn gewartet, doch er ist nicht gekommen.«

»Und du bist sicher, dass er es war?«

»Natürlich, aber ich verstehe es nicht. Was treibt er bloß für ein Spiel?«

Sophie schluckte trocken. Es fiel ihr schwer, Judith zu verschweigen, dass der Fahrer eines schwarzen Jeeps ihr Emmas Geschichte vor die Tür gelegt hatte. Ein Fahrer, auf den Judiths Beschreibung von Tom nur allzu gut passte.

Schon ihretwegen muss ich schnellstens weiterlesen, dachte Sophie entschieden. »Judith, es wird sich schon alles aufklären. Es wird bestimmt wieder gut«, sagte sie in tröstendem Ton.

»Ach, du hast recht. Es hilft ja auch nichts, sich den Kopf zu zerbrechen. Komm, lass uns in St Clair was essen gehen! Bei John um die Ecke gibt es einen guten –« Judith hielt erschrocken inne.

»Im Prinzip kein Problem«, erwiderte Sophie lächelnd. »Zwischen uns ist alles klar, aber bevor ich mich auf etwas einlasse, was mir zu Herzen geht, muss ich erst mal diese Erbschaftssache hinter mich bringen.«

»Ich verstehe.« Judith lächelte.

»Weißt du was? Ich würde lieber hierbleiben und nur ein Brot essen, damit ich weiterlesen kann, denn wenn ich Emmas Geschichte durchhabe, bin ich bestimmt schlauer –« Erschrocken hielt Sophie inne. Oh nein, jetzt hatte sie sich auch noch verplappert!

»*Emmas Geschichte?* Ich denke, die ist weg?« Judith blickte sie mit dem prüfenden Blick einer Anwältin an.

»Ja, natürlich, ich meinte nur, wenn ich sie hätte, dann wäre ich schlauer …«

Ob diese ungeschickte Schwindelei funktioniert? Sophie war sich nicht sicher. Hastig sprang sie vom Sessel auf, gab Judith einen Kuss auf die Wange und flüchtete in ihr Zimmer.

Als Erstes langte sie unter das Bett, holte Emmas Geschichte hervor und legte sie auf dem Nachttisch ab. Sie hatte nicht wirklich das Bedürfnis, der Geschichte vorzugreifen, aber Judith zuliebe würde sie diese Lektüre gleich anschließen. Ein

Blick auf die Uhr zeigte ihr, dass sie es noch an diesem Sonntag schaffen würde. Es war erst vier.

Tomahawk
im Oktober 1917

»Bill John!«, rief Kate lauthals gegen den Wind, doch von ihrem Sohn keine Spur! Kein Grund zur Beunruhigung, sagte sie sich, denn seit Bill John auf seinen stämmigen Beinchen laufen konnte, begab er sich öfter auf Wanderschaft. Doch was sollte ihm hier schon passieren? Es gab keine wilden Tiere, das Wasser scheute er, und auch sonst war er eher ein vorsichtiges Kerlchen.

»Bill John!«, rief sie noch einmal und beschloss, im Garten zu suchen.

Sie hatte gerade ein Aquarell fertiggestellt und wartete auf Martha O'Brian, die ihre Bilder zum Verkauf mitnehmen wollte, da hörte sie Kindergeschnatter. Eine Stimme kannte sie allzu gut. Es war die von Bill John, die andere klang nach einem Mädchen. Kate reckte den Hals. Sie kamen vom Nachbargrundstück, wo erst kürzlich ein Strandhaus gebaut worden war.

Bill John winkte ihr lachend und holte seinen Ball. Das Mädchen sah wie eine kleine Prinzessin aus in seinem schneeweißen Kleid. Dazu trug es schwarze Stiefelchen. Kate schätzte die Kleine auf etwa anderthalb Jahre. Amüsiert beobachtete sie, wie Bill den Ball in ihre Richtung rollen ließ, den sie jedoch noch nicht fangen wollte. Das wäre ein Glücksfall, wenn Bill jemanden zum Spielen gefunden hätte, freute sich Kate, denn hier draußen war er viel zu oft allein mit ihr.

Da hörte sie den energischen Schritt von Martha O'Brian. Als Kate sich zu ihr umwandte, stutzte sie. Die stets hell und modisch gekleidete Kunsthändlerin trug Schwarz.

»Was ist geschehen?«, fragte Kate neugierig und geleitete Martha auf die Veranda.

Martha setzte sich in einen Sessel und stieß einen tiefen Seufzer aus. »Guten Tag, Kate. Ich komme von einer Beerdigung. Die Frau eines Schafzüchters ist unter einen dieser modernen Wagen geraten und war sofort tot.«

»Wie schrecklich! Bill wollte sich auch so ein Monstrum kaufen. Ach, Martha, ich vermisse ihn immer noch so! Es vergeht kein Tag, dass ich nicht an ihn denke. Ich kann nur von Glück sagen, dass ich den Kleinen habe und das Malen, das mich ablenkt. Hast du wieder Aufträge für mich?«

Martha hüstelte verlegen, bevor sie hektisch hervorbrachte: »Es wird keine Bildverkäufe mehr geben.«

Kate sah Martha verständnislos an. »Wie meinst du das?«

»Wie ich es sage. Ich kann leider nichts mehr für dich tun!«

»Gefallen sie dir nicht mehr?«

»Oh doch, sie sind ausdrucksstärker denn je, aber ich musste es meinem Mann versprechen.«

»Deinem Mann? Was hat der denn mit meinen Bildern zu schaffen?«

»Seiner Firma geht es schlecht, und dein Schwiegervater hat ihm ein verlockendes Angebot gemacht. Er liefert ihm die Wolle zu einem günstigen Preis, wenn –«

»Wenn du im Gegenzug nicht mehr für mich arbeitest. Ich verstehe.« Vor Empörung sprang Kate so schnell von ihrem Stuhl auf, dass er umkippte.

Martha zuckte zusammen, behielt aber die Fassung: »Du verstehst gar nichts. Unsere Existenz steht auf dem Spiel. Und McLean hat Einfluss in dieser Stadt. Es tut mir ehrlich leid.«

»Spar dir dein Mitleid!« Mit diesen Worten lief Kate davon.

Sie rannte in den Nachbargarten, schnappte sich ihren Sohn und drückte ihn an sich. Dann setzte sie ihn behutsam ab und wanderte mit ihm zum Strand hinunter. Dort ließ sie sich in den warmen Sand fallen, während Bill John Muscheln sammelte. Es war das erste Mal seit seiner Geburt, dass Kate sich mut- und kraftlos fühlte. Aber als der Kleine voller Stolz seine Schätze vor ihr ausbreitete und sich auf ihren Schoß schmiegte, durchflutete sie die grenzenlose Liebe, die sie für ihren Sohn empfand. Sie durfte sich jetzt nicht entmutigen lassen. Es musste weitergehen. Für Bill John!

Plötzlich machte Bill John sich frei. Seine kleine Spielkameradin aus der Nachbarschaft lief über den Strand auf ihn zu. »Wie heißt du denn eigentlich?«, fragte Kate die Kleine.

»Sie heißt Christine, nach meiner Mutter«, antwortete eine Frauenstimme in ihrem Rücken.

Kate fuhr herum. Eine blasse junge Frau mit einem ausladenden Sonnenhut lächelte sie an. »Entschuldigen Sie, ich wollte Sie nicht erschrecken. Wir sind Ihre neuen Nachbarn. Christine leidet seit Geburt unter Hustenattacken, sodass der Arzt uns geraten hat, mit ihr am Meer zu leben. Mein Mann hat dann das Haus bauen lassen. Er arbeitet in der Woche in Dunedin und kommt nur am Wochenende her. Oh, Verzeihung, ich habe mich noch gar nicht vorgestellt. Ich bin Emma Cramer.«

»Kate McDowell.« Damit streckte Kate der Nachbarin die Hand entgegen.

»Aber das weiß ich doch schon. Ihr Ruf eilt Ihnen voraus. Sie sollen eine großartige Künstlerin sein«, sagte Emma in einem Ton, der Kate leicht überspannt erschien. Sie wirkt ein wenig überdreht, schoss es ihr durch den Kopf.

»Was für eine Fügung des Schicksals, dass sich unsere beiden Lieblinge begegnet sind! Ihr süßer Racker stand plötzlich in unserem Garten. Ein richtig abenteuerlustiger kleiner Mann. Und so zutraulich. Ich hoffe, die Kinder werden gute Freunde.«

Tomahawk im Dezember 1918

Kurz nach Bills drittem Geburtstag wurde Kate bewusst, dass ihre Ersparnisse nahezu aufgebraucht waren. So manches Mal, wenn das Kind im Bett war, saß sie grübelnd auf der Veranda. Häufig musste sie an ihre Großmutter denken. Hatte die nicht auch zurückstecken müssen – wegen Klara? Und es klaglos ertragen? Kate seufzte. Verglichen mit Annas Schicksal geht es mir doch gut, sagte sich Kate. Dennoch musste bald etwas geschehen. *Pakeha* war ihr geblieben, aber davon wurden sie nicht satt. Sie hatte alles versucht, um ihre Bilder auch ohne Martha zu verkaufen, aber der alte McLean hatte ganze Arbeit geleistet und seinen Einfluss überall spielen lassen.

Es war ein Sonntag, und Bill war mit den Cramers auf einem Kinderfest in der Stadt. Kate überlegte gerade, wo sie das Geld für den morgigen Einkauf hernehmen sollte, als eine Männerstimme sie aus ihren Gedanken riss.

»Guten Tag, Kate!«

Sie schreckte hoch. Das kann doch nicht sein!, sagte sie sich, obwohl es keinen Zweifel gab. Er war sichtlich gealtert. Seine Haut war von der Sonne gegerbt und sein Haar weißblond. Was ihr jedoch besonders ins Auge fiel: Sein spöttisches Lächeln war verschwunden! Er wirkte ernst und mitgenommen.

»Steven. Was machst du denn hier?«, rief sie erstaunt aus.

»Ich habe etwas zu erledigen!« Er trat zu ihr und reichte ihr galant die Hand.

»Was möchtest du trinken?« Fieberhaft überlegte Kate, was sie überhaupt anzubieten hatte. Es gab noch eine letzte Flasche Wein. »Wein?«

Er nickte.

Kate holte den Rotwein und zwei Gläser aus dem Schrank. Täuschte sie sich, oder musterte ihr Schwager sie durchdringend? Sein Blick hatte aber nichts mehr von seiner typischen Überheblichkeit.

»Kate, ich habe die lange Reise deinetwegen unternommen!«, sagte er zögernd, als sie sich gegenübersaßen.

»Meinetwegen?«

Er holte tief Luft. »Kate, würdest du mich heiraten?«

»Bist du verrückt?« Sie sah ihn entsetzt an.

»Es ist nicht, wie du denkst. Ich habe begriffen, dass du meinen Bruder geliebt hast und keinen anderen. Wenn ich wiedergutmachen könnte, was ich dir alles an den Kopf geworfen habe, ich würde es tun. Ich will dir helfen.«

»Indem du mich heiratest?«, fragte Kate ungläubig.

»Hör mir bitte erst zu, bevor du mir vorschnell einen Korb gibst. Mein Vater verfolgt nur ein einziges Ziel: Er will dich in die Knie zwingen. Wenn du vollkommen mittellos bist, will er dir erst *Pakeha* nehmen und dann dein Kind. Davon ist er besessen, und er wird nicht eher ruhen, bis du vor ihm im Staub liegst!«

»Da kann er lange warten. Er hat kein Recht auf Bill John!«, protestierte Kate trotzig.

»Es geht nicht um das Recht. Es geht um das nackte Überleben. Er weiß, dass du bald am Ende bist. Jane hat mich in ihren Briefen davon unterrichtet, dass er dir alle Wege verbaut und nur darauf wartet, dass du ihm das Kind überlässt.«

»Niemals!«, fauchte Kate.

In diesem Augenblick kam Bill John juchzend den Weg zum Haus gelaufen. Er sprang auf Kates Schoß und beäugte den Gast neugierig aus seinen großen braunen Augen.

Kate bemerkte in Stevens Augen ein feuchtes Glitzern.

»Er sieht aus wie …«, entfuhr es ihm sichtlich gerührt.

»Ich bin Bill John, und du?«, fragte der Kleine und legte den Kopf schief.

»Dein Onkel Steven.«

Bill John schenkte ihm ein hinreißendes Lächeln.

»Ich komme von weit her. Aus Samoa«, erklärte Steven. »Soll ich dir eine Geschichte von der Insel erzählen?«

Der Junge nickte nur.

Und Steven erzählte tatsächlich in kindgerechten Sätzen von seiner Überfahrt. Er beschrieb das Dampfschiff, ließ die Schiffsglocke läuten und die Möwen kreischen. Er schilderte sein Zuhause auf der großen Plantage, wo die Palmen in den Himmel ragten und köstliche Kokosnüsse abwarfen, von Geckos, die im Schatten auf Beute lauerten.

Bill John war ganz still und lauschte gebannt. Und Kate fühlte plötzlich eine tiefe Sehnsucht nach der Insel, die ihr lange Heimat gewesen und wo sie der Liebe ihres Lebens begegnet war. Sie bemerkte erst, dass Bill John eingeschlafen war, als er ihr vom Schoß zu rutschen drohte.

»Ich nehme ihn und trag ihn dir ins Bett!«, flüsterte Steven.

Kate ließ es zu. Vorsichtig nahm er seinen Neffen auf den Arm, ohne dass der Junge aufwachte. Dann folgte er Kate die Treppe hinauf und legte ihn in das Kinderbettchen.

Als sie wieder auf die Veranda zurückkehrten, herrschte eine Zeitlang Schweigen zwischen ihnen.

Ist das tatsächlich Steven? Wo ist nur sein Zynismus hin, seine Bereitschaft, andere zu beleidigen und zu verletzen?, fragte sich Kate, bevor sie ihn aufforderte, ihr noch mehr von der Plantage zu berichten.

Steven zögerte. »Dich interessiert bestimmt der Klatsch. Also, Brenner ist zum dritten Mal Großvater geworden, obwohl seine Jüngste erst acht alt ist. Und Doktor Wohlrabe ist jetzt mit einer jungen Engländerin liiert.«

»Und wie geht es unserem lieben Brenner gesundheitlich?«

»Er wird alt!«, war seine mitleidslose Antwort.

Kate horchte auf. Da blitzte Stevens Menschenverachtung wieder durch.

»Und wo ist Walter?«

»Er ist bei meiner Haushälterin geblieben. Ich habe ihn gefragt, ob er mit nach Neuseeland fahren möchte, aber er wollte auf keinen Fall zu seinem Großvater.«

»Das kann ich gut verstehen!«, rutschte es Kate heraus.

»Walter ist ein schwieriges Kind. Er ist jetzt sieben, und ich glaube, ihm fehlt eine Mutter«, betonte Steven mit einem prüfenden Blick auf Kate.

Sie biss sich auf die Lippen. Sein Umgang mit ihrem Sohn hatte sie beeindruckt, aber andererseits, wie sollte sie wissen, ob er sich wirklich geändert hatte? Außerdem gab es noch ein viel größeres Problem. Eine Hürde, die niemals zu überwinden sein würde. Sie liebte Bill, und sie würde ihn immer lieben.

»Steven, selbst wenn ich mich zu einem Jawort durchringen würde, es gibt da etwas, was immer zwischen uns stehen wird –«

»Ich weiß, mein Bruder!«

Kate nickte. »Niemals würde ich das Bett mit einem anderen teilen. Würdest du das hinnehmen, Steven?«

»Ja, schon. Aber vielleicht änderst du deine Meinung noch.«

»Worauf ich nicht hoffen würde«, erklärte Kate hastig.

»Glaubst du allen Ernstes, ich bin so naiv zu hoffen, dass du mich jemals lieben würdest? Nein, meine liebe Kate, so vermessen bin ich nicht, aber ich bin bereit, mich damit zufriedenzugeben, dich zu versorgen, wenn du dich auch um meinen Sohn kümmerst. Und ich werde dem kleinen Bill ein guter Vater sein! Ein Geschäft zu beiderseitigem Nutzen!«

»Das heißt, du würdest nicht von mir verlangen, das Bett mit dir zu teilen?«

»Wenn du mir nicht verbietest, dass ich hin und wieder in das Haus der schönen braunhäutigen Frauen gehe. Diskret, versteht sich.«

Eine innere Stimme warnte Kate, auch nur noch einen einzigen Gedanken auf seinen merkwürdigen Antrag zu verschwenden, aber sie überhörte die Mahnung.

Sie dachte daran, dass sie bald keine Milch und kein Brot mehr kaufen könnte …

»Lass mir Zeit bis morgen! Ich möchte eine Nacht darüber schlafen.«

»Gut«, erklärte er und verabschiedete sich.

Kate blieb die halbe Nacht regungslos auf der Veranda sitzen. Zwischendurch knurrte ihr der Magen, aber statt das letzte Brot zu essen, trank sie den Rotwein aus, was ihr ein angenehmes warmes Gefühl im Magen verschaffte. Plötzlich erschien ihr das Leben auf Samoa in rosigen Farben, so rosig, wie nur der Sonnenuntergang in Apia sein konnte.

Als sie endlich ins Bett fiel und kurz vor dem Einschlafen war, meinte sie die Stimme ihres Mannes zu hören. *Sieh nur. So schlecht ist er doch gar nicht. Er wird dich versorgen.*

Steven kehrte am nächsten Morgen nach *Pakeha* zurück, in der Hand einen Korb. Als Bill John ihn kommen sah, lief er ihm mit ausgebreiteten Armen entgegen und krähte: »Schichten erzählen!«

In Kates Kopf arbeitete es fieberhaft. Er scheint Steven zu mögen. Und ich kann dem verstörten kleinen Walter vielleicht die Liebe geben, die diesem Kind ein Leben lang verweigert wurde. Aber hat Steven sich wirklich verändert, oder spielt er mir nur etwas vor?

Er holte nun aus dem Korb Milch, Brot, Obst und ein paar Leckereien hervor, die Kate das Wasser im Munde zusammenlaufen ließen. Sie überlegte nicht lange. Sie griff zu.

Als Bill John schließlich zu den Cramers lief, um mit Christine zu spielen, war ihre Entscheidung gefallen. »Ich komme mit dir. Aber vorher werde ich *Pakeha* verkaufen, damit ich auch ein bisschen Vermögen in diese Ehe mitbringe.«

»Nein!«, widersprach Steven heftig. »Schließ es gut ab, und behalte es! Man kann nie wissen, was das Leben noch bringt. Vielleicht brauchst du das Haus noch einmal.«

In diesem Augenblick war Kate gerührt, weil er ihren Herzenswunsch erraten hatte. Und noch Jahre später sollte sie sich darüber wundern.

Am Tag ihrer Abreise stand nur die Familie Cramer am Hafen und winkte ihnen nach. Christine weinte und rief laut nach Bill John, der allerdings kein Ohr für ihren Schmerz hatte. Es gab so viel Interessantes an Bord zu entdecken, dass er sogar vergaß, seiner kleinen Freundin noch ein letztes Mal zuzuwinken.

Kate hatte den Cramers den Schlüssel für *Pakeha* gegeben und ihnen versprochen, dass sie das Haus bekommen sollten, falls sie für immer in Apia blieb.

Es war merkwürdig. Als Dunedin in der Ferne verschwand, wusste Kate, dass sie eines Tages zurückkehren würde.

Mit einem Seitenblick stellte sie fest, dass Steven Bill John auf dem Arm trug, der aufgeregt nach den Möwen zeigte, die das Schiff bis auf das offene Meer hinaus begleiteten. Wer es nicht besser weiß, muss die beiden für Vater und Sohn halten, schoss ihr durch den Kopf.

»Vater ist heute Morgen bei mir im Hotel aufgekreuzt und hat mir viel Geld dafür geboten, damit ich dich und Bill John hier zurücklasse. Ich habe es abgelehnt! Er hat mir zum Abschied gesagt, dass mich der Teufel holen soll!«, raunte Steven Kate ins Ohr. Sie seufzte. Ob sie jemals wiedergutmachen konnte, dass Steven seinem Vater die Stirn geboten und der alte McLean ihn deshalb endgültig verstoßen hatte?

Sie würde zumindest eines versuchen: Walter eine gute Mutter zu sein!

Apia
im Dezember 1918

Kates Rückkehr wurde in Apia stürmisch gefeiert. Alle, die vor vier Jahren traurig am Kai gestanden hatten, weinten wieder, doch dieses Mal vor Freude!

Brenner war kaum wiederzuerkennen. Er war kahl auf dem Kopf, noch dicker als vorher und trug einen ungepflegten Vollbart. Seine überbordende Herzlichkeit hatte er allerdings nicht eingebüßt.

Loana, seine Frau, stürzte sich sofort auf Bill John. »Entzückend!«, rief sie immerzu und wollte Steven das Kind am liebsten aus der Hand reißen, aber der Junge klammerte sich fest an seinen Onkel. Der Lärm und die vielen Menschen verunsicherten ihn.

Kate freute sich riesig auf ihre alte Bleibe. Doch als sie über die Schwelle trat, setzte Ernüchterung ein. Das Haus starrte vor Schmutz.

Es gab viel zu tun. Kein Wunder, dass es so aussieht, dachte Kate, als Steven ihr die Haushälterin vorstellte. Tula war eine bildhübsche, blutjunge Samoanerin. An dem Blick, den die junge Frau Steven zuwarf, erkannte Kate jedoch sofort, dass sie keineswegs seine Bedienstete, sondern seine Gespielin war. Es war nicht die Tatsache, dass er sexuelle Beziehungen mit Einheimischen unterhielt, die ihr das Blut in den Adern gefrieren ließ, sondern dass Tula noch ein halbes Kind war.

Kate versuchte die Fassung zu wahren und begrüßte das Mädchen freundlich. Sie fragte sich, ob Walter wohl die ganze Zeit über mit Tula allein gewesen war.

»Wo ist Walter?«, fragte sie scheinbar beiläufig.

»In der Schule«, antwortete Tula.

»Mach uns bitte ein Huhn!«, befahl Steven und forderte Tula mit einer Kopfbewegung auf zu gehen.

Stevens Geliebte verschwand wortlos in Richtung Kochhaus.

»Wir können sie fortjagen, wenn du willst!«, sagte er zu Kate.

»Um Gottes willen, nein!« Sie wollte das Mädchen doch nicht auf die Straße setzen. »Steven, wie alt ist Tula?«

»Achtzehn!«

»Du lügst.«

»Frag sie doch, wenn du mir nicht glaubst!«

Kate stieß einen tiefen Seufzer aus. Warum misstraue ich ihm nur so? Die Insulanerinnen sehen wirklich oft jünger aus, als sie sind.

Als Walter aus der Schule kam, hatte Kate ihr altes Mädchenzimmer bereits in Besitz genommen und das kleine daneben für Bill John vorbereitet, wo er gerade seinen Mittagsschlaf machte. Sie war ein wenig aufgeregt, als sie unten die Stimme ihres Stiefsohnes hörte. Hoffentlich akzeptiert er mich, dachte sie und eilte ihm entgegen.

»Guten Tag, Walter!«, begrüßte sie den inzwischen Siebenjährigen betont fröhlich, doch der starrte sie nur düster an. Ein großer, blond gelockter und ausgesprochen hübscher Junge, wie Kate zugeben musste. Nur der überhebliche Zug um seinen Mund missfiel ihr. Er erinnerte sie an Steven. »Das Mittagessen ist fertig!« Dann forderte Kate ihn freundlich auf, mit ihr auf die Veranda zu kommen.

Walter jedoch musterte sie abfällig von oben bis unten. »Du hast mir gar nichts zu sagen!«, bellte er, bevor er an ihr vorbei nach oben schoss.

Dann hörte Kate lautes Gebrüll. Es war Stevens Stimme. Wenig später kam der Junge mit trotziger Miene die Treppe hinunter. Auf seiner Wange prangte der Abdruck einer Männerhand.

Kate erschrak, aber sie wagte den Jungen nicht zu fragen, ob sein Vater ihn geschlagen hatte.

Am Mittagstisch wich er ihrem Blick aus, besonders, als Steven ihm erklärte, dass Kate seine neue Mutter sei.

»Meine Mutter ist tot!«, widersprach Walter trotzig.

»Du wirst freundlich zu ihr sein. Hast du das verstanden?«, brüllte Steven seinen Sohn mit hochrotem Kopf an und versetzte ihm eine schallende Ohrfeige.

Der Junge zuckte zusammen, verzog aber keine Miene.

Das kann er doch nicht machen!, dachte Kate, damit verstärkt er seine Abneigung gegen mich nur noch.

In diesem Augenblick taumelte Bill John schlaftrunken ins Zimmer. Er weinte und schien nicht zu wissen, wo er war. Kate nahm ihn tröstend auf den Schoß.

Walter starrte den Kleinen fassungslos an. »Wer ist das, Vater?«, fragte er entsetzt.

»Das da ist dein Cousin Bill John und jetzt auch dein Brüderchen«, erwiderte Steven und fügte streng hinzu: »Und ich möchte, dass du nett zu ihm bist. Hast du verstanden?« Walter, auf dessen Wange sich noch immer die Fingerabdrücke von Stevens Hand abzeichneten, senkte den Kopf und murmelte: »Ja, Vater!«

Apia
Januar bis März 1919

Sosehr sich Kate in den folgenden Wochen auch bemühte, einen Zugang zu dem verschlossenen Jungen zu bekommen, es gelang ihr nicht. Walter antwortete ihr nur, wenn Steven in der Nähe war. Ansonsten musterte er sie verächtlich. Selbst, wenn sie ihm Angebote machte, etwas Schönes zu unternehmen, lehnte er diese strikt ab.

Steven hingegen ignorierte den eigenen Sohn, wenn er nicht gerade mit ihm schimpfte. Seine ganze Zärtlichkeit und Zuneigung schenkte er Bill John. Kate brach es jedes Mal beinahe das Herz, wenn sie mit ansehen musste, wie Steven den Kleinen ständig lobte, während er für Walter nur harte Worte übrig hatte.

Eines Abends hatte Kate Bill John gerade ins Bett gebracht, als sie ein leises Wimmern aus Walters Zimmer vernahm. Er jammerte: »Aua, tu das nicht! Bitte nicht.« Ohne zu überlegen, riss sie die Tür auf und erstarrte. Ein demütigendes Bild bot sich ihr: Der Junge lag mit nacktem Gesäß, den Kopf nach unten, über einen Stuhl gebeugt, während Steven auf ihn eindrosch. Empört trat Kate zu ihrem Mann und riss ihm den Stock aus der Hand.

Der Junge drehte langsam den Kopf in ihre Richtung, aber statt Dankbarkeit zu zeigen, stand ihm der nackte Hass ins Gesicht geschrieben.

Auch Stevens Blick verhieß nichts Gutes. »Was soll das?«, herrschte er sie an, und in diesem Augenblick roch Kate es. Sein Atem stank nach Schnaps. »Er ist mein Sohn, und ich verprügele ihn, wann immer ich will«, knurrte er in bedrohlichem Ton.

Walter wollte die Gelegenheit nutzen, um sich aus seiner misslichen Lage zu befreien, aber Steven schrie ihn an: »Du bleibst so liegen! Ich bin noch nicht fertig mit dir!« Dann wandte er sich mit glasigen Augen Kate zu. »Weißt du eigentlich, was er getan hat?«

Sie schüttelte mit dem Kopf.

»Dann will ich es dir sagen. Ich habe ihn dabei erwischt, wie er deinem Sohn eine besondere Leckerei versprochen und ihn gezwungen hat, Sand zu essen. Billigst du das etwa?«

Kate war den Tränen nahe. »Nein, natürlich nicht, aber du darfst ihn trotzdem nicht schlagen …«

Steven entriss ihr wortlos den Stock. Rasend vor Wut schlug er weiter auf den Jungen ein.

Am ganzen Körper zitternd, verließ Kate das Zimmer. Sie dachte an Annas Geschichte, und ihr wurde speiübel. Eines war klar: Steven brauchte Hilfe, weil er trank! Und wenn er trank, wurde er brutal. Sie würde nicht untätig zusehen, wie er den Jungen vollends zerstörte.

Da fiel ihr Wohlrabe ein. Sie war jetzt bereits zwei Wochen hier und hatte ihn noch kein einziges Mal gesehen. Es hieß, er sei Tag und Nacht auf den Beinen wegen der scheußlichen Grippe, die von den Soldaten eingeschleppt worden war und die Samoaner dahinraffte wie die Fliegen.

Aus Walters Zimmer tönte kein Laut mehr. Steven schien

von ihm abgelassen zu haben. Kate fasste sich ein Herz und ging hinein. Der Junge lag immer noch über dem Stuhl und schluchzte. Die Schläge hatten auf seinem Gesäß rote Striemen hinterlassen.

»Komm ins Bett, Walter!«, sagte Kate sanft. Sie machte Anstalten, ihn aus dieser unwürdigen Lage zu befreien, doch er bellte nur: »Du bist schuld. Nur, weil du und dein blödes Kind da seid, mag er mich nicht mehr.«

»Komm, geh ins Bett! Ich bringe dir Salbe und einen heißen Kakao.«

Walter, der sich aufgerappelt hatte und hastig nach seiner Hose griff, schrie: »Und wenn er mich dafür totschlägt, ich hasse dich!«

Kate kämpfte mit sich. Sollte sie es weiter versuchen oder für heute aufgeben? Sie entschied sich für Letzteres. Es hatte keinen Zweck. Wortlos verließ sie Walters Zimmer und schaute noch einmal nach Bill John. Er schlief tief und fest. Alles war ruhig im Haus. Steven schien ausgegangen zu sein. Sie beschloss, den Arzt sofort aufzusuchen.

Kate war froh, dass bei Wohlrabe noch Licht brannte. Als er öffnete, erschrak sie. Er sah entsetzlich aus. Müde und erschöpft. »Wenn Sie sich gerade ein wenig ausruhen, komme ich ein anderes Mal wieder«, sagte sie entschuldigend.

Er aber fasste sie sanft am Arm und zog sie ins Haus. »Ich freue mich doch so, Sie wiederzusehen, Kate! Sie sind ja noch schöner geworden«, schmeichelte er ihr, als sie schließlich im Salon saßen.

»Ich habe gehört, die Grippe wütet«, bemerkte sie.

Wohlrabe nickte und sah sie durchdringend an. »Was führt Sie her, Kate? Doch nicht die Grippe, oder?«

Kate schüttelte den Kopf. Zögerlich schilderte sie ihm, was sie soeben erlebt hatte.

Seine freundliche Miene verdüsterte sich. »Ach, Kate! Wir haben uns alle gewundert, dass Sie diesen Mann geheiratet haben. Er ist schwerer Trinker, der im Rausch zur Gewalt neigt. Er hat schon ein paar Prügeleien mit jungen Engländern angezettelt und –«

»Wussten Sie, dass er sein Kind züchtigt?«

Wohlrabe schüttelte mit dem Kopf »Nein, das ahnte ich nicht, aber ich werde selbstverständlich mit ihm reden. Er lässt sich von mir etwas sagen. Das sollten wir ausnutzen.«

»Es war keine Liebesheirat«, vertraute sie ihm mit gesenktem Kopf an. »Mein Schwiegervater hat mich nach Bills Tod aus dem Land treiben und meinen Sohn behalten wollen. Ich war am Ende, als Steven kam und mir anbot, mich zu versorgen, meinem Sohn ein Vater zu sein, wenn ich mich im Gegenzug um seinen Sohn kümmere. Wir leben nicht wie Mann und Frau zusammen. Aber ich kann meinen Teil der Abmachung nicht erfüllen. Der Junge lehnt mich ab …« Bei diesen Worten brach sie in Tränen aus.

Er nahm ihre Hand. »Kate, ich verspreche Ihnen, ich tue mein Bestes, aber was die Alkoholabhängigkeit Ihres Mannes angeht, ich befürchte, da könnte es zu spät sein.«

»Hauptsache, Sie können den Jungen retten. Und Steven klarmachen, dass er die Finger von ihm lassen muss.«

Wohlrabe versprach zu tun, was in seiner Macht stand, als kräftig an die Tür gepocht wurde. Es war Otto Brenner. Völlig außer Atem, leichenblass und schwitzend.

»Sie müssen sofort mitkommen. Meine Frau und meine Kinder sind krank. Bitte, helfen sie mir! Sie dürfen nicht sterben.«

»Ich komme mit!«, sagte Kate entschlossen.

Sie fuhren mit Wohlrabes Wagen und hielten noch einmal kurz bei Kate.

»Ich muss Tula Bescheid sagen, damit Sie sich um Bill John kümmert, falls er aufwacht.« Damit sprang sie aus dem Wagen.

Sie rief nach Steven und Tula, aber es blieb still im Haus. Vielleicht ist sie im Kochhaus, dachte Kate, doch als sie sich dem hinteren Teil des Gartens näherte, hörte sie es bereits: das tierische Stöhnen eines Mannes und das leise Wimmern einer Frau. Ungerührt riss Kate die Tür zu Tulas Hütte auf. Sie blickte auf Stevens nackten Körper, der rhythmisch auf- und niederging.

»Steven, Tula, ich fahre mit dem Doktor zur Plantage. Brenners Familie hat die Grippe. Seht nach Bill John, falls ich morgen früh noch nicht zurück bin.« Mit diesen Worten drehte sie sich um und ging.

Dann fuhr sie mit Wohlrabe und Brenner durch die dunkle Nacht. Der alte Verwalter war völlig in sich zusammengesunken. Sie hätte ihm gern Mut gemacht, aber sie wusste nicht, wie. Es war inzwischen bekannt, dass die Europäer diese tückische Krankheit eher überlebten als die Einheimischen.

Loana weinte vor Glück, als sie Kate erblickte. Sie sah zum Fürchten aus. Der Tod ist schon im Zimmer, durchfuhr es Kate eiskalt. Im Nebenzimmer lagen die vier jüngsten Kinder und kämpften gegen das Fieber.

Wohlrabe erteilte Kate ruhig Anweisungen. »Die Lungenentzündung ist das Schlimmste, und es hat sie bereits erwischt«, flüsterte er ihr zu, während sie Loana Wadenwickel anlegte.

Zwei Tage und zwei Nächte blieb Kate auf der Plantage, und sie schuftete unermüdlich. In der zweiten Nacht starb Loana in ihren Armen, aber am Morgen war klar, dass alle Kinder über den Berg waren. Sie hörte Brenner laut weinen und schreien, aber sie hatte keine Kraft, ihn zu trösten. Sie wollte nur noch nach Hause. Die ganze Fahrt zurück nach Sogi schlief sie. Beim

Aussteigen konnte sie sich kaum mehr auf den Beinen halten, sodass Brenner sie stützen musste.

Als sie den Weg zum Haus entlanggingen, winkte Steven ihnen von der Veranda aus zu. Auf seinem Schoß saß Bill John, der aufgeregt »Mama! Mama!« rief. Aber Kate konnte nur noch zu ihrem Bett wanken. Sie fiel bis zum nächsten Mittag in einen tiefen Schlaf.

Als sie aufstand, war Tula verschwunden.

»Ich dachte, dir ist vielleicht lieber, wenn du sie nicht mehr sehen musst«, antwortete Steven ausweichend. Sie wurden unterbrochen, weil Bill John angerannt kam. Er hatte in seinem Netz einen Schmetterling gefangen. Kate breitete die Arme aus, damit er auf ihren Schoß krabbeln konnte, aber er setzte sich wie selbstverständlich auf Stevens Knie. Der besah sich den zappelnden Schmetterling und schlug vor, ihn aufzupieksen und eine Sammlung anzulegen.

Kate hingegen erklärte lächelnd: »Ich habe eine bessere Idee.« Sie nahm Bill John das Netz aus der Hand und ließ den wunderschönen Schmetterling frei. Ihr Sohn zog ein langes Gesicht.

Ich muss aufpassen, dass er sich nicht zu sehr an Steven hängt, ging es Kate durch den Kopf. Vor allem, als sie mit einem Seitenblick beobachtete, mit was für einem hassverzerrten Gesicht Walter Zeuge dieser Szene geworden war. Nun trat der Junge zögernd auf Steven zu.

»Vater!«, sagte er stolz. »Vater, ich habe in Englisch die beste Klassenarbeit geschrieben!« Ohne eine Antwort abzuwarten, holte er sein Heft aus der Schultasche, um Steven den gelungenen Aufsatz zu zeigen. Der aber würdigte ihn keines Blickes.

»Das ist sehr brav!«, lobte Kate schnell und griff nach dem Heft, doch Walter hielt es fest in der Hand. Sie seufzte.

»Musst du gar nicht zurück zur Arbeit?«, fragte sie nun

Steven, der immer noch mit Bill John spielte. »Hoppe, hoppe, Reiter, wenn er fällt, dann schreit er, fällt er in den Graben, fressen ihn die Raben, fällt er in den Sumpf, dann macht der Reiter plumps«, sang er ihm vor, und der Kleine quietschte vor Vergnügen.

Er merkt nicht mal, dass Walter enttäuscht auf sein Zimmer gegangen ist, dachte Kate traurig.

»Nein, ich bleibe heute zu Hause. Die scheußliche Grippe ist überall. Ich will mich doch nicht anstecken.«

Kate begriff endgültig, dass Steven McLean keinen Vorwand scheute, sich vor der Arbeit zu drücken.

»Bill John, schau doch mal nach Walter!«, sagte Kate und funkelte ihren Mann wütend an.

»Steven!«, fauchte sie, als sie mit ihm allein war. »Wenn du Walter noch einmal züchtigst oder so demütigst wie vorhin, sind wir weg! Verstanden?«

Steven sah sie verwirrt an, bevor er brummelte: »Okay, ich verspreche es dir, ich lass die Finger von diesem Satansbraten.«

»Und noch etwas?«

»Alles, was die Prinzessin verlangt!«

»Du rührst keinen Tropfen mehr an.«

»Sehr wohl!«

»Und ab jetzt gehe ich ins Kontor und kümmere mich um die Geschäfte!«

»Das ist eine gute Idee. Dann kann ich einen kleinen Mittagsschlaf machen«, erklärte er sichtlich vergnügt.

Apia
im Januar 1923

Kate saß im Kontor sorgenvoll über die Bücher gebeugt, wie sie es inzwischen fast täglich tat. Heute wusste sie sich jedoch keinen Rat mehr, denn es kam alles zusammen: die schlechte Ernte, der seit dem Tod seiner Frau seelisch angeschlagene Otto Brenner, die zunehmende Trunksucht und Vergnügungssucht ihres Mannes, der sich vor seinen Besuchen bei den dunkelhäutigen Schönheiten neuerdings üppig aus der Firmenkasse bediente. Es gab keine Hoffnung mehr. Die Plantage warf nicht mehr genug ab!

Seufzend legte sie das Buch zur Seite, bemüht, den Gedanken zu verdrängen. Sie dachte an ihren Sohn. Bill John war ihr ganzer Stolz. Er war jetzt sieben Jahre alt und Klassenbester. Alles, was er anpackte, gelang ihm. Der Junge besaß den Charme seines Vaters und auch sein einnehmendes Wesen. Alle liebten ihn. Alle – bis auf Walter.

Wie soll er ihn auch lieben, wenn Steven mit Bill John all die Dinge unternimmt, die er mit seinem Sohn niemals macht?, fragte sich Kate. Sie wandern in den Bergen, fahren zum Fischen und besitzen sogar ein gemeinsames Boot. Walter wurde nie zu diesen Unternehmungen eingeladen.

Der Junge war jetzt elf und tat so, als kümmere ihn das nicht. Regelmäßig schwänzte er die Schule. Es schien ihm nicht das Geringste auszumachen, dass sein Vater ihn dafür einsperrte und mit Nahrungsentzug bestrafte. Steven schlug ihn nicht mehr, aber Kate wusste: Die Nichtbeachtung traf Walter nicht weniger hart.

Immer häufiger trieb der Junge sich allein am Hafen herum. Manchmal wünschte ich mir, er würde auf einem der

Schiffe anheuern und niemals wiederkommen, dachte Kate und schämte sich dafür. Sie fühlte sich als Versagerin. Fast vier Jahre waren vergangen, ohne dass es ihr gelungen wäre, ihm in irgendeiner Weise näherzukommen. Auch Bill John, der Walter anfangs bewundert hatte, zog sich immer mehr von seinem Cousin zurück. Er hatte andere Freunde.

Kate wandte sich wieder den Büchern zu. Es half alles nichts. Wenn sie weitermachen wollte, benötigte sie einen Kredit. Die Reserven waren aufgebraucht, und die Firma schrieb rote Zahlen. Heute würde sie ernsthaft mit Steven darüber reden müssen.

Niedergeschlagen schlug sie die Rechnungsbücher zu und ging nach Hause. Manchmal bedauerte sie es, dass sie gar nicht mehr am gesellschaftlichen Leben teilnahm, aber ihr blieb einfach keine Zeit dazu. Wenn sie nicht für die Plantage schuftete, dann kümmerte sie sich um die Kinder. Nicht ein einziges Bild hatte sie seit ihrer Ankunft gemalt.

Zu Hause ließ sich Kate erschöpft auf einen Stuhl fallen und ihren Blick einmal über den Hafen schweifen. Das war immer noch so bezaubernd schön wie eh und je. Wenn die Plantage nicht mehr zu retten ist, werde ich unseren Lebensunterhalt mit Malen verdienen, tröstete sie sich.

»Wo ist Onkel Steven?«, fragte sie ihren Sohn mit der Betonung auf »Onkel«. Sie wollte auf keinen Fall, dass er ihn »Daddy« nannte, wie Steven es gern hätte.

»Er ist zur Plantage gefahren, aber ich durfte nicht mit«, erklärte Bill John sichtlich schmollend.

»Und wo ist Walter?«

»Keine Ahnung!«

»Und Kea?« Kea war Brenners zweitjüngste Tochter, die inzwischen bei ihnen im Haushalt arbeitete. Kea war eine liebreizende Person, wenngleich sie nichts von Loanas exotischer Schönheit geerbt hatte. Mit ihren herben Gesichtszügen ähnelte sie eher ihrem Vater. Sie war hellhäutig und übergewichtig, aber der freundlichste Mensch, den sich Kate nur vorstellen konnte. Und Kea liebte und beschützte ihre bildschöne jüngere Schwester Sina wie eine Glucke ihr Küken.

»Sie ist mit zur Plantage gefahren, weil sie nach ihrem Vater und ihrer Schwester sehen möchte.«

»Das verstehe ich gut«, erwiderte Kate. »Und was machen wir? Soll ich uns etwas kochen?«

Bill John grinste: »Lieber nicht, Mom!«

Kate seufzte. Sie war keine gute Köchin. Sie tischte frische Früchte auf und versuchte sich ihre Existenzsorgen auf keinen Fall anmerken zu lassen.

Nachdem sie Bill John noch eine Gutenachtgeschichte vorgelesen hatte, richtete Kate sich auf eine ruhige Nacht ein. Wie sie Steven kannte, würde er sich auf der Plantage betrinken, seinen Rausch dort ausschlafen und erst morgen Mittag zurückkehren.

Mitten in der Nacht wurde Kate von einem polternden Geräusch geweckt. Als sie erfasste, dass jemand in ihrem Schlafzimmer war, spürte sie auch schon eine Hand auf dem Mund.

»Missis Kate, ich bin's, bitte erschrecken Sie nicht! Ich habe etwas Furchtbares getan.« Mit diesen Worten ließ Otto Brenner die Hand sinken.

Kate drehte sich abrupt zu ihm um. Im Mondlicht sah sie sein verzerrtes, aschfahles Gesicht.

»Was ist passiert?«, brachte sie heraus. Ihr war übel. Es roch nach Blut.

»Ich habe ihn erschlagen wie einen räudigen Hund. Wie einen räudigen Hund!«, stieß Brenner hervor und wiederholte es immerzu. Erst als Kate ihn bei den Schultern packte und schüttelte, hörte er damit auf.

»Wen haben Sie erschlagen?«

»Dieses Schwein!«, murmelte er. »Dieses besoffene Schwein!«

»Brenner, was ist passiert?«, brüllte Kate erneut. Das half.

»Ich hörte Kea schreien und bin zu ihrer Hütte gerannt. Sie schrie und jammerte zum Gotterbarmen: ›Sina, er hat Sina fortgeschleppt!‹ Ich hab mein Gewehr geholt und nach Sina gerufen. Da hörte ich jemanden wimmern. Ich schlich mich näher ran. Da sah ich meine Kleine. Sie lag im Gebüsch. Mit zerrissenem Kleid. Geschändet. Er schaute auf sie herab und höhnte betrunken: ›Dein Vater kommt nicht. Du gehörst mir!‹ Da habe ich ihm den Gewehrkolben von hinten auf den Kopf gehauen, bis er vor ihr zusammenbrach und in seinem Blut verreckt ist. Ich konnte sein Gesicht nicht sehen, aber das Gesicht meiner Tochter werde ich nie vergessen, solange ich lebe.« Brenner brach in hemmungsloses Schluchzen aus: »Verdammt, sie ist doch noch ein Kind!«

Obwohl Kate längst wusste, wer der Mann war, der Brenners Tochter vergewaltigt hatte, fragte sie heiser: »Wen haben Sie erschlagen?«

»Ihren Mann, Missis Kate! Und jetzt werde ich mich selber richten, bevor sie mich ein Leben lang einsperren. Bitte, sorgen Sie für meine armen Kinder!« Mit diesen Worten richtete er den Lauf auf sich selbst, aber Kate riss ihm entschlossen das Gewehr aus der Hand.

»Machen Sie keinen Unsinn, Brenner! Ihre Kinder brauchen Sie. Und ich auch! Wir gehen jetzt zusammen zur Polizei. Ich besorge Ihnen den besten Anwalt der Insel. Ich werde dafür kämpfen, dass Sie bald wieder frei sind.«

Wie betäubt begleitete Kate Brenner zur Polizeistation. Träumte sie, oder hatte Brenner ihren Mann wirklich erschlagen? Vielleicht wache ich gleich auf, und alles war nur ein Spuk, dachte sie.

Aber im Licht der Wache schwand diese Hoffnung. Kate sank auf eine harte Bank, während Brenner stockend seine Aussage machte.

Der diensthabende Polizist zeigte offene Sympathie für den armen Kerl. Brenner war ein angesehener Mann in der kleinen Gemeinde; jeder wusste, dass die Plantage ohne seine Zuverlässigkeit und seinen Arbeitseifer schon längst hätte aufgegeben werden müssen. Auch Steven McLean war bekannt. Bekannt wie ein bunter, räudiger Hund, dem jeder möglichst aus dem Weg ging, weil er unberechenbar war. Besonders wenn er zu viel Alkohol getrunken hatte.

Als sich die Zellentür hinter Brenner schloss, rief er: »Missis Kate, das werde ich Ihnen nie vergessen!«

Kate seufzte, als sie die Wache verließ und in diesen unwirklichen Morgen hinaustrat. Wie sollte es weitergehen ohne Brennerlein? Sie erschrak, als sie realisierte, dass sie noch keinen einzigen Gedanken an ihren Mann verschwendet hatte. Wie würden die Kinder Stevens Tod aufnehmen? Vor allem Walter, der weit mehr an seinem Vater hing, als er jemals zugeben würde. Fast instinktiv lenkte sie die Kutsche zu Wohlrabes Haus. Dabei störte sie nur ungern seinen Schlaf, aber sie wusste sich keinen anderen Rat.

Der Arzt versprach ihr, sofort zur Plantage zu fahren, um sich um Sina zu kümmern. »Ich werde auch alles für die Beerdigung in die Wege leiten, aber ich nehme an, dass die Polizei ihn erst einmal gründlich untersuchen wird. Wie dem auch immer sei, Kate, ich erledige alles. Sehen Sie zu, dass Sie es seinem Sohn möglichst schonend beibringen.«

»Danke, Doktor!«, murmelte sie. »Finden Sie es verwerflich, dass ich über seinen Tod erleichtert bin, weil ich ihn für das, was er Sina angetan hat, sonst eigenhändig erwürgt hätte?«

»Nein, liebe Freundin«, erwiderte Johannes Wohlrabe. »Jeder von uns, der ein bisschen Anstand besitzt, hätte ihn dafür umbringen mögen.«

Die Kinder nahmen die Nachricht von Stevens Tod unterschiedlich auf. Natürlich erzählte Kate ihnen nicht, wer ihm den Schädel zertrümmert hatte und warum. Walter zeigte keine Regung, während Bill John in Tränen ausbrach.

Nur der beiden Jungen wegen ging Kate schließlich zu Stevens Beerdigung. Sie hätte ihm diese letzte Ehre ansonsten verweigert. Sina Brenner hatte schwere Verletzungen davongetragen und würde niemals eigene Kinder haben. Otto Brenner war inzwischen wieder auf freiem Fuß. Wohlrabe hatte in Apia gesammelt und eine stattliche Summe für seine Kaution zusammengetragen. Keiner glaubte daran, dass man ihn verurteilen würde. Ganz Apia war auf seiner Seite.

Schon am Tag der Beerdigung ahnte Kate, dass ihre Tage auf Samoa gezählt waren. Nicht nur wegen der wirtschaftlichen Situation der Plantage, sondern auch, um Walter zu schützen. Wenn sie überhaupt etwas für ihn tun konnte, dann musste sie ihn schnellstens von hier fortbringen.

Kate saß auf der Veranda und schrieb eine Liste, was vor ihrer Abreise alles zu erledigen war, als Johannes Wohlrabe sie besuchte.

»Kate, ich bedaure es zutiefst, dass Sie für immer fortgehen, denn ein drittes Mal wird es sicher nicht geben!«, seufzte er.

»Ach, Doktor, ich muss an Walter denken. Er darf nicht hierbleiben. Man wird ihn immer spüren lassen, was für ein Verbrechen sein Vater begangen hat. Ich will nicht, dass er erfährt, was sich wirklich zugetragen hat, aber vermutlich ist es längst zu ihm durchgesickert.«

»Er wird es Ihnen sicher nicht danken!«, wandte der Arzt ein.

»Wahrscheinlich nicht. Trotzdem muss ich es tun!«

»Aber wohin wollen Sie? Und wovon wollen Sie leben? Jeder weiß doch, dass Steven die Plantage in Grund und Boden gewirtschaftet hat!«

»Ich werde dieses Haus verkaufen, von dem Erlös die Überfahrt nach Neuseeland bezahlen und damit die ersten Jahre über die Runden kommen. In meinem Strandhaus fange ich wieder zu malen an. Damit kann ich die Kinder und mich vielleicht über Wasser halten. Es hört sich vielleicht verwegen an, aber ich glaube fest daran!«

»Sie sind eine tapfere Frau!«, raunte er, als ein finster dreinblickender Walter sie unterbrach. Er hielt einen Brief in der Hand, den er ihr stumm reichte.

Kate stutzte. Er kam von Jane aus Dunedin. Kate hatte Paul McLean vom Tod seines Sohnes unterrichtet. Das Fieber habe ihn dahingerafft!, hatte sie geschrieben. Mit einer Antwort hatte sie nicht gerechnet. Nachdem Wohlrabe sich sichtlich bewegt verabschiedet hatte, riss sie ungeduldig den Umschlag auf.

Kate,
wie Sie sich denken können, schreibe ich Ihnen ungern, aber Vater verlangt es von mir. Er liegt seit Wochen danieder. Sein Herz. Er wird sterben und möchte, dass Sie umgehend mit Ihrem Kind nach Opoho reisen. Wie Sie sich denken können, würde ich gern auf ein Wiedersehen verzichten, aber Vater hat mich genötigt, Ihnen zu übermitteln, dass es sein größter Wunsch wäre, wenn Sie ihm verzeihen könnten.

Jane.

P.S. Was haben Sie ihm eigentlich zu verzeihen?, frage ich mich.

Kate wurde heiß und kalt. Es schockierte sie, dass der Alte weder Stevens Tod noch seinen Enkel Walter auch nur mit einem einzigen Satz erwähnt hatte.

Otto Brenner suchte Kate gleich nach seinem Freispruch auf. Erleichtert weihte Kate den Pflanzer in ihre Pläne ein. Sie würde ihm die Plantage überschreiben. Sie verhehlte nicht, dass Steven sie heruntergewirtschaftet hatte. Brenner jedoch setzte große Hoffnungen in seine erwachsenen Söhne und wusste nicht, wie er ihr danken sollte.

»Das ist das Mindeste, was ich für Ihre Familie tun kann, Brennerlein«, versicherte Kate ihm. Bei dem Gedanken an die bevorstehende Reise wurde ihr Herz schwer. Sie bat ihn, nicht zum Schiff zu kommen. Noch einen Abschied würden sie beide nicht verkraften.

»Nun werden wir uns wohl wirklich niemals wiedersehen«, sagte er unter Tränen.

»Hier werden Sie immer einen Platz haben, Brennerlein«, antwortete Kate schniefend und deutete auf ihr Herz.

Opoho
im Februar 1923

Kate hatte ein beklemmendes Gefühl, als Paul McLeans Farm vor ihnen im Nebel auftauchte. Als sie mit den beiden Jungen sein düsteres Schlafzimmer betrat, zitterte sie. Der Tod sitzt schon auf der Bettkante, dachte sie. Das Gesicht des Alten war so zerfurcht und eingefallen, dass nichts an den alten Tyrannen erinnerte.

»Das ist ihr Enkel Walter, Stevens Sohn«, flüsterte Kate.

Artig reichte der Junge ihm die Hand und sagte: »Guten Tag, Großvater.«

Paul nahm Walters Hand, starrte jedoch neugierig an ihm vorbei auf Bill John. Der Kleine strahlte ihn gewinnend an: »Großvater, darf ich mir die komischen weißen Tiere anschauen?«, fragte er.

Kate erschrak. Doch der Alte rang sich zu einem Lächeln durch.

»Die komischen Tiere sind Schafe. Eines Tages werden sie allein dir gehören. Wie alles Land, das du siehst, und alles Geld, das ich besitze. Lauf und sieh dir dein Reich ruhig an!«, raunte er heiser.

»Danke, Großvater!«, Bill John verbeugte sich wohlerzogen und rannte aufgeregt hinaus.

Walter blieb wie angewurzelt stehen, bis sein Großvater ihn anherrschte: »Worauf wartest du noch? Hinaus mit dir!« Auch Jane, die das Ganze von der Tür aus beobachtet hatte, schickte der Alte unwirsch hinaus.

Kate wurde immer unbehaglicher zumute.

»Hol dir einen Stuhl! Ich muss dir etwas sagen, Kate«, erklärte er nun.

Kate durchfuhr es eiskalt. Er hatte sie noch nie mit Vornamen angeredet. Was war bloß in den alten Mann gefahren? Seufzend gehorchte sie und nahm neben dem Krankenlager Platz.

»Der Arzt gibt mir nur noch wenige Tage, und der Priester hat mir ins Gewissen geredet. Ich soll Frieden mit meiner Familie machen. Ich habe schon auf dich gewartet!«

Kate nickte, wenngleich sie nicht wusste, worauf er hinauswollte, aber er fuhr gehetzt fort: »Ich habe gelogen … damals, als junger Mann. Ich war bei den Schafen, als es passierte. Als ich ins Haus kam, lag Mutter in ihrem Blut, und Vater jammerte: ›Was soll ich tun? Was soll ich tun?‹ Er war betrunken und hatte vor Schreck unter sich gelassen. Er klammerte sich an mich und flehte mich an zu bezeugen, dass er sich nur gewehrt habe. Ich glaubte ihm nicht. Zu oft war ich dabei gewesen, wenn er sie verprügelte, aber ich blendete es aus. Ich wollte es nicht wissen. Er jammerte, dass meine Mutter eine Hure sei, die es hinter seinem Rücken mit anderen Männern und sogar Frauen getrieben habe. Er nannte mir einen Namen: Anna Peters! Ich wollte ihm nur zu gern glauben. Das Gefühl, einen Mörder zum Vater zu haben, war unerträglich. Also hasste ich Anna. Ich fühlte mich bestätigt, als dein Großvater zu meinem Vater zog. Wenn er betrunken war, und das war er meistens, schimpfte er immer nur über deine Großmutter. Ich begann alle Frauen zu hassen, weil sie den Männern nur Unglück brachten. Ich hasste alle Menschen bis auf meinen Sohn Bill. Und deshalb vererbe ich deinem Sohn alles, was ich besitze –«

Ein Hustenanfall unterbrach seine Beichte. Kate war wie erstarrt.

Als der Anfall vorüber war, redete der Alte weiter: »Bill war der Einzige auf der Welt, der je mein Herz erwärmen konnte. Und Bill soll in deinem Sohn weiterleben und Herr über diese Farm sein.«

Was ist mit Walter?, lag Kate auf der Zunge, aber sie schluckte die Frage hinunter. Es hatte keinen Sinn, den Sterbenden eines Besseren zu belehren.

»Steven habe ich manchmal mit in den Stall genommen und ihn geschlagen, damit keiner seine Schreie hören konnte. Er war meiner Mutter wie aus dem Gesicht geschnitten. Erst lange, lange, nachdem du mir die Wahrheit ins Gesicht geschleudert hast, dämmerte mir langsam, dass sie ein guter Mensch war und ich genauso ein Teufel bin wie mein Vater. Ich muss Frieden mit meiner Seele schließen und alles wiedergutmachen. Auch du sollst in Wohlstand leben.«

Mit diesen Worten griff er in den Nachtschrank und holte ein Schriftstück hervor. »Ich gebe es in deine Hände. Geh damit zu Jonathan Franklin, meinem Anwalt! Er wird das Erbe verwalten.«

Kate schluckte trocken. Sie kämpfte mit sich, doch sie konnte nicht anders. »Wenn Sie etwas wiedergutmachen wollen, dann bedenken Sie auch Walter in Ihrem Testament. Er ist auch Ihr Enkel!«

Paul McLean stöhnte laut auf. »Eines muss man euch McDowell-Weibern lassen: Ihr habt Mumm in den Knochen.« Er schloss die Augen und atmete schwer. »Gut, hol mir etwas zum Schreiben! Ich werde dem Knaben eine Hälfte zusprechen!« Mit diesen Worten streckte er ihr eine knochige Hand entgegen, die sie zögernd ergriff und zum Dank drückte.

Kate rannte hinaus. Als sie zurückkehrte, lag Paul McLean mit weit aufgerissenen Augen da. Vorsichtig trat sie näher. Der alte Mann war tot. Kate empfand keine Trauer. Hastig griff sie nach dem Schriftstück, das sie an seinem Bett zurückgelassen hatte. Sie bedauerte nur, dass Walter wieder einmal hinter Bill John zurückstehen musste. In diesem Augenblick beschloss sie, Walter mitzuteilen, dass der Großvater ihn ebenso bedacht habe wie seinen Cousin Bill.

»Darf ich das Testament mal sehen?« Mit diesen Worten riss Jane Kate das Papier aus der Hand. Ohne ihren toten Vater auch nur eines Blickes zu würdigen, studierte sie das Dokument. Der Ausdruck um ihren verkniffenen Mund wurde immer verbitterter. »Hab ich's mir doch gedacht! Wir gehen leer aus! Wie großzügig von dem Alten! Mein Mann darf den Verwalter spielen, bis dein feiner Sohn die Farm übernehmen kann. Oho, sogar ein Gehalt soll mein Fred bekommen. Wie großzügig! Dabei waren wir immer für Vater da! Ich werde dafür sorgen, dass du nicht in meinem Elternhaus hocken wirst wie eine Drohne! Das ist nicht gerecht!«, spie Jane förmlich aus. Damit wandte sie sich ihrem Vater zu und brach in lautes Schluchzen aus.

»Jane!«, sagte Kate leise, nachdem das hysterische Weinen ihrer Schwägerin verebbt war. »Wenn ich es richtig verstanden habe, soll dein Mann die Farm in Schuss halten, oder?«

Jane sah Kate feindselig an und nickte.

»Gut, dann werde ich in die Princes Street ziehen, zumindest, bis Bill einundzwanzig ist! Und du ziehst mit deinem Mann zurück in dein Elternhaus!«, erklärte Kate mit fester Stimme, und sie fügte in scharfem Ton hinzu: »Ich möchte in den nächsten Tagen dort einziehen. Hast du verstanden? Binnen einer Woche!«

Ocean Grove
20. Januar 2008

Sophie schreckte hoch. »Was ist passiert?«, fragte sie ängstlich. Judith war, ohne anzuklopfen, in ihr Zimmer gerauscht.

»Sag mir bitte, was los ist! Du beschwindelst mich. Glaubst du, ich merke das nicht? Sind sie das?«, fragte Judith streng und deutete auf die Blätter, die auf dem Nachttisch lagen. »War es Tom, der sie dir gebracht hat?«

»Okay, ich gebe es zu, ich habe Emmas Aufzeichnungen. Sie lagen plötzlich draußen vor der Tür.«

Judith sah ihre Freundin durchdringend an. »Und du hast wirklich nichts gesehen? Auch keinen schwarzen Jeep?«

Sophie schüttelte mit dem Kopf.

»Sind sie das? Darf ich mal?« Ohne eine Antwort abzuwarten, griff Judith nach Emmas Geschichte und begann an dem Papier zu schnuppern. »Ich hab's doch gewusst! Er raucht immer noch, obwohl er Silvester damit aufhören wollte!«, sagte sie tonlos.

»Wer raucht?«

»Er hat sie in den Händen gehalten. So riechen unsere Zeitungen, so riechen seine Briefe, so riecht der Zettel, den er mir dagelassen hat. Eine Mischung aus Tabak und seinem Rasierwasser.« Sie roch noch einmal prüfend an den Seiten. »Er hat es nicht nur in der Hand gehalten. Er hat es gelesen. Ich mag diesen Duft, auch wenn ich nicht möchte, dass er raucht. Sophie, Tom ist der Mann, den du suchst!«

Sophie atmete tief durch. Es hatte keinen Zweck, der Freundin noch länger die Wahrheit vorzuenthalten. Fast entschuldigend sagte sie: »Ich habe den Jeep davonbrausen sehen, aber ich wollte dich nicht beunruhigen.«

»Er ist es. Er hat es bestimmt nicht für einen Mandanten getan. Zwischen deinem und seinem Leben muss es eine Verbindung geben. Aber was könnte das sein?«

»Vielleicht hat das alles gar nichts zu bedeuten und es gibt eine simple Erklärung«, sagte Sophie ausweichend.

»Sophie, ich bin Anwältin. Und nach der Beweislage gibt es keinen Zweifel daran, dass Tom diese Unterlagen aus meinem Schrank entwendet, sich mir nicht anvertraut, sondern sich damit aus dem Staub gemacht hat. Erstens, wäre er nur der Anwalt jenes Thomas Holden, dann hätte er mich eingeweiht. Mein Freund ist kein Idiot; wegen eines Mandanten würde er mich nicht hintergehen. Zweitens schleicht Tom in seinem Jeep hier in der Gegend herum. Ich wäre dumm, wenn ich die Fakten nicht anerkennen würde. Dann bleibt nur noch eine Frage zu klären: Warum? Warum tritt er dir gegenüber nicht offen auf? Oder mir? Warum verfolgt er uns? Die Anwältin in mir sagt, dass er etwas zu verbergen hat. Aber was kann das sein?

Sophie zuckte mit den Achseln. Das wüsste sie auch gern!

»Es ist doch sinnlos, weiter im Dunklen herumzustochern«, erklärte Judith entschlossen. »Ich fahre jetzt rüber in die Kanzlei und werfe noch einmal einen Blick auf das Testament. Du kannst ja derweil in den Aufzeichnungen deiner Mutter stöbern. Ich bringe auf dem Rückweg etwas zu essen mit. *Fish and Chips?*«

Sophie sah Judith mit großen Augen an. Wie sie damit umging. Bewundernswert!

»Dass du dich dem so stellst, das ist Wahnsinn. Ich meine, du bist schwanger von dem Mann«, stammelte Sophie.

»Ich habe schon als Kind meine Eltern mit meiner Ehrlichkeit zur Weißglut gebracht. Ich mag es nicht, wenn Dinge unklar sind und mir etwas verschwiegen wird –« Sie unterbrach sich, als Sophie ein betretenes Gesicht zog.

»Liebes, du hast es nur gut gemeint. Das weiß ich zu schätzen, aber trotzdem, jetzt packe ich es an. Auch für das Kind. Denn die Anwältin wittert zwar finstere Absichten, aber die Mutter seines Kindes befürchtet, dass Tom Hilfe braucht! Aber wie soll ich ihm helfen, wenn ich nicht weiß, was ihn umtreibt? Ich werd's herausfinden!« Und schon war sie aus dem Zimmer.

Was für ein toller Mensch sie doch ist, dachte Sophie, bevor ihre Gedanken zu Tom wanderten. In welchem Verhältnis hat er bloß zu Emma gestanden?, überlegte sie. Ihr Liebhaber war er bestimmt nicht! Ein enger Verwandter? Aber selbst wenn Tom ein Nachkomme von Walter war, wieso vererbte Emma ihm dann die Hälfte ihres Vermögens? Oder wollte sie an Tom gutmachen, was der alte Paul McLean einst Walter angetan hatte? Nein, wie Sophie es drehte und wendete, sie fand keine überzeugende Erklärung.

Es half nichts. Der einzige Weg, herauszufinden, wer er wirklich war, führte über den Stapel dicht beschriebenen Papiers. Zögernd streckte sie die Hand danach aus, aber dann besann sie sich und griff stattdessen nach dem ungelesenen Teil von Kates Geschichte. Wie hatte Emma es John noch erklärt? »Meine Tochter soll es fühlen, sie soll es verstehen. Und das kann sie nur, wenn sie die ganze Geschichte liest.«

Dunedin
im Juni 1929

Bill John liebte das neue Zuhause in der Princes Street vom ersten Augenblick an und noch mehr *Pakeha,* wo sie die Sommer und viele Wochenenden verbrachten. Der Grund für seine Liebe waren allerdings nicht nur die Natur und die Freiheit, die er dort genoss, sondern auch Christine Cramer. Die beiden verbrachten jede freie Minute zusammen.

»Mama, stell dir vor, Christine will mich heiraten, aber ich bin doch noch viel zu klein«, erklärte ihr Sohn eines Tages im Brustton der Überzeugung.

Lachend gab Kate ihm recht. »Ja, ein paar Jährchen solltet ihr damit schon noch warten«, scherzte sie.

Bill John hatte sich zu einem humorvollen, charmanten Vierzehnjährigen entwickelt. In der Schule erbrachte er Leistungen, auf die sie stolz sein konnte, und als er ihr eines Tages verkündete, er wolle die Farm nicht übernehmen, sondern lieber Arzt werden, rannte er bei seiner Mutter offene Türen ein.

Gleich nach dem Tod ihres Schwiegervaters hatte sie den Anwalt Jonathan Franklin aufgesucht. Sie hätte gern schriftlich geregelt, was Paul McLean nicht mehr hatte niederschreiben können, aber der Anwalt machte ihr keine Hoffnungen. Der Alleinerbe heiße Bill John McLean und sie als seine Mutter könne ohne seine Zustimmung nicht über das Erbe verfügen.

»Wenn er volljährig ist, können Sie Ihren Sohn bitten, seinem Cousin den versprochenen Anteil auszuzahlen«, schlug der Anwalt vor.

Kate war sich sicher, dass Bill Johns Gerechtigkeitssinn so gut ausgeprägt war, dass er in ihrem Sinne handeln würde, aber noch war er ein Kind.

Kate hatte ihr eigenes Einkommen. Die Aquarelle der Malerin Kate McDowell fanden reißenden Absatz. Sie kümmerte sich nun selbst um den Verkauf. Nie wieder wollte sie von einer Galeristin oder Agentin abhängig sein. Ihre Kunden durften sie jederzeit im Atelier besuchen, das sie sich in der Princes Street eingerichtet hatte.

Eigentlich hätte Kate zufrieden mit ihrem Leben sein können, wenn da nicht jener Stachel gewesen wäre, der ihr den Alltag vergällte. Ihr Stiefsohn Walter! Was hatte sie nicht alles getan, um ihm die Liebe zu geben, die er niemals bekommen hatte. Vergeblich! Ihre Gefühle schienen an ihm abzuperlen. Er ging finster und verstockt durch das Leben. Am wohlsten schien er sich draußen in Opoho, auf der Farm, zu fühlen. Mit knapp fünfzehn hatte er die Schule abgebrochen und trieb sich seitdem manchmal wochenlang dort herum. Da Kate nicht mit Jane sprach, erfuhr sie nicht, wie er sich als Farmer machte. Ihr Gefühl sagte ihr jedoch, dass es ihm guttat und er der geborene Farmer war, nicht Bill John. Selbst wenn ihr Sohn nicht Medizin studieren würde, dann auf jeden Fall etwas anderes. Schafe würde dieser Junge nicht züchten, so viel stand fest. Deshalb glaubte Kate, eine Lösung für das Erbschaftsproblem gefunden zu haben. Sie musste Walter ihren Plan nur noch offenbaren.

Die Gelegenheit ergab sich an einem kalten Abend im Juni. Bill John war zum Geburtstag von Christine Cramer eingeladen und deshalb nicht da. Der Wind pfiff um die Häuser, doch im Salon der Princes Street brannte das anheimelnde Feuer des Kamins. Kate hatte ein kleines Festessen zubereitet, Lamm, immer noch das Einzige, was ihr problemlos gelang. Sie wollte Walter die gute Nachricht in gemütlicher Atmosphäre überbringen. Natürlich musste sie Bill Johns Entscheidung zu seinem einundzwanzigsten Geburtstag abwarten, aber so, wie sie ihn kannte, würde er ihrem Plan zustimmen. Walter war gerade von der Farm zurückgekehrt. Wie immer saß er wortkarg und verschlossen bei Tisch und schien nicht im Geringsten wahrzunehmen, welche Mühe seine Stiefmutter sich gegeben hatte. Sogar eine Flasche Wein hatte sie auf den Tisch gestellt.

Schweigend goss sich Walter ein Glas davon ein. An der Art, wie er es hinunterstürzte, konnte Kate unschwer erkennen, dass es nicht sein erstes war.

»Walter, würdest du später gern auf Großvaters Farm arbeiten?«, fragte sie ihn in das Schweigen hinein.

Walter blickte sie aus seinen blauen Augen spöttisch an.

»Was soll das? Wird das ein Spiel?«

»Nein, ich möchte wissen, ob du dir ein Leben als Farmer in Opoho vorstellen kannst.«

»Nein. Ich werde doch nicht Bill Johns Knecht.«

»Ich frage dich, ob du die Farm übernehmen willst, wenn Bill John einundzwanzig geworden ist.«

Walter lachte trocken auf. »Warum foppst du mich? Macht dir das Spaß?«

Kate horchte auf. Was war das für ein Ton? So hatte er lange nicht mit ihr geredet! Wollte er nicht verstehen, was sie ihm da gerade anzubieten versuchte?

»Sieh mal, Walter, Großvater hat euch beide bedacht, und so wie ich Bill kenne, bleibt er bei seinen Vorsätzen. Er will Arzt werden, und das würde bedeuten, dass du die Farm übernehmen kannst.«

Statt sich zu freuen, sprang Walter wütend auf. »Du lügst!«, schrie er. »Du bist eine verdammte Lügnerin. Großvater hat alles deinem Sohn vermacht. Ich bin leer ausgegangen. Warum erzählst du mir seit Jahren, dass er uns beide bedacht hat? Dein Kleiner hat alles gekriegt.«

Kate wollte protestieren, aber Walter brüllte jetzt: »Hör auf zu lügen! Ich weiß, dass du Großvater dazu gebracht hast, nur seinen Liebling zu bedenken, und mich um mein Erbe betrogen hast. Tante Jane hat mir längst die Augen geöffnet. Gib es endlich zu! Sie hat das Testament gesehen. Von mir steht nichts drin, aber du hast mir das immer vorgegaukelt, damit ich schön ruhig bleibe. Ich hasse dich! Ich habe dich vom ersten Augenblick an gehasst!« Damit sprang Walter vom Tisch auf und lief hinaus.

Nachdem Kate sich von ihrem Schrecken erholt hatte, suchte sie ihn. Aber er hatte sich in seinem Zimmer eingeschlossen. Sie klopfte, doch er antwortete nicht. Es hat keinen Zweck, dachte Kate resigniert. Jane hat den Jungen aufgehetzt. Er soll sich erst mal beruhigen. Dann werde ich ihm erklären, was am Sterbebett seines Großvaters wirklich geschehen ist.

Am nächsten Morgen wunderte Kate sich, dass Walter nicht zum Frühstück erschien. Eigentlich war er ein Frühaufsteher, und Bill John war schon lange in der Schule. Gegen Mittag klopfte sie an seine Tür, aber nichts rührte sich. Vorsichtig drückte sie die Klinke hinunter. Die Zimmertür war offen. Mit einem Blick erkannte Kate, dass Walter verschwunden war. Sowohl seine Kleidung als auch seine liebsten Sachen waren fort.

Sicher ist er zu Jane gezogen, beruhigte sie sich. Aber so war es nicht.

Jane bemerkte nur bissig: »Er ist nicht hier. Bist du nun zufrieden? Nun hast du den armen Jungen auch noch aus dem Haus getrieben.«

Kate war wie betäubt. Als Walter verschwunden blieb, ließ sie nichts unversucht, um herauszubekommen, wo er sich aufhielt, doch es fehlte jede Spur von ihm.

Dunedin
im Januar 1935

Es war purer Zufall, dass Kate je wieder etwas über den Verbleib ihres Stiefsohnes erfuhr.

Sie konnte es kaum glauben, obwohl sie Bill Johns Brief immer und immer wieder las.

Seit drei Monaten studierte er in London Medizin. Kate hatte ihn nur ungern ins ferne Europa ziehen lassen. Noch schwerer war allerdings Christine Cramer der Abschied von ihm gefallen. Nachdem ihre Eltern beim großen Erdbeben in Napier ums Leben gekommen waren, hatte Kate sie in ihre Obhut genommen. Das Mädchen war Kate ans Herz gewachsen wie eine eigene Tochter, nur eines machte ihr Sorgen: Christine hing wie eine Klette an Bill John und betrachtete ihn bereits als ihren zukünftigen Ehemann.

Kate seufzte. Insgeheim hoffte sie, dass Bill in London die Chance ergreifen würde, eine junge Frau kennenzulernen, die besser zu ihm passte. Bill John durfte seine Entscheidung nicht aus falscher Rücksicht treffen. Ein paar Tage vor der Abreise hatte er ihr plötzlich anvertraut: »Ich kann sie nicht allein lassen!«

»Warum nicht?«, hatte Kate gefragt.

Bill John hatte gezögert. »Sie sagt, wenn ich gehe, bringt sie sich um!«

Kate hatte ihm erklärt, dass eine Drohung keine Basis für eine Ehe sei und dass er sich sein Leben lang Vorwürfe machen würde, wenn er nicht nach London ginge.

»Und mache ich mir etwa keine Vorwürfe, wenn sie sich wirklich etwas antut?«, hatte er eingewandt.

Kate hatte versprochen, auf Christine aufzupassen, und ihn beruhigt. »Sie bringt sich nicht um. Glaube mir!«

Das alles ging Kate wieder durch den Kopf, als sie den Brief noch einmal von vorn zu lesen begann.

»Was schreibt er denn? Sag mir, was er schreibt!«, forderte Christine ungeduldig. Dass sie selber erst gestern einen eigenen Brief von ihm erhalten hatte, schien sie nicht daran zu hindern, Kate beim Lesen zu stören. Er schrieb voller Lebenslust, und Kate musste öfter schmunzeln. Vor allem an der Stelle, an der er von einer bildhübschen Kommilitonin aus Christchurch schwärmte. Doch erneut erstarrte sie bei den folgen Zeilen:

Ich glaube, ich habe Walter gesehen, aber als ich auf ihn zueilen wollte, wechselte er die Straßenseite und verschwand in der Menge. Er war es bestimmt. Ich würde ihn unter Tausenden erkennen. Bei ihm war eine Frau, die einen Kinderwagen schob. Schade, ich hätte ihn zu gern gefragt, warum er uns verlassen hat.

Kate versuchte, sich ihre Bestürzung nicht anmerken zu lassen, aber schon fragte Christine neugierig: »Was ist passiert? Geht es ihm nicht gut?«

»Kein Grund zur Besorgnis!«, erwiderte sie knapp.

»Sag mir die Wahrheit! Es ist doch etwas geschehen.«

»Bill John glaubt, Walter auf der Straße gesehen zu haben«, erwiderte Kate seufzend.

»Der Kerl kommt aber nicht zurück, oder? Seid bloß froh, dass er weg ist! Ich hab ihn noch nie leiden können«, erklärte Christine ungerührt.

Kate zog es vor, das Gespräch zu beenden. »Mach dich fertig, Christine. Wir fahren gleich nach *Pakeha*«, sagte sie und faltete den Brief zusammen. An ihrem Herzklopfen erkannte sie, dass sie die Nachricht von Walters Verbleib alles andere als kaltließ.

Ocean Grove
Februar 1939 bis November 1940

Ihren fünfzigsten Geburtstag verbrachte Kate in *Pakeha.* Sie hatte nur ein paar Freundinnen nach Ocean Grove eingeladen. Für sie hieß es allerdings immer noch Tomahawk, so wie Bill es ihr damals erklärt hatte.

Insgeheim hoffte sie allerdings, dass Bill John es schaffen würde, an diesem Tag für immer nach Hause zurückzukehren – als frisch examinierter Arzt. Er hatte ihr geschrieben, dass er alles daransetzen würde, das zu schaffen, und sie gebeten, es für sich zu behalten. Er wollte Christine überraschen, die er sehr zu vermissen schien.

Die lustige Frauengesellschaft hatte bereits dem Alkohol zugesprochen, als Kate ihn kommen sah. Er bedeutete ihr, sich nichts anmerken zu lassen. Das fiel ihr unendlich schwer, denn ihr Herz sprudelte geradezu über vor Liebe für diesen stattlichen, dunkel gelockten jungen Mann, der in den vier Jahren seiner Abwesenheit ein Ebenbild seines Vaters geworden war. Trotzdem wahrte sie die Fassung, bis sich Bill von hinten an Christine herangeschlichen und sie umarmt hatte.

Die Sonne schien aufzugehen in dem schmalen Gesicht der jungen Frau mit dem melancholischen Ausdruck. Christine lachte und weinte abwechselnd, während Bill John sie vom Stuhl zog und herumwirbelte.

Schließlich ließ er sie los und küsste und herzte seine Mutter und wünschte ihr alles Gute. »Ich habe dich schrecklich vermisst«, raunte er ihr ins Ohr, und Kate wollte ihn gar nicht mehr loslassen. Sie genoss diesen unvergleichbaren Moment des Glücks in vollen Zügen.

Bill John trat bald darauf eine Stelle in einem Dunediner Krankenhaus an. Er war inzwischen ein reicher junger Mann. Jonathan Franklin hatte das Barvermögen seines Großvaters so gut vermehrt, dass Bill John eigentlich gar nicht arbeiten müsste, aber er war Mediziner aus Leidenschaft und dachte gar nicht daran, faul herumzusitzen und das Vermögen seines Großvaters zu verprassen. In seiner grenzenlosen Großzügigkeit hatte er seiner Tante Jane die Farm überschrieben, was Kate mit gemischten Gefühlen betrachtete. So viel Glück hatte dieses bösartige Frauenzimmer nicht verdient. Andererseits musste es entsetzlich für Jane sein, dass ihr so viel Edelmut entgegengebracht wurde, ein Gedanke, der Kate darüber hinwegtröstete, dass ihrer Schwägerin Gutes widerfahren war.

Christine studierte in Dunedin inzwischen ebenfalls Medizin, um ihrem Mann später in seiner Praxis helfen zu können, aber sie kam nicht so recht voran. Nicht, weil sie zu dumm war, sondern weil sie sich im Grunde vor Krankheiten gruselte. Nach einem Jahr warf sie das Studium endgültig hin.

Bald darauf heirateten Bill John und sie. Kate hatte ihren Widerstand gegen diese Ehe aufgegeben. »Sie ist verloren ohne mich«, hatte Bill John ihr gestanden, als sie ihn aus mütterlicher Sorge gefragt hatte: »Liebst du sie denn wirklich?«

Als Kate sich am Abend nach der Hochzeit von dem jungen Ehepaar verabschieden wollte, das im Hotel von St Clair übernachtete, bat ihr Sohn sie, noch einen kleinen Spaziergang mit ihm zu unternehmen.

Gemeinsam gingen sie hinunter zum Strand, wo sie am Wasser entlangwanderten. Kate spürte, dass Bill John etwas auf dem Herzen hatte, aber noch nach den richtigen Worten zu suchen schien.

»Mutter, ich habe mich freiwillig zur Armee gemeldet«, sagte er plötzlich unvermittelt.

Kate geriet ins Stolpern und stieß einen spitzen Schrei aus. Im letzten Moment umklammerte sie seinen Arm, um nicht hinzufallen. »Junge, wie kannst du das tun? Bitte, bleib hier!«, flehte sie. Sie hielt ihn fest umklammert. »Bitte geh nicht. Das ertrage ich nicht! Bitte!«

»Mir wird schon nichts geschehen, Mutter. Sie brauchen Ärzte. Verstehst du? Ich kann nicht untätig hier herumsitzen, während meine besten Freunde nach Europa ziehen, um zu helfen.«

Kate atmete tief durch. Musste sich denn alles wiederholen? Konnte das Glück denn nie von Dauer sein? Tränen rannen ihr über das Gesicht. Sie spürte sie nicht. Eine unermessliche Kälte hatte von ihr Besitz ergriffen, und alles, was sie empfand, war eine grenzenlose Furcht. Ich werde mein geliebtes Kind verlieren! Kein anderer Gedanke hatte Platz in ihrem Kopf.

»Dein Entschluss steht fest?«, flüsterte sie schließlich.

Er nickte. »Ich bringe es nicht über mich, es Christine zu sagen. Sie ist so labil, dass mein Entschluss sie bestimmt in tiefste Verzweiflung stürzen wird. Kannst du es ihr nicht schonend beibringen, wenn es so weit ist?«

Kate schnappte nach Luft. »Nein, das musst du ihr schon selber sagen.«

Schweigend gingen sie eine Weile nebeneinander her, bis Bill verzweifelt ausstieß: »Du hast recht, Mutter, ich müsste es ihr selber sagen, aber Christine erwartet ein Kind, und ich weiß nicht, ob sie mich gehen lässt. Sie kann doch nicht allein sein. Sie hat so viele Ängste. Und wenn ich es ihr sage, dann kann ich nicht gehen, aber es ist meine verdammte Pflicht. Bitte, Ma, versprich mir, dass du auf sie aufpasst!«

Kate blieb abrupt stehen und sah ihren Sohn bestürzt an. »Sie bekommt ein Kind? Habt ihr deswegen geheiratet?«

Bill rang nach den passenden Worten. »Ja, nein, also, du weißt doch, ich liebe sie natürlich, aber ich empfinde auch eine gewisse Verpflichtung. Ich bin ihr Ein und Alles. Das hat sie mir in all ihren Briefen zu verstehen gegeben. Ich hätte niemals eine andere heiraten können. Ich hätte mich ewig schuldig gefühlt, und jetzt gibt es keinen Weg zurück. Für sie waren wir einander versprochen, seit wir uns nach meiner Rückkehr aus London das erste Mal geliebt haben.«

Tritt er deshalb die Flucht nach Europa an, weil er insgeheim nicht von dieser Verbindung überzeugt ist?, fragte Kate sich verzweifelt. Sie würde es nie erfahren. »Gut, ich werde es ihr sagen, wenn du weg bist«, versprach sie seufzend.

»Du bist die wunderbarste Mutter, die man sich nur wünschen kann«, erklärte Bill John voller Dankbarkeit und zog sie in die Arme.

In dieser und in vielen folgenden Nächten saß Kate schlaflos auf der Veranda und starrte in den sternenklaren Himmel, der ihr leer und unergründlich erschien. Und immer wieder endete alles in einem Gedanken: Er darf nicht nach Europa gehen! Doch so sehr sie auch auf ihn einredete, er blieb bei seinem Entschluss. »Ich lasse meine Freunde nicht allein gehen!« Gegen das Argument war Kate machtlos. Nun blieb ihr nur noch die Hoffnung, dass dieser Krieg zu Ende sein möge, bevor sein langer Arm nach den Söhnen Neuseelands greifen konnte.

Dunedin
April bis Mai 1941

An einem stürmischen Tag Anfang April 1941 verließ Bill John seine Heimatstadt. Es stand zu befürchten, dass deutsche Truppen Kreta angreifen würden, und die Briten waren dankbar über jeden neuseeländischen Freiwilligen.

Kate hatte ihn angefleht, wenigstens die Geburt seines Kindes abzuwarten, aber er hatte erklärt, dass er jetzt gebraucht werde und sein Kind noch ein ganzes langes Leben lang sehen könne.

Nun begleitete sie ihn zum Zug. Christine vermutete ihren Mann auf einer Wanderung zum Mount Cook, zumal seine beiden Freunde, Jo und Burt, mit ihm aufgebrochen waren.

Immer wieder umarmte Kate ihren Sohn, und trotz ihrer guten Vorsätze, ihm beim Abschied keine Szene zu machen, brach sie in Tränen aus und schluchzte: »Bitte, geh nicht!«

Bill John befreite sich vorsichtig aus ihrer Umklammerung, strahlte seine Mutter zuversichtlich an. Er schwor, dass ihm nichts zustoßen werde, und kletterte in den Wagen. Als er Kate aus dem Abteilfenster zuwinkte, konnte sie ihn nur schemenhaft erahnen. Ihre Augen waren vor Tränen blind. Schon setzte sich der Zug in Bewegung, und sie schluchzte laut auf. Jetzt erst bemerkte sie die vielen weinenden Frauen auf dem Bahnsteig. Sie war nicht die Einzige, die vor Sorge um ihr Kind oder ihren Mann verging. Das nahm ihr zwar nichts von ihrer Verzweiflung, schenkte ihr jedoch ein klein wenig Trost.

Kate sah dem Zug nach, bis er nur noch ein ferner Punkt am Horizont war. Ihr war übel vor Angst. Angst um ihren Sohn, aber auch Angst um Christine. Wie würde ihre Schwiegertochter die Nachricht aufnehmen? Schweren Herzens machte Kate sich auf in die Princes Street, wo die kleine Familie inzwischen allein lebte.

Christine war so blass und schwach, als sie ihr die Tür öffnete, dass Kate versucht war, die schlimme Nachricht noch ein paar Tage für sich zu behalten. Die junge Frau war inzwischen im achten Monat und trug schwer an dem Ungeborenen.

»Lieb, dass du mich besuchst, jetzt, wo Bill John unterwegs ist«, grüßte sie und lud ihre Schwiegermutter zum Mittagessen ein, aber Kate brachte keinen Bissen herunter. »Wie findest du es eigentlich, dass er jetzt noch auf eine Bergtour geht, obwohl er doch weiß, dass ich mich in meinem Zustand ohne ihn fürchte …«

Kate hörte ihr gar nicht mehr zu. Wenn der Gedanke, dass er in den Bergen war, Christine schon so aufregte, wie würde sie dann erst reagieren, wenn sie erfuhr, auf welcher Reise er sich wirklich befand?

Die Stunden vergingen, ohne dass sich Kate traute, ihrer Schwiegertochter die Wahrheit zu gestehen. Doch schließlich fasste sie sich ein Herz. »Christine, mein Engel, ich muss mit dir reden.«

Die werdende Mutter erschrak.

Wie ich es auch anfange, es wird verkehrt sein, dachte Kate. Also wendete sie die Worte nicht länger, sondern berichtete Christine unumwunden, wohin Bill wirklich gefahren war.

Ihre Reaktion war ein eisiges Schweigen.

»Ihm wird bestimmt nichts geschehen. Er versieht als Arzt seinen Dienst hinter der Front«, versuchte Kate sie zu trösten.

Nach qualvollen Minuten des Schweigens presste Christine vorwurfsvoll hervor: »Du hast mich verraten, Kate. Das werde ich dir nie verzeihen.«

»Er hat es einfach nichts übers Herz gebracht, dir die Wahrheit zu sagen, Liebes. Er dachte, ich könnte es besser, aber wie du siehst, versage ich auf der ganzen Linie«, sprach Kate nun sanft auf ihre Schwiegertochter ein, doch es half nichts.

»Du hättest es verhindern müssen!«

»Glaub mir, ich habe alles versucht, Christine. Aber er ist ein erwachsener Mann, und sein Entschluss stand fest. Was meinst du, wie gern ich ihn davon abgebracht hätte, aber du kennst ihn doch. Wenn er sich etwas in den Kopf setzt …« Kates Stimme versagte. Es überstieg ihre Kräfte, die Starke zu spielen, obwohl die Ängste um ihren Sohn seit Monaten an ihr nagten.

»Er liebt mich nicht. Ich habe es doch gewusst. Sonst hätte er mich in dieser Situation niemals alleingelassen. Kein liebender Mann verlässt seine schwangere Frau, nur um in den verdammten Krieg zu ziehen. Er wollte weg von mir. Das ist der Grund.«

»Christine, Kind, das ist doch nicht wahr. Seine besten Freunde haben sich gemeldet. Da wollte er sich nicht drücken. Und er hat mir versprochen, dass er aus Kreta zurückkehrt, sobald sie verhindert haben, dass die Deutschen die Insel besetzen.«

»Zum Teufel, was geht ihn Kreta an? Und mich lässt er hier

sitzen mit dieser grässlichen Schwangerschaft, die mich Tag für Tag dicker und hässlicher macht.«

Kate war erschüttert. Sie breitete die Arme aus, doch Christine stieß sie weg.

»Du steckst mit ihm unter einer Decke und –« Sie schrie laut auf und fasste sich an den Bauch.

Kate begriff den Ernst der Lage sofort. Sie befahl Christine, sich hinzulegen, eilte zum Telefon und rief einen Krankenwagen. »Und bitte schnell, es ist eine Frühgeburt!«

Im Krankenhaus wich Kate ihrer Schwiegertochter nicht von der Seite. Sie hielt ihr die Hand, redete beruhigend auf sie ein und wäre auch noch mit in den Kreißsaal gekommen, wenn man sie denn gelassen hätte. Stattdessen saß sie nun, zitternd vor Angst, im Flur und zuckte jedes Mal zusammen, wenn die Tür zum Kreißsaal aufflog. Gerade, als sie ein wenig eingenickt war, wurde sie von einer männlichen Stimme geweckt.

»Sie sind über den Berg. Alle beide. Das Kind ist zum Glück kräftig, aber es muss noch ein wenig im Brutkasten bleiben. Wollen Sie es sehen?«

Kate nickte und folgte dem Arzt. Der erste Blick auf ihr Enkelkind erfolgte durch eine Glasscheibe. Und doch war Kate sicher, dass es ein starkes Kind war, das da das Licht der Welt erblickt hatte. Viel mehr Sorge als das kleine Mädchen im Brutkasten machte ihr die junge Mutter. Christine lag apathisch im Bett, den Kopf zur Wand gedreht, stumm und abweisend.

Das wird die Anstrengung sein. Sie braucht jetzt Ruhe, sagte sich Kate und verließ das Zimmer. Im Flur wäre sie beinah mit dem Arzt zusammengeprallt.

»Sie sehen so erschrocken aus. Stimmt etwas nicht mit Ihrer Schwiegertochter?«, fragte er sofort.

»Nein, nein. Sie redet nicht mit mir, aber das ist sicherlich nur die Erschöpfung.«

Der Arzt schaute sie durchdringend an. »Hoffen wir, dass ihre Niedergeschlagenheit nicht chronischer Natur ist.«

Kate nickte zustimmend. Was würde sonst aus dem kleinen Wurm? Kate nahm sich vor, ihre Schwiegertochter so oft wie möglich zu besuchen.

»Wie soll die Kleine heißen?«, fragte Kate ihre Schwiegertochter am dritten Tag nach der Entbindung.

Sie erhielt keine Antwort.

»Nenn sie doch nach deiner Mutter: Emma!«, schlug Kate schließlich vor.

Christine drehte sich gequält zu ihr um. »Na gut. Von mir aus.« Dann verfiel sie wieder in düsteres Schweigen. Aber wenigstens hatte die Kleine jetzt einen Namen.

Während ihre Mutter auch nach der Entlassung aus dem Krankenhaus weiterhin in ihrer Welt lebte, ohne das Kind wirklich wahrzunehmen, gedieh Emma prächtig. Christine lag Tag für Tag im abgedunkelten Schlafzimmer und starrte Löcher in die Decke. Sie rührte kaum Essen an und sprach nicht. Kate bemühte mehrere Ärzte, doch sie erhielt immer dieselbe Antwort. »Sie ist gemütskrank, da kann man nichts machen!«

Da Christine sich inzwischen sogar weigerte, die kleine Emma zu stillen, versorgte Kate das Kind. Diese Beschäftigung lenkte sie aber nicht von ihren Sorgen ab. Beim Aufwachen galt stets ihr erster, beim Einschlafen ihr letzter Gedanke Bill John, von dem sie noch immer nichts gehört hatte, seit sie ihm von der Geburt seiner Tochter berichtet hatten. Mittlerweile war es Ende Mai. Aus Rücksicht auf Christines schwache Konstitution behielt sie ihre Ängste für sich, Ängste, die auch ihre Träume beherrschten. Immer wieder wachte sie schweißgebadet auf, weil sie in der Nacht ihren Schwiegervater vor der Tür gesehen hatte. Jede Nacht stand er da mit irrem Blick und streckte ihr drohend den Brief mit der Todesnachricht entgegen, und es kostete sie viel Überwindung, dieses Gespenst zu vertreiben.

Kate gab ihrer Enkeltochter, die bald sechs Wochen alt wurde, gerade die Flasche, als der Postbote einen Brief für Christine brachte. Mit pochendem Herzen starrte Kate auf den Umschlag. Sie scherte sich nicht darum, dass er nicht an sie gerichtet war, sondern legte ihn beiseite in der festen Absicht, ihn gleich zu öffnen. Sie musste sich zwingen, das Kind zu Ende zu füttern, denn ihr Innerstes wusste längst, was dieser Brief bedeutete. Zitternd legte sie Emma ins Bettchen. Die Kleine schien zu spüren, was in ihrer Großmutter vorging. Sie schrie so erbärmlich, wie Kate innerlich schrie. Kate griff nach dem Brief. Er war zunächst an eine falsche Adresse in England gegangen. Es hilft nicht zu warten, Kate!, dachte sie. Schon hatte sie den Umschlag aufgerissen. Bill John war bereits am fünfundzwanzigsten April bei einem Angriff der Deutschen auf Kreta ums Leben gekommen. Kate stieß einen markerschütternden Schrei aus. Ihre Hände zitterten so, dass der Umschlag zu Boden fiel. Briefe fielen daraus. Benommen bückte Kate sich danach. Die Briefe an Bill John stammten von Christine und ihr und waren ungeöffnet. Er hat nicht einmal erfahren, dass er Vater geworden ist!, dachte Kate, bevor der Schmerz ihr Herz erreichte und jeden Gedanken und alle Empfindungen verdunkelte.

Viele Tage später, als sie wieder klar denken konnte, schwor Kate McDowell sich, nie wieder einen Pinsel anzurühren, denn das Leben in bunten Farben darzustellen wäre eine einzige Lüge.

3. TEIL

Emma

E tangi ana koe, Hine e Hine, E ngenge ana koe,
Hine e Hine.
Kati tö pouri rä, Noho i te aroha, Te ngäkau o te Matua,
Hine e Hine.
Plaintive all through the night,
Hine e Hine, weeping till morning light, Hine e Hine.
From my care why try to leap, there is love for you,
mothers arms their strength will keep,
Hine e Hine.

NEUSEELÄNDISCHES SCHLAFLIED
VON FANNIE ROSE HOWIE,
PRINCESS TE RANGI PAI 1907

Dunedin
im April 1962

Es war reiner Zufall, dass Emma das Dokument fand. Sie hatte in Kates Schreibtisch nach einer Briefmarke gesucht und dabei eine Urkunde gefunden. Ihre Mutter Christine war gar nicht im Jahr nach ihrer Geburt gestorben, sondern erst fünf Jahre später.

Sie zögerte nicht eine Sekunde, sondern betrat mit der Sterbeurkunde in der Hand den Salon und reichte sie Kate wortlos.

Emmas Großmutter wurde aschfahl. »Ich wollte dich schützen«, sagte sie tonlos.

»Wovor? Was gibt es für einen Grund, mir zu verschweigen, dass meine Mutter noch gelebt hat, als ich ein Kleinkind war?«

Kate seufzte tief. »Deine Mutter ist nicht hier im Haus gestorben …«

»Wo denn?«, unterbrach Emma sie zornig.

»In einer Nervenheilanstalt«, presste Kate hervor.

»Ach, dann war es also gar nicht die Tuberkulose?«, fragte Emma spitz.

»Doch, schon, daran ist sie gestorben, doch sie litt auch unter Schwermut. Heute nennt man das wohl Geburtsdepression. Sie hat dich gar nicht beachtet und konnte nicht für dich sorgen. Nach dem Tod deines Vaters redete sie nicht mehr, sondern lag nur noch apathisch im Bett. Sie wollte nicht sprechen, nicht essen, nicht trinken. Sie wäre verhungert, wenn ich meine Einwilligung verweigert hätte, sie in eine Heilanstalt einzuweisen.

Der Arzt hielt das für unumgänglich. Ich hatte auch nicht mehr die Kraft, dich und sie zu versorgen. Heute würde man sie bestimmt heilen können, aber damals? Ich habe sie jede Woche besucht, aber sie hat mich nicht ein einziges Mal angesehen, sondern nur gegen die Wand gestarrt!«

»Und warum hast du mich nicht mitgenommen?«

»Ach, Kleines, ich wollte dir das ersparen. Du warst so ein fröhliches Kind, und der Gang in dieses Irrenhaus kostete mich jedes Mal ungeheure Überwindung.«

Emma war hin und her gerissen. Einerseits war sie überzeugt davon, dass Kate immer nur das Beste für sie gewollt hatte, andererseits fühlte sie sich betrogen.

»Ich kann dich ja verstehen, doch du musst mir versprechen, dass du mir nie wieder etwas verheimlichst! Bitte! Auch nicht, wenn du glaubst, mich vor etwas schützen zu müssen!«

Kate holte tief Luft. »Versprochen!«, sagte sie, aber in ihren Augen flackerte es verräterisch.

Soll ich ihr auf den Kopf zusagen, dass ich ihr nicht glaube? Dass sie wahrscheinlich noch mehr Geheimnisse vor mir verbirgt?, dachte Emma. Sie beschloss, es gut sein zu lassen, denn Kate hatte sich nun demonstrativ ihrer Lektüre, einem Kunstbuch, zugewandt.

Und auch Emma wollte sich die Laune nicht verderben lassen. Schließlich stand morgen ein Fest bevor. Deshalb waren sie dieses Wochenende auch nicht nach *Pakeha* hinausgefahren, sondern in der Princes Street geblieben. Was war für eine Party anlässlich ihres einundzwanzigsten Geburtstages auch besser geeignet als der große Salon? Er war ganz im Art-deco-Stil eingerichtet. An den Wänden hingen hohe Spiegel und einige von Großmutters schönsten Bildern. Emma hätte den Salon gern ein wenig moderner eingerichtet, aber in diesem Punkt war mit ihrer Großmutter nicht zu reden. »Die heutige

Jugend hat doch keine Ahnung von Stilfragen«, pflegte Kate stets zu sagen. »Ich habe viel Mühe darauf verwendet, ihn zu diesem Prachtstück zu machen!«

Seufzend griff sich Emma die *Otago Daily Times,* bei der sie volontierte.

»Was sagen sie in der Redaktion eigentlich dazu, wenn du in diesen entsetzlichen Hosen auftauchst? Und mit diesem Taschentuch um den Hals?«, fragte Kate nun und betrachtete ihre Enkelin kritisch über den Rand ihrer Brille hinweg.

Sie will vom Thema ablenken!, ging es Emma durch den Kopf. »Die Jüngeren kommen alle in Siebenachtelhosen und Nickituch! Du bist altmodisch, Großmama. Alle Mädchen tragen Hosen.«

Kate runzelte die Stirn.

Emma wusste, dass es keinen Zweck hatte, mit Kate darüber zu diskutieren. Nicht einmal im Strandhaus trug sie Hosen, sondern eines ihrer taillierten Kostüme, die einem Modeheft der Vierziger entsprungen schienen. Ihre Freundinnen hingegen bewunderten die Großmutter grenzenlos und beneideten Kate vor allem um das herzliche Verhältnis, das sie beide zueinander hatten.

Herzlich ja, dachte Emma, aber ist es auch offen? Nach dem, was sie eben erlebt hatte, sollte sie vielleicht misstrauischer sein.

Natürlich war sie stolz auf Kate. Wer nannte seine Großmutter schon beim Vornamen? Manche ihrer Freundinnen, allen voran ihre Kollegin Caren, wussten sogar, dass Kate McDowell früher einmal eine stadtbekannte Malerin gewesen war. Außerdem sah Kate blendend aus für ihr Alter. Sie hatte wenig Falten, und ihr ergrautes Haar tönte sie blond. Und man konnte mit ihr wirklich über alles reden. Wirklich über alles?, fragte Emma sich gerade und überlegte, ob sie ihr anvertrauen sollte, dass sie sich verliebt hatte.

Kate würde wahrscheinlich scherzen und behaupten, das habe sie schon oft behauptet, aber dieses Mal war es anders! Kate spürte es genau. Schon weil dieser Harry schätzungsweise fünf, wenn nicht sogar zehn Jahre älter war als sie. Nach seinem Alter gefragt hatte sie ihn noch nicht. Wie auch? Sie hatte ja überhaupt erst wenige Worte mit dem Fremden gesprochen. In der Pause einer Lesung von James K. Baxter, über die Emma in der Zeitung schreiben sollte. Nicht einmal seinen Beruf kannte sie. Trotzdem hatte sie ihn spontan zu ihrem Geburtstag eingeladen, ihm sogar Namen und Adresse genannt.

Daraufhin hatte er geantwortet: »So, so, Sie sind also Emma McLean.« Dann war er plötzlich verschwunden.

Nein, das konnte sie Kate nicht erzählen. Großmutter würde ihr nur Vorwürfe machen. Wie sie dazu komme, einen wildfremden Mann einzuladen? Außerdem hat sie andere Pläne für mich, dachte Emma belustigt, denn es war nicht zu übersehen, wie freundlich sie Frank behandelte, einen jungen Arzt aus ihrem Freundeskreis. Emma lächelte in sich hinein. Frank war lieb und nett und machte ihr vorsichtig Avancen, aber allein die Vorstellung, mit ihm zu leben, langweilte Emma. Der Unbekannte hingegen besaß eine geheimnisvolle Ausstrahlung, die Emmas Interesse geweckt hatte.

Emma vertiefte sich in ihre Zeitung, um sich nicht in Schwärmerei zu verlieren. Dabei wippte ihr Pferdeschwanz keck in der Luft. Als Huntis Gebell ertönte, gab sie vor, es nicht zu hören.

Doch da mahnte Kate bereits: »Emma, der Hund muss raus! Du bist für das Tier verantwortlich. Du hast es gewollt.«

Das sagte sie jedes Mal, wenn Emma sich vor dem Hundausführen drücken wollte. Dabei liebte Kate das arme Tier ebenfalls. Emma musste plötzlich daran denken, wie sie den Hund vor dem sicheren Tod gerettet hatten. Draußen in Opoho, zum siebzigsten Geburtstag ihrer schrecklichen Großtante Jane. Niemals zuvor waren sie dort eingeladen gewesen, aber zu dem Fest war Janes Schwester eigens aus Edinburgh angereist und hatte ein paar Wochen in der Princes Street übernachtet. Die nette Tante Nora! Ohne sie wären Kate und Emma der Einladung niemals gefolgt. Ihre Großmutter hatte nie einen Hehl daraus gemacht, dass sie die Farm in Opoho samt ihren Bewohnern partout nicht ausstehen konnte. Und seit diesem Geburtstag gehörte Hunti zur Familie. Es war eine Rettung in allerletzter Sekunde gewesen. Und nur, weil Emma, Kate und Tante Nora einen Spaziergang über die grünen Hügel und Wiesen gemacht hatten, um dem Familienfest für einen Augenblick zu entfliehen. Plötzlich hatten sie es aus dem Stall erbärmlich jaulen hören, und Emma war sofort dorthin geeilt. Janes Mann in seinem Sonntagsanzug war gerade dabei, den zweiten Welpen eines Wurfes der Huntaway-Hündin mit einem Spaten zu erschlagen. Ein Junges lag schon mit zertrümmertem Schädel in seinem Blut. Emma hatte so schrill aufgeschrien, dass ihr Großonkel den Welpen vor Schreck losgelassen hatte. Sie hatte sich das zitternde Bündel gegriffen und den verdatterten Onkel angebrüllt, er solle es ja nicht wagen, diesem Tier etwas zuleide zu tun.

»Wir haben keine Abnehmer für die beiden«, hatte er gebrummelt.

»Wir nehmen ihn mit!«, hatte Emma mit einem prüfenden Blick auf Kate erklärt.

Die hatte nur schwach genickt.

Schon auf der Rückfahrt in Kates altmodischem Humber Pullmann, der noch aus den Vierzigern stammte, war das kleine Tier getauft worden. »Nennt ihn ›Hunt‹, weil er doch ein Huntaway ist«, hatte Tante Nora vorgeschlagen.

Stöhnend erhob sich Emma. Die Erinnerung an Tante Nora, die kurz nach ihrer Rückkehr nach Edinburgh gestorben war, stimmte sie traurig. »Komm, du Stinktier!«, rief sie und ließ Hunti in den Garten.

Das konnte Kate gar nicht leiden, aber dank einer Schaufel würde Kate gar nicht merken, dass der Hund sein Geschäft in ihrem geliebten Garten verrichtet hatte. Während er noch herumschnüffelte, um einen geeigneten Platz zu suchen, schweiften Emmas Gedanken wieder zu Harry ab. Er war eigentlich gar nicht ihr Typ. Sie stand auf James Dean. Harry aber hatte blondes Haar mit einem Rotstich. Er sah aus wie ein typischer Engländer. Auch seine Tweedkleidung war gar nicht nach ihrem Geschmack, aber sein intensiver, leicht überheblicher Blick hatte sie nachhaltig beeindruckt. Und wie er so lässig an seiner Pfeife gesogen hatte.

Emma schob die Erinnerung beiseite. Er wird bestimmt nicht zur Party kommen, und außerdem passt er sowieso nicht zu deinem Freundeskreis, sagte sie sich.

Emma traute ihren Augen nicht, als Kate sie am Morgen ihres Geburtstages weckte und bat, die Tür zu öffnen, als es klingelte. Dort stand ein Mann, drückte ihr einen Schlüssel in die Hand und zeigte auf einen kleinen Wagen.

Emma juchzte begeistert auf und rannte auf die Straße. Ein Mini-Cooper in ihren Farben! Rauchgrau mit weißem Dach. Endlich ein eigenes Auto! Sie fiel Kate um den Hals, die inzwischen alles von der Schwelle aus beobachtete.

Am Spätnachmittag war es dann Kate, die aus dem Staunen nicht mehr herauskam, als sie ihre Enkelin in Partykleidung sah. Emma trug ein eng anliegendes schwarzes Kleid mit Schlitz und langen Handschuhen. Sie hatte sich das Haar hochgesteckt; ein Diadem aus Strass funkelte auf ihrem Kopf sowie Strass-Schmuck an ihrem Hals. »Bezaubernd!«, rief sie aus. »Nur auf den Schlitz hätte ich verzichtet.«

Emma lächelte selig. Sie hatte sich an Audrey Hepburns Robe und Accessoires in *Frühstück bei Tiffany* orientiert und nicht einmal auf die Zigarettenspitze verzichtet. Kate mag es zwar nicht, wenn ich rauche, aber nun kann sie nichts mehr dagegen einwenden. Ich bin volljährig, dachte sie stolz.

Kate hatte eine Firma beauftragt, Getränke und Speisen zu liefern, und so sah der Salon aus wie der Saal eines Restaurants. Sogar eine Band hatte sie ihrer Enkelin spendiert, die Emma allerdings selbst ausgesucht hatte. Ihre Großmutter hätte womöglich ein Streichorchester für klassische Musik gebucht. Emma hatte sich jedoch für eine Tanzband entschieden.

Voller Vorfreude durchschritt Emma den Salon, bevor die Gäste eintrafen. Frank war der erste. Kate begrüßte ihn herzlich und zwinkerte Emma zu, die den jungen Mediziner hingegen nur flüchtig willkommen hieß. Er ist schon ein hübscher Junge, ging es ihr durch den Kopf, während sie hastig zur Tür eilte, weil es erneut läutete. Sie hoffte insgeheim immer noch, dass Harry auftauchen würde.

Die Party war bereits in vollem Gange, das Buffet eröffnet, die Tanzfläche voller junger, wilder Tänzer, als es noch einmal klingelte. Emma tanzte gerade mit Frank und war froh über diese Unterbrechung, denn es war ein langsames Lied und der junge Mediziner hatte sich so eng an sie herangedrängt, dass keine Briefmarke mehr zwischen sie beide passen würde.

Verschwitzt, wie sie war, hetzte sie zur Tür, doch Kate war ihr zuvorgekommen. »Sie wünschen?«, fragte sie den Mann in dem eleganten Abendanzug kühl, bevor sie entschuldigend lächelte. »Ach, dumme Frage! Sie sind sicherlich einer ihrer Vorgesetzten von der *Otago Daily Times.* Kommen Sie herein!«

Harry schaute ihre Großmutter prüfend an. »Nein, ich bin eine Zufallsbekanntschaft Ihrer Enkelin. Sie war so freundlich, mich einzuladen«, antwortete er höflich, aber recht unterkühlt.

Ohne Kates pikierten Gesichtausdruck zu beachten, stürzte Emma mit hochroten Wangen herbei und versicherte Harry, dass sie sich freue, ihn zu sehen. Sie bat ihn herein und versorgte ihn mit einem Drink.

»Was führt Sie nach Dunedin, Harry?«

»Ich bin Arzt und würde mich gern hier niederlassen.«

Emma sog die Informationen gierig auf und konnte gar nicht genug davon bekommen, seiner sonoren Stimme zu lauschen. Überhaupt löste der Anblick dieses Mannes ein Kribbeln in ihr aus, das sie noch niemals zuvor in der Gegenwart eines Verehrers empfunden hatte.

Emma hatte nur noch Augen für Harry. Nur eines störte sie. Warum fordert er mich nicht zum Tanzen auf?, fragte sie sich. Er scheint lieber an seiner Pfeife zu ziehen, als mir ein wenig näherzukommen. Der Gedanke behagte ihr gar nicht, und doch wuchs mit der Unnahbarkeit dieses Mannes ihr Verlangen, ihn zu küssen.

Als Kate ihr hinter Harrys Rücken bedeutete, sie möge ihr bitte in die Küche folgen, entschuldigte Emma sich bei ihm und eilte zu ihrer Großmutter. Kate wirkte verärgert, und Emma ahnte den Grund.

»Weißt du eigentlich, dass du dich unhöflich deinen Gästen gegenüber benimmst?«, ermahnte sie ihre Enkelin mit vorwurfsvoller Miene.

»Du magst Harry nicht, oder?«, konterte Emma beleidigt.

»Wenigstens hat er jetzt einen Namen. Aber, wenn du es genau wissen willst, nein, er ist mir unsympathisch. Auch wenn er ausgesprochen stilvoll gekleidet ist, kommt er mir wie ein Lackaffe vor, wenn ich das mal so unverblümt ausdrücken darf, aber das nur nebenbei. Was mich wirklich ärgert, ist, dass du seinetwegen die anderen Gäste vernachlässigst. Würdest du das mir zuliebe bitte ändern!«

»Ich weiß doch genau, dass es dir nur um Frank geht. Hat er sich bei dir beschwert, dass ich ihm eben einen Korb gegeben habe, weil ich mit Harry in ein Gespräch vertieft war?« Emmas Stimme klang trotzig.

»Nein, hat er nicht, aber schließlich ist er nicht dein einziger Gast. Du hast ja weder für deine Freundinnen noch für deine Kollegen von der Zeitung ein Ohr. Ich wünsche, dass du für den Rest des Abends eine gute Gastgeberin sein wirst, die sich nicht in einer dunklen Ecke nur einem einzigen, noch dazu fremden Besucher widmet!« Kate sagte das in einem Ton, der keinen Widerspruch duldete.

»Vielleicht änderst du deine Meinung ja, wenn ich dir sage, dass er Mediziner ist.« Emma sagte es in einem dermaßen spitzen Ton, dass sie selbst darüber erschrak. Selten hatten sie und ihre Großmutter sich so unversöhnlich gegenübergestanden.

»Das ändert gar nichts an meinem Eindruck«, widersprach Kate ihr scharf. »Ich beurteile Menschen nicht nach ihrem Beruf, sondern nach ihrem Charakter. Und ich kann mir nicht helfen, beim Anblick deines paffenden, überheblich dreinblickenden Mediziners kriege ich Gänsehaut.«

Mit diesen Worten entfernte sich Kate. Emma blieb noch einen Augenblick wie betäubt stehen. Ob Großmutter eifersüchtig ist? Auf jeden Fall spürt sie, dass ich mich in Harry verknallt habe, dachte Emma und ging zu ihm zurück.

Sie wollte ihm gerade sagen, dass sie sich nun ein wenig um ihre übrigen Gäste kümmern musste, als er ihr in bissigem Ton zuvorkam. »Emma, ich werde mich jetzt verabschieden. Wenn ich ganz ehrlich bin, mich interessieren die Leute hier nicht. Außer Ihnen, aber Sie sind ja offensichtlich anderweitig beschäftigt. Ich werde nicht gern in Ecken abgestellt und allein zurückgelassen. Man sieht sich. Im Übrigen sehen Sie umwerfend aus.« Mit diesen Worten stolzierte er gen Ausgang.

Emma blieb völlig verwirrt stehen, doch dann rannte sie ihm nach. »Aber, ich weiß doch gar nicht, wie ich Sie erreiche.«

»Ich melde mich!«, erwiderte Harry ungerührt und nannte der verdutzt dreinblickenden Emma ihre Telefonnummer.

»Aber wenigstens Ihren Nachnamen können Sie mir doch verraten, oder?«

»Holden, Harry Holden!«

Nachdem die Haustür hinter ihm zugeschlagen war, stand Emma noch eine ganze Weile im Flur. Was bildet der sich eigentlich ein, wer er ist?, fragte sie sich. Dennoch wünschte sie sich von Herzen, er möge sie nur recht bald anrufen, um sich mit ihr zu verabreden. Und auch sein Kompliment ließ sie sich noch einmal auf der Zunge zergehen. *Sie sehen umwerfend aus!*

Dunedin
im Mai 1962

Emmas Feier lag mehr als zwei Wochen zurück. Draußen war es dunkel und ungemütlich. So ähnlich sah es auch in Emmas Herzen aus. In den ersten Tagen nach der Party war sie bei jedem Klingeln zum Telefon gerannt, um den Anruf von Harry nicht zu verpassen. Aber der Arzt hatte sich nicht wieder gemeldet. Emma war untröstlich, und es verletzte sie, dass ihre Großmutter die Sache mit »dem paffenden Lackaffen« offensichtlich mit Erleichterung als erledigt betrachtete.

Als an diesem herbstlichen Maitag das Telefon klingelte, hatte Emma die Hoffnung schon aufgegeben. Gelangweilt blickte sie auf. Sicher wieder Frank!

Da sagte Großmutter in spitzem Ton: »Wer bitte? Harry Holden? Doch, sie ist zu Hause«, hielt ihr den Hörer hin und bellte: »Für dich!«

Klopfenden Herzens sprang Emma auf. Endlich! Na, dem Kerl werde ich gehörig die Meinung sagen! Mich so lange zappeln zu lassen! Mit knallrotem Kopf griff sie nach dem Hörer. »Emma!«, meldete sie sich unfreundlich.

»Schönes Mädchen, da kann man ja direkt Angst bekommen«, erwiderte Harry, und Emma schmolz allein beim Klang der Worte dahin. Nichts war übrig geblieben von ihren Vorsätzen. Im Gegenteil, sie flötete in den Hörer:

»Guten Tag, Harry. Nett, von Ihnen zu hören. Haben Sie sich von der schrecklichen Party erholt?«

Emma bemerkte, dass ihre Großmutter sie missbilligend beobachtete. Sie drehte ihr abrupt den Rücken zu, während sie sich auf das Gespräch konzentrierte.

»Können wir uns heute Nachmittag sehen? Ich würde gern einen Ausflug nach St Clair machen. Ich liebe Strände im Winter. Im Sommer kann ich sie nicht leiden.«

»Ja, gern, holen Sie mich um fünfzehn Uhr ab! Sie haben doch einen Wagen, oder?«

»Ich werde vor der Tür warten. Das müssen Sie mir verzeihen, doch ich habe das Gefühl, Ihre Großmutter kann mich nicht leiden.«

»Da müssen Sie sich täuschen. Meine Großmutter findet Sie ganz reizend«, erwiderte Emma und fügte mit einem Blick auf die sie zornig anfunkelnde Kate hinzu: »Ich komme dann raus!«

Kaum hatte sie den Hörer aufgelegt, als das Donnerwetter losging. »Was erzählst du diesem Kerl? Du kannst ihm ruhig sagen, dass ich ihn nicht mag und dass ich mir gewünscht hätte, er würde sich zum Teufel scheren. Und was heißt überhaupt, er soll dich um fünfzehn Uhr abholen? Doch wohl nicht heute, oder? Wir sind doch schon so gut wie weg. Oder willst du jetzt nicht mehr mit mir nach *Pakeha* fahren?«

Emma schaute ihre Großmutter schuldbewusst an. »Oh, das hatte ich völlig vergessen.«

»Vergessen?«, fragte Kate ungläubig.

»Ja, ich würde lieber … Ich bleibe dann hier!«, stammelte Emma, woraufhin Kate ihr theatralisch eine Hand auf die Stirn legte.

»Du musst Fieber haben, dass du für diesen Menschen alles stehen und liegen lässt. Hast du denn gar keinen Stolz? Wochenlang hat er dich zappeln lassen. Und du springst, sobald er auch nur mit den Fingern schnippt!«

»Er ist so ein Charmeur. Er hat mich ›schönes Mädchen‹ genannt!«, seufzte Emma.

»Das sagte der Wolf auch, bevor er das Rotkäppchen fraß«, entgegnete Kate und fügte in scharfem Ton hinzu: »Gut, dann fahre ich auch nicht! Und nach eurem kleinen Ausflug möchte ich den jungen Mann einmal unter die Lupe nehmen. Nicht dass du mir noch nachsagst, ich hätte mich von einem Vorurteil leiten lassen. Vielleicht entpuppt er sich auf den zweiten Blick ja tatsächlich als charmanter Zeitgenosse. Gib deiner alten Großmutter noch eine Chance.« Letzteres klang versöhnlich.

Emma umarmte Kate überschwänglich, während sie aufschrie: »Oh Gott, es ist ja schon zwei. In einer Stunde holt er mich ab. Was soll ich bloß anziehen?«

»Siebenachtelhosen und Nickituch«, schlug Kate ungerührt vor und verbiss sich das Lachen, als sie das entsetzte Gesicht ihrer Enkelin sah.

»Unmöglich, der hält mich für ein kleines Mädchen. Ich glaube, der steht auf damenhaft.«

»Ja, dann zieh doch den roten Tellerrock mit einer weißen

Bluse an. Eigentlich ist es sowieso egal, denn du wirst bei dem Wetter ohnehin einen Mantel überziehen müssen.«

»Tellerrock? Unmöglich, da sehe ich aus wie den Fünfzigern entsprungen. Das ist zu bieder. Der Mann hat Stil.«

»Seit wann magst du Tweed?«

Emma lief rot an. »Ich meine ja nur, er ist ein Mann und kein kleiner Junge.«

»Ich würde mich nicht verstellen. Wenn er dich nicht in dem Look mag, in dem du dir am besten gefällst, ist schon was faul.«

Emma überlegte fieberhaft. »Du hast ja recht. Wenn er sich wegen meiner Aufmachung nicht mehr mit mir verabredet, ist er selber schuld!«

»Braves Mädchen!«, entfuhr es Kate.

Als es klingelte, wollte Kate zur Tür eilen, aber Emma war schneller.

»Bis nachher! Ich bringe ihn dann mit«, erklärte sie hastig, bevor sie aus der Tür schlüpfte. Ihr Pferdeschwanz wippte bei jedem Schritt, und unter ihrem Mantel blitzte eine Skihose hervor.

Harry Holden fuhr zu Emmas Überraschung auch einen Mini. Das nahm sie noch mehr für ihn ein. Formvollendet hielt er ihr die Beifahrertür auf. Täuschte sie sich, oder musterte er sie ein wenig abfällig?

Kaum saßen sie im Wagen, als Harry feststellte: »Ich hätte Sie beinahe nicht wiedererkannt. Sie haben heute so gar nichts Elegantes an sich.«

Emma fuhr zusammen.

»Entschuldigen Sie meine Worte. Ich wollte Sie nicht beleidigen. Sie sehen entzückend aus, aber es ist eine andere Klasse, wenn Sie verstehen, was ich meine.«

»Sie stehen wohl mehr auf Damen?«, fragte Emma in leicht beleidigtem Ton.

»Wenn Sie mich so fragen. Ja, ich bin ein Freund der schlichten Eleganz, aber Sie haben sich sicherlich auf einen herbstlichen Strandausflug eingestellt, nicht wahr?«, fragte er mit einem merkwürdigen Unterton und ergänzte bedauernd. »Na, dann essen wir eben ein anderes Mal.«

»Von Essengehen haben Sie nichts gesagt«, erwiderte sie aufgebracht.

Emma kämpfte gegen die Tränen an. Dieser Mann benahm sich taktlos. Sie überlegte noch, ob sie ihn bitten sollte, sie zurückzubringen, da hielt er plötzlich auf dem Seitenstreifen. Emma schaute ihn trotzig an.

Er lächelte und sagte schmeichelnd: »Sie sind doch auch so wunderschön, Emma. Ich begehre Sie!« Mit diesen Worten zog er sie fest an sich und küsste sie.

Emma schlang die Arme um seinen Hals. Er schmeckte nach Pfeifentabak. Und der brannte unangenehm auf ihrer Zunge. Dennoch wünschte sie sich, er würde sie niemals mehr loslassen. Es durchfuhr sie heiß und kalt.

Harry jedoch ließ sie abrupt los, fuhr sich einmal durch das Haar und rückte sein Jackett zurecht, bevor er weiterfuhr.

Emma war wie bezaubert. Unauffällig betrachtete sie Harry von der Seite. Was für ein Profil! Eckig, kantig und genauso willensstark wie sein Charakter. Es war ihr, als würde sie schweben. Es fiel ihr schwer, sich auf das Gespräch über zeitgenössische Dichter zu konzentrieren, das Harry begonnen hatte.

Er redete und redete. Auch noch, als sie im strömenden Regen am Strand entlangspazierten. Emma hätte seiner sonoren Stimme einfach nur lauschen können, doch schließlich unterbrach sie ihn.

»Harry, wieso kennen Sie sich aus in Literatur? Sie als Mediziner?«

Er lachte. »Mein Vater war Professor für Englische Literatur,

Er hat immer viel über sein Fach geredet. Er ist mit einer Stiefmutter aufgewachsen, die ihm stets eingeredet hat, er wäre ein dummer Farmer. Sie hat ihn gehasst und hatte nur Augen für den eigenen Sohn.«

»Das ist ja entsetzlich!«, entfuhr es ihr.

»Das kann man wohl sagen. Für meinen Vater war es die Hölle, aber er war zum Glück ein guter Schüler.«

Emma spürte, wie sich ihre Hände beim Gehen zufällig berührten. Sie hoffte insgeheim, dass er ihre Hand ergreifen möge, aber er ignorierte die Berührungen.

Als sie zum Wagen zurückkehrten, gestand sie ihm, dass er von Kate zum Kaffeetrinken in die Princes Street eingeladen sei.

Harry blickte sie ungläubig an. »Das wollen Sie mir doch nicht allen Ernstes zumuten? Die alte Dame kann mich nicht leiden. Und außerdem, was hätte ich für eine Veranlassung zu einem familiären Beschnuppern? Bitte bestellen Sie Ihrer Großmutter einen schönen Gruß. Ich bin kein dummer Junge, der sich von dieser herrschsüchtigen Person an den Tisch zitieren lässt. Sagen Sie ihr das bitte genau so!« Er spie diese Worte nahezu heraus.

Emma war befremdet. Was hatte sie getan, um seinen Zorn zu erregen? Warum reagierte er so unbeherrscht auf Kates nette Geste?

»Sie, Sie frieren ja!«, bemerkte er nun mit einem zärtlich besorgten Unterton, nahm ihre Hand und drückte sie sanft. »Ich will Ihnen nicht zu nahetreten, aber Ihre Großmutter bestimmt Ihr Leben. Merken Sie das gar nicht? Sie führt sich auf, als wären Sie ihr Eigentum. Glauben Sie, ich habe das an Ihrem Geburtstag nicht gemerkt, wie sie Sie absichtlich von mir weggelockt hat? Sie hätten ihren Blick mal sehen sollen. Und Sie lassen sich das so einfach gefallen. Ich denke, Sie sind volljährig geworden.« Er blickte sie durchdringend an.

Emma fühlte sich wie ein gescholtenes Kind. Sie war verunsichert. Benahm sich Kate nicht wirklich manchmal wie eine Diva? »Kate ist mir das Liebste auf der Welt. Sie müssen wissen, dass meine Eltern früh gestorben sind. Ich bin ihr Ein und Alles. Nicht nur, dass ich der einzige Mensch bin, den sie noch hat, ich bin auch die Alleinerbin ihres Vermögens. Sie hat panische Angst, dass sich jemand wegen des Geldes an mich heranmachen könnte.«

Harry zog die Augenbrauen hoch. »Was bedeutet schon Geld? Es ist doch nicht so, als müsste man Ihnen wegen Ihres Geldes den Hof machen. Sie sind wunderschön, Emma! Es spricht für Sie, dass Sie Ihre Großmutter über alles lieben, aber manchmal wird es Zeit, sich aus engen, erdrückenden familiären Bindungen zu lösen.«

»Was meinen Sie damit?« Emmas Stimme klang kläglich.

»Ich sollte Ihnen vielleicht erklären, dass mich nicht nur die Körper der Menschen interessieren, sondern auch ihre Seelen. Ich habe nebenbei mehrere Semester lang Psychologie studiert. Da fallen einem manchmal Dinge auf, die anderen Menschen verborgen bleiben. Deshalb kann ich nicht umhin, festzustellen –« Er unterbrach sich hastig. »Ich sollte Ihnen das nicht sagen.«

»Wovon sprechen Sie? Bitte, sagen sie es mir!« Immer noch hielt er ihre Hand.

Er holte tief Luft, bevor er gequält erwiderte: »Sie haben es so gewollt. Mir ist bei meinem Besuch in Ihrem Haus aufgefallen, dass Ihre Großmutter krampfhaft zu verhindern sucht, dass Sie ein eigenes Leben führen. Bereits an Ihrem Geburtstag hatte ich das Gefühl, als würde Ihre Großmutter sich an Sie klammern. Sie können mir glauben. Sie würde niemals jemand anderen an Ihrer Seite dulden.«

»Doch, Frank zum Beispiel, den mag sie, und ich glaube,

sie möchte, dass er mich hei–« Emma schlug vor Schreck die Hände vor den Mund. Harry schien ein Grinsen zu unterdrücken, aber dann wurde er wieder ernst.

»Wer ist Frank? Doch nicht dieser tölpelhafte junge Mann, der irrsinnig in Sie verliebt ist und der wie ein begossener Pudel abgezogen ist, nachdem Sie ihm einen Korb gegeben haben?«, fragte er verächtlich.

»Doch, genau der«, gab Emma kleinlaut zu.

Harry lachte laut auf. »Ich ahne, warum Ihre kluge Großmutter so tut, als würde Sie sich ihn als Ihren Ehemann wünschen.«

»Warum denn?«

Er lachte immer noch. »Weil sie genau weiß, dass Sie sich niemals mit Haut und Haaren auf so einen Langweiler einlassen würden. Ihr Einfluss auf Sie wäre ungebrochen. Mit einem schwachen Mann an Ihrer Seite würden Sie nicht so leicht dahinterkommen, was sie im Schilde führt.«

»Aber, was sollte sie im Schilde führen?« Emma klang empört.

»Sie auf immer und ewig an sich zu binden! Emma, bitte schauen Sie mich nicht an wie ein verschrecktes Reh! Ich sehe so etwas mit professionellen Augen. Ihre Großmutter leidet, so scheint mir, an einer ausgeprägten Angststörung. Sie hat eine krankhafte Angst, verlassen zu werden.«

Emma sah ihn erschrocken an. »Aber, aber was bedeutet das?«

Harry umfasste ihr Kinn und raunte: »Ach, meine liebe Emma, ich will Sie nicht beunruhigen. Bitte, lassen Sie uns nicht mehr darüber reden! Ich möchte Sie nicht unnötig belasten.«

»Bitte, sagen Sie es schon! Was ist mit Großmutter?«

»Nun, wenn Sie es unbedingt wissen wollen, Emma: Ich befürchte, Ihre Großmutter hat in ihrem Leben schon einige Verluste erlitten. Deshalb klammert sie sich an Sie und macht Ihnen ein schlechtes Gewissen, wenn Sie sich anderen Menschen zuwenden.«

»Sie hat mir noch nie ein schlechtes Gewissen gemacht.«

Harry schaute sie mitleidig an. »Das war bei Ihnen bislang auch noch nicht nötig, weil Sie sich die Meinung Ihrer Großmutter über Männer zu eigen gemacht haben. Oder haben Sie schon einmal einen ernst zu nehmenden Verehrer gehabt?«

Emma lief rot an. Woher wusste er das? Konnte er Gedanken lesen? Hatte Großmutter nicht bei allen Jungen, mit denen sie ausgegangen war, stets betont, dass sie nichts für sie wären? Bei allen, bis auf Frank? Sie schluckte.

»Emma, ich wollte Ihnen nicht zu nahetreten, doch Sie sollten genau hinschauen, wie sie sich verhält, wenn Sie ihr heute mitteilen, dass Sie sich für einen Mann entschieden haben, der nicht nach ihrer Pfeife tanzt. Bestellen Sie ihr bitte, dass sich Ihr Verlobter nicht wie ein dummer Junge zum Kaffeetrinken zitieren lässt.«

»Verlobter?«, wiederholte Emma ungläubig, als er ihr mit einem Kuss die Lippen verschloss. Ihr wurde schwindlig. Er küsste gut, doch sie wusste nicht mehr, was sie denken sollte. Das war alles so schrecklich verwirrend. Großmutter krank? Harry ihr Verlobter?

»Willst du meine Frau werden?«, fragte Harry, nachdem er seine Lippen von ihren gelöst hatte.

»Aber ich, ich kenne, ich weiß doch gar nicht …«, stammelte Emma, die ihr Glück nicht fassen konnte und zugleich ein Unwohlsein verspürte bei der Art und Weise, wie es geschah. Sie hatte sich einen Antrag anders vorgestellt. Mit Kniefall und Blumen. Wenn er das wüsste, würde er sie bestimmt auslachen.

»Ja, ich will!«, hauchte sie und näherte sich seinem Gesicht.

Aber er ließ den Wagen an und murmelte mit unüberhörbarem Vorwurf in der Stimme: »Noch mal hätte ich auch nicht gefragt!«

Ocean Grove
20. Januar 2008

Sophie starrte eine Weile wie betäubt gegen die Zimmerwand. In ihrem Kopf tobte ein Orkan. Sie wollte und konnte nicht glauben, was sie da gelesen hatte. Vor allem mochte sie den Gedanken nicht zu Ende denken. Wenn Emma diesen Kerl wirklich geheiratet hatte, dann hieße das ja, sie hätte ihrem Vater und ihr zeitlebens eine Ehe verschwiegen und vielleicht sogar Schlimmeres …

Sie sprang aus dem Bett. Bloß weg von dieser verdammten Geschichte!, dachte sie. Plötzlich wollte sie überhaupt nicht mehr wissen, wie es weiterging. Am liebsten hätte sie alles in tausend Schnipsel zerfetzt und im Meer versenkt.

Als sie schwer atmend unten ins Wohnzimmer trat, kehrte Judith gerade von ihrem sonntäglichen Ausflug ins Büro zurück. Auch sie wirkte nicht besonders glücklich.

»Judith, was ist passiert?«, fragte Sophie hastig, um von sich abzulenken.

»Dasselbe könnte ich dich fragen. Hast du ein Gespenst gesehen?«

»Nein, alles in Ordnung, ich habe nur ein wenig Hunger.«

»Leider habe ich nur noch Pizza bekommen. Der *Fish and Chips*-Stand hatte schon zu.«

Sie stellte eine große Schachtel auf den Tresen, öffnete sie, holte ein Messer und schnitt Sophie ein Stück von der Pizza ab. Sie selbst aß nichts.

»Ist was mit Tom?«, fragte Sophie zögernd, bemüht zu verbergen, dass das mit dem Hunger nur eine Ausrede gewesen war, um der Freundin zu verheimlichen, was für ungeheuerliche Dinge sie soeben erfahren hatte.

»Nein, das weniger. Das Testament gibt keinen Aufschluss darüber, warum er sich so merkwürdig verhält. Eigentlich könnte er sich doch freuen, dass er endlich das Geld für eine eigene Kanzlei hat. Es ist –«

Das Klingeln von Sophies Handy unterbrach die Ausführungen der Anwältin. Es war Wilson, der sie jovial begrüßte. »Sorry, dass ich heute störe, aber ich arbeite sonntags gern. Mit einem Bierchen, dann muss ich nicht mit meiner Frau diese Sonntagsausflüge unternehmen. Seien Sie froh, dass ich so gute Beziehungen habe!« Seine Stimme klang verschwörerisch. »Ich halte hier gerade die illegale Kopie einer Akte in der Hand. Einer Adoptionsakte. Die Akte von einem gewissen Tom McLean. Und jetzt halten Sie sich fest! Der Knabe heißt mit richtigem Namen Thomas Holden und ist der Sohn eines Harry Steven Holden und einer –«

Weiter kam er nicht, weil Sophie wortlos auf den Knopf mit dem Auflegesymbol drückte. Sie hatte das Gefühl, ins Bodenlose zu fallen. Nein, das konnte und wollte sie nicht glauben!

Sophies Telefon klingelte erneut. Seufzend nahm sie das Gespräch an.

»Na, da sind Sie ja wieder!«

»Ja! Schlechter Empfang«, sagte sie heiser.

»Gut. Ich habe eine Adresse von dem Jungen in Wellington. Die schicke ich Ihnen zusammen mit meiner Rechnung zu, und damit ist mein Job erledigt.«

»Okay! Machen Sie das!«

»Sophie, was ist geschehen?«, hörte Sophie Judith wie durch eine Nebelwand besorgt fragen.

»Nichts. Gar nichts! Bitte sag mir lieber, was mir dir los ist.« Sophie zitterte am ganzen Körper.

»Und du bist sicher, dass du das jetzt wirklich hören willst?«

Sophie nickte.

»Ach, ich hatte doch am Freitag eine Scheidungsverhandlung. Den Fall habe ich gewonnen, aber der Ehemann meiner Mandantin rastet jetzt aus und macht mich für alles verantwortlich. Er hat mir sogar in der Kanzlei auf den Anrufbeantworter gesprochen, dass ich es bedauern werde …« Sie seufzte. »Normalerweise kann mich so eine Drohgebärde nicht schrecken. Ich hatte das schon öfter mal, aber ich glaube, ich bin im Moment zu dünnhäutig wegen der Sache mit Tom. Sophie, mach mir doch nichts vor! Wer war das eben am Telefon?«

»Der Detektiv«, gab Sophie zögernd zu.

»Und was hat er dir Schreckliches mitgeteilt? Du bist kreidebleich.«

»Es geht um Tom.«

»Was ist mit ihm? Ist etwas passiert? Geht es ihm gut?«

»Ich weiß jetzt, warum meine Mutter ihn zum Erben eingesetzt hat.«

Judith schaute sie entgeistert an.

»Er ist ihr Sohn!«, fuhr Sophie tonlos fort: »Tom ist mein Bruder!«

Dunedin
im Mai 1962

Völlig verstört blieb Emma noch eine Weile im strömenden Regen vor der Haustür stehen. Hatte sie den Antrag geträumt, oder hatte er ihn ihr wirklich gemacht? Dann erst ging sie hinein. Es roch nach frischem Kaffee. Kate stand schon erwartungsvoll in der Tür zum Salon.

»Wo ist er?«, fragte sie und fügte lauernd hinzu: »Oder hast du bereits begriffen, dass er nichts für dich ist?«

Diese Worte holten Emma aus ihrer Trance zurück in die Realität. »Das würde dich wohl freuen, was?«, fragte sie spitz.

»Ja, mir würde ein Stein vom Herzen fallen«, erwiderte die Großmutter scharf.

»Da muss ich dich enttäuschen. Ich werde ihn heiraten. Er will sich nicht wie ein Schoßhündchen vorführen lassen.«

Kate wankte mit offenem Mund zum nächsten Stuhl und ließ sich darauf fallen. »Du machst dich über mich lustig, oder?«

»Nein, er hat mir einen Antrag gemacht, und ich habe angenommen.«

»Oh nein!«, entfuhr es Kate.

»Vielleicht hat er recht damit, wenn er behauptet, du würdest gegen jeden Mann etwas haben, der mich dir wegnehmen könnte.«

»Das hat er gesagt?«, stöhnte Kate.

»Ja, er ist nämlich nicht nur Arzt, sondern hat auch Psychologie studiert. Er spürt, dass du ihn nicht leiden kannst!«

»Dazu muss man nicht studiert haben«, brummte Kate, doch dann bat sie mit sanfter Stimme: »Kind, bitte setz dich zu mir! Lass uns vernünftig über alles reden.«

Widerwillig tat sie, was die Großmutter von ihr verlangte.

»Emma, mein Kind, du weißt, dass du eine reiche Erbin bist, oder?«

Sie nickte unwirsch.

»Woher willst du wissen, dass dieser Harry es nicht auf dein Geld abgesehen hat? Wie habt ihr euch überhaupt kennengelernt?«

Emma rollte gereizt mit den Augen. »Bei einer Lesung im Theater. In der Pause stand er zufällig neben mir.«

Kate lächelte gequält: »Woher willst du denn wissen, dass es Zufall war?«

»Glaubst du, er hat das geplant? Du siehst Gespenster! Und weißt du, was ich langsam glaube? Harry hat recht. Du hast Angst, dass ein Mann mich dir wegnimmt.«

»Hat Harry auch einen Nachnamen?«

»Holden!«

»Und woher stammt er?«

»Er ist Engländer!«

»Sag mal, muss man dir alles aus der Nase ziehen? Aus was für einer Familie kommt er?«

Emma zuckte mit den Achseln. »Sein Vater ist Literaturprofessor in London. Harry will sich hier in Dunedin niederlassen.«

»Und wo wohnt er jetzt?«

»Ich kenne seine Adresse nicht!«, erklärte Emma unwirsch.

»Wie bitte? Du weißt nicht mal, wo er wohnt? Aber heiraten willst du ihn? Er möchte sich mir nicht vorstellen und redet dir dummes Zeug ein. Wie stellt der Herr sich das denn vor? Dass ihr heimlich aufs Standesamt geht? Kind, merkst du denn gar nichts? Da stimmt doch etwas nicht. Kein normaler Mann würde eine Einladung zum Kaffee ausschlagen, wenn er saubere Absichten hegt. Wann siehst du ihn wieder?«

»Verdammt, hör auf, mich auszufragen!«, schrie Emma auf und rannte in ihr Zimmer.

Sie war so wütend, aber eigentlich nicht auf ihre Großmutter, sondern auf sich und vor allem auf Harry. Wie konnte man einer Frau einen Antrag machen und sich dann nicht einmal mit ihr verabreden? Kate hatte recht. Normal war das nicht! Emma heulte vor Wut und wusste nicht mehr, was sie glauben sollte. Harry verhielt sich merkwürdig, keine Frage. Trotzdem war sie Wachs in seinen Händen. Sie wollte ihn so sehr, dass es wehtat. Vielleicht war er zu aufgeregt und hat einfach vergessen, sich mit dir zu verabreden. Sobald ihm das auffällt, ruft er bestimmt an, tröstete Emma sich. Ich sollte in der Nähe des Telefons bleiben. Unter diesen Umständen ist es nicht besonders günstig, wenn Kate seinen Anruf entgegennimmt. Und vielleicht ist es gar nicht so falsch, was er über Großmutter sagt. Sie klammert manchmal sehr. Und was für Fragen sie eben gestellt hat!

Kaum hatte Emma den Gedanken zu Ende gedacht, eilte sie zurück in den Salon, wo sie fast mit ihrer Großmutter zusammenstieß. Plötzlich fiel ihr etwas ein, womit sie Kate den Wind aus den Segeln nehmen konnte.

»Weißt du, was Harry eben im Wagen gesagt hat?«, fragte sie beinahe triumphierend.

»Nein, aber du wirst es mir sicher erzählen«, erwiderte Kate mit einem leicht ironischen Unterton.

»Als ich ihm erzählte, du hättest Sorge, dass mich jemand nur wegen des Geldes heiratet, da hat er wörtlich gesagt: ›Es ist doch nicht so, als müsste man Ihnen wegen Ihres Geldes den Hof machen.‹ Glaubst du wirklich, ich bin so unattraktiv, dass ein Mann es zwangsläufig auf mein Erbe abgesehen haben muss?«

»Emma, rede keinen Unsinn! Du bist nicht nur schön und klug. Du bist auch noch charmant und offenherzig. Und du bist auf der Suche nach einer gefährlichen Romantik. Das sehe ich sehr wohl. Und ich sehe es mit Besorgnis. Ich habe große Angst, du könntest dich an den falschen Mann binden. Und dieser Harry, das sage ich jetzt zum letzten Mal, ist mit Vorsicht zu genießen! Im Übrigen erinnert er mich an jemanden, aber leider komme ich nicht darauf, an wen. Ich weiß nur, dass es keine besonders angenehme Erinnerung ist.«

»Hast du das öfter, dass du dich nicht mehr erinnerst?«, fragte Emma in scharfem Ton.

Kate sah ihre Enkelin beleidigt an. »Was soll das denn heißen?«

»Dass du nicht mehr die Jüngste bist!«, erwiderte Emma schroff, was sie aber bereits im selben Moment bereute.

Kate war bleich geworden und verließ eilig das Zimmer.

Emma wollte ihr gerade folgen, um sich zu entschuldigen, als das Telefon klingelte. Mit klopfendem Herzen griff sie nach dem Hörer. Eine männliche Stimme fragte nach ihrer Großmutter. Harry war es nicht! Enttäuscht rief Emma nach Kate.

Mit einem Ohr hörte sie ihre Großmutter »Mein Beileid!« murmeln, allerdings klang es wie eine Floskel. »Ach, sie standen in Briefkontakt miteinander? Ja, das wäre sehr freundlich, wenn du mir seine Briefe bündeln und schicken könntest. Danke!« Mit diesen Worten legte Kate auf und setzte sich auf das Sofa.

»Wer ist gestorben?«, fragte Emma.

»Tante Jane. Ihr Mann Fred hat gefragt, ob ich alte Briefe von meinem Stiefsohn haben möchte.«

»Ach Fred, der alte Tierquäler. Ehrlich gesagt, der bösen alten Frau weine ich keine Träne nach, aber was hat es mit diesem Stiefsohn auf sich? Von ihm hast du mir ja nie etwas erzählt«, sagte Emma vorwurfsvoll.

»Habe ich nicht?«, fragte Kate verunsichert.

»Nein, das höre ich heute zum ersten Mal. Erst verheimlichst du mir, dass meine Mutter noch gelebt hat. Jetzt hast du plötzlich noch einen Sohn!«

»Aber Emma, das war doch keine Absicht. Es gab doch gar keinen Anlass, über ihn zu sprechen. Und wie hätte ich wissen sollen, dass dich das interessiert?« Kate seufzte.

»Es hätte mich sogar sehr interessiert«, sagte Emma schnippisch.

Kate wollte gerade etwas erwidern, als der Hund sich bemerkbar machte.

Ohne zu zögern, sprang Emma auf und murmelte: »Ich gehe noch einmal mit ihm Gassi!« Mit diesen Worten schnappte sie sich die Leine und verließ mit Hunti das Haus. Es regnete immer noch in Strömen, doch Emma war es gleichgültig.

Als sie ein paar Meter gegangen war, hörte sie, wie ein Wagen neben ihr hielt. Ein hellblauer Mini mit weißem Dach – Harrys Auto. Er hatte von innen die Beifahrertür geöffnet und rief: »Steig ein!«

Emma zögerte. »Ich glaube, der Hund ist zu schmutzig, um ihn auf den Rücksitz zu lassen.«

»Welcher Hund?« Das klang abwertend.

»Hunti«, antwortete sie und pfiff nach dem Tier, das sofort angerannt kam, hechelnd seine Schnauze ins Auto steckte und zu bellen begann.

»Raus hier, du Mistvieh!«, schrie Harry. Erst als er Emmas entsetztes Gesicht sah, säuselte er versöhnlich: »Ich bin als Kind von einem Köter gebissen worden. Seitdem habe ich Angst vor Hunden. Komm, steig endlich ein!«

Ocean Grove
20. Januar 2008

Ein polterndes Geräusch auf der Treppe ließ Sophie hochfahren. Ihr erster Gedanke galt Judith. Ob sie hingefallen war? Schon möglich, so fertig, wie sie vorhin gewesen ist, dachte Sophie besorgt. Sie lauschte angestrengt, aber es blieb alles still. Ich habe mich wohl verhört, redete sie sich gut zu und atmete tief durch, um ihr klopfendes Herz zu beruhigen. Wahrscheinlich hat mich das Lesen so aufgeregt, dass ich schon Dinge höre, die es gar nicht gibt. Sie ließ sich auf das Kissen zurückfallen und legte Emmas Geschichte aus der Hand. Sophie spürte die Gefahr, in der sich ihre Mutter befand, beinahe körperlich. Warum merkt sie denn nicht, dass dieser Holden etwas im Schilde führt? So verhielt sich doch kein liebender Mann! Aber war sie, Sophie, nicht selbst ein Leben lang vor der Liebe davongelaufen? Hatte das Kühle und Abweisende nicht auch sie selbst stets magisch angezogen? Irgendwie konnte sie Emma verstehen, und ihr wurde schlecht bei dem Gedanken, dass sie selbst unter Umständen ebenfalls auf einen solchen Mann hätte hereinfallen können. Wie war es denn mit Jan? Ist er mir nicht all die Jahre stets ein wenig fremd geblieben? War Jans Antrag nicht auch eine völlig unromantische Angelegenheit? Er hatte an seiner Steuererklärung gesessen, aufgeblickt und unvermittelt gesagt: »Sophie, eigentlich sollten wir heiraten!« Wenn sie sich recht erinnerte, war er danach mit seiner Steuerklärung fortgefahren.

Ihre Gedanken wanderten wieder zu Judith. Sie hatten sich vorhin weinend in den Armen gelegen. Sophie, weil sie kaum ertragen konnte, dass ihre Mutter sie zeitlebens belogen hatte, und Judith, weil sie noch weniger verstand, warum Tom seine Schwester verfolgte, statt ihr offen zu begegnen.

Plötzlich glaubte Sophie, Feuer zu riechen. Sie schob es erst auf ihre überreizten Nerven, doch dann sprang sie wie ein geölter Blitz aus dem Bett. Das war keine Einbildung! Es brannte ganz in der Nähe. Außer sich vor Angst, lief sie hinaus auf den Flur. Aus Judith' Zimmer drangen Rauchwolken. Todesmutig riss Sophie die Tür auf. Flammen züngelten neben dem Bett! Mit einem Satz war Sophie bei Judith und rüttelte sie, aber die blieb liegen und hielt sich stöhnend den Kopf. Beherzt zog Sophie ihr die Bettdecke weg und schleuderte sie auf die Flammen, um das Feuer zu ersticken. Dann packte sie die Freundin, die sich langsam hochrappelte und sie verwirrt ansah, unter den Achseln und schleifte sie aus dem Zimmer.

»Was ist passiert?«, fragte Judith, aber Sophie antwortete nicht. Sie schleppte die Freundin sicher die Treppe hinunter bis ins Wohnzimmer, wo sie sie aufs Sofa bettete.

»Was ist los?«, stöhnte Judith wieder.

»Du rührst dich nicht vom Fleck!« Sophie wählte die Notfallnummer und rief einen Krankenwagen. Dann zog sie eine Decke vom Sofa und raste nach oben. Die Bettdecke war verkohlt. Sophie riss die Fenster auf, denn der Rauch brannte im Rachen. Sie atmete tief durch und hustete sich die Seele aus dem Leib. Auf dem Boden lagen verbrannte Papierreste.

In diesem Moment begriff Sophie das ganze Ausmaß der Geschichte. Es war Brandstiftung! Das Poltern auf der Treppe war keine Einbildung gewesen. Jemand war ins Haus eingedrungen und hatte neben Judith' Bett Papier in Brand gesetzt! Wer würde so etwas tun? Nach einem letzten Blick auf den Brandherd lief Sophie zurück zu ihrer Freundin. Die lag ermattet da und befühlte gerade ihren Hinterkopf

»Sag mal, kannst du mal nachschauen, ob ich hier eine Beule habe? Es tut höllisch weh. Ich habe nicht schlafen können, und da hörte ich jemanden in mein Zimmer kommen. Ich dachte, du bist es, aber ehe ich mich umdrehen konnte, da ...«, Judith deutete auf ihren Hinterkopf.

Sophie erstarrte. Auf Judith' Kopf klaffte eine Platzwunde. »Jemand hat dir einen Schlag versetzt!«, rief sie erschüttert. »Ich muss die Polizei benachrichtigen!« In diesem Augenblick ertönte draußen eine Sirene. »Der Krankenwagen, endlich!«

»Ich will nicht ins Krankenhaus, auf keinen Fall!«

Sophie überhörte den Protest, lief dem Notarzt entgegen und führte ihn zu der Freundin.

Der junge Arzt untersuchte sie ruhig. »Ich werde Sie zur Beobachtung mitnehmen. Außerdem muss die Platzwunde genäht werden«, sagte er.

Sophie stützte Judith auf dem Weg zur Tür und half ihr in den Krankenwagen. Als die Wagentüren hinter Judith zuschlugen, sah Sophie einen jungen Mann, der in einen schwarzen Jeep sprang und davonraste. Sie spürte, wie ihr die Beine den Dienst versagten, aber der Notarzt konnte sie gerade noch rechtzeitig auffangen. »Vielleicht sollten Sie auch mitkommen. Sie sind ja leichenblass«, bemerkte er besorgt, doch Sophie erwiderte hastig: »Nein, ich habe nur zu niedrigen Blutdruck. Es geht schon wieder!«

Er bedachte sie mit einem forschenden Blick und ließ sie los, um sich auf den Beifahrersitz zu setzen.

Sophie klammerte sich an dem Verandapfosten fest. Regungslos stand sie da. Ihr war schummrig vor Augen, aber solange sie sich festhielt, würde sie nicht umkippen. Sie atmete ein paarmal tief durch und kehrte mit zitternden Knien ins Haus zurück.

Um ein Haar wären wir einem feigen Mordanschlag zum Opfer gefallen!, ging ihr durch den Kopf. Ihr wurde übel. Und wenn das dieser Tom gewesen ist? Ich habe schließlich seinen Wagen gesehen. Aber warum sollte er Judith etwas antun wollen? Wenn er etwas im Schilde führt, dann doch eher gegen mich. Sophie schnappte nach Luft. Ob er uns verwechselt hat? Fragen über Fragen wirbelten durch ihren Kopf.

In diesem Augenblick klingelte ein Handy. Sophie zuckte zusammen, doch dann sah sie Judiths Handy auf dem Tresen liegen. Ein Blick auf die Uhr zeigte ihr, dass es bereits kurz vor Mitternacht war. Wer sollte jetzt noch bei Judith anrufen? Mit einem Satz war sie bei dem Telefon, doch es war zu spät. Der Anrufer hatte aufgegeben. Doch in diesem Augenblick erschien im Display die Nachricht, dass jemand angerufen und auf die Mailbox gesprochen hatte. Jemand mit einer unterdrückten Nummer.

Sophie wählte, ohne zu zögern, die Mailbox an und lauschte angespannt den gehetzt klingenden Worten eines Mannes: »Judith, Liebling, ich wollte nur wissen, ob dir auch nichts passiert ist. Ich mache mir solche Sorgen um dich. Ich konnte es nicht mehr verhindern. Bitte glaube mir! Ich melde mich morgen früh noch einmal.«

Bei aller Besorgnis hat seine Stimme einen angenehmen Klang, dachte Sophie, und doch fühlte sie sich in ihrem Verdacht bestätigt. Tom hatte die falsche Person erwischt, aber wie hatte er sie mit Judith verwechseln können? Sophie versuchte sich noch einmal vor Augen zu führen, wie sie Judith vorgefunden hatte. Tief in ihre Decke eingekuschelt … Er hat vermutlich geglaubt, dass ich da im Bett liege.

Genug der Spekulationen!, entschied sie. Ich muss die Polizei informieren. Oder doch erst noch abwarten? Sie hatte noch keinen Entschluss gefasst, als sie bereits nach ihrem Handy griff und Johns Nummer wählen wollte, aber dann ließ sie es bleiben. Erst musste sie das Ende der Geschichte erfahren. Denn nur in dieser Geschichte würde sie erfahren, warum dieser Tom ihr etwas antun wollte. Denn dass er es auf sie abgesehen hatte, daran hegte Sophie keinen Zweifel mehr. Der Gedanke ließ sie erschaudern. Das Motiv würde sich ihr allein durch Emmas Aufzeichnungen erschließen. Sie musste sie zu Ende lesen. Noch heute Nacht!

Gleich morgen früh rufe ich John und die Polizei an, nahm sich Sophie fest vor. Einen kurzen Augenblick lang befürchtete sie, der Brandstifter würde zurückkehren, jetzt, wo er sie allein im Haus wusste, aber sie schob den Gedanken fort. Sie würde sich mit Lesen wach halten. Dann konnte er sie wenigstens nicht im Schlaf überraschen. Sophie stand noch einmal auf und schob die Kommode vor die Tür. Mit dem Handy neben dem Bett und der Barriere vor ihrer Tür fühlte sie sich sicher.

Mit zitternden Händen griff sie nach dem Manuskript. Warum nur?, fragte sich Sophie, was für ein Motiv kann der Mann haben? Was hat er davon, wenn ich tot bin? Plötzlich glaubte sie zu wissen, warum er ihr nach dem Leben trachtete. Wenn sie starb, hatte sie nur einen Verwandten, der alles erben würde: ihren Bruder, Tom McLean! Ihre Hände zitterten so, dass sie nicht weiterlesen konnte. Die Angst vor dem, was sie erwartete, trieb ihr Kälteschauer durch den Körper, und sie kroch ganz tief unter die Decke.

Dunedin
8. Mai 1962

Emma hatte ein wahnsinnig schlechtes Gewissen, als sie sich an diesem Morgen aus dem Haus schlich und Kate in dem Glauben ließ, sie fahre in die Redaktion. Das weiße Taftkleid, das sie sich heimlich gekauft hatte, hatte sie unter einem Trenchcoat versteckt. Ein flüchtiger Blick in den Rückspiegel zeigte ihr, dass sie nicht wie eine strahlende Braut aussah.

Sie hatte in der vergangenen Woche kaum ein Auge zugetan. Immer wieder hatte sie sich gefragt, ob sie das wirklich tun sollte. Doch Harrys Worte brannten ihr noch in den Ohren: *In einer Woche um elf Uhr auf dem Standesamt. Ich habe alles vorbereitet. Und zu niemandem ein Wort. Auch nicht zu deiner Großmutter! Du musst mir gehören, verstehst du? Ich kann es nicht mehr erwarten.*

Emma stieß einen tiefen Seufzer aus.

Das drängende Verlangen ihres Körpers, diesem Mann endlich ganz zu gehören, zerstreute ihre Zweifel augenblicklich. Und doch fühlte sie sich heute schrecklich einsam. So hatte sie sich ihre Hochzeit nicht vorgestellt.

Auf dem Weg zum Standesamt hatte sie eine Idee. Wenn sie schon ohne Kate heiraten musste, wollte sie wenigstens eine Freundin als Trauzeugin dabeihaben.

Emma hatte Glück. Caren war zu Hause. Atemlos erklärte Emma ihr, worum es ging.

»Du hast doch einen Vogel«, sagte die Freundin empört, als Emma mit ihrer Geschichte am Ende war. »Du kennst den Mann doch gar nicht! Und unter uns, auf deinem Geburtstag hat er nicht gerade den besten Eindruck gemacht. Wir haben uns alle gefragt, was bloß mit dir los ist!«

»Kommst du jetzt mit oder nicht?«

»Wenn ich es dir nicht ausreden kann, meinetwegen.«

Kopfschüttelnd zog sich Caren um, griff in den Kühlschrank und nahm eine Flasche Sekt heraus. Auf dem Weg zum Wagen versuchte sie noch einmal, die Freundin von dem »Irrsinn«, wie sie es nannte, abzubringen, doch Emma sagte nur:

»Ich möchte mit ihm schlafen. Verstehst du?«

»Aber deshalb musst du ihn doch nicht gleich heiraten! Wir leben schließlich nicht mehr im letzten Jahrhundert! Ich kenne keinen Mann, der da nein sagen würde.«

»Harry ist anders. Er hat nicht einmal versucht, mich zu verführen. Wahrscheinlich ist er furchtbar altmodisch und möchte seine Frau erst in der Hochzeitsnacht entjungfern. Ist das nicht aufregend?«

Caren war sichtlich sprachlos. Sie schüttelte den Kopf, öffnete die Flasche und seufzte resigniert: »Ich brauche etwas Flüssiges auf den Schock.« Sie nahm einen kräftigen Schluck und reichte Emma den Sekt.

Emma zögerte. Ein Blick auf die Uhr zeigte ihr, dass sie viel zu früh dran waren. Sie waren gerade auf dem höchsten Punkt der Baldwin Street angelangt. Emma hielt am Straßenrand an. »Ich glaube, ein kleiner Schluck kann wirklich nicht schaden«, bemerkte sie und griff nach der Flasche. Vor ihnen führte die Fahrbahn schwindelerregend steil nach unten. »Ich hoffe nur, das ist kein Zeichen!«, kicherte Emma, nachdem sie die Flasche halb geleert hatten. »Dass es von nun an bergab geht …«

»Ach was!«, entgegnete Caren leicht angetrunken. »Wenn man den Irrsinn beiseitelässt, dann ist das doch auch irgendwie sehr romantisch. Er muss ein Teufelskerl sein, wenn du dich für ihn sogar mit Kate überwirfst!«

Emma war augenblicklich ernüchtert. »Wir müssen!«, sagte sie, ließ den Wagen an und fuhr abwärts.

Fünf Minuten nach elf erreichten sie schweigend das Standesamt.

Vor der Tür stand Harry Holden mit bitterböser Miene, flankiert von zwei jungen Männern. »Schatz, du bist zu spät.« Er versuchte zu lächeln.

»Wir haben noch kurz auf den großen Tag angestoßen«, sagte Emma kleinlaut.

»Wer ist ›wir‹?«

»Darf ich vorstellen: meine Freundin und Trauzeugin Caren. Und das ist Harry!«

Caren streckte dem Bräutigam freundlich die Hand entgegen, die er jedoch ignorierte. »Hatten wir nicht abgemacht, dass *ich* die Trauzeugen mitbringe?«, fauchte er. Emma wollte sich gerade rechtfertigen, da wandte sich Harry bereits der verblüfften Caren zu. »Entschuldigen Sie bitte, aber Emma und ich haben abgemacht, dass wir ganz unter uns sein wollen. Das hat sie wohl vergessen. Wissen Sie was? Sie besuchen uns einfach mal, wenn wir verheiratet sind.«

»Aber …«, protestierte Emma.

Harry nahm sie bei der Hand und flötete: »Emma, ich kann doch meine Trauzeugen nicht nach Hause schicken. Das verstehst du doch, oder?«

»Aber Caren, sie kann doch wenigstens mitkommen, wenn sie schon nicht …«, brachte Emma heiser hervor. Sie kämpfte gegen die Tränen an.

»Aber wir haben uns doch etwas geschworen. Schatz. Nur, wir beide, doch wenn du darauf bestehst, deinen Kopf durchzusetzen …«

Caren blickte verwirrt von ihm zu ihrer Freundin.

»Tja, dann ist es wohl besser, wenn ich gehe.«

Harrys Gesicht war wie versteinert. »Emma, die Entscheidung liegt bei dir. Willst du, dass wir es so handhaben wie besprochen, oder nicht?«

»Ja, dann machen wir das so. Ich melde mich«, erwiderte Emma mit kläglicher Stimme und verabschiedete die Freundin mit einem Küsschen.

Während die beiden Frauen einander umarmten, flüsterte Caren ihr ins Ohr: »Überleg es dir gut! Noch kannst du zurück.«

Emma nickte. Wie gelähmt stand sie da und wusste nicht, was sie tun sollte, doch da spürte sie seine Hand unter ihrem Kinn. Er küsste sie lange und leidenschaftlich. Ihre Knie wurden weich, und die heißen Wellen, die durch ihren Körper tosten, spülten alle Zweifel fort. Willenlos ließ sie sich an die Hand nehmen und in das Trauzimmer führen. Sie erlebte ihre eigene Hochzeit wie einen Film. Ihr Jawort, den Kuss. Die beiden jungen Männer, mit denen Harry die ganze Zeit über nicht ein einziges Wort wechselte, verschwanden nach der Zeremonie, ohne sich zu verabschieden.

»Kommst du jetzt mit zu Großmutter?«, war Emmas erste Frage als Missis Holden. Sie hatte solche Sehnsucht nach Kate. Und das hier war ihre Bedingung gewesen. *Gleich nach der Hochzeit kommst du mit zu Grandma!*

»Nun schau doch nicht so! Du bist ja bloß enttäuscht, dass du es dir in deiner spießigen Kleinmädchenfantasie anders vorgestellt hast.«

»Gehen wir jetzt zu Großmutter?«, wiederholte sie ihre Frage tonlos.

»Hallo, Missis Holden, möchtest du nicht erst mal deinen Mann richtig küssen?«

Ein Blick auf ihren frisch gebackenen Ehemann genügte Emma, um zu wissen, warum sie gar nicht anders hätte handeln können. Er trug einen eleganten Anzug, der einen reizvollen Kontrast zu seinem blonden Haar abgab. Sie stellte sich plötzlich vor, wie er wohl nackt aussah. Ein wohliger Schauer durchrieselte sie bei der Vorstellung, dass er sie noch heute zur Frau machen würde. Der Gedanke, mit diesem Mann das Bett zu teilen und ihm damit endlich wirklich nahe zu sein, erregte sie.

Sie küssten sich voller Leidenschaft. Seine Hand glitt über den raschelnden Taft ihres Kleides den Rücken hinunter bis zu ihrem Hintern, den er ungeniert anfasste.

»Natürlich komme ich jetzt mit zu deiner Großmutter«, sagte er schließlich.

Emma strahlte über das ganze Gesicht. Was habe ich mir bloß für Gedanken gemacht? Er hält seine Versprechen, frohlockte sie.

Ihr Herz klopfte bis zum Hals, als sie an der Haustür klingelte. Sie besaß zwar einen Schlüssel, aber der Gedanke, Kate zusammen mit Harry unangemeldet zu überfallen, missfiel ihr außerordentlich.

Als Kate die Tür öffnete, blickte sie fassungslos von einem zum anderen. Es hatte ihr die Sprache verschlagen.

»Wollen Sie uns nicht erst einmal reinlassen? Oder sollen wir Ihnen auf der Straße sagen, was der Grund unseres überraschenden Besuchs ist?«, fragte Harry und versuchte zu lächeln.

Kate, die sonst nicht auf den Mund gefallen war, trat wortlos beiseite und wies mit einer stummen Geste zum Salon. Dabei streifte ihr Blick flüchtig das weiße Kleid ihrer Enkelin.

Im Salon fand Kate die Sprache wieder. »Ich gebe zu, ich platze vor Ungeduld, zu erfahren, was es mit dieser Überraschung auf sich hat. Wenn Sie um die Hand meiner Enkelin anhalten sollten, darf ich Ihnen verraten, sie ist volljährig. Sie kann allein entscheiden, und ich könnte nichts dagegen einwenden!«

»Stimmt!«, pflichtete Harry ihr bei. »Deshalb haben wir Sie auch gar nicht erst gefragt!«

Kate wurde leichenblass. »Soll das heißen …«

»Bitte, verzeih mir, aber ich liebe ihn und ich dachte, ich dachte … du freust dich vielleicht«, stammelte Emma.

Kate hatte sich schnell gefasst. Sie wandte sich nun direkt an Harry und fragte in scharfem Ton: »Und Sie konnten meine Enkelin nicht von dieser Dummheit abbringen, hinter meinem

Rücken zu heiraten?« Ihre Blicke durchbohrten den frisch gebackenen Ehemann ihrer Enkelin förmlich.

Harry aber ließ sich nicht aus der Ruhe bringen. »Ich gestehe, dass es meine Idee war. Ich hatte Sorge, Sie mit Ihrer krankhaften Eifersucht würden versuchen, Emma ihre große Liebe auszureden«, erklärte er kühl.

»Nein, aber so kannst du das doch nicht sagen!«, protestierte Emma schwach und suchte den stets alles verzeihenden Blick ihrer Großmutter, aber deren Gesicht war zur Maske erstarrt.

»Willst du die Wahrheit leugnen, liebste Emma? Sieh sie dir an! Deine Großmutter hätte doch alles darangesetzt, damit du mich nicht heiratest.« Mit diesen Worten legte er besitzergreifend einen Arm um seine Frau.

»Eines kann man Ihnen nicht absprechen: Menschenkenntnis!«, pflichtete Kate ihm bissig bei und fügte in kaltem Ton hinzu: »Aber auch ich verfüge über ein gewisses Maß an Menschenkenntnis, und ich kann mir nicht helfen, aber Sie, junger Mann, scheinen nichts Gutes im Schilde zu führen.«

Harrys Augen verengten sich zu Schlitzen.

Emma erschrak ganz fürchterlich. Wo sie sich Harmonie erträumt hatte, war ein offener Krieg ausgebrochen.

»Ach ja, Sie glauben, dass ich es auf das Vermögen Ihrer Enkelin abgesehen habe, aber warum ändern Sie das Testament dann nicht? Enterben Sie sie! Dann haben Sie den Beweis, dass ich Ihre bezaubernde Enkeltochter liebe und mir Ihr, entschuldigen Sie die drastische Ausdrucksweise, verdammtes Geld völlig gleichgültig ist.«

»Oh, danke für den guten Rat, mein Herr. Sie werden lachen. Ich spiele tatsächlich mit dem Gedanken. Oder mögen Sie mir vielleicht erklären, warum es an der Universität London keinen Literaturprofessor mit dem Namen Holden gibt und auch niemals gegeben hat?«

»Aber selbstverständlich, gnädige Frau. Weil ich ein uneheliches Kind bin und meine Mutter starb, bevor meine Eltern heiraten konnten.« Er lächelte süffisant.

Kate schnappte nach Luft, während Emma fassungslos zwischen ihnen hin- und herblickte.

»Den Namen Ihres Herrn Vaters wollen Sie mir sicherlich nicht verraten, oder?«, konterte Kate bissig.

»Warum nicht?«, gab er zurück. »Mein Vater hieß Walter …« Er unterbrach sich, und Emma konnte mit ansehen, wie ihre Großmutter binnen Sekunden völlig in sich zusammenfiel.

»Walter Miller!«, setzte er genüsslich hinzu. »Sie werden ihn in alten Vorlesungsverzeichnissen finden, denn er ist bereits verstorben.«

»Mir ist nicht gut!«, brachte Kate mit letzter Kraft hervor und ließ sich von ihrer Enkelin widerstandslos in ihr Schlafzimmer begleiten.

Emma half ihrer Großmutter, sich auszuziehen und hinzulegen. Sie hatte gemischte Gefühle. Einerseits ein schlechtes Gewissen, andererseits fragte sie sich, warum Kate Harry hinterherspioniert hatte.

»Bitte verzeih mir!«, sagte Emma bedauernd. »Ich wollte dir nicht wehtun!«

»Das weiß ich doch, mein Kleines«, murmelte Kate erschöpft. »Er hat recht. Ich hätte es dir mit aller Macht auszureden versucht. Als er eben den Namen Walter sagte, da wusste ich, an wen er mich die ganze Zeit erinnert. An meinem Stiefsohn! Es steht mir nicht zu, dir vorzuschreiben, wen du heiraten darfst, auch wenn ich es zugeben muss, dass er nicht der Mann ist, den ich mir für dich gewünscht hätte. Trotzdem hoffe ich nur das eine: dass er dich glücklich macht, meine kleine Emma!«

»Danke, Großmutter, vielen Dank!« Emma umarmt sie heftig.

»So, und nun geht! Aber bitte bring mir vorher noch ein Glas Wasser. Ich muss meine Tabletten nehmen.«

»Was für Tabletten?«, fragte Emma beunruhigt.

»Mein Herz, das will manchmal nicht so, wie ich es will. Ganz harmlos, aber du könntest mir noch eine Liebe tun. Sag ihm bitte, dass ich das Testament ändern werde. Dass ich mit dem Löwenanteil eine Stiftung zu gründen gedenke. Zur Förderung junger Künstler. Wenn er dich daraufhin nicht verlässt, bin ich meine letzten Zweifel los. Wenn er geht, dann weißt du, ich hatte recht. Versprich mir, dass du ihm nicht sagst, dass es nur eine Bewährungsprobe ist. Bitte!«

Emma blickte ihre Großmutter mit feuchten Augen an. »Ich verspreche es! Dann ist der böse Verdacht endlich aus der Welt. Und weißt du was? Das mit der Stiftung ist wirklich keine schlechte Idee!«

»Ach, mein Kind, die Hauptsache ist doch, dass du glücklich wirst. Und nun geh! Er wartet sicher schon auf dich. Sag ihm, es tut mit leid, dass ich hinter ihm herspioniert habe. Und vergiss das Wasser nicht!«

Als Emma mit verheulten Augen zurück in den Salon kam, nahm Harry sie liebevoll in den Arm. »Geht es ihr besser? Hat sie den Schock überwunden?«, fragte er besorgt. Er war wie ausgewechselt. Geradezu mitfühlend.

»Ja, ich soll dir sagen, dass ihr das Spionieren leidtut und dass sie deinen Vorschlag einleuchtend findet. Sie wird das Testament ändern und mit dem Großteil des Geldes eine Stiftung für junge Künstler gründen. Aber jetzt braucht sie erst mal ein Glas Wasser.«

Täuschte sie sich, oder war Harry plötzlich aschfahl im Gesicht? Ich täusche mich, sagte sie sich erleichtert, als Harry sie sanft zu einem Sessel schob und ihr anbot: »Ich hole dir das Wasser. Und eines muss man ihr lassen: Sie ist wirklich eine kluge Frau. Vielleicht werden wir doch noch gute Freunde!«

Emma atmete tief durch. Was eben noch so ausweglos erschienen war, wendete sich offensichtlich doch noch zum Guten.

Als Harry mit dem Wasserglas in der Hand zurückkehrte, schmiegte sie sich an ihn. Dann fiel ihr plötzlich etwas ein: »Sag mal, Harry, wo werden wir eigentlich wohnen?«

Harry hüstelte verlegen. »Heute Nacht entführe ich dich, aber ich habe noch keine Bleibe in der Stadt.«

»Kannst du dir vorstellen, so lange bei Großmutter zu wohnen, bis wir ein eigenes Dach über dem Kopf haben? Oder noch besser in *Pakeha*?«

Er umarmte sie zärtlich. »Ja, in *Pakeha*!«, flötete er, und Emma fragte sich noch Jahre später, warum sie in diesem Augenblick nicht darüber gestolpert war, dass er nicht hatte wissen wollen, was und wo *Pakeha* war. Sie hatte es ihm gegenüber jedenfalls noch nicht mit einem Wort erwähnt! Harry Holden machte seinen ersten großen Fehler, aber er hatte Glück. Keiner merkte es!

Emma war in diesem Moment überglücklich, dass der barsche, herrschsüchtige Harry plötzlich seine sanfte Seite zeigte und ihr bewies, wie sehr er sie liebte. Sie schwebte geradezu mit dem Wasserglas ins Schlafzimmer. »Kann ich dich wirklich allein lassen?«, fragte sie ihre Großmutter besorgt.

»Aber Kind, es ist deine Hochzeitsnacht!«, erwiderte Kate mit wissendem Blick.

»Kate, ich habe ihm das mit dem Erbe schon gesagt, und weißt du was? Es kommt mir vor, als wäre ihm ein Stein vom Herzen gefallen. Er liebt mich wirklich.« Emma drückte ihrer Großmutter einen Kuss auf die Wange und wollte sich verabschieden, als ihr die Wohnung einfiel.

»Hättest du etwas dagegen, wenn Harry und ich in *Paheka* wohnen, bis er ein eigenes Haus hat?«

»Hat er denn noch keinen Wohnsitz?«, fragte Kate skeptisch.

»Aber Kate, er ist doch erst seit ein paar Monaten im Lande. Er sucht ein Haus, in dem er sich auch eine Praxis einrichten kann. Das dauert.«

»Kein Problem!«, erwiderte Kate, griff begierig nach dem Wasser und trank es in einem Zug aus.

»Soll ich nicht doch bei dir bleiben?«, fragte Emma.

Aber Kate winkte ab. »Ich liege doch nicht im Sterben, Kind!«

Portobello
8. Mai 1962

Emma platzte vor Neugier. Wohin würde Harry sie wohl bringen? Sie war zutiefst enttäuscht, als er vor einem leicht heruntergekommenen Hotel bei Portobello hielt.

»Gefällt es dir nicht? Du bist wohl was Besseres gewohnt?«, fragte er in scharfem Ton, als er ihr enttäuschtes Gesicht sah.

»Nein, nein, es ist wunderbar!«, log Emma, stieg aus und schaute sich um. Immerhin konnte man von hier aus das Meer sehen. Der malerische Ausblick versöhnte für das wenig einladende Gasthaus. Obwohl es nieselte, hellte es sich am Horizont auf, die Sonne blitzte hervor, und ein majestätischer Regenbogen bildete sich.

»Oh schau nur!«, rief Emma begeistert, doch Harry eilte bereits davon. Niedergeschlagen folgte sie ihm.

An der Rezeption saß einer ihrer Trauzeugen. Schüchtern begrüßte Emma ihn. Von innen ist das Haus gar nicht so schlimm, fand sie, eher urig. Die Eingangshalle und ihr Zimmer waren holzvertäfelt. Es gibt Schlimmeres, dachte sie und rang sich zu einer Entschuldigung durch, als sie allein waren. »Tut mir leid, wenn ich ein langes Gesicht gemacht habe. Dabei ist es ganz gemütlich hier. Es erinnert mich an die Hütten bei den Bergtouren, die ich mit Großmutter unternommen habe.«

»Soll das ein Kompliment sein?«, brummelte Harry, aber dann drehte er sich zu ihr um und befahl: »Zieh dich aus!«

Emma merkte, dass sich vor lauter Aufregung Pusteln in ihrem Ausschnitt bildeten. Sie kannte das schon von den Schulprüfungen. Immer dasselbe. Jedes Mal war ihr Ausschnitt von Pickeln übersät gewesen.

Harry starrte angewidert auf ihr Dekolleté. »Hast du eine ansteckende Krankheit?«, fragte er ohne eine Spur von Takt oder Mitgefühl.

Sie schüttelte betreten den Kopf.

»Dann tu endlich, was ich dir sage! Ich will dich ansehen.«

Emma missfiel sein Ton, doch sie tat, was er verlangte. Sie zog sich umständlich das weiße Cocktailkleid über den Kopf und blieb schüchtern im Unterrock vor ihm stehen. Es hätte nicht viel gefehlt, und sie hätte die Arme vor der Brust verschränkt.

»Worauf wartest du denn?«, fragte er streng. »Ich sagte: Zieh dich aus!«

Er ließ sie nicht aus den Augen, als sie sich nun wenig verführerisch aus dem Unterrock schälte.

Emma blickte ihn flehend an. Warum konnte er ihr nicht helfen oder ihr erlauben, sich unter die schützende Decke zu legen? Alles Prickeln und Kribbeln, das sie vorhin noch beim Gedanken an diesen Moment empfunden hatte, war dahin. Vielleicht wird mir so etwas später mal Spaß machen, wenn ich erst eine erfahrene Frau bin, dachte sie. Aber jetzt wünschte sie sich Liebesbezeugungen und zarte Hände, die ihr halfen, ihre Befangenheit zu verlieren.

Doch Harry stand nur da, die Pfeife in der Hand und einen arroganten Zug um den Mund. »Weiter!«, befahl er kalt.

Emma schämte sich, als sie die Seidenstrümpfe herunterrollte. Tränen standen ihr in den Augen. Leise flehte sie: »Bitte, hilf mir doch!«

Er lachte höhnisch. »Vielleicht hättest du doch lieber bei deiner Großmutter bleiben sollen. Du benimmst dich wie ein kleines verschrecktes Gör und nicht wie eine liebende Ehefrau. Jetzt den Büstenhalter! Ich will alles sehen.«

Mit zitternden Fingern öffnete sie den Verschluss und ließ den BH auf den Boden gleiten. Da trat Harry zu ihr und griff an ihre Brust.

Emma wich angesichts dieser harten, fordernden Geste zurück.

Es schien ihn zu erregen, denn er keuchte nur: »Alles!«

Emma gehorchte und zog auch die Unterhose aus. Er trat einen Schritt zurück und betrachtete sie von allen Seiten. Er mustert mich wie ein neues Auto, schoss es ihr durch den Kopf. Dass er selbst immer noch vollständig angekleidet war, machte die Situation noch unerträglicher. Nun legte er wenigsten bedächtig seine Pfeife im Aschenbecher ab, schob Emma unsanft zum Bett und drückte sie darauf nieder. Als sie vor ihm auf dem Rücken lag, spreizte er ihre Schenkel und stöhnte: »Genauso liegen bleiben!«

Bei diesen Worten öffnete er seinen Hosenschlitz und stürzte sich auf Emma. Schon drang er in sie ein, so gewaltsam, dass sie kaum begriff, was ihr geschah. Sie schrie auf vor Schmerz. Den Rest erlebte sie wie einen bösen Traum. Er ächzte und keuchte, stieß brutal in sie hinein. Ohne Vorwarnung ließ er von ihr ab, packte sie grob, um sie mit einem einzigen Griff auf den Bauch zu drehen, und drang dann von hinten in sie ein. Emma fühlte sich einer Ohnmacht nah, aber er hörte nicht auf. Wieder drehte er sie auf den Rücken, legte sich mit seinem ganzen Gewicht auf sie und machte weiter und weiter, bis er sich mit einem lauten Schrei in ihr entlud.

Emma war wie betäubt. Das war die Hölle, dachte sie und presste die Schenkel zusammen. Nicht nur ihr Herz war wund. Nicht weinen, nur nicht weinen!, sprach sie sich gut zu. Aber es fiel ihr schwer. Sie hatte Angst vor diesem Mann.

Harry würdigte sie keines Blickes. Er drehte ihr den Rücken zu und schlief sofort ein. Als sie ihn schnarchen hörte, richtete sie sich vorsichtig auf. Als sie Blut auf dem Laken erblickte, wurde ihr übel. Sie konnte sich gerade noch rechtzeitig zur Toilette schleppen. Als sie mit leerem Magen zurück in das Zimmer trat, nahm sie leise ihr Bettzeug und legte es auf das Sofa. Eines war ihr klar: Nie wieder würde sie mit diesem Mann das Bett teilen. Während sie sich auf dem unbequemen Möbelstück hin und her warf, wurde Emma schmerzlich bewusst, dass Kate Harry zu recht misstraut hatte. Emma betrachtete die Ereignisse rückblickend. Wie ein Film lief alles vor ihrem inneren Auge ab, ein Film ohne rosaroten Filter: Harrys Verhalten Caren gegenüber, seine Sprüche über Kate, ja, sie war sich jetzt sicher: Wenn einer krank war, dann er!

Emma war so elend zumute wie schon lange nicht mehr. Was würde nun werden? Bevor sie eine Antwort fand, schlief sie vor Erschöpfung ein.

Portobello/Dunedin
9. Mai 1962

Am nächsten Morgen wachte Emma auf und wusste nicht, wo sie war. Aber als sie das große Doppelbett sah, war die schmerzhafte Erinnerung sofort wieder da. Leise stand sie auf. Sie wollte wenigstens so tun, als hätte sie die Nacht im Ehebett verbracht, doch da stellte sie fest, es war leer. Dafür fand sie einen Zettel auf dem Tisch.

Liebste,
heute Morgen kam ein Anruf für mich. Du hast noch so süß geschlafen. Ich wollte dich nicht wecken. Muss sofort nach Auckland, etwas wegen meiner Zulassung klären. Ich kann dir nicht sagen, wie lange es dauert. Ich melde mich.

In Liebe,
Harry.

Angewidert knüllte sie den Brief zusammen. Das war empörend, sie einfach hier zurückzulassen! Wie konnte sie wohl auf dem schnellsten Weg nach Dunedin kommen?

Sie hatte Glück, der junge Mann an der Rezeption bot ihr an, sie gegen Bares in die Princes Street zu bringen.

Auf der Fahrt überlegte sie krampfhaft, wie sie diese Ehe wieder auflösen könnte. Zunächst einmal würde sie nicht umhinkommen, Kate zu beichten, dass sie einen großen Fehler begangen hatte. Vielleicht wusste die einen Rat. Das hatte sie nun davon, dass sie wie ein blindes Huhn dem Ruf nach Abenteuer gefolgt war. Emma hatte keine Ahnung, wie andere Hochzeitsnächte verliefen, aber eines wusste sie: Ein liebender Mann hätte seine Frau niemals so erniedrigt. Was Harry Holden getan hatte, war nicht nur lieblos, sondern brutal gewesen. Sie wollte ihn jedenfalls niemals wiedersehen und hoffte, er würde erst zurückkommen, wenn alles geklärt war. Was war das überhaupt für eine merkwürdige Geschichte mit seiner Reise nach Auckland?

»Sagen Sie, haben Sie heute Morgen den Anruf für meinen Mann entgegengenommen?«, fragte sie den Fahrer.

Er antwortete ihr nicht.

»Sie können mir ruhig alles sagen. Ich weiß Bescheid!«, log Emma.

Der Mann überlegte kurz, bevor er schleppend erwiderte: »Na, das war vielleicht ein Theater! Die Dame hatte wohl sehr zum Ärger Ihres Mannes herausgefunden, wo er jetzt wohnt. Er hat anscheinend im alten Hotel verlauten lassen, wohin er zieht. Jedenfalls hat sie heute Morgen so lange gezetert, bis ich ihn geweckt habe. Eine enttäuschte Verflossene, wenn Sie mich fragen.«

»Genau!«, bekräftigte Emma seinen Verdacht und atmete tief durch. Keine Frage, er war zu einer anderen Frau gefahren. Erleichtert bemerkte Emma, dass es sie nicht einmal störte. Im Gegenteil, diese Information würde ihr bei einer Scheidung vielleicht sogar zum Vorteil gereichen.

Als sie das Haus in der Princes Street betrat, war alles still. Nur Hunti kam ihr zur Begrüßung stumm und mit eingeklemmtem Schwanz entgegengeschlichen. Sogar der Hund schien bedrückt. Mit klopfendem Herzen rannte Emma nach oben, immer zwei Stufen auf einmal nehmend.

Als sie die Tür zum Schlafzimmer ihrer Großmutter aufriss, mahnte eine bekannte Stimme: »Psst, sie ist gerade erst eingeschlafen!«

Verwundert bemerkte Emma Frank. »Was machst du denn hier?«, flüsterte sie.

Er bat sie vor die Tür und berichtete ihr, dass Kate ihn in der Nacht gerufen habe. »Sie klagte über ein schlimmes Unwohlsein mit Schweißausbrüchen, Erbrechen und Durchfall. Ich nehme an, sie verträgt die Herztabletten nicht, denn die Beschwerden setzten Stunden nach der Einnahme ein. Wir haben es mit einem neuen Präparat versucht.«

Emma sah ihn mit schreckensweiten Augen an. »Frank, was ist mir ihr?«

»Sagen wir mal so, sie hat ein schwaches Herz. Das heißt, sie braucht viel Ruhe. Wahrscheinlich hat sie deine überstürzte Heirat sehr aufgeregt, doch das habe ich deinem Mann heute Morgen auch schon gesagt.«

»Meinem Mann?«, wiederholte Emma ungläubig.

»Ja, er stand vorhin plötzlich vor der Tür und wollte sich nach dem Befinden deiner Großmutter erkundigen.«

Emma erstarrte.

»Nach ihrem Befinden? Aber er konnte doch gar nicht wissen, dass es ihr schlecht geht!«

Frank zuckte mit den Achseln. »Er sagte auch, er gehe auf eine Reise und wolle sich von ihr verabschieden. Wie dem auch immer sei, sie braucht strenge Bettruhe.«

»In Ordnung, ich kümmere mich um sie. Ich habe ja Urlaub«, erwiderte Emma tonlos. Für den Bruchteil einer Sekunde überlegte sie, ob sie sich Frank anvertrauen sollte. Nein, es wäre nicht richtig, ihm ihre Sorgen aufzubürden. Es schien ihm sehr nahezugehen, dass sie sich nicht für ihn als Ehemann entschieden hatte.

Dunedin
1. Juni 1962

Der erste Schnee war gefallen und sogar liegen geblieben. Bei strahlend blauem Himmel zeigte Dunedin sich wie in einem Wintermärchen. Emma machte jeden Tag einen ausgiebigen Spaziergang mit Hunti.

Harry hatte ein paarmal in der Princes Street angerufen, um sich nach Großmutters Befinden zu erkundigen. Dabei hatte er Emma stets seine Liebe versichert. Sie hatte sich nichts anmerken lassen. Er erzählte ihr von einer Prüfung, die er machen müsse, um seine neuseeländische Niederlassung zu bekommen. Sie glaubte ihm kein Wort.

Kate gegenüber spielte Emma die glückliche Ehefrau. Auf keinen Fall durfte sie ihr die Wahrheit sagen. *Sie kann keine Aufregung vertragen!,* hatte Frank gemahnt. Außerdem wurde die Großmutter täglich unleidlicher, weil Frank ihr strenge Bettruhe verordnet hatte, und das seit über drei Wochen.

»Ich bin doch keine bettlägerige Alte«, schleuderte sie dem Arzt Tag für Tag entgegen, aber Frank blieb stur. Mit der Gesundheit dürfe man nicht spaßen, erklärte er stets geduldig. Sie habe einen Zusammenbruch gehabt, und den gelte es gänzlich auszukurieren. Also fügte Kate sich schweren Herzens seinen Anweisungen.

Sie erholte sich zusehends, bis zu dem Tag, an dem Emma ihr ein Päckchen mit alten Briefen gab, das Fred geschickt hatte. Als sie das erste der Schreiben las, wurde Kate bleich.

»Kate, lies doch diese Briefe nicht! Sie regen dich viel zu sehr auf«, bat Emma sie besorgt.

Ihre Großmutter versprach es und bat um eine warme Mahlzeit.

Merkwürdig, wir haben heute doch bereits zu Mittag gegessen, und zweimal am Tag isst Kate eigentlich nie warm!, dachte Emma und begriff, dass ihre Großmutter nur einen Vorwand gesucht hatte, um sie aus dem Zimmer zu schicken.

Auf dem Weg zur Küche hörte Emma das Telefon klingeln. Hoffentlich ist es nicht Harry, dachte sie, denn sie war es so leid, ihm vorzugaukeln, dass alles in Ordnung sei. Wenn er doch bloß zurückkäme und ich ihm sagen könnte, dass ich die Scheidung will, dachte Emma. Kaum dass sie sich gemeldet hatte, begann eine offensichtlich betrunkene Frau am anderen Ende der Leitung zu pöbeln: »Du dummes Gör. Bilde dir bloß nichts ein, weil er dich geheiratet hat! Du bist nur ein Mittel zum Zweck. Er will deine Knete, sonst nichts! Willst du wissen, wo er steckt? Bei mir Schätzchen! Ich will dich treffen, du Schlampe!«

Emma überlegte kurz, ob sie ihr mit der Polizei drohen solle, aber dann bot sie ihr zum Schein ein Treffen an. »Wo kann ich Sie denn finden?«, fragte sie, bemüht, gefasst zu klingen.

Die Betrunkene lallte noch »Hotel Rota…«, bevor das Gespräch abrupt unterbrochen wurde.

Mit klopfendem Herzen ließ sich Emma auf einen Stuhl fallen. In was bin ich da bloß hineingeraten?, fragte sie sich. Vielleicht ist er wirklich ein Heiratsschwindler, der nur an mein Geld will. Noch bin ich eine reiche Erbin, und er ist mein Mann… Je mehr sie darüber nachdachte, desto bewusster wurde ihr, dass sie Kates Genesung nicht abwarten durfte. Sie würde so schnell wie möglich Derek Franklin, den Nachfolger des alten Anwalts Jonathan Franklin, aufsuchen, um die Scheidung einzureichen.

Was ihr allerdings wesentlich mehr Sorge bereitete als die bevorstehende Scheidung, war die Tatsache, dass ihre Regelblutung ausgeblieben war.

Dunedin
im Juni 1962

An diesem Morgen fand Emma ihre Großmutter angestrengt lesend vor. Sie war so vertieft in die Briefe aus dem Nachlass von Jane, dass sie nicht einmal aufsah, als ihre Enkelin ins Zimmer trat.

»Hast du etwa die ganze Nacht gelesen?«, fragte Emma vorwurfsvoll.

Kate nickte betreten. »Setz dich!«, sagte sie heiser. Dann deutete sie auf die über die ganze Bettdecke verstreuten Briefe. »Ich habe eine unangenehme Nachricht für dich. Es geht um deinen Mann. Er …«

Emma zuckte unmerklich zusammen. *Dein Mann?* Wie sich das anhört, durchfuhr es sie eiskalt.

»Du brauchst keine Rücksicht zu nehmen. Was hast du über ihn herausgefunden?«

»Meine Nase hat mich nicht getäuscht«, flüsterte Kate. »Dein Harry ist kein Geringerer als der Sohn meines Stiefsohnes Walter McLean.«

Emma blickte ihre Großmutter verwirrt an. »Wie kommst du denn darauf?«

»Walter hat einen unehelichen Sohn mit einer Stella Holden. Der Sohn heißt Harry. Die Mutter ist früh gestorben, und Harry ist bei Walter aufgewachsen, der übrigens mehr oder minder von der Wohlfahrt gelebt hat. Lieber Gott, ich habe geahnt, dass er etwas im Schilde führt!«

»Gut, er hat uns belogen, was seine Herkunft angeht, aber warum soll er etwas im Schilde führen, nur, weil er der Sohn von diesem Walter ist?«

»Es geht um das Erbe. Walter hat mich dafür verantwortlich

gemacht, dass dein Vater das gesamte Vermögen deines Großvaters geerbt hat. Und deshalb ist er eines Tages auf und davon. Aber er hat zweifellos Rache geschworen, denn in jedem dieser Briefe an Jane beklagt er, dass ich ihn um sein Erbe gebracht hätte. Sein Sohn Harry, der werde es zu etwas bringen, denn er studiere Literatur. Wenig später beklagt er sich bei Jane, dass sein Sohn das Studium abgebrochen und sehr zu seinem Kummer ein billiges Flittchen geheiratet habe. Danach bricht der Kontakt ab. Ich vermute, Walter ist gestorben.«

»Du meinst, dass Harry sich ganz bewusst an mich herangemacht hat, damit er an das Erbe kommt, von dem sein Vater meint, es stände ihm zu?«, raunte Emma.

Kate nahm ihre Hand, drückte sie fest und sagte leise: »Du musst jetzt stark sein! Ich denke, eine Scheidung ist unter diesen Umständen der einzige Ausweg.«

»Kein Problem!«, erwiderte Emma mit gesenktem Kopf und berichtete ihrer Großmutter von dem Anruf dieser merkwürdigen Person.

Kate sah ihre Enkelin besorgt an. »Es tut mir so leid. Fällt es dir schwer, dich von ihm zu trennen?«

»Nein, das ist es nicht, Kate!«, flüsterte Emma. »Ich bin schwanger!« Unter Tränen vertraute sie ihrer Großmutter an, was sie in ihrer Hochzeitsnacht erlebt hatte und dass sie sich nur eines wünsche: so schnell es nur ging von diesem Ungeheuer geschieden zu werden!

Der Verdacht, dass Emma schwanger war, bestätigte sich genau an dem Tag, an dem Harry Holden unverhofft wieder in der Princes Street auftauchte. Als Emma ihn vor der Tür stehen sah mit einem Riesenblumenstrauß und lauter Geschenken im Arm, meinte sie, ihr Herzschlag müsse aussetzen. Obwohl sie alles mit ihrer Großmutter besprochen hatte, was sie zu tun hatten, wenn er zurückkehrte, war ihr übel vor lauter Aufregung. Sie durfte sich nicht verraten. Deshalb ließ sie auch seinen Begrüßungskuss klaglos über sich ergehen, wenngleich sie sich innerlich vor Ekel schüttelte.

»Komm rein!«, bat sie ihn in der Hoffnung, dass er das Vibrieren in ihrer Stimme überhörte oder zumindest als Zeichen der Wiedersehensfreude missdeutete.

Nachdem er ihr all die Geschenke übergeben hatte, erklärte sie scheinheilig: »Lass uns gleich zu Großmutter gehen. Sie liegt im Bett, doch sie wird sich bestimmt über deine Rückkehr freuen. Alles in Ordnung mit deiner Niederlassung?«

Harrys Blick verfinsterte sich. »Ach, sprich bloß nicht davon! Es ist alles schiefgegangen, aber davon erzähle ich dir später. Begrüßen wir erst die alte Dame!«

Emma klopfte an Kates Zimmertür und sagte laut und vernehmlich: »Stell dir vor, wer wieder zurück ist.« Das war ihr Stichwort.

Ihre Großmutter antwortete wie verabredet: »Dann tretet ruhig ein!«

Harry schien nichts zu merken von dem, was hier gespielt wurde, denn er ging freudestrahlend auf Kates Bett zu und begrüßte sie.

»Setzt euch doch!«, forderte Kate sie auf, bevor sie ohne Umschweife auf den Punkt kam: »Lieber Harry. Ich hätte Sie bestimmt mit offenen Armen in meinem Haus empfangen, wenn ich gewusst hätte, dass Sie das Kind meines Stiefsohnes Walter sind. Ja, ich hätte Ihnen wohl sogar den Teil des McLean'schen Erbes zukommen lassen, der Ihrem Vater gebührte, aber Sie werden verstehen, dass ich Sie nun nur noch aus meinem Haus jagen kann, nachdem Sie sich auf so hinterhältige Weise das Erbe haben erschleichen wollen, obwohl Sie offensichtlich mit einer anderen verheiratet sind, nicht wahr?«

Emma ließ Harry nicht aus den Augen. Sein Gesicht versteinerte bei den klaren Worten ihrer Großmutter. Hilfesuchend wandte er sich Emma zu.

»Aber Schatz, du musst mir glauben, meine Gefühle für dich, die waren nie gelogen. Ich habe mich im Theater sofort in dich verliebt … Bitte sag doch was!«

»Du bist ein Schuft! Ich verlange die sofortige Scheidung und eine Regelung, dass du niemals einen Anspruch auf unser Kind erheben wirst!«

Harry zuckte nicht mit der Wimper. »Einverstanden!«, erwiderte er ungerührt. Nicht einmal auf die Nachricht von der Schwangerschaft reagierte er.

Kate und Emma schauten ihn gleichermaßen entgeistert an.

Er räusperte sich. »Ich bin froh, dass die Wahrheit ans Licht gekommen ist. Ja, ich gebe zu, ich hatte einen Plan, denn ich bin mein Leben lang mit Hass geimpft worden, weil mein Vater glaubte, um sein Erbe betrogen worden zu sein. Ich wollte es eiskalt durchziehen, irgendwie an dein Geld kommen, aber dann habe ich mich in dich verliebt, Emma. Deshalb bin ich auch fort. Ich wollte einfach aus deinem Leben verschwinden, aber ich konnte es nicht. Ich bin nur zurückgekehrt, um euch beiden Aug in Aug die Wahrheit zu sagen. Im Übrigen bin ich längst geschieden, doch ich verstehe, dass ihr mir nicht mehr traut. Auf Wiedersehen, Emma, auf Wiedersehen, Kate!«

Mit diesen Worten schritt er zur Tür. Dort drehte er sich noch einmal um und sagte: »Ich ziehe bis zu meiner Rückreise nach London in ein Hotel.«

Kate und Emma blickten einander stumm an. Kate nickte.

»Du kannst diese eine Nacht in unserem Gästezimmer schlafen«, bot Emma ihm seufzend an.

»Und ich werde Ihnen etwas auf Ihr Konto anweisen lassen«, ergänzte Kate schwach. »Sie haben es zwar nicht verdient, aber ich hätte Ihrem Vater damals gern einen Teil des Vermögens überlassen; auch mein Sohn wäre damit einverstanden gewesen, Gerechtigkeit walten zu lassen, doch Sie haben Ihr Recht billig verspielt. Für eine Fahrkarte nach Europa und einen Neuanfang fern von meiner Enkelin und ihrem Kind sollte es genügen. Haben Sie verstanden? Sie verlassen Neuseeland so schnell wie möglich.«

Harry nickte so schuldbewusst, dass er Emma beinahe leidtat.

»Wenn Gras über die Sache gewachsen ist, wirst du sicherlich auch einmal dein Kind sehen können. Glaube mir, ich werde dich nicht verleugnen«, erklärte Emma nun, wobei sie sich einen warnenden Blick ihrer Großmutter zuzog, der ihr bedeutete, nicht solche Versprechungen zu machen. »Ich zeige dir jetzt das Gästezimmer«, setzte Emma hinzu und schob Harry hinaus.

»Morgen früh sind Sie weg!«, rief Kate noch, bevor die Tür hinter ihnen zufiel.

»Du musst sie verstehen. Ihre größte Angst, dass es jemand nur auf mein Vermögen abgesehen hat, hat sich bestätigt«, versuchte Emma das Verhalten ihrer Großmutter zu erklären.

Harry seufzte. »Lass nur! Sie hat ja recht. Ich habe einen furchtbaren Fehler begangen und damit die Liebe meines Lebens verloren.« Er schenkte ihr ein trauriges Lächeln.

Emma wandte sich hastig ab. Wie habe ich diesem Mann bloß auf den Leim gehen können?, fragte sie sich. Seine Manöver sind so plump und so leicht zu durchschauen!

Nun zog Harry etwas aus der Innenseite seines Jacketts und reichte es ihr. Es war ein Foto von sich. Am liebsten hätte sie es nicht angenommen, aber sie wollte ihn nicht unnötig verletzen. Als sie schon fast aus der Tür des Gästezimmers war, hörte sie ihn raunen: »Damit unser Kind weiß, wie sein Vater ausgesehen hat.«

Mit dem Foto in der Hand eilte Emma zu ihrer Großmutter zurück. »Ich bin froh, dass ich ihn bald nicht mehr sehen werde«, gestand sie.

»Ach, mein Mädchen, du bist so stark. Du wirst darüber hinwegkommen und eines Tages einen Mann finden, der dir ein guter Ehemann und dem Kleinen ein guter Vater sein wird«, tröstete Kate sie.

»Du denkst da nicht zufällig an jemand Bestimmten?«

»Das würde mir doch nie einfallen!«

Emma musste schmunzeln. Ihre Großmutter war unverbesserlich.

»Hättest du Großvater geheiratet, wenn du ihn nicht wirklich geliebt hättest?« Emma war wieder ernst geworden.

Kate wand sich. »Eher nicht!«

»Siehst du? Und deshalb werde ich auch Frank nicht heiraten. Er ist ein Freund. Mehr nicht! Und wozu habe ich schließlich dich? Du wirst eine wunderbare Urgroßmutter sein.«

Die Frauen umarmten einander stumm und redeten noch bis in die tiefe Nacht hinein. Beide waren zu aufgewühlt, um zu schlafen. Kate erzählte ihrer Enkelin von früher. Wie Emma als Dreijährige im *Haus der Pakeha* »Strand« gespielt und unbemerkt Eimerchen für Eimerchen mit Sand ins Haus geschleppt hatte, bis es im ganzen Haus geknirscht hatte.

Schließlich landete sie doch noch einmal bei dem Thema, das sie während dieser Unterhaltung bewusst gemieden hatten: Harry Holden! »Ich habe Walters Briefe in einer Kiste unter das Bett gestellt«, sagte Kate gähnend. »Falls du sie irgendwann einmal lesen möchtest.«

»Gott bewahre!«, antwortete Emma energisch und bückte sich. »Ich lege sogar noch etwas dazu!« Mit diesen Worten packte sie das Foto von Harry obenauf und ließ die Schachtel wieder unterm Bett verschwinden.

»Hast du deinen zweiten Mann, Großvaters Bruder, diesen Steven, eigentlich auch geliebt?«

»Gott bewahre! Das war ein Vertrag zu beiderseitigem Nutzen. Dein Urgroßvater hat mich vernichten wollen, und nur Steven konnte mich davor bewahren, dass ich Dreck essen musste.«

»So etwas würde ich nie können. Einen Mann heiraten, den ich nicht liebe! Dann würde ich lieber allein für mein Kind sorgen«, erklärte Emma mit leidenschaftlicher Stimme.

Kate seufzte. »Tja, das sagt sich so leicht. Darauf hätte ich in deinem Alter auch heilige Eide geschworen, aber wenn du nicht mehr weißt, wovon du das Brot für den nächsten Tag kaufen sollst, denkst du vielleicht auch anders.«

Emma erschrak. Sie hatte der Großmutter nicht zu nahe treten wollen. »Das kann ich mir schwerlich vorstellen«, stöhnte sie.

»Greif mal in meinen Nachtschrank. Dort ist eine Kiste mit Fotos und einem Tagebuch meiner Großmutter Anna. Da gibt es nämlich noch etwas, das ich dir gern erspart hätte. Angeblich lastet ein Fluch auf unserer Familie. Deshalb pass stets gut auf dein Kind auf!«

Emma versprach es Kate hoch und heilig, auch wenn sie das Gerede über den Fluch nicht ernst nahm. So etwas zu sagen passte gar nicht zu ihrer Großmutter. Die vernünftige Kate hätte bestimmt niemals so einen Blödsinn verzapft, wie sie es mit dieser Blitzehe getan hatte.

»Kate? War mein Großvater der einzige Mann, den du je geliebt hast?«

»Er war meine große Liebe!«, erwiderte sie ausweichend.

»Du schummelst. Ich will wissen, ob du nur mit dem einen Mann geschlafen hast, wie es früher wohl üblich war!«

»Oho, das war früher also üblich?« Kate lächelte, bevor sie ihre Enkelin mit der Geschichte von Manono überraschte.

Emma blieb der Mund offen stehen vor lauter Erstaunen. Und sie löcherte ihre Großmutter mit Fragen, bis diese auf die Uhr sah und erschrocken ausrief: »Der Doktor wird mich schelten, wenn er erfährt, dass ich bis vier Uhr morgens Reden schwinge.«

Jetzt merkte auch Emma, dass sie müde war, aber bevor sie zu Bett ging, holte sie ihrer Großmutter noch den Krug mit dem frischen Wasser, den sie schon vor Stunden in der Küche für sie bereitgestellt hatte.

»Gute Nacht, Kate, ich habe dich lieb. Du bist die beste Großmutter, die man sich nur wünschen kann.« Emma gab ihr einen Kuss auf die Wange.

»Und du bist die wunderbarste Enkelin. Sieh die Sache mit dem windigen Kerl einmal positiv. Er hat dir ein Kind geschenkt. Und die Anlagen der McLeans sind nicht die schlechtesten. Glaube mir! Ich weiß, wovon ich spreche. Hoffen wir, dass sich bei dem Wurm das Erbgut deiner Urgroßmutter Melanie durchsetzt. Schlaf gut!«

Emma hatte lange geschlafen. Zu lange. Es war gegen elf Uhr vormittags, als sie wie gerädert erwachte. Ihr erster Gang führte sie im Bademantel zu ihrer Großmutter. Auch Kate schien noch tief und fest zu schlafen. Sie lag ganz in die Decke eingewickelt. Emma stutzte. Es war still im Zimmer. Zu still. Langsam zog sie die Decke zur Seite, und was sie nun sehen musste, ließ ihr das Blut in den Adern gefrieren. Kates Finger hatten sich im Todeskampf in das Laken verkrallt, und ihr Gesicht war bis zur Unkenntlichkeit verzerrt. Emma bedeckte es mit Küssen. Dann wurden ihre Knie weich, und sie sank auf das Bett neben ihre Großmutter. »Du darfst mich nicht alleinlassen«, stammelte sie tränenerstickt. »Du darfst uns nicht alleinlassen.« Zärtlich streichelte sie ihren noch ungewölbten Leib.

Nach einer halben Ewigkeit stand sie mit zittrigen Beinen auf und deckte ihrer Großmutter ein Leinentuch über das vom Todeskampf gezeichnete Gesicht.

Kein anderer Mensch außer dem Arzt und dem Leichenbestatter sollen sie in diesem Zustand sehen, beschloss Emma, während sie sich mit den schlimmsten Vorwürfen quälte. Ihre Großmutter hatte offensichtlich leiden müssen, und sie war nicht bei ihr gewesen. Das nahm sich Emma sehr übel, wenngleich sie immer noch ihr fröhliches Gesicht von heute Morgen vor Augen hatte. Nein, es hatte wirklich kein Grund zur Besorgnis bestanden.

Emma ballte die Fäuste, trommelte damit gegen die Bettpfosten und schrie aus Leibeskräften: »Nein!« Eine kräftige Hand konnte sie davon abhalten, sich die Fäuste blutig zu schlagen. Es war Harry. In seine Arme ließ sich Emma in ihrem Schmerz willenlos sinken. Dann rief sie Frank an. Harry versuchte sie davon zu überzeugen, einen anderen Arzt zu holen, aber Emma bestand auf ihrem Freund.

Nachdem Frank mit seiner Untersuchung fertig war, trat er mit versteinerter Miene in den Salon, wo Emma und Harry auf das Ergebnis warteten. »Emma, ich muss dich sprechen!«

»Sehen Sie nicht, dass es meiner Frau nicht gut geht!«, herrschte Harry ihn an.

Doch der Arzt ignorierte ihn und wandte sich erneut an Emma. »Bitte! Es ist wichtig! Unter vier Augen!«

Emma war hin- und hergerissen. Was konnte so wichtig sein, dass es nicht Zeit bis nächste Woche hatte? Aber Franks flehender Blick überzeugte sie. Sie folgte ihm auf den Flur hinaus.

»Frank, was gibt es denn?«

Er wand sich ein wenig. »Ich will dich nicht beunruhigen, aber ich habe Zweifel, ob der Tod deiner Großmutter wirklich auf ihr schwaches Herz zurückzuführen ist.«

»Wie meinst du das?«

»Ich weiß es nicht. Ich weiß nur: Es ist untypisch für einen Herzanfall im Schlaf, dass der Patient so krampft!«

»Was schlägst du vor?«

Frank seufzte tief, bevor er leise erwiderte: »Eine Autopsie!«

»Das ist doch nicht dein Ernst! Du willst sie aufschneiden lassen, weil du Zweifel hast? Was soll denn passiert sein? Soll ich sie vielleicht umgebracht haben? Es war doch sonst keiner im Haus außer mir!«

»Und er?« Frank zeigte in Richtung Salon.

»Frank, bitte! Ich weiß, dass ich dir einmal viel bedeutet habe, aber das geht entschieden zu weit. Harry mag ein Schuft sein, aber er ist kein Mörder. Ich will nicht, dass sie aufgeschnitten wird! Das hat sie nicht verdient. Gib sie zur Beerdigung frei. Bitte!«

Scharen von Menschen kamen zu Kates Beerdigung, ein kleiner Trost für Emma, die nachher nicht zu sagen wusste, wie sie die Zeremonie überstanden hatte. Harry war die ganze Zeit über nicht von ihrer Seite gewichen. Er hatte sie sogar um einen Neuanfang gebeten, aber Emma war hart geblieben. »Lass uns Freunde sein! Aber deine Frau kann ich nicht bleiben, nach allem, was geschehen ist! Die Scheidung ist unumgänglich!«, hatte sie auf sein Angebot erwidert.

Harry hatte es, ohne zu murren, akzeptiert.

Als sie nun an diesem unangenehmen Wintertag, an dem der Schnee über Nacht geschmolzen war und sich in Schneeregen verwandelt hatte, den Friedhof verließen, erklärte Harry: »Sei mir nicht böse, aber ich mag dich jetzt nicht allein lassen. Der Tod deiner Großmutter und deine Schwangerschaft, das ist alles ein wenig viel. Meinst du nicht auch? Ich sehe doch, wie schlecht es dir geht. Also, ich würde dir als Wiedergutmachung für alles, was ich dir angetan habe, anbieten, dir zur Seite zu stehen, bis das Kind da ist. Dann habe ich es wenigstens einmal gesehen, bevor ich zurück nach London gehe.«

Emma dachte nach. Das Angebot klang verlockend, und es würde ihr eine Sorge nehmen. Seit dem Tod ihrer Großmutter litt sie unter lähmenden Angstgefühlen. Besonders nachts kamen sie wie von Geisterhand angeflogen und setzten sich schwer auf ihre Seele. Jedes noch so kleine Geräusch ließ sie panisch zusammenschrecken. Da konnte ein Beschützer nur von Vorteil sein, der sie zwar nicht von ihrem Albdruck befreien, aber da sein würde, wenn sie von ihrem eigenen Schreien erwachte.

Ocean Grove
März 1963

Emmas Schwangerschaft verlief problemlos. Emma hatte mit der Redaktion vereinbart, bis zur Niederkunft von zu Hause aus zu arbeiten, und Harry war ihr bei allem eine echte Stütze. Die Angstattacken und Albträume waren seltener geworden. Der einzige Wermutstropfen außer ihrer Trauer um Kate war Huntis plötzlicher Tod. Kurz nachdem sie in das *Haus der Pakeha* gezogen waren, hatte Emma das arme Tier eines Tages leblos mit Schaum vor dem Mund im Garten gefunden. Sie war außer sich vor Schmerz gewesen, und selbst Harry, den das Tier bis zuletzt angeknurrt hatte, wirkte sichtlich betroffen. Er wusste auch gleich, was Hunti widerfahren war.

»Das war Rattengift!«, stellte er angeekelt fest, als er sich den Kadaver ansah.

Emma begrub Hunti im Garten und weinte tagelang. Das lag nun schon fast sieben Monate zurück. Inzwischen war Emmas Schwangerschaft nicht mehr zu übersehen, und Emma rechnete täglich mit den Wehen. Sie wollte ihr Kind unbedingt in *Pakeha* zur Welt bringen. Die zuständige Hebamme hatte nichts gegen eine Hausgeburt einzuwenden.

Dennoch fuhr Emma gegen Harrys ausdrücklichen Rat wie jeden zweiten Morgen auch heute in die Redaktion, um sich Arbeit zu holen.

Sie sollte über einen Mord in Auckland berichten. Mit den Unterlagen in der Tasche kehrte sie gegen Mittag nach *Pakeha* zurück und sichtete das Material. Allein beim Lesen wurde ihr übel. Die Leiche einer weißen Frau war durch Zufall von einer Gruppe Maori, die nördlich von Auckland durch den Waipoua-Wald gepilgert war, unter einem riesigen Kauri-Baum gefunden worden. Lange hatte man weder Hinweise auf die Identität der Frau gehabt noch eine Idee, wie sie umgekommen war. Inzwischen tippte man auf Mord, denn in ihren sterblichen Überresten konnten Spuren von Arsen festgestellt werden. Erst durch Zufall wurde eine Verbindung mit einer Vermissten hergestellt, die vor sieben Monaten aus einem Hotel in Auckland spurlos verschwunden war. Emma spürte beim Sichten der Unterlagen ein seltsames Ziehen im Magen, und was sie dort nun schwarz auf weiß lesen musste, ließ sie erzittern: *Nach Angaben der Angestellten des Hotels* Rotarua *handelt es sich um eine junge Frau Mitte zwanzig, die durch ihren hohen Alkoholkonsum aufgefallen ist und im Rausch stets von ihrem Ehemann sprach, der nicht glauben solle, dass sie seine Hochzeit mit einer anderen dulden würde. Dabei wurde sie stets vulgär, sodass man ihr einige Male den Verkauf von Alkohol verweigerte. Merkwürdig ist, dass sie keinerlei Papiere bei sich trug und sich offensichtlich unter falschem Namen angemeldet hatte …*

Wie paralysiert starrte Emma auf diese Zeilen. Das Telefonat mit Harrys angeblich geschiedener Ehefrau war ihr dabei sofort eingefallen. Wenn es sich nun bei der Toten um seine Frau gehandelt hatte, war es dann nicht möglich, dass Harry …? Emma mochte den Gedanken nicht zu Ende denken.

»Was ist denn das Gruseliges?«

Emma fuhr zusammen. »Das ist meine Arbeit!«, erwiderte sie Harry kühl und packte die Materialien hastig zusammen. Sie hatte plötzlich das Gefühl, keine Luft mehr zu bekommen, und beschloss, einen Strandspaziergang zu unternehmen. Sie sprang auf. Im selben Moment spürte sie einen höllischen Schmerz. Unwillkürlich schrie sie auf. Die Wehen hatten eingesetzt!

Mit Harrys Hilfe schaffte Emma es bis auf ihr Bett. Sie dachte an gar nichts mehr. Nur an das eine: Wann wird dieser schneidende Schmerz endlich aufhören? Sie weinte vor Erschöpfung und Glück, als sie Stunden später wie durch einen Nebel ein kräftiges Stimmchen brüllen hörte.

Die Geburt und die Stunden danach waren vorerst das Letzte, woran sich Emma später erinnern sollte.

Ocean Grove
im April 1963

Emma konnte im Nachhinein nicht genau sagen, wie viele Tage oder Wochen sie im Dämmerzustand verbracht hatte. Nur an den Augenblick des Erwachens erinnerte sie sich auch Jahre später in allen Einzelheiten. Es war früh am Morgen. Beim Aufwachen war sie plötzlich klar im Kopf. Sie versuchte sich krampfhaft an die letzten Tage zu erinnern.

Sie wusste, dass sie einem gesunden Jungen das Leben geschenkt hatte, und sie erinnerte sich an die sorgenvollen Blicke der Hebamme. Auch vereinzelte Gesprächsfetzen fielen ihr wieder ein.

»Wollen Sie Ihre Frau nicht lieber ins Krankenhaus bringen?«

»Nein, es ist nur eine Schwangerschaftsdepression. Das hat sie von ihrer Mutter geerbt. Das vergeht wieder.«

Und einmal hatte Emma ihren Mann angefleht, Frank zu holen, weil sie in einem halbwegs klaren Moment begriffen hatte, dass sie Harry hilflos ausgeliefert war. Doch der hatte nur den Kopf geschüttelt und ihr ein Glas mit Medizin gereicht.

Als Emma sich aufzurichten versuchte, hörte sie das Schreien ihres Babys. Ihr Mund war trocken. Die Zunge klebte am Gaumen, ihr war übel, aber trotzdem stand sie langsam auf. Dabei knickten ihr beinahe die Beine weg, aber sie schaffte es. Eine innere Stimme spornte sie an: Wenn du das nicht schaffst, bist du verloren!

Auf leisen Sohlen tappte sie den Flur entlang, immer dem Schreien ihres Kindes entgegen. Die Tür zu Harrys Zimmer war angelehnt, doch sie konnte durch den Türspalt sehen, was dort geschah. Das Schreien war verstummt. Harry hatte das Baby hochgehoben und gab ihm die Flasche. Dabei sprach er auf das kleine unschuldige Wesen ein.

»Wir brauchen keine Mama, was? Nein, so eine nicht. Wenn sie weg ist, dann holen wir uns eine neue. Was meinst du, was wir uns von dem Geld alles kaufen können? Autos, Häuser, Frauen. Und diese Bruchbude fackeln wir ab …«

Emma wurde fast schwarz vor Augen, und mit allerletzter Kraft schleppte sie sich in ihr Bett zurück. Dort zermarterte sie sich das Hirn. Was konnte sie nur tun? Sie wusste nur eines sicher: Sie musste etwas unternehmen, bevor dieser Teufel auch sie vergiftet hatte. Wie diese Frau in Auckland, ihre Großmutter und … Emma biss sich auf die Faust, um nicht laut aufzuschreien. Hunti! Warum war ich nur so blind?, fragte sie sich verzweifelt. Harry Holden hat sein Ziel, an Kates Erbe zu gelangen, nicht einen Moment lang aufgegeben, nur den Weg, den hat er geändert. Weil ich auf einer Scheidung bestanden habe, muss ich eben sterben. Nur deshalb hat er sich als mein Beschützer gebärdet, um mich nach der Geburt meines Kindes ungestört aus dem Weg räumen zu können. Wenn ich sterbe, erbt er mein Vermögen. Bei diesem Gedanken stockte Emma der Atem.

Nun hörte sie Schritte, seine Schritte, und sie zog es vor, sich schlafend zu stellen. Das nützte ihr nichts, denn er schüttelte sie grob. »Dein Frühstück!«, bellte er und reichte ihr einen Teller mit Marmeladenbroten.

»Später!«, hauchte sie, verdrehte die Augen und sank zurück in die Kissen.

Erst nachdem Harry fröhlich pfeifend ihr Zimmer verlassen hatte, nahm sie zitternd das Brot vom Teller, tastete sich leise zum Fenster vor und warf ihr Frühstück in hohem Bogen in die Büsche. Sie war sich sicher, dass er ihr mit jeder Mahlzeit ein schleichendes Gift zuführte. Sie durfte nichts mehr anrühren von dem, was er ihr servierte.

Um wieder zu Kräften zu kommen, schlich sie stattdessen nachts in die Küche und stärkte sich. Sie tat in den nun folgenden Nächten kein Auge mehr zu. Zu groß war ihre Angst, er werde sie im Schutz der Dunkelheit umbringen. Den Schlaf holte sie nach, wenn es hell wurde. Harry würde das bestimmt als Zeichen deuten, dass sie immer schwächer wurde.

Während der langen Nächte hielt sie sich damit wach, Annas Tagebuch zu studieren, was ihre Stimmung allerdings noch verdüsterte. Wenn die Gespenster der Nacht über sie hereinbrachen, quälte sie sich mit der Frage, ob dieser verdammte Fluch wohl schuld an allem war. Und ob er nicht doch die Macht besaß, Annas Kinder und Kindeskinder zu vernichten?

Ich habe es nicht mit einem Fluch zu tun, sondern mit dem ausgeklügelten Plan eines skrupellosen Mörders! Das sollte ich nie vergessen!, sprach sie sich dann im Morgengrauen stets gut zu.

Am vierten Tag ging es ihr schon wesentlich besser. Sie wusste inzwischen, dass Harry nach dem Frühstück mindestens zwei Stunden lang fortblieb. Er machte wohl einen ausgiebigen Strandlauf. Das war ihre Chance. Morgen würde sie flüchten. Und zwar weit, weit weg. Nach Europa. Den ersten Flieger, der einen freien Platz für ihr Baby und sie hatte, würde sie nehmen. Sie hatte inzwischen in einem Reisebüro angerufen und die möglichen Abflugzeiten der kommenden Tage erfragt und auf einem Zettel notiert. Auf diese Weise hatte sie auch erfahren, dass es mittlerweile Ende April war. Wenn alles gutging, konnte sie schon in drei Tagen in einem Flieger nach Sydney sitzen und von dort aus nach London reisen.

Noch vierundzwanzig Stunden. Die musste sie einfach noch überstehen. Sonst war sie verloren. Und er durfte nichts merken. Sie hatte hin und her überlegt, ob sie lieber die Polizei einschalten sollte. Aber was, wenn Harry sie davon überzeugen konnte, dass seine Frau unter Verfolgungswahn litt? Sie war sich inzwischen sicher, dass er an alles gedacht hatte. Sogar über die Depressionen ihrer Mutter Christine schien er Bescheid zu wissen. Und die Hebamme würde womöglich bezeugen, dass sie krank war. Wer wollte ihr glauben, dass es an dem Gift lag, das er ihr eingeflößt und ins Essen gemischt hatte? Nein, sie musste weg! Weit weg. In dieser Nacht packte sie ihre Tasche und versteckte sie im Schrank. Dann schlich sie sich zu ihrem Schreibtisch, um die Unterlagen über die verschwundene Frau einzustecken, aber die Schublade war leer …

Am folgenden Morgen agierte sie wie in Trance. Harry hatte wie jeden Morgen das Haus verlassen. Sie weinte, als sie ihren Sohn zum ersten Mal auf den Arm nahm. »Ich lasse dich nie wieder los!«, flüsterte sie bewegt. Am ganzen Körper bebend, verließ sie *Pakeha*. Sie drehte sich nicht noch einmal um, sondern eilte zu ihrem Wagen, den Harry gottlob noch nicht verkauft hatte. Sie hätte heulen mögen, als sie sich an das Steuer setzte, aber sie verbot sich jede Sentimentalität. Ihre Emotionen hatten sie bereits einmal an den Rand des Abgrunds gebracht. Jetzt durfte sie allein ihrem Verstand gehorchen. Als sie die Tomahawk Street Richtung Dunedin einbog, fiel ihr ein Stein vom Herzen. Die Gefahr, dass Harry ihre Flucht bemerken würde, schien gebannt.

Das Baby lag, in Decken gewickelt, auf dem Rücksitz. Es kostete sie sehr viel Überwindung, nicht anzuhalten, weil es ganz erbärmlich schrie. »Mein Kleiner, bald sind wir in Sicherheit, und dann lasse ich dich nie wieder los«, sagte sie laut.

Erst nachdem sie die Kanzlei von Derek Franklin erreicht hatte, hielt sie an, sprang aus dem Wagen und drückte das weinende Bündel an sich.

Mit dem Kind auf dem Arm diktierte sie ihrem Anwalt schließlich ihr Testament. »Mein Sohn …« Sie stockte, denn er hatte noch gar keinen Namen.

»Ich wollte ihn immer Thomas nennen, wenn es ein Junge wird … Wie finden Sie den Namen Thomas?«

Der Anwalt lächelte. »Gefällt mir sehr gut!«

Emma erwiderte sein Lächeln, bevor sie hektisch fortfuhr: »Also, mein Sohn Thomas Holden ist der Alleinerbe meines

Vermögens.« Dann erteilte sie dem Anwalt alle Vollmachten, damit er das Haus in der Princes Street verkaufen konnte.

»Bitte verwalten Sie mein Vermögen. Ich hoffe, ich komme eines Tages zurück. Und ich erkläre hier mit an Eides statt, dass Harry Holden zum Zeitpunkt unserer Eheschließung noch verheiratet war. Mit der Bitte, das von Amts wegen zu überprüfen, falls er Anstalten macht, auf mein Vermögen zuzugreifen. Die Ehe ist dementsprechend nicht gültig.«

Derek Franklin runzelte die Stirn. »Sollten wir nicht lieber die Polizei einschalten?«

»Ja, und zwar in dem Augenblick, in dem er versucht, an mein Geld zu kommen! Dann sofort!«

»Und was machen wir mit *Pakeha*?«, fragte er nachdenklich.

»Lassen Sie es so, wie es ist, und sorgen Sie dafür, dass es nicht verfällt. Es ist für mich ein Anker, nach Neuseeland zurückzukehren.« Mit diesen Worten verabschiedete sich Emma hastig.

Natürlich hatte sie überlegt, ob sie ihrem Anwalt von Harrys Mordversuch berichten sollte, aber ohne Beweise? Harry Holden hatte auch so ausgespielt. Ihre Ehe war ungültig, sodass er kein Anspruch auf das Erbe haben würde, und sie hatte ihr Kind bei sich.

Emma fuhr nun mit dem Auto nach Norden bis zur Fähre und setzte ihre Flucht auf der Nordinsel fort. Zwischendurch legte sie Pausen ein, fütterte Thomas mit Flaschenkost, traurig darüber, dass sie ihn nicht stillen konnte. Dazu war es leider zu spät. Ein paarmal hatte sie das Gefühl, unbedingt schlafen zu müssen, doch sie sagte sich stets, dass sie in letzter Zeit genug geschlafen habe und jede Minute Vorsprung zähle.

In Auckland begab sie sich sofort zum Flughafen. Sie konnte sich kaum noch auf den Beinen halten, aber die Angst, Harry könne sie noch einholen, trieb sie voran. Nur mit dieser Angst im Nacken hatte sie es überhaupt geschafft, fünfundzwanzig Stunden ohne nennenswerte Pausen am Steuer zu sitzen. Auf den letzten Metern würde sie ganz sicher nicht schlappmachen.

Es war zwar fast zu spät, den gewünschten Flug zu erreichen, und sie spielte kurz mit dem Gedanken, bis morgen in einem Hotel unterzutauchen, aber sie fand die Kraft, noch rechtzeitig zum Flieger nach Sydney zu gelangen. Ihr Ticket hatte sie sich am Schalter hinterlegen lassen. Außer Atem und mit einem schreienden Kind auf dem Arm gab sie ihre Tasche auf und nahm ihre Bordkarte in Empfang. Sie eilte gerade dem Ausgang entgegen, als sich eine Hand auf ihre Schulter legte. Panisch drehte sie sich um. Es war ein Polizist. Neben ihm standen Harry und die Hebamme. Thomas schrie wie am Spieß.

Emma versuchte panisch, sich aus dem Griff des Polizisten zu entwinden, doch da hatte ihr Harry das Kind bereits aus dem Arm gerissen. »Bitte, lassen Sie mich fliegen. Der Mann hat versucht mich umzubringen. Es geht um Leben und Tod!«, flehte Emma unter Tränen.

Der Polizist sah sie mitleidig an und ließ sie los. Die Hebamme bat sanft: »Kommen Sie mit, Missis Holden, es wird alles wieder gut. Sie müssen nur erst einmal wieder gesund werden.«

»Ich bin nicht verrückt!«, schrie Emma und griff nach ihrem Sohn, aber Harry hielt ihn eisern im Arm wie ein Pfand. »Komm, Liebling, komm wieder nach Hause. Wir bringen dich erst einmal in ein Krankenhaus, in dem du wieder ganz gesund wirst«, flötete er. In seinen Augen war Sorge zu erkennen. Doch dahinter flackerte der blanke Hass, aber den sah nur Emma allein! Niemals würde sie lebend ein Krankenhaus erreichen. Dafür würde Harry schon sorgen.

»Bitte!«, flehte sie. ›Bitte, gib mir Thomas zurück, und ich werde für immer schweigen. Ich werde der Polizei nicht sagen, was du getan hast. Keiner wird es je erfahren! Willst du Geld? Du sollst alles bekommen, was ich bei mir habe!« Wie eine Wahnsinnige zerrte Emma die Bündel Banknoten, die der Anwalt ihr im Büro übergeben hatte, aus ihrer Brieftasche und hielt sie Harry hin.

»Oh Gott, es steht ja schlimmer um sie, als ich dachte«, entfuhr es der Hebamme.

»Missis Holden, bitte, kommen Sie jetzt mit! Das ist versuchte Kindesentführung«, mischte sich der Polizist nun ein und packte Emma vorsichtig am Arm. Sie ignorierte ihn.

»Komm bitte, nimm es und gib mir dafür mein Kind! Und wenn es dir nicht genügt, lasse ich dir Geld überweisen, wohin du auch immer flüchtest, aber bitte gib mir mein Kind!« Emma streckte die Arme flehentlich nach Thomas aus.

Harrys Antwort war ein lautes Stöhnen. »Emma, bitte, sei doch vernünftig, und komme jetzt mit nach Hause.« Sein Ton war einschmeichelnd und sanft, doch unbemerkt von den anderen krallte er seine Hand so grob in ihren Oberarm, dass sie laut aufschrie. Am anderen Arm spürte sie den Griff des Polizisten. Sie musste sich entscheiden. Leben oder sterben. Noch einmal nahm sie alle ihre Kräfte zusammen und befreite sich mit einer schnellen Drehung aus der Umklammerung der beiden und rannte an dem Polizisten vorbei durch den Zoll zum Gate. Wie betäubt stieg sie in den Flieger. Bis zum allerletzten Augenblick befürchtete sie, man werde sie aus dem Flugzeug zerren und dem Mörder Harry Holden ausliefern. Erst als sie gestartet waren, fühlte sie sich in Sicherheit. Unter ihr wurde Auckland so klein wie eine Spielzeuglandschaft. Irgendwo dort unten war ihr Kind. »Thomas, mein süßer kleiner Thomas, bitte habe keine Angst! Ich komme wieder und hole dich. Großes Ehrenwort!«, schluchzte Emma McLean, als unter ihr nur noch der endlose Ozean war.

Ocean Grove
21. Januar 2008

Die restlichen Zeilen verschwammen vor Sophies Augen. Sie schluchzte laut auf. Emma!, stöhnte sie verzweifelt, Emma! Dann wischte sie sich entschieden die Tränen aus den Augen, um auch den Rest der Aufzeichnungen noch zu lesen.

Liebe Sophie, lieber Thomas!
Ich habe in den folgenden Jahren nichts unversucht gelassen, um deinen Aufenthalt herauszubekommen, mein Sohn, denn ein deutsches Gericht hatte mir das Sorgerecht für dich zugesprochen. Gegen Harry Holden wurde wegen Mordes ermittelt. In meinem Haar waren erhöhte Arsenspuren gefunden worden. Es erging ein Haftbefehl, der das Papier jedoch nicht wert war, auf dem er geschrieben stand. Weder Polizei noch die Botschaft, noch eine Handvoll Detektive konnten etwas ausrichten, weil Harry Holden und Thomas mit ihm spurlos verschwunden waren. Selbst als es amtlich wurde, dass die unter einem Kauri-Baum gefundene Tote Missis Ella Holden war, die Ehefrau von Harry Holden, und er damit unter den dringenden Tatverdacht geriet, sie ermordet zu haben, und die Polizei ihre Suchanstrengung verdoppelte, blieb er wie vom Erdboden verschluckt. Es war, als hätten dieser Holden und mein Sohn niemals existiert.
Es verging keine Nacht, in der ich nicht von der Flucht träumte und mich mit der Frage quälte, ob ich ohne mein Kind überhaupt hätte fliegen dürfen. Keine Therapie half gegen den Trennungsschmerz und die Selbstvorwürfe, bis ich meiner großen Liebe, Klaas de Jong, begegnete. Da beschloss ich, mit ihm ein neues Leben anzufangen und die

Gespenster der Vergangenheit aus meiner Erinnerung zu streichen.

Das gelang mir mal besser, mal schlechter bis zu jenem Tag, an dem Klaas starb. Von dem Tag an fühlte ich mich von Hines Fluch geradezu verfolgt, bis mir eine Heilerin versicherte, kein Mensch könne weit genug laufen, um seiner Geschichte zu entfliehen. Sie riet mir, mich der Vergangenheit zu stellen. An dem Tag fasste ich den Entschluss, an den Ort des Geschehens zurückzukehren und dich, meinen geliebten Sohn Thomas, selbst zu suchen und euch beide eindringlich vor der Macht des Fluches zu warnen.

Und ich ahnte, dass ich mich beeilen musste, denn im Traum war mir Klaas erschienen. Ein friedlicher Traum, der meine Seele noch bis zum nächsten Morgen erfüllte. »Ich warte auf dich, mein Herz!«, hatte er gesagt und schützend die Arme ausgebreitet. Ich hoffe, es ist dir ein Trost, meine liebe Sophie, und ihr könnt mir verzeihen,

eure Mutter Emma

Plötzlich glaubte Sophie zu verstehen, welches Motiv ihren Bruder umtrieb. Thomas Holden hatte es gar nicht auf ihr Geld abgesehen, sondern es ging ihm allein um Rache. Er war von seiner Mutter bei einem Mörder zurückgelassen worden und hatte beileibe keine so behütete Kindheit erfahren wie sie, Sophie! Thomas konnte nicht verzeihen. Weder Emma noch ihr, der geliebten Tochter seiner Mutter, der es vergönnt gewesen war, in einer intakten Familie aufzuwachsen. Thomas konnte ja nicht ahnen, dass sich wegen Emmas Rastlosigkeit auch bei ihr, Sophie, niemals das Gefühl eines normalen Familienlebens eingestellt hatte.

Sophies Herz klopfte bis zum Hals. In diesem Augenblick fürchtete sie sich sogar vor dem Schatten an der Wand. Doch diesen Schatten warf sie selbst, weil sie sich im Bett aufgerichtet und fassungslos über Emmas Beichte gebeugt hatte. Ich kann sie so gut verstehen, dachte sie. Aber ob Thomas das auch kann? Sophie schluckte trocken. Ein Blick auf den Wecker zeigte ihr, dass es halb vier Uhr morgens war. Zu früh, um die Wände anzustarren und auf einen möglichen Eindringling zu warten. Sophie kam sich plötzlich albern vor. Entschlossen löschte sie das Licht. Gleich nach dem Aufstehen werde ich John anrufen und ihn bitten, bei mir zu übernachten, nahm sie sich fest vor. Es tat so gut, an ihn zu denken. An seine braunen Augen, seine Stimme und seine zärtlichen Hände …

Sophie rieb sich verwundert die Augen. War sie etwa eingeschlafen? Sie erinnerte sich nur noch daran, dass sie schließlich an John gedacht hatte. Sie setzte sich auf und blickte sich prüfend um. Die Kommode stand noch an ihrem Platz. Keiner hatte versucht, in ihr Zimmer einzudringen.

Es war bereits weit nach zehn Uhr. Langsam kam ihr Emmas Geschichte wieder in den Sinn. Sie fragte sich, ob es wohl für ihren Vater und sie wirklich besser gewesen wäre, wenn sie davon gewusst hätten. Glücklicher wären sie bestimmt nicht geworden! Oh, Emma, verzeih mir, dass ich manchmal so böse auf dich war, weil du mich damit allein gelassen hast!, dachte sie versöhnlich.

Sie sprang aus dem Bett. Nachdem sie die Kommode zur Seite geschoben hatte, beschloss sie, einen Strandlauf zu machen, denn draußen war es warm und freundlich und sie brauchte dringend frische Luft. Doch vorher musste sie die Polizei anrufen und nach dem Laufen dann endlich John.

Sie wählte die Nummer der Polizeistation von St Kilda und erklärte dem zuständigen Officer, was in der letzten Nacht geschehen war.

»Und warum rufen Sie denn jetzt erst an?«, fragte er vorwurfsvoll.

Sophie blieb ihm die Antwort schuldig. Sie konnte ihm ja schlecht erzählen, dass sie erst einmal hatte herausfinden wollen, warum ihr Bruder das getan hatte. Nein, Thomas würde sie ihm gegenüber mit keinem Wort erwähnen. Bevor sie das in Erwägung zog, wollte sie mit John gesprochen haben.

»Wir sind gleich da«, versprach der Officer.

Sophie entschied sich, erst einmal einen starken Kaffee zu trinken, um die Gespenster dieser Nacht zu vertreiben.

Nachdem sie ihren Kaffee getrunken hatte und sie noch überlegte, ob sie trotzdem eine Runde laufen und der Polizei einen Zettel an die Tür machen sollte, klingelte es. Natürlich vermutete sie, dass es die zuständigen Beamten waren, doch als sie die Tür öffnete, trat sie vor Schreck einen Schritt zurück.

»Darf ich?«, fragte er und setzte bereits einen Fuß in die Tür. Sophie verschlug es die Sprache. Am helllichten Tag hatte sie ihn nicht erwartet, doch auch er schien noch nach den richtigen Worten zu suchen.

»Tom McLean?«, kam sie ihm zuvor.

Er nickte und streckte ihr die Hand zum Gruß entgegen.

Diesen Augenblick nutzte Sophie, um sich aus der Garderobe einen Regenschirm zu greifen. »Einen Schritt weiter, und ich schlage zu.«

»Ich will Ihnen nichts tun!«, sagte Tom McLean gequält und trat noch einen Schritt auf sie zu.

Ein Fehler, denn Sophie zögerte nicht, mit der Spitze des Schirms nach ihm zu schlagen. Sie traf ihn am Arm und schrie: »Jede Minute wird die Polizei hier eintreffen. Also versuchen Sie erst gar nicht, mir etwas anzutun.«

»Warum sollte ich Ihnen etwas antun?«, erwiderte der hochgewachsene Mann ehrlich erstaunt.

»Geben Sie es zu, Sie sind Thomas Holden!« Sophie wollte Zeit gewinnen. Ich muss reden, bis die Polizei da ist, dachte sie. Ihr Herz klopfte bis zum Hals, während sie weiter mit dem Schirm herumfuchtelte.

»Bitte, Sophie, quälen Sie mich nicht! Ich werde Ihnen eines Tages erzählen, wie alles war, aber jetzt komme ich wegen gestern Nacht. Und bitte sagen Sie mir die Wahrheit. Geht es Judith gut? Ich bin fast gestorben, als ich den Notarztwagen gesehen habe.«

»Blöd gelaufen, was? Sie wollten mich mitsamt den Aufzeichnungen abfackeln, doch das ist Ihnen nicht gelungen. Was haben Sie jetzt vor? Gift, wie Ihr Vater es gemacht hat?«

Da veränderte sich sein Gesichtsausdruck. Aus der Verunsicherung wurde blanke Wut. »Verdammt, hören Sie bloß auf damit! Ich bin noch nicht in der Lage, mit Ihnen darüber zu sprechen. Ich möchte nur eines von Ihnen wissen, wie es Judith geht. Ich kann doch nach allem, was war, nicht hinfahren und sagen: *Schatz, hier bin ich!* Ich habe versucht, sie per Handy zu erreichen, aber es springt immer nur die Mailbox an. Sagen Sie es mir endlich, damit ich zur Polizei fahren kann. Ich muss dringend eine Aussage machen. Ich weiß schließlich, wer es war!«

In diesem Moment fuhr ein Polizeiwagen vor.

»Ich auch!«, erwiderte Sophie scharf. »Dazu werden Sie sofort Gelegenheit haben.«

Sobald der Officer an der Tür war, schilderte sie ihm aufgeregt, was in der Nacht geschehen war, und deutete auf Tom. »Er will eine Aussage machen!«

Der Officer forderte Tom McLean auf, ihm zu sagen, was er gesehen hatte. Der räusperte sich.

»Es war nach Mitternacht. Ich fuhr den Weg zu diesem Haus entlang, weil meine Verlobte zu Besuch bei Missis de Jong war.

Judith und ich hatten einen Streit. Und ich hatte mir vorgenommen, das Gespräch mit ihr zu suchen. Plötzlich kam mir ein knallroter Pritschenwagen entgegen. Am Steuer ein untersetzter Mann, den ich meinte, schon einmal gesehen zu haben. Und dann fiel es mir wieder ein: Es war der Ehemann von einer Mandantin meiner Verlobten, der sie schon das ganze Verfahren über bedroht hat. Ich habe mir die Autonummer gemerkt und überprüft, dass er der wirkliche Halter ist.« Mit diesen Worten reichte er dem Polizisten einen Zettel mit der Nummer und dem Namen.

»Gut, dann wollen wir uns mal den Tatort anschauen!«, schlug der Officer vor. »Und Sie bleiben bitte hier, falls ich noch Fragen habe.« Er meinte Thomas.

Sophie führte die Männer endlich hinein. Völlig verunsichert registrierte sie, dass Tom sich folgsam auf einen der Barhocker setzte. »Das Schlafzimmer ist oben, zweites Zimmer rechts«, erklärte sie und ließ Tom nicht aus den Augen, während der Officer die Treppe hinaufstieg. »Warum haben Sie die Unterlagen meiner Mutter gestohlen?«, wollte sie wissen.

»Es tut mir leid, Sophie. Ich stand unter Schock. Erst kurz zuvor an diesem Tag hatte ich meinen wirklichen Namen erfahren, und dann hielt ich plötzlich das Testament in der Hand und las in den Unterlagen zufällig meinen Namen. Holden! Ich war vollkommen außer mir.«

Sophie, die sich sicher fühlte, solange die Polizei im Haus war, hakte barsch nach: »Ach so, und deshalb haben Sie mich auch verfolgt?«

»Ich war völlig durch den Wind und wollte mich eigentlich nur bei Ihnen entschuldigen, weil ich die Seiten entwendet hatte. Ich habe Sie beobachtet, als Sie mit John vom Flughafen kamen. Ich wusste, wie Sie aussehen. Aber nachdem ich die Geschichte gelesen hatte, konnte ich es einfach nicht mehr.

Ich habe ein paarmal über meinen Schatten springen wollen, deshalb bin Ihnen durch die Stadt gefolgt und mal zum Strandhaus gefahren, aber immer wieder hat mich der Mut verlassen.«

»Und warum haben Sie sich nicht wenigstens Judith anvertraut?« Sophie stand die Skepsis ins Gesicht geschrieben.

»Ich habe mich schrecklich geschämt. Oder möchten Sie mit einem Mann leben, dessen Vater ein gemeiner Mörder war?«

Sophie sah Tom verunsichert an. »Und Sie haben den Brand wirklich nicht gelegt?«

»Würden Sie mir so etwas tatsächlich zutrauen? Und wenn ja, warum in aller Welt sollte ich *Ihnen* etwas antun? Sie sind doch meine Schwester.«

Sophie musste schlucken. Sie senkte betreten den Kopf. »Vielleicht hassen Sie mich ja dafür, dass ich mit unserer Mutter aufwachsen durfte und Sie mutterlos bei einem Säufer leben mussten. Aus Rache eben!«

»*Rache?* Wofür? Meine Mutter musste das Flugzeug nehmen. Sie hätte mich ja geholt, wenn mein Vater unsere Spuren nicht ausgelöscht hätte. Wahrscheinlich nachdem er erfahren hat, dass ihm nichts gehört außer mir. Anscheinend war ihm das eine letzte Genugtuung, dass sie mich nicht bekommen konnte. Ich habe ihn nicht besonders geliebt. Warum sollte ich Rache üben? Weil mein Vater ein Verbrecher war, der Ihre Großmutter auf dem Gewissen hat?«

»Und Ihre! Es ist auch –«, flüsterte Sophie. Sie verstummte, weil der Officer ins Wohnzimmer trat.

»Ich denke, Sie haben recht!«, wandte er sich an Tom. »Unter dem Bett habe ich das gefunden: Sieht aus nach dem Teil eines Scheidungsurteils. Sie hören wieder von uns, Missis de Jong.«

Mit diesen Worten verließ der Officer das Haus. Sophie fragte sich, ob es richtig war, ihn einfach gehen zu lassen.

Konnte sie wirklich sicher sein, dass Tom ihr nichts antun würde, auch wenn er den Brand wohl nicht gelegt hatte? Ihr Herz schrie: Ja! Er ist bestimmt ein ganz lieber Kerl. Aber ihr Kopf mahnte: Sei vorsichtig! Emma ist schließlich auch beinahe einem tödlichen Irrtum erlegen!

Während diese beiden Stimmen noch in ihr stritten, machte sich auch Tom McLean zum Gehen bereit. Das brachte Sophie völlig aus dem Konzept. »Sie können doch nicht einfach abhauen nach allem, was Sie angerichtet haben«, fuhr sie ihn an.

»Bitte, lassen Sie mich durch. Ich wollte nur, dass der Mann gefasst wird. Ansonsten möchte ich endlich wissen, was mit Judith ist.«

»Leichte Gehirnerschütterung«, erwiderte Sophie.

»Gut, dann habe ich nur noch den einen Wunsch: dass Judith frei für eine neue Beziehung wird.« Thomas versuchte sich an Sophie vorbeizudrücken, aber sie versperrte ihm den Weg.

»Aber sie liebt Sie doch!«

»Noch vielleicht, doch wenn sie erst weiß, was ich jetzt durch die Aufzeichnungen unserer Mutter erfahren musste, dann wird Sie mit mir bestimmt keine gemeinsame Zukunft wollen. Oder würden Sie Kinder mit einem Mann wollen, dessen Vater ein Mörder war? Und sie wünscht sich nichts sehnlicher als eine Familie.«

»Zu spät!«, erklärte Sophie trocken.

»Wie meinen Sie das?«, fragte Tom heiser.

»Sie erwartet ein Kind von Ihnen«, schmetterte Sophie ihm entgegen.

Tom taumelte ein paar Schritte zurück und stammelte: »Das … Das kann doch nicht sein!«

Nun trat Sophie näher zu ihm und bat ihn leise: »Bitte, sag mir die Wahrheit. Warum willst du schon wieder abhauen?

Willst du keine Verantwortung übernehmen? Möchtest du kein Kind? Liebst du sie nicht genug?«

Tom stieß einen Seufzer aus. »Es hat alles keinen Zweck. Meine Geschichte klebt an mir wie ein Schmutzfilm. Ich kannte meinen Vater nur als besoffenes Wrack. Ständig hat er auf mich eingeredet, dass meine Mutter eine Schlampe sei und uns einfach wegen eines hergelaufenen Kerls verlassen habe. Wir haben immer nur in einem heruntergekommenen Campingwagen gehaust. Eines Tages hat man mich dort herausgeholt und von Pflegefamilie zu Pflegefamilie gebracht. Ein Scheißleben, um es auf den Punkt zu bringen. Nur in der letzten Familie habe ich mich wohlgefühlt. Sie hat mir eine gute Schulbildung und das Studium ermöglicht, aber die einzig guten Eltern, die ich je hatte, sind kurz nacheinander gestorben. Als Kind habe ich geglaubt, was mein Vater mir eingeredet hat: dass meine Mutter an allem schuld sei, dass sie meinen Vater zu dem gemacht habe, was er war. Zu einem heruntergekommenen Trinker. Das war schlimm genug. Bei dieser Geschichte war ich immer skeptisch, ob ich eine eigene Familie gründen soll. Aber als ich erfahren musste, dass mein Vater ein Mörder ist, da wusste ich: niemals! Sophie, ich schäme mich zu Tode. Ich fühle mich mitschuldig! Das kann ich Judith nicht antun! Und auch aus deinem Leben werde ich sang- und klanglos wieder verschwinden. Natürlich will ich nichts von dem Geld.«

Dieses Mal schaffte Tom es, sich an Sophie vorbeizudrücken, aber sie drehte sich abrupt um und packte ihn am Arm. Lange sah sie ihm in die Augen, in denen es feucht schimmerte, und dann fiel sie ihm, ohne zu überlegen, um den Hals. Sie umarmten einander weinend. Ihre geschwisterliche Umarmung wurde durch das Klingeln des Telefons jäh unterbrochen.

Als Sophie Johns aufgeregte Stimme hörte, wurde sie kalkweiß. Judith drohte eine Fehlgeburt. Sie, Sophie, solle sofort kommen und Judith' Großmutter Liz mit ins Krankenhaus bringen.

»Ist was mit Judith?«, fragte Tom ängstlich.

»Schnell! Wir müssen zu ihr. Wir nehmen deinen Wagen! Du fährst!«, erwiderte sie.

Er zögerte, doch sie sagte nur: »Merkst du nicht, dass deine kleine Schwester dich jetzt braucht?«

Das überzeugte Tom, und sie rannten zu seinem Jeep. Im Wagen berichtete sie ihm, was geschehen war, und bat ihn, die alte Liz abzuholen. Er kannte den Weg.

»Nein, bitte nicht, oh nein! Sie darf ihr Kind nicht verlieren!«, murmelte Sophie in einem fort. Schließlich verstummte sie und schlug sich die Hände vor das Gesicht.

Da hielten sie bereits vor dem Haus, in dem Judith' Großmutter lebte, wenn sie nicht in Queenstown residierte. Die alte Dame wusste anscheinend schon Bescheid, denn sie wartete ungeduldig vor dem Eingang.

Als Liz eingestiegen war und Sophie erkannte, konnte sie sich nicht beherrschen. »Ich wusste es doch, dass es nicht gut ist, wenn sie Kontakt mit Ihnen hat. Ihre Familie ist verflucht.«

Sophie fuhr herum und funkelte Liz zornig an. »Überlegen Sie lieber, was wir gegen diesen verdammten Fluch unternehmen können, denn das Kind, das Ihre Enkelin zu verlieren droht, gehört zu den Verfluchten!«

»Entschuldige, aber was für ein Fluch? Das habe ich schon in den Aufzeichnungen meiner Mutter nicht verstanden«, mischte Tom sich ängstlich ein.

»Ach, nein, was interessiert der Herr Anwalt sich denn dafür?«, schimpfte Liz.

Sophie stieß einen tiefen Seufzer aus. »Bitte nicht streiten! Ich erkläre dir alles später, Tom. Ach, noch besser, du liest es. Ist ja auch deine Geschichte.«

»Darf ich jetzt bitte mal erfahren, was das alles zu bedeuten hat? Und was macht der jetzt hier?«, fragte die alte Dame spitz.

»Tom McLean ist der Vater von Judith' Kind.«

»Ach, nein! Glauben Sie, das weiß ich nicht? Aber drücken wollte er sich. Nichts als Kummer hat er meiner Kleinen gemacht.«

»Liz! Jetzt hören Sie mir aber mal zu! Tom ist nicht nur der Vater von Judith' Kind, sondern auch mein Bruder. Also ein Nachkomme meiner Ururgroßmutter Anna. Und da Judith ein Nachkomme von Ihrer Ahnin Hine ist und sich unsere Familien durch das Baby vereint haben, hat Hine das Aussterben ihrer eigenen Sippe beschworen. Verstehen Sie jetzt? Sie müssen etwas unternehmen. Ich glaube nicht an Maoriflüche, aber Sie. Und deshalb tun Sie endlich was, verdammt noch mal! Voodoo oder so. Und du, fahr bitte schneller!«

Mit quietschenden Bremsen hielten sie schließlich vor der Klinik und sprangen aus dem Wagen. Selbst Liz hüpfte leichtfüßig wie ein junges Mädchen heraus.

Vor einem der Behandlungszimmer saß John mit besorgter Miene. »Die untersuchen sie gerade. Angeblich hat sich der Muttermund bereits geöffnet.«

»Es wird höchste Zeit, dass Sie mal ein ernstes Wort mit Ihren Ahnen reden«, zischte Sophie Liz zu.

Die atmete einmal tief durch, schloss die Augen und murmelte nun beschwörende Formeln in einer eigentümlichen Sprache.

Sophie, Tom und John waren so befremdet, dass sie Liz mit großen Augen anstarrten. Sie merkten nicht einmal, dass der behandelnde Arzt, ein Maori, aus dem Zimmer getreten war. Erst als er Liz eine Hand auf die Schulter legte und raunte: »Die Ahnen haben Ihre Gebete erhört, es ist alles gut!«, bemerkten sie ihn und fielen sich gegenseitig um den Hals.

»Ich glaube, Sie sollten nacheinander zu ihr gehen. Wer von Ihnen ist denn mit der Patientin verwandt?«

Sophie zeigte auf Tom, doch dann erklärte sie grinsend: »Wenn Sie so wollen, sind wir alle miteinander verbandelt, aber ich glaube, mein Bruder macht den Anfang!«

Tom zögerte, doch sie raunte ihm zu: »Sie wird sich freuen. Ganz bestimmt!«

Seufzend folgte er dem Arzt.

Sophie wandte sich an Liz. »Ich glaube, Sie haben Hines Geist erfolgreich überzeugen können, dass sie den Spuk von uns nimmt.«

»Dürfte ich dich jetzt wohl richtig begrüßen?«, unterbrach John sie.

Sophie lachte und bot ihm ihren Mund zum Kuss. »John, würdest du mir helfen, eine gemeinnützige Stiftung zu gründen?«, fragte sie dann unvermittelt.

Der Anwalt schaute sie verblüfft an. »Natürlich, warum nicht? Worum soll es denn gehen?«

»Um die Kate-McDowell-Stiftung zur Förderung junger Künstler!«

»Okay, aber eins nach dem anderen. Lass uns das hier erst mal zu Ende bringen!«

Er zog sie in seine Arme, bis Liz demonstrativ zu hüsteln begann und ungeniert fragte: »Dann dürfen wir bei Ihnen wohl auch bald mit Nachwuchs rechnen?«

»Aber Großmutter Liz, wir haben uns doch gerade erst kennengelernt«, protestierte Sophie, doch dann lächelte sie versonnen. »Ein Mädchen würde ich Anna Kate Emma nennen.«

»Und wenn es ein Junge würde?«, fragte John.

Sie überlegte. »John!«

»Nach mir?«

»Nein, nach Annas John, der zwar irgendwie mit dir verwandt war, aber so fragend, wie du mich anguckst, sollte dir das lieber deine Mutter anhand der Ahnentafel erklären ...«

Sie unterbrach sich, denn nun trat Tom auf sie zu. »Ihr sollt alle mal zu Judith kommen!«, bat er, bevor er Sophie zuraunte. »Stell dir vor, wie sie unser Kind einmal nennen will, wenn es ein Mädchen wird: Hine!« In seinem Blick war Skepsis zu lesen. »Kannst du verstehen, wieso man sein Kind so nennen kann?«

Sophie nickte nur und zwinkerte Liz verschwörerisch zu.